LORA LEIGH

Breeds

Del-Reys Schwur

Über das Buch:
Als Anya Kobrin in eine verrufene Bar in Russland spaziert und furchtlos um Del-Rey Delgados Hilfe bittet, ist es um den Kojoten-Breed geschehen. Er weiß sofort, dass die junge Frau seine Gefährtin ist. Anya fleht ihn an, die gefangenen Breeds in dem Labor, in dem sie arbeitet, zu retten – dabei jedoch ihren Vater, der Chef des Sicherheitsteams ist, zu verschonen. Aber Del-Rey ist ein Einzelgänger, verschlossen und hart, er ist nur für eines bekannt: dass er niemals seine Versprechen bricht. Und doch weiß er, dass er sein Wort gegenüber Anya nicht halten wird. Sechs Jahre später ist es soweit: Del-Rey und sein Team befreien die gefangenen Breeds, dabei wird Anyas Vater angeschossen – von Del Rey. Und obwohl Anya über all die Zeit tiefere Gefühle für den Kojoten-Breed entwickelt hat, kann sie ihm diesen Verrat nicht verzeihen. Um seine Gefährtin an sich zu binden, sieht Del-Rey nur eine Möglichkeit: Er entführt die junge Frau und bringt sie zur Basis der Kojoten. Doch kann er ihr Vertrauen und ihre Liebe jemals wiedergewinnen?

Über die Autorin:
Lora Leigh lebt mit ihrer Familie in Kentucky. Mit ihren erotischen Liebesromanen hat sie sowohl im Bereich der Romantic Fantasy als auch des Romantic Thrill eine große Leserschaft gewonnen. Weitere Informationen unter: www.loraleigh.com

Lora Leigh bei LYX:

Die Romane der Breeds-Reihe:
1. Breeds – Callans Schicksal
2. Breeds – Tabers Versuchung
3. Breeds – Dashs Bestimmung
4. Breeds – Bradens Vergeltung
5. Breeds – Harmonys Spiel
6. Breeds – Kanes Verlangen
7. Breeds – Kiowas Verhängnis
8. Breeds – Tanners Begehren
9. Breeds – Jacobs Sehnsucht
10. Breeds – Aidens Rache
11. Breeds – Dawns Erwachen
12. Breeds – Mercurys Kampf
13. Breeds – Del-Reys Schwur

Außerdem als E-Book erhältlich:
Lust de LYX – Coopers Sehnsucht
Lust de LYX – Verheißungsvolle Nacht
Lyras Leidenschaft
Wolfes Hoffnung
Sabans Kuss
Nobles Freude
Creeds Verlockung
Morgans Berührung

Weitere Romane der Autorin sind bei LYX in Vorbereitung.

LORA LEIGH

Del-Reys

BREEDS

Schwur

Roman

*Ins Deutsche übertragen
von Silvia Gleißner*

LYX

LYX in der Bastei Lübbe AG
Dieser Titel ist auch als E-Book erschienen.

FSC www.fsc.org
MIX
Papier aus verantwortungsvollen Quellen
FSC® C083411

Die Originalausgabe erschien 2009 unter dem Titel
»Coyote's Mate« bei Berkley Sensation.

This edition published by arrangement with The
Berkley Publishing Group, an imprint of Penguin Publishing Group,
a division of Penguin Random House LLC.

Für die deutschsprachige Ausgabe:

Textredaktion: Isabella Busch
Umschlaggestaltung: © Birgit Gitschier, Augsburg, unter Verwendung
von Motiven von © shutterstock (Miljan Mladenovic/Josef Pittner)
Satz: Greiner & Reichel, Köln
Gesetzt aus der New Caledonia
Druck und Verarbeitung: CPI books GmbH, Leck – Germany
Printed in Germany
ISBN 978-3-7363-0695-0

1 3 5 7 6 4 2

Sie finden uns im Internet unter www.lyx-verlag.de
Bitte beachten Sie auch: www.luebbe.de und www.lesejury.de

Prolog

Del-Rey Delgado, der Geistkojote, war der Alpha des Teams aus achtundzwanzig Söldnern, die er von überall aus den Rängen des Councils um sich versammelt hatte. Kojoten-Breeds, die er gerettet, Männer, die er selbst ausgebildet hatte – hartgesottene Soldaten mit kalten Augen, die in der Welt des Untergrunds nur als Team Zero bekannt waren, die Söldnertruppe, die bereit war, auch die selbstmörderischsten Missionen zu übernehmen.

Sie hatten Erbinnen gerettet, Despoten ermordet und als Sicherheitstruppe für einige der größten Führungspersönlichkeiten der Welt fungiert. Für Männer, die nie erfuhren, dass sie es mit Schattenwesen zu tun hatten, nicht geboren, sondern gezüchtet.

Einige wenige Male hatten sie sogar Mitglieder des Councils selbst geschützt. Eine Weile, aber lange genug, um an die benötigten Informationen zu kommen und dabei ihren Ruf zu wahren. Diese Führungspersönlichkeiten hatten immer ihr Leben verloren, sobald die Bezahlung eingestrichen war.

Wie Del-Rey seinen Männern gesagt hatte, kam die Rache immer erst nach der Rechnung, und zur Unterstützung ihrer Pläne brauchten sie eine überaus große Menge Geld.

Pläne wie die Rettung anderer Kojoten, die es geschafft hatten, Kontakt zu Del-Reys Schattentruppe aufzunehmen. Heute blickte er in bezaubernde blaue Augen und fragte sich, ob das Genetics Council mit ihm nicht doch wahrhaft eine Kreatur ohne Seele geschaffen hatte. Denn als er in die Augen der jungen Kindfrau sah, wusste er: Am Ende würde er sie verraten.

Sechzehn Jahre alt und schön wie ein Sonnenaufgang. Langes rotgoldenes Haar fiel in einem seidigen Zopf über ihre Schultern, als sie eine der dreckigsten, miesesten und abgefucktesten Bars in Russland betrat. Verdammt, sie musste echt Mut haben, tatsächlich hierherzukommen.

Sie war ein frischer Windhauch, ein einzelnes schwaches Flämmchen der Unschuld inmitten korruptester Männer. Er klopfte mit den Fingernägeln auf die Bar, als Zeichen für seinen Stellvertreter Brimstone, und blickte zur Tür, als es im ganzen Raum still wurde.

Selbst eine Fünfjährige hätte genug Instinkt besessen, in dieser Situation das Weite zu suchen. Doch dieses Mädchen lief nicht davon. Mit hocherhobenem Kopf kam sie herein und bewegte sich majestätisch durch den Raum.

Sie war eine Massenvergewaltigung in Wartestellung.

Er nickte seinen Männern zu und verfolgte, wie sie sich von Tischen und schattigen Ecken des Raumes weg auf sie zubewegten, sie umringten, während Del-Rey und Brim von der Bar zum Hinterzimmer gingen, das er für dieses erste Zusammentreffen gewählt hatte.

Er wartete bereits, als sie durch die Tür geschoben wurde, saß an der Ecke des kleinen Tisches, ein Bein auf dem Boden, das andere träge hin und her wippend, während er sie musterte. Runde Augen, leicht geöffnete, rosige Lippen, scharfe Atemzüge. Und ein Anflug von Furcht in diesen Augen.

Sie hätte schon zuvor gut bekannt mit Furcht sein sollen, bevor sie es hierher geschafft hatte.

Mit dem Fuß schob er ihr einen Stuhl zu.

»Setzen!«, befahl er und ließ absichtlich das Tier in sich in der Stimme durchklingen.

Aber lief sie weg? Nein, tat sie nicht. Sie ging langsam zu dem Stuhl, setzte sich und schenkte ihm ein schwaches Lächeln. »Del-Rey«, flüsterte sie. »Das ist spanisch, wissen Sie, für ›des Königs‹.«

Er runzelte die Stirn. Er war durchaus eines Königs, längst verraten und tot. Er hatte nicht die Absicht, in die Fußstapfen dieses genetischen Vorfahren zu treten.

Er beugte sich vor, stützte den Ellbogen aufs Knie und ließ langsam den Blick über sie schweifen. Sehr langsam. Über fragile jugendliche und zugleich frauliche Züge. Ein verdammtes Kind. Ach du Schande, das Labor in Sibirien musste ernsthaft verzweifelt – oder verdorben – sein, ihm ein Kind zu schicken.

»Ich werde dich töten, bevor ich hier weggehe«, seufzte er und sah, wie ihr Lächeln erstarb.

»Mich töten?« Nervös fuhr sie mit der Zunge über ihre Lippen und erwiderte seinen Blick mit einem Anflug von Wachsamkeit. »Sie hatten mir Sicherheit versprochen.«

»Und du hast mir geglaubt?« Der Hauch eines Lächelns spielte um seine Lippen. »Wie töricht von dir.«

»Aber Sie brechen nie ein Versprechen.« Sie blinzelte und sah ihn derart unschuldig an, dass er fast lachen musste.

Stattdessen zog er nur eine Augenbraue hoch, als Warnung, dass ihre Informationen vielleicht nicht ganz korrekt gewesen waren.

Sie blickte hinab auf ihre Hände, verschränkte die Finger und hob erneut den Blick. »In dem Labor, in dem mein Vater als Sicherheitsbeamter arbeitet, gibt es fünf Frauen.« Sie kaute besorgt auf ihrer Unterlippe, bevor sie fortfuhr. »Sie sagten, sie hätten Ihnen eine Nachricht geschickt, und Sie hätten geschworen, dass Sie die Kontaktperson, die Ihnen geschickt wird, nicht verletzen würden.«

Er legte den Kopf schief und kniff die Augen zusammen. »Es gibt keine weiblichen Kojoten.«

»Es gibt fünf«, widersprach sie. »Sharone, sie hat Sie kontaktiert und in den verschlüsselten Mails mit Ihnen kommuniziert. Und noch vier weitere. Zwillinge, Emma und Ashley. Und zwei jüngere, Marcy und Chanda. Die Nesthäkchen der Gruppe.«

Sein Blick war neugierig geworden. »Wo sind die Männer der Gruppe? Kojoten lassen keine Frauen für sich sprechen, kleines Mädchen.«

Sie schluckte. »Die Männer werden strenger bewacht. Die Wissenschaftler haben mich gern. Ich bin eine von wenigen Frauen im Labor, und ich bin mit ihnen aufgewachsen.«

Wie interessant. Sie musste lügen; eine andere Option gab es nicht. Verdammt, ein Kind zu töten war eine der wenigen Sünden, die er in seinem Leben noch nicht begangen hatte, doch dieses Kind hier kannte sein Gesicht. Er konnte nicht riskieren, identifiziert zu werden.

»Sharone sagte, Sie würden sie retten.« Sie sah ihn an, und etwas, das mehr als Sorge war, verdunkelte ihre blauen Augen. Sogar ein Anflug von Zorn mochte in den hübschen Tiefen zu sehen sein. »Wissen Sie, welche Risiken wir eingegangen sind, um Sie zu kontaktieren? Um zu diesem Treffen zu kommen?«

Oh ja, eindeutig Zorn. Er sah sie an, ehrlich erstaunt. Sogar seine Männer überlegten es sich zweimal, bevor sie ihn verbal derart angingen. Ganz sicher hatte es keiner mehr gewagt, seit er erwachsen war. Vielleicht sogar zuvor nicht.

»Ihr habt viel riskiert«, pflichtete er ihr bei. »Aber ich habe euch in der Mail vorgewarnt, dass ich jeden töten werde, der versucht, mich aufs Kreuz zu legen. Wer auch immer dich in dieses Komplott mit hineingezogen hat, Kind, hat deinem Leben ein Ende gemacht.«

Zeigte sie Furcht? Nein. Stattdessen öffnete sie langsam ihre Jacke und holte mehrere Fotos heraus. Ihre Hände zitterten, als sie sie ihm gab.

Ihr Gesicht war blass, aber ihre Augen waren immer noch voll Zorn. Er warf einen Blick auf die Fotos und runzelte beim Anblick der fünf jungen Frauen die Stirn. Eindeutig Kojotinnen, wenn das gezwungene Lächeln, das ihre gekrümmten Reißzähne enthüllte, ein Hinweis war.

»Die könnten getürkt sein.« Er warf sie auf den Tisch.

Sie holte hörbar Luft. »Wenn ich nicht zurückkehre, wird die Nachricht nach Sanctuary zu den Raubkatzen-Breeds gehen, dass der Geistkojote mich ermordet hat. Ich kam zu Ihnen im Zeichen der im Breed-Law neu aufgestellten Ideale, zu dem Sie laut Ihrer Mail angeblich stehen. Diese Nachricht wird meinen Namen, mein Alter, das Labor, aus dem ich stamme, und eine Nachricht enthalten: ›Breed-Law überlebt nicht immer. Meister kontrollieren die Marionetten, und die Marionetten flüstern vom Lohn des Todes‹.«

Schockierend. Del-Rey starrte sie an, als sie den Code und die Information flüsterte, mit der jeder lebende freie Raubkatzen-Breed hinter ihm her sein würde. Vielleicht war es doch kein Trick.

Er konnte keine Täuschung wittern. Aber seine Sinne konnten getäuscht werden – Kojoten wussten genau, wie man die Sinne von Menschen und Breeds gleichermaßen täuschte. Ein Mensch konnte das lernen, wenn er denn schlau genug war.

Anya Kobrin war schlau genug. Sechzehn Jahre alt und bereits aktiv im Sicherheitsdienst und der Verwaltung im Chernow-Labor in Sibirien. Er kannte den Ort und inzwischen auch viele der dort Beschäftigten, doch die Breeds dort zu befreien, würde weit härter werden.

»So etwas geht nicht über Nacht.« Er ließ jeden Gedanken daran, sie zu töten, fallen. »Es könnte Jahre dauern. Ich gehe nicht blind da rein, und ich bringe keine Kinder in Gefahr. Und ganz bestimmt traue ich keinen blauen Augen und einem aufrichtigen Gesicht. Geh nach Hause. Ich melde mich, wenn ich mich entschieden habe.«

Sie sah ihn alarmiert an. »So lange kann es nicht warten. Es gibt über fünfzig Kojoten-Breeds hier. Und täglich sterben welche.« Verzweiflung trat in ihr Gesicht. »Sie können sie nicht einfach sterben lassen.«

»Und ich kenne Kojoten, Mädchen«, knurrte er zurück. »Ich kenne ihre Hinterlist, und ich weiß, wie leicht sie hübsche kleine Mädchen täuschen können. Wir warten und beobachten. Ich melde mich. Bis dahin ist die Sicherheit dieser jungen Frauen deine oberste Priorität.« Er zeigte auf die Fotos. »Du hast nur diese Aufgabe, ist das klar? Die Männer werden Bescheid wissen. Wissen sie auch, dass du hier bist?«

Sie schüttelte schnell den Kopf. »Nur Sharone weiß es. Den anderen haben wir es nicht gesagt.«

»Belasst es dabei«, befahl er, beugte sich vor, sah ihr in die großen blauen Augen und bedachte sie mit einem Blick, den die meisten Männer nur Sekunden vor ihrem Tod sahen. »Hintergehe mich, Anya Kobrin, und du stirbst. Du stirbst, dein Vater stirbt und sämtliche Freunde oder Mitglieder deiner Familie, die ich aufstöbern kann, werden ebenfalls sterben. Glaubst du mir?«

Sie leckte sich über die Lippen und nickte. »Ich würde damit rechnen. Aber ich werde Sie nicht hintergehen.«

Er nickte knapp. »Meine Männer geleiten dich aus der Stadt. Geh nach Hause, und warte, bis ich Kontakt aufnehme.«

»Bald?«, fragte sie und stand langsam auf. »Bitte bald. Bisher wurden die Mädchen nicht misshandelt, hauptsächlich deshalb, weil mein Vater dafür sorgt. Aber sie werden älter«, flüsterte sie. »Die drei ältesten sind bereits über achtzehn. Er wird sie nicht mehr lange schützen können.«

»Dann solltest du deinen Vater und deine Freundinnen besser überzeugen«, knurrte er. »Denn ich springe nicht durch Reifen und bringe mich und meine Männer so leichthin in Gefahr, wie ich es deiner Ansicht nach wohl tun sollte. Kojotinnen sind ein gewisses Risiko wert. Die Männer dort, die bereit sind, für die Freiheit zu tun, was sie tun müssen, sind das Risiko wert. Aber zweifle nie daran, dass es dort Spione gibt, und bevor ich komme, bringe ich in Erfahrung, wer sie sind. Und ich werde wissen, liebreizende Anya, ob du Freund oder Feind bist. Sorge dafür, dass du auf der Freund-Seite der Gleichung stehst. Ich habe kein Problem damit, eine Frau zu töten, wenn sie mich hintergeht.«

Sie erwiderte seinen Blick und reckte dann das Kinn, entschlossen und feminin überheblich. Himmel und Hölle, die Kleine hätte selbst eine Breed werden sollen. So verwegen. So couragiert.

»Wenn eins dieser Mädchen stirbt, bevor du dich entscheidest«, flüsterte sie mit bebender Stimme, »dann bist du derjenige, der besser vorsichtig sein sollte, Del-Rey, wer auch immer du bist. In deinen Augen mag ich ein Kind sein, aber ich wäre ein wirklich übler Feind.«

Sie drohte ihm? Am liebsten wollte er loslachen über ihre schiere Dreistigkeit. Doch stattdessen schmunzelte er nur, klopfte an die Wand und wartete, dass Brim hereinkam.

»Bringt sie hier raus, schnell und leise«, befahl er. »Bringt sie zum Bahnhof zurück. Sie fährt zurück in ihr nettes, sicheres Zuhause.«

Brim warf dem Mädchen einen harten Blick zu, nickte dann und trat beiseite, damit sie hinausgehen konnte. Sie trat an ihm vorbei, drehte sich dann um und sah Del-Rey an.

»Du solltest mal lächeln«, sagte sie sanft und überraschte ihn damit schon wieder. »Ich wette, du siehst wirklich niedlich aus, wenn du lächelst.«

Er unterdrückte sein Lächeln, bis sie weg war, und schüttelte dann den Kopf, ein breites Grinsen auf den Lippen. Dieser kleine Wicht. Mit dem hätte er sicher eine Menge Schwierigkeiten am Hals, das konnte er sehen. Und eine hübsche Herausforderung.

Zwei Jahre später

»Das ist Wahnsinn.« Anya sprang von ihrem Stuhl auf und sah den Mann an, der eintrat. »Ihr müsst schneller vorgehen.«

Del-Rey. Dunkelblondes Haar fiel ihm bis auf die Schultern, schwarze Augen, so tief, dass sie manchmal nur einen Hauch von Blau reflektierten.

Bei ihrem Ausbruch hob er eine dunkelblonde Augenbraue und musterte sie kühl. Er musterte sie so, wie er es zwei Jahre zuvor getan hatte, als sie ihn zum ersten Mal getroffen hatte. Das halbe Dutzend Mal, das sie ihn seither gesehen hatte, hatte nichts daran geändert, wie er mit ihr umging.

Aber etwas in ihr hatte sich verändert. Sie träumte zu oft von ihm. Dachte zu oft an ihn.

»Ich habe dir gesagt, dass das nicht so schnell geht«, warnte er sie. »Dieses Labor ist nicht gerade einfach zugänglich, Schätzchen. Wir tun unser Bestes. Und wenn deine Kojotenfreundin so schlau ist, wie ich vermute, dann wusste sie, dass die Wartezeit lang wird.«

»Breeds werden auf der ganzen Welt befreit«, widersprach sie leidenschaftlich. »Es wurden Labore geknackt, die genauso stark gesichert sind.«

»Und das hat sehr viele Leben gekostet«, warnte er. »Im Augenblick ist euer Labor sicher vor den Tötungen, die bei den anderen Breeds Alltag sind. Kojoten werden nicht getötet, es sei denn, sie beginnen Gnade zu zeigen. Bisher sind die Mitglieder deiner Gruppe zu jung, um in großer Gefahr zu sein.«

»Man beginnt bereits, die älteren zu verlegen.« Sie ballte die Fäuste und dachte an die Gruppe, die vor über einem Monat gegangen war. »Wir können nicht mehr warten.«

»Sechs wurden verlegt, und sobald sie die russische Grenze überquerten, wurden sie befreit. Drei starben, weil sie ihre Wärter bei unserem Rettungsversuch vorwarnten.« Er nahm den Camcorder vom Tisch, schaltete ihn ein und stellte ihn vor sie hin. »Ich glaube, du kanntest sie.«

Schock und Verrat. Anyas Augen weiteten sich, als sie die Aufnahme ansah. Drei der Kojoten, die sie und Sharone zahllose Male beschützt hatten, hatten die anderen verraten, als der Rettungstrupp kam. Sie hatten die Waffen auf ihre Mit-Breeds gerichtet. Und mit harten Augen und kalter Stimme gaben sie dabei Council-Müll von sich.

»Die anderen drei sind am Leben und im Augenblick in Sicherheit«, beteuerte er, als das Video zu Ende war.

»Holt die Mädchen auf demselben Weg raus.« Verzweifelt sah sie ihn an. »Ich kann ihre Verlegung arrangieren.«

Er schüttelte den Kopf. »Vergisst du da nicht etwas, kleine Anya?«

Die Frage überraschte sie.

»Was meinst du damit?«

»Dein Vater hat dir diese Mädchen als Leibwache zuteilen lassen. Ich glaube, du hast ein Angebot vom Genetics Council selbst erhalten, ein Büro zu leiten, das die Verwaltungs- und Sicherheitsaufgaben koordinieren sollte, damit ihre Organisation noch geheimer bleibt.«

Sie runzelte die Stirn. Es stimmte, sie hatte ein solches Angebot erhalten, doch woher wusste er das?

»Doktor Chernow und Doktor Sobolowa haben darum gebeten, dass ich dem gegenwärtigen Labor zugeteilt bleibe, bis ich zweiundzwanzig bin.« Ein Lächeln umspielte ihre Lippen. »Sie legten dem GC Beweise vor, dass ich nicht annähernd so kompetent in den neuen Programmen bin wie erhofft.«

Natürlich war das Absicht gewesen. Ihr Vater hatte sie vorgewarnt, dass ein solches Angebot kommen könnte, und Anya hatte dafür gesorgt, den Anschein zu erwecken, als hinke sie in gewissen Bereichen hinterher.

»Tatsächlich«, meinte er gedehnt. Ihr kam es so vor, als läge in diesem einen Wort eine ganze Menge Spott. Aber der Mann spottete häufig und wirkte immer hart. Doch manchmal sah sie auch Belustigung und vielleicht einen Anflug von Weichheit in seinen Zügen.

»Tatsächlich.« Sie verdrehte die Augen. »Was absolut am Thema vorbeigeht, dass ich eine Verlegung der Mädchen arrangieren könnte. Es wäre ganz einfach.«

»Nein.« Seine Stimme war kühl. Entschieden. »Hier sind drei Fotos. Kennst du diese Männer?«

Sie betrachtete die Fotos mit gerunzelter Stirn und zeigte dann auf eins. »Das ist Aleski Dornowo. Er ist Breed-Ausbilder und Exmitglied eines russischen Elite-Killerkommandos. Er war viele Jahre lang gewissermaßen Teil verdeckter Operationen.« Sie tippte auf das nächste. »Graco; er ist einer der älteren Breeds im Labor. Sehr still. Kälter als die anderen. Und das ist Cavalier. Er ist innerlich tot«, sagte sie traurig. »Er kam aus einem anderen Labor, kurz vor den Befreiungen. Ich hörte, es sei ein brutales Labor gewesen.«

»Und eures ist nicht so?«, fragte er sie.

Sie schüttelte langsam den Kopf und sah zu ihm auf. Sie fühlte den Schmerz bei dem Gedanken daran, was die Breeds erlitten. »Nein. Dr. Chernow und Dr. Sobolowa glauben, dass Loyalität mit Loyalität anfängt. Sie beginnen die Ausbildung mit Belohnungen für korrektes Verhalten. Sie weigern sich, Experimente an den Breeds durchzuführen, die sie erschaffen haben, und argumentieren, dass das zum Verlust dieser Loyalität führen würde. Sie stehen in ihren Fachbereichen in sehr hohem Ansehen. Das Council verweigert ihnen nur selten etwas, worum sie bitten. Sie töten nur zu Beispielzwecken.« Sie spürte die Tränen, die ihr in den Augenwinkeln brannten. »Aber sie töten dennoch.«

»Du bist zu weichherzig«, spottete er. »Tod gibt es jeden Tag. Dieser Mann«, er tippte auf Cavaliers Foto, »beobachte ihn genau.«

»Ist er ein Feind?« Sie sah zu ihm auf und fühlte, wie ihr das Herz schwer wurde. Sie mochte Cavalier. Sie sprach nie mit ihm, denn in der Nähe der männlichen Kojoten durfte sie sich nicht aufhalten, aber in seinen Augen stand etwas Gequältes und Trauriges.

»Freund oder Feind habe ich noch nicht entschieden. Sag Sharone, sie soll ihn genau im Auge behalten. Sie hat mehr Umgang mit den männlichen Breeds, als dir erlaubt ist. Richtig?«

»Richtig«, bestätigte sie bedrückt. »Du kommst noch nicht, um sie zu befreien, oder?«

»Noch nicht«, antwortete er. »Erst trennen wir die Spreu vom Weizen, bevor wir die Ernte einfahren. Es gibt keinen anderen Weg, Anya. Nicht, ohne deine Sicherheit und die der Breed-Frauen zu garantieren, die du so unbedingt schützen willst.«

Sharone hatte sie gewarnt, dass es ihn Jahre kosten würde, das Ganze richtig durchzuziehen. Sie hatte das nicht geglaubt. Doch jetzt glaubte sie es.

»Graco ist allerdings ein Spion«, warnte er sie da. »Wir haben Beweise dafür. Lass ihn versetzen, sobald du es einrichten kannst, ohne Verdacht zu erregen.«

Sie nickte. »Vater und die Wissenschaftler entscheiden das. Aber für gewöhnlich folgen sie Vaters Empfehlungen.«

Ihr Vater war Sicherheitschef und leitender Ausbilder, und er hörte auf ihre Meinung und schätzte sie. Die Tatsache, dass sie ihn hinterging, verfolgte sie häufig. Die Angst, dass er für ihre Taten mit seinem Leben bezahlen könnte, war eine Konstante.

»Ihr werdet meinen Vater nicht töten?«, fragte sie wieder. Sie fragte ihn jedes Mal, wenn sie sich trafen, nur um sicherzugehen. »Ihr werdet ihn nicht verletzen?«

»Dein Vater wird nicht sterben«, versprach er ihr. »Ich habe dir versprochen, dass ich deiner Familie keinen Schaden zufügen werde, Anya.«

Sie holte hörbar Luft. »Ich sorge für Gracos Versetzung und benachrichtige dich, wenn es arrangiert ist.«

»Sei tapfer, Anya.« Seine Worte und die tiefer werdende Stimme überraschten sie. »Nichts, was es wert ist, ist schnell zu haben.«

Sie nickte niedergeschlagen. »Freiheit ist es wert, darum zu kämpfen«, flüsterte sie. »Sie ist es wert, dafür zu sterben.«

Ihre Freundinnen waren keine Tiere. Die Kojoten, die in dem Labor, in dem sie arbeitete und lebte, gezüchtet worden waren, waren erschaffen, um Befehle zu befolgen und kalt und hart zu sein, doch Anya hatte über die Jahre so viel mehr in ihnen gesehen. Und sie hoffte inständig, dass sie sie bald befreien konnte.

Vier Jahre später

Del-Rey musterte die junge Frau, die an der anderen Seite des Tisches stand, während er und seine Lieutenants die Diagramme studierten, die sie mitgebracht hatte. Elektrische Leitungen, Wasserrohre, Zugänge durch Tunnel unter dem Labor, Sicherheitslücken – sie hatte alles geliefert, was sie brauchen würden. Doch ein wesentlicher Schlüssel fehlte, und er wagte nicht, ihr das zu sagen.

Ein Ass.

Jede große Mission brauchte ein Ass. Die eine Karte, die jeden Widerstand übertrumpfen würde – und dieser Trumpf war Anya selbst. Ihr Vater war Sicherheitschef und leitender Ausbilder. Zwei Cousins leiteten Sicherheitsteams. Verschiedene Verwandte arbeiteten innerhalb des Labors. Sie war das Nesthäkchen der Familie, gehegt von Vater und Cousins, und die Kojoten, die im Labor verblieben waren, betrachteten sie als ihren wertvollsten Schatz.

Sie würden für sie sterben, mit ihr sterben oder bei dem Versuch sterben, sie zu schützen. Es wäre ihnen egal. Wenn sie sagte, *Geht durch die Hölle für mich*, dann würden diese Männer und die fünf Frauen in dem verdammten Labor mit einem Lächeln in die Tiefen der Erde hinabsteigen.

Zwanzig waren noch übrig. Wenn sie davonkamen, würden sie sich den vierzig Leuten anschließen, die er über die Jahre bereits versammelt hatte. Alles männliche Kojoten, hartgesotten und kalt wie der Tod. Sie hatten nur ihre Ehre – auch wenn man ihnen eingebläut hatte, dass man ihnen die weggezüchtet habe – und die Prinzipien, die sie verbanden.

Seine Männer waren denen drinnen zahlenmäßig überlegen, doch er wettete, dass die Breeds in diesem Labor jubeln würden, wenn er sein Ass ausspielte. Es gab dort nicht einen einzigen, der sich wohl damit fühlte, sie zurückzulassen.

Aber er kannte den Preis für die junge Frau, die über die letzten sechs Jahre zu einem wesentlichen Teil seines Lebens geworden war. Sie hatte die Spreu vom Weizen getrennt und sichergestellt, dass nur noch loyale Breeds übrig waren. Sie hatte ihren Teil getan. Er hatte ihren Bedingungen zugestimmt, und er war dabei, die Abmachung zu brechen, bevor sie überhaupt begonnen hatte, und sie würde es nicht einmal bemerken, bis es zu spät war.

»Vater und meine Cousins Iwan und Donan werden ihre Teams hier haben.« Sie deutete auf die ungefähren Bereiche, die die Sicherheitsteams für schwach hielten. »Sie wissen nichts von den Tunneln, die vom Labor zu dieser Höhle führen.« Sie zeigte auf die Höhle. »Ich habe Vater gefragt, ob die Wissenschaftler denn keinen sicheren unterirdischen Zugang hätten, und er sagte Nein. Es gibt keinen anderen Zugang. Aber ich habe den Tunnel selbst gefunden und bin ihm gefolgt.«

Und sie war verdammt stolz auf sich. Herrgott, er war stolz auf sie, obwohl ihm der Gedanke, was hätte passieren können, wäre sie erwischt worden, den Magen umdrehte.

»Wir müssen es bald tun«, sagte sie. »Genug von deinen Ausreden. Wir haben nur noch Monate, bis das Council mich nach St. Petersburg versetzt, zur Verwaltungsausbildung in den Büros der Geheimdienstkräfte der Föderation. Wenn das passiert, waren all die Jahre umsonst.«

»Und wenn es passiert, was dann?«, fragte er sie. »Was wird aus den Menschen, die in deinem Labor gearbeitet haben?«

»Vater wird sich um mich kümmern«, erklärte sie zuversichtlich. »Er versucht bereits zusammen mit den Wissenschaftlern hier, den Beschluss widerrufen zu lassen. Wenn die Breeds dort fliehen, werden neue Sicherheitskräfte zugeteilt werden. Sie werden den Fehler, der in ihr neues Sicherheitssystem programmiert werden wird, finden und glauben, dass mein Trainer über meine offensichtliche Inkompetenz hinweggesehen habe, um durch seinen Schützling selbst in einem besseren Licht dazustehen. Ich habe gesehen, was sie tun, wenn so etwas passiert. Sie lassen sowohl Ausbilder als auch Schützling fallen, und die können dann von Glück sagen, wenn sie Arbeit in den Fabriken finden.«

»Eine Fabrik ist also in Ordnung für dich?«, fragte er neugierig.

Ein Lächeln, schelmisch und neckend, spielte um ihre Lippen. »In dem Fall werde ich Vater dazu überreden, nach Amerika zu gehen. Da ist es viel wärmer als in Sibirien.«

Das war wohl wahr, und nach Amerika würde sie in der Tat gebracht werden. Ihr Vater würde allerdings nicht mit ihr reisen. Del-Rey hingegen schon. Er hatte Pläne. Pläne, die er bereits in Gang gesetzt hatte, und Anya passte in viele davon. Sobald diese Rettungsmission erledigt war, würden sie nach Colorado gehen, die Wolf-Breeds um ein Bündnis bitten und sich der Gesellschaft der Breeds anschließen.

Es würde nicht leicht werden, die Wölfe von einem Bündnis zu überzeugen, doch er hatte Beweise ihrer Arbeit in den letzten Jahren. Zehn Jahre, die sie in den Schatten gelebt hatten, nicht mehr als Geister gewesen waren, frei und doch gefesselt durch den Zwang, vor jedermann verbergen zu müssen, wer und was sie waren.

»Ich nehme bald Kontakt zu dir auf«, sagte er.

Er belog sie, und das nicht zum ersten Mal. Sechs lange Jahre hatte er diese wunderschöne Kindfrau belogen. Er hatte zugesehen, wie sie herangewachsen war von einem schlaksigen Teenager, voller Feuer und dürstend nach der Freiheit ihrer Freundinnen. Aus der Ferne hatte er zugesehen, wie sie Pläne ausarbeitete und seine Anweisungen umsetzte.

Sie war ein verdammtes Genie, wenn es um Verwaltung und Personal ging. Sie war so intuitiv, dass sie eine Gruppe fast augenblicklich mit nur einem einzigen Blick einschätzen konnte. Das hatte sie schon mit seinen Leuten gemacht, und er hatte die Zähne zusammenbeißen müssen, als sie ihm mitteilte, dass mehrere seiner Männer viel zu verdammt faul waren. Herrgott, sie waren Kojoten; sie brauchten ein paar Mängel, sonst wären sie schließlich verdammte Wölfe.

Aber sie hatte etwas an sich, was er nie recht fassen konnte und was ihn zu ihr hinzog. Obwohl sie selbst zu jung war, um ihn amüsant zu finden oder sich zu ihm hingezogen zu fühlen, hatte sie ihn angezogen.

»Ich will nicht ›bald‹ kontaktiert werden, Del-Rey«, widersprach sie heftig. »Bis zu meinem Geburtstag sind es nur noch wenige Monate. Noch länger aufschieben geht nicht.«

»Ich kontaktiere dich, bevor du versetzt wirst«, erklärte er mit Bestimmtheit. »Die Befreiung findet vorher statt, das verspreche ich dir. Es ist an der Zeit, dass du mir vertraust, Anya.«

In ihrem finsteren Blick stand Verwirrung. »Aber das tue ich doch. Ich habe dir immer vertraut, und du hast das Ganze immer verzögert. Langsam fange ich an, mir Sorgen zu machen.«

»Keine Sorge, Kleine.« Bevor er sich davon abhalten konnte, streckte er die Hand aus und berührte ihre Wange mit den Fingerspitzen.

Und in dem Moment loderte sie auf: diese Verbindung, dieses Etwas, was er über die Jahre wachsen gefühlt hatte. Auch sie spürte es. Er sah, wie sich ihre Wimpern senkten, ihre Lippen voller und sinnlicher wurden. Zarte Röte füllte ihre Wangen, und die Erregung, die ihren jungen Körper bei jedem ihrer Treffen erfüllte, loderte zu voller und lebendiger Hitze auf.

Er war ein Breed. Er konnte ihre Feuchte wittern, die süßen Säfte, die sich zwischen ihren Schenkeln sammelten und ihren Körper für ihn bereit machten.

Sie war kein Kind mehr. Sie war zweiundzwanzig Jahre alt, alt genug. Reif genug, so hoffte er inständig, denn er war immer noch ein Breed und ein harter Mann. Eine schlechte Kombination, wenn die Lust ihn innerlich auffraß.

Als sie mit den Zähnen an ihrer Unterlippe zupfte, wollte er am liebsten daran knabbern. Als sie sie mit der Zunge befeuchtete, stöhnte er fast auf angesichts der Erektion in seinen Jeans.

»Sag deinen Leuten, dass sie warten sollen«, warnte er sie. »Ich kontaktiere dich, und wir vereinbaren Datum und Zeit. Einverstanden?«

Sie nickte langsam. »Und du wirst meiner Familie nichts antun?«, fragte sie wieder einmal. »Sie glauben nicht an das, was hier läuft, Del-Rey. Das ist ihr Job. Sie sind Soldaten. Sie befolgen ihre Befehle, genau wie deine Männer. Versprich mir, dass du ihnen nichts tust.«

»Das habe ich doch schon geschworen, Anya.« Er strich mit seinen Fingerrücken über ihre seidige Wange. »Meine Männer wissen, wer von den Sicherheitsleuten zu deiner Familie gehört. Wir werden wissen, wo sie sich während des Angriffs aufhalten werden. Es wird alles gut gehen. Versprochen.«

Und wieder belog er sie. Ihr Vater und ihre Cousins waren Soldaten, doch sie hätten die Verantwortung übernehmen können, die Anya auf ihre eigenen jungen Schultern geladen hatte. Sie hätten den Breeds Tausende Male helfen können, doch sie hatten es nicht getan. Sie hatten Befehle befolgt.

Man würde alles versuchen, sie nicht zu töten, aber sie würden leiden dafür, dass sie zugelassen hatten, dass diese junge Frau die Risiken auf sich genommen hatte, die sie für den Job einging, den sie machte.

»Vertrau mir«, flüsterte er noch einmal.

Der Duft ihrer Erregung steigerte sich im weichen Timbre seiner Stimme. Das Verlangen, das in ihre Augen trat, erfüllte ihn mit schmerzlichem Bedauern.

»Ich vertraue dir.« Ein zitterndes Lächeln auf ihren Lippen. »Ich werde dir immer vertrauen, Del-Rey.«

Traurigerweise war ihm klar, dass sie das bald zurücknehmen würde. Anya kannte leidenschaftliche Loyalität, doch sie wusste auch, wie man hasste. Sie war eine Frau, deren Leidenschaften immer tief gehen würden, ganz gleich in welche Richtung. Und in nicht allzu langer Zeit würde sie nur noch Hass für den Mann kennen, den sie nun mit solcher Sehnsucht ansah.

Bedauern. Es brannte in ihm. Ein Gefühl, das er noch nie im Leben empfunden hatte – und es war ein Gefühl, das er gar nicht mochte.

1

Anya war da, wo sie sein sollte, doch es lief nicht wie geplant. Nichts war wie geplant verlaufen. Als sie an jenem Abend ins Labor zurückkehrte, erfolgte der Angriff innerhalb weniger Stunden.

Es gab keine Vorwarnung. Keinen Anruf. Alarme plärrten los, Zellentüren gingen auf, Sicherungsmechanismen wurden überbrückt und die Schlösser der Waffenkammern deaktiviert.

Sie drängte die Wissenschaftler hinter eine sichere verborgene Wand, die sie vor einem Monat entdeckt hatte. Offensichtlich waren sie nicht lange genug hier gewesen, um alle Geheimnisse des Labors herauszufinden. Dr. Chernow hatte vor zehn Jahren die alternden Wissenschaftler ausgetauscht und seinen Schützling Sobolowa, eine wesentlich jüngere Wissenschaftlerin, mitgebracht.

»Bleibt hier drin, und rührt euch nicht«, befahl sie ihnen. »Bleibt hier, bis ihr nur noch Stille hört.«

Bleich und zitternd vor Schock gehorchten die beiden Wissenschaftler und kauerten sich in den kleinen Raum, während Anya die gesicherte Tür schloss und zu den Ausgängen eilte, die zu dem kalten öden Land über der Erde führten.

»Anya, verschwinde von hier.« Sofia Iwanowa, eine der Verwaltungsassistentinnen, griff sie am Arm und zog sie in einen anderen Flur. »Geh da lang.« Sie zeigte auf die Stufen. »Die sind frei. Ich decke dir den Rücken.«

Ihr den Rücken decken? Anya warf einen Blick über die Schulter und sah die Ärzte mit gezogenen Waffen aus dem Labor stürmen. Sie feuerten auf das Personal? Schock durchfuhr sie und brannte sich in ihr Gedächtnis. Sie kannte diese Männer und Frauen doch. Sie kannte sie gut. Und jetzt schossen sie auf die flüchtenden Angestellten?

»Lauf schon, verdammt!« Sofia schob sie in Richtung Ausgang. »Verschwinde von hier, bevor ich dich erschießen muss.«

Anya rannte. Sie stürmte los, und Wut nährte die Angst und den Schock, der durch ihren adrenalingetränkten Verstand jagte. Das hier war exakt der Plan, den sie Del-Rey für die Befreiungsmission gegeben hatte. Hatte er ihr nicht vertraut? Er hatte nur Stunden nach ihrer Rückkehr angegriffen und ihr keine Zeit gelassen, dafür zu sorgen, dass ihr Vater und ihre Cousins nicht hier waren.

Nein, es musste etwas anderes sein, entschied sie verzweifelt, während sie die Stufen hinaufrannte. Sie griff eine ältere Frau, eine der Sekretärinnen, am Arm und schob sie vor sich her.

»Schneller, Marie«, drängte sie die Frau, als diese schluchzte und beinahe stürzte. »Wir müssen uns beeilen.«

Andere Angestellte rannten an ihnen vorbei, während Anya Marie am Arm packte und regelrecht die Stufen hinaufzerrte. Marie hatte Kinder und Enkel. Einen kranken Ehemann. Sie wurde gebraucht. Und außerdem brachte sie den Breeds immer Kekse. Sie war freundlich und sanft.

Die Tür war aus den Angeln gebrochen und lag auf der Seite, während Sicherheitsleute die Angestellten hindurchwinkten und zur Eile drängten. Die Wachen hatten Masken über den Gesichtern, um sich vor dem schneidenden Wind zu schützen. Draußen war es bitterkalt, und Marie hatte weder Jacke noch Mantel.

»Los, zur Kaserne«, befahl sie der Frau. »Da ist es warm und sicherer. Dort verstecken wir uns.«

Sie lief hinaus in die Kälte und registrierte die Schüsse, die lauten Stimmen, das Aufeinanderprallen der Kräfte. Und dann registrierte sie nur noch den harten Arm, der sich um ihre Taille legte, sie an eine breite Brust zog – und das Messer an ihrer Kehle.

Sie konnte fühlen, wie sich die kalte Klinge an ihre Kehle presste, in die Haut drückte, nur einen Hauch davon entfernt, sie tatsächlich zu schneiden.

»Kobrin, ich habe deine Tochter.«

Sie kannte die Stimme, die da laut durch das Tal hallte. Sie kannte das Grollen darin, und sie spürte das Schluchzen, das ihr aus der Kehle wollte.

Verrat. Er hatte sie verraten.

Qual durchfuhr sie derart schmerzvoll, dass sie nur nach Luft schnappen konnte, als ihr die Realität bewusst wurde.

Die Schüsse verstummten langsam. Keine Angestellten mehr, die durch die Türen eilten. Aber sie konnte sie am Eingang hören und die Anspannung in der Luft spüren.

Del-Rey. Oh Gott, sie hatte ihm doch vertraut. Sie hatte ihm so sehr vertraut.

»Wir legen die Waffen nieder«, rief ihr Vater. »Nimm die Breeds. Geh. Wir stellen uns euch nicht in den Weg, aber lass Anya gehen.«

Sie starrte in das bleiche Gesicht ihres Vaters; ihre Cousins bewegten sich neben ihm. Sie hatten alle drei heute Nacht Dienst. Ihre Freunde waren hier, diejenigen, die ihr geholfen hätten, hätte sie sie darum gebeten, doch das hatte sie nicht getan.

Ein Schuss fiel, und ihr erster Cousin stürzte zu Boden, umklammerte sein Bein und schrie vor Schmerz auf. Zwei weitere Schüsse kurz hintereinander, und auch die anderen beiden wanden sich am Boden.

»Hör auf!«, schrie sie und krallte die Hände in den Arm um ihre Taille. »Nein. Nein. Tu das nicht!«

Wut und Schmerz packten sie. Elend sah sie ihren Vater an und schluchzte vor Scham darüber, was sie getan hatte.

»Transporter landet in sechzig Sekunden, Boss.« Das war der, den Del-Rey Brim nannte. Manchmal hatte er ihn auch Brimstone gerufen.

Sie hatten sie alle hintergangen. Die kleine Gruppe Männer, mit denen sie Freundschaft geschlossen hatte, denen sie vertraut, denen sie das Leben ihres Vaters und ihrer Cousins anvertraut hatte.

»Wie kannst du das nur tun?«, fragte sie schluchzend. »Hol dich der Teufel, wie kannst du das tun?«

»Anya, bleib ruhig, Kind«, rief ihr Vater. »Denk an deine Selbstbeherrschung, Tochter. Deine Cousins leben.«

»Vorerst«, rief Del-Rey gedehnt zurück. »Sag mir, Kobrin, du bist doch hier, seit der erste Breed erschaffen wurde – hast du je daran gedacht, ihnen zu helfen?«

»Sie sind am Leben«, rief ihr Vater zurück. »Ich habe keinen getötet. Das hier war kein Schlachthaus.«

Del-Rey lachte leise hinter ihr. »Ich denke, ich werde deine Tochter mitnehmen, Kobrin. Als Versicherung, glaube ich. Du wirst eure russische Luftwaffe nicht benachrichtigen, und du wirst niemandem mitteilen, was hier geschehen ist, und das sechs Stunden lang. Andernfalls stirbt sie. Haben wir uns verstanden?«

»Lass sie hier«, rief ihr Vater verzweifelt. »Ich schwöre dir, niemand wird euch folgen.«

Del-Rey lachte. »Nein, niemand wird mir folgen. Ich habe die Krönung aller jungen Schützlinge des Genetics Council. Deine Tochter, Kobrin. Zwing mich nicht, sie zu töten.«

Noch ein Schuss, und ihr Vater stolperte und fiel, während

Anya nach ihm schrie. Sie streckte die Hände aus und formte die Finger zu Krallen, während sie von den Füßen gehoben wurde und zugleich das Geräusch eines näher kommenden Helijets hörbar wurde.

Sie schrie nach ihrem Vater und schlug auf den Arm ein, der sie festhielt. Sie trat um sich, fluchte und schluchzte.

Wut loderte in ihr, und das Gefühl, verraten worden zu sein, brannte sich in ihren Verstand. Er hatte gelogen. Vom ersten Moment an hatte er gelogen, und das würde sie ihm nie verzeihen.

»Abzug!«, befahl Del-Rey und stürmte in den hinteren Bereich des Transporters, hinter den anderen Männern, die an Bord des riesigen schwarzen Fliegers zusammengeströmt waren. »Cavalier, bring diesen Bastard vom Boden hoch.«

Cavalier. Sie hatte seinen Transport vor einem Jahr arrangiert. Wie viele andere waren noch hier? Wie viele, denen sie vertraut hatte, hatten sie hintergangen?

»Hör auf, dich zu wehren, Anya.« Del-Rey hielt sie fest und ließ sich auf der Metallbank nieder, umfing sie sicher mit seinen Armen, und der Transporter hob ab.

Sie konnte nicht hinaussehen. Sie hatte ihren Vater aus den Augen verloren. Ihre Familie.

»Du Bastard!«, schrie sie, schlug noch erbitterter um sich, und ihre Fäuste trafen sein Gesicht. »Du Hundesohn. Du verdammter Bastard. Wie konntest du? Wie konntest du?«

»Wie konnten sie?«, knurrte er und drehte sie zu sich herum. Seine schwarzen Augen loderten vor Zorn, und er entblößte die tödlichen Reißzähne. »Wie können sie es wagen, es einem Kind zu überlassen, das alles durchzuziehen? Wie können sie es wagen, dich derart in Gefahr zu bringen, wie sie es getan haben? Sie haben nur eine Kugel im Bein statt im Kopf. Dafür sollten sie verdammt dankbar sein.«

Sie schlug ihm ins Gesicht. Ihre Hand knallte an seine Wange, kräftig genug, um ihre Handfläche brennen zu lassen, bevor sie noch einmal zuschlug. Wütende, zornige Aufschreie blieben ihr in der Kehle stecken, als er ihre Arme zur Seite riss und sie mit einem Knurren aus tiefer Kehle festhielt.

Und dann drückte er seine Lippen auf ihre. Sie wollte wieder aufschreien, doch er nutzte die Gelegenheit, um seine Zunge zwischen ihre Lippen zu drängen. Würze füllte ihren Mund. Sie schluckte und schluchzte im Kuss, weil es ein guter Kuss war. Weil seine Lippen über ihre strichen, wie sie es sich immer vorgestellt hatte. Weil er nach Wärme und Leidenschaft schmeckte, und weil er sie belogen hatte. Er hatte sie verraten. Und jetzt raubte er ihr den Verstand.

Sie schluchzte immer noch, als er den Kopf hob und sie an seine Brust zog. Seine Hand legte sich über ihren Kopf und drückte ihn an sich, als sie mit geballten Fäusten gegen seine Schultern trommelte.

Sie hasste ihn. Sie hasste ihn. Oh Gott, sie hasste ihn so sehr. Und sie liebte ihn. Und ihr war, als sei ihre Seele zerfetzt worden. Ihr Kojotenkrieger hatte sie betrogen. Er hatte gelogen, immer wieder, und jedes Versprechen gebrochen, das er ihr je gegeben hatte. Er hatte ihr die Unschuld gestohlen, bevor er sie küsste, und sie fragte sich, ob sie ihm das jemals verzeihen konnte.

Del-Rey blickte über ihren Kopf zu den Kojoten, die nun zu ihm gehörten. Breeds, die ihn mit ausdruckslosen und harten Blicken musterten. Sie waren eine Bedrohung – er konnte es wittern; seine Männer konnten es fühlen, als sie ihn umringten.

»Meins«, erklärte er ihnen in kaltem Befehlston. »Diese Frau ist meins.«

Die fünf weiblichen Kojoten erwiderten seinen Blick. Sie

waren seiner Ansicht nach die gefährlichsten, vor allem die älteste, Sharone.

Ihr Blick huschte über die schluchzende Anya.

»Du hast dich geirrt«, erklärte sie rundheraus. »Du hättest ihre Familie in Ruhe lassen sollen.«

»Sie haben sie in Gefahr gebracht. Sie haben Glück, dass sie noch leben.«

»Nein, mein Freund.« Sie schüttelte den Kopf. »Du hast Glück, wenn du weiterlebst. Du hast sie hintergangen, und das wird sie nicht vergessen. Sie wird es nicht vergeben. Wir sehen die Weisheit in dem, was du getan hast. Die Vergeltung, die wir alle als notwendig empfanden. Aber wir haben die Hände stillgehalten, denn sie gehört auch zu uns.« Sie zeigte auf die Breeds, die aus der unterirdischen Einrichtung gekommen waren. »Und sie wird dafür sorgen, dass du für das bezahlst, was du heute Nacht getan hast.«

Die zarte Anya? Sie würde toben und ihn wohl eine Weile hassen, aber er hatte ihre Familie am Leben gelassen. Er würde sie dazu bringen, zu verstehen.

»Geh mir aus dem Weg«, befahl er Sharone und meinte damit auch alle anderen. »Du hast mir und meinen Rudeln Loyalität geschworen. Nicht diesem Mädchen. Wenn es um sie geht, wirst du dich nicht einmischen.«

»Dann wirst du garantieren, dass sie keinerlei Schaden erleidet«, erklärte Sharone grimmig. »Wir folgen dir, Alpha, aber sie« – sie nickte in Anyas Richtung – »sie ist eine von uns. Misshandle sie, und du misshandelst uns alle. Vergiss das nie!«

Sie misshandeln? Er hatte nicht die geringste Absicht, sie zu misshandeln. Vielleicht sie zu lieben. Auf jeden Fall sie mit der Zeit von ihrem Zorn abzubringen. Und sie zu vögeln, bis sie beide vor Lust schrien, das war sicher. Sie würde ihm verzeihen. Dafür würde er sorgen. Schließlich hatte er ihren Vater und ihre Cousins nicht getötet. Sie lebten noch. Sie würden lediglich Schmerzen leiden. Große Schmerzen. Und es waren Schmerzen, die sie verdient hatten.

Er strich mit der Hand über Anyas offenes Haar. Ohne den Zopf fiel es ihr lang über die Schultern. Er umfasste ihren Hinterkopf und lehnte seinen eigenen an die Wand des Transportflugzeugs.

Ihm war bewusst, dass seine eigenen Männer ihn musterten und seine Entscheidung infrage stellten. Sie hatten die Klugheit seiner Entscheidung schon infrage gestellt, als er ihnen zum ersten Mal erklärt hatte, was er plante. Vor sechs Monaten hatte er die Hälfte seiner Männer nach Colorado geschickt, um insgeheim die Höhlen zu sichern, die die Basis der Wolf-Breeds, Haven, überblickten. Sie bereiteten dort alles für seine Ankunft vor. Doch es war unerlässlich, im Verborgenen dort anzukommen. Das bedeutete, sie mussten den Transporter stehen lassen und in kleinen Gruppen dort eintreffen. Das ließ sich leicht erledigen.

Anya ließ sich vielleicht nicht so einfach kontrollieren, und auch seine eigene Reaktion auf sie stellte sich als weit weniger einfach zu kontrollieren heraus, als er es sich vorgestellt hatte.

Erneut senkte er den Kopf und berührte ihre Lippen mit seinen. Seine Zunge sehnte sich brennend nach ihrem Aroma. Drängend nach einem weiteren heißen und leidenschaftlichen Kuss, nach dem Gefühl ihrer Lippen, die an ihm saugten und das pralle Gefühl seiner Zunge linderten.

Ihm waren die Augen, die zusahen, bewusst, doch er konnte sich nicht von ihr lösen.

»Sie hätten dich besser schützen sollen, Kleines«, flüsterte er an ihren vollen Lippen. »Sie haben meine Rache sehr wohl verdient.«

Sie sah ihn an. Ihre Augen waren dunkel vor Kummer und Schmerz, und ein erschöpftes Schluchzen drang aus ihrer Kehle.

»Du hast mich betrogen. Du hast mich angelogen«, flüsterte sie. »Ich werde dir nie wieder vertrauen, Del-Rey. Ich kann dir nie mehr vertrauen.«

Er schnitt ihr die Worte ab. Er konnte es nicht ertragen, sie zu hören, und er konnte den Schmerz und den Zorn in ihren Augen und ihrer Stimme nicht ertragen. Er raubte ihr einen Kuss, und ihre Lippen öffneten sich hilflos für ihn. Er konnte fühlen, wie sie sich gegen das Verlangen wehrte, und er fühlte, wie sie ihm nachgab und dabei kapitulierend aufstöhnte. Und noch während er sie küsste, wurde ihm klar, dass etwas in ihm nicht mehr ganz so war wie zuvor. Ein Hunger, ein Verlangen, ein drängendes Inferno der Lust baute sich in ihm auf, das keinen Sinn ergab und jeder Beschreibung spottete.

Doch er brauchte diese Frau, um es zu überstehen. Und Del-Rey sorgte immer dafür, dass er hatte, was er zum Überleben brauchte. Er schob es auf den Kojotenteil seiner Genetik. Zumindest zum Teil. Vielleicht sollte er seiner menschlichen Seite die Schuld geben, dachte er müde. Das würde Anya vielleicht eher akzeptieren.

Drei Tage später

Drei Tage. Sie brannte. Flammen leckten über ihre Haut. Wut, Verwirrung, Vertrauensbruch und Schmerz nagten an ihrem Verstand, während die schlimmste Erregung, die sie sich je hätte vorstellen können, ihren Körper beherrschte.

Es musste das Aroma seines Kusses sein, dachte sie. Sie sehnte sich danach. Es brachte sie schier um, das Verlangen nach diesem Kuss. Und immer wieder zwang er ihn ihr auf, als würde sie seinen Kuss inzwischen tatsächlich wollen.

Sie tigerte hin und her im Schlafzimmer der Hütte, in der sie eingeschlossen war. Sie trug die weiche Baumwollhose und das T-Shirt, das Sharone ihr zuvor gebracht hatte.

Sie hatte Sharone angefleht, ihr dabei zu helfen, zu fliehen. Sie hatte alles ausgeklügelt. Sie musste nur eine Stadt erreichen und die Botschaft aufsuchen; dort würde man sich um alles Weitere kümmern. Man würde ihren Vater kontaktieren, und dann könnte sie nach Hause. Dann könnte sie vergessen, dass Del-Rey Delgado überhaupt existierte.

Und Sharone war dabei gewesen. Anya hatte es in ihren Augen gesehen – bis Del-Rey wütend hereingekommen war und Sharone hinausgezogen hatte.

Jetzt war sie allein. Allein, um nachzudenken und sich Sorgen zu machen. Gott, ihr Vater lag irgendwo blutend im Schnee – und ihre Cousins mit ihm. Ihre Cousins hatten Familien, Kinder – wer würde jetzt für sie sorgen? Die Zeiten waren im Moment nicht gut in Russland; der Wirtschaft ging es schlecht. Sie würden ihr Zuhause verlieren. Sie würden draußen in der Kälte stehen. Ihr Vater.

Sie schniefte. Wer würde ihm jetzt seinen Wodka bringen, wenn er müde und ausgelaugt war von seinen Versuchen, die Wissenschaftler und Mitglieder des Councils zu manipulieren? Wer würde sein Bein verbinden?

Wieder liefen ihr Tränen übers Gesicht. Sie sollte sich besser beherrschen können. Ihr Vater hatte sie für ihren Mangel an Selbstbeherrschung gescholten. Doch so war er eben. Sie hatte rotes Haar, wie ihre Mutter, sagte er ihr oft. Und ihre Mutter hatte gelernt, dass es ihr und anderen für gewöhnlich mehr half, die Beherrschung zu behalten, als sie zu verlieren.

Doch jetzt konnte sie ihre Emotionen nicht kontrollieren.

Seit diese Schüsse gefallen waren, war sie dazu nicht mehr in der Lage gewesen. Seit Del-Rey sie geküsst hatte. Seit die Welt um sie herum explodiert war. Seit etwas in ihr zerrissen war.

Sie presste die Hände auf ihren Bauch. Ihre Bauchmuskeln verkrampften sich, und sie fühlte die Feuchte zwischen ihren Schenkeln pulsieren. Ihre Brustwarzen waren so empfindlich, dass das Reiben des T-Shirts darüber eine Qual war. Ihre Klitoris war prall und schmerzte. Selbst wenn sie sich selbst berührt hatte, war sie nie derart erregt gewesen.

Was hatte er mit ihr gemacht? Er musste etwas mit ihr angestellt haben. Eine andere Erklärung gab es nicht.

Sie tigerte im Zimmer auf und ab und fluchte vor sich hin. Tobte und weinte dann. Sie beschimpfte Del-Rey Delgado. »Des Königs«, murmelte sie verächtlich. An dem Bastard war überhaupt nichts königlich.

»Was hast du mit mir gemacht?«, schrie sie auf, hob eine Holzschale auf, eines der wenigen Dinge, die noch im Schlafzimmer standen, und warf sie gegen die Tür.

Sie zerbrach nicht, sondern prallte mit einem dröhnenden Knall an die Tür und fiel dann auf den Teppich, während sie am Ende des Bettes niedersank, sich zusammenrollte und stöhnte über das Verlangen, das in ihr brannte.

Sie schloss die Augen und schwor, sie konnte seinen Kuss schmecken, seine Hände auf ihrer Haut fühlen. Eine Berührung, sagte sie sich. Eine Berührung konnte sie zulassen, nur um das Verlangen zu stillen, das durch ihren Leib tobte. Vielleicht noch einen Kuss mehr.

»Nein!«, würgte sie zwischen zusammengebissenen Zähnen hervor. Auch nicht eine Berührung. Eine Berührung würde zu einer nächsten führen, und dann würde sie ihn anflehen. Gott helfe ihr, wenn er sie je wieder küssen sollte. Das würde sie nicht überstehen.

Und sie wollte die Küsse dieses Lügners nicht. Lügen. Sechs Jahre voller Lügen. Versprechen, die er eins nach dem anderen gebrochen hatte. Dass man sie vor der Befreiung vorwarnen würde. Dass sie Zeit hätte, dafür zu sorgen, dass ihr Vater und ihre Cousins in Sicherheit waren. Dass sie Zeit hätte, dafür zu sorgen, dass das Personal sicher davonkommen konnte und nicht in einer Massenflucht zertrampelt wurde.

Sie hatte gesehen, wie diese Ärzte automatische Waffen schwangen und auf die unschuldigen Verwaltungsangestellten und Labortechniker richteten, als diese fliehen wollten.

Sie hoffte, die Ärzte waren tot. Sie hoffte, sie schmorten in der Hölle. Anders als Del-Rey. Oh, den wollte sie nicht tot sehen. Sie wollte ihn lebendig. Lebendig und gesund, damit sie ihn persönlich umbringen konnte.

Sie wimmerte auf, als ein erneuter Schub der Erregung sie wie ein Schlag traf, in Magen, Vagina, Klitoris. Es war, als würde ihr ein rasender Elektroschock verpasst. Es knisterte und brannte und ließ sie vor Verlangen nach Luft schnappen, als die Tür aufging.

Sie rollte sich auf die Füße, stolperte und starrte den Mann an, der sie mit diesen schwarzen Teufelsaugen musterte.

»Was hast du mit mir gemacht?« Sie ballte die Fäuste.

»Ich weiß es nicht.« Er schüttelte müde den Kopf. »Was auch immer es ist, ich habe es mir selbst auch angetan.«

»Du Bastard!« Es war nichts mehr da, was sie nach ihm werfen konnte. In den letzten drei Tagen hatte sie mit allem geworfen, was sie finden konnte, und das letzte Stück, diese verdammte Schale, lag nun zu seinen Füßen. »Du lügst. So wie du all die Jahre gelogen hast, lügst du jetzt auch.«

»Nein, Anya.«

Der Klang ihres Namens auf seinen Lippen war zu viel. Sie knurrte und krümmte die Finger zu Klauen, als sie auf ihn losging. Sie würde ihm die Lügenaugen auskratzen. Sie würde ihm dieselben Schmerzen zufügen wie er ihr.

Er fing ihre Hände nur ein paar Zentimeter vor seinem Gesicht ab.

»Hör auf damit, Anya, das hilft nicht.«

»Denkst du, das weiß ich nicht?«, zischte sie erbost und wehrte sich gegen ihn. Ihr Körper und Geist waren hin- und hergerissen durch widerstreitende Gefühle und Bedürfnisse. »Du hast mich hintergangen, Del-Rey. Du hast gelogen.«

»Ich weiß, Baby.« Er hielt ihre Hände mit einer Hand fest, berührte mit der anderen ihre Wange und strich mit dem Daumen über ihre Lippen. »Wir werden damit fertig, versprochen. Aber ich brauche deinen Kuss. Jetzt.«

»Nein«, stöhnte sie, ein lang gezogenes Schluchzen aus Verlangen und Verzweiflung, als sie die Wange an seine Handfläche drückte und an seinem Daumen knabberte.

Oh Gott, er schmeckte so gut. So gut. Ihre Zunge strich über die Fingerkuppe, und ihre Wimpern flatterten.

»Noch einen Kuss«, grollte er. »Dann gehen wir der Sache auf den Grund. Versprochen.«

»Noch einen Kuss«, keuchte sie. »Einen.«

Sie streckte die Hände nach ihm aus. Sie brauchte ihn. Ihre Lippen öffneten sich unter seinen, nahmen seine Zunge auf und den Geschmack, nach dem sie sich so verzweifelt sehnte. Sie sog sie in ihren Mund und hörte sein Stöhnen der Wonne. Sie bog sich in seine Arme und flehte wortlos nach mehr.

Ein Kuss mehr war nicht genug. Sie brauchte seine Berührung. Unbedingt. So sehr, dass sie seine Hand nahm und unter ihr Shirt schob. Und dann tauchten ihre Hände unter sein Hemd, berührten heiße und feste Haut, während sie spürte, wie seine Hand ihre pralle Brust umfasste.

Oh, das war gut. Sein Daumen rieb über ihre Brustwarze,

und das war noch besser. Er hob sie in seine Arme, und nur eine Sekunde später streckte sie sich rücklings auf dem Bett aus, während er ihr das Shirt über den Kopf zog.

Ihre Hände gruben sich in sein Haar, als seine Lippen ihre Brustwarze bedeckten. Sie zerrte an seinem Hemd, bis er den Kopf hob, es sich vom Leib riss und sich dann ihrer anderen Brustwarze widmete.

Unter seiner Haut lagen harte sehnige Muskeln. Sie bewegten sich unter ihren Handflächen, ihren Nägeln, und sie spürte, wie seine Hände ihre Baumwollhose entlangfuhren.

Es war ausweglos. Sie konnte die wütende Lust zwischen ihnen fühlen, wie Elektrizität, die sie verband und sie gegenseitig auflud, bis sie innerlich brannte, und sie wusste, sie würde nicht genug von ihm bekommen. Sie brauchte mehr von ihm.

Eine Sekunde später fand sie sich auf dem Bauch liegend wieder. Ihre Finger gruben sich in die Laken, als sie die Augen öffnete und verwirrt und benommen auf das Bett starrte. Ihre Hüften wurden hochgehoben. Harte Hände glitten durch ihre empfindsamen Schamlippen, und sie war so feucht. So feucht und heiß. Und es fühlte sich so wundervoll an, dass sie sich der Liebkosung entgegenreckte.

»Sag mir, dass du mich willst«, grollte er hinter ihr.

»Ich will dich«, schluchzte sie die Antwort in das Bett, und Tränen liefen ihr wieder übers Gesicht, als sie ihn hinter sich spürte. »Ich will dich.«

Kräftig und warm schob sich seine Eichel zwischen ihre feuchten Schamlippen.

Nicht so. Sie presste den Kopf auf das Bett. Nicht so, wo sie sich nicht an ihm festhalten und kein Gefühl von Kontrolle oder Fokus finden konnte.

Warum so?

Er drang in sie, und die Lust machte sie verrückt. Sie bog den Rücken durch, als sie die heiße Dehnung spürte, und ein Schrei drang über ihre Lippen, teils Protest, teils Begierde.

Sie spürte ein Pulsieren flüssiger Hitze, das sie füllte und das Brennen in ihr noch steigerte. Sie fühlte, wie ihre Vagina pulsierte und ihn in sich drängen wollte. Mit jedem heißen Impuls wurde sie empfindsamer, begieriger, verlangender.

Sie sollte ihm sagen, dass sie noch Jungfrau war. Sie sollte ihm sagen, dass sie das noch nie zuvor getan hatte.

Ein Schrei drang aus ihrer Kehle, als er mit drei harten Stößen in sie drang. Jeder einzelne Zentimeter. Und er war so kräftig, als er sich in sie stieß, sie dehnte und ihr Jungfernhäutchen zerriss, ohne den Schmerz, den sie erwartet hatte, doch mit einer Wirkung, die sie sich nie hätte vorstellen können.

Sie spreizte ihre Schenkel weiter, neigte ihre Hüften nach hinten, und er erhob sich über ihr, die kräftigen Arme neben ihrem Kopf aufgestützt, als er begann, sich in sie zu stoßen. Seine Lippen lagen an ihrer Schulter. Harte kleine Küsse, erhitzt und leidenschaftlich an ihrem Nacken.

Sie war ganz von ihm erfüllt, spürte jede kräftige Ader an seinem Schaft, jedes Pulsieren des Blutes darin, und es machte sie fertig. Sie brauchte – wollte – mehr.

Und er gab ihr mehr. Sie spürte, wie ihr Körper sich anspannte, während er immer wieder in sie eindrang. Ihre Muskeln um seinen Schaft spannten sich an, ihre Klitoris pochte, pulsierte, und dann explodierte alles in ihr in einer Flut aus Licht und Farben, die sie seinen Namen schreien ließ.

Sie bebte in ihrem Orgasmus, zuckte unter ihm, während seine harten Stöße noch schneller wurden, und sie noch mehr dieser flüssigen Hitze in sich pulsieren fühlte.

Eine Sekunde später hörte sie ihn knurren, und dann spürte sie etwas Schockierendes. Etwas, wovon sie wusste, dass es nicht natürlich sein konnte. Das konnte nicht wahr sein. Sein Schaft begann an einer Stelle anzuschwellen. Er wurde größer, dehnte sie noch weiter, während sie spürte, wie sein Samen sich in sie ergoss.

Animalische Genetik, kam ihr der weit entfernte Gedanke. Er hing in ihr fest. Fest und zuverlässig von den Muskeln ihrer Vagina gehalten, und plötzlich knurrte er in animalischer Leidenschaft, und sie spürte, wie seine Zähne sich in ihre Schulter bohrten.

Sie sollte vor Schmerz aufschreien. Doch sie schrie vor Lust. Ein weiterer, noch heftigerer Orgasmus durchfuhr sie, ließ sie erbeben, entriss ihr ihre Sinne und ließ sie ganz verloren zurück, mit nichts, niemandem, an dem sie sich festhalten konnte. Gestürzt in eine Lust, so gewaltig und brutal, dass sie sich fragte, ob sie sie überstehen würde.

Del-Rey knurrte hinter ihr. Seine Zähne hielten immer noch ihre Haut gepackt, und sein Schwanz war noch immer in ihr verankert. Sie schluchzte seinen Namen. Sie wollte ihn anflehen, sie festzuhalten, doch die letzten Reste ihres Stolzes hielten sie davon ab.

Die Art, wie er sie genommen hatte, war so unpersönlich, und er musste es aus einem bestimmten Grund so getan haben. Sie war nicht wichtig. Derselbe Grund, aus dem er ihre Familie niedergeschossen hatte, derselbe Grund, aus dem er sie so viele Jahre lang belogen hatte. Weil Anya Kobrin und die zerbrechliche Liebe, die in ihr für ihn gewachsen war, nicht wichtig waren.

Und damit war sie allein, der Gnade eines Mannes ausgeliefert, von dem sie nun wusste, dass er keine Gnade kannte.

Del-Rey hatte einen schweren taktischen Fehler begangen, das war ihm klar. Der Zorn, der in ihm über die Jahre geschwelt hatte, hatte die intensive und alles überdauernde Loyalität, die Anya für ihre Familie und ihre Freunde empfand, nicht berücksichtigt. Del-Rey war ein Mann, der an Vergeltung glaubte. Ein solcher Mann war er sein ganzes Leben lang gewesen, bis er nun hier saß, in die Finsternis seiner eigenen Seele starrte und ihm klar wurde, er hatte einen Schatz verletzt, von dem er gar nicht gewusst hatte, dass er ihn in Händen gehalten hatte.

Seit dem ersten Augenblick ihrer Begegnung hatte er gewusst, dass er sie verraten würde. Es war der Lauf der Welt. Vollständig vertrauen konnte er nicht. Er überließ die volle Kontrolle oder volles Vertrauen nie jemand anderem, ausgenommen Brim. Genauso hatte er gewusst, dass die Anführer der Wärter Vergeltung erfahren würden, so wie er sie immer ausgeteilt hatte. Zuvor hatte er immer getötet. Wegen Anya hatte er sich zurückgehalten. Er hatte nicht getötet, sondern nur verwundet. Ihr Vater und ihre Cousins würden wissen, dass sie fair behandelt worden waren. Sie waren Krieger. Krieg hatte andere Regeln als die Märchen, in denen junge Frauen wie Anya lebten.

Sie schlief. Endlich. Del-Rey saß in dem Sessel neben ihrem Bett, angezogen, den Kopf in den Händen, die Ellbogen auf den Knien ruhend. Dort hatte er sich niedergelassen, sobald er sich aus ihr zurückziehen konnte, nachdem die Schwellung seines Schaftes weit genug zurückgegangen war, um sich von ihr zu lösen. Er hatte sich hastig die Jeans wieder über die Hüften gezogen und sich dorthin gesetzt. Um nicht umzufallen.

Und da war er geblieben, seit sie sich wortlos auf der Seite eingerollt, die Decke über ihre Schultern gezogen und lautlos geweint hatte, bis sie eingeschlafen war.

Sie hatte nicht wieder geschluchzt. Sie hatte ihn nicht verflucht oder beschimpft. Sie hatte sich in sich selbst zurückgezogen, und er hatte keine Ahnung, wie er sie zurückholen sollte.

Er senkte die Hände und starrte sie an. Große Hände. Die Hände eines Kriegers. Eines Killers. Diese Hände hatten sie unter ihm festgehalten. Seine Zähne hatten sie festgehalten. Sein Schwanz hatte hart und tief in ihr gehangen.

Das hatte er noch nie getan. In seinem ganzen Sexualleben hatte er das noch nie bei einer Frau getan. Warum bei dieser Frau?

Er stand auf und knöpfte die Jeans zu, bevor er sein T-Shirt anzog. Er konnte hören, wie Brim, sein Stellvertreter, die Stufen zum Schlafzimmer im ersten Stock hinaufstieg. Del-Rey öffnete die Tür, gerade als der Mann sie erreichte.

Besorgte hellblaue Augen sahen ihn an.

»Die Fahrzeuge sind hier«, berichtete Brim. »Aber diese Frauen unten sind stinksauer. Pass auf dich auf.«

Er konnte es ihnen nicht verübeln. Himmel noch mal, irgendwer sollte ihn erschießen.

»Hast du Kontakt zu Haven aufgenommen?«

»Funksprüche sind raus, aber noch keine Antwort«, berichtete Brim und sog dann mit zusammengekniffenen Augen die Luft ein. »Hier stimmt was nicht, Del-Rey. Du hast die Kleine gevögelt?«

Del-Rey knurrte. Anya ging ihn nichts an.

Brim schüttelte den Kopf. »Ihr Duft hat sich verändert, verlagert, und deiner auch. Irgendwas Abgefahrenes läuft hier.«

Das war ja die Untertreibung des Jahrhunderts. Er warf einen Blick zurück auf Anya.

»Mach dich bereit zum Ausrücken«, wies er seinen Stellvertreter an. »Lass sie noch einen Funkspruch nach Haven schicken. Ich brauche die Ärztin von dort. Auf der Stelle. Das darf nicht noch einmal passieren, Brim. Ich habe keine verdammte Ahnung, was hier drin geschehen ist, aber es darf nicht noch einmal passieren.«

Er schloss die Tür und ging zurück zum Bett.

»Anya.« Er flüsterte ihren Namen, und sie fuhr zusammen.

War seine Berührung so schrecklich? Die größte Wonne, die er je in seinem Leben erfahren hatte, und jetzt zuckte sie vor ihm zurück.

»Zieh dich an. Die Fahrzeuge sind hier, und wir rücken ab. Jetzt. Ich nehme an, du willst nicht riskieren, dass ich einen Versuch mache, dich anzuziehen.«

Er versuchte, sie wütend zu machen. Aber es funktionierte nicht. Sie schob die Decken von sich, als würde ihr die Erschöpfung, die sie gefangen hielt, Schmerzen bereiten. Er sah zu, wie sie ihre Sachen aufsammelte, ins Badezimmer ging und die Tür hinter sich schloss.

Er hörte sie nicht schluchzen oder weinen. Aber er konnte sie wittern, und was er witterte, schnitt ihm in die Seele. Irgendwie hatte er es fertiggebracht, diese feurige Flamme, die so sehr ein Teil von ihr war, auszulöschen. In diesem Augenblick roch Anya nach Niederlage. Und Del-Rey fühlte es. Zum ersten Mal im Leben erfuhr er den Geschmack von Niederlage.

2

Drei Wochen später

Wenn es in Del-Reys Leben jemanden gab, den er mit aller Gewissheit kannte, dann sich selbst. Er war ein Kojoten-Breed, und, wie er Wochen später dem Breed-Rat erklärt hatte, räumte er einige der schlimmsten Charakterzüge dieser Sorte Breeds ein: Berechnung und Manipulation. Die Fähigkeit, eine Situation zu betrachten, augenblicklich die Hindernisse und Gefahren darin zu erkennen und einen Weg zu finden, diese zu umgehen. Er war nicht der Typ, der sich ins Getümmel stürzte. Er war eher das Tier, das im Dunkel Kehlen durchschnitt, und das versteckte er auch nicht.

Zehn Jahre lang hatte er es geduldet, um dafür zu sorgen, dass er und seine Leute ein Teil der anerkannten Gemeinschaft der Breeds wurden. Schließlich war er ein Mann, der gern auf der Gewinnerseite stand. Freiheit für die Breeds war die Gewinnerseite. Doch jetzt war der Einsatz erhöht worden. Seiner Gefährtin wegen.

Hölle, in Bezug auf Paarungsrausch zwischen Breeds und ihren Geliebten hatte er nie auch nur einen Hauch von Information aufgeschnappt. Wer hätte ahnen können, dass die Genetik der Breeds sich derart gegen sie wenden und ihre Frauen so sehr quälen würde?

Klar, wie sonst konnte ein Breed darauf hoffen, seine Frau zu halten, sobald sie von der animalischen Natur erfuhr, die mit dem Paarungsrausch zum Vorschein kam?

Er betrachtete es als eine Art Ausgleich. Mehr als die Fleischwunden, die Anyas Familie auf seine Anweisung hin erlitten hatte, als Vergeltung für die Risiken, die sie sechs Jahre lang auf sich genommen hatte. Wäre er gegangen und hätte diese Männer unverletzt zurückgelassen, hätte das Genetics Council sie töten lassen. Wenn man sich aufs Wesentliche konzentrierte, war es ganz einfach. Der Geistkojote war kein Mann der Gnade, wenn es um den Feind ging. Hätte das Council geargwöhnt, dass er irgendwem Gnade erwies außer der Frau, die er entführt hatte, hätte man augenblicklich vermutet, dass diese Männer in den Plan zur Befreiung der Breeds aus dem Labor eingeweiht gewesen seien.

Nicht dass Anya diese Erklärung hätte hören wollen. Sie weigerte sich, mit ihm zu sprechen. Sobald die Ärztin der Breeds, Nikki Armani, sie aus den Höhlen abgeholt hatte, war ihm auf ihre Bitte hin jeder private Kontakt verweigert worden.

Inzwischen begriff er besser, warum sein Zorn bei dem Gedanken an die Risiken, die sie auf sich genommen hatte, aufgelodert war. Warum er zwei Männer abkommandiert hatte, die Einrichtung rund um die Uhr zu beobachten, um sicherzustellen, dass sie gerettet werden konnte, falls das Council ihr Soldaten auf den Hals schickte.

Sein Drang, sie zu beschützen, war viel zu stark gewesen, das hatte er gewusst. Seinen Männern war es klar gewesen. Zu viele Jahre hatten sie sich auf einem schmalen Grat um ihn herum bewegt, wenn es um das Mädchen ging. Doch das Wissen um den Paarungsrausch erklärte diese Impulse, die Del-Rey zu einer anderen Zeit nie riskiert hätte. Es erklärte auch seine Gewissheit vom ersten Augenblick ihres Zusammentreffens, dass er sie auf irgendeine Weise hintergehen würde.

Berechnung und Manipulation, Gerissenheit und Voraussicht. Diese Eigenschaften waren generell Teil des Wesens der

Breeds, doch Kojoten besaßen sie im Übermaß. Dazu eine gesunde Dosis an Beinahe-Faulheit, aber keine Spezies konnte perfekt sein, sagte er sich. Die Faulheit galt nicht für den Job, nur für das Leben im Allgemeinen, und das akzeptierte er an seinen Männern ebenso wie an sich selbst. In ihrer Freizeit mochten sie herumlümmeln, doch ihren Job erledigten sie genau nach seinen Anweisungen.

Und nun sah er sich einer weit wichtigeren Mission gegenüber: seine Gefährtin vom Breed-Rat zurückzubekommen. Regeln mussten aufgestellt werden, sagte er sich. Anya brauchte, was ihr zustand, oder er hätte nie wieder eine Chance, sie in seinen Armen zu halten.

Er kannte sich aus mit Stolz. Mit den Emotionen einer Frau kannte er sich nicht aus, aber die Kojotinnen, die er befreit hatte, hatten ihm ziemlich schnell klargemacht, dass er sich mit diesen Emotionen besser schleunigst vertraut machen sollte. Sie hatten ihm und den Rudeln, die eine Allianz mit der Gemeinschaft der Breeds anstrebten, Loyalität geschworen. Diese Loyalität ging tief. Sie würden ihr Wort nicht brechen. Doch falls er ihr von diesem Punkt ihre Entscheidungsfreiheit nahm, würde daraus Feindseligkeit entstehen. Sowohl bei der Frau als auch bei den Rudeln, die er anführte.

Aber es nagte an seinem Stolz. Es nagte an seinem Zorn. Drei Wochen war er nun von seiner Gefährtin getrennt, und er wusste, dass sie sich in der unterirdischen Forschungseinrichtung der Breeds befand und sich Tests zum Paarungsrausch unterzog. Er wusste, dass die Tests ihr Schmerzen bereiteten. Er konnte es fühlen und spürte die Gewissheit in einem Teil seiner Seele, von dessen Existenz er gar nichts geahnt hatte. Und er war nicht in der Lage gewesen, sich Zugang zu erzwingen.

Die fünf Kojotinnen blieben bei ihr. Sie waren seine Versicherung, dass er erfahren würde, wenn sie nach ihm fragte.

Falls sie von den Tests befreit werden wollte, würden sie zu ihm kommen. Sie berichteten ihm täglich, und jeden Tag wurde ihm gesagt, dass sie ihn nicht dort haben wollte. Sie wollte dort auch nicht weg. Doch in den Augen der Frauen sah er, dass sie litt. Seine Gefährtin litt, und er konnte es nicht aufhalten.

Jetzt saß er in dem Konferenzraum, der für ein Breed-Tribunal eingerichtet worden war – etwas, was, wie man ihm gesagt hatte, in der elfjährigen Geschichte der Etablierung der Breeds nie stattgefunden hatte.

Eine Runde mit zwölf Männern und Frauen, aus allen Spezies gewählt, um das Gesuch seiner Gefährtin anzuhören, von ihm getrennt zu werden.

Er wusste, wie es enden würde. Er wusste es, und der Schmerz, der ihn bei dem Gedanken erfüllte, überraschte ihn. Es war ihm nie schwergefallen, die Wahrheit und den Lauf, den jeder Kampf nehmen musste, zu akzeptieren. Doch dieses Mal zerriss es ihn, den Pfad vor sich zu sehen und zu wissen, was getan werden musste. Es brachte die animalische Genetik, die nie tief unter der Oberfläche lag, in Versuchung und reizte den Mann mit brennender Wut. Dieselbe Wut, die er in den wunderschönen saphirblauen Augen seiner Gefährtin schimmern sah. Es schmerzte und tobte in ihm, als er zusah, wie sich sein Leben vor seinen Augen veränderte.

Ein Trennungsgesuch von einem Gefährten hatte es noch nie gegeben, nicht ein einziges Mal in elf Jahren, seit die Breeds vom Paarungsrausch erfahren und ihn durchlitten hatten. Nicht bis Anya Kobrin sich drei Wochen lang Tests unterzogen hatte, um die Forschung zu vollenden, die die Ärzte zur Entwicklung einer grundlegenden Hormontherapie brauchten, die die Symptome des Rausches kontrollieren würde.

Man hatte sie vorgewarnt, dass es kein Heilmittel sei, lediglich eine Hilfe. Man hatte ihr gesagt, sie wäre nie frei von dem Mann, den sie ihren Gefährten nannten, aber sie hätte die Zeit, die sie brauchte, um herauszufinden, was in aller Welt mit ihrem Leben passiert war – und wie es so schnell den Bach hatte runtergehen können.

Sie musterte das Breed-Tribunal von dem Tisch aus, an dem sie vor ihnen saß: neun Männer und drei Frauen, ausgewählt aus jeder Spezies der Breeds. Wolf, Raubkatze, Kojote. Del-Rey und Sharone waren da, um die Kojoten zu vertreten. Ihr Gefährte und eine ihrer liebsten Freundinnen.

Gefährte – wie gern sie über den Titel spotten wollte, als sie ihn mit einem finsteren Blick bedachte. Sie war wütend. Aufgebracht. Fühlte sich betrogen. In drei Wochen hatte sie keine einzige Beschwerde vergessen, die sie gegen ihn hatte.

Ihre Aufmerksamkeit richtete sich von dem Mann auf die junge Frau an ihrer Seite. Cassandra Sinclair, Tochter eines Mitglieds des Tribunals, Dash Sinclair. Cassandra war achtzehn Jahre alt, schlank, hatte langes schwarzes Haar und helle, beinahe blassblaue Augen. Sie besaß die genetische Perfektion von Zügen, die alle Breeds hatten, doch sie war das, was man einen Hybrid nannte: ein Kind, geboren aus Breed-Sperma, das eine menschliche Eizelle befruchtet hatte, nicht verändert durch die Genetik, die es brauchte, um Breeds zu erschaffen. Ihre Mutter war künstlich befruchtet worden und hatte Cassandra ausgetragen.

Trotzdem war sie eine Breed. Ihr Aussehen und die längeren Reißzähne im Mund waren unverkennbar.

»Meine Damen und Herren des Tribunals«, verkündete Cassandra. »Vor Ihnen liegt ein Gesuch auf Trennung zwischen dem Breed Del-Rey Delgado und seiner biologischen Gefährtin Anya Kobrin. Ich handle im Namen von Miss Kobrin und beantrage offiziell die Ausgabe eines Trennungsbefehls, die Auferlegung von Beschränkungen für den Kojoten-Breed Alpha Del-Rey Delgado und die Gewährung einer Zuflucht in Haven, solange Alpha Delgado sich in der Basis aufhält, die die Kojoten-Breeds aufgebaut haben. Wir beantragen weiter die Abweisung des Gegenantrags von Alpha Delgado in Bezug auf seine Forderung, entgegen ihren Wünschen Zugang zu seiner Gefährtin zu erhalten. Zu diesem Zeitpunkt ist Miss Kobrin bereit, Fragen des Tribunals zu beantworten, und hat nach den Grundsätzen des Breed-Law geschworen, dass sie ihre Antworten wahrheitsgemäß und ohne Vorurteil gegenüber Alpha Delgado geben wird.«

Rascheln war am Tisch zu hören, als jedes Mitglied, ausgenommen Del-Rey und Sharone, die Dokumente noch einmal durchsah.

Cassandra setzte sich wieder. Ihre Miene war gleichmütig, als das Tribunal sie beide musterte.

»Wir haben nur ein paar Fragen, Ms Kobrin. Lediglich Präzisierungen Ihrer Aussage.« Jonas Wyatt, der Direktor des Büros für Breed-Angelegenheiten, begann den Prozess. Unheimliche silberne Augen musterten Anya, umrahmt von vollen schwarzen Wimpern. Seine Miene war kühl und Achtung gebietend, und vielleicht lag da um seine Lippen eine schwache Andeutung grausamer Arroganz.

»Für den Anfang möchte ich gern, dass Sie dem Tribunal darlegen, dass Sie in der Tat sechs Jahre lang mit einem Mann zusammengearbeitet haben, den Sie zuerst als den Geistkojoten und schließlich in seiner wahren Identität als Del-Rey kannten, um die Spione innerhalb des Kojotenrudels auszumerzen, in der Einrichtung, in der Sie die Verwaltung und die inneren Sicherheitsangelegenheiten leiteten.«

Anya atmete langsam ein. Sie schwor, sie konnte Del-Rey

riechen. Ein dezenter Hauch würziger männlicher Wärme und sexueller Intensität. Zu schade, dass er nicht bereit gewesen war, etwas von dieser Wärme mit ihr zu teilen.

»Das ist wahr«, antwortete sie.

»Haben Sie über den Mann recherchiert, den Sie kontaktierten, bevor Sie die erste Nachricht abschickten?«, fragte Jonas.

»Das habe ich.« Sie nickte.

»Und war Ihnen die Gewohnheit des Geistkojoten bekannt, in den Einrichtungen, die er über die Jahre angriff, die Leiter der Sicherheitskräfte zu töten? Einrichtungen, in denen sich Wölfe, Raubkatzen und Kojoten befanden, für deren Rettung er das Risiko als akzeptabel erachtete?«

»Das war mir bekannt«, antwortete sie.

»Was ließ Sie dann glauben, dass Ihre Familie keinen Schaden erleiden würde?«, fragte er weiter, und sein Tonfall wurde kälter. »Ihr Vater bestimmte die Parameter von Sicherheit und Ausbildung. Ihm war bewusst, was diese Einrichtung war, und er kannte die internationalen Gesetze gegen solche Einrichtungen. Was ließ Sie glauben, dass der Geistkojote Ihren Vater nicht töten würde?«

Dass sie seinem Wort geglaubt hatte. Sie hatte ihm vertraut. Und während der sechs Jahre, die sie zusammengearbeitet hatten, hatte sie geglaubt, dass es mehr gab, was ihn band, als ein Job.

»Er schwor vor unserem Treffen, dass meine Familie nicht leiden würde«, erklärte sie. »Sechs Jahre lang, während ich tat, was er mir sagte, mich selbst und meine Familie in Gefahr brachte, schwor er mir, falls man mich erwischen würde, dass sie nicht bestraft oder verletzt würden, es sei denn, es gäbe keinen anderen Weg, als sie zu verwunden, um die eigenen Leute zu schützen. Wir hatten eine Abmachung.«

»Sie haben die gesicherten Mails, Direktor Wyatt, die wiederhergestellt wurden und Ms Kobrins Aussage stützen«, warf Cassandra ein.

Jonas sah sie leicht überrascht an. »Ich brauchte keinen Beweis ihrer Aussage, Ms Sinclair«, erklärte er. »Ich musste nur klarstellen, dass ihr die Risiken einer Kontaktaufnahme zu Alpha Delgado bewusst waren, schon bevor sie es tat.«

»Ms Kobrin.« Merinus Lyons, Ehefrau und Gefährtin von Alpha Lyons, dem Rudelführer der Raubkatzen, ergriff das Wort. »Hatten Sie zu irgendeinem Zeitpunkt das Gefühl, vergewaltigt worden zu sein?«

Auf die Frage hin lag todbringende Anspannung in der Luft. Diese Frage hatte Anya nicht erwartet.

»Ich habe nie behauptet, vergewaltigt worden zu sein«, antwortete sie.

»Nein, das haben Sie nicht«, stimmte Merinus zu. »Stattdessen haben Sie dieses Tribunal um Trennung von einem Mann ersucht, von dem wir sicher wissen, dass er Ihr biologischer und, wie wir vermuten, auch emotionaler Gefährte ist. Keine Gefährtin hat das je getan, ungeachtet allen Zorns oder aller Missverständnisse. Als Frau und als Mitglied dieses Tribunals möchte ich verstehen, warum Sie diese Stellung bezogen haben.«

»Ich wurde nicht vergewaltigt.« Anya schüttelte den Kopf. »Nicht von Del-Rey. Ich fühle mich vergewaltigt von dem Irrsinn dieser Gesetze, die einzuhalten ich gezwungen bin, und ich fühle mich vergewaltigt von einem hormonellen Phänomen, über das weder Alpha Delgado noch ich selbst die Kontrolle hatten. Ich hatte keine andere Wahl, als ihn als Liebhaber zu akzeptieren, aufgrund des Kontrollverlusts, der durch diese biologische Verbindung erzwungen wurde. Es stört mich, dass dieses Tribunal der Ansicht ist, dass ich mich diesem Gefühl unterwerfen sollte, wann immer Alpha Delgado anwesend ist. Und es stört mich, dass mir die Entscheidung aus den Händen genommen werden kann. Das, Prima Lyons, ist die schlimmste Art von Vergewaltigung.«

Merinus sah sie lange an, bevor sie zustimmend den Kopf neigte. »Ich danke Ihnen für diese Klarstellung, Ms Kobrin.«

Darauf herrschte Stille im Konferenzraum, als hätten die Männer und Frauen des Tribunals ihre Antwort nicht erwartet. Und sie konnte fühlen, dass Del-Rey sie anstarrte. Aus dem Augenwinkel konnte sie das finstere brütende Stirnrunzeln in seinem Gesicht sehen.

»Würden Sie sagen, Ms Kobrin, dass Sie und Alpha Delgado vielleicht in eine Position gezwungen wurden, die keiner von Ihnen wollte?«, fragte Alpha Lyons daraufhin.

»Ja, das würde ich sagen«, stellte sie fest.

Der Alpha der Rudel sah ihr unbarmherzig in die Augen. »Doch Sie haben Alpha Delgados Aussage gesehen, dass seine Absicht von Anfang an darin bestand, Sie aus der Einrichtung zu holen und als seine Geliebte zu beanspruchen. Als er Ihnen zum ersten Mal begegnete, waren Sie sechzehn Jahre alt. Von diesem Punkt an war ihm klar, dass er Sie auf keinen Fall dort zurücklassen würde. Und dass er Sie überzeugen wollte, bei ihm zu bleiben.«

Darauf sah sie Del-Rey finster an. »Dann hätte er sich den Befehl, meine Familie verwunden zu lassen, besser überlegen sollen«, stellte sie fest. »Nachdem wir hier ankamen, hätte er mir nie meine Bitte abschlagen dürfen, meine Familie zu kontaktieren.«

»Selbst wenn diese Kontaktaufnahme eine Gefahr für Ihre Familie bedeutete?«, fragte Alpha Lyons darauf. »Ms Kobrin, durch Kontaktaufnahme zu Ihrer Familie liefern Sie dem Genetics Council einen Beweis dafür, dass Ihre Familie gegen Sie verwendet werden kann. Derzeit ist das vorrangige Ziel des Councils die Ergreifung von Gefährtinnen von Breeds. Könnte man Ihren Vater benutzen, um Sie aus Haven zu locken? Würden Sie Ihr Leben für Ihre Familie geben?«

Ihre Lippen zitterten. Sie starrte Cassandra an. Das hatte sie nicht bedacht. Aufgrund der massiven Propaganda gegen das Council griff es nur noch selten Menschen an.

Cassandra erwiderte ihren Blick mitfühlend.

»Nein«, flüsterte Anya schließlich. »Das wusste ich nicht.«

»Aber Alpha Delgados Aussage, die er dem Tribunal vorlegte und in der er seine Gründe und Handlungen erklärt, wurde Ihnen zugeschickt«, führte Callan weiter aus. »Haben Sie diese Aussage gelesen?«

Anya schüttelte den Kopf. Sie hatte sie nicht gelesen. Sie hatte sie nicht lesen oder seine Gründe hören wollen.

»Es hätte keinen Unterschied gemacht«, erklärte sie schließlich bestimmt. »Er hat mich zahllose Male belogen. Er hat mein Vertrauen in ihn zerstört, und er wusste sechs Jahre lang, dass er das tun würde. Ich vertraue ihm nicht, Alpha Lyons. Zweifeln Sie nicht daran, dass das Gesuch auf Trennung ernst gemeint ist. Ich versichere Ihnen: Es ist ernst gemeint.«

»Ms Kobrin.« Wolfe Gunnar, Alpha der Wolfsrudel, ergriff das Wort. »Lieben Sie ihn?«

Die Frage ließ sie überrascht zusammenzucken. »Meine Gefühle sollten hier keine Rolle spielen, Alpha Gunnar.« Liebte sie ihn? Bis es schmerzte. Würde sie deshalb zulassen, dass er die Kontrolle über ihren Körper und ihr Leben hatte? Nicht in diesem Leben!

Wolfe musterte sie lange und nickte dann bedächtig. »Vielleicht haben Sie recht«, stimmte er schließlich zu.

»Vielleicht ist das eine Frage, die wir Alpha Delgado stellen sollten«, schlug daraufhin Cassandra vor und drehte den Kopf zu Del-Rey. Anya hielt angstvoll den Atem an. Sie kannte die Antwort. »Alpha Delgado, lieben Sie Ms Kobrin?«

Del-Rey erwiderte ihren Blick düster. »Ich kann nicht sagen, dass ich sie liebe«, erklärte er schließlich. Ich bin Soldat, Ms Sinclair, kein Poet. Ich habe sie beansprucht. Wie bewiesen wurde, ist sie meine Gefährtin. Nichts anderes sollte hier eine Rolle spielen.«

Anya senkte den Kopf und starrte auf ihre Hände, während die Hoffnung in ihr dahinschwand, nur Sekunden, nachdem sie in ihrer Seele aufgelodert war. Hätte er Ja gesagt, hätte sie das Gesuch dann bis zum Ende durchgezogen? Sie wusste, dass sie es nicht getan hätte. Sie hätte ihn nicht abweisen können, hätte er geschworen, dass er sie liebte, selbst wenn sie wusste, dass sein Wort die Unterschrift nicht wert war, die er unter seine Aussagen gekritzelt hatte.

»Ich verstehe«, sagte Cassandra schwer und hob den Kopf, um die Frauen des Tribunals anzusehen. »Und da wundern wir uns über den Wunsch einer so jungen Frau, sich von dem Mann zu trennen, der sie lediglich *beansprucht*«, seufzte sie.

»Ms Sinclair, darf ich eine Frage stellen?«, fragte Del-Rey, und seine Stimme klang so träge, wie er im Sessel lümmelte.

»Natürlich, Alpha Delgado«, antwortete Cassandra mit einem Hauch von Überraschung.

»Diesem Tribunal gehören mehrere gepaarte Männer an. Alpha Lyons, Alpha Gunnar, die Enforcer Jacob Arlington und Aiden Chance. Sagen Sie mir, meine Herren, empfanden Sie Liebe für Ihre Gefährtinnen, als der Paarungsrausch Sie erfasste?«

Jeder einzelne der Angesprochenen verzog das Gesicht. »Vielleicht war uns nur nicht bewusst, dass es Liebe war«, antwortete Alpha Lyons schließlich mit einiger Belustigung und warf einen Blick auf seine Frau neben ihm. »Aber zweifeln Sie nicht, Alpha Delgado, dass wir es schnell genug gelernt haben.«

»Und wer sagt, dass ich es nicht auch lernen könnte?« Del-Rey zuckte mit den Schultern. »Dass ich ein Kojote bin, macht mich nicht zu einem dummen Wesen, nur weniger bereit, Emotionen anzuerkennen, glaube ich. Indem sie sich von mir trennt, nimmt meine Gefährtin uns beiden die Chance dazu.«

»Er kann sehr gut mit Worten umgehen«, murmelte Cassandra vor sich hin.

»Oh ja«, meinte Anya traurig. »Und er ist sehr gut darin, Worte zu verdrehen.«

»Außerdem habe ich bemerkt, dass Ms Kobrin entschieden weniger aufrichtig in ihrer Beantwortung derselben Frage war«, stellte Del-Rey da fest.

»Ms Kobrin hat das Recht, zu verlangen, dass ihre Emotionen nicht erörtert werden«, widersprach Cassandra. »Paarungsrausch und die nachgewiesenen psychologischen Effekte sind deutliche Grundlagen dafür, dass sie nicht zu Emotionen befragt wird, über die sie sich in diesem Moment vielleicht nicht im Klaren ist.«

Del-Reys Lippen verzogen sich spöttisch zu einem Grinsen, und seine schwarzen Augen schimmerten wissend, als Anya den Kopf hob und ihn ansah.

»Hätte ich ihre Familienmitglieder nicht verwundet und es wie einen deutlichen Versuch aussehen lassen, ihnen Schaden zuzufügen, dann wären sie jetzt tot«, erklärte er darauf. »Das Council hätte sie getötet, das wusste ich. Aber ich will zugeben, auch ohne dieses Risiko hätten sie meinen Groll zu spüren bekommen. Sie haben sie in Gefahr gebracht, von Kindheit an, bis zu dem Moment, als ich sie entführte. Dass sie so gar nicht um ihr Wohlergehen besorgt waren, wäre bestraft worden. Das war die Entscheidung, die hinter meinen Handlungen stand, sei sie nun richtig oder falsch. Hätte ich gewusst, was ich heute weiß, hätte ich es trotzdem getan? Ich muss sagen, ja«, fuhr er fort. »Ich habe sie beansprucht, und ich habe das Recht für mich beansprucht, in ihrem Namen

Rache zu üben. Ihre zarten Emotionen und ihr Mangel an Verständnis für Männer des Krieges zeigen klar, dass sie keine Ahnung hatte, wie wenig Rücksicht diejenigen, die sie liebte, auf ihr Wohlergehen nahmen.« Damit beugte er sich vor. »Sie will ein Gesuch auf Trennung. Also gut. Soll sie haben. Ich will verdammt sein, wenn ich eine Gefährtin oder Frau nehme, die behauptet, dass die Bande zwischen uns nicht mehr als eine Vergewaltigung sind.« Er wandte sich an Jonas neben sich. »Direktor Wyatt, ich akzeptiere Ihr Angebot, als Enforcer für das Büro zu arbeiten, unter einer Bedingung: Während ich meinen Arsch für Ihre Freiheit riskiere – wieder mal –, soll sie in der Basis bleiben und die Kojoten-Breeds überwachen, die um ihre Unterstützung ersuchen. Die Männer und Frauen, die wir dort befreit haben, werden Zeit brauchen, um sich einzugewöhnen, und sie ist eine Führungskraft, zu der sie aufsehen.«

Jonas runzelte die Stirn. »Wie lange, glauben Sie, ist diese Eingewöhnungsphase notwendig?«, fragte er. »Ich bin sicher, dass Ms Kobrin gern eine festgelegte Zeitlinie hätte. Sie erscheint mir ziemlich talentiert darin, Grenzen zu setzen.«

»Ein Jahr«, konstatierte Del-Rey. »Sie wird vorher benachrichtigt werden, wenn ich zwischen den Missionen zurückkehre, um mich um die militärischen und finanziellen Belange der Rudel zu kümmern. Sie sagten, Sie brauchen mehr Männer für schnelle Schläge gegen Einrichtungen und Feindgruppen.« Er grinste. »Sieht aus, als wäre ich Ihr Mann.«

»Das sind gefährliche Einsätze«, knurrte Jonas, während Anya ihn geschockt anstarrte. »Gefährten übernehmen solche Missionen nicht.«

Del-Rey lachte kalt und stand auf. »Wie es aussieht, bin ich nicht länger ein Gefährte, Direktor Wyatt. Ich bin nur der arme Bastard mit dem Ständer.«

Damit entfernte er sich vom Konferenztisch, ging an dem Tisch vorbei, an dem Anya saß, und seine imposanten Züge waren angespannt vor Zorn, als er zu den großen Doppeltüren eilte, die Hände hob und hindurchstürmte.

Das Krachen von Metall an Metall, als die Türen an die Wände schlugen, ließ sie heftig zusammenzucken, während sie seinem Rücken nachstarrte.

»Er ist verrückt«, flüsterte sie.

Cassandra schnaubte. »Oh ja. Kojote eben. Vernunft haben wir denen nie vorgeworfen.«

»Kann er das tun?«, fragte sie. »Er hat den Status als Gefährte akzeptiert. Das hier sollte doch gegen die Regeln sein oder so, richtig?«

Cassandra sah sie schelmisch an. »Oder so«, seufzte sie. »Nun ja, betrachte es positiv: Vielleicht kommt er nicht sehr oft zurück.«

Anya packte Cassandra am Arm und sah sie wütend an. »Er könnte getötet werden.«

»Wir könnten alle getötet werden, Anya«, erklärte Cassandra, jetzt mit kühler Stimme. »Wir sind Breeds. Freiheit war uns nicht bestimmt, weißt du noch? Wir sind alle gefährdet. Er akzeptiert lediglich ein Risiko, auf das andere gepaarte Männer gezwungenermaßen verzichten. Der Trennungsbefehl ändert diese Regeln. Jetzt kann er tun, was zur Hölle er will.«

Sogar sein Leben riskieren. Anya drehte sich wieder um und suchte mit dem Blick Sharone. Sie konnte erkennen, dass ihre Freundin hin- und hergerissen war. Zwischen Loyalität zum Rudel und Freundschaft. Dann hellte sich Sharones Miene auf, und ein kleines Lächeln spielte um ihre Lippen, als sie Anyas Blick erwiderte. Es war ein Triumphlächeln. Und zwar eines, das Anya noch weniger verstand als Del-Reys Entscheidung, zu gehen.

3

Acht Monate später

Del-Rey starrte hinaus in die Nacht, während der Helijet sich Haven näherte. Der Himmel war klar; Sterne übersäten die nächtliche Weite, und der Vollmond schien mit lebhaften goldenen Strahlen auf das Land hinab.

Wälder umgaben die fast zweihundert Acres des Tals, das die Wolf-Breeds inzwischen beherrschten, weit entfernt von den weniger als zwölf Acres, die sie zuvor in Besitz gehabt hatten. Während immer mehr Regierungsbeamte in den USA als Teil der niederen Ränge des Genetics Council identifiziert worden waren, hatte man ihnen staatliches Land zugesprochen. Von ausgewählten Behörden erhaltene Geheimakten hatten einen Zustrom von Geld sowie Waffen und militärische Ausbilder durch diese Kanäle aufgezeigt.

Zweihundert Acres des Uncompahgre-Nationalforsts waren bisher urkundlich an die Wolf-Breeds übertragen worden, und man erwartete, dass ihnen darüber hinaus noch weitere fünfhundert Acres innerhalb des nächsten Jahres überlassen würden.

Das Tal, das die Wolf-Breeds als Heim für sich beanspruchten, war von der Klippenspitze, die die Kojoten-Breeds vor etwas über acht Monaten besetzt hatten, gut sichtbar. Dieser einzelne Berg war den Kojoten überlassen worden, da er eine Bedrohung für das Tal darunter darstellte und nicht zu dem ursprünglichen Land gehörte, das man Haven überlassen hatte.

Es war ein Heim, zu dem zurückzukehren Del-Rey nun fest entschlossen war.

Er hatte gerade eine Untersuchung von Engalls Pharmaceuticals und einem seiner Subunternehmen, Brandenmore Research, beendet. Beide Unternehmen arbeiteten heimlich an einer Droge, die den freien Willen eines Breeds kontrollieren konnte. Die Untersuchung hatte länger gedauert, als er ursprünglich angenommen hatte. Seit über zwei Monaten war er nicht mehr in der Basis gewesen.

Zwei Monate ohne den Duft seiner Gefährtin. Er hatte zu viel Zeit zum Nachdenken und viel zu viel Zeit zum Bereuen gehabt. Und er hatte es satt, von seiner Basis getrennt zu sein – und von seiner Gefährtin.

»Wohin denkst du, müssen wir als Nächstes?« Brim unterdrückte ein Gähnen, als der Pilot Haven kontaktierte und den Luftraum der Basis ansteuerte.

»Wir gehen nicht wieder weg«, konstatierte Del-Rey und blickte weiter mit schmalen Augen in den Nachthimmel.

Brims Schweigen dauerte ein wenig zu lange.

»Du hast dem Tribunal ein Jahr versprochen«, erinnerte Brim ihn dann leise.

»Ich weiß, was ich gesagt habe«, knurrte Del-Rey. »Wir fahren ein paar Wochen an den Strand, hier und da. Herrgott, fahr mit den Mädchen ins Scheiß-Disneyland oder so. Ich habe die Schnauze voll, Brim. Das hier ist Bockmist. Meine Gefährtin leitet meine Scheißbasis besser als ich, und zu allem anderen« – er drehte sich zu seinem Stellvertreter und Leibwächter um – »hast du den verdammten Bericht gelesen, den Sharone uns endlich mal geschickt hat? Das Ganze ist eine Katastrophe in Wartestellung.«

Gleich brach ihm wieder der Schweiß aus. Hölle noch mal, er schwor, als er den ursprünglichen Bericht gelesen hatte, hatten ihm die Hände gezittert. Seine Gefährtin war viel zu tapfer, mutig und tollkühn, und die Leibwächterinnen, die er ihr zugestanden hatte, waren genauso übel.

Er fuhr sich mit der Hand übers Gesicht und schüttelte den Kopf. Acht Monate. In acht Monaten konnte ein Mann eine Menge nachdenken, dulden und planen. Aber wenn es darauf ankam, wusste er, wann er seine Grenze erreicht hatte. Und Del-Reys Grenze war erreicht.

»Es sollte einfach genug sein, mit unseren Informationen ein anderes Team auf Engalls und Brandenmore anzusetzen«, meinte Brim. »Alles, was wir jetzt brauchen, sind Beweise.«

»Und die sollten besser bald auftauchen«, knurrte Del-Rey.

Brandenmore und Engalls, die Vorstandsvorsitzenden der beiden Unternehmen, die sie gerade untersuchten, hatten beinahe den Tod mehrerer Breeds sowie einer Bibliothekarin in Virginia verursacht, die ihren Plan zufällig mitbekommen hatte. Dass er gezwungen gewesen war, sie freizulassen, um an Informationen zu kommen, hatte Del-Rey gar nicht geschmeckt. Doch Informationen hatten sie bekommen. Informationen, die das Leben einer jungen Frau retten würden, und genug medizinisches Wissen, um eine Absicherung vorzubereiten, für den Fall, dass ein weiterer Breed mit der Droge infiziert würde. Aber verdammt, wenn er die Bastarde, die immer noch frei herumliefen, nicht umbringen wollte. Selbstgefällig, überheblich – Phillip Brandenmore und Horace Engalls waren das Schlimmste, was die Menschheit hervorbringen konnte. Und die bezeichneten Breeds als Tiere, schnaubte er im Stillen.

Der schwarze Helijet schwebte herein, in vollem Tarnmodus, und setzte auf dem Landefeld über dem zweistöckigen Empfangseingang an den Toren der Wolf-Breed-Basis Haven auf. Die Türen glitten lautlos auf, und Gestalten, hochgewachsen, finster und schweigend, stiegen aus dem Flieger und bewegten sich mit tödlicher Präzision zu den Stufen, die zur Seite des Gebäudes und zur Eingangstür hinabführten.

Del-Rey und sein Team machten keinen Laut, als sie das gesicherte Gebäude betraten, die Sicherheitsprotokolle durchliefen und dann durch eine tiefer gelegene Tür die geschlossene Wolf-Breed-Basis betraten.

»Alpha Delgado, ein Fahrzeug erwartet Sie und Ihre Männer bereits.« Ein Wolf-Breed trat als Begleiter in das trübe Licht, das das Gebäude außen umgab. »Alpha Gunnar und der Rat der Wolf-Breeds haben sich Ihrer Anfrage gemäß versammelt.«

Del-Rey nickte knapp. Er winkte zwei von seinen Männern heran, um ihm zu folgen, und gab den anderen beiden ein lautloses Signal, zu ihrer eigenen Basis in den Klippen hoch über dem friedlichen Tal zurückzukehren.

Bei ihm blieben Brimstone und ein weiteres Mitglied seines Teams, das auch als Alpha Teil seiner Sicherheitstruppe war: Cavalier, der Breed, bei dessen Befreiung Anya ihm geholfen hatte, vor der Rettungsaktion in der Haupteinrichtung.

Sie hatte nie begriffen, warum er immer nur ein paar wenige auf einmal befreite. Es war unbedingt notwendig gewesen, die Spione auszusortieren und ihr zu zeigen, dass häufig diejenigen, denen sie vertraute, sie verraten würden. Und wenn es um seine Rudel ging, verlangte er Loyalität. Cavalier hatte Informationen gehabt, die er brauchte, und einen Einblick in die Einrichtung, den nicht einmal Anya und Sharone hätten liefern können.

Die Fahrt zum Hauptquartier der Rudel im Zentrum der Basis dauerte nicht lange. Das Tal bestand aus fast zweihundert Acres unberührtem Grasland und Hügeln, jahrhundertealten Pappeln, Kiefern und Eichen. Sie schützten die Hütten und

Gebäude darin, und tief unter dem Fuß des Berges über ihnen lag eine Kommandozentrale, der nur noch die der Raubkatzen oder der amerikanischen Regierung selbst gleichkam.

Doch es brauchte Zeit, um die Sicherheitsvorkehrungen im Zentralgebäude des Hauptquartiers zu durchlaufen. Ein Aufzug brachte sie tief ins Innere der Basis, und dann mussten sie noch einmal durch Stahl und Zement zu der einst verlassenen Militärbasis fahren, zu der die Wolf-Breeds Zugang erhalten hatten.

Während der letzten sieben Jahre, in denen Haven aufgebaut worden war, war die Hauptarbeit in diese Verteidigungs- und Operationsbasis geflossen. Über ihnen spiegelte das heitere Tal Liebe zur Natur, Abgeschiedenheit und gefestigte Kameradschaft wider, wenn man die bewaffneten Wachen ignorierte, die sich in den Bergen und den schützenden Zweigen der Bäume verborgen hielten.

Darunter lagen Herz und Seele von Havens Sicherheit und funktionierten wie eine gut geölte Maschine.

»Der Rat wartet in Konferenzraum drei auf Ebene drei«, sagte der Wolf-Breed und nickte ihnen zu, als sie in einen Aufzug stiegen. »Dash Sinclair und seine Familie sind erst kurz vor Ihnen angekommen.«

Dash Sinclair war seit der Offenbarung seines Status als Breed schnell in den Rängen der Breed-Hierarchie aufgestiegen. Er war ein Breed mit rezessiver Genetik. Mit zehn Jahren war er aus seinem Labor geflohen. Dann hatte er das amerikanische Pflegesystem durchlaufen, war zur Schule gegangen und dann zum Militär, bis der Brief eines kleinen Mädchens ihn zurück nach Amerika führte und das Tier in ihm weckte, das die ganze Zeit in ihm verdrängt geblieben war.

Seine Tochter Cassandra war immer noch ein wunder Punkt für Del-Rey, doch er wusste, dass sie mehrere Monate zuvor verletzt worden war, während einer Operation, in die sie nie hätte hineingeraten dürfen.

»Wie verläuft Ms Sinclairs Genesung?«, fragte er. Er hasste die Logik der Frau, ihre Fähigkeit, für alles zu argumentieren, was er mit jedem Teil seiner Seele zurückgewiesen hatte. Doch in ihrem besorgten Blick hatte er die zarte, mitfühlende Frau gesehen, die sie war, an dem Tag, als sie für die Freiheit seiner Gefährtin eingetreten war.

»Es geht ihr viel besser.« Der Wächter nickte. »Im Augenblick befindet sie sich hier in Haven unter Fürsorge von Dr. Armani. Wir haben immer noch nicht herausgefunden, wer in jener Nacht in ihr Krankenzimmer eingebrochen ist.«

Cassandra Sinclair hatte einen Besucher gehabt, als sie fast im Koma gelegen hatte, umgeben von Wachen aus Wolf- und Raubkatzen-Breeds. Jemand hatte es geschafft, ein Loch in ein Fenster mehr als zwölf Etagen über der Erde zu schneiden, in ihr Zimmer zu schlüpfen und ihr hysterische Schreie zu entlocken.

Das Letzte, was Del-Rey gehört hatte, war, dass sie keine Ahnung hatte, wer oder was bei ihr gewesen war.

Del-Rey biss die Zähne zusammen, als der Wolf-Breed ihn daraufhin erwartungsvoll ansah. Jedes Mal, wenn er nach Haven gekommen war, immer im Geheimen und immer im Schutz der Nacht, musterten ihn die Wolf-Breeds mit demselben Ausdruck im Gesicht. Als warteten sie darauf, dass er die Frage stellte, die er nicht stellen wollte: Wie ging es seiner Gefährtin?

»Wir sind da.« Der Aufzug kam zum Stehen und entließ sie in einen weiteren Korridor aus Stahl und Zement. Wasser-, Strom- und diverse andere Leitungen verliefen an den Wänden. Monitore zeigten allgemeine Anweisungen an, und Breeds – Wolf, Raubkatze und Kojote – bewegten sich in einer

Reihe von Menschen, die sich hier mit ihnen eingerichtet hatten.

Manche hatten Klemmbretter in der Hand, manche plauderten mit ihren Begleitern – und alle waren schwer bewaffnet und in Bereitschaft.

Del-Rey, Brimstone und Cavalier folgten ihrer Eskorte, bis sie zu einer Tür kamen – in derselben metallisch grauen Farbe wie der Rest der Operationsbasis.

Del-Rey trat allein durch die Tür und bedeutete den anderen beiden, auf ihn zu warten, als er sich dem versammelten Rat der Wolf-Breeds stellte.

Sechs Personen. So wie es auch im Rat der Kojoten-Breeds und dem der Raubkatzen-Breeds sechs Personen gab. Dash Sinclair; der Alpha der Wolf-Breeds Wolfe Gunnar; Aiden, ein erstklassiger Enforcer; Jacob, Havens Sicherheitschef; Faith, Jacobs Frau und Verbindungsperson zu anderen Rudeln; Hope Gunnar, Wolfes Frau und die Lupina, stellvertretende Befehlshaberin von Haven.

»Del-Rey, willkommen zurück.« Wolfe und die anderen standen vom Tisch auf und gaben ihm die Hand zum Gruß.

Sobald er den ganzen einleitenden Begrüßungsquatsch hinter sich hatte, nahm Del-Rey Platz und warf die Akte, die er mitgebracht hatte, vor Wolfe mitten auf den runden Tisch.

Die Miene des Rudelführers spannte sich an, als er die Akte öffnete und den Bericht las, den Del-Rey und seine Männer zusammengestellt hatten, mithilfe des Büros für Breed-Angelegenheiten, dem Rat der Raubkatzen und der Untersuchungen, die er und seine eigenen Männer durchgeführt hatten.

Die Akte wurde am Tisch herumgereicht, jedes Mitglied ging sie sorgfältig durch, und jedes Gesicht erzählte die gleiche Geschichte: Unglauben und Zorn.

»Wird es denn je aufhören?«, brummte Jacob, und seine

Stimme klang schroff, während er, gemeinsam mit seiner Frau, die über seine Schulter gebeugt stand, die Akte zu Ende las. Er gab sie weiter und wartete.

Del-Rey sah zu, wie Faith ihrem Gefährten die Hand auf die Schulter und die Wange auf den Kopf legte. Die Beziehung, die Bindung zwischen ihnen, löste ein Auflodern von Zorn in ihm aus, das außer Kontrolle zu geraten drohte. Sie waren Gefährten. Der Duft ihrer Bindung, ihrer Emotionen und ihres Verlangens füreinander war ein Affront für seine Sinne. Eine Beleidigung für alles, was er hinter sich hatte lassen müssen.

Als das letzte Ratsmitglied, Dash Sinclair, die Akte schloss, spürte Del-Rey die Anspannung im Zimmer wachsen.

»Wir müssen den vollständigen Rat zusammenrufen«, sagte Wolfe bedeutsam. »Das ist eine Gefahr für uns alle.«

Der vollständige Rat war etwas, was nicht einmal Del-Rey je gesehen hatte. Jede Spezies der Breeds hatte ihren eigenen Rat. Das zwölfköpfige Tribunal, dem er sich vor acht Monaten gegenübergesehen hatte, war eine ausgewählte Mischung, um sich mit kleineren Angelegenheiten zu befassen, die die Gemeinschaft als Ganzes betrafen. Wie zum Beispiel, als Anya Kobrin die Trennung von ihrem Gefährten verlangt hatte.

Doch der vollständige Rat war etwas ganz anderes. Sechs Mitglieder aus jeder Spezies. Die Rudel von Wölfen und Kojoten ebenso wie das Rudel der Raubkatzen. Und dazu kam noch das sechsköpfige Gremium, das innerhalb des Büros für Breed-Angelegenheiten zusammengestellt worden war und hauptsächlich aus Menschen bestand, ausgenommen den Direktor des Büros, Jonas Wyatt.

Der vollständige Rat bestand insgesamt aus vierundzwanzig Mitgliedern, und Del-Rey hatte das Gefühl, dass diese Meetings nicht so gesellig und gesittet verlaufen würden wie die wenigen Rudeltreffen, zu denen er bisher gerufen worden war.

Das Risiko, wenn der vollständige Rat nicht einberufen wurde, wuchs mit jedem Tag.

»Es gibt nicht genügend Beweise, um das Pharmaunternehmen oder den Forschungs- und Entwicklungszweig, der die Experimente durchführt, zu verfolgen«, konstatierte Del-Rey. »Keine Beweise, dass bei dieser Forschung Breeds benutzt wurden, sei es freiwillig oder unfreiwillig.«

Wolfe fuhr sich müde mit der Hand übers Gesicht, zog die Akte wieder zu sich heran und öffnete sie. Del-Rey wusste, was er darin finden würde. In den letzten vier Wochen war die Raubkatzen-Breed-Forscherin Elyiana Morrey beinahe an der Droge gestorben, die eingesetzt worden war, um sie zu zwingen, einen Löwen-Breed zu zerstören. Dieser hatte bekanntermaßen eine Anomalie im Blut, die im Verdacht stand, eine animalische Stärke und Wut auszulösen, die als Raubtierfieber bekannt war.

Mercury Warrant hatte das Raubtierfieber in dem Labor bekommen, in dem er erschaffen und ausgebildet worden war. Zum Zeitpunkt seiner Befreiung hatten die Wissenschaftler dort eine Drogentherapie entwickelt, die ihn im Wesentlichen kontrollierte, die animalische Kraft in ihm bändigte und ihn zwang, den Befehlen seiner Ausbilder und Schöpfer zu gehorchen.

Der Wissenschaftlerin war eine Variation der Droge verabreicht worden. Der Mangel an animalischem Hormon in ihrem Blut, an das sich die Droge anhängen konnte, hatte weit stärkere, beinahe tödliche Ergebnisse zur Folge. Es hatte fast ihren Verstand zerstört. Und nun gab es Beweise, dass Breeds, die der Gemeinschaft unbekannt waren, eingefangen oder irgendwie überredet wurden, an den Experimenten mit dieser Droge teilzunehmen.

Drei Breeds waren erst in der letzten Woche gefunden worden: Ihre Gehirne waren von dem Druck, der sich in ihnen aufgebaut hatte, in Stücke gerissen worden. Einer hatte fast einen Menschen getötet, und das geheim zu halten war nicht einfach gewesen.

»Diese Droge könnte zu unserem persönlichen Albtraum werden«, erklärte Del-Rey. »Sie hat nicht nur die Macht, uns den Willen zu nehmen; sie kann uns auch zu bloßen Killern machen. Das Büro arbeitet daran, mehr Informationen zu bekommen, aber seine Kontaktperson in den Firmen ist verschwunden. Das Büro vermutet, dass sie nicht mehr lebend auftauchen wird.«

»Sie haben einen Weg gefunden, die Killer zu erschaffen, die sie immer wollten.« Hopes entsetztes Flüstern durchdrang den Raum.

»Nicht ganz«, bemerkte Del-Rey. »Es gibt Symptome, wenn die Drogen an das Opfer verabreicht werden. Unsere Sorge gilt dem Gerücht, dass das Forschungsunternehmen Freiwillige auftreiben konnte. Breeds, die zu dem Glauben verleitet wurden, dass das ihre Breed-Genetik unterdrücken würde.« Er beugte sich langsam vor. »Der Breed, der beinahe den Polizisten getötet hätte, war jünger, unbekannt und nicht im Büro für Breed-Angelegenheiten gelistet. Wir wissen, dass es immer noch Einrichtungen gibt, die viele Breeds gefangen halten und häufig verlegen. Er könnte einer von ihnen sein – oder ein Freiwilliger. In jedem Fall haben wir ein Problem.«

Faith meldete sich zu Wort. »Dr. Morrey wurde die Droge von Breed-Assistenten in ihrem Labor verabreicht. Von Breeds, die keine Anzeichen dafür zeigten, dass sie selbst unter dem Einfluss der Droge stünden. Gier.«

»Gier«, stimmte Del-Rey zu. »In den letzten acht Monaten, als mein Team und ich Gerüchte und Spuren dazu verfolgt haben, konnte das Unternehmen die Droge tatsächlich in Sanctuary einschleusen. Wir müssen dem jetzt ein Ende setzen.«

»Und dazu bräuchte es …?«, fragte Wolfe.

»Eines der Teams muss volle Freigabe erhalten«, konstatierte Del-Rey und sah die anderen kühl an. »Ihr werdet die Antworten, die ihr braucht, nicht bekommen, indem ihr eure Enforcer an die Leine legt und sie zwingt, sich bei den Ermittlungen zurückzuhalten.«

Dash lehnte sich auf seinem Stuhl zurück und musterte ihn schweigend.

»Volle Freigabe?«, fragte er. »Diesen Status erhalten nur sehr wenige unserer Teams, Rudelführer Delgado, und keins davon ist derzeit verfügbar.«

»Dann solltet ihr besser eins verfügbar machen«, gab Del-Rey kalt zurück. »Glaubt ihr, in dieser Situation wird es funktionieren, eure Enforcer anzuketten?«

»Dein Team hat von Beginn an die Ermittlung in dieser Sache«, sagte Wolfe darauf. »Ihr solltet noch Zeit haben, sie zu beenden.«

Del-Reys Kinnmuskeln zuckten. »Ich habe euch genug geliefert, um ein Team mit voller Freigabe darauf anzusetzen«, erklärte er und stand auf. »Geht die Akte durch. Außerdem sollte ich auf etwas hinweisen, was ihr offensichtlich übersehen habt.«

Wolfe sah ihn stirnrunzelnd an. »Und das wäre?«

»Einer der ersten Versuche mit dieser Droge wurde an einem Menschen in Haven gemacht, vor acht Monaten. Die Droge wurde ihr in Essen und Trinken gemischt, wenn sie ihre Eltern in der Nachbarstadt besuchte. Der Versuch wurde als gescheitert betrachtet, weil sie ihren finalen Auftrag nicht ausführte.«

Jetzt beugten sich alle mit finsteren wilden Mienen vor.

»Jessica«, knurrte Wolfe.

Die junge Kommunikationsoffizierin war immer noch in Haft, fast ein Jahr, nachdem sie das Rudel verraten hatte. Sie war nur noch deshalb am Leben, weil der Wolf-Breed, den man für ihren Gefährten hielt, nicht zuließ, dass sie Breed-Law überstellt wurde.

Damit blieb nur Inhaftierung übrig, bis der vollständige Rat eine Entscheidung fällen konnte, ob ihre Handlungen die Todesstrafe rechtfertigten oder nicht. Die Angelegenheit war noch nicht vor den Rat gebracht worden, weil der Rat der Wolf-Breeds noch entscheiden musste, ob er diesen Kurs nehmen wollte.

»Sie wurde auf Drogen getestet«, widersprach Faith. »Es wurden keine gefunden.«

»Die Droge besitzt einen Tarnwirkstoff.« Dashs Stimme klang nun gnadenlos. »Sie ist nicht leicht aufzuspüren.«

»Ich kehre zu meinem Rudel zurück«, erklärte Del-Rey. »Es gibt Belange, um die ich mich dort kümmern muss. Um den Abschluss dieser Mission werde ich mich nicht mehr kümmern.«

Er drehte sich um und ging zur Tür.

»Del-Rey, du hast deiner Gefährtin ein Jahr versprochen«, rief Faith. »Es sind erst acht Monate vergangen.«

Er blieb stehen, warf langsam einen Blick über die Schulter und sah die Frau aus schmalen Augen und mit hochgezogener Oberlippe an. »Ihr müsst versäumt haben, diese Bestimmung in die Vereinbarung aufzunehmen, die ich unterschrieben habe. Dort ist keine Zeit angegeben, und ich habe Pflichten meinem Rudel gegenüber, so wie ihr auch. Ihr könnt meine Coya informieren, dass ich zurück bin. Könnte sein, dass ich das meinerseits versäumt habe.«

Damit verließ er den Konferenzraum und nickte seinen Männern zu, bevor er die gesicherten unterirdischen Räumlichkeiten hinter sich ließ. Das harte Lächeln, das normalerweise jetzt um seine Lippen gespielt hätte, unterdrückte er.

Über die Monate hatte er sich die Zeit genommen, mehr über den Paarungsrausch zu lernen. Er hatte dafür gesorgt, dass er alle Berichte von Dr. Armani über seine Gefährtin bekam, und er hatte sie sorgfältig studiert. Er hatte nicht gezögert, Fragen zu stellen.

Berichte über die Basis oder persönliche Details von Sharone zu erhalten war nicht schwer, weil sie immer gern über ihre Coya sprach. Zur Hölle, jeder verdammte Kerl und jede Frau in der Basis glaubten, dass aus dem Arsch seiner Coya die Sonne schien.

Doch das, was ihm die Entscheidung abnahm, waren die Details, die Sharone ausließ, wie er mit der Zeit erfuhr. Besonders im vorigen Monat, als Anya, die Coya der Kojotenrudel, ihre Leibwache überredet hatte, sie in eine Bar zu begleiten, in der Kleinstadt Advert, fast eine Stunde von Haven entfernt. Und als sie dort waren, hatten sie sich in eine Kneipenschlägerei verwickeln lassen, die seine Basis fast eintausend Dollar an Schadenersatz gekostet hatte.

Ein Tropfen auf den heißen Stein, verglichen mit den Preisen, die seine Teams für ihre Sicherheitsdienste in Privat- und Regierungsaufträgen verlangten, aber trotzdem: Seine Gefährtin war dort gewesen. In einer Schlägerei, in der sie wie ein Kerl gekämpft und ihr überschüssiges Adrenalin an Unwissenden statt an ihm ausgelassen hatte.

Verdammtes Weib. Womit in aller Welt wollte sie als Nächstes durchkommen? Mit einem Liebhaber vielleicht? Der Gedanke bereitete ihm Albträume. Ausgewachsene lebhafte Albträume, in denen Blut spritzte und er jedem Kerl, der es wagte, sie anzufassen, den Kopf abriss, während sie entsetzt zusah.

Es war Zeit, seinen Platz als Alpha wieder einzunehmen. Zeit, seiner widerspenstigen kleinen Coya ihren Platz in seinem Leben zu zeigen. Und es ging nicht nur darum, dass sie seine Basis übernahm, während er weg war – nicht dass sie nicht einen verdammt guten Job dabei machte, alles in seiner Abwesenheit zusammenzuhalten. Einen Job, der noch effizienter würde, wenn er mit ihr zusammenarbeitete. Sie konnte seine Soldaten nicht ausbilden. Sie konnte keine militärischen Entscheidungen fällen, und sie konnte seine Rudelführer nicht dabei unterstützen, die Männer auszuwählen, die für den jeweiligen Turnus im Büro für Breed-Angelegenheiten abkommandiert werden sollten. Alle sechs Monate wechselten die Teams von Wolf-, Raubkatzen- und Kojoten-Breeds und durchliefen die Kommandobasen. Im Augenblick hatte er zwölf Raubkatzen und zwölf Wölfe in seiner Basis. In Sanctuary befanden sich ebenso viele Kojoten und Wölfe, und Haven befehligte dieselbe Anzahl an Raubkatzen und Kojoten.

Zwei der Kojoten, die nach Sanctuary beordert waren, waren die beiden jüngeren Zwillingsschwestern, die mit Anya aus der Forschungseinrichtung geflohen waren. Inzwischen waren sie Teenager und brauchten eine festere Hand, als Del-Rey wohl war. Was zur Hölle wusste er schon über Teenagermädchen?

Er kannte die Berichte über die älteren drei, und die brachten ihn ins Schwitzen. Die Kosten für ihre Kleidung, Make-up und Schuhe allein ließen ihn zusammenzucken. Nicht dass Anya annähernd so viel Geld ausgab. Nein, er musste seine Geschenke nach Haven schicken lassen und Lupina Hope Gunnar dazu bringen, dass sie sie Anya förmlich aufdrängte.

Verdammt stures Weib. Sie machte ihn ganz irre.

»Coya ist noch in der Basis«, berichtete Brim, als sie in den Geländewagen stiegen, der sie über die steile Straße, die durch den Berg gebahnt worden war, zum Eingang der Basis bringen würde. »Sharone sagt, sie will noch ein paar Tage mehr, da du sie nicht über deine bevorstehende Rückkehr informiert hast.

Das hält sie für total unfair.« Brims Lippen zuckten, als er Del-Rey die Nachricht überbrachte.

Del-Rey schnaubte. »Sag ihr, dass das aber verdammt schade ist. Ich bin in einer Stunde da.« Dann grinste er. »Sag ihr, sie soll doch bitte meinen Rudelführern mitteilen, dass ich sie bei Ankunft in der Kommandostelle brauche.«

Brim grinste und gab die Mitteilung weiter, bevor er die Verbindung zur Basis über sein Headset trennte. Das zylindrische Ohrstück ging gerade so übers Ohr. Der eingebaute Empfänger und das Mikro machten die Kommunikation zwischen der Basis und Haven weit effektiver. Ins Interface waren separate Kanäle eingerichtet worden, und der Empfang war ebenso klar wie der über ihre Satellitentelefone.

»Könnte ein gefährliches Spiel sein, das du da mit deiner Coya treibst, Del-Rey«, meinte Brim. »Wenn sie geht, könnten die Leute, die sie aus Russland mitgebracht hat, mit ihr gehen.«

Del-Rey schüttelte den Kopf. »Sie sind Kojoten; sie wissen, wo die Gewinnerseite ist, wenn sie sie sehen. Ich werde gewinnen, Brim.«

»Übermäßige Selbstsicherheit, mein Freund?«, fragte Brim. Und nur Brim konnte so eine Frage ungestraft stellen.

»Verzweiflung«, grollte Del-Rey. »Warte nur ab, Brim. Lauf du mal fast ein Jahr lang mit einem Ständer herum, der deine geistige Gesundheit in Gefahr bringt, dann kannst du mich noch mal nach übermäßiger Selbstsicherheit fragen.«

Anya drehte sich zu Sharone um und musterte sie lange schweigend, nachdem ihre Freundin und Leibwächterin ihr Brims Nachricht überbracht hatte.

»Er hat mich gebeten, was zu tun?«, fragte sie schließlich leise.

»Seine Rudelführer in der Kommandostelle zusammenzurufen; er wird sich bei seiner Ankunft mit ihnen treffen.« Sharone räusperte sich. »Er weigert sich, die zusätzliche Zeit abzuwarten, die du verlangt hast, um nach Haven zurückzukehren.«

Anya verschränkte die Arme über ihrem leichten grauen Pulli und wippte gereizt mit dem Fuß auf dem Steinboden des Gemeinschaftsraums. Um sie herum lümmelten Soldaten, die gerade dienstfrei hatten und auf den riesigen Fernsehbildschirm schauten, der an der Wand montiert war, oder sie aßen, was immer sie sich zum Abendessen zusammengesucht hatten.

Sie würde Tage brauchen, bloß um herauszufinden, was zur Hölle aus den Vorräten im Küchenbereich geworden war. Entweder wurde mehr gegessen, oder irgendwer hortete mal wieder Lebensmittel.

Das Problem hatte sie damals in den ersten Monaten gehabt. Die Soldaten ließen Nahrungsmittel aus der Küche mitgehen – ganz egal was – und versteckten sie, nur für den Fall, dass sie knapp werden könnten. Anya vermutete die jüngeren Kojoten dahinter. Nahrung war nicht gerade reichlich in der Einrichtung vorhanden gewesen, in der sie erschaffen und ausgebildet worden waren. Sie konnten sich nicht an die Tatsache gewöhnen, dass es hier nun anders war.

Sie atmete schwer aus, und ihre Leibwächterin unterdrückte mühsam ein Grinsen.

»Fang an zu grinsen, und ich mache einen Monat lang keinen Nachtisch«, warnte Anya.

Daraufhin fing Sharone sich mehrstimmiges Knurren ein. Männliche Kojoten, die schamlos gelauscht hatten.

Sharone verdrehte die Augen. »Die sind ja schlimmer als dieser verdammte Styx, wenn es um ihren Süßkram geht.«

»Vergiss das nicht.«

»Ich weiß nicht.« Sharone zuckte mit den Schultern. »Gerüchte aus Sanctuary sagen, dass Del-Rey Jonas gesagt hat, er soll sich verpissen. Er kehrt jetzt endgültig zur Basis zurück.«

Basis. Sie hatte es satt, immer die Bezeichnung »Basis« dafür zu hören. Es war nicht die verdammte Basis. Es war ein Zuhause. So wie Haven für die Wölfe und Sanctuary für die Raubkatzen ein Zuhause war. Trotzdem nannten die Kojoten ihr Zuhause *Basis*. Wie *Soldaten*, nicht wie Männer.

»Das würde er nicht wagen.« Anya warf Sharone einen gereizten Blick zu, bevor sie sich umdrehte und zum Ausgangstunnel marschierte, der zu ihrem Quartier führte. »Kontaktiere die Teamführer, und lass sie wissen, dass sie in der Kommandostelle auf ihren Alpha warten sollen. Schick Emma und Ashley hierher zurück, und sag ihnen, die Spielzeit in der Stadt ist vorbei. Ihr Alpha ist zurück.«

Sie hinterfragte nicht, warum sie seinen Anweisungen Folge leistete. Sie hätte ihn selbst kontaktieren und *ihm* sagen sollen, dass er sich verpissen solle. Aber wenn sie das tat, würde es sich auf die Teamführer und die Soldaten unter ihnen auswirken. Das war unerhört. Ihr persönlicher Kampf mit Del-Rey sollte keine Auswirkungen auf die Männer und die viel zu wenigen Frauen haben, die in den Höhlen und Hohlräumen arbeiteten, die die Kojoten übernommen hatten.

Sie hörte zu, als Sharone ihre Anweisungen weitergab. Sie konnte noch nicht gehen; es gab noch viel zu viel zu tun, und sie hatte keine Vorwarnung bekommen. Wenn sie ohne Vorbereitung ging, dann herrschte hier das Chaos, wenn sie wieder zurückkehrte, manchmal Wochen nach Del-Reys Ankunft.

Doch sie ignorierte das Aufwallen von Erregung, das in ihr aufstieg; den kleinen Funken Wärme, der tief in ihren Eingeweiden brannte bei dem Gedanken, ihn wiederzusehen. Wenn sie ihn nicht ignorierte, war sie gezwungen, sich an alles zu erinnern, was sie auf jeden Fall sauer machte. Und sie verletzte.

Sie hatte den Schmerz nicht wirklich überwunden. Ihr Vater und ihre Cousins hatten sich ohne Komplikationen erholt. Sie waren wieder voll bei Kräften, und die erlittenen Fleischwunden waren gut verheilt. Doch Anyas Herz nicht wirklich, das war ihr klar. Noch immer wachte sie mitten in der Nacht auf und rief nach ihm, und noch immer erinnerte sie sich an das Gefühl von völliger Isolation, als die Lust ihrer sexuellen Begegnung abgeflaut war.

Ihr war kalt gewesen. Kalt bis in die Seele, sodass sie sich manchmal fragte, ob sie je wieder Wärme spüren würde. Damals hatte sie gewusst, dass es nicht so kommen würde. Und niemals würde sie seine Antwort an das Breed-Tribunal vergessen, als Cassandra Sinclair ihn gefragt hatte, ob er seine Gefährtin liebte.

Hatte er tatsächlich vorgeschlagen, er könne lernen, sie zu lieben? Als ob sie wollte, dass er irgendwas lernte.

Sie marschierte in ihr persönliches Quartier und warf einen finsteren Blick auf die Tür, die zu Del-Reys Räumen führte. Sie hatte angefangen, sich andere Räume einzurichten, doch dann waren die Alphas der Rudel zu ihr gekommen und wollten es nicht zulassen, auf Anweisung von Del-Rey.

Alles geschah auf Anweisung von Del-Rey. Zumindest alles, womit er durchkommen konnte. Sie hatte ihren Vater immer noch nicht zu Gesicht bekommen, trotz seiner Übersiedlung in die Vereinigten Staaten. Er und ihre Cousins lebten nun mit ihren Familien in Kalifornien, nachdem sie in einer gemeinsam von Wolf- und Raubkatzen-Breeds durchgeführten Mission aus Russland geschmuggelt worden waren.

Da sie jetzt Del-Reys Gefährtin war, bedeutete ihre Familie eine Gefahr für ihr Wohlergehen, wenn sie dort blieb, wo das Council sie leicht in die Hände bekommen konnte.

Sie war die Coya der Kojotenrudel. Stellvertretende Befehlshaberin, wenn Del-Rey und seine Lieutenants unterwegs waren und Helden spielten. Wenn er zurück war, war sie immer nach Haven gebracht worden, wo sie dann unruhig umhertigerte, sich Sorgen machte und wusste, dass all die harte Arbeit, die sie in der Basis geleistet hatte, von Del-Rey wieder zunichte gemacht wurde.

Kojoten hatten eine Neigung zu leichter absichtlicher Faulheit. Nicht so sehr im Job. Man konnte sich darauf verlassen, dass sie ihren Job erledigten. Aber dass sie die Küche in Ordnung hielten, den Gemeinschaftsraum nicht zumüllten und ihre Reports reibungslos ablieferten, war nicht immer so einfach zu garantieren. Denn Del-Rey ließ ihnen den Schlendrian durchgehen.

Sharone meldete sich zu Wort. »Vielleicht gibt es bald eine offizielle Zeremonie. Wenn der Alpha jetzt zurück ist, könnte er ja entscheiden, dass es Zeit ist, seine Coya zu verführen. Du weißt, du kommst nicht viel länger darum herum, deinen Titel offiziell zu akzeptieren. Ob du jetzt mit dem harten Kojoten schläfst oder nicht, diese Zeremonie ist eine ernste Sache. Sogar die Soldaten, die mit uns aus Russland gekommen sind, freuen sich darauf.«

Die Zeremonie. Das war alles, was sie zu hören bekam, diese verdammte Zeremonie. Es war eine Hochzeit, schlicht und ergreifend. Aber aus irgendeinem Grund hatte sie für die Gemeinschaft der Breeds eine noch weit größere Bedeutung als für so einige Menschen.

»Ich wäre schon zufrieden, wenn er nur lernen würde, seine dreckigen Klamotten aus seinem Quartier zu entfernen, während ich weg bin«, schnaubte Anya. »Der Mann ist echt gut darin, absichtlich Unordnung zu verbreiten.«

»Wenigstens ist er gut in etwas«, lachte Sharone.

»Das wird nicht funktionieren«, stellte sie fest und drehte sich zu Sharone um, während sie die Tür hinter sich schloss. »Ich habe es noch immer nicht geschafft, das Chaos in Ordnung zu bringen, das er mir letzten Monat bei seiner Rückkehr hinterlassen hat. Ich kann noch nicht gehen.«

Sharones grüne Augen schimmerten vor Belustigung. »Du willst hierbleiben, während der Alpha da ist? Oh, Coya, überaus mutig«, meinte sie. »Und dann bist du auch noch einen Tag in Verzug mit der Injektion für deine Hormontherapie? Schätze, du hättest schon gestern bei der Ärztin sein sollen, hm?«

Das war ein anderes Problem. Diese Quacksalberin von den Wolf-Breeds ging ihr langsam auf die Nerven. Irgendetwas stimmte nicht mit ihr, und ihr war egal, was Dr. Armani sagte. Die Träume kamen wieder. Träume von Sex voll leuchtender Farben und lebhafter Empfindungen. Die Art von Sex, bei der Del-Rey sie umfing, ihr all die Lügen ins Ohr flüsterte, die Frauen gerne hören, und sie voll Sehnsucht nach Erlösung zurückließ. Es musste am Paarungsrausch liegen. Armani musste sich irren, was ihren Hormonspiegel anging; eine andere Option gab es nicht.

»Kontaktiere Armani, und sag ihr, ich bin gleich morgen früh als Erstes da.« Anya kaute auf ihrer Unterlippe und dachte nach. »Vielleicht kann ich sie überzeugen, die Dosierung ein wenig zu erhöhen, solange Del-Rey hier ist.« Sie sah Sharone fragend an. »Wenn das funktioniert hätte, müsste ich nicht jedes Mal abhauen, wenn ihm ein Härchen am Arsch querliegt und er beschließt, zurückzukommen.«

»Del-Rey? Ein Härchen am Arsch quer?« Sharone schnaubte. »Keine Körperbehaarung, weißt du noch?«

Das war typisch Sharone, spöttisch und sarkastisch.

»Hack nicht auf mir herum, Sharone«, befahl Anya. »Die Situation ist schon schlimm genug, nachdem Del-Rey jetzt zurückkommt.«

Ihre Emotionen waren kurz vor der Überlastung. Erregung. Vorahnung. Sie hatte es satt, sich vor etwas zu verstecken, was nicht ihre Schuld war. Der Mist in Sachen Paarungsrausch war so irgendwie unter Kontrolle. Die Paarungsrausch-Hormone bewegten sich auf einem stabilen Level. Sie erlebte Zeitspannen der Erregung, aber Armani erklärte ihr immer, das sei normal. Blödsinn. Das, was sie empfand, war nicht normal. Konnte es nicht sein. Denn andernfalls bedeutete es, dass sie diesen flachsenden, lügenden, räudigen Kojoten doch tatsächlich vermisste, und sie weigerte sich, das zu tun.

»Also, sollen Emma und Ashley die Hütte in Haven herrichten?«, fragte Sharone.

Anya biss die Zähne zusammen und sah die Freundin mit grimmiger Entschlossenheit an. »Ich denke nicht. Sehen wir mal, wie lange er es tatsächlich hier aushält, mit der Coya im Haus, sozusagen«, stieß sie hervor. »Einen Hunni darauf, dass er in einem Monat weg ist.«

Sharone lachte. »Einen Hunni darauf, dass er in spätestens einer Woche in dir festhängt.«

Besiegelung mit Handschlag. Und Anya hatte keinen Zweifel, wer die Wette gewinnen würde.

4

Er hatte sich verändert.

Am nächsten Nachmittag kam Anya in den offenen Gemeinschaftsraum, einen großen Hohlraum, der den Erholungsbereich der Basis beherbergte, und blieb stehen.

Sie starrte den Mann an, der auf der anderen Seite in einem Ruhesessel lümmelte, seine Rudel-Alphas ähnlich entspannt, ein Bier in den Händen, während sie plauderten.

Del-Rey sah glücklich aus. Ein Grinsen spielte um seine Lippen, Belustigung stand in seinem dunklen Gesicht, und seine schwarzen Teufelsaugen füllten sich mit Heiterkeit, als einer der Alphas etwas sagte.

Sein dunkelblondes Haar war kürzer. Einst war es bis auf die Schultern gefallen, in langen groben Strähnen, dicht und gesund. Jetzt hörte es ein Stück über der Schulter auf und war zotteliger als zuvor, als hätte er es selbst abgeschnitten.

Eins seiner Beine war ausgestreckt, das andere angewinkelt. Sein Handgelenk ruhte auf dem Knie, das Bier locker in der Hand. Sein zugeknöpftes Hemd war zerknittert, sauber, aber nicht wirklich ordentlich.

Allerdings vertrat er die Ansicht, wenn er ordentlich daherkäme, wäre er kein Kojote, sondern ein Wolf. Sie schnaubte lautlos bei dem Gedanken, während ihr Blick ihn erneut liebkoste.

Er war so umwerfend wie immer. Nicht umwerfend im Sinne von hübscher Jüngling, sondern auf eine raue und schroffe Art. Ausgeprägte Züge definierten sein Gesicht; gewölbte

Augenbrauen, eine hohe Stirn. Sein ganzer Körper hatte einen goldenen Bronzeton, als sei er dauergebräunt. Seine Lippen waren sinnlich. Die Unterlippe vielleicht gerade ein wenig zu voll für den Seelenfrieden einer Frau. Die Rundung forderte die Fantasie heraus und weckte in ihr die Erinnerung, wie sich sein Kuss angefühlt hatte.

Heiß. Zerstörerisch. Hungrig.

In dem Moment fuhr sein Kopf herum, und sein Blick begegnete ihrem. Als hätte er ihre Augen auf sich gespürt, die Liebkosung gefühlt, die ihre Hände ihm so gern in tiefster Nacht geben wollten.

Sie schluckte schwer, als er sie musterte, die Bierflasche an die Lippen hob und den Kopf nach hinten neigte. Ihre Atemzüge wurden tiefer und schwerer. Du liebe Güte, gleich brach ihr der Schweiß aus.

»Ruf diese Quacksalberin Armani an, und sag ihr, sie soll ihren Kram zusammensuchen«, befahl sie Sharone.

»Echt«, brummte Sharone. »Mensch Anya, du wirst heiß.«

»Halt die Klappe.« Anya warf ihr einen harten und finsteren Blick zu, bevor sie durch den Gemeinschaftsraum zur Küche marschierte.

Okay, der Alpha war zu Hause, da konnte er jetzt auch verdammt gut Küchenpersonal genehmigen. Sie brauchte einen Koch, Assistenten und einen Reinigungstrupp. Und sie wollte keine Breeds dafür. Breeds waren militärisch gedrillt; es war Teil ihrer Genetik und Teil ihrer Ausbildung. Breed-Soldaten gaben weder gute noch ordentliche Köche ab.

Sie betrat die Küche und fing automatisch an, Teller abzuspülen und die Spülmaschine zu füllen, während Sharone, Emma und Ashley andere Sachen wegräumten.

»Ich wurde nicht geschaffen, um Küchen sauber zu machen«, verkündete Ashley, warf sich das kosmetisch aufgehübschte blonde Haar über die Schulter und betrachtete ihre Nägel. »Ich spüle keine Bratpfannen.«

»Du kriegst den ersten Stapel«, erklärte ihr Anya. »Und ich nehme den zweiten.«

»Du machst vielleicht Witze«, lachte Ashley.

Anya drehte sich zu dem jungen Mädchen um. Ashley und Emma waren zwar Zwillinge, aber Welten voneinander entfernt.

»Sehe ich aus, als würde ich Witze machen?«, fragte Anya kühl.

»Das machst du jetzt nur, weil ich mir gestern die Nägel habe machen lassen und du hier festsaßest.« Ashley zog einen Schmollmund. »Das ist echt unfair, Coya.«

»Ich gebe dir eine Liste, was nicht fair ist«, erklärte Anya.

»Oh Junge«, zischte Ashley da. »Alpha im Anmarsch.«

Anya versteifte sich. Sie war sauer auf Dr. Armani, auf sich selbst und auf die Tatsache, dass sie, kaum dass sie ihn sah, sich drängend nach der Wärme sehnte, die sie in seinem Körper wusste.

Nicht nur seine Wärme. Seine Berührung. Sie wollte in seinen Armen liegen, und sie wusste, das war das *eine*, was er wirklich nicht wollte.

Sie schwor, sie spürte, wie er hereinkam. Die Temperatur in der großen Küche stieg ruckartig an, ging ihr unter die Haut und ließ sie erröten.

»Kommst du, um dein Chaos aufzuräumen?«, fragte sie, als würde sie ihn jeden Tag sehen und nicht erst zweimal in den letzten acht Monaten.

Er hielt inne und sah sich stirnrunzelnd in der Küche um. »Ich habe das Chaos nicht verursacht.«

»Ich auch nicht«, erklärte sie zuckersüß und stellte einen Teller in die Maschine. »Aber jemand hat es getan.«

Er musterte Sharone, Ashley und Emma, die sich sehr beschäftigt gaben. Zu beschäftigt in der Tat. Normalerweise kniffen sie, wenn es um Küchendienst ging.

»Wie ist das passiert?«, fragte er schließlich.

Anya richtete sich langsam auf und sah ihn finster an. »Liest du eigentlich je meine Berichte?«

»Mit Sorgfalt und höchster Aufmerksamkeit«, meinte er. »Was hat das hier mit deinen Berichten zu tun?«

Er lehnte sich an den Türrahmen und musterte sie neugierig, als sie sich straffte und mühsam ihr Temperament zügelte, bevor sie ihm antwortete.

»Ich sage dir was.« Sie lächelte angespannt. »Mach die Küche sauber, dann geh und lies einen meiner Berichte mit etwas größerer Aufmerksamkeit als zuvor, und sieh zu, ob du es herausfinden kannst.«

Damit schloss sie ruckartig die Spülmaschine und marschierte zum Ausgang gegenüber, der zu einem schmalen Tunnel hinter dem Gemeinschaftsraum führte.

Ihre Leibwache kam zügig hinterher, als würde sie ihr auf Schritt und Tritt in der Basis folgen. Sie war so behütet hier, dass es ausreichte, um ihr Bedürfnis nach Abenteuern zu kränken. Und das tat es auch.

»Wow. Du hast den Alpha stehen gelassen«, meinte Ashley hinter ihr und pfiff. »Keiner lässt den Alpha stehen, Coya.«

Anya verdrehte die Augen. Niemand widersprach dem Alpha. Niemand gab dem Alpha freche Antworten. Niemand missachtete die Befehle des Alphas. Die Liste war fast unendlich und stürzte Anyas Nerven zielsicher ins Chaos. Sie war nicht die Marionette des Alphas, und sie würde nicht so tun, als wäre sie eine.

»Vielleicht wird er sauer genug, um die Spülmaschine fertig zu befüllen«, stieß sie hervor.

Sharone lachte. »Willst du wetten?«

»Zehn Mäuse, dass er es nicht tut«, schoss Anya zurück.

»Zehn Mäuse, dass er es doch tut und die Küche blitzt und blinkt, wenn er fertig ist. Der Alpha steht nicht auf Chaos, es sei denn, er produziert es selbst.«

Tja zur Hölle, dann gab es nichts, worum sie sich Sorgen machen musste, denn das größte Chaos hier war sie selbst.

Bis zum Abend ging es ihr nicht viel besser. Adrenalin raste durch ihren Organismus, und Dr. Armani war nicht hilfreich. Natürliche Erregung, Himmel noch mal. An ihrer Reaktion auf Del-Rey war gar nichts Natürliches, und niemand würde sie vom Gegenteil überzeugen.

Sie wartete, bis es dunkel wurde, um dann in der Küche nachzusehen und Sharone ihre zehn Dollar zu geben; danach schlüpfte sie mit den drei Mädchen hinaus in die Nacht.

Die diensthabenden Wachen waren daran gewöhnt, dass sie sich davonstahl; sie quittierten es nicht einmal mit einem Blinzeln. Wie gewöhnlich, wenn Del-Rey sich in der Basis aufhielt, herrschte eine merkwürdig entspannte Atmosphäre. Sie hatte sich schon einige Male in die Basis geschlichen, während er da war, wenn sie etwas vergessen hatte, was sie brauchte. Der Unterschied war ihr aufgefallen. Mehr eine Atmosphäre von Kameradschaft, eine Wärme, die fehlte, wenn er auf Mission war. Es gab ihr ein Gefühl von eigenartiger Einsamkeit und machte ihr klar, dass das Heim der Kojoten nicht vollständig war, wenn der Alpha abwesend war. Ihre Coya war schlicht kein geeigneter Ersatz.

Del-Rey ließ den Blick durch die Küche schweifen, über die jungen Soldaten, die das angerichtete Chaos fertig aufgeräumt hatten.

»Wie lange hatte eure Coya schon Küchendienst?«, fragte

er einen von ihnen – merkwürdigerweise war es einer aus seiner eigenen Gruppe, nicht aus der, die aus der Einrichtung in Russland gekommen war.

Der junge Breed zuckte mit Schultern, betrachtete erst seine Füße und hob dann den Blick wieder zu Del-Rey. »Immer wenn du nicht hier bist, Alpha«, gestand er schließlich.

»Und das ist der Grund, wieso ich in der Liste von Anforderungen meiner Coya eine fett gedruckte Forderung nach Küchenpersonal stehen habe?«, fragte er den Breed.

»Es liegt nicht nur an mir, Del-Rey.« Der Kojote atmete hörbar aus. »Manchmal vergessen wir einfach, Dinge zu tun. Du weißt doch, wie wir sind. Wenn wir perfekt wären, dann wären wir Wölfe, richtig?«

Seine eigenen Worte, die jetzt auf ihn zurückfielen. Er knurrte warnend. Der Breed räusperte sich und wich einen Schritt zurück, doch in seinen Augen stand ein Hauch von Belustigung.

»Macht einen Dienstplan für die Küche«, wies er den Mann an. »Und tragt die Raubkatzen als Erste ein.«

Bei dem Gedanken musste er fast kichern. Verdammt, er konnte jetzt schon sehen, wie die Raubkatzen einen Anfall bekamen.

Der Kojote pfiff lautlos. »Alpha Lyons wird protestieren.«

Del-Rey zuckte mit den Schultern. »Tja, dann werde ich einfach auch protestieren, wenn er unser Kojotenteam das nächste Mal zum Babysitten einteilt. Als sie letztes Mal draußen waren, mussten sie Schlammkuchen mit den Babys machen.«

»Ja, aber das hat uns gefallen«, lachte der Soldat. »Mann, diese Katzenjungen wissen, wie man Matschbälle wirft.«

»Ja, aber Alpha Lyons hat protestiert«, erinnerte ihn Del-Rey. »Also, dann können die Raubkatzen jetzt mit dem Küchendienst anfangen.«

Darauf kicherten sie beide, und Del-Rey verließ die Küche und machte sich auf die Suche nach seiner Coya. Er witterte ihren Duft in der Kommandozentrale und in der Wäscherei. Er witterte ihn in den neuen Kasernenräumen, die gerade in einer der Höhlen eingerichtet wurden, und er fand ihn in ihrem Schlafzimmer. Dort war er am stärksten. Der Duft femininer Hitze und köstlicher Weiblichkeit.

Verdammt, wieso hatte er sich nicht die Zeit genommen, sie mit der Zunge zu verwöhnen, als er sie in seinem Bett gehabt hatte? Mit der Zunge zwischen die köstlichen Schamlippen zu streichen und sie zu lecken wie ein Bonbon? Dafür, dass er das versäumt hatte, hatte er sich in Gedanken schon ein paarmal täglich selbst in den Hintern getreten.

Er fand ihren Duft in fast jeder verdammten Ecke der Basis, doch Anya fand er nicht. Er aktivierte sein Headset, klickte sich in Brims Kanal und wartete, während es piepte.

»Ich bin in der Kommandozentrale, was ist?«, meldete sich Brim.

»Alles in Ordnung?«

»Wir haben Jäger auf der Ostseite der Basis ausgemacht. Ein Team geht raus, um sie im Auge zu behalten«, antwortete Brim.

»Wirf die Überwachungsmonitore an, und sieh zu, ob du Anya finden kannst.«

»So schnell geschafft, sie zu verlieren?« In Brims Stimme klang ein Lachen mit.

»Auslachen kannst du mich später«, schnaubte Del-Rey. »Jetzt finde sie erst mal, bevor ich dir in den Hintern treten muss.«

»Ich gebe dir Bescheid, wenn wir deine Coya dingfest gemacht haben«, versprach Brim.

Die Verbindung wurde unterbrochen, und Del-Rey stemmte die Hände in die Hüften und runzelte die Stirn über ihr Verschwinden. Verdammt. Sollte doch nicht so schwer sein, einer einzelnen Frau auf der Spur zu bleiben. In jedem Bereich der verdammten Höhlen gab es Überwachungsmonitore.

Er wechselte zum allgemeinen Kanal. »Hier Alpha Delgado, Bericht zum Aufenthaltsort der Coya, und zwar dalli.«

Er konnte sich Brims Gelächter über diese Durchsage genau vorstellen. Ganz zu schweigen davon, wie sauer seine Coya wäre, falls sie es herausfand.

Er verließ ihr Schlafzimmer und ging durch die Tunnel zurück zum Gemeinschaftsraum, als sein Headset piepte.

»Ja?«

»Del-Rey, hier Thomas. Ich habe heute Nacht Dienst am Eingang. Deine Coya und ihre drei Leibwachen haben die Basis vor zwanzig Minuten verlassen und sind auf dem Weg zu ihrer abendlichen Trainingseinheit.«

Er biss die Zähne zusammen. Er legte wieder auf, und da piepte Brims Signal an seinem Ohr.

»Sie hat die Basis vor zwanzig Minuten verlassen, in östlicher Richtung.« Inzwischen klang Brims Stimme nicht mehr unbekümmert. »Diese Jäger, die wir aufgespürt hatten, sind außer Sicht verschwunden, und das Team, das ich losgeschickt habe, um sie zu finden, ist nicht erreichbar. Mögliches Eindringen ins Territorium der Basis.«

»Ich will Team drei sofort am Eingang haben«, brüllte Del-Rey und begann in Richtung Eingang zu sprinten. »Volle Bewaffnung und Ausrüstung. Und jemand soll meine Ausrüstung mitbringen. Lass den Helijet anwerfen und flugbereit machen, und ich will, dass Team sechs als Verstärkung anrückt. Ich will, dass Anya gefunden wird, und zwar sofort!«

Er rannte durch die Tunnel, schaltete dabei auf den allgemeinen Kanal um und hörte sich die ankommenden Berichte an. Das Zwei-Mann-Team, das zu den Jägern geschickt worden war, antwortete nicht – das hieß, sie waren außer Gefecht. Seine Gefährtin war irgendwo da draußen mit drei Leibwachen, und Gott allein wusste, was da gerade hinter ihr her war.

»Teams drei und sechs warten«, berichtete Cavalier, während Del-Rey durch den Gemeinschaftsraum raste.

Inzwischen war die Höhle leer; alle Soldaten gingen an ihre zugewiesenen Aufgaben und bereiteten sich vor, auszurücken.

Er bog um die Ecke zur Mündung des Ausgangstunnels, und die zwölf Männer dort drehten sich erwartungsvoll zu ihm um.

»Team drei, schafft eure Ärsche da raus, ich hole euch an der Spitze von Team sechs ein. Eure Coya zu finden hat oberste Priorität. Team sechs dient als Verstärkung, und ein weiteres Team rückt aus, um das vermisste Team zu finden.«

Er riss Cavalier seine Einsatzjacke aus den Händen, streifte sie eilig über und sah seine Taschen nach zusätzlicher Munition, Messer und Ersatzwaffe durch. Während das erste Team ausrückte, befestigte er eine Kurzwaffe an seinem Oberschenkel, bevor er die Maschinenpistole von Cavalier entgegennahm und an die Jacke schnallte. Die ultraleichte persönliche Verteidigungswaffe, kurz PDW, war geladen, entsichert und feuerbereit.

»Ausrücken«, befahl er, aktivierte den gesicherten Kanal und wartete darauf, dass Brim sein Identifikationssignal anpeilte. Ein kurzes Piepen signalisierte ihm, dass Brim ihn lokalisiert hatte, und er machte sich auf den Weg.

Er fing den schwachen Hauch ihres Duftes auf, als er das Unterholz und die Kiefern erreichte, die um den Eingang zur Basis standen. Der östliche Rand der Berghänge, die sie ihr Heim nannten, war weniger steil und bedeckt von Kiefern, Eichen und einer Vielzahl an Laubwerk. Der westliche Rand, der Haven überblickte, bestand so gut wie nur aus Klippen.

Innerhalb von Sekunden schloss er zu Team drei auf, dirigierte es in eine neue Richtung und bewegte sich nach Osten. In dieselbe Richtung, in der der Duft seiner Gefährtin verweilte.

Er war dezent und schwach und wäre für die anderen schwerer auszumachen, nachdem er so gut zu seinem eigenen passte. Eine Paarung führte dazu, dass der weibliche Duft schwerer aufzuspüren war, es sei denn, sie war erregt oder befand sich gerade im Eisprung. Ihr Körper passte sich an, und ihr Duft veränderte sich und glich sich an die Paarungshormone und den Duft des Mannes an.

Vielleicht zur Tarnung. Eine Art natürlicher Schutzmechanismus. Mutter Natur war schon ganz schön bizarr, wenn es um die Breeds ging, also wer zur Hölle wusste schon, warum. Alles, was er im Moment wusste, war, dass er der Einzige war, der seine Gefährtin erfolgreich aufspüren konnte – und dass etwas Gefährliches hinter ihr her war.

»Wir stecken in Schwierigkeiten«, flüsterte Sharone. Sie lagen flach auf dem Boden, Messer in den Händen, und beobachteten die fünf Gestalten, die sich weiter unten bewegten und deren Stimmen mühelos zu ihnen heraufdrangen.

»Das Miststück ist hier«, zischte einer der Männer. »Sie kommt fast jede Nacht in dieses Gebiet. Wir sind ihr schon seit Wochen auf der Spur.«

Miststück. Tja gut, es gab nur vier sogenannte Miststücke auf der Basis, also musste eine von ihnen gemeint sein. Anya wettete darauf, dass sie selbst es war.

»Sie hat ihre Verbindung nicht aktiviert«, konterte eine andere Stimme. »Ich habe ihren Kanal und die gesicherte Leitung. Nichts von ihr oder ihrer Leibwache.«

Okay. Also ging es um sie selbst. Ja Donnerwetter, wenn sie

sich nicht als etwas ganz Besonderes fühlte diese Woche. Zuerst kam ihr Gefährte unangekündigt zurück, und jetzt pfuschten diese Saukerle ihr auch noch in die einzige Freizeit hinein, die sie hatte.

»Wir müssen zuschlagen, bevor dieser dreckige Kojote Delgado zurückkommt«, befahl die erste Stimme den anderen. »Sobald der wieder da ist, werden die Sicherheitsmaßnahmen verstärkt.«

Ach, und wie kamen sie darauf? Nein, Del-Rey war nur weniger diskret in Sachen Sicherheit. Während der letzten paar Monate war Anya übermäßig angespannt und auf der Suche nach einem Kampf gewesen. Sie hatte ein paar Bereiche bewusst so aussehen lassen, als seien sie schlecht gesichert, obwohl es nicht so war. Über die Jahre hatte sie ein paar Lektionen von Del-Rey gelernt. Sie stellte die Stärke von Sicherheit und Kommando häufig auf die Probe. Zu schade, dass sie gerade nicht in der Kommandostelle war und die Spur dieser Bastarde verfolgte. Stattdessen steckte sie hier draußen fest und war Gejagte statt die Jägerin, zu der sie sich ausbildete. Und sie konnte nicht riskieren, ihr Headset oder das der anderen jetzt zu aktivieren – nicht, wenn diese Kerle sich in ihr Signal schalten konnten.

Sie starrte nach unten zu den fünf Männern, drehte sich dann um und bedeutete Sharone, dass sie sich zurückziehen und zur Basis zurückgehen mussten. Im Augenblick befanden sie sich vor den Männern im Gegenwind zu jeglichen Breeds, die sie vielleicht als Unterstützung bei sich haben mochten. Manchmal halfen abtrünnige Kojoten-Breeds den Fanatikern, die immer noch glaubten, sie könnten die Breeds auslöschen und ihnen ihre Freiheit nehmen.

Solange sie im Gegenwind blieben und sich leise bewegten, hatten sie eine Chance. Die einzigen Waffen, die sie heute

Nacht bei sich trugen, waren die Messer, mit denen Sharone und die anderen mit Anya trainierten. Sie waren scharf und tödlich, aber keine große Verteidigung gegen eine Schusswaffe.

Anya bewegte sich leise rückwärts, wenn auch nicht annähernd so leise wie ihre Leibwächterinnen, und wartete, bis die Stimmen sich weiter entfernten, bevor sie die Anweisung gab, auszurücken.

Sie liefen gebückt und so schnell wie möglich, was langsamer war, als Sharone und die anderen sich hätten leisten können, wie Anya genau wusste, als sie langsam wieder den Berg hinauf zu dem undeutlichen Wildpfad schlichen, über den sie immer hierherkamen. Hier war es immer noch steil, wenn auch weniger steil als am westlichen Rand des Berges. Doch dieses konkrete Gebiet lag sehr nahe. Ein Teil des Rückweges war besonders unwegsam. Dort wären sie am verwundbarsten.

»Bewegung«, zischte sie. »Wir müssen einen Zahn zulegen, Sharone.«

»Falls sie einen abtrünnigen Breed dabeihaben, dann wird Schnelligkeit dazu führen, dass wir geschnappt werden«, widersprach Sharone. »Weil du nicht leise genug bist.«

Das war typisch Sharone, unverblümt und auf den Punkt. Sie war mit niemandem nachsichtig.

»Hast du Breeds gewittert?«, fragte Anya, als sie sie umringten und durchs Unterholz geleiteten, so schnell es ging, ohne dabei laut zu werden.

»Das bedeutet gar nichts«, flüsterte Emma. »Sie haben gelernt, ihren Duft zu verbergen. Das hat man uns im Labor beigebracht, weißt du noch?«

Ach ja. Jetzt fiel es ihr wieder ein. Sie hatten einen Weg gefunden, die Duftmarke von Kojoten-Breeds zu verschleiern. Es war nicht leicht, und es reizte die Sinne der Breeds, aber sie bekamen es hin.

»Wir müssen Del-Rey kontaktieren«, sagte Sharone leise. »Ashley, geh voran. Lauf, so schnell du kannst, und finde Hilfe. Ich habe das Gefühl, dass die Sache noch ganz hässlich wird, wenn diese Bastarde uns auf dem Pfad hier erwischen. Dann sitzen wir hier auf dem Präsentierteller.«

Ashley lief voran und verschwand. Lautlos. Verdammt, Anya wünschte, sie könnte das auch. Sie hatte jahrelang trainiert, schon bevor Del-Rey sie entführt hatte, um so leise zu sein wie die Kojoten und durch die Nacht zu stürmen, ohne ein Geräusch von sich zu geben. Doch sosehr sie es auch versuchte, hatte sie es bisher nicht geschafft.

Wenigstens war Ashley außer Gefahr. Sie war die Unschuldigste von ihnen allen, dachte Anya manchmal. Ihr aufgeputztes kleines Kojotenmädchen mit den künstlichen Nägeln und den gefärbten Haaren. Mit Make-up, Mädchenklamotten und sexy Unterwäsche. Sie war, was sie alle sich zu sein wünschten; auch das dachte sich Anya manchmal.

»Hier lang, Coya.« Sharone führte sie durch ein Kieferndickicht außer Sichtweite und schlich näher zum Pfad heran. »Wenn wir nach oben gehen, müssen wir schnell sein. Emma geht voran, ich decke den Rücken.«

Anya schüttelte den Kopf und kämpfte die Tränen nieder. Sie würden ihr Leben für sie geben, doch das war es nicht, was sie wollte. Sie wollte die anderen in Sicherheit wissen, und ihr wurde klar, dass ihre eigene Inkompetenz sie nur zu einer Gefahr für die anderen machte.

Sie hatten den Beginn des Pfades erreicht, als sie hinter sich einen Schuss hörten. Anya wirbelte herum und starrte mit weit aufgerissenen Augen in die Nacht.

»Sie haben uns nicht gesehen«, meinte Sharone vorsichtig.

»Ashley«, flüsterte Anya. »Oh Gott. Oh Gott, nicht Ashley.«

»Reiß dich zusammen, Coya.« Sharones Stimme klang hart

und emotionslos. Ein deutliches Anzeichen dafür, dass sie inzwischen absolut sauer und besorgt war. »Beweg dich. Der Schuss ging nach weiter oben und rechts von uns. Der Pfad liegt im Schatten, und wir sollten es schaffen, nach oben zu kommen und dort ins Wacholderdickicht rechts von uns zu kriechen. Mach dir keine Gedanken darum, den Pfad leise hinaufzukommen. Wir haben Zeit, um ihn zu erreichen, bevor sie in der Position sind, einen Schuss abzugeben.«

Sie erreichten den Pfad und bahnten sich den Weg hinauf. Anya spürte die Anspannung in ihrer Brust vor Tränen und Zorn bei dem Gedanken an Ashley. Gott helfe denen, wenn sie verletzt wurde, denn sobald Del-Rey sie erwischte – und sie wusste, das würde er –, würde sie selbst Gerechtigkeit fordern. Ihr Messer über deren Kehle. Sie war noch nicht kompetent genug, dass das schmerzlos ablaufen würde.

Del-Rey hörte den Schuss und drehte den Kopf ruckartig in die Richtung, aus der er gekommen war. Er verfolgte ihn durch das Echo des Berges, machte die Richtung aus und schickte sechs Männer dorthin. Sechs weitere nahm er mit in die Richtung, in die er höchstwahrscheinlich gezielt war.

Sie stürmten durch die Dunkelheit, und ihnen war klar, dass die Zeit drängte, sobald der erste Schuss fiel. Ein Schuss. Anya hatte drei Kojotinnen bei sich. Keine Chance, an sie heranzukommen, ohne die anderen auszuschalten.

Er stürmte um die Spitze eines besonders steilen Teils der Klippe, nutzte Wacholder und Stechpalme, Pinyon und Kiefern als Deckung – und dann sah er die zu Boden gegangene Gestalt.

Mist. Ashley.

Er verteilte seine Männer in der Umgebung, die Waffen auf das Berggelände unter ihnen gerichtet, und näherte sich der am Boden liegenden Gestalt. Er packte sie an der Schulter, drehte sie auf den Rücken – und spürte ihr Messer über seine Kehle streifen, noch während er zurückzuckte.

»Ups. Del.« Ihr Lächeln blitzte im Dunkel auf. »Hey, finde den Wichser, der auf mich geschossen hat, okay? Die Coya kommt gerade den Pass hoch. Und macht die verdammten Headsets aus, die haben unsere Codes.«

Er deaktivierte das Headset und drehte sich um, um die Neuigkeit weiterzugeben. Wie zum Teufel waren die an die Codes gekommen?

»Bist du verletzt?« Er kauerte sich neben ihr nieder, blickte prüfend in die Dunkelheit, und seine Nachtsicht erfasste die Bewegung in den Kiefern weiter unten.

»Nein. Aber ich habe mir einen Nagel abgebrochen«, zischte sie. »Gut, dass ich eine Garantie für achtundvierzig Stunden darauf habe, denn den muss ich reparieren lassen. Könnte mir sogar die Nagelhaut abgeschürft haben.«

Er hätte sie mit offenem Mund angestarrt, hätte er nicht gewittert, dass seine Coya gerade den Pfad heraufkam.

Er schob Ashley zu dem wartenden Breed hin, der auf dem Bauch lag, und sah zu, wie der sie in die Deckung der Felsen neben ihm zog.

Flach auf dem Boden liegend bedeutete er den Männern hinter sich, das Gleiche zu tun, während er sich den Weg zum Pfad bahnte. Es gab Bereiche, in denen er gebückt laufen konnte, aber sie zu erreichen, war mühsam.

»Ich wittere den Alpha voraus«, verkündete Emma, während Sharone Anya mit der Hand am Rücken weiter den Pfad hinaufschob. »Er ist nahe.«

»Auf den Bauch!« Del-Reys zorniges Grollen schnitt durch die Nacht, und die Wut, die darin nachhallte, jagte Anya Erleichterung wie Donner durch den Leib.

»Auf den Bauch«, erinnerte Sharone sie, drückte sie nach unten, und sie krochen zügig auf seine Stimme zu.

»Ashley?«, zischte Anya in die Nacht. »Hast du sie gefunden?«

»Habe ich.« Plötzlich war er hier, griff ihre Handgelenke und zog sie über die Erhebung. »Bleib unten. Ich ziehe dich.«

»Ashley?«, flüsterte sie wieder entsetzt.

»Sie hat sich einen verdammten Nagel abgebrochen«, fauchte er. »Ihr geht es gut, bis ich sie in die Finger bekomme. Und jetzt Bewegung.« Er schob sie auf die Breeds zu, die sie um den Felsen zogen.

Sharone folgte, sank an einen Felsen und atmete rau aus.

»Martin, Jax, Ryan und Cross«, knurrte Del-Rey. »Bringt die vier zur Basis zurück, und macht dicht, bis ich Kontakt aufnehme. Gebt Brim Bescheid, dass wir auf Funkstille sind. Macht sämtliche Kanäle dicht, bis ich zurück bin.«

Keiner sagte ein Wort. Sharone ging in die Hocke und schob Anya wieder vor sich, als sie sich mit den vier Breeds bewegten, die sie auf Del-Reys Anweisung hin umringten. Alle stammten aus der Einrichtung in Russland. Sie waren hart und gut ausgebildet, und sie wussten genau, wie man tötete und wie man beschützte.

»Sobald wir zur Basis kommen, dreht ihr euch sofort um und geht zurück zu eurem Alpha«, zischte Anya.

»Tut mir leid, Coya«, antwortete Ryan unglücklich. »Er hat nicht gesagt, dass wir zurückgehen sollen, also gehen wir auch nicht zurück. Wir könnten ihm in die Quere kommen, wenn wir draußen im Feld sind und er nicht damit rechnet.«

Anya biss die Zähne zusammen, und sie rannten los. Verdammt, Ryan sollte ihr gehorchen, nicht Del-Rey. Aber das ergab Sinn. Okay, es ergab Sinn. Del-Rey musste sein Territorium gut genug kennen. Er hatte es abgesteckt, lange bevor sie hierhergekommen waren.

Sie konnte nicht anders, als sich Sorgen zu machen. Eigentlich wusste sie es besser: Ein paar Bastarde, die hier eindrangen und nach der Coya der Kojoten, ihrer weiblichen Alpha, suchten, hatten keine Chance gegen Del-Rey. Das wusste sie. Aber etwas in ihr bestand darauf, sich zu sorgen. Sich zu sehnen. Und sich zu fürchten. Denn sie hatte seine Augen gesehen. Wenn er zur Basis zurückkehrte, dann gab es eine ganze Hölle zu bezahlen.

5

Die ganze Nacht lief Anya in der Kommandostelle unruhig hin und her. Sie ignorierte Brims standhafte Vorschläge, dass sie zu Bett gehen solle, und bedachte ihn jedes Mal mit finsterem Blick, wenn er es vorschlug, auch wenn sie ihre Leibwache schon Stunden zuvor in deren Quartiere geschickt hatte.

Sie kaute an ihrem Daumennagel; sie knurrte die Techniker an, wenn die ihr zum wiederholten Male erzählten, dass es keine Chance gab, die Position ihres Alphas zu bestimmen, solange die Verbindung nicht wieder online ging, und sie war auch nicht bereit, das zu riskieren.

Sie fühlte Schmerz von Kopf bis Fuß; die Erschöpfung war ein Übel, gegen das sie sich mit Zähnen und Klauen wehrte, und sie schimpfte über sich selbst, weil sie nicht dieselbe Ausdauer und Geduld hatte wie die Kojoten-Breeds. Sie war doch angeblich deren Coya, ihre weibliche Alpha, und doch kam sie nicht klar mit zwei Tagen ohne Schlaf? Die Kojoten-Breeds hielten tagelang durch; sie hatte gesehen, wie Sharone mehr als eine Woche durchhielt, mit nicht mehr als einem zwanzigminütigen Nickerchen hier und da, während Anya mehr als einmal umgekippt war und geschlafen hatte wie eine Tote.

Tageslicht spähte über die Berge, während sie bei den schweigenden Kommunikationstechnikern stand und wartete. Jegliche Kommunikation war eingestellt. Soldaten waren nach Haven geschickt worden, um dort über die Lage zu informieren und deren eigene Kommunikation zu sichern. Schutzmaßnahmen würden in Kraft treten, sobald Del-Rey und seine

Männer zurückkehrten. Doch wie sie den Kommunikationstechnikern vor Monaten erklärt hatte, hätte Del-Rey für genau diesen Fall der Fälle bereits Sicherheitsmechanismen einrichten sollen.

Wie man ihr gesagt hatte, hielt er sich nie lange genug auf der Basis auf, und für diese Maßnahmen war nicht nur seine Genehmigung, sondern auch seine Hilfe nötig.

Niemand hatte es ausgesprochen, aber sie hatte den Blick in den Augen der anderen gesehen. Es lag an ihr, dass er nie lange genug hier war, um seine eigenen Pflichten zu erfüllen.

Und so starrte sie jetzt auf eine stille Kommunikationstafel ohne eine Chance, zu erfahren, ob die Breeds draußen im Feld noch lebten oder tot waren. Keine Chance, zu erfahren, ob Del-Rey in Sicherheit oder verwundet war. Über etwas anderes konnte sie nicht nachdenken.

Die zwei vermissten Soldaten waren eine Stunde nach ihrer Rückkehr hergebracht worden, leicht benommen und aus mehreren Wunden blutend. Die Medizintechniker waren gezwungen gewesen, sie nach Haven zu schicken, da sie weder die Mittel noch die Erfahrung hatten, um sie zu behandeln.

Sie brauchten ihre eigenen verdammten Ärzte. Was, wenn Del-Rey ernsthaft verwundet war? Dr. Armani wusste nicht genug über die Genetik der Kojoten, um mehr zu tun, als sie notdürftig zusammenzuflicken. Und manchmal führten schwere Verwundungen bei den Wolf-Breeds zu unerklärlichen Infektionen, Fieber und in manchen Fällen zu fast tollwütigem Verhalten.

Sollte einem Kojoten-Breed das zustoßen, konnte er sterben. Del-Rey konnte sterben!

Nach ihrer Schätzung waren seit ihrer Rückkehr fast acht Stunden vergangen; noch ein Blick auf die Uhr: vielleicht eher zehn. Sie hatten die Höhlen erst spät für ihre Trainingseinheit verlassen, später als gewöhnlich. Andernfalls hätten diese Jäger es geschafft, sich direkt an sie anzuschleichen. Für gewöhnlich befanden sie sich viel weiter am Fuß der Berge.

Jemand hatte sie beobachtet und Bescheid gewusst über die Übungen. Irgendwie waren sie tief genug in die Sicherheitsvorkehrungen eingedrungen, dass der Feind sie beinahe kalt erwischt hatte.

»Wenn du hin und her läufst und finster auf die Kommunikationstafel starrst, vergeht die Zeit auch nicht schneller«, meinte Brim, der gerade mit Kaffee in den Kommandoraum kam. Zwei Tassen. Gott segne ihn. Sie nahm eine davon.

»Die Tasse war für deinen Kommunikationstechniker gedacht«, bemerkte er trocken.

»Wir haben Funkstille; er kann sich seine eigene Tasse holen«, brummelte sie und nippte an dem koffeinhaltigen Gebräu. Es kam selten vor, dass sie das einzig wahre Zeug an ihrer Leibwache vorbeischmuggeln konnte. Und die schafften es jedes Mal, dafür zu sorgen, dass sie ihn wegschüttete, oder fanden einen Weg, ihn zu klauen.

Ashley hatte einige Male einfach hineingespuckt und Anya wie ein Kobold angegrinst in der Gewissheit, dass sie ihn dann nicht mehr trinken würde.

Sie bemerkte das Lächeln, das der Techniker Brim zuwarf, bevor er seinen Stuhl zurückschob und zum Aufenthaltsraum marschierte.

»Von mir aus kannst du so aufgedreht sein, wie du willst.« Brim zuckte mit den Schultern. »Es wird nichts ändern. Er wird hier reinkommen und jemandem wegen der Sache den Arsch aufreißen, und diesmal wird es nicht meiner sein.«

Sie sah ihn aus zusammengekniffenen Augen über ihre Kaffeetasse hinweg an. Sein dichtes schwarzes Haar war kurz geschnitten, so kurz, dass es manchmal wie Stacheln von seinem

Kopf abstand. Hellblaue Augen, die sie kühl musterten. Er musterte sie immer kühl, seit sie ihn zum ersten Mal gesehen hatte. Nichts schien Brim zu berühren. Er war nie in Sorge, geriet nie in Eile, regte sich nie auf. Er machte nur witzige Bemerkungen und glitt durch das Leben.

»Er hat keinen Grund, irgendwem hier den Arsch aufzureißen«, widersprach sie schließlich. »Es ist nicht unsere Schuld, dass diese Bastarde einen Zugang zu unseren Kommunikationscodes gefunden haben.«

»Du denkst, dass er deswegen angefressen sein wird?« Er verzog die Lippen, als wäre er belustigt. Aber nichts davon sah man in seinen Augen. »Coya, du warst da draußen mit deaktiviertem Headset und ohne der Kommandostelle mitzuteilen, dass du dich außerhalb der Höhlen aufhältst. Er wird jedem Soldaten den Arsch aufreißen, der dich hinausschleichen sah und es nicht gemeldet hat. Und dann wird er deiner Leibwache das Fell über die Ohren ziehen. Ashley wird mit ihren hübschen Krokodilstränchen vielleicht am leichtesten davonkommen. Emma und Sharone werden es wie die Soldaten aufnehmen, zu denen sie gedrillt wurden, und das wird ihn erst richtig sauer machen, weil er es hasst, wenn sie ihm mit der stoischen Soldaten-Masche kommen. Und dann, wenn er sich bis zu dir durchgearbeitet hat …« An dieser Stelle mochte die Belustigung dann doch seine Augen erreichen. »Na ja, sagen wir nur, wenn es um dich geht, wird er wahrscheinlich den größten Spaß haben. Er ist schon die ganze Zeit ziemlich aufgebracht wegen des Trennungsbefehls, weißt du. Vielleicht solltest du so langsam mit der Planung dieser offiziellen Akzeptanzzeremonie anfangen. Ihr werdet sie brauchen, sobald ihr zwei mal wieder auftaucht, um Luft zu holen.«

Er lachte sie aus. Als würde eine Hochzeitszeremonie mehr ausrichten, als den Breeds aller Spezies zu beteuern, dass Del-

Rey sie als seine Gefährtin und deren weibliche Alpha akzeptiert hatte. Sie konnte sich ihm verweigern, wie Hope erklärt hatte, doch wenn er sie zurückwies, dann konnte sie zum Freiwild werden, wenn es auf die unzivilisierteren Eigenschaften hinauslief, die Teil der Breed-Genetik waren. Respekt hatte viele Formen. Ein Alpha verdiente ihn sich. Eine menschliche Frau konnte ihn in der Gemeinschaft der Breeds nur durch Heirat erwerben.

»Och, armes Baby«, meinte sie spöttisch. »Wirklich, Brim, wieso lachst du nicht einfach mal darüber? Ich bin sicher, wir würden alle gern mitlachen. Später vielleicht.«

Daraufhin schmunzelte er. »Ashley färbt auf dich ab. Oder bist du diejenige, die ihr den ganzen Mädchenkram beigebracht hat?«

Mit geweiteten Nasenflügeln wandte Anya sich von ihm ab und nippte an ihrem Kaffee. Weder Ashley noch Sharone oder Emma waren hier, um ihr diese Tasse zu mopsen, und sie würde sie genießen.

Und wo zum Henker blieb Del-Rey?

»Denkst du, dass alles okay ist?« Besorgt drehte sie sich wieder zu Brim um. »Falls er verletzt wurde, würden wir das erfahren, nicht wahr?«

Er sah sie überrascht an. »Er ist nicht verletzt, Coya.«

»Woher willst du das wissen?« Sie folgte ihm, als er sich abwandte und das Tablet aufhob, auf dem er zuvor Berichte erfasst hatte.

Er richtete den Blick wieder auf sie. »Wäre der Alpha verletzt, wäre eine Kommunikationsverbindung mit Notsignal in einiger Entfernung von ihm aktiviert worden. Wir hätten es empfangen, und sämtliche Soldaten auf der Basis und in Haven wären über diesen Berg geströmt wie Killerameisen. Zufrieden?«

Sie atmete hörbar ein und sah bedauernd zu ihm auf. »Du kannst mich nicht leiden, nicht wahr, Brim?«

Daraufhin blitzte Überraschung in seinen Augen auf.

»Wieso glaubst du das? Du bist meine Coya, so wie Del-Rey mein Alpha ist. Dich nicht zu mögen ist gegen die Regeln.«

War das Belustigung in seinen Augen? Nein, da musste sie sich geirrt haben, aber es war offensichtlich, dass er heute Morgen nicht die Absicht hatte, fair zu spielen. Dafür waren er und Del-Rey sich viel zu ähnlich.

»Danke«, flüsterte sie, drehte sich dann um und ging zurück zum Aufenthaltsraum, wo sie sich auf der langen Couch in dem großen von Glas umschlossenen Raum niederließ.

Für diese Zeit am Morgen waren die Höhlen ungewöhnlich ruhig. Die Kojoten schienen auf Zehenspitzen zu laufen, während sie ihren Pflichten nachgingen. Es waren keine Teams hinausgeschickt worden, doch das hieß nicht, dass keine bereit zum Abrücken wären. Jeder Soldat auf der Basis war bis an die Zähne bewaffnet und bereit zum Ausrücken, falls nötig. Sie trugen ihre schlichten Militäruniformen, die mit dem Wolf-Breed-Abzeichen an der Schulter.

Sie brauchten ihr eigenes Abzeichen. Es würde ein Gefühl von Stolz bei ihren eigenen Unternehmungen fördern. Zu häufig wurden sie mit Wölfen verwechselt, und Anya wusste, dass sie oft darüber redeten.

Die Männer hatten eine bewusste Trägheit an sich, die mit Del-Rey ihren Anfang genommen hatte und von anderen übernommen worden war. Denn wenn sie perfekt wären, wären sie ja schließlich Wölfe, wie Del-Rey oft behauptete.

Langsam trank Anya ihren Kaffee aus, während sie wartete. Dann stellte sie die leere Tasse auf den Tisch und lief im Raum hin und her, die Hände in die Taschen der bequemen Baumwollhose gesteckt, die sie gestern Nacht nach dem Duschen angezogen hatte. Ein langes T-Shirt ging ihr bis zu den Oberschenkeln, und ihr BH reizte sie ohne Ende.

Sie tigerte immer wieder hin und her, warf sich auf die Ecke der Couch und blickte finster zum Kommandoraum.

Brim saß auf ihrem Stuhl. Es war ihr Stuhl, wenn er und Del-Rey sich nicht auf der Basis aufhielten. Leider verschaffte der Trennungsbefehl ihm eher das Recht auf den Stuhl, während Del-Rey sich auf der Basis aufhielt, als er ihr erlaubte, ihn zu behalten. Da Del-Rey nicht da war, hätte Brim ihr Stellvertreter sein sollen. Oder dort draußen, um den überheblichen, arroganten Hintern seines Alphas zu schützen.

Sie stützte die Ellbogen auf die Knie und fuhr sich frustriert mit den Fingern durchs Haar.

Okay, sie würden sich also nicht mehr hinausschleichen und ihre Spielchen spielen können. Zumindest nicht ohne Absicherung. Damit kam sie klar. Sie war so daran gewöhnt, dass die Basis und die Kommunikation gesichert waren, dass sie die Gefahr als akzeptabel angesehen hatte. Damit hatte sie beinahe einen tödlichen Fehler begangen, und der lastete nun schwer auf ihren Schultern.

Sharone, Emma und Ashley waren nicht nur Leibwache. Sie waren ihre liebsten Freundinnen. Sie war mit ihnen aufgewachsen; manchmal dachte sie, sie waren die Schwestern, die ihre Eltern ihr nie geschenkt hatten.

Anya rollte mit den vor Erschöpfung schmerzenden Schultern und zitterte dann vor innerer Kälte. Sie fror die ganze Zeit, und die Kälte war noch schlimmer geworden, nachdem Del-Rey eine Stunde nach ihr nicht zurückgekehrt war. Wie lange dauerte es eigentlich, fünf Bastarde einzufangen, die aufs Töten aus waren? Ein Scharfschütze der Kojoten hätte sich doch ganz einfach um sie kümmern können.

Anya atmete gereizt aus, rollte sich in der Ecke der Couch

zusammen und zog die kleine Decke, die über der Lehne hing, über sich. Ihr war zu kalt. Und sie machte sich zu viele Sorgen. Falls er verletzt wurde, wäre es ihre Schuld. Und es war nicht fair, dachte sie mit einem Anflug von Selbstmitleid. Wenn irgendwer ihn verletzte, dann sollte sie das sein. Nicht irgendein Fremder, der ihn gar nicht kannte.

Aber das Problem war, dachte sie, dass sie ihn gar nicht verletzen wollte. Sie machte sich zu viele Sorgen, um auch nur darüber nachdenken zu können, ihn zu verletzen. Sie wollte nur, dass er endlich nach Hause kam.

Einmal mehr war Del-Rey gezwungen, dem Duft seiner Gefährtin durch die Höhlen zu folgen, um sie zu finden. Wegen der Funkstille konnte er Brim nicht anrufen, um seine wieder einmal vermisste Gefährtin aufzuspüren, und das machte ihn sauer.

In ihrem Zimmer sah er zuerst nach, doch da war sie nicht. Sie war nicht bei ihrer Leibwache und auch nicht in den Gemeinschaftsräumen. Sie war nicht in der Küche, oder falls sie dort gewesen war, dann war sie jetzt weg. Er dachte, er hätte ihren Duft dort aufgefangen.

Schließlich ging er in die Kommandostelle zu Brim.

»Wo ist sie?«, fragte er den Mann und lümmelte sich auf den Stuhl an der Seite hinten im Raum.

Brim blickte von den Berichten auf seinem Tablet auf, und sah ihn fragend an. »Du hast sie schon wieder verloren?«

Brims emotionslose Miene und die Kälte in seiner Stimme waren eine Warnung für Del-Rey, dass er und sein Stellvertreter eventuell mal wieder auf eine Meinungsverschiedenheit über Del-Reys Gefährtin zusteuerten.

Das Thema wurde zu einem häufigen und andauernden Streitthema zwischen ihnen.

»Komm mir bloß nicht blöd, Brim« knurrte er, und der legte das Tablet neben dem Kommandosessel ab und sah ihn an.

Ein finsterer Blick brachte Brim nur selten aus der Fassung. Wie überhaupt nur wenige Dinge. Dieser Bastard. Del-Rey fragte sich oft, wer von ihnen, sollte sein Freund ihn um die Führung der Rudel herausfordern, am Ende der Sieger wäre. Oder ob überhaupt einer von ihnen der Sieger wäre. Sie kannten einander zu gut, mit ihren Fehlern und allem anderen.

»Es ist ein wenig früh, um ihr einen Anschiss zu verpassen«, antwortete Brim schließlich. »Sie ist fast die ganze Nacht in der Kommandostelle herumgegeistert und hat sich Sorgen um deine wertlose Haut gemacht. Lass sie schlafen.« Dabei war sein Tonfall so leise, dass niemand außer ihnen beiden ihn hören konnte, aber die bewusste Beleidigung ließ das Tier in Del-Rey aufsteigen, ebenso wie seinen Zorn.

»Sie ist nicht in ihrem Quartier und schläft, Lieutenant«, erklärte Del-Rey in warnendem Tonfall. »Also, ich frage dich noch einmal: Wo ist sie?«

Zorn blitzte in Brims Blick auf. »In Sicherheit. Lass sie noch eine Weile schlafen.« Er hatte die Hand schon wieder nach dem Tablet ausgestreckt, als Del-Rey ein tiefes wildes Grollen von sich gab.

Brims Kinnmuskeln zuckten. »Sie hat vor Kurzem Kaffee getrunken. Du weißt, was das mit ihr macht. Sharone hat darüber schon berichtet. Eine Konfrontation ist im Moment nicht unbedingt das, was sie jetzt braucht. Was sie braucht, ist Schlaf.«

Del-Rey starrte ihn ohne zu blinzeln an.

»Du hast sie Kaffee trinken lassen?«, stieß er dann hervor. »Hast du deinen verdammten Verstand verloren?«

Brim biss die Zähne zusammen, und seine hellblauen Augen blitzten vor Zorn.

»Tja, ich wollte nicht hineinspucken, wie Ashley es tut«, konterte er spöttisch. »Irgendwie kam mir das ziemlich rüde vor.«

Als ob Brim sich Gedanken um rüdes Verhalten machen würde!

»Sie soll keinen Kaffee trinken«, knurrte Del-Rey. »Dann mutiert sie zu einem verdammten Duracell-Hasen aus der Hölle, das weißt du doch. Sie ist dann gereizt, streitlustig und droht jeden umzubringen, der sich ihr in den Weg stellt. Für gewöhnlich mich, sobald sie mich wiedersieht.«

Paarungsrausch und Koffein waren gar keine gute Mischung. Es sei denn, der betreffende männliche Gefährte stand auf ein wenig BDSM und auf eine trotzige und herausfordernde Gefährtin.

»Sie darf keine Schokolade essen, sie darf keinen Kaffee trinken, sie darf ihre Familie nicht sehen, und sie darf nachts nicht mal einen Scheißspaziergang machen.« Brim stand von seinem Stuhl auf und sah Del-Rey finster an, während die emotionslose Fassade verschwand. »Du nimmst einer Frau, die einst Freiheit und Kontrolle hatte, alles weg, erwartest, dass du mit ihr dämliche Spielchen treiben kannst, die du dir ausgedacht hast, um sie wieder in dein Bett zu kriegen, und dann fragst du dich, wieso sie dir nicht sagt, was sie tut, wenn sie es tut. Herrgott, Del-Rey, es ist ein Wunder, dass sie dich noch nicht erschossen hat.«

»Und ein Wunder, dass du nicht die Waffe für sie geladen hast«, spottete Del-Rey. »Ich habe es langsam satt, mich immer ihretwegen mit dir zu streiten. Du bist nicht ihr Bruder.«

Brim verzog die Lippen. »Ich denke, sie könnte einen Bruder gebrauchen. Vielleicht sollte ich beim Tribunal einen Antrag auf Adoption stellen. Jemand muss mal über die eigenen Bedürfnisse hinaussehen, wenn es um diese Frau geht.«

Wäre es keine Tatsache, dass Del-Rey verdammt überzeugt

war, dass Brim ernsthaft brüderliche Gefühle für Anya empfand und keine lustvollen, hätte er ihn schon vor Jahren ausgeschaltet. Sie stritten sich schon wegen Anya, seit sie zum ersten Mal in dieser verdammten Bar aufgetaucht war, und in den letzten acht Monaten waren die Auseinandersetzungen noch häufiger geworden.

»Ich verliere langsam die Geduld in der Sache, Brim«, warnte er.

»Dann versuch es doch mal damit, ihr gegenüber ehrlich zu sein.« Brim verschränkte die Arme und sah Del-Rey finster an. Er war wahrscheinlich der Einzige auf der Welt, der mit so etwas durchkam. »Du hättest von Anfang an ehrlich zu ihr sein müssen.«

»Oh ja. Ich hätte einer sechzehnjährigen Jungfrau sagen sollen, dass ich sie auf Teufel komm raus vögeln werde, wenn sie erwachsen ist, und dass ich ihren Vater und ihre Cousins aus Spaß an der Freude niederschießen werde, weil sie zugelassen haben, dass sie sich in Gefahr bringt. Na, hätte das nicht ihr Vertrauen in mich gestärkt? Damit hätten wir es wirklich geschafft, sie und die Breeds, die sie beschützt hat, aus dem Untergrundlabor zu befreien, richtig, Brim?«

Diese Auseinandersetzung führten sie nun schon fast sieben Jahre. Aus irgendeinem Grund hatte Brim Anya regelrecht adoptiert, seit er sie zum ersten Mal gesehen hatte. Es war keine Lust, aber Besorgnis. Und Brim sorgte sich nur selten um andere, ausgenommen Del-Rey. Sie hatten schon gemeinsam gekämpft, als sie Kinder waren. Sie waren im selben Labor gezüchtet worden und hatten ihre Flucht geplant, seit sie begriffen hatten, dass sie Gefangene waren und man von ihnen erwartete, dass sie töteten.

Fünf, wurde Del-Rey klar. Brim war fünf gewesen und Del-Rey zehn Jahre alt, als sie ihre ersten Pläne schmiedeten. Bis sie es schafften, war Brim fünfzehn und er zwanzig Jahre alt gewesen, und sie beide waren zu hartgesottenen Killern geworden. Das war beinahe sechzehn Jahre her, und vor Anya hatte Brim Del-Reys Pläne oder Ränke nie infrage gestellt.

»Du hättest sie vorwarnen sollen, was du tun musst, bevor du ihren Vater niedergeschossen hast«, wiederholte Brim seinen jahrealten Spruch. »Du hättest ihr nur sagen müssen, dass es das Leben der Leute in Gefahr bringen würde, wenn du es nicht tust. Das hätte sie verstanden. Du hättest ihr nicht den Schock ihres Lebens verpassen müssen.«

»Tja, verdammt, dann kramen wir doch einfach unsere kleine Zeitmaschine hervor, gehen zurück und bringen das in Ordnung«, spottete Del-Rey.

Brim verzog das Gesicht.

»Wo zum Teufel ist meine Gefährtin, Lieutenant?«

Brim seufzte. »Schläft im Aufenthaltsraum. Sie ist vor nicht einmal einer Stunde eingeschlafen, Del-Rey. Und davor war sie krank vor Sorge um dich, während du da draußen warst. Sie sieht jetzt schon aus, als hätte sie seit Monaten keinen Schlaf mehr bekommen. Lass sie um Himmels willen eine Weile in Ruhe.«

Das reichte.

Del-Reys Hand schnellte vor, legte sich um Brims Kehle und drückte gerade so weit zu, um dem Mann klarzumachen, dass er es jetzt todernst meinte.

Brims Blick flackerte.

»Wir haben nicht gegeneinander gekämpft, seit du fünfzehn Jahre alt warst und beschlossen hattest, dass du mich herausfordern und der Alpha in meinem Rudel werden könntest. Willst du mich jetzt noch mal herausfordern?«

Brim starrte ihn lange, angespannte Momente an und seufzte dann. »Ich habe dir Loyalität geschworen. Das nehme ich nicht zurück.«

Del-Reys Griff lockerte sich. »Stell dich nicht zwischen mich und Anya, Brim. Ich habe bei unserer Rückkehr geschworen, dass ich fairer mit ihr umgehe. Akzeptiere das, und lass das hinter uns.«

»Wenn sie es akzeptiert.« Brim zuckte mit den Schultern. »Bis dahin steckst du hier mit meinem Mist fest.«

Del-Rey musste fast grinsen, bevor er den Kopf schüttelte über das Chaos, das er sich selbst geschaffen hatte.

»Ich bringe jetzt meine Coya in ihr Zimmer. Du wirst ihrer Leibwache und jedem Soldaten in dieser Basis mitteilen, dass jeder Befehl von ihr, der ihr Zutritt außerhalb dieser Basis verschafft, zuerst über mich läuft. Haben wir uns verstanden?«

Brim verzog das Gesicht. »Falscher Zug.«

»Haben wir uns verstanden?«, wiederholte Del-Rey.

»Natürlich, Alpha Delgado«, antwortete Brim schließlich spöttisch. »Ich verstehe Englisch sehr gut.«

Spöttischer Kojotenhurensohn, dachte Del-Rey liebevoll.

»Wir haben einen Gefangenen mitgebracht«, erklärte er Brim dann. »Er muss nach Haven transportiert werden. Wir haben die Haftzellen hier noch nicht fertig, und ich will nicht riskieren, dass er flieht. Sieh zu, ob du einen sicheren Kommunikationsweg nach Haven finden kannst, und lass sie wissen, dass wir ihn dorthin bringen. Sag ihnen, ich will beim Verhör dabei sein.«

Brim nickte und wandte sich ab, um zu tun wie befohlen, während Del-Rey sich auf den Weg zum Aufenthaltsraum machte. Die Tür war geschlossen. Das Innere war schalldicht, für den Fall, dass es für Meetings nötig war – das war der Grund, warum er ihren Duft beim Betreten der Kommandostelle nicht aufgefangen hatte.

Sie lag zusammengerollt in der Ecke der Couch und schlief. Sie war in eine kleine Decke gewickelt und wirkte, als sei ihr kalt. Er fragte sich, ob ihr auch so kalt wurde wie ihm manchmal. Es gab Nächte, in denen ihm die Kälte bis in die Knochen stieg und das Bedürfnis, sich in ihre Wärme zu hüllen, an seinen Eingeweiden fraß.

Es ging nicht nur um Sex. Er hatte sechs Jahre lang Zeit gehabt, das Band zu formen, das er mit dieser Frau hatte, und es aufzugeben war unmöglich.

Er hätte es wissen müssen. Als ihm zum ersten Mal klarwurde, dass er sie für sich beanspruchte, hätte er wissen müssen, dass Spielchen bei ihr nicht funktionieren würden. Sie war viel zu scharfsinnig und verletzbar für so etwas. Sie sah die gerissenen Manipulationen nicht so wie er. Sie spielte die Spielchen nicht, die andere Frauen so schnell kapierten. Sie war, schlicht und ergreifend, einfach nur Anya. Anders als jede andere Frau und anders als alles, was er bisher in seinem ganzen Leben kennengelernt hatte.

Er trat zur Couch, ging vor ihr in die Hocke und betrachtete ihr schlafendes Gesicht. Liebe Güte, sie sah eher wie sechzehn und nicht wie zweiundzwanzig aus. Ihr Aussehen hatte sich in den Jahren seit ihrer ersten Begegnung nicht groß verändert. Sie hatte immer noch diese unschuldige Krümmung um die Lippen und diese koboldhafte Rundung um die rotgoldenen Augenbrauen.

Sie reizte gern und liebte es, zu spielen. Sharone hatte über die Monate ein Video nach dem anderen über seine Gefährtin geschickt. Eine Schneeballschlacht mit Ashley, Aufnahmen der drei Frauen bei Trainingskämpfen im Fitnessbereich, als sie sie im Kampf ausbildeten. Sie lachte mit ihnen. Früher hatte sie auch mit ihm zu lachen versucht.

Himmel, Brim hätte ihn erschießen sollen, sobald ihm klargeworden war, was Del-Rey tat. Er hätte es verdient.

Vorsichtig schob er die Arme unter ihre Knie und ihren Rücken, bevor er sie an seine Brust hob. Sie hatte Kaffee intus, das hieß, falls sie aufwachte, würde sie wie eine Furie auf ihn losgehen. Er hoffte, sie würde noch ein wenig länger schlafen. Eine ganze Weile länger, wenn er Glück hatte. Aber sie würde nicht auf der Couch im Aufenthaltsraum der Kommandostelle schlafen. Sie hatte ein Bett. In der Tat sogar zwei, seines und ihres. Wenn sie schlafen musste, dann konnte sie das auch bequem tun.

Als er den Aufenthaltsraum verließ, schmiegte sie sich enger an ihn, ihr kaltes Näschen drückte sich an seinen Hals, und ein kurzer Schauder überlief sie.

Ihr war kalt. Eine Welle von Besitzanspruch jagte ihm bei dieser Erkenntnis durch den Leib. Die Höhlen waren nicht kalt. Sie waren fast das ganze Jahr über angenehme zweiundzwanzig Grad warm. Und falls es zufällig einmal in irgendeinem Teil kühler wurde, gab es Heizungen, um dem abzuhelfen.

Er drückte sie enger an sich, während er durch die mit Stein und Stahl verstärkten Tunnel zu ihren Quartieren ging. Ihr Bett war für sie aufgeschlagen und die Beleuchtung gedimmt worden, das wusste er – aber er wollte verdammt sein, wenn er sie in ihr eigenes Bett legen wollte.

Er fragte sich, ob es möglich war, dass sie weiterschlief, wenn er sie in sein Bett legte. Er war mehr als willens, sie angezogen zu lassen, auch wenn er in Bezug auf seine eigene Kleidung nicht ganz so opferbereit war. Es würde ihn höllisch kitzeln, sie an seinen nackten Körper zu drücken.

Es war einen Versuch wert. Besser, es jetzt mit ihr auszufechten, als zu versuchen, sie dort in einer Woche oder so zu verführen. Vielleicht musste er einfach mal ein wenig auf den Tisch hauen. Das hatte er bei ihr noch nie versucht. Er hatte ihr nie Beschränkungen auferlegt, abgesehen davon, dass er ihren

Vater nicht nach Haven oder auf die Basis ließ, wenn er nicht anwesend war.

Sie hatte schlicht darauf verzichtet, ihre Familie zu sehen, statt es in seiner Gegenwart zu tun.

Er runzelte finster die Stirn, als er sein Quartier betrat.

Oder – hatte sie denn darauf verzichtet, sie zu sehen?

Er warf einen Blick auf sie. Mist, er hatte bestimmt, dass sie ihre Familie ohne seine Anwesenheit weder in Haven noch auf der Basis sehen konnte. Er wollte wetten, dass sie sie irgendwo anders getroffen hatte. Wieso in aller Welt hatte er an dieses Schlupfloch noch nie gedacht? Anya hätte nicht so lange darauf verzichtet, ihre Familie zu sehen, selbst wenn das hieß, dass sie sich mit ihm befassen musste.

Raffinierter, hinterhältiger kleiner Kobold. Wie hatte er sich nur so in ihr täuschen können? Und er wusste genau, dass er sich offensichtlich geirrt hatte. Anya war stur wie die Hölle, aber sie liebte ihre Familie mit einer Hingabe, auf die er ganz unverhohlen eifersüchtig war.

Er wusste ganz genau, dass sie sie irgendwo anders getroffen hatte. Ohne Zweifel mit voller Unterstützung ihrer Leibwache. Er musste etwas unternehmen wegen der verdammten Frauen, die ihn hier in seiner eigenen Basis rücksichtslos übergingen. Seine Coya. Dieses kapriziöse kleine Genie Ashley, die so gern das dumme Blondchen mimte. Die viel zu spöttische Sharone und die stille, manipulierende kleine Emma. Zur Hölle, er hoffte, die Raubkatzen schafften es, hier mäßigend auf die jüngeren Zwillinge einzuwirken, die sie gerade bei sich hatten.

Kopfschüttelnd legte er seine Gefährtin vorsichtig auf sein eigenes aufgeschlagenes Bett und zog die kleine Decke weg, mit der sie sich zu wärmen versucht hatte, während er das Laken und die Decke über sie breitete. Er hielt sich nicht mit der

Beleuchtung auf, sondern zog sich splitternackt aus, schlüpfte neben ihr ins Bett und nahm sie in die Arme.

Ihre Körperwärme an seiner eigenen kalten Haut ließ ihn beinahe aufstöhnen. Er spürte, wie sie sich an ihn schmiegte, ein wenig murmelte und grummelte, leicht gereizt, bis sie sich so eng an ihn gedrückt hatte, wie sie nur konnte. Die Nase an seiner Schulter vergraben, ihre Rundungen an seinen Körper gepresst, bis er fühlte, wie ihre Wärme durch seine Haut sickerte.

Er schloss die Augen, als die Emotionen ihn zu überwältigen drohten. Verdammt. Er kam nicht klar mit Emotionen. Das war nicht gerade seine starke Seite. In dem Labor, in dem er gezüchtet und gedrillt worden war, hatte er gelernt, niemanden außer Brim um seine Schwächen wissen zu lassen. Sich von nichts berühren zu lassen. Niemals Reue zu empfinden. Niemals Besitzanspruch zu kennen. Es waren Lektionen, die man ihm auf anschaulichste Weise erteilt hatte. Lektionen, an die er sich angepasst hatte, viel zu mühelos in viel zu jungen Jahren, und alles angeblich aufgrund seiner Genetik als Kojote.

Doch als er diese zerbrechliche junge Frau zum ersten Mal sah, hatten sie ihn überwältigt. Sie besaß sanfte Rundungen und war nicht wirklich schlank. Sie war eine nette Handvoll für einen Mann. Manche mochten ihr vorwerfen, dass sie ein wenig zu viel auf den Rippen hätte. Aber für ihn war sie perfekt. Mit dem gerundeten kleinen Hintern, den vollen Brüsten und glatten Oberschenkeln. An Anya konnte er sich festhalten. Sie bestand nicht nur aus Haut und Knochen, noch war sie muskulös und hart. Sie war nur weich. Weich und warm. Und sie gehörte ihm.

Mit kaum spürbarer Berührung ließ er die Hand über ihr Haar gleiten, und ignorierte dabei das schwere drängende Pochen seines Schwanzes. Über die Monate hatte er gelernt, den

Schmerz zu verdrängen. Es war nicht leicht, aber sie in den Armen halten zu können und das Eis zu tauen, das sein Inneres oft quälte, war es wert.

Zum ersten Mal seit über acht Monaten fühlte Del-Rey Wärme. Er war nicht bereit, das aufzugeben. Oh ja, er musste mal auf den Tisch hauen. Entweder sie schlief hier, oder er schlief in ihrem Bett. Schlafen. Sie halten. Mehr konnte er nicht verlangen. Mehr würde er auch nicht verlangen. Doch bei Gott, das zu verlangen war er fest entschlossen.

6

Ihr war warm. So warm, dass sie sich ganz angenehm und entspannt fühlte. Na ja, fast ganz entspannt. Da war auch noch diese nervtötende Erregung, die sie seit Monaten wohl nicht loswerden konnte. Die Feuchte zwischen ihren Beinen, Schmerz in ihrer Klitoris, harte Brustwarzen.

Und aus irgendeinem verdammten Grund hatte sie ihren BH noch an. Sie hasste es, einen BH im Bett zu tragen. Sie konnte wach genug werden, um ihn auszuziehen, aber das würde bedeuten, dass sie sich aus der Wärmenische schälen musste, die sie gefunden hatte, und das wollte sie nicht.

Sie schmiegte sich näher an die Wärme, und dann wurde ihr klar, dass sie wieder träumen musste. Denn das neben ihr war kein Ofen, sondern ein harter, eindeutig erregter Männerkörper.

Anya verzog die Mundwinkel. Sie musste ganz schön verzweifelt sein, wenn sie so gut träumte. So einen Traum hatte sie seit, nun ja, vielleicht Tagen nicht mehr gehabt. Doch in jenen Träumen war ihr nie warm gewesen. Sie war durchgefroren und voller Angst gewesen, verwirrt, und sie hatte ihn angefleht, ihr zu helfen. Sie zu wärmen, während er sie verständnislos angestarrt hatte.

Del-Rey.

Es gab immer noch Momente, in denen sie ganz verblüfft war, dass eine so unglaubliche Schöpfung je die schlichte, mollige kleine Anya Kobrin berührt hatte. Ihr Vater hatte ihr immer gesagt, sie sei ein mütterlicher Typ und dass sie eines Tages einen guten Mann fände, der das an ihr zu schätzen wüsste. Die Männer, die sie kannte, standen auf die hochgewachsenen, schlanken und schönen Frauen. Nicht auf kleine mollige wie sie.

Doch seit ihrer ersten Begegnung mit Del-Rey hatte sie sich nie mollig oder unscheinbar in seiner Nähe gefühlt. Sie war aufgeregt gewesen und warm und überall prickelnd. Mit sechzehn Jahren hatte sie ihren ersten ernsthaft sexuellen Traum gehabt, und seitdem hatte das nicht mehr aufgehört.

Also ja, das hier war eindeutig ein ernsthaft abgefahrener Traum, denn Del-Rey würde sie nicht in den Armen halten. Er hatte sie nicht in den Armen gehalten, nachdem er mit ihr Sex gehabt hatte, jenes erste und einzige Mal, und er würde sie jetzt nicht einfach nur halten, um sie zu wärmen. Nicht mit der Erektion, die sie zwischen ihre zusammengepressten Beine drängen spürte.

Er war genauso groß, wie sie ihn in Erinnerung hatte, dachte sie mit schläfriger Faszination. So kräftig und schwer. Sie hatte jedes Reiben jeder gewölbten Ader an diesem kräftigen Schaft gespürt, als der in jener Nacht in sie eingedrungen war. Die Mischung aus Lust und Schmerz dabei war fast mehr gewesen, als sie ertragen konnte. Doch die schockierenden Vorgänge danach hatten sie fast in einen katatonischen Schock versetzt.

Sein Schwanz war ja schon groß gewesen, doch als er sich in sie ergoss, war dort mitten am Schaft noch eine Schwellung gewachsen. Er hatte in ihr gehangen. Die animalische Genetik hatte auf Teufel komm raus die Regie übernommen – so hatte Dr. Armani es ihr erklärt.

Es war Teil des Paarungsrausches und der Veränderungen, die beim Auftreten der Paarung sowohl beim Mann als auch der Frau stattfanden. Es war etwas, was die Welt nicht kannte, und Anya wusste, es war etwas, was den Breeds nicht gerade helfen würde, würde es bekannt werden.

Sie ließ sich von ihm berühren. Sie schlief, und das hier war ihr Traum. Und dieser Traum gefiel ihr besser als die meisten, weil sie seine Körperwärme fühlen konnte. Sie konnte sich an ihn kuscheln, wie sie wollte.

Wäre der große harte Alpha der Kojoten-Breeds schockiert, wenn er wüsste, dass sie sich danach sehnte, mit ihm zu kuscheln? Selbst als sie ihn am meisten gehasst hatte, war sie kurz davor gewesen, ihn anzuflehen, dass er sich von ihr berühren ließ und seine Körperwärme mit ihr teilte.

Ihre Hand strich über seine Schulter, seinen Bizeps. Zaghafte Finger prüften die harten Muskeln unter fester Haut. Sie strich über seinen Arm, der über ihren Hüften lag. Ließ die Fingernägel über seine Haut schrammen und genoss das Zucken, das unter ihren Fingern auf die Berührung reagierte.

Okay, das war ein ganz neues Gefühl in ihrer kleinen Traumlandschaft. Normalerweise spürte sie so etwas nicht.

Und unter ihren Lippen lockte noch mehr Wärme. Der Geschmack salziger männlicher Haut begegnete ihrer Zunge, als sie über einen harten Brustmuskel leckte. Auch dort löste sie eine Reaktion aus, als der Muskel unter ihrer Zunge zuckte. Das gefiel ihr. Dieser Traum war unglaublich befriedigender als jeder andere davor.

Sie dachte auch, sie hätte vielleicht ein Stöhnen oder Knurren gehört und speicherte es im Hinterkopf ab, um später darüber nachzudenken. Würde er knurren, wenn sie ihn berührte? Sie bezweifelte es. Er hatte ihre Berührung schon zuvor nicht gewollt, nur ihren Kuss. Er hatte weder Vorspiel noch Wärme gewollt, nur den Hauptakt.

Sie zog einen Schmollmund bei dem Gedanken, und als Vergeltung für die letzten Monate knabberte sie an seiner Haut, nur als Widerspruch. Ihr Traumliebhaber würde dieses Knabbern lieben.

Und so war es. Er knurrte eindeutig. Ein Laut rauen Vergnügens, während sich seine Arme um sie anspannten und sein Schaft zwischen ihren Beinen zuckte.

Diese Härte drückte sich an ihren Venushügel, erhitzte sie, während seine Hüften sich bewegten und seinen Schwanz tiefer zwischen ihre Beine drückten. Er hielt sich nicht damit auf, sich nur an ihren Bauch zu drücken. Oh nein, der Del-Rey im Traum war genauso arrogant wie der, den sie im Wachzustand kannte. Er ging einfach drauflos und schob sich zwischen ihre Beine, als sei es sein gutes Recht.

Arroganter Kojote.

Manchmal gefiel ihr diese Arroganz ein wenig zu gut. Sie gab es nicht gern zu. Dieses Geheimnis wollte sie einst mit ins Grab nehmen, denn ihr war egal, was ihr Vater sagte, um Del-Reys Handlungen zu rechtfertigen, und sie war nicht bereit, seinen Mangel an Vertrauen in sie zu entschuldigen.

Sie hatte ihm vertraut. Er hätte auch ihr vertrauen müssen.

Und er hätte mit ihr kuscheln sollen, nachdem er sie gevögelt hatte, so einfach war das. Statt sie nur zu besteigen, als hätte er sie irgendwo am Straßenrand gekauft und könne ihr nicht ins Gesicht sehen.

Sie knabberte noch einmal an ihm für seine verdammte Rücksichtslosigkeit.

Ihr Traum. Da war ein wenig Beißen erlaubt.

Doch dann leckte sie über das kleine Bissmal und stöhnte auf, als sie ihn schmeckte. Gott, sie liebte seinen Geschmack. Sie wollte alles von ihm kosten, von den Lippen bis zu den Oberschenkeln, und alles dazwischen.

Sie wollte die schwere Wärme seiner Erektion zwischen ihren Lippen fühlen, wollte die kräftige Eichel lecken und die heiße Essenz des Mannes kosten. Sie wollte ihn so sehr, dass sie vor Sehnsucht brannte.

Ein weit entfernter Teil ihres Verstandes warnte sie, auf der Hut zu sein, dass dieser Traum zu intensiv, zu reich an Empfindungen sei. Aber sie wollte noch nicht aufwachen.

Ihre Hände tätschelten seinen Arm und wanderten dann an seine feste Taille und seine Hüften. Er war überall so wunderbar hart und so warm.

Sie ließ zu, dass ihre Schenkel die Erektion zwischen sich umklammerten und so eine Reibung und einen Druck auf ihre Klitoris ausübten, als sie einen gebrummten Kraftausdruck über sich vernahm. Sie lächelte, als sie ihn hörte. Seine Stimme war sehr rauchig, sehr grollend und animalisch. Es gefiel ihr. Sie wollte mehr davon hören.

Später.

Zuerst wollte sie ihren Kuss haben. So viele Monate hatte sie sich nach diesem Kuss gesehnt. Manchmal schwor sie, sie könne die heiße sündige Würze fast in ihrem Mund spüren. Manchmal konnte sie schwören, dass sie immer noch in Hitze war, obwohl Dr. Armani ihr versicherte, ihre Hormonlevel seien stabil.

»Küss mich!«, befahl sie ihm. Es war eine Anweisung, ein Befehl. Sie wollte geküsst werden, und das auf der Stelle. Und er sollte gehorchen. Ihr Traum. Ihr Kuss. Zeit, dass die Coya bekam, was ihr zustand.

Del-Rey wusste, dass er sterben würde. Er würde genau da in diesem verdammten Bett in Flammen aufgehen und zur Hölle fahren für jede Sünde, die er je begangen hatte. Und ein Kuss mit ihr würde ihn dorthin schicken.

Er bog den Hals weg von ihren neugierigen kleinen Lippen. Keine Küsse. Aber verdammt, ihr Befehl, sie zu küssen, hatte ihm einen Ansturm von Lust wie einen Schlag in die Eingeweide gejagt. Sie hatte gebieterisch geklungen, erotisch. Fuck, er war echt pervers. Er konnte seine wilde kleine Coya vor sich sehen, wie sie sich rittlings über ihn kniete und nach seinem Schwanz verlangte. Und statt *Küss mich* würde sie *Nimm mich* befehlen.

Er war so drauf und dran, zu keuchen anzufangen, dass es echt armselig war.

Er wand eine Hand in ihre rotgoldenen Locken und hielt sie fest. Keine verdammte Chance, dass er sie von sich schob, aber wenn er sie jetzt küsste, dann würde er sich wahrscheinlich noch einmal vor dem Breed-Tribunal wiederfinden.

Keine Küsse, hatte Dr. Armani ihn vor Monaten gewarnt. Nicht ohne Anyas Erlaubnis. Und er war sicher, dass die gute Ärztin damit nicht ihre schlaftrunkene Billigung meinte. Das hormonelle Aphrodisiakum in den Drüsen seiner Zunge war wie eine verdammte Art erotisches TNT. Er wusste es. Da gewesen, sie geküsst und in den Flammen verbrannt.

Wenn er sie küsste, machte er alles nur noch schlimmer.

Aber Gott helfe ihm, er sehnte sich danach, sie zu küssen. Seine geschwollene Zunge in die heißen Tiefen ihres Mundes zu tauchen und zu fühlen, wie sie das Hormon in sich einsaugte. Und danach wollte er ihre Lippen weiter unten spüren, wenn sie an seinem Schwanz saugte, mit derselben Begierde, mit der sie sich jetzt nach seinem Kuss streckte.

Aber kalt war ihm jetzt todsicher nicht mehr. Er brannte von innen heraus und sehnte sich so verdammt drängend nach einer Kostprobe von ihr, dass er sich fragte, ob er es tatsächlich aushalten konnte.

»Küss mich.« Der Klang ihrer Stimme wurde tiefer, sexy und rau, und bei dem Anflug von Befehlston darin zuckten seine Hüften ihr entgegen und drängten seinen Schwanz tiefer zwischen ihre Beine.

»Anya.« Seine Hand in ihrem Haar spannte sich an. »Keine Küsse.«

Gerissenheit, Manipulation, Berechnung. Er war ein Kojote, und darin war er gut.

Er bog ihren Kopf nach hinten, blickte in ihre benommenen Gesichtszüge, die schlaftrunkene Sinnlichkeit. Ihr Stöhnen war ein verlorener leiser Laut, der sich in seine Seele bohrte.

»Ein Kuss«, flüsterte sie.

»Anya. Wach auf.« Das Knurren in seiner Stimme war so hart, dass es ihn überraschte. »Ich stelle mich nicht noch einmal vor ein Tribunal, weil ich dich hereingelegt habe.«

Flatternd öffneten sich ihre Lider. Sie sah strubbelig aus und bereit, gevögelt zu werden. Und er war absolut bereit, sie zu vögeln.

»Wach auf, Anya.« Er sah sie finster an. »Wenn ich dich das nächste Mal küsse, dann nur, weil du weißt, was dann kommt. Ich werde mich nicht noch einmal vor ein Tribunal stellen und geißeln lassen, weil ich nehme, was mir gehört.«

Langsam trat die Erkenntnis in ihre Augen. Hitze schoss in ihre Wangen und färbte sie perfekt pink, und er sah, wie das Wissen ihre Züge veränderte.

»Oh mein Gott. Diesmal ist es kein Traum.« Sie versteifte sich, ihre Finger krümmten sich an seinen Schultern, und Del-Rey wusste, was jetzt kam.

Anya war so schnell aus dem Bett, wie sie ihre Beine von seinen entwirren und sich aus seinem Griff befreien konnte. Neben dem Bett stolperte sie, mühte sich, auf den schwachen Beinen zu bleiben, und starrte Del-Rey entsetzt an.

Sie war in seinem Schlafzimmer. In seinem Bett.

»Wie bin ich hergekommen?« Sie hörte das Quieken in ihrer Stimme, als er sich träge streckte und auf einen Ellbogen stützte.

»Diese dünne Hose ist ganz durchgeweicht, so feucht bist du zwischen den Beinen«, grollte er. »Verdammt, Anya. Ich kann es sehen.«

Wut und Entsetzen explodierten in ihr, als sie an sich herabsah und ganz schwache dunkle Abdrücke auf dem leichten grauen Stoff sah, wo sein Schwanz die Hose über ihre Erregung gerieben hatte. Sie hatte kein Höschen an. Wieso hatte sie wieder kein Höschen an? Ach ja, das hatte so über ihre pralle Klitoris gerieben und sie furchtbar gereizt.

»Wieso bin ich in deinem Schlafzimmer und nicht in meinem?«, fauchte sie ihn an.

Er grinste langsam. »Schlafwandeln? Ach je, Anya, versuchst du mich etwa im Schlaf zu belästigen? Sollte ich vielleicht selbst vor dem Tribunal dagegen protestieren?«

Sie begann zu zittern. Ein- oder zweimal war ihr das tatsächlich passiert. Sie war in ihrem eigenen Bett eingeschlafen und in dem von Del-Rey aufgewacht. Aber nur wenige Male. Und niemals war er darin gewesen.

Sie schüttelte den Kopf und spürte, wie sie blass wurde. »Ich war das?«, flüsterte sie und schauderte bei dem Wissen, dass es durchaus so gewesen sein könnte.

Er zog die Augenbrauen hoch und grinste wieder. »Tatsächlich habe ich dich vom Aufenthaltsraum hierher getragen und selbst ins Bett gesteckt. Du schläfst tief, Baby. Ich hätte dich vögeln und in dir hängen können, bevor du gewusst hättest, wie dir geschah.«

Verdammt!

Anya schluckte schwer. Er hatte sie aus dem Aufenthaltsraum getragen und in sein Bett gelegt. Und genau das war passiert bei ihrer ersten Chance, zu vergessen, was für eine verlogene Schlange er war.

»Du Bastard!«

»Ja? Also?« Er grinste spöttisch. »Das haben wir schon geklärt, richtig? Fängst du jetzt an, mit Gegenständen zu werfen?«

Er lachte sie aus. Er wagte es, sie auszulachen, weil er das mit ihr gemacht hatte, sie dazu gebracht hatte, bei ihm zu schlafen. Aber sie erinnerte sich deutlich an den Traum. Sie wusste, wer zuerst mit den Berührungen angefangen und wer gefordert hatte. Nicht er. Sie war über ihn gekrabbelt wie eine läufige Hündin.

Rausch. Der Paarungsrausch. Sie warf ihm einen verächtlichen Blick zu, bevor sie durchs Zimmer stolzierte und die Tür zu ihrem eigenen Schlafzimmer aufriss.

Herrschte immer noch Funkstille?

Sie griff nach dem gesicherten Festnetztelefon neben ihrem Bett und drückte den Knopf, der sie mit der Kommandostelle verband.

»Ja, Coya?« Brim war immer noch da.

»Funkstille aufgehoben?« Sie atmete schwer und war am Rande einer Panikattacke. Drauf und dran, zu ihm zurückzustürmen und zu verlangen, dass er ihr diesen verdammten Kuss gab.

»Noch nicht. Wir warten noch darauf, dass Del-Rey und Jonas Wyatt vom Büro für Breed-Angelegenheiten die Diagnose der Elektronik durchgehen, die bei den Jägern gefunden wurde. Stimmt etwas nicht?«

»Ich muss zu Armani«, stieß sie hervor. »Sofort.«

Stille in der Leitung für lange Momente.

»Fühlst du dich unwohl?« Seine Stimme klang ruhig und kühl. Typisch Brim.

»Ich … ich erlebe gerade eine merkwürdige Reaktion auf die Hormontherapie.« Sie schluckte schwer. »Gibt es eine Möglichkeit, sie zu kontaktieren?«

Wieder Schweigen. Diesmal länger.

»Ich kann ein Team in Bereitschaft versetzen, um dich nach Haven zu bringen, sobald ich mit Del-Rey gesprochen und die Verifikation dafür bekommen habe. Möchtest du, dass ich ihn kontaktiere?«

Del-Rey kontaktieren? Ihr Blick huschte zu ihrer immer noch geschlossenen Tür, und sie schluckte wieder. »Nein. Nein.« Sie schüttelte den Kopf; sie verlor gerade den Verstand. »Vergiss es!«

Sie legte auf und gab dann Sharones Nummer ein.

»Ja, Coya?«, fragte Sharone wachsam.

»Hol einen von den Soldaten«, befahl Anya. »Ich muss Armani benachrichtigen, dass ich sie sehen muss. Schnell.«

»Kann ich nicht machen«, antwortete Sharone bedauernd. »Brim hat mich vorhin kontaktiert. Ich darf keine Befehle von dir annehmen, die mit irgendwas außerhalb der Basis zu tun haben, ohne dass zuerst der Alpha benachrichtigt wird.«

Anya drehte sich langsam um, als die Tür aufging und Del-Rey im Rahmen stand, nackt und erregt.

»Musst du zu Armani?« Er zog belustigt eine Augenbraue hoch. »Lass mich wissen, wenn du bereit bist. Ich bringe dich selbst hin. Ich würde gern ein paar Probleme mit ihr diskutieren, deinen Paarungsrausch betreffend.«

Anya legte auf und starrte ihn mit offenem Mund an.

Herr im Himmel. Seine Erektion war riesig, von dicken Adern durchzogen, die Eichel gerötet und feucht, und ihr Anblick versetzte ihren ganzen Körper kostbare Sekunden lang in einen Zustand der Schwäche. Sie musste die Kraft zurück in ihre Beine zwingen, und sie musste sich zwingen, sich aufzurichten und den Blick von seinem Schwanz loszureißen und ihm ins Gesicht zu sehen. Und der Bastard grinste auch noch spöttisch.

Stand da, ganz und gar hart und sonnengebräunt, mit einem

Schwanz, der ihr den Mund wässrig machte, und mit diesen sexy Lippen, gekrümmt zu einem schiefen Lächeln. Sie fühlte die Hitze in ihrem Unterleib und die zunehmende Feuchte zwischen ihren Beinen.

»Das geht dich nichts an«, erklärte sie mit zusammengebissenen Zähnen. »Und du musst auch nicht mit Armani über meinen Körper reden.«

»Natürlich muss ich das«, antwortete er in leicht neugierigem Tonfall. »Offensichtlich brauchst du weitere Hormonbehandlungen, um den Paarungsrausch unter Kontrolle zu halten. Du bist über mich geflossen wie Honig über einen Kamm, Anya. Ich habe zuvor noch ein paar Dinge zu erledigen, aber in drei Stunden bin ich so weit. Wir sehen uns dann im Gemeinschaftsraum.«

Damit ging er und schlug die Tür hinter sich zu, während sie den hölzernen Briefbeschwerer auf ihrem Schreibtisch aufhob und nach seinem Kopf warf.

Er prallte an der Tür ab, und sie wusste, sie *wusste* einfach, dass sie sein Lachen aus dem Nebenraum hörte.

Sei bereit, von wegen. Sie würde nirgendwohin gehen mit diesem abfälligen, spöttischen Kojoten, der auch noch erotischer war, als es für ihn gut war.

Verdammter Kerl. Sollte er doch allein gehen.

Sie griff sich mit den Händen ins Haar und fuhr mit einem wütenden Knurren hindurch. Und es fühlte sich viel zu sehr wie dieser verdammte Traum an, der kein Traum gewesen war. Del-Reys Finger in ihrem Haar, die daran zupften und ihr scharfe, brennende kleine Lustblitze bescherten.

Sie erbebte bei der Erinnerung. Oh Mann, sie steckte ja so tief in Schwierigkeiten. Er hatte recht, sie musste zu Armani, denn der Paarungsrausch wurde wieder stärker, und sie hatte das Gefühl, dass sie ihn diesmal nicht kontrollieren konnte.

Er hatte sich verändert, war heimtückisch, wurde langsam immer stärker. Er brannte in ihr, wenn sie am wenigsten damit rechnete, und ließ sie nach seiner Berührung verlangen, obwohl sie wusste, dass die Krönung dieser Berührung kalte und einsame Leere war.

Sie setzte sich auf ihr Bett und atmete mit einem kurzen erstickten Stöhnen aus. Das konnte sie im Moment so gar nicht gebrauchen. Wenn es etwas gab, was sie nicht brauchte, dann eine Rückkehr des Paarungsrausches.

Eine Stunde nachdem Del-Rey den Briefbeschwerer an die Tür seiner Gefährtin hatte knallen hören, saß er in seinem Büro neben der Kommandostelle und musterte über den Schreibtisch hinweg die drei Kojotinnen, die seine Rudel adoptiert hatten.

Er hatte die Fenster verdunkelt, als sie eingetreten waren, um dafür zu sorgen, dass seine kleine Gefährtin nicht in der Kommandozentrale auftauchte und sah, dass er mit ihrer Leibwache redete.

Sharone Bryce war die Größte von ihnen. Militärisch aufrecht stand sie da und starrte mit gefasster Miene über seinen Kopf an die Wand. In all den Minuten, die sie schon hier stand, hatte sie sich kein bisschen gerührt. Das dunkelbraune Haar hing ihr in einem sorgfältig geflochtenen Zopf vom Kopf. Französischer Zopf, ging es ihm durch den Kopf, so hatte er es mal gehört. Ihre grünen Augen blickten kühl, doch darin erkannte er ein Aufflackern von Wachsamkeit.

Emma Truing stand in ähnlicher Haltung da. Still und aufrecht. Ihr hellbraunes Haar war kurz geschnitten und umrahmte ihr hübsches Gesicht. Ihre Nase war leicht gekrümmt an der Stelle, wo sie ihr als Teenager gebrochen worden war. Ihre Lippen waren entschlossen, ihre grauen Augen blickten fest.

Ashley Truing war ein ganz anderer Typ. Del-Rey zog sie gern damit auf, dass sie eine wahre Kojotin sei: faul, träge, charmanter, als gut für sie war, höllisch raffiniert und immer voller Spaß.

Sie war ein Genie. Vor ihm stand eine eiskalte Killerin mit gebleichtem, fast blondem Haar und grauen Augen, die ihn anzwinkerten, obwohl er wusste, dass sie von einem Moment auf den anderen mit Krokodilstränen kommen konnte. Und sie gab sich nicht einmal Mühe, den Kaugummi zwischen ihren perfekten Zähnen zu verbergen. Sie stand nicht aufrecht da, sondern hatte eine Hüfte vorgeschoben und wirkte fast gelangweilt.

»Okay, nun verpass mir schon den Anschiss. Ich habe dir doch gesagt, ich muss mir heute die Nägel machen lassen. Und dann ist da noch diese Schuhparty, die bei Young Leaders of America oder so steigt. Ich komme noch zu spät, Alpha.« Sie zog einen Schmollmund. »Komm schon. So schlimm waren wir doch gar nicht. Richtig? Wir haben sie zu dir gebracht.«

Hatte er doch gewusst, dass Ashley als Erste einknicken würde. Emma zuckte zusammen. Sharone schloss eine kurze Sekunde lang verärgert die Augen. Er hätte geschmunzelt, wäre ihm das Leben seiner Gefährtin und dieser drei Frauen nicht so wichtig.

»Und wenn ihr sie nicht zu mir gebracht hättet, Ashley?«, fragte er mit einem warnenden Knurren in der Stimme. »Wenn ihr vier dort am Berg umgekommen wärt, was dann?«

Ihre Augen weiteten sich. »Die hatten nicht mal mehr ein Gebet«, spottete sie. »Komm schon, Alpha, sobald es ›Funkstille‹ hieß, wusste ich, dass du nach ihr suchen würdest. Ich hatte damit gerechnet, dass du früher zu uns stoßen würdest. Ich meine, komm schon, du bist doch total scharf auf sie. Sie kann nicht so lange aus deinem Blickfeld verschwinden, wenn du nicht ganz genau weißt, wo sie ist.«

Raffiniert, manipulativ, charmant und viel zu intuitiv – denn sie hatte verdammt recht.

»Das ist nicht der Punkt.« Er beugte sich auf seinem Sessel nach vorn. »Was wäre passiert, wenn diese Kugel dich oben auf diesem Pfad getroffen und getötet hätte?«

Sie starrte ihn ausdruckslos an. »Hm. Die Coya würde weinen. Ich wäre tot. Und wenn das passiert wäre, dann hoffe ich doch, du würdest mich so richtig gut anziehen und mir eines dieser coolen Begräbnisse spendieren, weißt du? So eins, wie es richtige Leute bekommen. Und Rosen.«

Sie meinte das absolut ernst. *Wie richtige Leute.* Bei den Worten wurde ihm das Herz schwer, als würde sie in ihrer Seele nicht glauben, dass sie zu den »richtigen Leuten« gehörte.

»Die Kojoten wären in den Krieg gezogen«, konstatierte er deutlich und kraftvoll. »Keiner der Jäger wäre entkommen. Ich habe sie gestern Nacht entwischen lassen, alle bis auf einen, Ashley, um ihre Spur zu verfolgen. Wärst du, deine Schwester oder Sharone auf diesem Berg gestorben, hätten fast einhundert Kojotensoldaten Breed-Law gebrochen und wären mit der vollen Wut ihrer Mordlust über Advert gekommen.«

Sie sah ihn blinzelnd an. »Wieso?« Sie sah in Emmas und Sharones überraschte Gesichter. »Wir sind nur Kojoten, Alpha. Wir wurden geboren, um zu sterben.« Sie warf ihm dieses furchtlose Lächeln zu, das ihm die Eingeweide verknotete.

»Dein Taschengeld ist für die nächsten vier Wochen gestrichen.« Er stand von seinem Sessel auf, stützte die Hände auf den Schreibtisch und sah sie finster an. Eine Ader an seiner Schläfe pochte wütend. »Und in vier Wochen kommst du zu mir und sagst mir, wieso, Ashley, diese Kojoten so viel Blut für dein Leben vergossen hätten.«

Daraufhin erfüllte echter Schmerz ihre Augen. Er vermutete, die Tränen waren echt.

»Mein Taschengeld?«, flüsterte sie furchtsam. »Oh bitte, Del-Rey, mach mich einfach nieder. Aber lass mir mein Taschengeld.« Sie spreizte die Finger. »Sieh dir meine verdammten Nägel an. Ich brauche mein Taschengeld.«

»Wenn nur ein einziger Breed – Kojote, Raubkatze oder Wolf – dir diese verdammten Nägel bezahlt«, er zeigte mit dem Finger auf ihre Hände, »dann werde ich verdammt dafür sorgen, dass er dafür auf eine Art und Weise büßt, die er sich nicht einmal vorstellen will. Ist das klar?«

Die Tränen versiegten; ihre Lippen zitterten, und ihr Blick wurde verschlossen.

»Ich weiß nicht, was mit dir los ist.« Ihre Stimme klang vollkommen gefasst. »Wenn die Coya verletzt oder getötet würde, dann würdest du mir die Kehle herausreißen. Schön. Würde ich so erwarten. Sie ist auch meine verdammte Coya, also musst du hier echt nicht mit Loyalität kommen. Und scheiß auf die Nägel, ich brauche dein Taschengeld nicht.«

Sein Knurren war ein tiefer tödlicher Laut, der sie zusammenzucken ließ.

»Vier Wochen«, sagte er. »Noch ein Klugscheißerspruch, und wir machen sechs daraus. Möchtest du das riskieren?«

Sie verschränkte die Arme vor der Brust, schob die Hüfte vor und sah ihn finster an.

Er wandte sich an Emma. »Wieso wäre ich deines Todes wegen in den Krieg gezogen, Emma?«

Sie räusperte sich. »Wir gehören zum Rudel?«, schlug sie vor.

Er sah sie finster an. »Ich hoffe, du genießt den Küchendienst für die nächsten zwei Wochen.«

Emma schnappte nach Luft.

»Bloß zwei Wochen?«, stieß Ashley trotzig hervor. »Meine Strafe geht vier Wochen lang.«

»Sechs!«, knurrte er daraufhin, und sie zuckte zurück und starrte ihn entsetzt an.

»Sharone?« Er war kurz davor, loszubrüllen. Er war verdammt sauer, und die Erkenntnis machte ihn nur noch wütender. »Wenn du gestorben wärst? Wieso zur verdammten Hölle denkst du, würde ich dann in den Krieg ziehen?«

Sharone blinzelte hektisch. »Weil …« Sie schluckte. »Liebst du uns, Alpha?«

Del-Rey setzte sich wieder in seinen Sessel, atmete hörbar aus und starrte die drei Frauen an. »Ihr drei, und Marcy und Chanda, die derzeit auf Teufel komm raus die Raubkatzen bezirzen, seid die Frauen unserer Rudel und für mich wie Schwestern. Ihr seid mir wichtiger als jeder Mann auf dieser Basis.« Er fühlte den Zorn in sich toben. »Weil ich euch liebe, wäre ich in den Krieg gezogen.« Er wandte sich an Sharone. »Was hätte ich getan, wäre meine Coya gefangen oder getötet worden? Meine Gefährtin, Sharone. Die andere Hälfte von allem, was ich bin. Was hätte ich getan?«

Mit weit aufgerissenen Augen schüttelte sie langsam den Kopf. »Ich kann mir nichts Schlimmeres vorstellen, Alpha, als in den Krieg zu ziehen.«

»Noch schlimmer ist, die Seele aus dem Körper gerissen zu bekommen«, antwortete er. »Wir, denen man nachsagt, dass wir keine Seele haben. Ich habe meine vor fast sieben Jahren gefunden, als ein Kind in die härteste, dreckigste und mieseste Bar kam, die ich kenne, um ihre Freundinnen zu retten. Wenn ich sie verliere, verliere ich, wer und was ich bin.« Erneut stand er drohend auf. »Und wenn ihr eurer Coya erzählt, dass ich das gesagt habe, dann werdet ihr alle drei, egal, welche von euch den Mund aufgemacht hat, für sechs Monate von der Sicherheitstruppe der Coya abgezogen. Ist das klar?«

Alle nickten langsam und bange. Sie waren noch nie von

Anya getrennt gewesen. Die vier waren wie Kinder, die zusammen lernten, wie man frei war. Sie waren Spielgefährtinnen, vielleicht sogar Schwestern.

»Alpha?«, fragte Ashley. »Darf ich dich etwas fragen?«

»Werde ich dann sauer?«, knurrte er.

»Ja. Wahrscheinlich.«

Das war seine Ashley. Sie kniff nicht. Kopfschüttelnd lehnte er sich zurück und sah ihr in die Augen. »Was?«

»Wieso solltest du uns lieben? Du hast uns nicht aufgezogen. Du kennst uns nur so lange wie deine Coya. Wieso kümmert es dich?«

Er rieb sich müde mit der Hand übers Gesicht. »Ich kenne dich seit fast sieben Jahren, Ash«, seufzte er. »Deine Coya hat kaum von etwas anderem geredet, als von fünf jungen Mädchen, die ihre besten Freundinnen seien. Ihre Vertrauten. Ihre Familie. In diesen Jahren hat sie mich dazu gebracht, euch vielleicht ebenso sehr zu lieben, wie sie es tut.« Er schüttelte den Kopf. »Ihr seid Kojoten-Breeds. Ihr seid nicht nur Kojoten. Ihr seid keine gefühllosen Tiere, und ihr seid mehr wert als ein Scheißbegräbnis. Verstanden?«

Sie kaute auf ihrer Unterlippe. »Kann ich mein Taschengeld wiederhaben?«

»Nein!«

Sie zog einen Schmollmund, aber sie war nicht hart dabei, sie hatte nicht auf ihre Ausbildung zurückgegriffen, um ihr Missfallen zu zeigen.

»Ihr drei werdet von jetzt an dafür sorgen, dass ich benachrichtigt werde, falls eure Coya auch nur darüber nachdenkt, diese Höhlen ohne mich an ihrer Seite zu verlassen. Wenn sie trainieren will, werden ich und ein Verstärkungsteam das überwachen. Und wenn sie Blumen pflücken will, wird sie eine Leibwache im Rücken haben – und ich werde es überwachen.

Wenn sie auch nur einen Fuß zur verdammten Tür hinaussetzen und die Bergluft atmen will, was tut ihr dann?«

»Dir Bescheid geben, Alpha«, kam die prompte Antwort.

»Emma, du hast Küchendienst, wenn du nicht mit deiner Coya draußen bist. Ashley, du solltest besser hoffen, dass du genug Geld gespart hast, um diese Nägel zu richten. Sie sehen übel aus. Sharone, du wirst zwei Wochen lang Brim zugeteilt, wenn deine Coya dich nicht braucht. Er wird dich wissen lassen, was er braucht.«

Del-Rey hätte schwören können, dass Sharone leise fiepte. Brim hatte einen Mordsspaß an den Mädchen und genoss jede Gelegenheit, die er bekam, um sie zu piesacken. Es war ihm Hobby und Vergnügen zugleich. Wie der ältere Bruder, der er nie gewesen war.

»Wegtreten.« Er winkte zur Tür, wartete, bis sie draußen waren, und als die Tür hinter ihnen zuging, lächelte er und schüttelte den Kopf. Oje, wenn das ein Hinweis darauf war, womit sich menschliche Männer herumplagen mussten, wenn es um Töchter ging, dann war er heilfroh, ein Kojote zu sein.

7

Er hatte sie perfekt abgepasst. Zehn Minuten nachdem die Mädchen sein Büro verlassen hatten, kam Anya hereingestürmt. Ihre blauen Augen blitzten vor Wut, das rotgoldene Haar umrahmte zerzaust ihr Gesicht und fiel in so bezaubernder Unordnung auf ihre Schultern, dass er nichts lieber wollte, als es noch mehr in Unordnung zu bringen.

Sie schlug die Tür zu, blieb vor ihm stehen, die Arme über dem engen dünnen Pulli verschränkt, und sah ihn wütend an.

»Wie kannst du es wagen, sie zu bestrafen!« Sie zeigte mit dem Finger auf ihn. »Dazu hattest du kein Recht.«

Er lehnte sich im Sessel zurück und zwang sich zur Ruhe.

»Ich bin noch nicht so weit, nach Haven zu fahren. Ich brauche noch mindestens vierzig Minuten. Könntest du bis dahin noch damit warten, Dinge nach mir zu werfen und mich zu beschimpfen?«

»Warten?«, fauchte sie spöttisch. »Darauf warten, dass du was genau tust? Dir noch mehr Wege auszudenken, wie du meine Freundinnen quälen kannst? Dazu hast du kein Recht. Und jetzt bring das in Ordnung.«

Oh, sie war wunderschön. Er konnte seinen Schwanz unglaublich hart werden fühlen. Er war so verdammt bereit, diesen schlauen Mund zu vögeln, dass es fast unmöglich war, nicht über den Schreibtisch zu springen und sich zu nehmen, was er wollte.

»Was dachtest du denn, was passieren würde, Anya?«, fragte er stattdessen bedächtig. »Ich hätte noch viel härter mit ihnen umgehen können. Ich hätte sie nach Haven schicken und einsperren lassen können, weil sie das Leben ihrer Coya in Gefahr gebracht haben. Stattdessen habe ich etwas getan, was sie meiner Ansicht nach zügig lehren wird, nicht mit deinem oder ihrem Leben zu spielen.«

»Und du denkst, wir hätten unsere Lektion gestern Nacht nicht gelernt?«, schrie sie. »Glaub mir, Del-Rey, das haben wir. Du musstest sie nicht derart hart bestrafen. Und jetzt bring es in Ordnung, verdammt!«

»Ich denke gar nicht daran.« Er richtete sich auf und stützte die Arme auf den Schreibtisch, um sich die Dateien auf dem Tablet vor sich anzusehen.

Nicht dass er ein verdammtes Wort von dem, was da stand, las. Es war der Eindruck, der zählte.

»Das kannst du nicht tun«, widersprach sie.

»Ich bin der Alpha.« Er zuckte mit den Schultern. »Ich kann und werde es tun.« Del-Rey hob den Kopf. »Ach übrigens, nachdem ich dich nicht genauso bestrafen kann, möchtest du gern wissen, was ich mir habe einfallen lassen?«

Ihre Augen weiteten sich. »Du bestrafst mich nicht, du schwachhirniger, geistloser Bastard. Denn sonst ballere ich dir mit deiner eigenen Waffe den Hintern weg.«

Gott segne sie. Er würde sie vögeln, bis sie um Gnade flehte. Genau hier auf seinem Schreibtisch, wenn sie nicht verdammt vorsichtig war.

»Deine Strafe ist eine Woche in meinem Bett, jede Nacht, acht Stunden lang, während ich schlafe. Ab heute Nacht.«

»Ich kehre nach Haven zurück, zusammen mit meiner Leibwache.« Ihre Stimme klang erstickt. »Du kannst mich nirgendwohin abkommandieren.«

»Sieh in unserer Trennungsvereinbarung nach«, schlug er lässig vor, während er seine Unterschrift auf das Dokument kritzelte und es zu Brim schickte. »Solange ich hier bin, darfst du die Basis nur verlassen, wenn deine Sicherheit für Leib und Leben nicht in Gefahr ist. Ich habe beides als gefährdet eingestuft. Mein Bericht ist vor höchstens einer Stunde an die Mitglieder des Tribunals gegangen und mit ihrer Genehmigung zurückgekommen.« Er hob den Kopf. »Was das Schlafen in meinem Bett angeht, ja, Gefährtin, auch das kann ich unter denselben Bedingungen befehlen. Ich bin sicher, dass du das eher als Strafe und nicht als Belohnung empfinden wirst, dafür, dass du es tatsächlich geschafft hast, am Leben zu bleiben.«

Er schob das Tablet beiseite und sah zu, wie ihre Brüste sich hoben und senkten und ihre Brustwarzen hart wurden. Koffein und Zorn. Mit dem Paarungsrausch eine zerstörerische Kombination, das war ihm klar. *Mach sie nur wütend genug*. Und er bekam vielleicht eine Chance auf den Kuss, nach dem er sich verzehrte.

»Das meinst du nicht ernst!«, rief sie. Ihre blauen Augen blickten geschockt, und ihr Gesicht war gerötet.

Oh, er meinte es verdammt ernst.

»Gib mir vierzig Minuten, Törtchen.« Er lächelte sie an. »Und dann lasse ich dich zur Lupina, damit du dich bei ihr auskotzen kannst, während Dr. Armani deine Hormone aufpeppt. Ich kann deine Erregung wittern. Gefällt mir.«

Sie ballte die Fäuste. »Du hast den Verstand verloren.«

»Nein, nicht diese Woche«, konterte er lachend. »Für meine Begriffe bin ich im Augenblick wirklich ziemlich vernünftig. Frag Brim, er kann dir sagen, dass ich manchmal tatsächlich versuche, mich zu amüsieren.«

Anya starrte ihn mit wütender Faszination an. Der Mann hob Idiotie auf ein ganz neues Level. Er saß da und grinste sie an, als würde er sich tatsächlich amüsieren. Nannte sie »Törtchen«. Wenn er nicht bald ein Quäntchen Intelligenz in seinem Dickschädel fand, würde sie ihm Gift in sein Törtchen mischen.

»Sieh mal.« Sie probierte es mit Vernunft. »Du kannst Ashleys Taschengeld nicht streichen. Es gibt ihr Halt, wenn sie sich die Nägel machen lassen, Schuhe und Mädchenkram kaufen kann. Emma wird in der Küche alles zerdeppern, wenn du sie da hinsteckst. Und Sharone wird Brim am Ende erschießen. Nicht dass er es nicht verdienen würde. Aber mir wäre es lieber, wenn sie sich danach nicht mit den Schuldgefühlen herumplagen muss.«

Er entspannte sich weiter in seinem Sessel, hob die langen kräftigen Beine und legte sie auf die Ecke seines Schreibtisches, während er sie mit halb gesenkten Wimpern ansah.

»Wenn Sharone ihn erschießt, dann wird er es verdient haben.« Er zuckte mit den Schultern. »Was Emma angeht, teile ihr mit, falls sie irgendwas kaputt macht, verlängere ich ihren Dienst um eine Woche. Und Ashley wird auch eine Weile ohne ihre Nagelpflege überleben. Es wird sie alle daran erinnern, wer hier der Alpha ist.«

Sein Lächeln war ganz Zähne zeigen, als er die Arme verschränkte und seinen Blick über ihren Körper schweifen ließ. Und sie fühlte ihn, fast als wäre sein Blick ein Phantom, das sie berührte.

»Und ich werde nicht mit dir schlafen«, stieß sie hervor. »Schlag dir das gefälligst aus dem Kopf.«

»Schön. Ich werde bei dir in deinem Bett schlafen.« Er zuckte mit den Schultern. »So oder so bist du eine Woche lang mein Kuschelhäschen. Aus irgendeinem Grund wird es nachts verdammt kalt, Coya. Du kannst mich wärmen.«

Sein was? *Kuschelhäschen?*

»Och, du bist ja so treffend«, meinte sie sarkastisch. »Wärm dir den Hintern an einem Ziegelstein, denn in mein Bett kommt er nicht.«

»Mein Hintern ist nicht das, was kalt wird«, lachte er. »Na, komm schon, meine kleine Coya. Was ist los – Angst, dass du wieder einen dieser heißen Träume hast und mich tatsächlich von deiner feuchten kleinen Pussy kosten lässt?« Sein Blick fiel auf ihre Schenkel. »Ich werde dafür sorgen, dass du dabei wach bist. Da bin ich Gentleman.«

»Du bist eine jämmerliche Ausrede für einen Breed und eine noch jämmerlichere für einen Gefährten«, knurrte sie. »Wie kannst du es wagen, mir zu befehlen, dass ich bei dir schlafen soll. Du hast mich nicht auf der Straße gekauft, Spinner.«

Er zog die Augenbrauen hoch. »Ich wasche dir noch den Mund mit Seife aus. Benimm dich, oder wir versuchen es mit zwei Wochen.«

»Du Bastard!«

»Drei?«

Sie zitterte. Anya konnte sich nicht erinnern, wann sie je in ihrem Leben wütender gewesen war. Die Wut überfiel sie wie eine Flutwelle, raste durch ihren Körper und schickte ihr sengende Hitze durch den Leib.

Sie wankte unter dem Ansturm und musste beinahe keuchen, als das Gefühl in ihre Klitoris jagte und einen Impuls aus Schmerz in ihr auslöste.

»Anya!«

Del-Reys Sessel knallte gegen die Wand, als er aufsprang, zu ihr stürmte und sie auffing, bevor sie zu Boden fiel. Ihr Gesicht war plötzlich blass, Schweiß glitzerte auf ihrer Stirn, und ihre blauen Augen sahen ihn schmerzerfüllt an.

»Brim!« Er riss die Tür auf, drückte sie an sich und hob sie dann in seine Arme.

Brim und Sharone kamen aus der Kommandostelle gerannt, Emma und Ashley aus dem Aufenthaltsraum. Furcht blitzte in den Gesichtern der Mädchen auf.

»Ich brauche einen Transport«, rief er. »Kontaktiert Armani, und sagt ihr, sie soll an der Tür warten.«

Anya stöhnte, ein tiefer, schmerzerfüllter Laut, und versuchte sich in seinen Armen einzurollen. Herr im Himmel. Was in aller Welt war nur los? Er rannte zum Ausgang der Basis, während Brim seiner persönlichen Sicherheitstruppe zurief, zu warten. Anyas Freundinnen folgten ihm und schnallten im Laufen ihre Waffen um. Ein dunkler, von Furcht vergifteter Duft von Besorgnis lag in der Luft.

Was in aller Welt war passiert? In einer Minute putzte sie ihn noch herunter, und in der nächsten kippte sie vor Schmerz fast um? Das war nicht Paarungsrausch. Der bewirkte so etwas nicht. Del-Rey hatte über diesen verdammten Fluch recherchiert, und der machte so etwas einfach nicht.

»Del-Rey.« Ihre Stimme klang schwach, als er durch die aufgehenden Türen hinaus in den Spätabend trat. »Was ist mit mir los?«

Furcht lag in ihrer Stimme, und ihr Körper versteifte sich. Del-Rey schwor, er fühlte den Schmerz, der durch ihren zarten Leib fuhr. Sie stöhnte und drückte die Stirn an seine Schulter, während ein Kojote die Beifahrertür zu dem Geländewagen aufriss, den sie auf den rauen Pässen nutzten, die sie Straßen nannten.

Sharone, Emma und Ashley stiegen hinten ein und stützten sich ab, während der Soldat sich zügig hinters Steuer klemmte und den Motor startete.

»Beeil dich, Martin«, befahl Del-Rey dem Breed wütend, als Anya erneut stöhnte. »Bring uns nach Haven, so schnell du auf diesen verdammten Passstraßen vorankommst.«

Er hielt sie fester, wünschte, er könnte ihren Schmerz auf sich nehmen und hasste den kalten Schweiß, der auf ihrem bleichen Gesicht glitzerte, als er sie während der rauen Fahrt ins Tal an seinen Körper drückte.

Und jedes Mal, wenn sie zusammenzuckte, sich an den Bauch griff und vor Schmerz aufschrie, verlor er seine Selbstbeherrschung ein wenig mehr. Er war wütend, Zorn raste durch seine Adern, und, ja, die Angst fraß sich durch sein Gehirn. Ihr durfte nichts zustoßen. Gott, ihr durfte nichts zustoßen, denn Del-Rey wusste, wenn doch, würde er sich selbst verlieren.

Noch nie hatte Anya etwas empfunden wie die Qual, die sich in Wellen in ihrem Bauch ausbreitete. Sie schwor, es fühlte sich an, als würde ihr etwas in pulsierenden Wogen aus dem Leib gerissen. Mal attackierte sie Eiseskälte, mal Hitze. Sie schwitzte und fror überall, ausgenommen da, wo Del-Rey sie berührte.

Was zur Hölle war passiert? Sie erinnerte sich an die Wut in ihren Adern, die sie in ihrem Mund geschmeckt hatte, und dass sie ihm die Augen auskratzen wollte. Dann fiel ihr die Woge aus Hitze ein, die sie überkam, kurz bevor der Schmerz sich durch ihren Leib bohrte, und die halsbrecherische Fahrt den Berg hinab, bevor Del-Rey sie eilig in Armanis Untersuchungsraum brachte.

Sie atmete sich gerade durch eine weitere Welle von Schmerz, als die behandschuhte Hand der Ärztin ihren Arm berührte. Unerträgliche, unglaubliche Pein jagte ihr durch den Körper und ließ sie aufschreien und zurückweichen.

Sie hörte ein wütendes Knurren. Ashley. Anya öffnete die Augen, sah die drei Frauen in angespannter Haltung vor ihrem Bett stehen und hörte zugleich das Geräusch einer aufschlagenden Tür.

Del-Rey hatte alles durch das Fenster auf der anderen Seite

des Untersuchungsraums mit angesehen, während Wolfe und Jonas mit ihm warteten. Alles, was mit dem einen Gefährten in Bezug auf den Paarungsrausch geschah, konnte den anderen beeinflussen.

Er sah, wie Dr. Armani Anyas Arm stützte, eine Spritze zur Blutabnahme bereit machte, als Anya aufschrie und zurückzuckte. Sofort schirmten drei wütende Kojotinnen sie ab, drängten die Ärztin zurück, und Tod hallte in ihrem wütenden Knurren, als Del-Rey in den Raum stürmte.

Anya hatte sich zusammengerollt, schrie wieder auf, bog den Hals nach hinten und drückte vor Schmerz die Hände auf den Bauch.

»Ich brauche Blut, Del-Rey.« Armani war außer sich und ihr finsterer Blick voller Sorge, als sie sich den drei Frauen stellte, die da standen, um ihre Coya zu schützen. »Schaff diese wilden kleinen Monster aus meinem Untersuchungsraum!«, befahl sie.

Ashley drehte sich zu ihm um. »Ich lasse sie nicht allein. Streich mein Taschengeld lebenslang. Lass zu, dass dieses Weib ihr noch mal wehtut, und ich reiße sie in Stücke.«

Sharone knurrte; Emma hatte eine Klinge gezogen und beobachtete die Ärztin schweigend. Sie war im Augenblick die Gefährlichste.

»Emma, steck die Klinge weg«, fauchte Del-Rey.

»Bedaure, Alpha, dass ich deine Bitte ablehnen muss.« Ihre Stimme klang kaum noch menschlich. »Sie wird Anya nicht noch einmal derart wehtun.« Sie sah ihn wütend an. »Du hast beim ersten Mal zugelassen, dass man ihr das antut. Damals habe ich geschworen, dass das nicht noch mal passiert.«

Del-Rey ging zur Liege und strich mit der Hand über Anyas Haut, als sie sich plötzlich zu ihm umdrehte, bebend und schaudernd, als wäre sie am Erfrieren.

Er legte sich behutsam auf die Matratze, ließ zu, dass sie sich an ihn schmiegte, und nahm sie in die Arme, während sie nach Luft schnappte.

»Wovon redet sie?« Er sah von der Ärztin zu den Leibwächterinnen, die ihr so grimmig gegenüberstanden.

»Als man sie beim ersten Mal vor Qual zum Schreien brachte, hat sie uns befohlen, nichts zu unternehmen. In den drei Wochen, die sie getestet wurde, um dieses verdammte Mittel zu entwickeln, mit dem sie sie jede Woche vollpumpen. Sie werden ihr nicht noch einmal wehtun.«

Del-Rey blickte auf Anya hinab, bevor er den Kopf hob und Armani anstarrte, die inzwischen mit Wolfe und Jonas am Fußende des Bettes stand. »Wovon reden sie?«

»Nein.« Anya krallte die Hand in sein Hemd; ihre Stimme klang schmerzerfüllt. »Ich habe befohlen, dir nichts zu sagen. Es war meine Schuld«, schluchzte sie. »Bestraf sie nicht.«

Bedauern stand in Wolfes grauen Augen; Jonas' Blick war so kühl wie immer.

»Die drei Wochen, in denen sie sich den Tests unterzog«, erklärte Jonas. »Sie sind extrem schmerzhaft. Allerdings erinnere ich mich nicht, dass es so schlimm wie jetzt für sie gewesen wäre. Der Duft ihrer Qual ist jetzt stärker.«

Del-Rey starrte Wolfe kalt an. »Du hast zugelassen, dass man meiner Gefährtin wehtut?«, fragte er bedächtig.

Wolfe seufzte schwer. »Wir haben jede Sekunde überwacht, Del-Rey. Hope, Faith und ihre Leibwache haben sie angefleht, die Tests abzubrechen, als es besonders schlimm war. Sie hat sich geweigert.«

Sie hatte derartige Schmerzen gehabt? Solche Qualen, und niemand hatte ihm etwas gesagt?

»Sharone?« Sie war Anyas Chefleibwächterin; die anderen folgten ihr ohne Wenn und Aber.

Sharone sah ihn finster an. »Ich kannte dich nicht. Du hattest sie verletzt. Und der Schmerz, den du ihr zugefügt hattest, ging so tief, dass ich dich lebendig in Streifen geschnitten hätte, statt dich in ihre Nähe zu lassen. Ich folgte den Befehlen meiner Coya, bis ich dir meine Loyalität schenkte. Und ich folge meiner Coya immer noch gegen jeden, der es wagen würde, ihr wieder wehzutun.« In ihrem Tonfall lag eine nicht zu überhörende Warnung.

Diese drei Frauen waren nicht dieselben, die ihm zuvor gegenübergestanden hatten. Die sich seiner Führungsrolle unterworfen und seine Strafe akzeptiert hatten. Um ihre Coya zu schützen, würden sie sogar gegen ihn kämpfen.

»Niemand wird ihr wieder wehtun«, versprach er leise. Er behielt die Beherrschung und begriff, wie kurz die Mädchen davor waren, ihre eigene beim Klang von Anyas erstickten Schreien zu verlieren. »Emma, traust du mir zu, dass ich deine Coya beschütze?«

Sie starrte ihn wütend an. »Das hast du vorher auch nicht.«

»Wusste ich es?«, fragte er leise.

Ihre Schultern entspannten sich nur geringfügig.

»Steck die Klinge weg, Emma«, befahl er sanft. »Sharone, zieh dein Team zurück. Wir werden das so in Ordnung bringen, dass es eurer Coya nicht wehtut. Ich schwöre es.«

»Del-Rey, sie muss untersucht werden«, warf Armani drängend ein. »Denkst du, es war für die anderen leicht? Denkst du, dass sie nicht gelitten haben? Ich brauche diese Blutprobe, um zu sehen, warum in aller Welt sie solche Schmerzen hat. Ihre Hormonspiegel sind normal geblieben. Sie sollte sich nicht so verhalten.«

Er streckte die Hand aus. »Ich nehme die Blutprobe. Ich tue, was getan werden muss, Doktor. Für unser aller Sicherheit schlage ich vor, dass wir es so machen.«

Wolfe und Jonas traten beiseite, während Armani erst die Frauen, die Anya bewachten, und dann Del-Rey ansah.

»Ich weiß, wie es geht«, versprach er. »Gib mir die Spritze.«

Sie gab ihm die Laserspritze mit angestecktem Röhrchen.

»Anya.« Er strich ihr das Haar aus dem Gesicht. »Ich brauche ein wenig Blut. Kannst du mich das tun lassen?«

Sie zitterte in seinen Armen, brachte aber ein langsames Nicken zustande.

»Gutes Mädchen.« Er küsste sie auf die Stirn, streckte ihren Arm aus und nahm ihr erst ein, dann ein zweites Röhrchen Blut ab.

»Wir brauchen noch Vaginalproben und eine aus dem Mund.« Armani kümmerte sich rasch um die nötigen Utensilien, während Del-Rey vorsichtig von der Liege aufstand.

Er hasste es, Anya weinen zu hören. Sie schluchzte, sowohl vor Schmerz als auch Beschämung, weil er gezwungen war, die Vaginalproben zu nehmen. Die orale ging leichter. Er streichelte sie, während er die Proben nahm, strich mit den Händen über ihre schweißfeuchte Haut und legte dann die Handfläche auf ihren zitternden Bauch.

Sie schnappte nach Luft. Schauderte nur eine Sekunde, bevor er fühlte, wie sich die Anspannung in ihren Muskeln löste. Der Duft ihres Schmerzes, das Loch, das seine Seele zerriss, wurde gerade so weit schwächer, dass er nicht mehr drauf und dran war, vor Wut die Wände einzureißen.

»Ich will meine Sachen anziehen«, flüsterte sie heiser, und eine weitere Träne lief über ihre Wange. »Ich will nicht nackt hier sein.«

Sie war nicht nackt. Sie trug BH und Pulli, aber er wusste, was sie meinte.

Er zog ihr behutsam das Höschen an, ein kleines Stück aus Seide, das nur sehr wenig bedeckte. Er half ihr mit den Jeans und zog sie ihr über die Hüften, als sie schluckte und sich erneut versteifte.

Er drückte die Handfläche auf ihren Bauch und massierte die krampfenden Muskeln, und sie drehte den Kopf von ihm weg und schauderte erneut.

»Ist das schon einmal passiert?«, fragte er Sharone.

Die schüttelte den Kopf. »So habe ich sie seit den ersten Tests nicht gesehen. Und Dr. Armani hat recht. So schlimm war es nie. Extrem unangenehm, aber es war nicht qualvoll. Nicht so. Das hätte ich dir gesagt, Alpha. Ich hätte sie nicht derart leiden lassen.« Sie nickte in Richtung Anyas bebender Gestalt.

»Aufhören«, stöhnte Anya. »Einfach aufhören.«

Er warf den Mädchen einen warnenden Blick zu, strich langsam und behutsam über Anyas Bauch und zitterte selbst fast vor Angst, dass die qualvollen Krampfanfälle wiederkehren würden.

»Mist! Verdammt! Fuck! Diese Breeds bringen mich noch ins Grab«, tobte Armani eine halbe Stunde später, als sie aus dem Labor zurück in den Untersuchungsraum kam. Ihr dunkles Gesicht war zu einer finsteren Grimasse verzogen und ihre unzähligen eng geflochtenen Zöpfe hüpften bei jeder Bewegung.

Del-Rey hob den Kopf.

»Ihre Hormonlevel sind normal.« Sie blieb stehen, sah Anya an, und Del-Rey spürte Angst durch seine Eingeweide kriechen. »Sie sind normal, Del-Rey. Das ist kein Paarungsrausch.«

»Was ist es dann?«, fragte er gefährlich ruhig.

»Ich weiß es nicht.« Sie sah aus, als würde sie gleich in Tränen ausbrechen. »Ich habe jeden Test gemacht. Alles. Ich habe das beste verdamme Analysesystem, das man kaufen, erbetteln oder stehlen kann. Ich mache sogar der verdammten US-Regierung Konkurrenz. Und alles sieht normal aus.«

»Unmöglich«, knurrte er und ließ die Reißzähne warnend aufblitzen. »Mach deine Tests noch mal. Sie hat Schmerzen, Armani. Tu etwas. Gib ihr irgendwas.«

»Und was?«, wollte sie wissen. »Verdammt, Del-Rey, die Physiologie von Kojoten ist gerade abweichend genug, um mich verrückt zu machen. Deine DNA hat sie beeinflusst; das heißt, sie hat sich weit genug verändert, um es gefährlich zu machen. Sag mir, was zu tun ist, und ich tue es.«

»Sie war wütend«, brummte er mit belegter Stimme. »Ich habe heute bei ihr geschlafen, den ganzen Morgen. Dann habe ich ihre Leibwache bestraft, weil sie letzte Nacht draußen war und in Gefahr geriet.« Verzweifelt mühte er sich, etwas zu finden, was er tun konnte. »Ich berühre sie, und es wird besser«, knurrte er und zeigte Armani dabei seine Hand auf ihrem Bauch. »Ich habe sie wütend gemacht. Ich wollte, dass sie wütend auf mich ist. Sie war stinksauer, drauf und dran, etwas nach mir zu werfen. Eine Sekunde lang konnte ich ihre Erregung wittern.« Er schüttelte den Kopf. »Heiß und strahlend, und dann das.« Er blickte auf Anyas feuchtes Gesicht. »Das hier. Was ist passiert?«

Dr. Armanis Miene wurde nachdenklich.

»Gestern Abend hat sie Kaffee getrunken.« Er suchte verzweifelt nach Antworten. »Gottverdammt, tu doch endlich etwas!«

Sie sah Anya mit schmalen Augen an, trat dann näher an die Liege heran und ignorierte das Knurren der Leibwächterinnen.

»Kaffee ist doch tabu, Anya«, sagte sie sanft.

»Sie war erregt, als sie heute Morgen aufwachte.«

Anya stöhnte peinlich berührt auf. »Verdammt, Del-Rey.«

»Sie hat geträumt. Sie wollte einen Kuss von mir.« Er war kurz davor, den Verstand zu verlieren.

»Anya?« Dr. Armani kam näher. »Hattest du zuvor schon einmal solche Schmerzen?«

»Nein«, brachte sie schwach heraus. »Dann wäre ich hergekommen.«

»Klugscheißerin.« Die Ärztin lächelte liebevoll. »Ich möchte, dass du dir von Del-Rey noch eine Blutprobe für mich abnehmen lässt. Ich habe da vielleicht eine Idee.«

Sie kam in Bewegung, holte die Spritze und steckte ein weiteres Röhrchen darauf, bevor sie diese Del-Rey gab. Zügig entnahm er das Blut und spannte sich an, denn er spürte, dass ihre Schmerzen wieder stärker wurden, als der Druck seiner Hand fehlte.

Armani eilte zurück in ihr Labor, und Del-Rey legte die Hand erneut auf Anyas Bauch.

»Gefährtin, du bescherst mir noch einen Schlaganfall«, seufzte er, rutschte näher an sie heran und strich ihr das feuchte Haar aus dem Gesicht.

Ein schwaches Lächeln huschte über ihre bleichen Lippen. »Ich sollte etwas Süßes bekommen, weil ich so brav war, während du das Blut abgenommen hast.«

»Alles«, flüsterte er und wusste schon, worum sie bitten würde. Sie wollte raus aus diesem Bett und seinen Armen.

Sie seufzte. »Sorge dafür, dass Ashley ihre verdammten Nägel machen lassen kann. Ihr Gejammer bringt mich noch um den Verstand.«

»Wann immer sie es braucht.« Er strich ihr übers Haar und drückte die Lippen an ihre Schläfe. »Nägel sind nicht länger Teil von Strafmaßnahmen.«

Sie seufzte und entspannte sich langsam. Die Anspannung löste sich Stück für Stück, bis ihre Muskeln sich unter seiner

Hand lockerten. Die Wärme seiner Hand und ihrer Haut ließ beide verschmelzen. Er schwor, er schwitzte eimerweise, während er ihren Bauch streichelte.

Schließlich atmete sie erschöpft aus und drehte den Kopf zu Emma. »Em. Ich brauche etwas Wasser.«

»Ja, Anya.« Emma eilte hinaus, während Ashley und Sharone neben ihr stehen blieben.

»Anya.« Del-Rey entspannte sich etwas.

Sie schüttelte den Kopf. Sie war immer noch blass, aber sie schwitzte nicht mehr, und ihre Wangen bekamen ihre normale Farbe zurück.

»Absolut nervtötend, Kojote«, schnaubte sie, aber in ihrer schwachen Stimme lag ein Lächeln. »Ich habe dich erschreckt, hm?«

»Zu Tode erschreckt, Coya«, gestand er.

Er sollte sie nicht küssen. Er musste das Hormon in diesen Drüsen bei sich behalten, aber er wollte sie küssen. Bis die Hölle durchdrehte.

»Hey, Breed.« Armanis entschlossene Stimme ließ ihn den Kopf heben. »Aufmachen.« Sie platzierte ein Wattestäbchen vor seinen Mund.

»Was?« Del-Rey wich zurück.

»Mundabstrich. Jetzt.« Sie schob ihm das verdammte Ding in den Mund, fuhr damit über seine geschwollenen Drüsen, drehte sich dann um und rauschte zurück in ihr Labor.

»Coya, dein Wasser.« Emma kam ans Bett, und Del-Rey half Anya, sich aufzusetzen und zu trinken.

»Ich will hier raus«, murmelte seine Gefährtin, nachdem Del-Rey Emma den Becher zurückgegeben hatte. »Auf der Stelle.«

»Noch nicht.« Absolut keine Chance. »Halt noch ein klein wenig still, Anya. Bis wir das hier herausgefunden haben, gehst du nirgendwohin.«

»Dann muss ich hier leben«, konterte sie. »Ich will meine eigenen Ärzte. »Wir brauchen Spezialisten für Kojoten-Breeds.«

Darauf schnaubte er. »Die habe ich alle umgebracht. Du erinnerst dich?«

Darauf wurde ihre Miene rebellisch.

»Ich vertraue Dr. Armani. Sie wird es herausfinden.«

»Ohne einen Spezialisten für Kojoten-Breeds wird sie gar nichts herausfinden«, stöhnte sie. »Was, wenn das mit Ashley passiert, Del-Rey, oder einer von den Zwillingen? Sharone oder Emma? Wie sollen wir ihnen helfen?«

»Anya, es gibt keine Spezialisten für Kojoten mehr. Um die, die noch übrig waren und die das Council nicht getötet hat, habe ich mich gekümmert. Das waren mörderische Bastarde mit Gottkomplex. Armani bringt das in Ordnung.«

Sie stützte sich im Bett auf und sah ihn finster an. »Ich will unseren eigenen Arzt.«

»Dann such mir einen.« Besiegt warf er die Hände hoch. »Wenn du einen finden kannst, dem du deine Freundinnen anvertrauen willst, dann nur zu. Leg los. Aber die sind alle tot. Liegen zwei Meter unter der Erde und können uns nicht helfen.«

Sie würde keinen finden. Als die Einrichtung in Russland gestürmt wurde, waren die Ärzte, die zum Council zurückgekehrt waren, verschwunden und über die Monate einer nach dem anderen als Leiche wieder aufgetaucht. Das Council hatte geargwöhnt, dass einer von ihnen mit den Rettern konspiriert hatte, also hatte man alle umgebracht.

Del-Rey und seine Männer hatten sich über die Jahre um die anderen gekümmert. Wenn die Bastarde nicht mehr am Leben waren, konnten sie keine Breeds mehr züchten. Der Prozess war nicht einfach. Kojoten-Breeds waren am schwierigsten zu erschaffen und am Leben zu halten, bis sie fünf Jahre alt waren. Es sah so aus, als seien ihre Gefährtinnen auch in anderen Bereichen schwierig.

»Gefährtinnen von Kojoten-Breeds sind einfach anders.« Armani kam wieder in den Untersuchungsraum. »Amanda Bear, die Gefährtin und Ehefrau von Kiowa Bear, ist die einzige Kojoten-Breed, die wir testen konnten. Unglücklicherweise haben sich darum die Raubkatzen gekümmert«, seufzte sie. »Aber sie haben die Ergebnisse mit mir geteilt. Kiowa ist mehr oder weniger ein Hybrid, auf natürlichem Wege gezeugt, daher sind seine Gene etwas anders, aber wir könnten hier etwas haben.«

»Soll heißen?«

»Ein Hormon, das sich nur beim Erguss von Samen in den Unterleib zeigt. Es gibt ein Hormon, das von dem in deiner Zunge hervorgerufen wird und als Blocker agiert, um eine Empfängnis zu verhindern. Es bildet fast wörtlich eine Barriere gegen brauchbares Sperma. Und jetzt befindet sich dieses Hormon in ihrem Organismus, weil ihr euch geküsst habt und damit Verkehr hattet.«

Irgendwie, dachte Anya sarkastisch und musterte die Ärztin.

»Es ist acht Monate her«, bemerkte sie. »Ich hatte noch nie solche Schmerzen, Dr. Armani.«

»Weil du keinen Kontakt zu ihm hattest«, stellte sie fest. »Deine Hormonspiegel zeigen sich stabil. Aber ich hatte nicht nach diesem zusätzlichen Hormon gesucht, da ihr ja keinen Sex hattet. Oder doch?«

»Nein«, grollte Del-Rey.

Anya warf ihm einen wachsamen Blick zu. Vielleicht sollte sie ihm ein Buch mit Anleitungen kaufen. Bestimmt konnte er mehr als die Missionarsstellung lernen, wenn er die Bilder sah? Natürlich, nachdem sie über die Ausbildung männlicher

Breeds so gut Bescheid wusste, kannte er wahrscheinlich alle Stellungen. Er hatte sie nur nicht an ihr geübt.

»Okay, dieses Hormon ist also nur vom Radar verschwunden, aber es war nicht wirklich weg.«

»Soll heißen?«

Armani seufzte, als seien sie begriffsstutzige Kinder. »Also gab es keine Ergänzung deiner Hormontherapie in dieser Richtung. Du befindest dich im Eisprung, und das Hormon baut sich auf.«

»Also?«, fragte Anya noch einmal. »Wie viele Monate hast du den Eisprung bei mir verfolgt, Dr. Armani? Ich hatte nie solche Schmerzen.«

»Und dein Gefährte war nie in der Nähe, um dich in Versuchung zu führen oder zu erregen. Ich versuche andauernd, den Kerlen das einzubläuen. Paarung besteht nicht nur aus dem Körperlichen. Emotionen rufen ebenfalls die Bildung von Hormonen und chemische Reaktionen hervor. Liebe, Hass, Wut, Verärgerung, Befriedigung – sie alle lösen eigene physiologische Prozesse im Körper aus.«

»Also war ich wütend.« Anya nickte.

»Sauer, geil, im Eisprung, und vielleicht, Anya, hasst du deinen Gefährten nicht annähernd so sehr, wie du es dir eingeredet hast. Und bums – der Hormonblocker ist zur Stelle. Doch dazu gibt es ein Hormon, das zur selben Zeit hervorgerufen wird. Eines, das die Frau zum Verkehr zu zwingen versucht, um mehr Samen zu bekommen und die Barriere zu durchbrechen. Diese chemische Barriere haben die Gefährtinnen der Wolf-Breeds mit denen der Kojoten-Breeds gemeinsam. Ich hatte das Hormon nicht angepasst, um eine Veränderung zuzulassen. Deine Hormonspiegel haben sich normal gezeigt, weil es mehr als einen Vaginalabstrich oder Blut braucht, um es zu entdecken. Der Test dafür ist weit gründlicher und schmerzvoller für die Frau. In der Tat ist es dafür nötig, bis in die Gebärmutter vorzudringen. So wurde es zum ersten Mal entdeckt. Dr. Serena Grace – sie war vor Ely Morrey hier – fand die abweichenden chemischen Stoffe und Hormone, und sie fand heraus, wie man die Hormonbehandlung daran anpasst. Doch wir konnten nicht genug von dem Hormon sammeln, bis du dich diesen Tests unterzogen hast, nachdem du hierherkamst.«

»Damals hatte ich nicht solche Schmerzen«, stellte Anya fest. »Was du sagst, ergibt keinen Sinn.«

»Emotionen machen den Unterschied, Anya«, antwortete Armani in sanftem Tonfall. »Es sind nicht deine Hormone, die sich verändern; es sind die chemischen Stoffe, die durch deine Emotionen freigesetzt werden. Ich habe deine Hormontherapie an diese zusätzliche chemische Komponente und das Hormon angepasst. Das sollte verhindern, dass der Schmerz zurückkehrt.« Sie gab Del-Rey die Spritze. »Rechter Oberarm, Del-Rey.«

Er schob den Ärmel ihres Pullis zurück und strich mit den Fingern über die malträtierte Stelle, an der regelmäßig die Spritze angesetzt wurde.

»Nächsten Monat, während des Eisprungs, werden wir das Ganze aufmerksam verfolgen. Bis dahin müssen wir die Hormoninjektionen erhöhen. Vielleicht auf alle paar Tage.« Armani seufzte tief. »Aber Himmel noch eins, jag mir nie wieder einen solchen Schrecken ein.«

»Dann beschaff einen Spezialisten für Kojoten«, antwortete Anya grimmig. »Die könnten die Antworten haben, die du nicht hast.«

Dr. Armani schüttelte den Kopf. »Ich habe gesucht, Anya. Es gibt nur ein paar wenige, die nicht als Leichen aufgetaucht sind, aber sie gelten als vermisst. Wahrscheinlich sind sie auch tot. Ich tue mein Bestes.« Sie zuckte ernst mit den Schultern.

Anya presste ihre Lippen zu einem schmalen Strich zusammen. Nein, sie waren nicht alle tot, aber das hieß nicht, dass sie Del-Rey so weit traute, dass sie ihn die Ärzte kontaktieren lassen würde. Das würde sie selbst tun müssen. Denn dieser Schmerz war erschreckend. Und noch erschreckender war Dr. Armanis Vermutung, dass er durch emotionale Veränderungen verursacht wurde. Denn Anya wusste, dass sie nur wünschte, sie könnte ihn hassen.

8

»Meine Nägel sehen echt hübsch aus.« Ashley seufzte, warf sich neben Anya auf die Couch im Gemeinschaftsraum und betrachtete wohlwollend ihre Nägel. Es war drei Tage später.

French Manicure an den Spitzen, ein leuchtender Streifen auf jedem Nagel, diagonal durch ein reiches glänzendes Zinnoberrot. Ziemlich hübsch.

»Niedlich«, konstatierte Anya und blätterte eine Seite in der Zeitschrift um, die sie zu lesen vorgab.

Ashley zog die Beine unter sich und sah Anya an.

»Haarschnitt auch?«, fragte Anya.

»Oh ja.« Ashley schnippte gegen die gekürzten Haare an Hinterkopf und Seiten. »Hat der Alpha spendiert. Aber mir stehen immer noch sechs Wochen ohne neue Schuhe, Videospiele oder Geld fürs Einkaufszentrum bevor. Das nervt. Und er ist so gemein, dass er es um keine Woche kürzen will. Aber vergiss nicht, dass du die Zeremonie erst durchführen kannst, wenn meine Strafzeit abgelaufen ist. Ich will wirklich hübsch dabei aussehen.«

Anya hatte über diese Zeremonie nachgedacht, obwohl DelRey sie nicht erwähnt hatte. Himmel, sie hatte sich sogar selbst einige Kleider angesehen, als würde ihr das Ganze etwas bedeuten.

»Hmm«, brummte sie und blätterte wieder eine Seite um.

»Du bist geil«, flüsterte Ashley. »Hat der Alpha dich dazu gebracht, letzte Nacht bei ihm zu schlafen?«

Anya sah sie finster an. »Ich muss echt nicht bei Sinnen gewesen sein, dass ich mit ihm um deine Nägel gefeilscht habe und nicht um mein Bett.«

Ashley grinste schelmisch. »Das liegt daran, dass du mich am liebsten hast. Ich bin auch darauf herumgeritten. Sharone und Emma sind echt sauer auf mich.«

»Emma hat keinen Küchendienst«, erzählte Anya. »Del-Rey hat sie stattdessen ins Büro gesteckt.«

»Nur weil sie diesem Raubkatzen-Breed ihr Messer an die Kehle gehalten hat, als er ein Sandwich haben wollte«, lachte Ashley.

Anya schloss die Augen und lehnte den Kopf nach hinten an die Couch. »Ich will Küchenpersonal, Ashley. Einen Koch, jemanden, der backen kann.«

»Oh, Schokolade. Lecker«, seufzte Ashley. »Ich hatte Schoko-Käsekuchen und Kaffee in der Stadt.«

»Ich hasse dich«, brummelte Anya, stand auf und ging auf Abstand. »Geh weg von mir mit deinem Schoko-Atem, bevor ich dich umbringe.«

Kein Koffein, keine Schokolade. Keine Selbstbefriedigung. Kein Garnichts für die ungezogene kleine Kojoten-Gefährtin, die keinen Sex wollte. Bei dem Gedanken schnaubte sie vor Wut.

»Hey, lass dir vom Alpha ein bisschen Du-weißt-schon-was geben, und du kannst Kaffee und Schokolade haben.« Ashley konnte ihr mühelos folgen.

Anya räusperte sich missbilligend. »So verzweifelt bin ich noch nicht.« Sie kam um vor Verlangen nach ihm. War so erregt, dass sie aus flüssiger Hitze bestand, und Dr. Armani kratzte sich deswegen ratlos am Kopf. Alle Hormonlevel waren ganz wunderbar. Einfach großartig. »Emotionale Reaktion«, hatte Dr. Armani gesagt und spöttisch gegrinst.

Emotional, von wegen.

»Komm schon, Anya, du weißt, dass du ihn willst.« Ashley hüpfte neben sie und verzog den Schmollmund zu einem Lächeln. »Du könntest ihn total vernaschen, als wäre er selbst Schokolade, richtig?«

»Ich erschieße dich«, brummelte Anya und marschierte in ihr Zimmer.

»Wohin gehst du? Hast du keine Coya-Arbeit zu erledigen?«, fragte Ashley. »Ich habe gehört, wie Brim Sharone wegen deiner Berichte angemacht hat.«

»Sind schon erledigt«, antwortete Anya. Das hatte nicht lange gedauert.

Sie kam um vor Verlangen nach einem Kuss von Del-Rey. Es fraß sie lebendig auf. Sie wollte in seine Unterlippe beißen und dann lindernd darüber lecken. Und danach wollte sie ernst machen und ihn überall lecken.

»Hast du nicht eine Party heute Abend?«, fragte Anya. »Ich habe mein Kleid schon gekauft. Gott sei Dank habe ich damit nicht bis zur letzten Minute gewartet.«

»Ja, das ist wahr. Stadtrat-Rummel. Alljährliches Plauderfest, soweit ich es verstehe.«

»Ja, Del-Rey lässt dort draußen gerade ein Team in Position gehen, für den Fall, dass Heckenschützen auftauchen sollten. Er sagt, er hat ein Kribbeln im Nacken.« Ashley kratzte sich über den eigenen Nacken. »Und ich auch. Denkst du, er manipuliert meinen Verstand?«

Anya musste lachen. »Hat man dir wieder mal die Haare gefärbt, Ash? Süße, das Zeug macht dein Gehirn kaputt.«

Ashley zog eine Schnute. »Und ich dachte, du magst mich.«

Anya öffnete kopfschüttelnd die Tür zu ihrem Schlafzimmer – und blieb wie angewurzelt stehen. Blitzschnell stellte Ashley sich vor sie.

»Oh, Junge«, quiekte Ashley, während die Frau sich aus Del-

Reys Armen wand. »Oh Herrgott. Oh Mist. Alpha, du gehst einem echt auf die Nerven.«

Del-Rey sah Anya langsam eintreten. Er musterte sie aufmerksam, während Sofia Iwanowa sich zögernd von ihm löste.

Oje, jetzt steckte er ganz tief in der Scheiße, und dabei war es verdammt sicher nicht das, wonach es aussah.

»Anya, du weißt, dass es nicht so ist, wie es aussieht«, erklärte er.

»Warum ist diese Frau hier?« Anya sah Sofia finster mit leuchtenden saphirblauen Augen unter gesenkten Wimpern an. »Das ist mein Schlafzimmer.«

»Tut mir leid, Anya, das ist meine Schuld.« Sofias Lächeln war ganz und gar selbstsicher. »Ich bin hergekommen, um Del-Rey zu treffen. Wir stritten, und ich wollte aus dem Zimmer, doch ich war so aufgebracht, dass ich die falsche Tür erwischt habe.«

»Beleidige mich nicht, indem du mich belügst.« Sie wandte sich an Del-Rey und hielt mit bebenden Nasenflügeln mühsam ihre Atmung unter Kontrolle.

Eine perfekte Wolke wunderschönen blonden Haares umrahmte die aristokratischen Züge der anderen Frau. Sie war schlank, hochgewachsen und biegsam wie eine Weide. Anya hatte sie nie leiden können.

»Warum ist sie hier?«

Er fuhr sich mit den Fingern durchs Haar und verzog das Gesicht. »Sie ist einer unserer Spione innerhalb des Councils. Schon immer. Sie hatte Informationen, und ich wollte nicht, dass sie gesehen wird, also habe ich sie hereinschmuggeln lassen.«

»In mein Schlafzimmer?«, meinte Anya gedehnt. »Dachtest du, meine Leibwache würde es nicht merken, wenn eine andere Frau in meinem Zimmer war?«

»Sie wird Schwierigkeiten deswegen machen, richtig?«, flüsterte Sofia laut. »Sie war schon immer ein temperamentvolles kleines Ding.«

»Sie nahm an, das Zimmer wäre mein Büro. Ich hatte nicht die Zeit, es ihr zu erklären.«

Er wirkte nicht im Geringsten verlegen. Er war immer noch bekleidet, mit einem zerknitterten weißen Hemd, das über seiner abgetragenen Jeans hing. Stiefel an den Füßen. Auch Sofia war noch angezogen.

»Ich erwarte hier ein wenig Vertrauen, Coya«, sagte er finster.

Darauf schnaubte Anya. »Schaff sie aus meinem Schlafzimmer.«

Ihre Fäuste waren geballt, die Zähne zusammengebissen.

»Und wenn du dich nächstes Mal mit jemandem treffen willst, such dir ein anderes Zimmer als meins, falls es dir nichts ausmacht.«

»Eifersüchtig?« Sofia gab ein leises Lachen von sich. »Wirklich, Del-Rey, sag nicht, dass du immer noch mit ihr schläfst?«

»Genug«, fauchte Del-Rey, und seine Miene wurde abweisend. »Ich entschuldige mich dafür, Anya.«

»Raus!« Anya riss die Tür auf und funkelte Sofia finster an. »Sofort!«

»Oje.« Sofia sah sie blinzelnd an, und Ashley knurrte hinter ihr. »Del-Rey, vielleicht sollte ich jetzt gehen. Wir können später plaudern.«

»Ich denke, ich habe alles, was ich brauche«, antwortete Del-Rey barsch. »Ashley, geleite Sofia durch den Osttunnel. Dort wartet eine Eskorte auf sie. Und sei nett zu ihr.«

»Ich bin immer nett, Alpha.« Ashleys Lächeln war ganz Zähnezeigen. »Kommen Sie, Ms Iwanowa, ich kenne den Weg. Junge, Junge, wer auch immer Ihnen die Haare gemacht hat, hat eindeutig Mist gebaut. Schlecht gefärbt?«

Sofia presste die Lippen zusammen, als Ashley ihre »Dummes-Blondchen«-Nummer abzog. Anya machte sich nicht die Mühe, sie oder Del-Rey zu warnen, dass Ashley Sofia leiden lassen würde, bis sie den Tunnel verließ. Und sei es nur mit Worten.

Sofia beäugte die Leibwächterin misstrauisch, als sie an der Wand entlang und durch die Tür gingen und Del-Rey und Anya allein zurückließen.

»Du hattest die Arme um sie.« Anya schloss die Tür. »Tut gar nicht weh, wenn dich eine andere Frau anfasst, hm?«

»Nur als würden sich tausend Nadeln in meine Haut bohren«, stieß er hervor. »Verdammt, Anya, du weißt, ich würde sie nicht freiwillig anfassen.«

»Und was war vorher?« Sie sah ihn wütend an. »Sie war eine Informantin innerhalb des Councils. Sie war Teil deines Netzwerks, noch bevor ich zu dir kam, nicht wahr?«

Sie sah, wie er die Zähne zusammenbiss. »Ja.«

»Du wusstest bereits von der Einrichtung und hast trotzdem gewartet?«

»Sofia war nicht in der Position, mehr zu tun, als Informationen zu mir herauszuschmuggeln. Ohne deine Hilfe wären wir da nicht hineingekommen.«

»Zu schade für mich.« Sie lächelte angespannt.

Gott, das Miststück hatte recht gehabt: Sie war wirklich eifersüchtig. So sehr, dass es sie innerlich auffraß. Sie wollte ihn unter eine Dusche schubsen und die Berührung dieser Frau von seiner Haut waschen.

»Weil es dich wirklich nicht kümmern würde, wenn ich eine andere vögle, nicht wahr, Anya?«

»Sollte es denn?«, konterte sie. »Oh ja, es war in der Tat ein Vergnügen. Bestiegen und gevögelt, an dir festzuhängen und danach allein gelassen zu werden und selbst herausfinden zu müssen, was zur Hölle eigentlich vorgeht. Ich bin echt total scharf darauf, diese Erfahrung zu wiederholen. Kannst du dir das nicht denken?«

Del-Rey erstarrte.

Er konnte die Worte, die ihr da über die Lippen kamen, gar nicht glauben. Sie hatte sich geweigert, je über die einzige Nacht, die sie zusammen gewesen waren, zu reden. Sie hatte danach nicht mehr mit ihm gesprochen. In den Monaten dazwischen hatte sie nur mit ihm geredet, wenn sie keine andere Wahl hatte.

Er fühlte die Beschämung in seinen Eingeweiden.

»Es ist nicht immer so.« Er starrte sie an und spürte den Schlag für seinen Stolz, der unter ihrem vernichtenden Blick zu schrumpfen schien.

Der Stolz käme ganz problemlos zurück. Del-Rey hatte ein Übermaß an Stolz, das wusste er. Schlicht, weil er sich selbst gut kannte.

»Es wäre nie wieder so, Anya.« Dafür würde er verdammt noch mal sorgen. »Denkst du, das war genug für mich? Dass es auch nur annähernd das war, was ich brauchte?«

Sie lächelte spöttisch. »Tja, du warst derjenige, der mich auf den Bauch gedreht und die Position bestimmt hat. Hast du denn seitdem etwas dazugelernt?«

Er knurrte leise. »Gefährtin, du forderst mein Temperament heraus.«

»Ach komm schon, Del-Rey.« Tränen glitzerten in ihren Augen. »Sag mir, in den Jahren, als Sofia dir half, hast du je mit ihr geschlafen?«

Er würde sie nicht belügen. Das konnte er nicht, nicht in dieser Sache. Etwas Unwichtiges, was ihm das verschaffte, was sie, wie er wusste, beide wollten, das wäre etwas anderes. Harmlos. Aber das hier wäre nicht harmlos.

»Kurz.«

Sie hob das Kinn, und er konnte die Tränen wittern, die in ihren Augen funkelten. »Hast du mehr als ein paar Stöße und Grunzlaute mit ihr verbracht? Oder war nur ich die Anomalie?«

»Anya.«

»Antworte mir, Del-Rey.« Ihre Stimme war ruhig, doch darin pochte der Schmerz. »Komm schon, Kojotenmann. Sag es mir. Hast du Stunden mit ihr verbracht oder Minuten?«

»Was ich mit dir gemacht habe, war unzumutbar«, stellte er niedergeschlagen fest. »Und ich bereue es, Anya, mit jeder Faser meines Daseins.«

»Das beantwortet nicht meine Frage.« Ihre Lippen zitterten, doch das brachte sie schnell unter Kontrolle. »Stunden oder Minuten, Del-Rey?«

»Stunden.«

Sie atmete hörbar. Schmerz strahlte von ihr aus, mit einem Duft, in den sich mehr als nur Stolz mischte.

»Tja, jetzt kann ich dich wohl nicht Lügner schimpfen, oder?«

»Anya.« Er schüttelte den Kopf. »Ich würde mein Leben dafür geben, in der Zeit zurückzugehen und die Nacht zu dem zu machen, was sie hätte sein sollen. Ich habe die Kontrolle verloren, und als es vorbei war, hatte ich keine Ahnung, wie ich damit umgehen sollte. Der Paarungsrausch hat uns beide betrogen. Das wollte ich dir danach erklären, nachdem wir hierherkamen. Es wäre nie wieder so.«

Sie sah ihn vorwurfsvoll an. »Ich war noch Jungfrau.«

»Ich weiß, Baby.« Das Wissen schmerzte ihn, ein Feuer und eine Wut, die er nicht auslöschen konnte und die nie kleiner wurde, seit ihm klargeworden war, was er getan hatte.

»Lass mich in Ruhe.«

Anya wusste, sie würde gleich zu weinen anfangen. Sie hatte

sich nie vorgestellt, dass Del-Rey mit einer Frau geschlafen haben könnte, die sie vielleicht kannte, ganz zu schweigen davon, dass er Stunden damit verbracht hatte, ihr Lust zu bereiten. Sie zu berühren und sie zu streicheln.

»Anya, wir müssen darüber reden.« Er fuhr sich mit den Fingern durch das unordentliche Haar. »Es zu ignorieren ist keine Lösung. Ich werde dich nicht gehen lassen.«

Der Klang seiner Stimme, teils Grollen, teils heiser vor Zorn, ließ sie schaudern.

»Du hättest dich kümmern müssen!«, rief sie. »Es hätte dich genug kümmern müssen, um mich wenigstens im Arm zu halten, nachdem du fertig warst. Du hast mich verlassen, Del-Rey. Mir war kalt, ich war allein und litt unter diesem verdammten Rausch, als würde mich irgendwas von innen heraus zerreißen. Und du konntest mich nicht einmal halten.«

Oh Gott, jetzt nur nicht weinen. Auf keinen Fall durfte er sehen, wie sehr sie das verletzte.

»Du verdammter Bastard!« Sie ballte die Fäuste, doch es gab nichts, worauf sie eindreschen konnte. »Du hast sie gevögelt? Diese Schlampe aus Chernows Labor? Du hast Stunden damit verbracht, sie zu vögeln? Oder nur Stunden damit, ihr Lust zu bereiten?«

»Das reicht jetzt!« Er durchquerte den Raum, packte sie an den Armen und schüttelte sie einmal fest. Sie wollte ihn hassen. Sie wollte ihn so sehr hassen, dass es sich wie Säure in ihre Seele fraß, und sie konnte nichts als Schmerz empfinden, weil eine der wenigen Personen auf der Welt, die sie hasste, mit dem Mann geschlafen hatte, den sie liebte.

»Hör zu, Anya, was damals passiert ist, wird nie wieder geschehen. Das schwöre ich. Wenn ich dich das nächste Mal berühre, dann nur voll Zärtlichkeit. Stunden, Baby.« Seine Züge verzerrten sich, und er legte eine Hand an ihre Wange.

Anya konnte es nicht ertragen. Sie wollte jetzt keine Zärtlichkeit in seinem Gesicht sehen. Es war ihr egal.

»Du brichst deine Versprechen, weißt du noch, Del-Rey?«, flüsterte sie schmerzerfüllt. »Hast du deine Versprechen an Sofia auch gebrochen?«

»Ich habe Sofia nichts versprochen«, grollte er. »Hör auf damit.«

Sie hob ruckartig den Kopf und zwang sich, den Schmerz zu unterdrücken, der in ihr aufstieg. Es tat weh. Es schmerzte bis auf den Grund ihrer Seele, diese Frau in seinen Armen zu sehen, zu wissen, dass er ihr Lust bereitet hatte, und das über Stunden, und sie hatte nicht einmal ein paar wenige Momente des Vorspiels verdient.

»Ich höre mehr als gern damit auf.« Vor Schmerz stockte ihr der Atem. »Sobald du aus meinem Zimmer verschwindest. Ich muss mich für eine Party zurechtmachen, du erinnerst dich?«

»Du erteilst mir keine Befehle, Gefährtin«, knurrte er. »Mach nicht den Fehler zu glauben, du könntest es.«

Anya sah seine Augen aufblitzen, und das Schwarz darin wurde tiefer und zeigte einen Anflug von Rabenblau, während seine Züge sich anspannten, seine Hände an ihren Armen sich öffneten und schlossen, und sie spürte, wie sie rücklings an die Wand gedrückt wurde.

»Ach, wie grimmig, Del-Rey«, fauchte sie. »Ich erwische eine andere Frau in deinen Armen, eine Frau, mit der du *stundenlang* Sex hattest, und ich soll mich nicht betrogen fühlen? So läuft das nicht. Du hast mich betrogen, du weißt es, und jetzt erwartest du von mir, einfach zu akzeptieren, dass alles anders wird? Dass du dich unter Kontrolle hast? Ach, fahr doch zur Hölle!«

»Schimpf weiter so herum, Gefährtin, und wir werden sehen, wie schnell der Paarungsrausch sich wieder in deinem Körper breitmachen kann. Reiz mich nicht derart.«

»Das wagst du nicht!« Die Worte waren heraus, bevor sie sie aufhalten konnte.

Cassandra hatte sie gewarnt: Fordere nie einen Kojoten heraus. Doch sie war so weit getrieben worden, dass ihr das egal war. Sofia hatte gehabt, was ihr hätte gehören sollen. Stunden voller Lust, und das sollte sie einfach seelenruhig hinnehmen?

»Was zur Hölle hast du gerade gesagt?« Seine Stimme wurde tiefer und rauer.

»Du hast mich gehört, *Alpha*«, antwortete sie spöttisch. »Das wagst du nicht.«

Es war das Falsche zu sagen. Er hatte sie vor Jahren gewarnt, ihn nie herauszufordern. Er nahm Herausforderungen und Wetten ernst. Beides appellierte an den Kern seiner animalischen Genetik, und in manchen Situationen – nun ja, in dieser Situation – hatte er keinerlei Absicht, einen Rückzieher zu machen.

Er nahm eine Hand von ihrem Arm, fuhr damit in ihr Haar und bog ihren Kopf nach hinten.

»Du kleine Hexe«, knurrte er. »Du bist nicht sauer wegen einer längst vergessenen Affäre mit Sofia. Du bist sauer, weil du glaubst, sie hatte etwas, was du nicht hattest.«

»Sie hatte eine Menge, was ich nicht hatte«, gab sie zurück. »Sie hatte einen Mann. Was zur Hölle hatte ich, Del-Rey? Rums, Bums und hängen bleiben, Fräulein? Das ist Scheiße. Und du hast dich beschissen benommen, als du es gewagt hast, zuzulassen, dass ich in mein eigenes Schlafzimmer kommen und diesen Affront für die armselige Art von Sex sehen muss, die du mir geboten hast.«

Genug war genug. Er knurrte tief und hart, seine Lippen drückten sich auf ihre, und seine Zunge schob sich zielstrebig durch ihre geöffneten Lippen, als sie seinen Kuss erwiderte und zu ihrem eigenen machte.

Ihre Nägel bohrten sich in seinen Bizeps, lange schockierte Sekunden, während er fühlte, wie ihre Lippen sich um seine Zunge schlossen und ihr hungriges Stöhnen zu hören war.

Da war es. Fuck. Verdammt. Kontrolle. Er schwor sich Kontrolle. Acht Monate lang hatte er sich geschworen, er würde sie langsam und behutsam lieben, wenn er je wieder die Chance dazu bekommen würde, doch jetzt konnte er nur noch ihren Mund und ihre Lippen verschlingen.

Die Drüsen an seiner Zunge pochten heftig, während er mühsam das Tier in sich zurückdrängte, das sich erheben wollte und nach Befriedigung strebte. Fast neun Monate ohne sie. Zu viele Monate, zu viele Wochen des Sehnens nach ihr. Er könnte die Stunden zählen, bekäme er den Kopf klar genug.

Sie sog an seiner Zunge, und ihr Stöhnen war dieser sanfte feminine Laut der Begierde, an den er sich nur in seinen Träumen erinnerte.

Immer wieder ließ er seine Zunge zwischen ihre Lippen dringen, vögelte ihren Mund, während sie daran sog. Das Paarungshormon floss, freigesetzt durch ihren heißen Mund und den einzigartigen Geschmack ihres Kusses.

Er konnte spüren, wie sich Hitze in seinen Lenden sammelte. Seine Hoden wurden fest und hart unter seinem Schwanz, und seine Muskeln spannten sich an, während er um Beherrschung rang – und darum, seine feurige kleine Gefährtin zu beglücken.

»Verdammt.« Seine Lippen lösten sich, wanderten über ihr Kinn und knabberten rau daran, während sie sich in seinen Armen wand. »Du machst mich noch verrückt.«

Er zerrte am Ausschnitt ihres engen Pullis, schob ihn ihr über die Schulter und widmete sich mit Lippen und Zunge dem Mal dort zwischen Schulter und Nacken. Er streichelte es, saugte daran. Er strich mit der Zunge und kratzte mit den Zähnen darüber, während seine andere Hand von ihrem Haar an den Bund ihres Pullis wanderte und sich darunter schob.

Sie gehörte ihm. Seine Gefährtin. Seine süße, lockende kleine Anya. So sanft und trotzig. Herausforderung und Vergnügen zugleich. Sie war die perfekte Gefährtin für ihn, der kleine Satansbraten mit dem schlauen Mundwerk. Das liebte er an ihr. Sie lieferte ihm diesen Funken Herausforderung, den er brauchte, und hielt ihn auf Trab.

Er hob sie von den Füßen, einen Arm um ihren Rücken, den anderen an ihren Hüften, während er liebevoll über das empfindsame Paarungsmal leckte.

Als er sie rücklings auf das Bett legte, fingen seine Lippen ihre wieder ein. Er wollte keine Widerworte hören. Sollte sie es wagen, das Wort »Nein« über die Lippen zu bringen, verlor er vielleicht das letzte Fünkchen Beherrschung, das er über seine Lust noch hatte.

Ihr Rücken traf auf das Bett, und er spreizte ihre Beine und schob sich mit einem Stöhnen des Triumphs dazwischen. Er hatte sie da, wo sie hingehörte. Unter ihm, fest in seiner Umarmung, während seine Lippen sich auf ihren bewegten und er ihr den Pulli über die Brüste nach oben schob und die vollen Rundungen umfasste.

»BH runter. Weg damit.« Er zerriss die fragile Spitze, aber nun waren ihm ihre Brüste enthüllt, und ihre kleinen Nippel sahen wie reife Beeren aus. Ein zartes schwaches Pink. Hart und steif.

Er knurrte, ein animalischer Laut, als seine Lippen sich auf eine Brustwarze legten, seine Zunge darüberleckte und streichelte und das machtvolle Hormon um die pochende Knospe verteilte.

Oh, würde sie ihn herausfordern? Ihn dazu antreiben, ihr zu zeigen, wer ihr Alpha war? Sie würde Besseres als das lernen, jetzt und genau hier, in ihrem eigenen Bett, wo sie seine Inbesitznahme nie vergessen würde. Und danach würde er sie in sein Bett holen. Wenn er dann noch laufen konnte.

Ihre Nippel waren so verdammt süß. Sie war zu süß. Ihr Aroma ließ die Flammen in seinen Eingeweiden auflodern, und die Drüsen in seiner Zunge wurden wieder empfindsam und schwollen an.

Er hob den Kopf von ihrer Brust, zog ihr den Pulli aus und blickte dann fasziniert auf sie herab. Sie war perfekt für ihn. Wunderschön. Mit köstlichen Rundungen. Volle Brüste, runde Hüften und Schenkel, die einen Mann die ganze Nacht lang halten konnten.

Er ließ die Hände über ihre Taille wandern. *Langsam*, mahnte er sich. *Langsam und unbefangen. Liebe sie. Berühre sie. Fühle jeden Zentimeter ihrer seidigen Haut.*

Er öffnete den Knopf ihrer Jeans und betrachtete ihr Gesicht, ihre Augen. Seine Finger zogen den Reißverschluss auf.

»Zieh die Schuhe aus«, knurrte er.

Er rechnete damit, dass sie sich weigerte und ihn abwies. Gott helfe ihm, wenn sie ihn abwies.

Sie rührte sich und zog die Sneakers von den Füßen, während er die Hand in ihre Jeans schob. Er atmete so schwer, dass seine Brust schmerzte. Seine Finger glitten über ihren Unterbauch unter den Bund ihres Seidenhöschens, und er fand das Paradies.

Feuchte satte Löckchen. Er liebte Löckchen zwischen den Beinen einer Frau. Breeds hatten keine Körperbehaarung, allerdings hatte er während der letzten Monate, seit seiner Paarung mit ihr, Brustbehaarung entwickelt, nicht aber an seinen Genitalien. Er war fasziniert von den feurigen Löckchen seiner Gefährtin.

Seine Finger streichelten die süßen Löckchen, wühlten hindurch, fühlten ihre Hitze und das Versprechen ihrer Leidenschaft, als ihre Hüften sich in seine Hand schmiegten.

Seine Zunge pochte, als er den Kopf senkte, ihre Lippen wieder eroberte und sie den tiefen Kuss seiner rhythmisch eindringenden Zunge einfing, den er sich von ihr ersehnte.

Sie sog seine Zunge in ihren Mund, stöhnte auf, als sie ihn schmeckte, während sie die Hände in sein Haar grub, sich an den Strähnen festhielt und ihn an sich drückte. Seine Finger glitten wieder durch die feuchten Löckchen und tauchten dann in die enge Spalte.

»Fuck!«, knurrte er an ihren Lippen, als er sinnliche Feuchte dort fand, und ihre Versuchung erfüllte seine Sinne, als sie sich wieder an ihn drängte. Er ertrank in ihr, und er wollte nichts mehr, als tiefer in ihr zu versinken.

Anyas Lippen öffneten sich, um nach Luft zu ringen. Sie schien gar nicht genug davon in ihre Lungen saugen zu können, schien sich nicht aus dem erhitzten Nebel aus Begierde und Verlangen lösen zu können, der sie umfing. Ihre Beine spreizten sich weiter und gewährten seinen Fingern Privilegien, die sie ihm nie gewähren wollte. Privilegien, nach denen sie sich jetzt sehnte.

»Mehr«, wimmerte sie in verzweifeltem Verlangen.

Es war nicht wie beim ersten Mal. Diese eiskalte und zugleich brennende Qual. Das hier war nur heiße drängende Lust. So viel Lust, dass sie in sein Haar griff, seine Lippen wieder an sich zog und mehr Küsse von ihm wollte.

Sein Geschmack machte süchtig; trotz der Hormontherapie war sein Geschmack wie eine Droge, von der sie nicht genug bekommen konnte. War das normal oder war das der Paarungsrausch?

Es war ein stärkeres Verlangen als das, das sie gekannt hatte, bevor er sie verraten hatte. Bevor er sie belogen hatte. Es war das gleiche antreibende intensive Verlangen, zu erforschen. Doch die Lust. Oh, die Lust war köstlich.

Stunden. Er konnte das über Stunden durchhalten?

Konnte sie es?

Sie wand sich unter ihm, sog seine Zunge in ihren Mund und kostete die würzige Hitze des daraus strömenden Hormons.

Sie konnte fühlen, wie sein Körper sich anspannte und stahlhart wurde, als er sich über sie stützte. Ihre Hände glitten aus seinem Haar an sein Hemd. Sie wollte es aufknöpfen, schaffte es nicht. Ihre Finger waren ungeschickt und rutschten ab. Mit den Händen packte sie das Hemd an den Rändern, zog und fühlte, wie die Knöpfe absprangen, als der Stoff riss.

Das Grollen aus seiner Kehle klang wie das eines Raubtieres. Es war reine animalische Begierde und jagte ihr prickelnde Schauder durch den Leib. Sie konnte sie spüren, wie knisternde Finger unter ihrer Haut, als seine harten Fingerspitzen um ihre Klitoris strichen.

»Du machst mich verrückt.« Er löste die Lippen von ihren und knabberte an ihrem Kinn und ihrem Hals. »Ich komme noch in den verdammten Jeans.«

Sie schob das Hemd von seinem breiten Brustkorb und genoss den warmen Flaum unter ihren Fingerspitzen. So sexy. Die meisten Breeds hatten keine Körperbehaarung, hatte sie gehört.

Doch Del-Rey hatte einen leichten Flaum auf der Brust, der wie ein Pfeil über seinen Torso bis unter den Nabel verlief. Er war sexy. Und warm. Und sie wollte ihre Zunge darin versenken. Sie wollte die Lippen darauf drücken. Sie wollte über seine Haut lecken und ihn überall kosten.

Sie hob den Kopf, und ihre Zunge strich über eine harte flache Brustwarze, als seine Lippen wieder an ihre Schulter wanderten.

Ihre Lippen und ihre Zunge spielten mit seinen Brustwarzen. Sie zupfte mit den Zähnen daran und schob die Hände unter sein Hemd, drückte sie flach auf seinen Rücken und genoss seine Wärme.

Inzwischen umfing er sie. Sie mochte es, umfangen zu sein, ihn über sich zu spüren, bis sie unter ihm dahinschmolz.

»Ich sage, wir kastrieren den Alph… – Ach du Scheiße!« Ashleys geschockte Stimme war wie ein Schwall Eiswasser, den sie jetzt gar nicht gebrauchen konnte.

»Scher dich raus, verdammt!« Del-Reys Stimme klang wild. »Verdammt, Ashley!«

Er lag über Anya gestützt da, den Kopf herumgedreht und knurrte. Seine schwarzen Augen schimmerten mit diesem Anflug von Blau, und seine harte Miene war wild und hungrig.

Es dauerte einen Moment, bis Anya richtig klar wurde, was sie getan hatte. Was sie gerade tat. Sie begrapschte ihn, so voll verzweifeltem Verlangen nach ihm, dass sie ihn herausgefordert hatte. Genau so, als würde sie ihn anflehen.

Sie stemmte sich gegen seine Brust. »Hör auf!«

Er drehte ruckartig wieder den Kopf zu ihr. »Ich habe meine Finger beinah in dir drin, und du sagst, ich soll aufhören?« Sein Tonfall klang ungläubig. »Hast du den Verstand verloren?«

»Hast du deinen verloren?«, rief sie. »Lass mich aufstehen, Del-Rey. Sofort.«

Sie musste sich orientieren. Einen Überblick bekommen. Das war kein Paarungsrausch, aber es sollte auch keine Erregung sein. Es sollte nicht natürlich sein. Sie hatte eben erst eine andere Frau in seinen Armen erwischt, und jetzt flehte sie ihn regelrecht an, sie zu nehmen. Jammerte, weil er sie nicht geliebt, weil er sie nicht berührt und ihr keine Lust bereitet hatte.

»Sofort!«, rief sie wieder, stemmte sich gegen seine Schultern, und seine Finger glitten langsam aus ihrer Jeans.

Seine Miene wurde hart; seine Augen waren schwarz wie die Nacht und voll dunkelblauem Feuer. Dann hob er die Finger, die noch von ihrer Feuchte glitzerten, und steckte sie genüsslich in seinen Mund.

»Wenn ich nächstes Mal die Hände in dein Höschen bekomme, Gefährtin, bist du dran«, knurrte er. »Sei sehr, sehr vorsichtig, wenn du mich das nächste Mal herausforderst. Dieses eine Mal ist frei.«

Damit sprang er nach hinten, landete auf den Fußballen, und sie lag rücklings auf dem Bett, keuchend, frierend und geschwächt von den Reizen, die sie noch immer durchfluteten.

»Wenn ich Sofia das nächste Mal in deinen Armen erwische, sorge ich dafür, dass du dir wünschst, du wärst tot«, konterte sie, setzte sich auf und zog sich den Pulli über den Kopf. »Du hast die Situation heraufbeschworen, dann kannst du jetzt auch damit leben.«

Sein Lächeln war langsam und gefährlich. »Denk daran, Coya, wenn ich das nächste Mal zwischen deinen Beinen liege. Denn nächstes Mal werde ich dir ganz genau zeigen, was du jetzt verpasst hast.«

»Was du Sofia gegeben hast?« Wieder zitterte sie, vor Wut. Wieder sah sie die Szene vor sich – Del-Rey, der die Arme der anderen Frau umfasste, ihre Hände an seiner Brust, den Kopf zu ihm gestreckt wie für einen Kuss. Es weckte Mordlust in ihr.

Kopfschüttelnd drohte er mit dem Finger. »Eifersüchtig, Coya? Sie mag ja eine Kostprobe bekommen haben, aber dir werde ich das ganze Festmahl bescheren. Ein paar Stunden wären da nie genug.« Er ließ den Blick über ihren Körper schweifen, und Röte stieg in seine Wangen. »Ich denke, falls ich meinen Schwanz wieder in diese enge Pussy bekomme, werde ich dich die ganze verdammte Nacht lang vögeln. Denk daran. Denn das werde ich tun.«

9

Del-Rey stand an der Bar und beobachtete seine Gefährtin. Sie trug nicht die schwarze Seide, die er ihr gekauft und letzten Monat hatte schicken lassen; doch er hatte gehört, dass sie sie eindeutig angenommen und dem Breed, der sie ihr brachte, freundlich gedankt hatte.

Nein, seine feuerhaarige Gefährtin trug saphirblaue Seide, die jede Zelle seines Körpers mit der Sehnsucht erfüllte, dass sie sich noch einmal an ihm rieb. Das Mieder umfasste ihre Brüste wie ein Liebhaber, schmiegte sich um ihre schlanke Taille und Hüften, bevor es ihre Beine umfloss.

Am Mieder befand sich eine Art burgunderrote Bordüre, ebenso an den Trägern, die über ihre schmalen Schultern gingen. Und zuvor hatte der Portier eine burgunderrote Stola und ein winziges, dazu passendes Handtäschchen entgegengenommen.

Seine Coya war etwas Auserlesenes. Sie bewegte sich wie eine Flamme und tanzte über seine Lust wie ein lockendes Versprechen, immer gerade außer Reichweite.

Er warf einen Blick zu Brim hinüber, mit dem Ashley gerade ganz unverschämt flirtete. Wann hatten seine weiblichen Breeds flirten gelernt? Er hätte den Kopf geschüttelt, aber das hätte den anderen nur seine Verwirrung gezeigt. Niemals Schwäche zeigen, mahnte er sich, während er seinen Whiskey und ein Glas Wein für seine Gefährtin holte.

Er ging zu ihr zurück und unterdrückte dabei ein Lächeln. Sie beobachtete ihn, egal, wohin er ging. Seine Gefährtin war eifersüchtig. Rasend vor Eifersucht. Es deutete mehr als nur eine oberflächliche Lust an, und er sehnte sich nach ihren Emotionen, so sehr wie nach ihrem Körper.

»Für mich?« Sie streckte die Hand aus und nahm seinen Whiskey. »Danke.«

Er sah zu, und sein Schwanz pochte, und seine Sinne wurden augenblicklich noch schärfer, als sie an dem weichen Whiskey nippte, ohne das Gesicht zu verziehen. Herrgott, er hätte es besser wissen müssen. Bei mehreren ihrer Treffen hatte sie Wodka mit dem gleichen Genuss getrunken und über seine Überraschung beim ersten Mal gelacht.

Während sie nippte, ließ sie den Blick durch den Raum schweifen. An der Seite gab es eine Tanzfläche, und eine Band stimmte gerade eine langsame, verführerische Melodie an, während die Kellner das Abendgeschirr von den Tischen räumten.

Del-Rey gab sein Glas Wein einem Kellner in der Nähe und drehte sich wieder zu Anya um. Seine Finger legten sich wie von allein auf ihre, zu ihrer und seiner eigenen Überraschung. Er hob das Glas in ihrer Hand an seine Lippen und trank es für sie leer. Seine Lippen lagen an derselben Stelle wie zuvor ihre, und er schwor, er konnte sie am Glas schmecken.

Das süße Aroma ihrer Feuchte war noch immer Teil seiner Sinne und lockte seine Zunge. Das Verlangen, sie auf den Rücken zu legen und sie langsam und ausgiebig mit der Zunge zu verwöhnen, war fast überwältigend. Zorn oder nicht, er würde ihr zeigen, ihr beweisen, welche Lust er ihr bereiten konnte. Er hatte nur ein Ziel: die Erinnerung an dieses erste Mal aus ihrem Gedächtnis zu tilgen und zu ersetzen mit der Ekstase, die sie beide erfassen würde.

Sie runzelte die Stirn, als er ihr Glas leer trank; die Herausforderung ließ ihre blauen Augen funkeln. Dann fuhr sie langsam mit der Zunge über ihre Unterlippe. »Sehr geübt«, sagte sie leise. »Wer hat dir das beigebracht?«

Ihre deutliche Spöttelei hatte ihn getroffen, aber er schüttelte sie mühelos ab.

»Du denkst, ich musste es beigebracht bekommen?«, fragte er und kam näher, nahm dabei das Glas und stellte es neben ihr auf den Tisch.

»Könnte ich mir vorstellen«, meinte sie gedehnt, »Wenn du Züge wie den hier gelernt hast, dann muss dir die jemand beigebracht haben.«

Verdammte Frau. Er hätte wissen müssen, dass sie sich den schlechtesten Ort aussuchen würde, um ihn zu provozieren.

Er biss die Zähne zusammen, als er an die Lust jenes Nachmittags dachte, und das Verlangen brannte in ihm wie ein Buschfeuer.

»Das zählte nicht«, beteuerte er ihr, senkte den Kopf an ihr Ohr und rieb mit der Wange über ihre. »Nur weil ich damals die Kontrolle verloren habe, heißt das nicht, dass das jetzt auch passiert.«

»Kontrollverlust?«, fragte sie leise. »Interessante Entschuldigung.«

Sie bewegte sich, und ihre Brüste streiften vorn über seinen Smoking, als sie fortfuhr. »Ich erinnere mich nicht an Berichte über sexuelles Training für die Kojoten-Breeds. Vielleicht wusstest du es wirklich nicht besser.«

Sie provozierte ihn mit voller Absicht, und er liebte es. Sie würde ihn um nichts bitten. Sie reizte ihn, forderte ihn heraus, ohne die Worte auszusprechen. Sie reizte ihn, um zu sehen, ob er ihrer würdig war. Verdammt, sie drang in seine Seele.

»Ein Mann braucht kein Training, um zu wissen, wie er seine Frau berührt«, behauptete er schließlich, ließ seine Hand auf ihrer Hüfte ruhen und gestattete seinen Sinnen, ihren Duft zu inhalieren. »Doch erinnere dich, Gefährtin, ich bin seit vielen Jahren aus dem Labor raus. Vertrau mir, ich weiß genau, wie ich dir Freude bereiten kann.«

Daraufhin versteifte sie sich. Er konnte die dezente Anspannung in ihrem Körper spüren.

»Du hast die Situation ausgenutzt, ja?«, fragte sie. »Vielleicht war das mein Fehler. Ich habe keine der Chancen, die ich hätte haben können, für mich ausgenutzt. Vielleicht hätte ich mir die Erfahrung holen sollen, für die du dir bei mir keine Zeit genommen hast.«

Er biss die Zähne zusammen und zwang sie dann wieder auseinander, um an ihrem Ohr zu knabbern.

»Ich hätte jedem Bastard, der dich anfasst, die Kehle herausgerissen.«

»Ach ja?« Sie legte die Hand auf seinen Arm, und seine Finger an ihrer Hüfte spannten sich an. »Du hättest es nicht erfahren.«

»Doch, hätte ich«, flüsterte er ihr ins Ohr. »Ich hätte es bemerkt. Und ich hätte getötet.«

»Was den Teil mit dem Töten angeht, bist du ziemlich geschickt«, schnaubte sie, löste sich von ihm, und das tiefe Blau ihrer Augen schimmerte durch ihre Wimpern. »Sag mir, DelRey, wie oft hast du deine Freiheit durch die Hormontherapie genutzt, um eine andere Frau zu berühren?«

»Das ist der falsche Ort, um mich zu reizen, Anya«, warnte er. »Mach nicht den Fehler zu glauben, ein öffentlicher Anlass würde mich davon abhalten, dich über die Schulter zu werfen und hier hinauszutragen. Und ich verspreche dir, sobald wir wieder in der Limo sitzen, wirst du lernen, mir nicht noch einmal so zu trotzen.«

Ihre Lippen zuckten. Süße volle Lippen. Sie glitzerten, als läge eine Schicht Tau darauf. Er war so begierig auf ihren Kuss, dass die Drüsen unter seiner Zunge inzwischen doppelt so groß wie normal waren. Er wollte nichts mehr, als sie wieder zwischen diese vollen Lippen zu drängen, zu fühlen, wie sie daran saugte, sie suchte und streichelte.

»Del-Rey«, flüsterte sie und packte seinen Arm fester. »Was, denkst du, wirst du gewinnen, wenn du mich auf dieser Feier hier von vorn bis hinten verwöhnst?« Sie sah sich um und richtete den Blick dann wieder auf ihn. »Denkst du, das hält mich in deinem Bett?«

Er verzog anzüglich die Lippen. »Eigentlich war ich mehr darauf bedacht, die Bars heute Nacht in Sicherheit zu sehen. Wie ich höre, mussten die Kassen der Kojoten dramatisch leiden, um für die verursachten Schäden aufzukommen, als du zum letzten Mal eine besucht hast.«

Sie sah ihn blinzelnd an, und er musste ihr im Stillen applaudieren, weil sie ihre Gesichtszüge so gut unter Kontrolle behielt.

»Ein totales Missverständnis.« Sie seufzte dramatisch und winkte mit der freien Hand ab. »Ich habe den Kampf nicht angefangen. Ich war nur dort.«

Er kam näher und legte seine Stirn an ihre. »Du hast eine Whiskeyflasche auf dem Kopf dieses Cowboys zerschlagen. Er war mehrere Tage im Krankenhaus. Sharone hat, glaube ich, einen anderen im Knabenchor singen lassen, als sie ihn in die Genitalien trat, und Ashley hat einer Frau ein ganzes Büschel Haare ausgerissen. Coya, die Geschichten der Heldentaten, die ihr vier in den letzten acht Monaten vollbracht habt, waren eine Erquickung für mich. Nur weil Sharone darüber nicht berichtet hat, heißt das noch lange nicht, dass ich nicht davon gehört habe. Ich bin erstaunt, dass man euch nicht zu eurer eigenen Sicherheit eingesperrt hat, ganz zu schweigen von der Sicherheit der Allgemeinheit.«

Anya sah ihn an und verdrehte die Augen. Strahlende Augen, kosmetisch betont, verführerisch und geheimnisvoll.

»Alle haben es in einem Stück überstanden.« Sie zuckte mit den Schultern.

»Das wird nicht wieder vorkommen. Es kommt auf meine Liste der zu befolgenden Regeln«, erklärte er. »Deine Sicherheit darf in keiner Weise aufs Spiel gesetzt werden.«

Sie runzelte erneut die Stirn, und nun blitzte Verärgerung in ihren Augen. »Tja zur Hölle, Del-Rey, wieso sperrst du mich nicht einfach in eine Gummizelle und fütterst mich?«, fauchte sie. »Komm mal runter, und lass dir was einfallen. Ich brauche deine Erlaubnis nicht mehr, als du offensichtlich meine brauchst, um eine andere Frau in mein Schlafzimmer zu stecken. Betrachte es als Gegenleistung für die Stunden, die Sofia deinen ach so männlichen Körper genießen durfte.«

Damit riss sie sich von ihm los und steuerte anmutig auf die kleine aufgebaute Bar zu. Ihre Soldaten folgten ihr, eingeschlossen Ashley, die es irgendwie geschafft hatte, die Masche als dummes Blondchen, die sie Brim vormachte, lange genug fallen zu lassen, um zu bemerken, dass ihre Coya nicht mehr bei ihrem Alpha stand.

Del-Rey atmete hörbar aus, als sein Lieutenant langsam auf ihn zukam.

»Wir könnten Verliese in den tieferen Höhlen einrichten«, meinte Brim nachdenklich. »Da könnten wir alle vier einsperren.«

Del-Rey schnaubte darauf. »Die würden einen Fluchtweg finden.«

Anya bestellte Wodka und nippte mit einem Ausdruck von Wonne daran.

»Hast du denn etwas erfahren in den so gar nicht unterhaltsamen Stunden, die der gute Stadtrat mit dem Versuch verbracht hat, uns seine Wertschätzung für die Tiere zu zeigen, die ihre neue Schule finanziert haben?«, fragte Del-Rey.

Sie waren nicht nur wegen des Essens und Trinkens hier. Die Berichte, die Del-Rey mitgebracht hatte, brachten diese Breed-Droge mit Advert und mit einer Soldatin in Verbindung, die vor einem Jahr in Haven gearbeitet hatte.

»Nicht viel.« Brim schüttelte den Kopf. »Die anderen auch nicht. Bürgermeister Raines trauert nach wie vor um seine Tochter. Sieht so aus, als gäbe es noch keine Informationen, wieso sie bei dem Angriff vor acht Monaten verschwand.«

Jessica Raines war nicht verschwunden, nur außer Sicht. Seit dem Angriff, an dem sie beteiligt gewesen war, waren die gesicherten Zellen in dem Berg, der sich über Haven erhob, ihr neues Zuhause.

Del-Rey ließ seinen Blick wieder durch den Raum wandern. »Wir haben fünf Rudelführer hier. Wolfe Gunnar und seine Gefährtin. Hawke Sanders. Dash Sinclair mit Frau und Tochter. Ich selbst und meine Coya. Jacob und seine Gefährtin. Nur Aiden und seine schwangere Gefährtin Charity sind nicht anwesend. Fast die gesamten Räte von Wolf- und Kojoten-Breeds halten sich mit ihren Familien hier auf, und der soziale Druck, sie hierher zu bringen, war enorm hoch.«

Das war auch den anderen bewusst. Jeder Breed im Raum war höchst wachsam und auf Schwierigkeiten gefasst. Del-Rey konnte fast spüren, wie sich ebendiese Schwierigkeiten zusammenbrauten wie ein Sturm, der sich heranschlich und sie überrumpeln wollte.

»Die Wachen draußen haben nichts Verdächtiges zu berichten«, brummte Brim. »Ich kann die Anspannung fühlen, Del, aber ich finde einfach nicht heraus, woher sie kommt.«

»Irgendwelche weiteren Informationen aus Sanctuary über die Situation in Bezug auf die Droge?«, fragte Del-Rey.

Brim schüttelte den Kopf. »Soweit nichts. Wir wissen, dass die Drogen für spezifische Individuen bestimmt waren, aber wir haben keine Namen. Sanctuary lässt das involvierte Pharma- und Forschungsunternehmen durch seine eigenen Männer beobachten, aber sie haben nicht viel. Jede Menge Verdachtsmomente, aber nicht genug zur Verfolgung.«

»Jonas Wyatt wartet auf Beweise?«, schnaubte Del-Rey. »Das ist ja was ganz Neues.«

»Er hat eine neue Sekretärin«, erklärte Brim. »Ich denke, er hat Bedenken, eine Reise zu diesem Vulkan zu unternehmen, solange er noch nicht sicher ist, dass sie weiß, wie man den Mund hält.«

Mit anderen Worten, die neue Sekretärin, die Merinus Lyons angestellt hatte, wusste mit Sicherheit, dass Jonas sie nicht feuern oder umbringen konnte. Del-Rey mochte wetten, dass Jonas das ganz toll fand. Feinde der Breeds hatten die Gewohnheit, zu verschwinden, ob mit oder ohne Beweise. Und Del-Rey wusste, dass es mehrere spezielle Vulkane gab, die mehr als ihren gerechten Anteil an Menschenopfern über die Jahre erhalten hatten, seit Wyatt zum Direktor des Büros für Breed-Angelegenheiten aufgestiegen war.

»Jonas trifft morgen mit besagter Sekretärin im Schlepptau wieder in Haven ein«, stellte Del-Rey fest. »Sie ist schwanger. Man kann den Duft des Kindes in ihrem Bauch wittern. Ich kann gar nicht glauben, dass Prima Lyons eine Schwangere angeheuert hat, um für Wyatt zu arbeiten. Es ist eine Garantie, dass das arme Kleine schon gezeichnet ist, bevor es überhaupt geboren wird.«

Brim nickte. »Himmel, er sollte sie nach Sanctuary schicken. Eine schwangere Frau hat in unserer Nähe nichts zu suchen. Nicht einmal unsere eigenen Frauen. Dafür ist unser Leben viel zu gefährlich.«

Damit schlenderte Brim davon und drehte noch eine Runde durch den Saal, während Del-Rey den Sitz der Waffen unter seinem Smoking prüfte. Der Stadtrat hatte sie gebeten, unbewaffnet zu kommen. Also waren sie mit versteckt getragenen Waffen hier. Unbewaffnet bedeutete ungeschützt. Und ungeschützt ging Del-Rey nirgendwohin. Ganz besonders nicht, wenn es um seine Coya ging.

Del-Rey fing Sharones Blick auf, gab ihr ein lautloses Signal, um sicherzugehen, dass Anya sich nahe an die drei hielt, und ging dann durch den Ballsaal dorthin, wo Bürgermeister Timothy Raines gerade Hof hielt.

Raines war ein Mann, den zu mögen Del-Rey sich nicht durchringen konnte. Der Mann war hinterlistig. Seine blaugrauen Augen verbargen seine Bösartigkeit kaum, doch vor den Sinnen der Breeds ließ sie sich ohnehin nicht verstecken. Del-Rey konnte sie wittern, einen dezent ranzigen Duft, der ihm Übelkeit verursachte.

»Ah, Rudelführer Delgado.« Timothy bedachte ihn mit einem verzerrten Lächeln, als er auf die Gruppe zusteuerte. »Schließen Sie sich uns an. Wir haben gerade über diese unangenehmen Klatschgeschichten diskutiert, die derzeit wieder die Runde machen. Wirklich. Man sollte meinen, wären Breeds derart animalisch, hätten sie nie menschlichen Status erlangt.« In Timothys Stimme lag ein Hauch von Hohn.

Del-Rey hob eine Augenbraue. »Ich lese keine Klatschblätter, fürchte ich. Was schreiben sie denn diesmal? Essen wir unser Fleisch wieder mal roh? Oder heulen wir den Mond an?«

»Dass ihr in euren Weibchen festhängt«, antwortete einer der Männer und kicherte voll gieriger Sensationslust. »Dass ihr sie durch eine Art Hormonausschüttung mittels Kuss zu Nymphomaninnen macht.«

Neugierige Blicke hingen an ihm, als er sich gespielt verwirrt an der Wange kratzte. Breeds leugneten den Paarungsrausch nicht, gaben seine Existenz aber auch nicht zu.

»Das ist immer noch Thema?« Er grinste. »Soweit ich weiß, gab es mehrere Breeds, die sich freiwillig meldeten, um den Gegenbeweis anzutreten. Hat das je stattgefunden?«

Del-Rey wusste, dass es so war. Einige jüngere männliche Breeds hatten mehreren Journalisten öffentlich die Namen von Liebhaberinnen genannt. Es hatte die Gerüchte eine Weile zum Verstummen gebracht.

»Das hält das Getratsche nicht auf«, schmunzelte der grauhaarige Bauunternehmer. »Eure Genetik ist immer noch für zu viele Leute ein Geheimnis, Delgado. Das macht euch zu Futter für Klatsch und Tratsch.«

Del-Rey zuckte mit den Schultern. »Alles, was Quote bringt. Aber es hält auch das Interesse der Damenwelt an uns am Leben. Ich bin sicher, dass so einige unserer Männer das zu schätzen wissen.«

Die Männer lachten und sahen sich dann um, als wollten sie sichergehen, dass ihre Frauen gerade nicht zuhörten. Manchmal war es amüsant, manchmal beleidigend. Del-Rey konnte sich den Aufruhr vorstellen, der ausbrechen würde, sollte die Welt die Wahrheit erfahren: dass ihre animalische Natur sich nur bei bestimmten Menschen zeigte – und dass es, wenn es geschah, auf Dauer kein Entrinnen mehr gab.

Del-Rey fing wieder den Blick des Bürgermeisters auf.

»Bürgermeister Raines, wenn Sie eine Möglichkeit haben, würde ich gern über die Anfrage sprechen, die Sie letzten Monat beim Kojoten-Rat gestellt haben.«

Timothys Blick wurde schärfer, zu scharf, und Del-Rey hätte schwören können, dass er Tod an dem Mann witterte. Die Anfrage ging darum, mehrere männliche Kojoten ins örtliche

Police Department und als Sicherheitskräfte ins Rathaus abzukommandieren.

Die Kleinstadt außerhalb der Grenzen von Haven war wirklich klein; sie hatte nicht die Popularität von Sanctuarys Nachbarstadt Buffalo Gap erreicht. Del-Rey wollte wissen, wieso Bürgermeister Raines glaubte, dass sie für irgendwelche Sicherheitsbelange die hoch entwickelten Talente der Kojoten-Breeds brauchten.

Raines Blick schweifte durch den Saal, bevor er die Lippen zu einem Lächeln verzog. »Ich wollte Sie mit der Sache nicht belästigen, Alpha Delgado«, entschuldigte er sich mit äußerster Unaufrichtigkeit. »Ich nahm an, damit würden sich die rangniederen Mitglieder des Rates befassen.«

»Es gibt keine rangniederen Mitglieder im Kojoten-Rat«, erklärte Del-Rey. »Ich bin nur einer von sechs Rudelführern, Bürgermeister. Jeder von uns hat einen Sitz im Rat.«

»Jede Armee hat einen General, Delgado«, erwiderte Raines lachend. »Und Sie sind der Anführer, richtig?«

War er, durch Stärke und Willenskraft. Doch das machte keinen der anderen ihm untertan – sie waren gleichgestellt und hatten lediglich entschieden, ihm zu folgen.

»Falsch, Bürgermeister, aber wir können auch darüber sprechen, wenn Sie einen Moment Zeit haben. Da Sie heute Abend beschäftigt sind, könnten wir uns irgendwann diese Woche auf der Basis der Kojoten treffen, falls Ihnen das lieber ist. Ich würde gern das Angebot sehen, das Sie dem Rat versprochen haben.«

In Raines' Blick blitzte etwas auf. Etwas Triumphierendes und auf jeden Fall Gefährliches. »Das werde ich ganz sicher tun.« Er nickte. »Ich rufe bald an.«

Von wegen. Del-Rey entschuldigte sich und entfernte sich von der Gruppe. Dann hob er das Handgelenk und sprach in das kleine Mikro unter dem Ärmelaufschlag seiner Smoking-Jacke. »Probleme im Anmarsch. Ich schlage vor, wir rücken alle ab.«

»Gründe?«, fragte Wolfe leise in Del-Reys Headset.

»Instinkt; hör auf deinen. Ich schaffe meine Leute hier raus.«

Er nickte Brim zu und steuerte die Bar an, wo Sharone und die anderen Frauen Anya umringten. In ihren Gesichtern stand gefährliche Anspannung.

Ashley veränderte ihre Haltung und kaschierte damit die Tatsache, dass sie die Hand an das Holster an der Innenseite ihres Oberschenkels mit der kleinen Handfeuerwaffe gelegt hatte. Sharone blockierte jeden Zugang zur Seite, und Emma deckte Anya den Rücken.

»Die bleibt hier.«

Del-Rey hörte die Stimme des Barkeepers, finster und hässlich drohend durch die Headsets der Leibwächterinnen.

Emma drehte sich mit eisiger Miene zu Del-Rey um und formte die Worte *Waffe auf Coya*.

»Auf meine Coya ist eine Waffe gerichtet«, sprach er ins Mikro. »Schafft eure Frauen schleunigst hier raus.«

Er steuerte auf die Bar zu und registrierte dabei, dass Brim sich zügig dorthin begab und ein junger Breed namens Carlen auf die Frauen zuging. Ein Wolf. Kein Kojote und auch keiner der Wölfe, die zu Anyas kleiner Sicherheitsgarde abkommandiert waren.

»Jacob, pfeif deinen Mann zurück«, befahl Del-Rey – und hörte im selben Moment, wie Jacob Carlen über das Headset anschrie. Er wurde schneller und fing zu rennen an, während er zugleich sah, wie der junge Breed eine Waffe aus der Jacke riss und sich an Sharone vorbeidrängen wollte, um Anya zu erreichen.

»Sie muss sterben, Sharone«, knurrte Carlen, und seine

grauen Augen waren zu dunkel mit zu sehr geweiteten Pupillen. Oh nein, sie verloren gerade noch einen ihrer Leute an die Scheißdroge. »Du weißt, dass sie sterben muss.«

Carlen schaffte es, den Arm weit genug zu heben, um zu zielen.

Del-Reys Gefährtin würde vor seinen Augen sterben.

Sharone stieß Carlen zurück und warf ihn dann mehrere Meter durch den Saal, als er die Waffe hob und stattdessen auf sie schoss. Gleichzeitig blitzte ein Messer in ihrer Hand auf und drang tief in seine Brust, noch während er es geschockt anstarrte.

Emma lag auf dem Boden und deckte Anya, die unter ihr zappelte; Ashley war über den Tresen gesprungen und hatte den Barkeeper ausgeschaltet. Sie hob die abgesägte Flinte, die sie ihm entrissen hatte, und richtete sie in den Saal, während sie hinter der Bar hervorkam.

»Sharone.« Der Wolf-Breed fiel auf die Knie, während Del-Rey Anya aus Emmas Griff zerrte.

Emma war sofort auf den Beinen und fing die wankende Sharone um die Taille auf, aus deren Schulter Blut floss. Beide sahen den jungen Breed an, der sie verwirrt und furchtsam anstarrte. Er wusste nicht einmal, was er gerade hatte tun wollen. Del-Rey kannte die Wirkung der verdammten Droge, und dieser Breed war offenbar eines ihrer Opfer.

»Wieso hast du mich verletzt?« Er klang wie ein Kind.

Del-Rey registrierte die Schreie, die Befehle, die durch den Raum geworfen wurden. Die Wölfe ließen den Stadtrat umstellen, doch Del-Rey beobachtete das Sterben eines unschuldigen jungen Mannes vor seinen Augen.

»Was habe ich getan?« Carlen hustete, und Blut sprühte auf Sharones weißes Kleid, als ein Wimmern über ihre Lippen drang. »Was habe ich getan?«

Er kippte um und versuchte dabei immer noch, die Pistole zu heben und auf Anya zu zielen, während der Tod in seine Augen trat.

»Kümmert euch darum«, rief Del-Rey, während immer mehr seiner eigenen Männer ihn umringten. »Hebt diesen Wolf vom Boden auf und bringt ihn ins Labor nach Haven. Ich will eine vollständige Blutuntersuchung. Der Rest von euch bleibt um mich, bis ich meine Coya in die Limo gebracht habe. Emma, Ashley, bringt Sharone zu einem Transporter, und schafft sie zurück zur Basis. Sofort.«

Sie bewegten sich zügig durch den Ballsaal und registrierten dabei, dass die Wölfe sich ebenso effizient verhielten. Breeds deckten die Menschen mit gezogenen Waffen und harten Augen, während Gefährtinnen und Familien aus dem Raum hinaus in die Kälte des späten Abends gebracht wurden.

Gesicherte Limousinen kamen die Auffahrt heran und verschwanden so schnell, wie sie gekommen waren, während die Enforcer der Breeds damit beschäftigt waren, die Rudelführer und Familien außer Gefahr zu bringen. Enforcer und Soldaten blieben als Deckung zurück, während weitere die Dächer besetzten, um sicherzugehen, dass keine Scharfschützen dort waren.

»Ich will diesen Barkeeper in Gewahrsam haben«, wies Del-Rey Brim per Mikro an und schob Anya zur wartenden Limousine. »Ich will, dass er für eine vollständige Befragung bereit ist, sobald wir die Basis erreichen.«

»Er ist in Gewahrsam und auf dem Weg«, gab Brim zurück. »Schaff deinen Hintern zurück zur Basis. Iwan sollte euer Fahrer sein. Es besteht kein Risiko, dass er von der verdammten Droge geschwächt ist, denn wir haben ihn gleich nach unserer Rückkehr testen lassen.«

»Ich habe Iwan. Und ich will dich so bald wie möglich in der

Basis«, befahl Del-Rey. »Geh kein Risiko ein, und halte dich nicht mit diesem verdammten Stadtrat auf. Um den kümmere ich mich selbst.«

Er stieg ein, schlug die Tür zu, und Iwan fuhr zügig los. Er konnte die Wut fühlen, die ihn inzwischen erfüllte. Keine andere Gefährtin war anvisiert worden. Carlen war hinter Anya her gewesen. Der Barkeeper war darauf vorbereitet gewesen, sie dort festzuhalten. Warum?

Er drehte sich zu Anya um, begegnete ihrem Blick und sah kein Fünkchen Furcht darin.

»Die haben meine Handtasche und meine Stola«, stellte sie fest. »Die Idioten haben meine Waffe und meine Messer einbehalten. Hätten sie das gelassen, wäre Sharone nicht verwundet worden.«

Schock durchfuhr ihn. Wo war der Zorn, das Entsetzen, die reine Furcht, die sie hätte zeigen sollen? Seine Gefährtin sollte ihn nicht mit wütend blitzenden blauen Augen und einer Entschlossenheit ansehen, die normalerweise nur mit Blut getilgt werden konnte. Dem Blut anderer.

»Sharone kommt wieder in Ordnung«, erklärte er. »Eine Schulterwunde. Die macht sie schlimmstenfalls nur sauer.«

»Über sauer bin ich hinaus«, knurrte sie. »Du hast mir nicht gesagt, dass ich mit Schwierigkeiten rechnen soll, Del-Rey. Das war verdammt unfair von dir.«

Unfair von ihm? Als hätte er sie im Sport umgehauen? Seine Gefährtin wurde aggressiver, als er je vermutet hätte. Der Gedanke daran bescherte ihm einen Ständer.

»Hätte ich mit Problemen gerechnet, wäre dein Hintern hier nie aufgetaucht.«

Bevor er sich davon abhalten konnte, saß er Nase an Nase vor ihr. »Denkst du nur einen Augenblick, ich würde meine Gefährtin an einen Ort bringen, an dem ich mit Blutvergießen rechne? Oder damit, dass ein irrer Scheißbarkeeper und ein Wolf-Breed auf sie schießen?«

Er brüllte sie an. Anya starrte zurück, und Adrenalin und Wut rauschten durch ihre Adern. Ließen sie erzittern und trieben sie an. Sie hatte sich gegen Emma gewehrt, als die sie unten gehalten hatte, und zwar nicht, um sich oder ihre Soldatinnen zu schützen, sondern um zu Del-Rey zu kommen.

Es war ihr einziger Gedanke gewesen. Zu ihm zu kommen und ihn zu schützen. Als brauche er ihren Schutz. Als brauche er wirklich irgendwas von ihr, abgesehen von Sex. Aber die Erkenntnis hatte sie mit voller Wucht getroffen, urplötzlich und prompt. Sie brauchte es von ihm, und das hätte ihr direkt vor ihren Augen genommen werden können.

»Ich weiß nicht, was du tun würdest«, rief sie. »Meine Leibwächterin ist verwundet, und du hättest vor meinen Augen getötet werden können, Del-Rey. Ich bin im Moment nicht wirklich glücklich und zufrieden.«

Sie hatte Todesangst um ihn. Sie zitterte, und sie war verzweifelt; sie musste ihn berühren, nur um sicher zu sein, so als könnte nur eine Berührung ihr versichern, dass er tatsächlich bei ihr war.

»Denkst du, ich vielleicht?«

Sein Knurren jagte ihr einen Schauer über den Rücken. Es jagte Reize durch ihren adrenalingetränkten Blutkreislauf, Lust und Emotionen, die ihre Sinne in Flammen setzten.

Sie hätte ihn verlieren können. Er hätte sich an Sharones Stelle eine Kugel einfangen können. Obwohl er wahrscheinlich so getan hätte, als hätte ihn das verdammte Ding nie getroffen, trotz allen Blutes, das er vergoss.

Mann aus Stahl. Unbesiegt. Ungeschlagen. Oh Gott, sie brauchte ihn. Musste sich versichern, dass er am Leben war und dass er ihr gehörte. Dass nichts ihn ihr nehmen konnte.

»Ist mir echt egal.« Sie stemmte sich gegen seine Schultern und versuchte, ihn wegzuschieben, doch er rührte sich nicht. Seine Hände stützten sich neben ihr auf den Sitz, ihre Nasen berührten sich fast, und seine schwarzen Augen blickten finster in ihre.

»Oh, ich weiß ganz genau, wie wenig es dich doch kümmert«, stieß er abgehackt hervor. »Seit etwa acht Monaten. Ohne meine Gefährtin.«

»Oh ja, ich kann wirklich sehen, wie sehr du gelitten hast.« Sie zitterte vor unterdrückten Emotionen. So viele Monate der Einsamkeit, Furcht und manchmal auch Schuld, die in ihr tobte. »Das habe ich gesehen, als ich in mein Schlafzimmer kam und dich dabei erwischt habe, wie du Sofia so gut wie gevögelt hast. Fahr zur Hölle!« Sie schubste härter und war überrascht, als er zurückwich, und noch überraschter war sie, als sie seiner Bewegung folgte.

Jetzt saß sie Nase an Nase vor ihm. »Du hast dich von der Schlampe anfassen lassen.«

»Ist ja nicht so, als würdest du versuchen, mich anzufassen.« Er fletschte die Zähne. »Du bist abgehauen. Wie das Kind, das du warst, statt dich dem zu stellen, was sich, wie du wusstest, nicht ändern lässt.«

»Ich habe es geändert. Ich habe diese verdammten Tests durchlitten und bekommen, was ich brauchte, um dafür zu sorgen, dass du mich nicht mehr kontrollieren kannst.« Sie schlug erst mit der einen, dann mit der anderen Hand auf seine Brust. Dann packte sie die Aufschläge und riss daran.

Knöpfe flogen, in seinem Blick stand Überraschung – und dann brennende Lust.

»Und ich werde es jetzt ändern, wenn ich will.«

Begehren und Verlangen tobten wie ein Dämon in ihr. Nicht wie Paarungsrausch, aber wie ein Auflodern reiner, weißglühender Lust, die keine Hilfe durch Hormone brauchte. So wie es früher gewesen war. Machtvoll. Drängend.

Es war hilflose Emotion, gefangen in der Angst um seine Sicherheit, in der Angst, dass sie ihn in den letzten Monaten jederzeit hätte verlieren können. Das Wissen, dass sie vielleicht nie wieder die Chance bekam, ihn zu berühren.

Nächtelanges unruhiges Umherwälzen. Träume, die nicht aufhörten. Schmerzendes Verlangen, das sie nicht loswurde. Und Furcht. In einem entscheidenden Moment hätte sie all diese Träume verlieren können. Er hätte vor ihren Augen sterben können, weil sie nicht vorbereitet war – weil sie eine Belastung war. Sie musste um seinetwillen beschützt werden, weil sie zu viel verdammte Angst hatte, den Platz zu akzeptieren, den er für sie eingerichtet hatte. Als seine Gefährtin. Als seine Coya.

Nun ja, er musste auch beschützt werden. Denn er gehörte ihr. Gefährte, Geliebter, Mann, was auch immer. Sie konnte den Besitzanspruch, der sich in ihr breitmachte, nicht definieren, noch nicht.

Sie presste die Hände an seine Brust und fühlte sein Herz unter ihren Handflächen hämmern, die Muskeln, die sich unter ihrer Berührung wölbten. Ihre Finger krümmten sich, ihre Nägel kratzten über seine Haut, und sie genoss das vibrierende Grollen, das aus seiner Brust drang.

»Wolltest du Sofia nach mir?« Sie war selbst geschockt von ihrer Frage und dann von dem, was sie danach tat. Sie biss ihn in die Unterlippe, und es war kein Liebesbiss.

»Kümmert es dich?« Seine Stimme klang rau, als sei es die eines Raubtieres.

Kümmerte es sie? Hölle ja, es kümmerte sie, aber sie wollte verdammt sein, wenn sie ihm die Genugtuung gab, es aus ihrem Mund zu hören.

»Kümmert es dich, wenn ich mit einem anderen schlafe?«, fragte sie ihn. »Vielleicht hätte ich mir einen suchen sollen.«

Sie forderte ihn heraus, das war ihr klar. Sie forderte den Breed, teils Mann, teils Tier, heraus, für sich zu beanspruchen, was ihm gehörte. Zu beanspruchen, was sie nicht wusste, wie sie es ihm geben sollte.

Er grub die Hand in ihr Haar und zog ihren Kopf nach hinten, um ihr ins Gesicht zu knurren: »Mach den Fehler besser nicht.«

»Wieso?« Ihre Nägel schrammten über seine harten Bauchmuskeln. Sie spürte die Kraft in deren Bewegung, hörte sein begieriges Knurren. »Warum sollte es dich kümmern?«

Er antwortete nicht auf die Frage. Er bog sie nach hinten, bis sie ausgestreckt auf dem Ledersitz unter ihm lag und sich aufbäumte, ihm entgegen, als seine Lippen sich auf ihre drückten und seine Zunge in ihren Mund drang.

Feuer und Blitze knisterten um sie herum. Begierde und Verlangen prallten in ihrem Kopf aufeinander. Ihre Arme schlangen sich um seinen Nacken, ihre Finger griffen in sein Haar, als sie seinen Kuss erwiderte, seine Zunge in ihren Mund sog und ihnen beiden gab, wonach sie verlangten.

Er hatte mit Sofia nicht geschlafen, seit er Anya genommen hatte. Sie konnte es fühlen. Sie wusste es. Ahnte es. Die weibliche Seite in ihr, die Frau, die es wusste, wenn etwas das berührt hatte, was ihr gehörte, beteuerte ihr das. Und sie würde verdammt dafür sorgen, dass diese Schlampe ihn nie wieder anrührte. Der Mann, den sie in ihren Armen hielt, gehörte ihr. Und sie würde jeden Zentimeter von ihm für sich einfordern.

10

Ihr gesunder Menschenverstand schrie lautstark: *Fehler*. Ihr Drang nach Unabhängigkeit wehrte sich mit Zähnen und Klauen gegen das Verlangen, das in ihr tobte. Doch etwas, was stärker und lebendiger war, brachte Anya dazu, Del-Rey enger an sich zu ziehen, während ihre Lippen sich unter seinen bewegten und seinen Kuss lockten, tiefer, heißer und inniger zu werden.

Er küsste sie, als wäre er am Verhungern, so wie früher. Und sie küsste ihn und *wusste*, dass sie sich nach ihm verzehrte. Nicht nur nach dem Geschmack des Paarungshormons, sondern nach dem Mann. Dem Mann, der ihre Sinne erfüllte, selbst wenn er sie nicht berührte. Dem Mann, der für immer für sie hätte verloren sein können.

Wann war das wichtig geworden?

Es war immer wichtig gewesen!

Als Anya spürte, wie der Saum ihres Kleides über ihre Strümpfe nach oben glitt, gestand sie sich das ein. Als sie sein hungriges Knurren hörte, seine Hand auf der bloßen Haut ihres Oberschenkels spürte, wusste sie, es würde immer wichtig sein.

Sie wand sich unter ihm, bäumte sich auf und hielt sich an ihm fest, ihre Lippen gefangen von seinem Kuss und dem Sturm, der in ihr tobte.

»Spreiz die Beine.« Seine Stimme war tief, erfüllt von so rauem Hunger, dass sie wimmernd die Wimpern hob und in die grimmige schwarze Unendlichkeit seines Blickes starrte.

»Keine Frau war mir so wichtig wie du«, sagte er heiser, umfasste ihre Wange mit einer Hand und hielt sie fest, während sein Daumen unter ihr Kinn strich. »Ich hatte keine Frau, seit ich dich berührt habe. Habe keine begehrt. Ich habe mich nur noch danach gesehnt, dich zu kosten, Anya.«

Sein Körper senkte sich, seine Hüften schoben sich zwischen ihre Beine, und er hob ihr Bein und legte es um seine Hüfte.

»Fühl nur, wie hart.« Er knabberte an ihrer Unterlippe, ein winziger Stich durch die sinnliche Wonne hindurch, die in ihr tobte. »Fühle, wie sehr ich dich gebraucht habe, Coya. Deine Berührung und deine Wärme. Nur von dir.«

Sie leckte sich über die Lippen, erwiderte seinen Blick und rang mühsam darum, Luft in ihre Lungen zu bekommen und einfach zu atmen.

»Die Hormontherapie.« Sie wusste, es gab auch für die Männer eine Therapie. Einen Weg, das wütende Verlangen zu zähmen, das in ihnen brannte, obwohl es hieß, es sei für sie nicht so qualvoll wie für die Frauen.

Er schüttelte den Kopf. »Denkst du, ich wollte einen einzigen Augenblick des Wissens verlieren, dass etwas in dieser Welt mir gehört?« Seine Frage zerstörte sie. »Eine Sache, Anya.« Sein Daumen fuhr über ihre Lippen, und seine Hüften rieben über ihren Venushügel. »In dieser Welt hat Gott mir eine Sache gewährt für die Ehrbarkeit, die ich gewählt habe anstelle des Bösen, dem ich hätte folgen können. Er gab mir die Frau, die ich als zarte Kindfrau sah und mehr als alles andere begehrte. Als du erst sechzehn warst, so zart und unschuldig, habe ich dich für mich beansprucht. Ich will keinen Moment missen, in dem ich weiß, dass es, auch wenn du gehst, einen Beweis gibt, dass ich einer Sache würdig bin, die nicht durch Blut gezeichnet ist.«

Sie schauderte, und ihr wurde das Herz schwer, während ihr Tränen in die Augen stiegen. Inzwischen waren seine Augen flüssige Schwärze, finster, gequält und so tief in ihre Seele dringend, dass sie sich fragte, ob sie sich je davon befreien konnte.

»Du kannst diese Ehrbarkeit nicht auf mich stützen«, flüsterte sie schließlich. Sie fühlte sich zerrissen und sehnte sich auf eine Weise nach ihm, die sie nicht in Worte fassen konnte.

»Ich stütze meine ganze Ehrbarkeit auf dich, Coya. Meine Anya.«

Bevor sie protestieren konnte, lagen seine Lippen wieder auf ihren, öffneten sie, und seine Zunge strich über ihre wie ein Versprechen. Sie hörte sich nach Luft schnappen, fühlte die feuchte Wärme zwischen ihren Beinen, als seine Hüften über ihre rieben, ihre Klitoris streichelten und ihr lustvolle Reize durch den Leib jagten.

»Ich will dich berühren.« Sie zerrte an seiner Jacke und den Rändern des Hemdes, das sie zerrissen hatte.

Seine Haut war fest und warm unter ihren Händen.

»Anya.« Er versteifte sich, als sie die Hände an seine Schultern presste.

»Ich muss dich berühren. Du hast zuvor genommen, Del-Rey. Jetzt lass mich haben, was ich brauche. Und ich brauche das hier.«

Sie brauchte die Kontrolle.

Del-Rey fühlte die Macht der Lust durch seine Hoden jagen, durch seine Sinne. Er durfte nicht noch einmal die Beherrschung verlieren. Nicht dieses Mal. Nicht so kurz davor. Sie wollte ihn berühren. Ihn streicheln.

Er entspannte sich vorsichtig, folgte ihren Anweisungen und biss grimmig die Zähne zusammen, während raues Grollen in seiner Brust vibrierte.

Oh verdammt. Herr im Himmel, hab Erbarmen.

Ihre geschickten Finger zögerten nur kurz, öffneten den

Knopf seiner Hose und zogen dann den Reißverschluss über seiner pochenden Erektion auf.

Del-Rey fühlte das Knurren, das in ihm aufstieg, als ihre schlanken Finger sich um seinen harten Schwanz wanden. Seine Erektion war kräftig, die pralle Eichel pochte und wollte die Flüssigkeit verströmen, die Wölfe und Kojoten produzierten, sobald der Paarungsrausch begann.

»Oh Mann. Anya. Süße Anya.«

Ihre Lippen berührten die schwere Eichel, glitten darüber, und ihre Zunge flackerte über die winzige Öffnung. Es brachte ihn schier um, sich zurückzuhalten. Er wusste, wie geschockt und verängstigt sie gewesen war, als er sie zum ersten Mal genommen hatte. Doch das wollte er jetzt nicht für sie. Er wollte sie so erforschen, wie sie es brauchte. Sie kosten und sie berühren.

Er legte seine Hand unten an seinen Schaft und fühlte das Stechen in seinen Hoden, das ihn vorwarnte, dass sich der erste harte Schwall von Vorsamen aufbaute.

Er schüttelte den Kopf und spürte die Schweißperlen, die ihm über die Brust liefen, während er fühlte, wie ihre heiße Zunge seine Eichel umkreiste.

Er sah nach unten und fühlte sich hin- und hergerissen von ihrem Anblick – ihre glitzernden Lippen, diese blauen Augen, die zu ihm aufblickten –, und dann öffneten sich ihre Lippen und bedeckten seine pochende Eichel, schlossen sich darüber, während ihre Zunge über die empfindsame Haut strich.

Als sie zu saugen begann, die Wangen einzog und den köstlichen Druck auf seine Nervenenden erhöhte, schüttelte Del-Rey den Kopf. Oh Gott. Viel länger konnte er sich nicht mehr zurückhalten. Er packte seinen Schaft fester, doch den Schwall Vorsamen, der herausdrang, konnte er nicht mehr aufhalten.

Die seidige weiche Flüssigkeit hatte ihren ganz eigenen

Zweck, hatte Dr. Armani ihn vorgewarnt. Die Hormone darin regten die Nervenbahnen der Vagina an und entspannten zugleich den engen Weg für die Schwellung, die auftrat, wenn ein männlicher Kojote seinen Samen vollständig ergoss.

Anyas Augen weiteten sich, als ein zweiter Schub ihren Mund füllte. Ihre Wimpern senkten sich, ein kleines Stöhnen drang über ihre Lippen, und dann saugte sie noch tiefer, noch leidenschaftlicher an ihm, als sehne sie sich nach mehr von seinem Geschmack.

Er konnte das nicht. Dafür fehlte ihm die Beherrschung. Er wollte in ihr sein. Er musste sie vögeln, sie füllen, sie nehmen. Ihre Hüften festhalten und in sie dringen, bis die tobenden Wogen seiner Begierde gestillt waren.

Die Finger einer Hand hielten seinen Schaft, und er streckte die andere aus, um ihr Gesicht zu berühren und mit dem Daumen über ihre Mundwinkel zu streicheln, während sie an ihm saugte.

Verlangen. Das Verlangen war wie ein Tier, die stechende Begierde dämonisch intensiv. Er konnte nicht warten. Er würde sie gleich hier nehmen. Jetzt. Er musste. Wenn er es nicht tat, würde er für immer den Verstand verlieren.

»Einschlag!«, schrie da Iwan durch die Sprechanlage zwischen Vorder- und Rücksitz. Nur eine Sekunde später erschütterte eine Explosion die Limousine, als ein Mörser vor ihr auf die Straße einschlug.

Anya fiel nach hinten, als Del-Rey sie von sich schubste, den Reißverschluss seiner Hose zuzog und den Knopf schloss, während er auf den Schalter drückte, um die Scheibe zwischen Fahrer- und Passagierseite herunterzufahren.

Eine weitere Explosion schüttelte alle durch, und Del-Rey sah mit schmalen Augen auf die Fahrzeuge vor ihnen. Hinter ihm bewegte sich Anya hastig, und das Rascheln ihres Kleides verriet ihm, dass sie sich inzwischen auf den Boden der Limo gekauert hatte.

»Es kommt vom Berg«, brüllte Iwan, als ein weiterer Feuerstrahl in die Nacht stieg. »Irgendwer wird hier noch getroffen, Del-Rey, hier sind zu viele Fahrzeuge beisammen.«

»Luftunterstützung?«, fragte er.

»Unterwegs. Wir haben ein Team von der Armeebasis in der Gegend in die Luft gehen lassen, aber ich hatte noch keinen Funkkontakt.«

Die nächste Explosion riss ein Stück aus der Straße und ließ Funken und Feuer über die Vorderseite der Limo regnen, während Iwan ausscherte und weiterfuhr.

»Nicht mehr lange, bis sie Glück haben«, fauchte Del-Rey, griff dann nach vorn und riss das Funkgerät vom Armaturenbrett. »Brim, bist du da?«

»Komme gerade hinter dem Convoy rein«, brüllte Brim zurück. »Mörserfeuer von Norden, an der Spitze des Berges. Wertlose Bastarde. Die hätten in hitzesuchende Raketen investieren sollen.«

»Bring sie bloß nicht auf Ideen«, knurrte Del-Rey und zerrte die Manschette am Jackett hoch, um das Mikro am Handgelenk zu befreien. Als er es einschaltete, aktivierte sich der Empfänger an seinem Ohr. »Wolfe, seid ihr vorn?«

»Sind wir, und gerade bricht die Hölle über uns herein«, knurrte Wolfe.

Del-Rey starrte nach vorn. »Noch zwei Kilometer. Scharf rechts, dann links – das wird rumpeln wie in der Hölle. Das trockene Flussbett dort ist drei Meilen lang und bringt uns außer Sicht.«

Wolfe wiederholte die Anweisung für seinen Fahrer.

»Iwan, gib das an die übrigen Fahrzeuge weiter«, befahl Del-Rey und hob dann das Funkgerät. »Brim, hast du Waffen?«

»Genügend«, kam dessen Antwort kalt und wütend. »Die haben die Wagen mit dem Barkeeper und der Leiche des Wolf-Breeds im Visier, Del-Rey. Ich habe Verbindung zum Standort.«

Del-Rey griff wieder nach vorn, schlug auf den Schalter für das Sonnendach und riss sich Jackett und Hemd von den Schultern. Der Stoff würde ihn jetzt nur behindern.

»Ich verlasse die Limo. Iwan kann nicht langsamer fahren, um durch den Ausgang zu kommen. Achtet auf den fallenden Körper, und sammelt die Teile ein.«

»Hier.« Eine Lederjacke tauchte vor seiner Nase auf. »Die schützt dich beim Fall. Und hier.« Eine ultraleichte Maschinenpistole wurde ihm in die Hände gedrückt, und er bemerkte, dass der Rücksitz der Limo aufgestellt worden war.

Eine weitere, noch nähere Explosion erschütterte den Wagen und kippte ihn beinahe um. Iwan fluchte, wirbelte das Lenkrad herum und machte dann die Biege in das Flussbett, das sie als Straße nutzen wollten.

Del-Rey zog hastig die Jacke an, zog den Reißverschluss zu, nahm Anya die Waffe ab und schwang sich dann auf das Dach des Wagens.

Er hielt sich am Rand des Sonnendachs fest und blickte mit schmalen Augen in die dunkle Landschaft hinaus, die an ihnen vorbeiflog. Er kannte den besten Ort, um abzuspringen. An einer Stelle bedeckte grasbewachsene weiche Erde den Boden. Es würde den Aufprall lindern und die Gefahr, von den Fahrzeugen, die durch den Pass rasten, erfasst zu werden, eliminieren.

Er wartete, brachte sich in Position und warf sich dann von der Limo, krümmte sich zusammen und rollte sich ab, als er mit solcher Wucht auf die Erde prallte, dass ihm die Luft wegblieb und er überzeugt war, dass er die verdammten Blutergüsse noch Wochen später spüren würde.

Bastarde. Del-Rey wusste, er hätte mit diesem Hinterhalt rechnen müssen. Zur Hölle, die anderen hatten wahrscheinlich damit gerechnet. Das einzige Problem war, dass es nur eine freie Straße in die Stadt gab und eine Menge Berge drum herum.

Er kam auf die Beine, packte die Waffe und rannte zu dem Geländewagen, mit dem Brim neben das Flussbett gerauscht war. Die Fahrzeuge waren hoch und leicht gebaut, gemacht für das bergige Gelände. Schwere Stoßdämpfer stützten die Reifen, die auch auf unbefestigtem Gelände Halt fanden, und ein starker Motor verlieh dem Geländewagen die nötige Kraft, um effektiv durch einige der rauesten Passagen zu kommen.

»Vorrücken!«, brüllte Del-Rey und schwang sich auf den Beifahrersitz.

Hinter ihm hatten sich zwei seiner Männer zur Angriffsunterstützung eingerichtet. Einer hatte einen tragbaren Raketenwerfer, der andere bemannte das aufmontierte Maschinengewehr.

»Alle Fahrzeuge im Pass«, rief Jacob, Havens Sicherheitschef, in den Empfänger an Del-Reys Ohr. »Viel Glück, Alpha Delgado.«

»Bewegung!«, rief Del-Rey Brim zu, während noch eine Explosion Steinbrocken und Erde in die Luft regnen ließ.

Der Geländewagen jagte mit einem Ruck los, erklomm den Pass und schoss über die Straße, während eine nächste Explosion Erdbrocken um das Fahrzeug herum aufspritzen ließ.

»Die werden in Sichtweite warten, wenn sie aus dem Pass kommen.« Brim riss das Lenkrad herum und steuerte den Berg hinauf.

»Gib ihnen ein neues Ziel«, befahl Del-Rey barsch. »Sie sollen uns kommen sehen. Lenk das Feuer von den Limos ab, Brim. Wenn auch nur eine dieser Frauen verletzt wird, gibt es Krieg.«

Der Frieden zwischen Menschen und Breeds war immer noch bestenfalls fragil. Ihnen war klar, dass es nur eine einzige falsche Bewegung brauchte, um das Gleichgewicht des Friedens zu verändern. Der Tod einer Gefährtin, besonders der Gefährtin eines Alphas, würde Chaos ausbrechen lassen.

Die Loyalität eines Breeds zum Rudel war alles. Ihre Frauen waren ihre Zukunft und ihr Überleben. Kam nur eine von ihnen ums Leben, würde man das nicht auf die leichte Schulter nehmen, und das Council wusste das. Die wussten, dass die Breeds mit einer Wut über die Mörder kommen würden, zu der sie nur in der Fantasie der Menschen fähig waren.

Del-Rey überblickte mit zusammengekniffenen Augen das Gelände. Seine Nachtsicht war perfekt, gestützt vom Mondlicht über ihm, den Schatten um sie herum, jedes Detail war hervorgehoben.

»Achtung, Einschlag kommt!«, brüllte Brim. »Festhalten. Festhalten!«

Del-Rey biss die Zähne zusammen und verzog wütend das Gesicht, als der Geländewagen schaukelte und den Berg entlangraste. Im Zickzack ging es zwischen den Bäumen hindurch, die um den Wagen herum umstürzten, als die Explosion durch den Wald krachte.

»Wenn wir sie erreichen, bleib mir bloß aus dem Weg«, befahl Del-Rey.

»Wir müssen sie befragen können«, grollte Brim sauer.

Manchmal war Brim viel zu verdammt logisch. Deshalb, so beschloss Del-Rey, war Brim auch kein Rudelführer.

Er lächelte hart und kalt, als der Geländewagen einer weiteren Mörsergranate auswich und zum Standort der Heckenschützen raste. Nur noch Minuten, und sie hatten sie.

Del-Rey drehte sich zu Brim um und knurrte: »Befrag ihre verdammten Geister.«

Doch eine Sekunde später explodierte die Welt in einem Nebel aus Farben und Lärm, als der Geländewagen in die Luft flog.

Die Limousine raste den Berg zur Festung der Kojoten-Breeds hinauf, während Anya still darin saß und in die Ferne auf die Einschläge am Berg starrte.

Sie wusste, dass ein Team aus Wolf-Breed-Enforcern Del-Rey und seinen Männern dorthinauf gefolgt war. Inzwischen durchstreifte ein Helikopter den Himmel, ebenso einer der tödlichen waffenstarrenden Tarnkappenhelijets, die die Breeds nutzten.

Sie hatte den Berichten zugehört, die in der Limo zu hören waren, und sie zuckte zusammen und konnte kaum einen Aufschrei unterdrücken, als sie hörte, dass der Wagen der Kojoten getroffen worden war.

Del-Rey ging es gut, versicherte sie sich und fühlte die Tränen auf ihren Wangen. Er hatte schon Schlimmeres überstanden. Er war bestimmt vorbereitet gewesen. Und sicher kämpfte er in diesem Augenblick mit zusammengebissenen Zähnen und dem Lächeln eines Killers im Gesicht.

»Coya, wir nähern uns dem Eingang«, sagte Iwan grimmig. »Dort warten Soldaten, um dich in die Höhlen zu geleiten.«

»Such deinen Alpha, Iwan, und mach dir keine Sorgen um mich«, befahl sie ihm. »Welches Team nimmst du?«

Er schüttelte den Kopf. »Dein Schutz …«

»Nimm Team zwei, sie kennen die Berge hier am besten. Wartet unser Jet noch hier?«

»Wir sind nicht bewaffnet, Coya«, stellte er fest.

»Mach den Jet fertig, und schaff dich selbst und Team zwei zu deinem Alpha«, antwortete sie grimmig. »Du bringst ihn lebendig hierher zurück, Iwan, oder ich ziehe dir das Fell über die Ohren. Hast du mich verstanden?«

»Ja, Coya«, fauchte er, nahm dann das Funkgerät und befahl Team zwei, von seiner eigentlichen Sicherheitsaufgabe abzuweichen und ein anderes Team als Ersatz einzuteilen.

Die Coya war jetzt die stellvertretende Befehlshaberin, und ihr Alpha war in Gefahr.

»Am Eingang warten Ärzte auf Sharone, und sie wird direkt in die Krankenstation gebracht. Mach dich bereit, Coya, das Anhalten wird hart.«

Die Limo schlitterte, und das Heck brach zur Seite aus, als er eine Vollbremsung machte. Die Tür wurde aufgerissen, und die ihr zugeteilten Soldaten holten sie heraus.

»Du.« Sie schnappte sich einen von ihnen, ohne zu wissen, welchen. »Bring mich sofort zur Krankenstation.«

»Coya, wir brauchen dich im sicheren Quartier …«, fing der Soldat an.

»Willst du mich sauer machen, Soldat?«, fauchte Anya und registrierte, dass die andere Limo abrupt zum Stehen kam und das medizinische Personal zu Sharone rannte. »Ich sagte: ›Krankenstation‹, und ich meine sofort. Der einzige Weg, mich in mein angebliches Quartier zu bringen, wäre, mich hinzutragen. Was würde dein Alpha wohl davon halten?«

Sie ließ ihm keine Zeit für eine Antwort.

»Samuel, Mordecai«, schrie sie zwei Kojoten-Enforcern zu. »Schafft eure Ärsche in die Luft mit Iwan und Team zwei.« Die beiden waren zwei von Del-Reys besten Männern.

Sie wechselten einen Blick und sahen dann sie an.

»Ist euer Alpha hier?«, schrie sie ihnen zu.

»Nein, Coya.« Samuel schüttelte hastig den Kopf.

»Dann gehorchst du deiner Coya. Jetzt los!«, knurrte sie.

Überraschung: Sie drehten sich um, rannten los und holten Iwan gerade noch ein, als der die Limo wendete, um zur Bergspitze und dem dort wartenden Helijet zu fahren.

Sie konnte das Brummen in der Luft hören und darüber die Explosionen am Berg. Sie raffte ihr Kleid und lief in die Höhlen, hinter dem medizinischen Team her, das eine immer noch fluchende Sharone durch die Steinflure zu den tiefer gelegenen medizinischen Räumen brachte.

Während Anya hier war, hatte es mindestens einen Angriff auf diesen Berg gegeben. Ein Tarnkappenbomber hatte es geschafft, die Luftverteidigung der Breeds zu durchdringen und »Höhlenbrecher« – Raketen, die Berggestein durchbrechen konnten – sowohl auf die Basis der Kojoten-Breeds als auch den Berg, der Haven überragte, abzuwerfen.

Damals hatte Anya die Führung übernommen. Es war ihre erste Situation als Befehlshaberin gewesen. Es hatte Schäden gegeben, doch kein einziger Breed hatte auch nur einen einzigen Kratzer erlitten. Die Gebäude und Häuser in Haven hatten mehr Schaden davongetragen, doch die Basis, die laut Gerüchten in dem Berg existierte, der das Tal schützte, war nicht getroffen worden. Vierundzwanzig Stunden später war Del-Rey zurückgekehrt und hatte übernommen.

»Coya, Sharone droht damit, die Basis zu verlassen und zum Berg zu fahren.« Emma eilte an ihre Seite, Ashley neben sich. »Sie flucht wie ein Rohrspatz, und wir konnten sie gerade noch so in der Limo halten.«

»Sag den Ärzten, sie sollen sie mit Betäubungsmitteln vollpumpen, wenn sie ihren Hintern nicht auf der Trage und aus Schwierigkeiten heraushalten kann«, befahl Anya. »Ashley, geh zur Kommandostelle, und lass dir von einem Soldaten dort ein Headset für mich geben. Ich will alles wissen, was passiert, sobald es passiert.«

Ashley eilte davon, und einer der männlichen Breeds nahm ihren Platz ein.

»Du!« Anya zeigte auf einen anderen Soldaten und sah, wie

seine Augen sich fast panisch weiteten. »Treib Informationen für mich auf, und das sofort. Und stell verdammt noch mal sicher, dass dein Alpha noch atmet.«

Der Soldat hastete davon, und Anya betrat die Krankenstation und hielt sich im Hintergrund, während Sharone das medizinische Personal der Kojoten-Breeds mit Flüchen überzog.

Wenn sie fluchte, war sie nur sauer. Wenn sie ernsthaft verletzt war, konnte Sharone unheimlich still werden, fast wie tot.

»Emma, schick einen unserer Enforcer hinunter nach Haven. Ich will Informationen über diesen Barkeeper, den sie dorthin gebracht haben, und ich will wissen, was er sagt. Und schick einen anderen zu Dr. Armanis Büro – und sieh, was da rauskommt; danach kontaktiere unseren Enforcer in der Sicherheitstruppe der Wolf-Breeds, und sieh, was er hat. Ich will alles an mich weitergeleitet haben über die Verbindung, die mir Ashley besser innerhalb der nächsten Sekunde herstellt.«

»Jawohl, Coya.« Emma trat beiseite, und Anya schlang die Arme um ihre Taille und rieb gegen die Kälte an, die sich langsam in ihr breitmachte.

»Coya, ich habe eine Decke gefunden.«

Ein Soldat trat heran, entfaltete eine dicke graue Decke und half ihr, sie über ihre Schultern zu legen.

»Meine Stola und meine Handtasche sind noch im Ballsaal«, sagte sie ihm. »In der Handtasche sind meine Messer. Wenn es sicherer ist, möchte ich, dass ein Team in die Stadt fliegt und unsere Besitztümer holt. Stell eine Liste zusammen. Sollten wir nicht alles zurückbekommen, werden wir ein paar Regeln brechen und in Häuser einsteigen. Wer auch immer hinter dem hier steckt, wird nicht damit rechnen, dass wir zurückkommen und uns alles holen.«

Der Soldat grinste. »Gefällt mir, wie du denkst, Coya. Ich besorge die Informationen und mache alles fertig.«

»Bereite einen Plan vor«, wies sie ihn an. »Wenn dein Alpha zurückkehrt, legen wir ihm deine Ideen vor, für den Fall, dass irgendetwas fehlt. Denn ich wette mit dir, dass irgendjemand sich gerade alles unter den Nagel reißt und die Beute aufteilt.«

Alle eingeladenen Frauen hatten ihre Handtaschen und Stolen beim Portier zurückgelassen. Darunter exquisite Kreationen, gespendet von führenden Bekleidungsherstellern der Welt, für den Fall, dass die Frauen oder Gefährtinnen der Breeds ihre Kreationen zur Schau stellen und ihnen damit das Prestige verleihen würden, dass ihre Designs von den Auserwählten der berüchtigten Breeds getragen wurden.

»Coya, ich bin ein rangniederer Soldat«, meinte er schließlich. »Ich bin kein Enforcer. Du solltest das einem Enforcer zur Vorbereitung übergeben.«

Anya drehte sich zu dem Mann um und musterte ihn. »Hat man dich in deinem Labor als fehlerhaft beurteilt, Soldat?«

»Nein, Coya.« Seine Stimme wurde härter, und ein tödliches Grollen hallte darin. »Ich wurde als Klasse-eins-Experte für Hinterhalt und Eliminierung eingestuft.«

»Dann ist das hier deine Chance, dir deinen Balken als Enforcer zu verdienen«, konterte sie. »Heute ist dein Glückstag, Soldat.«

»Jawohl, Coya.« Er straffte sich. »Ich stelle die Infos sofort zusammen.«

»Emma, ich habe immer noch kein Kommunikationsset«, erinnerte Anya die Freundin und drehte sich wieder zu dem Fenster um, das in den medizinischen Raum führte.

»Ist auf dem Weg, Coya«, versprach Emma und zögerte dann. »Unserem Alpha geht es gut. Egal was passiert.«

»Natürlich geht es ihm gut, und er wird grollen und knurren und Blut geleckt haben, wenn er in diesen Berg stapft. Geh auf Funk, und beschaff mir auf der Stelle dieses Kommunikationsset. Sag den Kerlen in der Kommunikation, sie sollten am besten jedes bisschen Information vorausahnen, das er brauchen wird, bevor er herkommt. Wenn ich noch einmal höre, dass die Information, die zur Verteidigung des Berges nötig ist, nicht in dem Augenblick verfügbar ist, wenn er sie braucht, dann rollen Köpfe.«

Anya wusste, dass Del-Rey während des letzten Angriffs Stunden damit verbracht hatte, dringend benötigte Informationen zusammenzubekommen, weil Kommunikation und Sicherheit von dem Angriff völlig überrascht worden waren und in aller Hektik herauszufinden versuchten, was los war.

»Ich sollte in der Kommunikationsstelle sein«, entschied sie. »Ein Soldat soll hierbleiben. Ich will alle fünf Minuten Berichte über den Status dieser sturen Breed haben. Und wenn sie ihren üblichen Mist von wegen ›Ich stehe auf und kämpfe‹ abziehen will, dann stellt sie ruhig.«

Anya drehte sich um und marschierte durch den Flur, während die anderen Breeds sie abwägend musterten. Das war ihr erstes Mal als stellvertretende Befehlshaberin, während auch Del-Rey in der Basis war.

Manchmal pflegten Kojoten-Breeds eine Hassliebe zu ihrer Coya. Sie hielt sich nicht im Berg auf, während der Alpha da war. Sie hatten sich von der anderen Hälfte ihres Anführers verlassen gefühlt, und Del-Reys ursprüngliches Team kam sich vor, als hätte sie ihren Alpha verlassen.

Jetzt lächelte Emma beinahe. Sie, Sharone und Ashley hatten ihre Sache gut gemacht. Acht Monate. In nur acht Monaten nahm Anya automatisch ihren Platz als Del-Reys Stellvertreterin und Gefährtin ein.

»Ruf die Kommunikation an, und melde ihre Ankunft«, befahl Emma dem Soldaten. »Sorge dafür, dass sie einen Becher Kaffee bekommt, oder sie kommt mit Feuer und Asche über uns, so wie sie im Moment Adrenalin verbrennt. Außerdem will ich die Ärztin in Bereitschaft haben, falls eine Hormoninjektion nötig werden sollte. Manchmal löst der Adrenalinsturz den Paarungsrausch wieder aus.«

Und Anya konnte echt sauer werden, wenn sie der Paarungsrausch ohne Vorwarnung traf. Ganz zu schweigen von der Tatsache, dass Del-Rey sie alle einen Kopf kürzer machen würde, sollte Anya noch einmal Schmerzen leiden.

Der Soldat nickte und erledigte die Anrufe, während sie in den Aufzug stiegen und nach unten in die gut geschützte Kommunikationszentrale fuhren.

Sie warf einen Blick auf Anya. Die Schultern ihrer Coya waren gerade, die saphirblauen Augen glitzerten im bleichen Gesicht. Und zum ersten Mal bemerkte Emma die kleinen Sommersprossen über Anyas Nase.

»Es geht ihm gut«, flüsterte sie wieder.

»Natürlich geht es ihm gut«, gab Anya barsch zurück. »Sorge dafür, dass die Krankenstation in Bereitschaft ist, nur für den Fall. Und erkläre mir noch einmal, wieso in aller Welt wir keine eigenen OP-Räume und Chirurgen auf der Basis haben.« Sie drehte sich um und sah Emma finster an.

Emma zuckte mit den Schultern. Sie kannte die Antwort, und auch Anya kannte sie. »Dr. Armani …« war ihre ausgewiesene Spezialistin.

»Sie ist eine Spezialistin für Wolf-Breeds«, fauchte Anya. »Ich habe genug davon.«

»Ist schwierig, einen Chirurgen für eine OP zu bekommen, wenn er tot ist«, erinnerte sie Emma.

Anya erinnerte sich. So wie sie wusste, dass es mindestens zwei Spezialisten für Kojoten gab, die durchaus versiert in Chirurgie, Genetik der Kojoten und allgemeiner Breed-Medizin und gut in der Lage waren, sie zu behandeln.

Anya zog die Decke enger um ihre Schultern und drehte sich zu den Breeds um, die sie neugierig musterten.

Sie waren hartgesottene Killer. Doch nun standen sie hier und starrten sie an, als repräsentiere sie mehr als nur ein hübsches Gesicht oder einen einzigartigen Titel, den sie sich außerhalb der grundlegendsten Aufgaben anzuerkennen weigerte.

Sie begegnete dem Blick eines der olivgrün gekleideten Soldaten und musterte seine schlichte Militäruniform. Wölfe und Raubkatzen hatten eine Uniform für jede Abteilung ihrer Streitkräfte. Etwas anderes, worum Del-Rey sich noch nicht kümmern konnte.

»Und besorgt mir eine verdammte Jeans«, brummelte Anya, als die Türen aufgingen und sie sich in das riesige unterirdisch eingerichtete Kommunikationsnetzwerk begaben. »Dieses Kleid nervt.«

11

Falls Del-Rey noch einen Knochen oder Muskel im Leib hatte, der nicht wehtat, konnte er ihn nicht finden. Brim nähte ihm die Fleischwunde am Arm grob zusammen, nachdem er ihm die Schulter wieder eingerenkt hatte.

Blutrausch hatte in ihm getobt, als der Geländewagen durch die Luft geflogen war. Sie waren herausgesprungen und auf die Position der Männer vorgerückt, die die Limos der Breeds aus dem Hinterhalt attackiert hatten.

Wie die Ratten waren sie davongerannt, doch Menschen waren keine Herausforderung für die Nachtsinne der Breeds und deren Fähigkeiten in der Spurenverfolgung. Sie hatten fünf von den Bastarden erwischt; einer hatte es geschafft, Del-Rey eine Kugel in die andere Schulter zu jagen und dafür mit dem Leben bezahlt.

Sie versuchten immer noch, die Einzelteile seiner Kehle wiederzufinden, nachdem Del-Rey sie ihm herausgerissen hatte.

Wolfe, seine Sicherheitschefs Jacob und Aiden sowie je zwei Teams aus Wolf- und Kojoten-Breeds waren anwesend. Del-Rey starrte immer noch ungläubig Iwan an, als dieser berichtete, dass Anya das zweite Team Kojotensoldaten zusammen mit drei von seinen Enforcern – Iwan, Samuel und Mordecai – in den Helijet geschickt hatte, um dafür zu sorgen, dass sie ihren Alpha lebendig zurückholten.

Er wollte den Kopf schütteln. Das war nicht die Anya, die er kannte, doch wie er in der vergangenen Woche gelernt hatte, war die Anya, die er gekannt hatte, in einer Weise gewachsen, die er noch immer nicht ganz verstand.

»Sie hat die Kontrolle in der Kommunikationsstelle.« Brim legte die Hand an sein Headset und sah Del-Rey belustigt an. »Sie ist noch nicht so weit, dass sie flucht, aber sie verlangt einen Lagebericht.«

»Sag ihr, ich lebe noch«, schnaubte er.

»Sie hat ein Team nach Haven beordert«, berichtete Brim daraufhin. »Und einen Enforcer, um den Barkeeper zu befragen, den wir mitgenommen haben. Sie war die ganze Zeit in Kontakt mit der Lupina, Hope, und sie koordinieren – ähm – die Verteidigung.«

Del-Rey zuckte zusammen und warf einen Blick auf Wolfe, der jedoch nicht im Mindesten besorgt wirkte.

Schließlich zuckte er mit den Schultern. Zur Hölle, Hope, Faith und Anyas Leibwächterinnen hatten sie darauf vorbereitet. An diesem Punkt hatte er keine andere Wahl, als ihren Fähigkeiten zu vertrauen.

»Sie hat Sofia aus der Kommunikationsstelle geworfen. Wusstest du, dass sie auf dem Weg zurück zur Basis war?«, fragte Brim. Del-Rey schüttelte verneinend den Kopf. »Während ihre Soldaten sich umdrehten und sie deckten, hat sie ihr Kleid weggeworfen, innerhalb von Sekunden Jeans, T-Shirt und Sneakers angezogen und während der ganzen Zeit Befehle gegeben. Unsere Männer haben Angst, Del.«

Bei dem Gedanken musste Del-Rey schnauben. Seine Männer hatten vor nichts Angst, und am allerwenigstens vor einer Coya, die sie regelrecht verehrten.

»Verdammt, sie führt die Basis, als wäre sie dafür geboren.« Brim wirkte besorgt. »Was in aller Welt tut sie, um zu lernen, wie man eine Kommandostelle so leitet?«

Del-Rey hob den Blick vom Boden, während er die Informationen, die Brim ihm da gab, verarbeitete. Gott, ihm tat alles weh.

»Sie wird uns das Leben zur Hölle machen, und am Ende werden wir höchstwahrscheinlich noch Gott dafür danken«, erklärte er schließlich seinem Enforcer. »Mach den Helijet abflugbereit. Ich muss zur medizinischen Versorgung nach Haven, bevor ich zur Basis zurückkehre. Unsere Mediziner haben nicht genug Erfahrung, um meine Verletzungen zu behandeln.«

Vielleicht hatte er sich eine Rippe angeknackst. Er drückte auf die Stelle, zuckte zusammen und hoffte, dass es nicht allzu ernst war. Er hatte jede Absicht gehabt, sich bei der ersten Gelegenheit mit seiner kleinen Gefährtin zu paaren. Doch er hatte das Gefühl, dass es heute Nacht nicht dazu kommen würde.

»Sie fordert einen detaillierten Bericht«, zischte Brim plötzlich. »Bis auf den letzten Kratzer auf der Haut dieses räudigen Kojoten, wie sie dich nennt. Del-Rey, ich kann mich jetzt nicht mit ihr befassen.«

»Dann kümmere dich um sie, wenn wir zur Basis zurückkehren«, seufzte Del-Rey. »Ist der Helijet schon fertig?«

»Verdammt! Wenn sie herausfindet, dass du aus medizinischen Gründen nach Haven geflogen bist, dann erwartet sie uns alle mit einer Knarre in der Hand.«

Es gab noch etwas Ernsteres als die Verärgerung seiner Coya. Del-Rey zwang sich, nicht zu wanken, als er das Blut aus seiner Seite sickern fühlte, die zuvor von dem Ast durchbohrt worden war.

Eindeutig Blutverlust. Möglicherweise auch innere Verletzungen. Er listete die Verwundungen im Geiste auf und suchte nach anderen Problemen. Manchmal brauchte Dr. Armani Unterstützung bei der Diagnose von medizinischen Problemen bei Kojoten.

»Himmel!« Brim fing ihn plötzlich auf und nahm die Hand von dem Mikro an seinem Mund. »Macht den Helijet fertig!«, brüllte er. »Alpha drei in Schwierigkeiten. Ich wiederhole: Alpha drei in Schwierigkeiten. Gebt Armani Bescheid, dass wir kommen.«

Er hätte Brim von der Stichwunde erzählen sollen, dachte Del-Rey sarkastisch. Seine Lederjacke war hilfreich gewesen, aber dieser verdammte Ast hatte lauter Dornen gehabt.

Er spürte die helfenden Hände und schob sie beiseite, während er sich auf die Füße stemmte und seine Männer zum Transporter winkte. Er konnte immer noch aus eigener Kraft laufen. Er war schon schlimmer verwundet gewesen und hatte es wieder auf die Beine geschafft, und das viele Male. Und er würde es auch jetzt verdammt sicher nach Haven schaffen.

Anya erstarrte, als sie den Befehl hörte: »Alpha drei in Schwierigkeiten. Gebt Armani Bescheid.«

Sie hätte schwören können, dass sie spürte, wie ihr das Blut aus dem Gesicht wich.

»Tja, sieht so aus, als hätte er es geschafft, sich zu verletzen«, meinte Sofia amüsiert von der Tür zur Kommandostelle aus.

Ihr Spott und ihre kalte Belustigung ließen Anya die Hände zu Fäusten ballen, damit sie der Frau nicht die Augen auskratzte.

»Wir fahren nach Haven«, befahl sie Emma und drehte sich dann zum Lieutenant um, der für das Personal in der Kommandostelle verantwortlich war. »Du hast das Kommando. Halt mich alle dreißig Minuten auf dem Laufenden.«

»Die Basis ist abgeriegelt, Coya.« Der Computertechniker starrte sie besorgt an. »Wir können die Sperre nicht ohne die Autorität des Alphas aufheben.«

»Du hebst die Sperre auf, oder ich verspreche dir, du gehst

den nächsten Monat auf Grenzpatrouille und schläfst draußen im Dreck«, fauchte Anya. »Mach eine Tür auf, und bring mich hier raus.«

»Ich bin sicher, es geht ihm gut.« Sofia lehnte sich an eine Wand und inspizierte ihre Fingernägel. »Ich habe zugesehen, wie er vor vier Monaten eine Kugel in den Bauch bekommen hat. Nur Stunden, nachdem man sie ihm entfernt hatte, lief er wieder herum und hat nach links und rechts Befehle ausgeteilt. Er ist zäh.«

»Alpha drei hat das Bewusstsein verloren«, kam die Stimme durch den Lautsprecher.

Alle Kojoten hoben den Blick zum Monitor, der das Abheben des Helijets zeigte.

»Tiefe Stichwunde in der Seite, möglicherweise Nierenschaden. Kugel in der rechten Schulter. Schnittwunden am linken Bizeps und am linken Oberschenkel. Möglicherweise angebrochene Rippe.«

Anya konnte fühlen, wie ihr die Knie weich wurden.

»Emma!«

»Ausgang gefunden«, rief Emma. »Team drei wartet, Haven wurde benachrichtigt, dass du kommst. Armani bereitet den OP vor.«

»Bewegung!« Anya drehte sich und gab Emma einen Schubs, damit sie schneller lief, bis sie praktisch zum Aufzug rannten. Die Kojotensoldaten umringten sie, als sie mit Emma und Ashley in den Aufzug stieg.

Der Lift fuhr zügig nach oben, auch wenn Anya jede Sekunde wie eine Ewigkeit vorkam. Als die Türen aufglitten, eilte sie zum zweiten Team, das an der schmalen Zugangstür zu einem engen Felstunnel wartete.

»Geländewagen warten draußen«, informierte sie einer der Soldaten knapp. »Du fährst mit deinen beiden persönlichen

Leibwächterinnen. Und drei Soldaten. Zwei Fahrzeuge vor dir, zwei dahinter.«

»Eines vor mir, drei dahinter«, korrigierte sie und warf ihm einen harten Blick zu. »Raketen zielen im Allgemeinen auf das Fahrzeug in der Mitte, das weißt du.«

»Ein bewaffneter Hinterhalt würde zuerst auf die beiden ersten Fahrzeuge zielen«, widersprach er. »Wir wissen noch nicht, womit wir es zu tun haben.«

Mit schmalen Augen und zornbebend drehte sie sich zu ihm um.

»Halt mich noch eine einzige Sekunde länger auf, und ich melde dich dem Kojoten-Rat für einen Verweis. Glaube nicht, Soldat, dass mir unsere Sicherheits- und Schutzprotokolle nicht bekannt sind, denn ich kenne sie gut. Und jetzt zieh den Kopf aus deinem egoistischen Hintern, und bring mich nach Haven, bevor ich Emma sage, dass sie dich erschießen soll.«

Emma lächelte und legte die Hand an den Griff ihrer ans Bein geschnallten Waffe.

»Wieso kann ich ihn nicht erschießen?«, schmollte Ashley. »Immer hat Emma den ganzen Spaß.«

Sie ignorierte die beiden und winkte dem Team vor ihr zu, weiterzugehen. Sie war nicht unwissend. Sie wusste, wie man eine Basis leitete; sie hatte alles über die Basis der Kojoten studiert, was sie konnte, und Stunden damit verbracht, Kommandosimulationen mit den verantwortlichen Technikern der Kommandozentrale durchzuarbeiten. Sie war aufgeblüht in der Herausforderung, alles zu lernen. Doch jetzt hatte sie eine Heidenangst, dass sie Del-Rey nicht rechtzeitig erreichen würde.

Sie verließ die Höhlen, marschierte zügig zum zweiten Geländewagen und stieg auf den Rücksitz. Sie wusste verdammt genau, dass niemand sie vorn fahren ließe. Emma und Ashley saßen links und rechts von ihr, während die Kojoten die Waffenbereiche vorn und hinten bemannten.

Nur Sekunden später rasten die fünf Fahrzeuge wieder den Berg hinunter, rauschten um Kurven und erreichten den gesicherten Pass nach Haven.

Minuten später sprang sie aus dem Wagen und eilte zum medizinischen Bunker, durchquerte den Sicherheitsbereich und marschierte den Hang nach unten zum Bereich für Chirurgie und medizinische Versorgung.

»Brim.« Sie eilte auf Del-Reys persönlichen Leibwächter und Stellvertreter zu. »Wie geht es ihm?«

Brim sah gestresst aus.

»Du solltest nicht hier sein, Coya«, meinte er vorwurfsvoll. »In der Basis bist du sicherer.«

Sie hatte es satt, dass jeder so tat, als gehöre sie nicht an die Orte, an denen sie sein wollte.

Sie sah ihn finster an. »Ich habe nicht nach deiner Meinung gefragt, sondern nach deinem Lagebericht.«

Den lieferte er ihr, und als er damit fertig war, spürte Anya ihre Frustration noch wachsen. Dr. Armani kämpfte mit einer Genetik, die sie nicht verstand, doch Del-Reys Zustand hatte sich stabilisiert. Das Blut, das für genau solche Gelegenheiten aufbewahrt wurde, war genutzt worden, um seinen Blutverlust auszugleichen, doch sein Organismus arbeitete schwerfällig. Er akzeptierte zwar die Medikamente, die die Ärztin zur Wundbehandlung von Kojoten entwickelt hatte, doch diese Medikamente waren immer noch nicht so wirksam, wie sie sein könnten.

Leider gab es nur sehr wenige Informationen über die Behandlung von Kojoten-Breeds in den Laboren. Kojoten waren gelinde gesagt paranoider als Wölfe und Raubkatzen. Stichwort: Aktenvernichtung. Alle Akten. Nichts war gerettet worden, für den unwahrscheinlichen Fall, dass irgendwer eine Schwachstelle finden würde, die ihnen nicht bewusst war.

So konnte es nicht weitergehen.

»Emma«, murmelte sie, als Brim sich entfernte. »Ich brauche einen Kontakt.«

»Oh nein. Bitte mich nicht darum«, seufzte Emma. »Beim letzten Mal wurde ich fast erwischt, Anya. Ich sage dir, diese Regel zu brechen ist derart tabu, dass es mich umbringen könnte.«

Die Kontaktaufnahme zu ihrem Vater war ausdrücklich verboten, es sei denn telefonisch. Zweimal war es Anya gelungen, sich davonzustehlen, um ihn auf der anderen Seite der Stadt zu besuchen.

»Er hat die Informationen, die ich brauche«, zischte sie. »Und was er nicht hat, kann er besorgen. Wenn wir keinen Spezialisten für Kojoten herbekommen, werden wir weiterhin Männer verlieren. Und jetzt stell den Kontakt her.«

»Ich hasse dich, Coya.« Emma verzog das Gesicht. »Del-Rey wird mir persönlich den Arsch aufreißen und dann die Kehle aufschlitzen.«

»Er oder ich, entscheide dich.« Anya zuckte mit den Schultern, drehte sich dann um und eilte zu den Türen, die zur Chirurgie führten.

Anders als bei Sharones Behandlung konnte sie hier nicht zusehen. Sie war aus der Chirurgie ausgeschlossen und davon, ihn selbst zu sehen.

»Anya?« Hope berührte sie am Arm.

Anya wirbelte herum und sah in die leicht asiatischen, zarten Züge der Lupina der Wolf-Breeds, Gefährtin des Alphas Wolfe Gunnar. An ihrer Seite befand sich die Kontaktperson der Breed-Rudel, Faith, selbst eine Wolf-Breed.

»Danke, dass du gekommen bist, Hope.« Sie lächelte der Frau zu. »Geht es Wolfe gut?«

Hope nickte. »Nur ein paar Kratzer. Er ist im Konferenzraum und fetzt sich gerade wieder mit der Army wegen eines Kampfhubschraubers, der nicht rechtzeitig hochkam. Jonas Wyatt ist auf dem Weg, zusammen mit dem Rudelalpha und seiner Prima, Callan und Merinus Lyons. Sie denken über eine Protestnote an die Armeebasis nach. Die hätten vorbereitet sein müssen. Man war dort zwar in Bereitschaft für den Fall irgendwelcher Vorkommnisse heute Nacht, man hat aber nicht reagiert.«

»Typisch«, seufzte Anya.

»Wolfe sendet Grüße und sagt, falls du etwas brauchst, musst du es uns nur sagen.«

Anya nickte. »Die Basis ist gesichert, und wir bekommen Informationen herein. Ich möchte eine Kopie von allem, was ihr habt, und dazu volle Freigabe für Del-Reys Enforcer Brim, um euren Gefangenen ebenfalls zu befragen.«

Hope nickte. »Ich kontaktiere Wolfe sofort. Er hat erwähnt, dass du das vielleicht möchtest, aber er war unsicher über deine Prioritäten.«

Was hatte sich in ihr verändert? In dem Augenblick, als Del-Rey aus der Limousine gesprungen war, hatte alles, was sie über die Basis und das Rudel gelernt hatte, die Regie übernommen. Als sei sie geboren, um an Del-Reys Seite zu stehen und zu tun, was getan werden musste, wenn er es nicht konnte.

Das war die Aufgabe der weiblichen Alpha. Hope hatte Anya immer mitgenommen, wenn Wolfe bei bestimmten Missionen die Leitung übernehmen musste. Die Befehlsgewalt schien keine unangenehme Last für die Schultern der Frau zu sein. Das war Anya auch an Merinus Lyons aufgefallen, der weiblichen Alpha der Rudel oder Prima, wie man sie nannte. Beide Frauen wussten, wie man führte und innerhalb eines Wimpernschlags von der Gefährtin zur Befehlshaberin wechselte.

Etwas, was auch Anya ohne Nachdenken getan hatte. Als hätte sie in der ganzen Zeit, die sie Hope beobachtet hatte, auch die Fähigkeit und das Wissen absorbiert, um in ihre Rolle als Coya zu schlüpfen, weibliche Alpha, andere Hälfte des Rudelführers der Kojoten.

Anya hatte immer schnell gelernt. Was sie interessierte und ihren neugierigen Geist weckte, lernte sie mühelos.

Das Council hatte sie bereits für gehobene Verwaltungsaufgaben und verdeckte Spionagearbeit vorgesehen. Laut Plan hätte sie das Labor innerhalb weniger Tage vor der Flucht der Breeds verlassen sollen.

»Komm ein paar Minuten mit mir, Anya«, ermunterte Hope sie und führte sie von der Tür zu einem kleinen Sitzbereich. »Ist inzwischen alles gut zwischen dir und Del-Rey?«

Anya drehte sich wieder zu ihr um und musterte sie eindringlich. »Wir fauchen und knurren uns immer noch an.«

Hopes Lippen zuckten, und sie strich sich das schulterlange glatte schwarze Haar zurück. »Läuft also wie erwartet«, konstatierte sie.

Anya schüttelte den Kopf. »Ich verstehe ihn nicht. Ich will, aber manchmal …« Sie zuckte mit den Schultern. »Heute Nacht hat er mir gesagt, ich sei das, was ihm Wert gibt.« Bei dem Gedanken runzelte sie die Stirn. »Man kann seinen Wert nicht auf jemand anderen gründen, Hope.«

Hope lächelte. »Du sprichst von einem Mann, der sich dessen bewusst ist, dass er kein Produkt der Natur ist«, sagte sie leise. »Der erschaffen und ausgebildet wurde in dem Verständnis, dass er kein natürliches Wesen ist. Dass ihm Natur oder Gott – oder wem auch immer man den Beginn von Leben zuschreiben will – dieses Leben nicht eingehaucht haben. Und jetzt plötzlich hat die Natur oder dieser Gott ihm etwas gegeben, was einzig und allein ihm gehört. Seine andere Hälfte.

Trost und Wärme, jemanden, der all die verlorenen und einsamen Träume lindert, von denen er gar nicht wusste, dass er sie hatte. Das gehört dazu, ein männlicher Breed zu sein. Sie gründen, wer und was sie sind, auf der Akzeptanz, die sie von dieser Gefährtin erhalten, Anya. Das kannst du nicht ändern.«

Und vielleicht war das ein Teil ihrer Ängste, wenn es um Del-Rey ging. Ein angeborenes Wissen, dass sie die Frau war, die dieser Mann gewählt hatte, unter all den Frauen, mit denen er zusammen gewesen war, die er gekannt hatte oder hätte kennenlernen können. Er hatte sie gewählt. Sein Körper hatte sie gewählt. Seine Seele hatte sie gewählt.

Was bedeutete, sie gehörte zu ihm und allem, was er war. Und noch mehr: Er gehörte ihr auf dieselbe Weise.

»Jonas hat mir deine Akte gezeigt«, räumte Hope darauf ein. »Unser Direktor des Büros für Breed-Angelegenheiten ist erstaunlich effizient. Diese Akte bezeichnet deinen IQ als so ziemlich außerhalb des Messbaren. Vermerke in den Akten besagen, dass du dich in allem, was du lernen ›willst‹, sehr schnell auszeichnest, und ich habe das gesehen. Du hast deinen Platz als Coya deines Rudels innerhalb weniger Monate eingenommen. Du wusstest tief im Inneren, dass du dem nicht entfliehen kannst, Anya. Und du wolltest dem auch nicht entfliehen, oder Del-Rey. Richtig?«

»Zu der Zeit musste ich es.« Das hatte sie damals so genau gewusst, wie sie es jetzt wusste. »Das bedeutet nicht, dass ich wüsste, wie ich die Frau sein kann, die er braucht, oder wie ich den alten Schmerz einfach vergessen kann«, flüsterte sie. »Die Coya zu sein ist weit entfernt davon, die Gefährtin eines Breeds zu sein, nicht wahr?«

Hope nickte langsam. »So ist es. Aber die Gefährtin eines Breeds zu sein, kann sehr schnell noch wichtiger werden als alles, was du dir je vorgestellt hast, Anya. Seine Geliebte. Wenn du ihn den Mann sein lässt, den du liebst. Es ist ein Wachsen. So wie du in den letzten acht Monaten gewachsen bist. Denn du wolltest wachsen. Es steckte in dir, und du hast es weit schneller geschafft, als wir alle dachten.«

»Du hast mich gedrillt.« Das begriff sie jetzt. Acht Monate, in denen sie ausgebildet wurde – langsam, aber stetig.

»Nur auf liebevollste Weise. Wir sind ein Rudel, Coya. Wir halten zusammen und helfen unseresgleichen. Das ist die einzige Art, wie wir in dieser verrückten Welt, in die wir hineingezogen wurden, überleben können«, sagte Hope leise, und dann richtete sich ihr Blick auf etwas hinter Anya.

Anya drehte sich um und sah Dr. Armani aus dem OP-Saal kommen, ein Stirnrunzeln im dunklen Gesicht, als sie sich den Mundschutz vom Gesicht zog und Anyas Blick fand.

Anya war sofort auf den Beinen und ging zu ihr, noch während Brim zwischen sie trat.

»Status«, verlangte er barsch.

Anya legte ihm die Hand auf den Arm und schob sich vor ihn. Sie registrierte seine Verärgerung und die Anspannung seines Körpers, als er beiseitetrat.

»Coya, ich brauche einen Kojoten als Assistenten«, seufzte Armani. »Wieso haben sie alle ihre Wissenschaftler umgebracht? Wir hätten einen gebrauchen können.«

Weil ihre Wissenschaftler wahnsinnig waren – nicht böse oder grausam, aber ihre Suche nach dem perfekten gefühllosen Krieger war erbarmungslos gewesen. Sie am Leben zu lassen war keine Option gewesen. Die zwei, die Anya versteckt hatte, waren die Ausnahme.

»Stimmt etwas nicht?«, fragte Anya vorsichtig.

»Der Heilungsprozess hat schon begonnen.« Dr. Armani verzog das Gesicht und schüttelte den Kopf. »Die Wunde fing bereits an, um die Kugel herum zu heilen, was die Entfernung schwieriger gemacht hat. Ich kann sagen, dass er innerhalb der nächsten Stunde wieder zu Bewusstsein kommen und in ein paar Tagen wieder auf den Beinen sein wird, aber die Quetschung geht tief, bis auf den Knochen. Er wird noch eine Weile knurren.«

»Knurren tut er sowieso«, stellte Anya fest. »Kann ich ihn sehen?«

»Ich muss zuerst mit ihm sprechen«, protestierte Brim. »Er wird Fragen haben, die ich beantworten muss. Er wird Befehle haben, um die Basis effektiv am Laufen zu halten.«

Anya drehte sich langsam zu ihm um. »Ich sehe zuerst nach ihm. Die Basis ist für den Augenblick gesichert, nachdem alle Sicherheitsprotokolle aktiviert wurden, bis von Del-Rey, mir selbst oder dir etwas Neues kommt. Du kannst mir fünf Minuten geben, bevor er wieder zum großen bösen Kojoten wird.«

»Der große böse Kojote ist in dem Moment wieder da, in dem er die Augen öffnet«, schnaubte Armani. »Ich will ihn auf jeden Fall im Auge behalten. Der Ast, auf dem er gelandet ist, hätte beinahe lebenswichtige Organe punktiert. Seine Genetik als Kojote ist mir immer noch nicht vertraut genug. Weiße Blutkörperchen, Hormonspiegel, Veränderung bei den Paarungshormonen.« Sie schüttelte den Kopf. »Sogar Herzfrequenz und Puls sind anders als bei Wolf-Breeds. Ich tappe im Dunkeln bei ihm.«

»Er wird heilen«, antwortete Brim herausfordernd. »Das tut er immer.«

Anya nickte in Richtung Tür. »Ich will ihn jetzt sehen.«

»Anya, ich muss zuerst hinein«, widersprach Brim wieder.

»Jetzt, Dr. Armani.« Anya ignorierte ihn.

»Gefährtinnen kommen zuerst, Brim«, erklärte Armani. »Komm, Coya, ich bringe dich zu deinem Gefährten.« Sie drehte sich wieder zu Anya um, und sie gingen durch die Türen zum OP-Saal. »Wenn du schon hier bist: Es ist Zeit für deine Hormonspritze. Wir müssen sie setzen, bevor du zu ihm gehst. Die wollen wir nicht vergessen.«

Anya zögerte. Sie starrte die Ärztin an und prüfte dabei im Geiste ihren Körper und seine Reaktionen. Acht Monate lang hatte sich ein Teil von ihr fast innerlich tot gefühlt. Sie hatte es den Hormonen zugeschrieben, und ihr wurde klar, dass sie das nicht länger empfinden wollte. Sie wusste, was sie wollte; sie brauchte die Hormonspritzen nicht länger. Del-Rey würde dafür sorgen, dass sie keine Schmerzen litt, denn er würde sicherstellen, dass sie häufig Sex hatte.

»Keine Spritzen mehr«, sagte sie leise, und Armani runzelte die Stirn.

»Du weißt, was dann passiert«, erklärte sie. »Es könnte in Phasen passieren, aber es kann dich auch auf einen Schlag treffen und unvorbereitet erwischen. Du musst dir sicher sein, Anya.«

»Ich bin mir sicher.«

Als Anya in das Krankenzimmer trat und Del-Rey ansah, der auf dem weißen Krankenhausbett ausgestreckt dalag, wurde ihre Entschlossenheit noch fester. Sie war bereit, ihren Platz einzunehmen und das zu akzeptieren, was sie einst geglaubt hatte, nie akzeptieren zu können.

In diesem Augenblick fiel es ihr schwer zu glauben, dass er irgendwie verletzt war.

Die Decke verbarg Verbände; die groben Schürfwunden und Kratzer in seinem Gesicht und am Oberkörper heilten bereits. Kojoten, hatte ihr Vater ihr einst erklärt, waren ein reines Kunstwerk. Ihre Genetik war außergewöhnlich. Sie heilten schneller. Sie liefen schneller. Sie konnten Informationen schneller verarbeiten und schneller Entscheidungen treffen als jeder andere Breed. Dann schüttelte er immer den Kopf und sagte: »Zu schade, dass sie trotzdem nur Killer sind. Sie hätten ein Segen für die Menschheit sein können, statt seelenlose Kreaturen, die nur zum Töten geschaffen wurden.«

Die Wissenschaftler, Soldaten und Ausbilder, die die Breeds überwachten, waren der Ansicht, dass sie keine Seele besaßen. Weder Wolf noch Raubkatze oder Kojote. Doch die Kojoten am wenigsten von allen. Mehr als ein Jahrhundert lang hatten menschliche Wissenschaftler daran gearbeitet, einen Weg zu finden, das auszulöschen, was sie die menschliche Genetik nannten, die ein Gewissen auslöst. Und bei den Kojoten glaubten sie, ihn gefunden zu haben. Die Tiere waren Aasfresser – primitiv und brutal. Und eine Weile schien es, als seien die aus ihnen erschaffenen Breeds ebenso.

Sie berührte Del-Reys Arm und war fasziniert von der Wärme, die davon ausging. Sie hob den Blick zur Ärztin. »Hat er Fieber?«

Dr. Armani schüttelte den Kopf. »Nicht so, wie es bei dir oder mir wäre. Die Wärme ist Teil seiner Fähigkeit zur Heilung. Ich würde mir Sorgen machen, wenn das Fieber nicht da wäre, auch wenn es höher ist als normal. Ich vermute, es hat etwas mit der unglaublich hohen Menge an Paarungshormonen zu tun, die durch sein Blut rauschen.«

»Hast du ihm etwas deswegen gegeben?«

»Nein. Er hat bereits dafür gesorgt, dass seine Daten notiert wurden. Er wollte nie selbst Hormonbehandlungen bekommen. Er weigert sich. Aber das tun die meisten männlichen Breeds.«

»Sie leiden lieber?« Sie erinnerte sich selbst an den Schmerz, an den brutalen, seelenzerfetzenden Schmerz, der dem Verstand die Kontrolle nahm und sie zu wenig mehr machte als einer Kreatur der Lust.

»Für männliche Breeds ist es anders als für ihre Gefährtinnen«, erklärte Armani. »Die Frauen erleiden den Schmerz, das Verlangen nach einem Hormon, das nicht natürlich für ihren Körper ist. Wie den Entzug von einem Betäubungsmittel, nur schlimmer. Männliche Breeds sind aggressiver und besitzergreifender. Die ständige Begierde ist weniger schmerzvoll, hat aber keinen Zyklus. Frauen geraten in Paarungsrausch, der dann für eine Weile schwächer wird und danach wiederkommt. Eher wie beim Eisprung. Bei den Männern geht die Begierde nie vorbei. Einer der Männer hat mir mal gesagt, es sei, als hätte man die ganze Zeit einen Dolch in den Eiern stecken, so zwingend ist das Bedürfnis nach Erlösung. Selbstbefriedigung macht es nur noch schlimmer. Der Duft oder eine Kostprobe der Lust einer anderen Frau sind so abstoßend, dass sie auch dort keine Erlösung finden können.«

»Die Berührung einer anderen Person ist reine Qual für Gefährtinnen.« Auch daran erinnerte sich Anya gut. »Ist es für die Männer auch so?«

»Nicht in dem Ausmaß wie für die Frauen. Kein männlicher Breed-Gefährte, von dem ich weiß, hat je versucht, mit einer anderen Frau als seiner Gefährtin zu schlafen. Manche haben Jahre gewartet. Bei manchen wurde der Paarungsrausch am Ende schwächer. Es ist fast so, als sei jede Paarung individuell, Anya. Doch die physischen Reaktionen der männlichen Breeds sind nicht einfach zu verstehen, weil die meisten nicht darüber sprechen oder Kontrolltests zulassen wollen. Irgendwie ist Paarungsrausch ihre Bestätigung. So im Sinne von wer und was sie sind.« Sie zuckte mit den Schultern, als könne sie es nicht besser erklären.

»Es gibt mir eine Seele.« Del-Reys raue kratzige Stimme kam für sie beide unerwartet.

Anya sah zu ihm hinunter und bemerkte, dass sie die ganze Zeit seinen Arm gestreichelt hatte.

»Du musstest dich ja unbedingt verletzen.« Sie drängte die Woge der Rührung zurück, die sie zu überwältigen drohte. »So viel dazu, dass ich dich heute Nacht verführe, hm?«

Überraschung spiegelte sich in seinen Augen. »Wenn ich gewusst hätte, dass du das vorhast, wäre ich in der Limo geblieben.«

»Lügner«, lachte sie leise.

»Wo ist Brim?«, fragte er daraufhin. »Ich muss sichergehen, dass die Basis gesichert und abgeriegelt ist.«

»Ist erledigt.«

Er atmete schwer aus. »Ich wusste, dass ich auf ihn zählen kann.«

Anya presste die Lippen aufeinander und biss die Zähne zusammen, als sie die Bemerkung hörte.

»Mach einen Transporter fertig«, wandte er sich dann an Armani. »In einer Stunde kehre ich zur Basis zurück.«

»Ich hasse Breeds«, brummelte Armani. »Du musst unter Beobachtung bleiben. Das ist die einzige Möglichkeit, wie ich irgendwelche verdammten Informationen bekomme, damit ich später weiter mit dir arbeiten kann, Del-Rey. Du bist gerade nicht sehr hilfreich.«

»Ich muss eine Basis leiten«, erklärte er. »Ich verspreche dir, den nächsten verwundeten Soldaten kannst du eine Woche lang behalten.«

Darauf schnaubte sie. »Ach ja. Diese Berserker? Nein danke.«

Anya stand reglos da. Die Sehnsucht ihn zu berühren schmerzte. Ihm das Haar aus der Stirn zu streichen. Die Arme um ihn zu schlingen oder so. Sie sehnte sich schmerzhaft danach, etwas zu tun.

»Ich muss Brim sehen«, sagte er wieder. »Könntest du ihn hereinrufen?«

Anya schluckte schwer und drängte den Schmerz zurück.

Der Verführer, der Mann, der sie geküsst und behauptet hatte, sein Wert sei an sie gebunden, brauchte sie hier nicht. Er brauchte seinen Stellvertreter – genau das, was Anya hätte sein sollen. Sie war seine Coya und damit automatisch seine Stellvertreterin. Bis sie diese Position abgelehnt hatte.

Sie trat langsam zurück. »Klar. Ich hole ihn.«

Zorn wallte in ihr auf. Furcht. Schmerz. Sie drängte alles zurück und unterdrückte es. Sie bemühte sich, ihre Miene und ihre Emotionen zu zügeln, damit er den Schmerz, der in ihr aufstieg, nicht wittern konnte.

Sie hatte den Titel der Coya abgelehnt, während er in der Basis war. Sie hatte kein Recht. Kein Recht, verletzt und wütend zu sein, weil er eher mit Brim reden wollte als mit ihr. Er war der Alpha. Es gab Dinge, die er zu erledigen hatte, Absicherungen, die er brauchte, dass die Basis funktionsfähig und gesichert war, während er abwesend und geschwächt war. Es lag an dieser verdammten animalischen Genetik. Das war alles. Sicherheit ging vor Emotionen. All das gute Zeug.

Sie rauschte durch die Tür, und Brim, der an der Wand gelehnt hatte, warf ihr einen bohrenden Blick zu.

»Er wartet auf dich.« Ihr Lächeln war angespannt. »Ich kehre zur Basis zurück. Bitte gib mir Bescheid, wenn du mit ihm zurückkehrst. Emma!« Ihre Stimme wurde schärfer, als sie sich an ihre Leibwache wandte.

Emma und Ashley standen da und sahen sie merkwürdig an.

»Zurück zur Basis.«

Sie ging zum Ausgang, marschierte zügig durch die Korridore und die Steigung hinauf zum Eingangsbereich. Sie hielt den Kopf hoch, die Schultern gerade, und sie weinte nicht. Sie wollte. Sie musste. Aber nicht eine Träne fiel.

Del-Rey starrte die Tür an und runzelte die Stirn über den dezenten, kaum spürbaren Duft von weiblichem Zorn und Schmerz, der Anya nachwehte. Also, das ergab keinen Sinn.

Er wandte sich an Dr. Armani. Sie hatte die Arme verschränkt und sah ihn finster an.

»Ich hasse Breed-Kerle«, erklärte sie mit weiblicher Empörung im Blick.

»Was zum Teufel ist diesen Monat mit sämtlichen Frauen der Welt los?«, brummte er. »Was habe ich denn getan?«

»Du hast verdammt nichts getan«, stellte sie barsch fest. »Überhaupt gar nichts, Alpha Delgado. Und das könnte genau das sein, was dir die Eier in die Mangel und deinen Hintern in eine Schlinge bringt. Und wenn das passiert, dann will ich, glaube ich, Tickets dafür verkaufen.«

Damit rauschte sie hinaus, an Brim vorbei, der gerade hereinkam. Der starrte Del-Rey perplex an. »Was zum Henker …?«, fragte er den Alpha. »Wieder ganz der charmante Alte?«

Daraufhin konnte Del-Rey nur den Kopf schütteln. *Was zum Henker* traf es ziemlich genau.

12

Die erste Person, die Anya sah, als sie den Wohnbereich der Basis betrat, war niemand anderes als Sofia. Anya machte sich eine Notiz im Geiste, zu beschließen, dass sie Wodka hasste, und zwar endgültig. Wenn diese Frau ihn mit derselben Vorliebe genoss, dann bestand keine Chance der Welt, dass Anya auch nur noch einen Tropfen davon trank.

Die Russin saß lässig auf einem Stuhl an einem langen Tresen aus Teakholz, nippte Wodka und sah mit begierigem Blick zu, wie Anya in den Gemeinschaftsraum kam.

Kommunikation und Sicherheit waren benachrichtigt worden, dass der Alpha innerhalb der nächsten Stunde zurückkehren würde; Vorbereitungen liefen für die vierundzwanzig bis siebenundzwanzig Stunden, die es dauern würde, bis sein Körper vollständig geheilt war.

»Was machst du schon wieder hier, Sofia?«, fragte Anya und ging zum Tresen. »Del-Rey sagte, du bist eine geheime Kontaktperson. Geheimkontakte tauchen nicht einfach mit perlweißem Lächeln auf und mischen sich in die Basis ein.«

Sofia lächelte sie mit überheblicher Belustigung an. »Er hat dir wohl nicht erzählt, dass meine Tarnung aufgeflogen ist? Ich war schon fast in mein Apartment zurückgekehrt, als die Breeds, die für meine Sicherheit zuständig waren, bemerkten, dass Attentäter auf mich warteten. Jetzt bin ich ein Sicherheitsrisiko. Und hier hat man mir netterweise Schutz angeboten.«

Nein, das hatte man ihr nicht erzählt.

Anya holte das zylinderförmige Ohrmikro aus ihrer Jeanstasche, steckte es sich ins Ohr und piepte die Security an.

»Ja, Coya.« Die Kommandostelle war sofort online.

»Zutrittsverbot für Sofia Iwanowa zu Kommunikation, Sicherheit und allen Bereichen, die als geheim gelten, bis weitere Nachricht vom Alpha kommt. Ist das klar?«

»Verstanden, Coya. Die Anweisung wird eincodiert, noch während wir sprechen.«

Sie bedachte Sofia mit einem Lächeln, als diese die Stirn runzelte.

»Del-Rey wird dir das nicht danken.« Sie schürzte beunruhigt die Lippen. »Er betrachtet meine Ansicht in allen Bereichen als beachtenswert.«

»Dann wird er seine Betrachtungsweise ändern müssen«, versprach Anya.

Sofia schüttelte langsam den Kopf und lachte leise. »So selbstsicher. Ich war seine Geliebte, weißt du, natürlich vor mehreren Jahren, aber wir sind in engem Kontakt geblieben.«

Mehrere Jahre. Viel länger, als Anya vermutet hatte.

»Sofia, du vergeudest deine Zeit hier«, erklärte Anya, entschlossen, nicht die Kratzbürste zu spielen.

Sie war Del-Reys Gefährtin. Vielleicht hatten sie ein Vertrauensproblem. Und vielleicht wollte sie seinen Kopf gern an eine Wand donnern. Aber er gehörte ihr, so wie sie letztendlich dabei war zu akzeptieren, dass sie ihm gehörte.

»Ich vergeude nie meine Zeit, Liebes.« Sofia lächelte. »Er wird dein kindisches Getue bald satthaben.« Sie sah sich zu Emma und Ashley um, die wachsam dastanden und sie aufmerksam beobachteten. »Ich habe euch drei so gut wie aufgezogen, Anya«, sagte sie und drehte sich wieder zu ihr um. »Vertrau mir, ich bin eine Frau, kein Kind. Del-Rey begreift das.«

»Wow, sie weiß nichts über diese Geschichte von Hingabe, Coya?«, fragte Ashley da ganz unschuldig. »Hast du ihr erzählt, dass er dich zur Coya der Rudel gemacht hat?«

Sofia könnte blass geworden sein. »Du kleine Göre.« Sie wirbelte wieder zu Ashley herum. »Du warst schon immer eine gute Lügnerin.«

Ashley ließ ihre Kaugummiblase platzen und runzelte die Stirn. »Sie weiß es nicht?«

»Ich habe es ihr nicht gesagt«, meinte Anya gedehnt. »Aber wie es aussieht, hast du das gerade getan.«

Anya stieß sich vom Tresen ab und straffte sich, während Sofias Gesicht rot vor Zorn wurde.

»Tut mir leid, Sofia. Ich bin seine Coya. Ich bin die Coya der ganzen Basis. Was ich sage, wird gemacht. Und sei sehr vorsichtig, denn glaube mir, wenn ich Del-Rey sage, er soll deinen Hintern in die Gosse treten, dann ist die Gosse genau da, wo du landest.«

»Das würde er nicht wagen!« Inzwischen zitterte Sofia vor Wut. »Er mag dich ja im Moment zur Coya gemacht haben, aber den Titel wirst du nicht lange tragen, kleines Miststück. Vergiss nicht, es braucht mehr, als ihn nur zu wollen. Er muss ihn dir verleihen. Offiziell.«

Anya lächelte langsam. »Tut mir leid, Sofia. Den Titel habe ich für immer. Darauf kannst du wetten. Und vielleicht schicke ich dir eine Einladung für die Zeremonie.«

Der Paarungsrausch verging nicht. Der blieb auf ewig. Sobald *ihr* Gefährte wieder genesen war, würde sie dafür sorgen. Und dann würden sie sich um diese kleine Zeremonie kümmern.

Del-Rey kam in den schmalen Zugangstunnel und musterte aufmerksam die Soldaten, die dort standen, alarmbereit, mit scharfem Blick und den Händen an den Waffen, während er durch den Gang humpelte. Normalerweise war es ein Glücksfall, wenn kein einziger Wachposten vor sich hin döste. Roter Alarm sicherte die innere Basis, die Soldaten draußen hatten nur selten Probleme, und wenn doch, gab es immer eine Vorwarnung, also waren sie hier drin normalerweise nicht gerade die Aufmerksamsten. Bis jetzt.

Er durchquerte den Zugangstunnel und wartete, als sich die verstärkten Türen zur Basis entriegelten und aufglitten. Dahinter wartete ein Sicherheitstrupp von vier Mann mit einem jungen Soldaten an der Spitze, Dorian.

»Alpha, Sanitätspersonal wartet in deinem Quartier. Die Coya bittet darum, dass du ihr durch deinen Enforcer Bescheid gibst, wenn du bereit bist, sie zu sehen, nachdem du dich ausgeruht hast. Wir haben Kommunikationsberichte und Sicherheitsdetails.« Del-Rey bekam die Tablets in die Hände gedrückt und sah Brim verwirrt an.

Seit wann hatte Brim zusätzliche Zeit, um die Leute so auf Zack zu bringen? Die Basis war sicher, aber die allgemeine Arbeitsmoral war in den letzten Monaten nicht gerade die beste gewesen, wenn er hier gewesen war.

»Außerdem kommt der Helijet gerade in der Landebucht runter, während die Fehlersuche vorbereitet wird. Dafür brauche ich deine Unterschrift, wenn es dir nichts ausmacht, damit die Techniker sich beeilen. Und Geländewagen werden für Reparaturen reingeholt. Hier auch unterschreiben.« Der Soldat zeigte auf die Kreuze auf den elektronischen Dateien.

Del-Rey kritzelte seinen Namen und humpelte weiter zu seinem Quartier. Seine Leute marschierten eilig durch die Flure, und der Gemeinschaftsraum war leer. Niemand saß an den Billardtischen oder vor den Fernsehern.

»Meetings mit unseren Rudelführern sind für die Zeit nach

deiner Genesung angesetzt. Sie schicken dir Grüße und bitten darum, dass du ihnen Bescheid gibst, falls sie gebraucht werden.«

Normalerweise warteten im Korridor immer Rudelführer, ausgenommen Brim, auf ihn und nervten ihn mit allem Möglichem, von Geldmitteln für ihre Teams bis hin zu den Kosten für Teile ihrer Ausrüstung. Wo zur Hölle war der Irrsinn geblieben? Himmel, er hatte sich über eine Woche lang damit herumschlagen müssen.

»Bist du auf eine Gehaltserhöhung aus, Brim?«, brummte er, während er sich seinem Quartier näherte. »Wie in aller Welt hast du das alles geschafft?«

»Ich habe das gar nicht geschafft«, schnaubte Brim. »Ich habe keine Ahnung, was zur Hölle hier passiert ist. Sollten wir sie von Dr. Armani auf einen Virus untersuchen lassen?«

»Oder so«, meinte Del-Rey, öffnete die Tür zu seinem Quartier und trat ein.

Auf jeden Fall warteten dort Sanitäter mit ihren kleinen Röhrchen, Messgeräten und verschiedenen Folterwerkzeugen auf ihn. Er ließ es über sich ergehen, beobachtete dabei aber genau die nüchternen Mienen der Sanitäter, die ihn untersuchten. Sie waren konzentriert und ernst, als hinge ihr eigenes Leben von seiner Gesundheit ab. Das Beste, was er beim letzten Mal bekommen hatte, als er verwundet zurückgekehrt war, war ein routinemäßiger Anruf, um sicherzugehen, ob er etwas brauchte.

»Die Genesung schreitet gut voran. Diese Ärztin der Wölfe scheint dir nicht viel Schaden zugefügt zu haben.« Der Sanitäter schmunzelte und verstaute seine Röhrchen im Köfferchen. »Aber wir brauchen wirklich einen Spezialisten für Kojoten, da hat die Coya recht. Ich hoffe, sie ist bereit, über zusätzliche Geräte nachzudenken. Sie war nicht sehr erfreut, als wir keine Betäubungsmittel für Sharone dahatten. Du weißt ja, wie die flucht und mit Dingen wirft, wenn sie angeschossen wird.«

Del-Rey hob den Blick und starrte den Sanitäter an. »Sie ist bekannt dafür«, sagte er vorsichtig.

Der Sanitäter nickte mit seinem sandblonden Kopf. »Uns sind vor mehreren Wochen die Betäubungsmittel ausgegangen, als Team drei mit so vielen Verletzungen eingeflogen wurde. Die Coya ging damals durch die Decke und hat Haven dann angefunkt, um Nachschub zu bekommen, doch die hatten gerade auch zu wenig da. Ich warte noch auf eine neue Ladung. Auch die neuen Analysemaschinen sollten wir bald haben.«

Del-Rey drehte sich zu Brim um und warf ihm einen vielsagenden Blick zu. Der Mann nickte knapp und ging zum Büro nebenan, um ein paar Anrufe zu tätigen. War Anya irgendwie für all das hier verantwortlich? In ein paar Monaten hatte sie es fertiggebracht, grimmige Kojoten-Breeds zu der Disziplin zu drillen, die sie irgendwie verloren hatten, seit Del-Rey auf Missionen gegangen war, statt die Basis und die anderen Rudelführer selbst anzuführen? Sie wurden nachlässig, wenn er da war, denn es war etwas, wozu er selbst neigte, um sich auszuruhen und für die nächste Mission vorzubereiten.

»Freut mich, dass du es gut findest, Harding«, antwortete Del-Rey schließlich, als der Sanitäter aufstand.

Regan Harding war nicht nur auf Töten und Blutvergießen gedrillt. Er war ein ausgebildeter Sanitäter für Kojoten. Kein Chirurg oder Facharzt, aber so nahe dran, wie die Kojoten einen bekommen konnten.

»Gut, dich wieder hier zu sehen, Alpha.« Harding nickte, sammelte dann seine Utensilien ein und ging zur Tür.

Del-Rey stand vom Stuhl auf, humpelte zum Bett und legte sich mit einem müden Stöhnen hin. Verdammt. Armani hatte recht, seine Blutergüsse gingen bis auf die Knochen und brauchten länger, um zu heilen. Als befände sein Körper, sie seien den Aufwand einer schnelleren Heilung nicht wert.

Ihm fehlten Schlaf, Essen und Sex. Verdammt, den Teil mit dem Sex hatte er zwei Jahre lang nicht gehabt, bis er vor acht Monaten Anya genommen hatte. Er wäre verdammt gewesen, mit einer Frau zu schlafen, während er zugleich das Bild von Anya in seinem Kopf hatte. Denn seit dem Tag, an dem sie zwanzig geworden war, war sie genau da geblieben.

Das Paarungshormon hatte seine Zunge anschwellen lassen, trotz des Kusses, den er zuvor am Abend mit Anya geteilt hatte. Sein Schwanz war nicht so hart wie normalerweise, aber er hatte ja auch einiges an Blut verloren, dachte er sich. Zeit lassen; es brauchte nur wenig mehr als den Gedanken an seine Gefährtin für einen Ständer.

Verdammt, sie war in der Basis, weil er sie gezwungen hatte, hier zu sein. Zweifellos würde sie, sobald die Abriegelung aufgehoben war, in Sekundenschnelle zurück zu ihrer Hütte in Haven laufen, nun da er zu geschwächt war, um sie aufzuhalten. Sie und die Kojotinnen, die ihr wie treue Hundewelpen folgten.

Also, wo war sie, und wieso war sie nicht hier, um auf ihn zu warten? Müde schloss er die Augen und fühlte die schmerzende Einsamkeit, die ihn plötzlich einhüllte.

Er erinnerte sich an den Impuls, dem er beinahe nachgegeben hätte, um sich einen letzten Kuss zu stehlen, bevor er aus der Limousine sprang. Hätte er es getan, wäre er vielleicht nicht in der Lage gewesen, sich loszureißen.

Sie zu berühren war wie eine Droge. Himmel, wenn man das Paarungshormon berücksichtigen wollte, jagte es ihm eine Droge direkt in den Leib. Sie ließ ihn hart und bereit für Anya bleiben. Sie blieb in seinen Gedanken und umgab ihn wie ein

Traum, dem er nicht entfliehen konnte. Dem er auch nicht entfliehen wollte, es sei denn in ihre Arme.

Verdammt, er hätte sich diesen letzten Kuss stehlen sollen, dachte er.

»Das wirst du jetzt nicht glauben.«

Er öffnete die Augen, als Brim hereinkam. In seiner Miene stand Ungläubigkeit, aber keine Gefahr.

»Stell mich auf die Probe«, meinte Del-Rey und gähnte.

Brim ging zum Bildschirm an der Wand, nahm die Fernbedienung und schaltete den Bildschirm ein.

»Sicherheitsberichte«, verkündete er. »Sieh dir das an.«

Del-Rey setzte sich auf und sah zu. Und sah zu. Ein Gefühl von Triumph und Befriedigung machte sich in ihm breit bei der Erkenntnis, dass die Coya ihren Platz eingenommen hatte.

Von dem Augenblick, seit sie eilig in die Basis gebracht worden war, hatte sie wie ein kleiner General die Regie übernommen. Er konnte sie sich im Kreis der Breeds vorstellen, die ihr den Rücken zuwandten, als sie eilig ihr Kleid aus- und ihre Jeans anzog.

Sie führte Kommunikation und Sicherheit, als sei sie dafür geboren. Was sie vielleicht auch war. Ihr Vater war ein Genie im Labor gewesen. Gerüchte besagten, dass Petrow Kobrin und seine verstorbene Frau unübertroffen auf ihrem Gebiet gewesen waren. Einer der Gründe, warum Del-Rey ihre Flucht so genau geplant hatte. Und dennoch war er überrascht gewesen, dass so viele von ihnen entkommen waren. Petrow hatte fast einen sechsten Sinn für Fluchtversuche.

Während er beobachtete, sah er Echos ihres Vaters, sah die Intelligenz in ihren Augen, die gefassten Züge und das Selbstvertrauen, das sie in den Wochen, nachdem er sie entführt hatte, verloren zu haben schien.

Sie war keine Kindfrau mehr. Sie war eine vollkommen erwachsene Frau, und sie nahm ihren Platz ein. Ihre Stimme klang barsch, und die Kojoten-Breeds reagierten mit Aufmerksamkeit. Sie drangsalierte niemanden und hielt keine Schimpftiraden, doch ihr Tonfall war befehlend.

Das und die Tatsache, dass sie die Coya war, die befehlshabende Alpha, wenn er nicht da war. Und sie hatte das getan, wozu selbst Brim nicht fähig gewesen war – ihnen einen Sinn für Disziplin einzuimpfen, während er weg war.

Sie war weder zickig noch streitsüchtig; sie war souverän und sicher. Sie wusste, was zum Henker nötig war, und sie setzte es um.

Es bescherte ihm einen Ständer, hart wie ein Brett, und er konnte das Fieber in sich fühlen, das Verlangen, das in seinem Körper tobte und ihm fast den Atem raubte, während er ihr zusah. Diese strahlenden Augen, kühl und konzentriert, ihre gefasste Miene, eine Aura von Befehlsgewalt, die sich auf ihre Schultern legte, so wie damals im Labor, als sie den Verwaltungsflügel leitete wie ein junger General.

»Hurensohn«, brummelte Del-Rey.

»Anya weiß auch, dass Sofia hier ist. Sie hat ihr den Zugang zu Kommando, Sicherheit und geheimen Bereichen untersagt.«

Del-Rey hob den Kopf mit einer Vorahnung von Unheil.

»Sie weiß, dass Sofia Asyl erhalten hat?«

»Sie weiß es.«

Hatte sie sie hinausgeworfen? Hatten Emma oder Ashley Sofia getötet?

Zugegeben, die Frau, die er einst als Freundin betrachtet hatte, war mit ihrer Entschlossenheit, wieder in sein Bett zu kommen, ein Ärgernis geworden.

»Verdammt.« Er legte den Kopf zurück aufs Kissen und starrte an die Decke. »Wo ist Anya jetzt?«

Hoffentlich weit weg von ihm, denn falls er sie sah, sie witterte, würde er mit ihr schlafen. Ganz einfach.

»Sieht so aus, als wäre sie gerade in der Kommunikationsstelle.« Etwas in Brims Stimme warnte ihn.

Del-Rey hob wieder den Kopf.

»Anscheinend hat sie ein paar deiner Rudelführer in Bereitschaft versetzt wegen dieses Problems in Sachen Teambeteiligung, das wir gerade zu lösen versuchen.« Belustigung lag in seinem Tonfall. »Unsere Teams eins und zwei arbeiten wie die braven kleinen Welpen, die sie sind. Der Rest von ihnen wird, wie es scheint, verschoben und sortiert, wie jeder gute kleine General es tun würde. Also, willst du mit ihr spielen?«

Del-Rey schnaubte. »Ich werde jetzt schlafen. Lass sie spielen. Sie ist verdammt gut darin, während ich auf Mission bin. Vielleicht bekomme ich dieses Mal ein wenig Ruhe.«

Wenn sie die Basis leitete, wie er wusste, dass sie es konnte, dann konnte er Jonas bitten, den Missionsstatus aufzuheben, und Del-Rey und Brim konnten ihren Platz einnehmen, um die Soldaten der Kojoten-Breeds besser auszubilden und auf den Status von Enforcern zu bringen.

Das war eine Priorität, die er in der Verantwortung der anderen Rudelführer gelassen hatte. Leider waren sie selbst nicht so gut ausgebildet, wie sie es hätten sein sollen. Sie waren Killer, keine Ermittler oder Vernehmer. Das zu ändern war nicht so einfach, wie es hätte sein können, wären Del-Rey und Brim auf der Basis gewesen, um sie zu trainieren.

»Sie lässt einen jüngeren Soldaten einen Plan ausarbeiten, um ins Rathaus zu schleichen und die dort zurückgebliebenen Handtaschen und anderen Sachen zu holen, irgendwelche fehlenden Gegenstände zu ermitteln und insgeheim die Häuser führender Stadtratsmitglieder zu durchsuchen, um herauszufinden, ob sie besagte fehlende Dinge haben. Laut Memo, das ich gerade erhalten habe, geht der Soldat davon aus, dass er den ganzen Plan bis morgen Nachmittag fertig hat.«

Del-Rey blinzelte zur Decke hinauf.

»Hast du diesen Blickwinkel berücksichtigt?«, fragte er Brim dann.

»Ich bin sicher, einer von uns wäre bald darauf gekommen«, antwortete Brim lakonisch.

Da war sich Del-Rey nicht so sicher.

Er seufzte; die Müdigkeit nagte an ihm, und sein heilender Körper verlangte nach Schlaf.

»Hol alles zusammen. Wir gehen durch, was sie in den letzten Stunden getan hat, und sehen, wie es sich auf die Basis im Allgemeinen auswirkt. Ich will einen vollständigen Bericht von allen Rudelführern, und ich will Sofias Beiträge zu diesen Geheiminfos, die letzte Nacht bezüglich der Drogen, die wir versuchen zu verfolgen, hereinkamen. Sag ihr, sie soll sich bereit machen, ihren Bericht abzuliefern. Und sobald ich so weit bin, kümmere ich mich darum, mich meiner Gefährtin zu stellen.«

Er hatte nicht die Absicht, unvorbereitet zu sein, wenn sie sich wieder von Angesicht zu Angesicht trafen. Er wollte sie in seinem Bett, und er wollte die Oberhand bei ihr behalten. Doch dazu würde es nicht kommen, wenn er seine Sinne nicht beisammen hatte.

Falls ihre Gefühle verletzt waren, würde er das in Ordnung bringen müssen.

Abgesehen davon, dass er es mit einer Gefährtin zu tun hatte, die er, wie ihm klar wurde, gar nicht wirklich kannte, fand er sich auch der Tatsache gegenüber, dass sie aus irgendeinem Grund das Ziel des Angriffs heute Nacht gewesen war. Nicht nur irgendeine Frau. Carlen, der Wolf-Breed-Soldat, war gezielt auf Anya losgegangen, ebenso wie der Barkeeper. Die ganze Veranstaltung war eine Bühne für eine geplante Hinrichtung gewesen. Und Del-Rey wollte wissen, wieso. Und durch wen, denn er wollte wissen, wem er die Kehle herausreißen musste.

Haven wurde häufig angegriffen, obwohl dies das erste Mal war, dass Breeds in der Kleinstadt außerhalb des Landes, das die Regierung den Wolf-Breeds zugestanden hatte, attackiert wurden. Und jeder Anruf, der an die Armeebasis außerhalb des Landes der Rudel gegangen war, hatte Verzögerungen zur Folge gehabt.

Typisch, dachte er müde. Ganz typisch. Vorurteile hatten einen neuen Fokus gefunden, als die Breeds sich zu erkennen gegeben hatten. Menschen, die keinen akzeptablen Sündenbock hatten, den sie hassen konnten, hatten nun in den geheimnisvollen neuen Kreaturen, die ohne ihr Wissen erschaffen worden waren, einen gefunden. Etwas, was sie bekämpfen und was sie fürchten konnten. Und oft fragte sich Del-Rey, ob sie nicht mit der Zeit einen anderen Grund zum Kämpfen finden würden, in ihrer Schlacht, zu zerstören, was sie nicht begriffen.

Kein göttliches Wesen hatte den Breeds das Leben geschenkt; also konnten sie keine Seele haben. Das hatte man ihnen eingebläut, und so sahen es viele. Schöpfungen sollten keine Rechte haben und keine Freiheit, und es gab Leute, die den Breeds jede Freiheit und jedes Recht, das sie erkämpft hatten, nehmen würden.

Das war der Kampf, dem sie sich gegenübersahen, und Del-Rey fragte sich oft, ob die Breeds je eine Chance hatten, zu triumphieren.

Mit diesem Gedanken im Kopf ließ er sich vom Schlaf übermannen. Der Heilungsprozess hatte seine Nachteile. Vierundzwanzig bis zweiundsiebzig Stunden absoluter Schwäche und Müdigkeit. Das Bedürfnis nach Schlaf. Diese Schwäche hatte das Genetics Council so manches Mal behindert, als man versucht hatte, zu beheben, was man für einen Fehler in der Genetik der Kojoten hielt.

Del-Rey hatte es bisweilen als Segen betrachtet. Es waren die einzigen Male, in denen er tief schlief, die einzigen Male, in denen er nicht aufwachte und nach der Wärme und süßen Erlösung suchte, die nur seine Gefährtin ihm geben konnte.

13

»Es gibt immer noch vier Rudelführer, die gegeneinander arbeiten«, meinte Anya nachdenklich, während sie die Notizen durchging, die sie in den Stunden, die Del-Rey schlief, gemacht hatte. »Teams eins und zwei, die persönlichen Teams von Del-Rey und Brim, arbeiten effizient, aber nicht auf Maximum in Sicherheit und Kommunikation. Mit den Teams drei und vier besteht immer noch eine Rivalität, obwohl sie in diesen Bereichen zusammenarbeiten. Team fünf scheint im Moment am effizientesten zu sein, in medizinischer und gemeinsamer Verwaltung, während Team sechs Grenzpatrouille geht. Aber bisher haben zu wenige Soldaten den Status von Enforcern erreicht.«

Es gab sechs Rudelführer und nur vierundsechzig Kojoten insgesamt. Mehr waren auf dem Weg hierher, möglicherweise zehn bis zwanzig Leute, die aus einer Einrichtung im Mittleren Osten entkommen konnten. Die Rudelführer dort hatten zugestimmt, sich zurückzuhalten und seiner Gruppe bei der Integration in die bereits auf der Basis etablierten Rudel zu helfen.

Anya tippte mit dem elektronischen Stift an die Seite des Tablets und kaute auf ihrer Lippe, während sie über die Information nachdachte. Über die Jahre hatte sie mit mehreren Verwaltern verschiedener Labore und Einrichtungen zu tun gehabt. Wenn sie sich nicht irrte, hatten die Einrichtungen im Mittleren Osten unter den Breeds, die eine Neigung zu medizinischen Kenntnissen zeigten, chirurgisches und wissenschaftliches Personal ausgebildet, statt sie zu töten, wie es so viele andere Einrichtungen taten. Kojoten wurden gezüchtet, um zu töten, nicht um Leben zu retten – nicht einmal das ihrer eigenen Art. Das Council hatte befürchtet, dass eine Neigung zu solchen Talenten auch eine Neigung zur Gnade sein könnte. Das war nicht das, was man bei dieser Spezies wollte oder brauchte.

Anya machte eine Notiz, das zu überprüfen, bevor sie mit der Info zu Del-Rey ging. Sie konnten jedes medizinische Personal gebrauchen, das sie erwerben oder an diesem Punkt kidnappen konnten.

»Coya, alle Rudelführer haben einen vollständigen Report über ihre Teambereiche, Pflichten und Beschwerden innerhalb der nächsten zweiundsiebzig Stunden zugesichert.« Ashley hatte mit dem Rücken zu ihr gestanden und über die interne Leitung der Basis mit den Rudelführern gesprochen und drehte sich nun zu ihr um. »Sie sind ja so niedlich, habe ich das schon erwähnt?«

»Ich denke, das könnte sein.« Anya grinste Emma zu, die die Augen verdrehte.

»Haben die Sanitäter ihren Bericht über Del-Reys Zustand geschickt?« Sie wandte sich an Sharone, die hektisch an ihrem Tablet arbeitete.

»Sein Zustand ist stabil, und er ist in der Genesung«, antwortete Sharone. »Brim hat berichtet, dass er schläft wie ein Toter, und er verspricht dir seinen Teambericht, sobald er den Alpha allein lassen und seine regulären Pflichten wieder aufnehmen kann.«

Ashley schnaubte. »Sie sollte da drin sein und über ihn wachen, und nicht die Basis leiten, während Brim auf seinem Hintern sitzt und ihren Job macht. Auch wenn es vielleicht reizend ist.« Sie wackelte mit den Augenbrauen.

»Emma, mach eine Notiz, dass die Farbe für Ashleys Haare

überprüft wird, wenn sie sie das nächste Mal bleicht«, befahl Anya. »Ich denke, das Zeug fängt an, ihre geistigen Fähigkeiten zu beeinträchtigen.«

Ashley fletschte scherzhaft die Zähne in Anyas Richtung, bevor sie weiterarbeitete.

»Sie hat recht«, zischte Sharone wütend mit halblauter Stimme. »Du solltest Berichte sammeln und jetzt über den Alpha wachen. Das lässt uns schlecht aussehen.«

Anya biss die Zähne zusammen. »Ich weiß, was ich angeblich tun soll, Sharone«, stieß sie hervor. »Er wollte Brim bei sich haben. Und ich werde nicht betteln.«

»Wer sagt denn was von ›betteln‹?«, fragte Sharone. »Geh da rein und sei die Coya. Verdammt, haben wir denn all die Monate unsere Zeit verschwendet, als wir dir beigebracht haben, wie man die Führung übernimmt?«

Hatten sie? Anya blickte vom Tablet auf und überdachte die Optionen. Sie registrierte, dass die Kojoten in der Kommandozentrale ihr verstohlene Blicke zuwarfen. Und sie registrierte sehr wohl, dass das im Grunde Brims Job war und nicht ihrer, jetzt, da er sich auf der Basis befand. Doch es war ein Job, der getan werden musste, und Brim war mit ihren Pflichten beschäftigt.

Außerdem war sie sich dessen bewusst, dass ihre eigenen Leibwächterinnen sie nachdenklich beobachteten. Sie hatten so viel Vertrauen in sie gehabt, dass sie sie ausgebildet hatten, sogar noch, als sie gar nicht bemerkt hatte, dass sie ausgebildet wurde.

Sie schloss das Tablet, drehte sich um und sah sich in der Kommandostelle um.

»Gehen wir!«, sagte sie, verließ die elektronische Zentrale und machte sich auf den Weg durch die Tunnel zu Del-Reys Quartier.

Sie hatte es immer wieder aufgeschoben. Seit letzter Nacht hatte sie nicht geschlafen, und ihre Geduld war strapaziert. Sie war mürrisch, frustriert, und zwischen ihren Beinen schwelte ein Feuer, weil sie nicht vergessen konnte, was sie und Del-Rey vor dem Hinterhalt getan hatten.

Ihre Lippen um seine Eichel, hatte sie die Essenz seiner Lust gekostet, die sich zwischen ihre Lippen ergoss, hatte ihn gefühlt, angespannt und hart, und er hatte aus tiefer Kehle geknurrt, während der arrogante Alpha dem Verführer wich.

Jetzt, fast acht Stunden nach seiner Rückkehr zur Basis, nagte die Müdigkeit an ihr, und das Verlangen, ihn zu sehen, fraß sie bei lebendigem Leib auf. Selbst wenn er nur schlief.

Aber er hatte nicht nach ihr gefragt. Er hatte nicht nach ihr geschickt.

Er war dabei, zu heilen, sagte sie sich. Der Heilungsprozess war erschöpfend, für Kojoten noch mehr als für andere Breeds.

Sie bog in den Bereich des Alphas auf der Basis ein und nickte dem Sicherheitsteam zu, das sie dort postiert hatte. Sie waren Mitglieder von Del-Reys Rudel und, wie sie wusste, ihm allein gegenüber loyaler als die anderen.

»Sollen wir draußen warten?«, fragte Ashley.

»Ja, sollt ihr«, antwortete Anya. »Ich brauche keinen Schutz vor eurem Alpha.« Zumindest hoffte sie das. »Tatsächlich könnt ihr drei in euer Quartier zurückkehren, während ich hier bin. Gönnt euch eine Mütze Schlaf oder so, Ash. Du bekommst langsam dunkle Ringe unter den Augen.«

»Das ist eine Kampfansage, Coya«, grollte Ash darauf, aber immer noch mit scherzhaftem Unterton in der Stimme.

»Wir kämpfen später.« Anya legte die Hand auf den Handflächenscanner und wartete darauf, ob ihr Zutritt gewährt wurde.

Kein Zutritt. Sie schloss die Augen und kämpfte gegen den Schmerz an.

Eine Sekunde später *öffnete* sich die Tür, und Brim trat beiseite. Sein Blick war abwesend, als sie eintrat. Sie drückte ihm das Tablet in die Hand.

Sie konnte seine Missbilligung über ihre Anwesenheit fast fühlen; die Tatsache, dass er sie vielleicht sogar hinauswerfen würde, hätte er die Autorität dazu.

»Du wirst meine Notizen unverschlüsselt finden«, sagte sie. »Du wirst in Sicherheit und Kommando gebraucht. Und wenn du dort bist, rede mal mit den Rudelführern über eine Kooperation in Bereichen, die ihr euch teilt, bevor du ein paar Köpfe zusammenschlagen musst.«

Er starrte sie schweigend an.

»Die Rudel haben immer gut zusammengearbeitet«, sagte er kühl. »Sie arbeiten zusammen, obwohl nie geplant war, dass sie das tun. Ich halte das für ein ziemlich faszinierendes Vorkommnis an einem guten Tag.«

Sie sah ihn mit demselben gemessenen Blick an. »Dann arbeiten sie nicht gut genug zusammen. Sich darum zu kümmern ist dein Job, und den hast du nicht gemacht.«

»Ich war ziemlich beschäftigt.« Sein Spott war nicht zu überhören. »Ich bin Del-Reys Leibwächter und Teil des Teams, das jetzt dem Büro zugeteilt ist. Es ist ziemlich schwierig, an zwei Orten gleichzeitig zu sein, mich dabei noch um meine Pflichten in Kommando und Sicherheit zu kümmern und zugleich Leibwächter und allgemeiner Aufseher zu sein.«

»Du hättest jemanden an deiner Stelle einteilen sollen«, konterte sie ruhig.

»Habe ich«, teilte er ihr knapp mit. »Hat einigermaßen funktioniert.«

»›Einigermaßen‹ reicht nicht mehr«, erklärte sie. »Und du wirst nicht als allgemeiner Aufseher gebraucht. Ich denke, das bekomme ich gut genug hin.«

»Coya, hier ist nicht der Ort für Spielchen«, sagte er leise. »Du kannst nicht einfach ankommen, für ein paar Tage deinen Platz einnehmen, und dann, wenn die Dinge in Bezug auf den Paarungsrausch außer Kontrolle geraten, schreiend das Weite suchen. Lass das ruhen, bis Del-Rey aufwacht und entscheiden kann, wie wir damit umgehen.«

»Mein Platz ist hier«, stieß sie hervor. »Deiner ist in Kommando und Sicherheit, jetzt, da du auf der Basis bist. Haben wir uns verstanden?«

Sie würde nicht darum streiten, wer wohin gehörte. Sie gehörte hierher, und hier würde sie bleiben. Ihre Entscheidung stand fest; Paarungsrausch hin oder her, so arrogant, wie sie alle sein konnten – es war Zeit, das hier zu beenden, so oder so.

»Vollkommen, Coya.« Er neigte langsam den Kopf, doch seine Miene veränderte sich nicht. »Ich hole meinen PDA und gehe dahin, wo ich hingehöre.«

»Hast du geschlafen?« Sie stemmte die Hände in die Hüften, als er sich abwenden wollte.

»Mehrere Stunden«, räumte er ein. »In dem Büro, das ich genutzt habe, gibt es einen Schlafsessel.«

Er nahm ihr Tablet und seinen PDA in eine Hand und sah sie an. »Wenn er nach dem Heilungsprozess aufwacht, ist er ein Arsch. Ich will später kein Geheule von dir hören, wenn du am Ende mit verletzten Gefühlen dastehst oder, noch schlimmer, dich in seinem Bett wiederfindest.«

Kojoten redeten nicht um den heißen Brei herum, das musste sie ihnen lassen.

»Einverstanden.« Sie nickte knapp. »Ich habe Notizen gemacht, wo ich einen neuen Stand brauche, wenn es dir nichts ausmacht. Mein PDA-Code ist darin notiert, sodass du die Infos direkt an mich schicken kannst.«

Brim nickte, und seine hellblauen Augen veränderten sich, als drohe ein Anflug von Belustigung in seinen Blick zu treten, bevor er ging und leise die Tür hinter sich schloss.

Anya atmete hörbar aus, trat ganz ins Zimmer – und dann fühlte sie, sah sie den Nebel aus roter Wut, der sie überwältigte. Sie spürte, wie sich ihre Finger krümmten und der Drang, gewalttätig zu werden, durch ihre Adern rauschte. Sie wollte töten. Sie wollte Blut fließen sehen und einer ganz bestimmten verdammten Russin in den Hintern treten.

Sofia saß an seinem Bett und starrte sie an. Sie hatte ein feuchtes Tuch in der Hand, eine Schüssel mit Wasser neben dem Bett, und Del-Rey lag schlafend ausgestreckt und so gut wie nackt vor den Augen dieser Frau. Ihr Del-Rey. Nackt. Bedeckt von nichts weiter als einem Laken, und eine andere Frau berührte ihn? Brim hatte es gewagt, zuzulassen, dass eine andere Frau ihn anfasste?

Sofia stand langsam auf. »Fieber.« Sie räusperte sich, und ihre grünen Augen flackerten kurz auf. »Ich habe nur Brim geholfen.«

Nur Brim geholfen? Brim hatte diese Frau hereingerufen, ihr gestattet, Del-Rey zu berühren, sich um ihn zu kümmern, während er Anya in der Kommandostelle zurückließ?

Anya hob den Kopf. »Er wird nicht mit dir schlafen, also wissen wir beide, dass du keine Chance hast, den Titel der Coya auf dieser Basis zu erlangen, sind wir uns einig?«

Sofias Blick verfinsterte sich, fast amüsiert, und sie leckte sich langsam und provozierend über die Lippen. »Wir sind uns einig, dass der Status der Coya nie mir gehören wird. Aber auch du hast ihn bisher nicht offiziell akzeptiert.«

»Mach keine Wortspiele mit mir, Sofia«, warnte Anya sie. »Ich bin weder dafür noch für deine Bosheit in Stimmung. Sieh zu, dass du aus diesem Quartier verschwindest, und sorge dafür, dass du mir für lange Zeit aus den Augen bleibst. Falls nicht, könnten wir es beide bereuen.«

»Besitzergreifend, Anya?«, fragte sie. »Ich habe gehört, dass es dir jetzt egal ist und acht Monate lang herzlich egal war. Wieso jetzt damit anfangen?«

»Spielst du Klatschtante, Sofia?«, spottete Anya. »In deinem Alter solltest du es besser wissen.«

Sofias Lippen verzogen sich zu einem spöttischen Lächeln. »Armer Junge. Er braucht eine Geliebte, die ihm Gleichgewicht gibt und genauso entschlossen sein kann wie er. Du bist davongelaufen.«

»Willst du heute sterben?« Denn Anya war eindeutig in der Stimmung, Blut zu vergießen.

»Heute ist so gut wie jeder andere Tag.« Sie zuckte ausdrucksvoll mit ihren schlanken Schultern. »Aber ich habe das Gefühl, dass es noch nicht passieren wird. Ich bin unterwegs, Coya. Falls du Hilfe brauchst, lass es mich wissen.«

»Oh, ich denke, ich komme ganz gut allein klar«, versicherte Anya, und ihre Stimme klang dabei ruhiger, als sie erwartet hatte.

»Da bin ich sicher.« Sofias gedämpftes Lachen zehrte an ihren schon strapazierten Nerven.

»Sofia.« Anya hielt sie auf, als sie vorbeiging.

»Ja, Coya?«, fragte die mit spöttischem Lächeln.

»Wenn ich dich noch einmal erwische, wie du ihn berührst, ohne dass er sich dessen bewusst ist, dann sorge ich dafür, dass du diese Basis nie wieder betrittst.«

Noch besser, wenn sie es nicht schaffte, ihren Zorn in den Griff zu bekommen, würde sie dafür sorgen, dass niemand je die Leiche fand.

Sofia hob eine Augenbraue, und Belustigung funkelte in ihrem Blick. »Diese Autorität hast du nicht, Anya. Aber ich spiele mal mit und verspreche dir, ein braves Mädchen zu sein, während er schläft, wie wäre das?«

»Ich brauche deine Versprechen nicht«, antwortete Anya kalt. »Verschwinde aus diesem Quartier, und mach nicht den Fehler, es wieder zu betreten, es sei denn in meiner Anwesenheit.«

»Und wieder, keine Autorität.« Sofia wedelte mit dem Finger. »Nur eine vollwertige Gefährtin kann diese Forderung stellen.« Sie hielt inne und warf einen Blick auf den schlafenden Del-Rey, bevor sie sich wieder zu Anya umdrehte. »Trennungsbefehl. Du erinnerst dich?«

Anya verbarg ihren Schock, doch sie wusste, sie hätte damit rechnen müssen, dass Sofia über die Paarung Bescheid wusste. Sie hatte all die Jahre mit Del-Rey zusammengearbeitet, war eine Informantin gegen das Council gewesen. Sie war hier in der Basis; Del-Rey hätte das nicht erlaubt, hätte er ihr nicht so weit vertraut, dass sie den Mund hielt.

Das hieß nicht, dass es Anya gefiel. Und es hieß todsicher nicht, dass sie die Frau mochte.

Die schlenderte an Anya vorbei und sagte dann: »Er muss mit kaltem Wasser abgetupft werden, während er schläft. Paarungsrausch und Heilung passen nicht gut zusammen, wenn der Rausch nicht befriedigt wird. Armer kleiner Kojote. Er leidet.«

Nur Momente später schloss sich die Tür leise hinter ihr, und Anya mühte sich, die Schauder zu unterdrücken, die ihr durch den Leib rasten. Diese Frau hatte Hand an ihn gelegt. Ihn gestreichelt.

Sie betrachtete Del-Rey, ausgestreckt, nur ein Laken über den Hüften, das die langen kräftigen Beine frei ließ und einen vollständigen verlockenden Blick auf harte Bauchmuskeln und einen kräftigen Brustkorb bot. So nackt war er imposant, erregend und erregt. Sein harter Schaft presste sich deutlich gegen das Laken.

Dafür würde Brim bezahlen. Es war sein Job, über Del-Rey zu wachen und dafür zu sorgen, dass er, wenn verwundet, während der Heilungsphase geschützt war.

Sofia war sinnlich und sexy; hätte sie es gewagt, mehr zu tun als nur den Schweiß von seinem Körper zu wischen? Ein Teil von Anya war überzeugt, dass die Frau zu jeder Perversion fähig war, doch ein anderer Teil von ihr wusste es besser. Widerstreitende Einsichten und Gefühle tobten in ihr, rasten durch ihren Kopf, während sie fühlte, wie sie errötete und Emotionen in sich aufsteigen spürte, die sie sorgfältig unter Verschluss gehalten hatte.

Sie kannte Sofia nur zu gut. Sie kannte sie schon ihr ganzes Leben und wusste, welche Spielchen sie trieb. Sie war so berechnend und manipulativ wie jeder Kojoten-Breed. Anya erinnerte sich daran, wie Sofia ihr den Weg aus dem Labor hinaus gewiesen hatte, von der Richtung, in die sie gegangen wäre, in die Richtung, in der sich Del-Rey befinden würde.

Oh ja, sie hasste Sofia. Schon immer. Aber mehr wegen der spöttischen Arroganz der Frau und ihrer Aura überlegenen Wissens als aus irgendeinem anderen Grund.

Del-Rey regte sich im Bett. Er war in einem angenehmen Nebel aus finsterem Frieden gefangen gewesen, doch plötzlich bemerkte er noch etwas anderes.

Zuerst die Hitze. Sie jagte durch seinen Schwanz, als er Brim reden hörte. Das war nicht normal. Der Paarungsrausch trat immer in den Hintergrund, wenn der Heilungsprozess die Führung übernahm. Es waren die einzigen Gelegenheiten, dass er friedlich schlief, die einzigen Male, in denen er keinen Schmerz fühlte wie der animalische Bastard, der er seiner inneren Überzeugung nach war.

Der Paarungsrausch drängte sich in den Vordergrund und setzte sich in seinem Kopf fest. Er hörte Anya, witterte sie. Er schwor, er konnte ihren warmen Körper fast an seinem spüren. Er brauchte sie, gestand er sich selbst. Hier in diesem finsteren Nichts brauchte er sie neben sich liegend, damit sie ihn wärmte. Gott, manchmal ging die Kälte bis in die Knochen, und dann wurde ihm so kalt, dass er fürchtete, er würde nie wieder Wärme fühlen.

Er regte sich auf dem Bett. Er wusste, er sollte tiefer schlafen, und der fast bewusstlose Zustand, in den ihn die Heilung versetzte, sollte alles blockieren, was in ihm aufsteigen mochte. Hunger. Verlangen. Ein Sehnen nach Anya, das nie lange verschwand.

Seine Anya. Wie eine Flamme im Winter, die die Kälte und die Ängste linderte, die den Mann verfolgte, der nicht ganz ein Mann war, und das Tier quälte, das nicht ganz ein Tier war. Manchmal war der Kampf zwischen Mann und Tier in ihm so hartnäckig, dass er sich fragte, wie lange er die widerstreitenden Triebe noch kontrollieren konnte.

Das Tier forderte, dass er sich nahm, was ihm gehörte. Dass er sie stehlen und wieder entführen sollte. Am liebsten wollte er diese verdammten Hormonbehandlungen in den Wind schießen und sie dazu zwingen, so zu leiden, wie er gelitten hatte. Er war so weit, dass er mit der Begierde in sich aufheulen wollte, um die Erlösung zu finden, von der er wusste, dass sie beide drängend danach verlangten.

Doch der Mann empfand Schmerz. Der Mann brauchte ihre Einwilligung. Der Mann brauchte ihre Berührung aus freiem Willen, ohne die Forderung des Paarungsrausches zwischen ihnen. Der Mann, überheblich und voll eigener Begierde, sehnte sich nach ihrer Billigung.

»Ich habe dich vermisst.«

Er hörte ihre Stimme, die wie ein Sommerregen über seine Sinne spülte, und fühlte eine kühlende Berührung an seiner Augenbraue. Sie linderte nicht die Hitze, die durch seinen Leib raste, doch sie war besser als nichts. Wenigstens redete sie in diesem qualvollen verrückten Albtraum mit ihm, statt ihn zu verspotten, immer knapp außer Reichweite, immer seinem verzweifelten Griff entkommend.

»Brim ist ein toter Kojote, Del-Rey. Er hätte sie nicht hereinlassen und zulassen dürfen, dass sie dich anfasst.«

Damit musste Sofia gemeint sein. Er hatte Brim gewarnt, dass er nie zulassen dürfe, dass Anya erfuhr, dass Sofia seine Stirn und seinen Oberkörper gekühlt hatte, als er sich vor Monaten von dieser Schusswunde erholte. Hatte er es ihr erzählt?

Es hätte Anya verletzt. Er wollte nicht, dass sie verletzt war.

»Gott, ich werde schon feucht, wenn ich nur in deiner Nähe bin.«

Bei ihrem kleinen Seufzer spannte er sich vor Verlangen an. Sie war feucht? Sie wollte ihn? Er war hart und bereit, zu geben. Aber er wusste es besser, als die Augen zu öffnen und die Hände nach ihr auszustrecken. Wenn er das tat, wäre der Traum dahin und ihre Berührung dazu. Und er brauchte ihre Berührung, wie das Land den Regen. Er musste sie in sich einsaugen, in sich fühlen, während sie ihn tröstete und erfrischte.

»Ich habe dich so vermisst, Del-Rey. So wie du warst, bevor du mich entführt hast. Als du mich geneckt hast. Das Lächeln stand nur in deinen Augen, und ich wollte deine Lippen auch lächeln sehen. Ich wollte dieses Lächeln in einem Kuss fühlen und wissen, dass es ganz mir gehört.«

Er wollte ihr einen solchen Kuss geben. Einen Kuss voll mit den Versprechen, die er halten wollte, der Sicherheit, die er ihr geben wollte.

Im Leben eines Breeds gab es so wenig Sicherheit. So wenig,

worauf sie sich verlassen konnten. Sie hatten nichts, woran sie wahrhaft glauben konnten, abgesehen davon. Dieses Versprechen, das Mutter Natur ihnen mit dem Paarungsrausch gab. Dass es einen Platz für sie gab. Dass sie, zumindest im Schoß der Natur, akzeptiert wurden.

Del-Rey wälzte sich auf dem Bett hin und her, und das qualvolle Verlangen tobte in ihm. Seine Hände krallten sich in die Laken, die er unter sich spürte, auf dem Bett, das er mit Anya in seinen Gedanken ausgesucht hatte. Groß, damit sie sich darauf wälzen konnten. Bequem und warm, und jetzt fühlte es sich wie ein Bett aus Ziegelsteinen an.

Sein Körper stand in Flammen vor Verlangen nach ihr. Nur noch eine Berührung. Er wollte ihre Hand spüren und nicht diese kühle Berührung, was auch immer es war. Er wollte ihre Haut. Haut an seiner Haut. Doch er wusste es besser, als nach ihr zu greifen.

»Anya.« Er zwang den Namen über seine Lippen. »Wärme mich.«

Er konnte sie wittern, so warm und süß. Er wollte sich um sie schlingen, nur eine Weile. Er konnte sich nicht weit genug aus dem Heilungsprozess lösen, um den Paarungsrausch zu stillen.

Er war verloren in seinem Verlangen. Im Verlangen, nur ihre Wärme zu spüren. Er hatte sich nach ihrer Wärme gesehnt. Monatelang hatte es Stiche der Qual in seine Seele getrieben, unaufhörlich, immer da, und ihn daran erinnert, dass ihm das, was ihm gehören sollte, nie gehören würde.

»Du glühst vor Fieber.« Ihre Hand strich über seine Brust, und etwas in ihm lockerte sich. Haut an Haut. Das war es, was er von ihr brauchte.

»Wärme mich, Anya«, seufzte er und wünschte, er könnte den Traum berühren, fühlen, nur eine Weile. »Haut an Haut.«

Dann war sie weg. Er wollte vor Qual aufheulen. Die süße

sanfte Berührung war verschwunden und mit ihr die Wärme. Er konnte ihren Duft wittern, doch nur ganz schwach. Nur genug, um zu wissen, dass sie da gewesen war.

Anya blickte auf Del-Rey hinab, unsicher, warum sie ihre Sneaker und ihr T-Shirt abstreifte. Und sich bis auf die Haut auszog.

»Haut an Haut«, hatte er geflüstert, seine Finger hatten sich ins Laken gekrallt, und Fieber hatte in seinem Körper getobt. Konnte sein, dass er fror. Fieber ließ einen frieren. Eine Kälte, die bis in die Knochen ging. Sie erinnerte sich an das eine Mal, als sie wirklich krank gewesen war, kurz vor der Befreiung der Kojoten. Die Kälte hatte ihr Schmerz bereitet, und zugleich hatte sie Fieber gehabt.

Sie fühlte, wie ihr der Atem stockte, als sie ihren BH öffnete und das Höschen von ihren Hüften zog. Er war erregt. Er konnte sie nehmen, selbst wenn er schlief, und sie konnte es ihm nicht verübeln, wenn er es tat. Und sie würde ihn nicht aufhalten, wenn er es tat.

Je länger sie neben ihm saß, umso heißer schien seine Haut zu werden, bis es sich fast anfühlte, als würde sie eine Flamme berühren. Und er zitterte heftig.

Der Heilungsprozess an sich war schon qualvoll, und sie wusste, der Paarungsrausch war die Hölle. Zumindest war er das für sie gewesen.

»Del-Rey.« Sie flüsterte seinen Namen und legte sich aufs Bett. Sie fühlte, wie er sich versteifte und dann wieder ihren Namen knurrte.

Sie zog das Laken über sie beide, schmiegte sich langsam an seine Seite, so behutsam, dass sie zitterte, und wünschte, sie wüsste mehr über den Mann, der nach der Entscheidung von Mutter Natur ihr gehörte. Doch das war ihre Schuld. Sie hatte die Trennung erzwungen, nicht er.

Sie hatte sich kaum neben ihm ausgestreckt, als er sich bewegte. Anya wimmerte fast vor Furcht auf, als er sich rührte und sie auf die Seite drehte. Er drehte sich um, drehte sie um. Zog sie über sich, dann unter sich.

Verwirrt folgte sie seinen gemurmelten Anweisungen, rutschte hierhin und dorthin, bis ihr klar wurde, dass er sie genau in die Mitte des riesigen Bettes dirigiert hatte. Schließlich lag er still, über ihr ausgestreckt, ihren Kopf unter seinem Kinn, sein Bein über ihres gelegt, seine Arme um sie geschlungen, und dann entspannte er sich.

Sie fühlte es; Muskel für Muskel fühlte sie, wie er sich entspannte, bis er ganz schlaff dalag, um sie geschlungen, sein Atem ihr Haar bewegte und das Inferno, das seinen Körper brennen ließ, kühler geworden zu sein schien. Und wenn sie sich nicht irrte, hatte sie ein leises Grollen gehört, fast ein Schnarchen, das aus seiner Brust drang, während seine Hand sich um ihre Brust schmiegte und sein Gewicht sie unter ihm festhielt.

Sie lag da, angespannt, wortlos und unsicher, was er als Nächstes tun würde. Als nichts geschah und er weiterschlief, spürte sie, wie ihr selbst die Augen zufielen und ihre eigene Müdigkeit sie in die Tiefe zog.

Coya zu sein war ein verdammt harter Job, befand sie. Sie würde hier schlafen, nur eine Weile. Und vielleicht hinausschlüpfen, bevor er aufwachte und sie sich festgenagelt unter einem vollständig wachen, voll erregten Kojoten-Breed im Paarungsrausch wiederfand.

Aber sie konnte das Lächeln nicht unterdrücken, das um ihre Lippen spielte, als sie die Augen schloss. Er war wie ein Hundewelpe. Grummelte hier und da, wälzte sich umher und zog sie mit sich, wie es für ihn bequem war, bis er friedlich schlief.

Irgendwie niedlich.

Verdammt, sie musste zugeben, dass Del-Rey eine charmante Seite besaß, die sie schon fasziniert hatte, bevor der ganze Paarungsmist sie zu Tode erschreckt hatte. Bis sie überzeugt war, dass er gelogen hatte, absichtlich, und dass er seine Versprechen und ihr Herz mit Füßen getreten hatte.

Er hatte ihr Gefühl von Selbstsicherheit mit Füßen getreten, als ihr Körper im Paarungsrausch verrückt geworden war. Er hatte sie genommen, ebenso verloren in der pochenden Lust wie sie. Sie hatte sich eingeredet, dass er die Beherrschung hätte haben müssen, um es ihr einfacher zu machen. Dass er die Verantwortung hätte übernehmen müssen für etwas, was sie beide nicht erwartet hatten. Dass er der charmante, beherrschte und reizende Kojote hätte sein sollen, der sie mit dem Anflug von Lachen in seinen Augen und seinen Versprechen, dass er sich um sie kümmern würde, ins Verderben gerissen hatte. Dass er für sie da war. Dass er alles klären würde.

Es hatte sich geklärt. Er hatte sie beschützt. Er hatte dafür gesorgt, dass sie hatte, was sie brauchte, noch mehr als das, was er brauchte. Und wie ein Kind hatte sie ihn für das Ergebnis verantwortlich gemacht.

Er war immer noch überheblich. Er war eindeutig zu dominant. Aber sie hatte gelernt, dass männliche Breeds eben so waren. Es war Teil ihres Wesens. Es war sogar ein Teil von ihm, der sie wie verrückt danach verlangen ließ, ihn zu berühren, selbst wenn sie ihn hassen wollte.

Sie hatte keine einzige Paarung gesehen, die einfach verlief. Sie kämpften, sie brüllten sich an, sie hatten Auseinandersetzungen und forderten einander heraus. Und wie Hope ihr einmal erzählt hatte, sobald es vorbei war, lachten sie, liebten sich und wussten, dass sie zueinander gehörten. Egal, was in der Welt um sie herum geschah, sie gehörten zusammen.

Konnte sie so viel Glück haben, das mit Del-Rey zu finden?

Sie hatte immer noch Probleme mit ihm zu lösen, das war Anya klar. Aber sie wusste auch: Solange sie einander konfrontierten, kämpften und sich anbrüllten, würden diese Probleme nie gelöst werden und sie würden nie die Chance bekommen, zu lachen, zu lieben und einander zu gehören.

Und während sie in den Schlaf glitt, betete sie, dass sie nicht zu lange gewartet hatte, um es mit dieser Lösung zu versuchen.

14

Ihm war warm. Die einzigen Male, in denen ihm je warm war, waren dann, wenn Anya in seinem Bett geschlafen hatte.

Für gewöhnlich erwachte er nach einer Heilung durchgefroren bis auf die Knochen, feucht vom eigenen Schweiß und mit dem Gefühl, als sei er ein Tier, das zwei Tage lang in der Gosse gelegen hatte.

Er rührte sich, wollte sich strecken – und dann wurde ihm in einem Augenblick des Schocks, einem Moment der Erkenntnis klar, warum ihm so warm war.

Er öffnete die Augen und blickte in ein schlafendes Gesicht. Anyas Gesicht. Rotgoldene Wimpern auf ihrer cremigen Haut; ihre Lippen waren leicht geöffnet, während sie atmete, und ihr Atem hauchte über seine Brust.

Ihre Beine waren ineinander verschlungen, seine Erektion, kräftig und leidenschaftlich bis hin zur Qual, drückte sich zwischen ihre Schenkel, umgeben von der flüssigen, cremigen Essenz ihrer Erregung.

Sie war feucht, und ihre feuchte Wärme umfloss seinen Schwanz und erinnerte ihn daran, wie viel wärmer es tief in ihr war.

Was in aller Welt tat sie hier? Er hatte sich um sie gewunden wie eine Kletterpflanze, hielt sie fest an sich gedrückt, und da hatte er es geschafft, so lange durchzuschlafen?

Plötzlich rührte sie sich neben ihm, und ihre Hüften bewegten sich an seinem kräftigen Schaft, der an ihrer Klitoris rieb.

Verdammt. Verdammt!

Er fühlte, wie seine Hand ihre Hüfte griff und sich dann entspannte. Wollte er, dass sie aufhörte oder weitermachte? Würde sie ihre Lust im Schlaf finden, während er zusah?

Seine Hand glitt über ihre Hüfte und den gerundeten Po an ihren Oberschenkel.

»Anya.« Er schluckte schwer, als er fühlte, wie sie sich wieder an ihm bewegte.

Er erinnerte sich kaum daran, dass er mehrere Male aufgewacht und ins Badezimmer gegangen war oder sich gezwungen hatte, etwas zu essen, bevor er wieder kollabierte. Er erinnerte sich nicht daran, dass sie da schon hier gewesen wäre. Er erinnerte sich an die Kälte in seinen Knochen und das Verlangen nach Schlaf, Wasser oder Nahrung. Wäre sie in seinem Bett gewesen, hätte er das sicher gewusst.

Er warf einen Blick auf die Uhr an der Wand. Achtundvierzig Stunden, seit er zur Basis zurückgekehrt und in sein Bett gefallen war.

Er biss die Zähne zusammen, als sie sich wieder regte und ihre weiche, warme Feuchte über dem schmerzhaft geschwollenen Schaft verteilte, der sich daran schmiegte. Verdammte Frau. Verdammter Rausch. Seine verdammte Schwäche.

Ihr Oberschenkel glitt an seinem nach oben, und ihr Knie streifte über seine Hüfte, als sie sich ihm weiter öffnete und ihre prallen Brüste mit hart aufgerichteten Brustwarzen an seinem Oberkörper rieb.

Herrgott noch mal. Er sollte seine Lust kontrollieren, im Angesicht dieser Verlockung und dazu noch im Paarungsrausch? Erwartete man von ihm, dass er aus verdammtem Stahl gemacht war?

Na ja, ausgenommen seine Erektion. Die fühlte sich hart wie Stahl an und so heiß wie frisch geschmiedetes Eisen.

»Anya, wach auf«, stöhnte er und hörte dabei das Grollen in seiner Stimme.

Wieder rieb sie sich an ihm und neigte die Hüften, bis ihre pralle Klitoris direkt an seiner Haut lag und ihre feurige Hitze ihn zu versengen drohte.

Süßer Himmel, hab Erbarmen. Er hielt ihre Hüfte fest, doch war er klug genug, um sie sachte wegzuschieben? Himmel nein, er bewegte sie, ermutigte sie, auf ihm zu reiten und seine gnadenlose Erektion zu streicheln, während sie sich selbst Lust bereitete.

»Wach auf.« Er senkte den Kopf und knabberte an ihrer Lippe. »Verdammt, erwartest du von mir, dass ich stark genug bin, einfach wegzugehen?«

Ihre Zunge schlüpfte heraus und glitt über die Stelle, an der sie geknabbert hatte, während ihre Wimpern sich hoben und schlaftrunkene erregte Saphire ihn anstarrten.

»Vorsicht mit den Zähnen«, murmelte sie, während ihre Wimpern sich wieder senkten und ein Ausdruck unglaublicher Wonne ihr Gesicht erfüllte.

Wieder bewegten sich ihre Hüften, und ein leises Stöhnen drang über ihre Lippen, während die perfekte weiche Seide zwischen ihren Beinen erneut über seinen Schwanz glitt.

»Anya, Bewegung«, knurrte er.

Und, oh, wie sie sich bewegte. Mit einem langsamen sündigen Rollen ihrer Hüften, das seine Eichel an ihre Pforte drängte, bevor sie durch ihre weiche Feuchte glitt.

Das war Qual. Es war eine Tortur. Keine Hölle, die er je durchlitten hatte, kam an die Hölle heran, so nahe zu sein und zu wissen, dass er nicht haben konnte, was da in seiner Reichweite wartete.

Er schwitzte. Del-Rey konnte den Schweiß auf seiner Haut fühlen, aber er war zu triebgesteuert, um sich von ihr zu lösen. Wenn sie sich rittlings auf ihm zum Orgasmus bringen und dann wieder in den Schlaf sinken wollte, dann würde er versuchen, ihr das zu geben. Aber er wusste, er hatte nicht die Beherrschung, diese Geduld im Angesicht einer Begierde zu behalten, die sich wie Säure durch seinen Leib fraß. Sie umklammerte seine Hoden, seine Eingeweide. Er schwor, sie setzte sein Gehirn in Brand, während er das Paarungshormon durch seinen Organismus rauschen fühlte.

Die Drüsen unter seiner Zunge waren qualvoll prall; der Drang, das Hormon in ihren Organismus freizusetzen, brachte ihn fast um.

»Del-Rey.« Wieder hoben sich ihre Wimpern. Strahlend wie Edelsteine sahen ihn ihre Augen an. »Wenn du mich noch ein einziges Mal reizt, muss ich dich vielleicht umbringen.«

»Dich reizen?«, stöhnte er.

»Du hast mich zwei Tage lang gereizt.« Wieder bewegte sie sich, glitt über seinen Schwanz und zögerte dann, als seine kräftige Eichel sich an die Pforte zu der süßen Wonne dahinter drückte.

»Wie habe ich dich denn gereizt?«, flüsterte er.

»Deine Lippen überall an mir, aber nie genug. Dann steckst du deinen Schwanz zwischen meine Beine und schläfst einfach ein. Das ist Qual, Del-Rey. In schlimmster Form. Ich wette, das ist strafbar oder so. Sollte ich dein Taschengeld einbehalten?«

Er hatte das getan? Im Schlaf, ohne sie zu nehmen?

Del-Rey schüttelte den Kopf.

»Küss mich«, flüsterte sie. »Ich bin in Verzug mit den verdammten Spritzen für die Hormontherapie. Es macht mich fertig.«

»Nein.« Das konnte er nicht tun. »Du hättest Armani anrufen sollen. Sie wäre hergekommen.«

»Abriegelung.« Sie streckte sich an ihm. »Scharfschützen in den Wäldern und lauter so Zeug.«

»Du hättest es Brim sagen sollen«, knurrte er. »Er hätte dich in den Helijet gesetzt. Verdammt!«

Er wollte sie nicht noch einmal so nehmen. Nicht in der vollen Wut des Paarungsrausches, während ihr Duft selbst wie eine Droge war, die ihm die Kontrolle über seinen Verstand entriss.

»Brim hat es angeboten.« Sie knabberte an seinem Kinn und leckte dann daran, während er versuchte, seinen Verstand wiederzufinden. »Ich will dich so, wie Mutter Natur wollte, dass du mich nimmst, Del-Rey. So sollte es sein.«

Oh verdammt. Er würde umkommen. Ihre Hüften bewegten sich, seine Eichel drang in die Enge zwischen ihren Beinen, und er fühlte Flammen seinen Rücken hinaufjagen.

Nicht so. Er wollte sie küssen, sie kosten. Er wollte so viel mehr für sie als nur die Paarung.

»Weißt du«, flüsterte sie heiser, »wenn du dich so an mir reibst und mich mit deinem Vorsamen füllst, dass ich dann deinetwegen brenne? Noch bevor ich den Paarungsrausch zurückkehren fühlte, habe ich das gespürt. Du lagst so dicht an mir, und ich war so feucht und ungezogen, dass ich es dich tun ließ. Und ich habe das gefühlt. Und alles, was ich wollte, warst du in mir.«

Er wusste, was der Vorsamen von Wölfen und Kojoten mit ihren Gefährtinnen anstellte. Armani hatte es bis ins letzte erniedrigende Detail erklärt. Die seidige Flüssigkeit enthielt das Hormon, das den Rausch in Gang setzte, sowie eines, das die Enge, die seinen Schwanz umschließen würde, entspannte. Es würde die Erregung der Gefährtin steigern, sie empfindsamer machen und die Lust steigern, während ihr Körper sich auf seine Erlösung und die harte sekundäre Schwellung während seines Ergusses vorbereitete. Es würde ihn in ihr verankern und es unmöglich machen, sich zu lösen, während sein Samen tief in ihre erhitzte Vagina drang. Und es würde ihn festhalten – beim letzten Mal hatte er über eine halbe Stunde in ihr gehangen und ihre Orgasmen gespürt, als seien es seine eigenen, während sie ihn angefleht hatte, dafür zu sorgen, dass es aufhörte.

Diese Erinnerung gab ihm Kraft. Gott, diese Scham wollte er nie wieder empfinden. In ihre tränennassen Augen zu starren, während sie bettelte, ihn anflehte, dafür zu sorgen, dass es aufhörte, und er konnte nichts tun, damit es aufhörte.

»Genug.« Er löste sich abrupt von ihr und schob sie von sich, bevor er sich umdrehte und die Füße auf den Boden schwang. »Ich rufe Armani an und sage es ihr.«

Und dann erstarrte er. Ein Gefühl von Schwindel erfasste ihn, als er sie an seinem Rücken spürte, heiße Brustwarzen, die sich in seine Haut bohrten, während ihre Zähne über seinen Nacken kratzten. »Du rufst Armani an, und ich hole mir wie eine brave kleine Coya meine Injektion ab und kehre zurück in diese tote Welt, in der meine Träume mich quälen und meine Emotionen die Wahrheit in den Schatten stellen?«

»Aufrichtige Erregung«, knurrte er. »Gib mir das, und ich nehme es. Aber nicht so, wenn du keine Kontrolle über dein Verlangen hast.«

Er konnte nicht einmal atmen. Der Duft ihrer Weiblichkeit rauschte wie eine Flutwelle über seine Sinne, wie eine Eruption weißglühender Hitze, die sein Hirn durchbohrte.

»Ich will auch nicht von etwas anderem kontrolliert werden«, flüsterte sie. »Ich will alles von dir, Del-Rey. Willst du nicht alles von mir? Den Paarungsrausch und alles?«

»Was willst du dann in deinem Bett haben, das Tier?«, fragte er spöttisch.

»Und den Mann«, flüsterte sie, als er finster auf sie herabsah, sie unter sich festhielt, mit seinen Händen, die ihre Handgelenke auf die Matratze pressten, und seinen Hüften, die sich auf ihre drückten. »Du bist beides. Und ich will beides.«

»Also musstest du ohne die Injektionen auskommen, um beides anzunehmen?« Selbstekel durchfuhr ihn.

»Ist es das, was du denkst, Del-Rey?« Sie erwiderte seinen Blick, und in ihren Augen strahlte solche Erregung, dass es schmerzte, sie anzusehen. »Dass ich mich vom Paarungsrausch betäuben lassen muss, um dich anzunehmen? Das ist nicht der Grund.«

»Was dann?«

»Die Hormontherapie, die ich erhielt, betäubt gewisse Nerven und verstärkt Zorn, Frust und Furcht. Nur so kann es funktionieren. Sie blockiert die Rezeptoren zu Bereichen, die die meiste Erregung empfangen, während andere Emotionen verstärkt werden. Ich will nichts künstlich betäubt oder verstärkt haben. Ich will dich fühlen«, flüsterte sie. »Alles von dir. War das so falsch?«

Er schüttelte den Kopf. Und darin sollte er genau jetzt einen Sinn erkennen? Während das Verlangen in ihm tobte mit einer Wucht, die er nie zuvor gekannt hatte?

»Ich will deinen Kuss, und ich will ihn schmecken und fühlen. Ich will deine Berührung, und ich will alle Wonne kennenlernen. Ich will dich in mir, und ich will die Gefühle haben, die ich zuvor hatte. Alle davon, Del-Rey.«

»Du lügst«, grollte er. »Ich kann die Furcht in dir wittern, und die Lüge, die über deine Lippen kommt.« Er drückte seine Stirn an ihre, und seine Hoden zogen sich schmerzhaft zusammen in dem Verlangen, das in ihm tobte. »Gott, Anya. Wieso tust du uns das an?«

»Darf ich denn nicht ein wenig Angst haben?« Tränen glitzerten in ihren Augen. »Del-Rey, ich will die Hormontherapie nicht, weil ich das, was auch immer es ist, was es mit uns macht, nicht irreführen will. Wenn ich mich dem jetzt nicht stelle, werde ich es nie tun.«

Nein, es war keine Lüge – es waren Mut und Angst. Sie kam zu ihm, ganz und gar zu ihm, und sie gab sich Mühe.

»Und was mache ich, wenn ich in dir hänge?«, knurrte er. »Wenn ich in dir schwelle und die Angst stärker wird als die Lust? Wenn du mich anflehst, dass ich es aufhalten soll, Anya? Was soll ich dann machen? Denn ein Aufhalten gibt es nicht.«

»Was auch immer du tun musst, solange du mich in deinen Armen hältst, Del-Rey. Lass mich nicht allein. Lass mich nicht frieren«, antwortete sie schließlich. »Aber wenn ich mir noch eine von diesen Injektionen geben lasse, dann komme ich nicht mehr hierher zurück, bis die Wirkung wieder vergeht. Wir machen das hier richtig und werden uns beide daran gewöhnen, oder wir tun es gar nicht.«

Anya fühlte, wie die alten Ängste in ihr aufsteigen wollten, das Verlangen im Konflikt mit der Fremdheit des Breed-Körpers und des Paarungsrausches. Er machte sie wild, und dabei war doch Beherrschung für sie immer das Wichtigste gewesen. Er ließ sie diese Beherrschung verlieren. Er bewirkte, dass sie sie verlieren, dass sie sündig sein wollte, und er hatte nie gewusst, dass das das Beängstigendste von allem war.

Jetzt, als sie in seine rabenschwarzen Augen blickte, wusste sie, welches Wagnis sie einging. Wenn sie diese Ängste nicht überwand, wenn sie sich selbst verlor und die Furcht zurückkehrte, konnte sie noch mehr zwischen ihnen zerstören.

Sie hatte nie darüber nachgedacht, was Del-Rey gefühlt hatte, als der Paarungsrausch sie beide überwältigte. Als sie aufgeschrien und sich gewehrt hatte, als sie fühlte, wie er in ihr hing, und hysterisch wurde bei der brutalen Lust, die in ihr tobte. Sie hatte gebettelt, ihn angefleht, es aufzuhalten. Und sie hatte geweint. Hysterische Tränen, die ihr Kissen genässt und sie erschöpft zurückgelassen hatten, noch während der Rausch wiederkehrte.

»Wir lösen das hier nicht, indem wir uns hinter der Hormonbehandlung verstecken.« Sie atmete stockend ein, und eine Woge wütenden Verlangens rollte über sie hinweg. »Es war meine Entscheidung, Del-Rey. Ich werde dir nichts vorwerfen.«

»Anya.« Qual flackerte in seinem Blick auf. »Weißt du, was du uns antust? Mir?«

»Ich bin kein Kind mehr«, erklärte sie und wollte so unbedingt, dass er ihr glaubte. »Ich bin nicht die Frau, die du wahrscheinlich erwartet hast. Ich bin deine Gefährtin, und du kannst mich als deine Gefährtin annehmen, oder ich kann gehen.«

Ein Grollen vibrierte in seiner Brust. Es war sexy; sie hatte diesen Laut immer seelenwärmend sexy gefunden. Er jagte ihr Schauer über den Rücken, und schon vor der Paarung war sie dabei feucht geworden.

»Knurr noch einmal für mich«, lockte sie ihn. »Küss mich – und knurr dabei, Del-Rey. Trau dich.«

Reize nie einen Kojoten. Niemals. Es war ein Gesetz. Sogar das Council wusste, dass man Kojoten niemals reizen sollte. Denn die akzeptierten eine Herausforderung stets. Und sie waren immer siegreich.

Sofort lagen seine Lippen auf ihren, seine Zunge drang in ihren Mund, und Anya wurde klar, was ihr acht lange Monate gefehlt hatte. Selbst in der letzten Woche war sein Kuss nicht authentisch gewesen.

Der Geschmack war nicht ganz der richtige gewesen wegen dieser verdammten Therapie. Aber das hier war Del-Reys

Kuss. Animalisch und instinktiv. Das Hormon, das aus seiner Zunge strömte, war würzig und machte süchtig. Es hatte nichts Süßes an sich, nichts Sanftes, es war heiß und sinnlich, und ihre Zunge strich über seine, sog mehr in sich ein, brauchte mehr.

Das war der Geschmack, die Hitze, der Hunger. Sie vermischten sich und verschmolzen mit ihren eigenen Begierden, entfachten das Feuer, das in ihr schwelte, und ließ es auflodern. Ohne die Angst.

Sie spannte sich in seinem Griff an, während sie das Grollen in seiner Kehle im Kuss vibrieren hörte. Starke Oberschenkel umfingen ihre, und das Gefühl seines Schaftes, der an ihrem Unterleib pochte, ließ sie näher an ihn rücken. Sie konnte ihn nicht so berühren, wie sie es wollte und brauchte.

Sie löste sich von seinen Lippen. »Lass mich dich berühren.«

Er knurrte lauter, rauer, aber er ließ ihre Hände nicht los. Er betrachtete ihre Brüste, die sich schnell hoben und senkten. Ihre harten Knospen richteten sich auf und röteten sich unter seinem Blick.

»Hier habe ich dich im Schlaf geküsst?«, fragte er und blickte zu ihr auf.

»Du hast sie nur geküsst«, gestand sie. »Ich wollte um mehr flehen.«

Sein Gesichtsausdruck veränderte sich, wurde überheblich und dominant, und erotische Anspannung stand in seinen Zügen. »Du wolltest mehr?«

»Sehnlichst.«

Er senkte den Kopf, und sie schrie beinahe auf, als sie es fühlte. Vor der Hormonbehandlung waren ihre Brustwarzen immer unglaublich empfindsam gewesen. Jetzt war diese Empfindsamkeit zehnfach zurückgekehrt. Sie schwor, sie kam fast nur von seinem Mund, der an ihrer harten, festen Brustwarze saugte, und der Zunge, die darüberstrich.

Welch köstliche Wonne. Sie bäumte sich unter ihm auf, ertrank nun in der Lust, die sie zuvor geängstigt hatte. Sie raste über ihre Haut, traf ihre Klitoris und ließ ihren Unterleib in einem erhitzten Augenblick krampfartig zucken, während sie seinen Namen flüsterte.

Sein Anblick, als er an ihrer Brustwarze saugte, löste Gefühle in ihr aus, die sie nicht beschreiben konnte. Die Wonne war unglaublich, doch sein Anblick, die schwarzen Augen mit schweren Wimpern, die sie betrachteten, seine Lippen, die an ihr saugten, sein dunkles Gesicht, verzerrt von Lust. Es war der unglaublichste Anblick ihres Lebens. Er spannte ihre Schenkel an, und sie wand sich, um ihre Klitoris an ihm zu reiben, während die Lust in jede Zelle ihres Körpers drang.

»Hör nicht auf«, stöhnte sie, als er den Kopf hob.

Er widmete sich der bisher vernachlässigten Brustwarze, sog sie in den Mund und spielte mit seiner freien Hand mit der feuchten Knospe, die er gerade freigegeben hatte.

Messerscharfe Reize jagten durch ihren Leib. Sie wollte ihn, und sie wollte ihn jetzt. Warten schien keine Option zu sein. Dann glitten seine Lippen tiefer. Er küsste sie und knabberte an ihr, er wanderte über ihren Oberkörper, ihren Bauch, während er ihre Handgelenke freigab und seine Oberschenkel über ihren Beinen lockerte.

»Der Duft deiner Erregung macht mich hungrig.« Das Grollen in seiner Stimme wurde tiefer und dunkler. »Ich wollte dich zuvor schon kosten, doch ich kam nicht dazu. Und ich habe mir geschworen, solltest du mir je wieder die Chance geben, dann würde ich jeden Tropfen der süßen Creme zwischen deinen Schenkeln auflecken.«

Anya blieb wertvolle Sekunden lang die Luft weg. Als sie schließlich wieder atmen konnte, hatte er ihre Beine gespreizt und seine Lippen auf ihre heiße Mitte gesenkt.

Zuerst küsste er ihre Klitoris, ganz sanft, während er sie musterte. Und während sie ihn musterte.

Eine tiefe Röte überzog inzwischen seine Wangen, und Anya konnte dieselbe Hitze durch ihren Körper rasen fühlen. Doch sie konnte den Blick nicht von ihm wenden, während seine Lippen ihr sinnliche heiße Küsse schenkten, und seine Hände ihre Schenkel weiter spreizten, um sie für seine Zunge zu öffnen.

»So süß.«

Sie zuckte, als seine Zunge über ihre pralle Klitoris fuhr.

»Du schmeckst wie reiner Honig«, flüsterte er mit heiserer tiefer Stimme. »Süß und warm wie der Sonnenschein selbst.«

Wer hätte gedacht, dass ihr Del-Rey derart verführerisch sein konnte? Sie hatte es gewusst, aber nicht in diesem Ausmaß.

»Koste noch einmal«, keuchte sie. »Du könntest dich ja irren.«

Voller Vorfreude sah sie, wie er lächelte, seine gekrümmten Reißzähne aufblitzen ließ und erneut von ihrem Nektar kostete.

Ihre Wimpern flatterten. Sie war so gut wie verloren. Sie versank in einem Sturm aus Reizen und wollte gar nicht mehr entkommen.

»Leg dich zurück, meine Coya.« Er drückte sie nach hinten, bis ihre Schultern wieder auf der Matratze lagen. »Lass mich dir zeigen, wie gern ich dich koste. Wie sehr ich die süße Hitze liebe, die aus dir fließt.«

Würde sie das überleben? Sie dachte nicht. Die Reize, die durch ihren Leib jagten, waren anders als dieses erste zerstörerische Mal, als Del-Rey sie genommen hatte. Das hier war tiefer und heißer und füllte Teile von ihr aus, die nie zuvor berührt worden waren.

Seine Zunge war wie raue Seide, die von ihrer Pforte bis zur Klitoris strich. Streicheln und Lecken, und kleine Knurrlaute, die an ihrer Haut vibrierten, während sie näher kommen, mehr haben wollte.

Sie wollte kommen. Sie musste. Es brannte in ihr, wie ein Buschfeuer, das nach einem Ausweg suchte.

Anya spreizte die Beine weiter, grub die Fersen in die Matratze und bäumte sich auf, ihm entgegen. Eine Hand wanderte in sein dichtes raues Haar, die andere an eine sehnsuchtsvolle Brustwarze. Sie packte sie zwischen den Fingern, drückte und rollte sie, während ihr Kopf auf den Laken sich hin und her warf und die Lust sie überrollte wie eine vernichtende Hitzewelle.

»Fuck, ja.« Del-Rey knurrte und leckte dann an ihr mit männlicher Gier, und seine Zunge drückte sich in die begierige enge Pforte zu ihrer Vagina, stieß hinein, und sie schrie seinen Namen und flehte um Erlösung.

»Ja, Baby«, stöhnte er. »Fleh mich an. Fleh mich an, dich zu nehmen, dich zu berühren.«

Er leckte, streichelte, schob die Hände unter sie, umfasste ihren Po und hob sie seiner begierigen Zunge entgegen. Sie fühlte sie wieder in sich dringen, ein langsamer heißer Stoß, bevor er ihre Feuchte aufleckte und dabei grollte.

»Gott, davon habe ich geträumt, dafür habe ich gebetet.« Wieder küsste er ihre Klitoris, ließ die Zunge über die so überaus empfindsame Perle flackern, während Anya an ihrer Brustwarze zupfte und seine Lippen näher locken wollte.

Sie war so kurz vor der Erlösung. Nur Sekunden davon entfernt, wenn er sie ihr nur geben würde. Sie konnte den Druck fühlen, der sich in ihr aufbaute und ihren ganzen Körper anspannte. Das Verlangen brannte auf ihrer Haut mit fast derselben Zerstörungskraft wie seine Zunge, die sie zwischen ihren Beinen verwöhnte.

»Ich brauche es«, rief sie heiser und ließ sein Haar los, um auch die andere Brustwarze mit den Fingern zu verwöhnen, um die Reibung und die süße Qual der Reize zu verstärken. »Del-Rey, ich brauche es.«

»Anya.« Er küsste sie auf den Oberschenkel, strich mit der Zunge über die Haut, bevor er sich wieder ihrem feuchten Schoß widmete. »Süß und heiß. Meine Anya. Meine Coya.«

Sie bäumte sich auf, als seine Lippen wieder ihre Klitoris bedeckten, dieses Mal mit dem heißen Druck, der sie ganz sicher in den Abgrund stürzen würde, gegen den sie sich einst gewehrt hatte. Nun raste sie darauf zu.

Sie knetete ihre Brustwarzen stärker und spürte, wie ihr der Atem stockte, als er die Lustperle in seinen Mund sog und verführerisch daran saugte, während seine Zunge darüber und darum leckte, das Paarungshormon verteilte und sie dann schreiend in den Orgasmus stürzte.

Sie spürte, wie ihr Oberkörper sich aufbäumte. Es war unkontrollierbar. Sie streckte die Hände nach ihm aus und gab ein dünnes abgehacktes Aufheulen von sich, als die Lust in ihr in einem Rausch knisternder Energie explodierte.

Und er fing sie auf. Seine Hände packten ihre, sein Blick fing ihren ein, als seine Lippen ihre pulsierende Klitoris festhielten und seine Zunge ihrem Körper jede lustvolle Erschütterung entlockte.

Sie konnte sein Grollen hören. Sie konnte es fühlen. Sie bot sich seinen Lippen dar, bog den Kopf nach hinten, während die Welt um sie in einen schwindelerregenden Rausch aus Farben versank, der sie noch lange erbeben ließ.

Sachte legte Del-Rey sie zurück aufs Bett, streichelte mit den Händen über ihre Taille, ihren Bauch und ihre Schenkel und linderte das heftige Beben ihres Körpers, während er langsam und bedauernd ihre pralle pochende Lustperle freigab.

Er konnte ihre Erlösung auf seiner Zunge schmecken. Wasser und Feuer. Erde und Luft. Er leckte sich über die Lippen, drückte einen Kuss auf ihre Hüfte und knabberte dann mit den Zähnen an ihrer schweißfeuchten Haut.

Er konnte nicht warten. Sein Kopf war voll mit ihrem Aroma, ihrem Duft. Es rief nach ihm, reizte ihn, lockte ihn.

Er schob sich über sie und packte seinen pochenden Schwanz mit einer Hand. Als sie unter ihm gekommen war, hatte er seinen Vorsamen auf das Bett verströmt. Er war erstaunt, dass er nicht jedes bisschen Samen von sich gegeben hatte, als sie seinen Namen schrie.

»Ich verbrenne«, stöhnte sie, warf den Kopf auf dem Laken hin und her und sah zu ihm auf, nach Luft ringend, Schweiß auf der Stirn und in ihrem Haar.

Ihre Augen blickten schlaftrunken, strahlten in ihrem erhitzten Gesicht, und ihre rotgoldenen Locken wogten um sie.

»Ich bringe dir Linderung«, versprach er.

Er würde ihnen beiden Linderung verschaffen. Der Hunger nagte inzwischen an ihm, und blendende, rot glühende Funken der Lust jagten ihm über den Rücken, bis in seine strapazierten Hoden, während er ihre Beine weiter auseinanderdrückte und sich auf sie legte.

Er betete um Beherrschung. Seine Erektion war kräftiger als bei einem menschlichen Geliebten. Männliche Kojoten und Wölfe waren nicht nur mit der Schwellung geschlagen, die sie in ihren Gefährten verankerte, sondern auch noch mit einem schwereren und kräftigeren Schwanz.

»Anya. Sieh mich an, Baby. Sieh mich an.«

Ihre Augen öffneten sich wieder, leuchtend, dunkel in ihrem erhitzten Gesicht.

»Wir gehen es sachte an, das schwöre ich«, stöhnte er, während seine Eichel sich gegen ihre zarte Pforte drückte.

Er biss die Zähne zusammen, als sich der erste Schub der heißen Flüssigkeit ergoss. Reich an Paarungshormon pulsierte sie in sie, noch während er sie zurückhalten wollte.

»Oh Gott, das fühlt sich so gut an.« Sie drängte sich enger an ihn, drückte ihn tiefer in sich. »Als würde es mich verbrennen, mich entspannen und verrückt nach dir machen.« Ihr Blick wurde schärfer. »Ich mag verrückt nicht, Del-Rey. Ich stehe auf Kontrolle. Du weißt, dass ich Kontrolle mag.«

Richtig. Das wusste er.

Mit einer Hand umfasste er ihre Wange und fühlte, wie sich sein Herz vor Qual zusammenzog. »Ich weiß, Liebes. Du willst Kontrolle.«

Hier gab es keine Kontrolle, nicht für sie beide. Doch daran erinnerte er sich jetzt. Er hätte sich schon vor acht Monaten daran erinnern sollen. Seine Anya war immer beherrscht. Selbst mit diesem leuchtend rotgoldenen Haar und dem feurigen Temperament, das ihre Augen aufleuchten lassen konnte, hatte sie immer die Beherrschung behalten. Doch mitten im Paarungsrausch gab es keine Beherrschung.

Ihr stockte der Atem, als ein weiterer Schub kam, und ein Laut, fast wie ein Schluchzen, drang aus ihrer Kehle, als sie es spürte.

Sie schauderte unter ihm, und ihre Hände packten seinen Bizeps, ihre Nägel gruben sich in seine Haut, als er langsam tiefer in sie drang und die Zähne zusammenbiss, als er die viel zu feste Umklammerung ihrer seidigen Weiche fühlte.

»Oh. Oh, Del-Rey.« Sie hob sich ihm entgegen, ihre Augen schlossen sich, als er sich tiefer in sie versenkte und ein Knurren aus seiner Kehle drang.

Er fühlte jedes Schaudern, jedes krampfartige Zusammenziehen ihrer Vagina um seine Eichel. Es war, als sinke er in reine Ekstase, so stark war die Lust.

Die Schübe seines Vorsamens pulsierten jetzt schneller; jeder Schwall war ein weiterer Faden seiner Beherrschung, der riss. Seine Geduld schwand mehr und mehr, und das Verlangen, in sie zu stoßen, nagte an seinen Sinnen.

»Anya.« Er legte den Kopf an ihre Schulter und schob sich weiter langsam in sie, grub die Zähne in das Laken statt in die zarte Schulter, wie seine Instinkte verlangten.

Langsam und behutsam. Er wiederholte das Mantra in seinem Kopf. *Kontrolle. Geduld. Nicht einfach nehmen*. Dieses Mal konnte er sie nicht einfach nehmen.

Er zuckte und hob den Kopf, als ein Knurren wütender Begierde sich in ihm Bahn brach. Seine Hüften zuckten und trieben seinen Schwanz tiefer in sie.

Reine Verzückung. Unglaublich. Eine Lust, die seine Träume und seine wachen Stunden mit derselben drängenden Wucht folterte. Die Erinnerung daran. An Anya, feucht und eng, die ihn umschloss wie eine massierende Faust.

»Ja. Oh ja.« Ihre Hüften zuckten ihm entgegen. »Mehr. Mehr, jetzt.«

Er hob den Kopf und rang um Atem, sah in ihr verzücktes Gesicht, während ihre Nägel sich in seine Arme krallten. Ihr Hals bog sich durch, ihre Hüften bewegten sich unter ihm und ließen ihn fast vollständig in sie dringen.

Das hielt er nicht mehr durch, er wusste, er konnte das nicht.

»Sieh mich an, Anya«, knurrte er. »Öffne die Augen.«

Wenn sie die Augen nicht öffnete, konnte er nie die Beherrschung behalten, die er brauchte. Er musste sie ansehen. Er musste sich selbst ins Gedächtnis rufen, dass er ein Mann war und kein Tier. Er liebte seine Coya, seine andere Hälfte. Seine Frau.

Er hatte geschworen, sollte er je die Chance bekommen, sie

wieder zu berühren, würde er nicht die Beherrschung verlieren. Er würde ihr die Lust zeigen, nicht die Furcht.

»Sieh mich an, Anya«, grollte er wieder. »Sieh mich an, verdammt. Halt dich an mir fest, und es wird keine Angst geben. Ich schwöre es. Keine Angst mehr.«

15

Anya öffnete die Augen. Sie wirkte benommen, beinahe blicklos, als sie sich auf Del-Rey zu konzentrieren versuchte.

Sie war verloren in den Reizen, die durch ihren Leib jagten. Ihn zu fühlen, groß und hart, als er in sie drang und sich die erregenden Schübe seines Vorsamens in sie ergossen.

So lange, bis er ganz in ihr versenkt war, das wusste sie. Und dann würde die Lust nur noch heller brennen. Das war die Stelle, an der der Albtraum beim ersten Mal begonnen hatte. Dieses tobende Verlangen, die Art, wie ihre Vagina seinen Schwanz umklammerte, ihre Hüften, die sich leidenschaftlich bewegten und drängend nach mehr verlangten.

Doch dieses Mal sah er sie an. Beim ersten Mal hatte er sie auf den Bauch gedreht und ihre Hüften hochgehoben, ohne ihr etwas zu geben, woran sie sich festhalten konnte. Sie hatte kein Gefühl von Wärme gespürt, kein Gefühl für den Mann, der sie genommen hatte.

»Anya.« Sein Atem ging stockend, und sein breiter Brustkorb bewegte sich in rauen Atemzügen, während ihm Schweißperlen über die Wange liefen. »Ich kann nicht …«

Er schüttelte den Kopf und kniff die Augen fest zusammen, bevor er sie wieder öffnete und den Blick auf sie konzentrierte.

Seine Kinnmuskeln spannten sich an, während seine Hüften zuckten und die letzten Zentimeter seiner schweren Erektion in sie drängten. Anya fühlte, wie ihr wertvolle Sekunden lang die Luft wegblieb. Sie war erfüllt, überfüllt. Sie brannte und verlangte so drängend nach mehr, dass sie sich fragte, ob sie es dieses Mal überstehen würde.

Sie schluckte schwer und mühte sich, ihm in die Augen zu sehen. Schwarz wie die Nacht, mit einem leichten Anflug von Blau. Als verberge sich die Farbe in der Finsternis, um sie bei sich festzuhalten.

»Oh Hölle.« Eine Hand packte ihre Hüfte, die andere wand sich in ihr Haar, als er seinen Ellbogen an ihre Schulter stützte. »Ich kann das nicht.« Er schluckte schwer. »Ich kann mich nicht zurückhalten, Baby.«

»Dann halt dich nicht zurück«, keuchte sie. »Halt dich nur an mir fest.« Ihr versagte die Stimme. »Halt mich fest, Del-Rey. Lass nicht zu, dass ich mich verliere.«

Seine Augen schienen sich zu weiten, und dann veränderte sich seine Miene, als die Lust seine Züge verzerrte, und er sich zu bewegen begann. Jeder schwere Stoß ließ ihn noch tiefer in sie eindringen. Die Reize jagten durch ihren Leib mit qualvollem Lustschmerz. Sie berührten einst verborgene Nerven bis in ihr tiefstes Inneres und brannten sich in ihre Seele.

Sie hielt sich an Del-Rey fest, blickte zu ihm auf und fühlte den Wirbelsturm, der sich in ihr aufbaute. Begierde. Ein qualvolles Verlangen, so tief, so drängend, dass sie es nicht länger bekämpfen konnte. Ihre Hüften hoben sich, und ihre Beine legten sich um ihn, während sie jedem Stoß mit einem Aufschrei begegnete.

Sie war erfüllt von Mitternachtsfarben, als sie in seine Augen sah und sich an ihm festhielt. Dichte dunkelblonde Wimpern, auf die sie eifersüchtig werden könnte. Sie fühlte die Muskeln seines Bizeps unter ihren Fingern, als sie ihn packte und sich an ihn klammerte, während er sich in sie stieß, härter und schneller, und sie die immer stärker werdende Spirale der Lust durch ihren Leib wirbeln fühlte.

»Ja.« Seine Stimme klang nach Tier und Mensch zugleich. »Nimm mich, Anya. Nimm mich, Baby. Alles von mir. Nimm alles von mir.«

Sie wusste, was kam. Sie fühlte ihren Orgasmus nahen und wusste, was er mit ihr machen würde, was er mit ihm machen würde.

In jenen Jahren, in denen ihr Herz sich für diesen Breed entschieden hatte, hatte sie das hier nie erwartet. Wissenschaftler und Techniker benutzten Breeds als Sexspielzeug. Oft hatten sie ihre Favoriten und nannten sie ihre Haustiere, doch das hier war damals nie passiert. Diese sexuellen Abenteuer hatten keine animalischen Folgen gehabt.

Doch Anya wusste, dieses hier schon. Sie wusste, wohin der Wirbelsturm sie schleudern würde, und sie kämpfte darum, sich zurückzuhalten. Noch nicht. Sie wollte noch nicht, dass es passierte. Sie wollte weder die Angst noch diesen totalen Verlust ihres Selbst, der damit einherging.

»Ich halte dich.« Seine Stimme streichelte ihre Sinne. »Halt dich an mir fest, Anya. Ich halte dich. Immer.«

Er drang in sie mit schnellen, harten Stößen, mit einer Kraft und Lust, die ihr die Kontrolle nahm.

Sie hörte sich selbst im Orgasmus aufschreien. Atemlos, flehend, eine Qual der Lust, die sie durchlief, während sie die erste krampfartige Eruption durch und durch in ihren Sinnen fühlte.

Und dann spürte sie seine Erlösung. Sie spürte die Schwellung, das brennende Dehnen von Muskeln und Gewebe, das gewaltige Pochen dicker Adern an Nervenenden, die unter der noch stärker werdenden Intensität aufschrien. Sie hörte seinen Schrei und dann einen Laut, halb Knurren, halb Aufheulen, als er den Kopf senkte und seine Zähne ihre Schulter durchbohrten.

Es war kein Schmerz. Und es war zu intensiv, um Lust zu sein.

Anya war gefangen in einer Welt aus Ekstase, so erbarmungslos, dass sie seinen Namen schrie, als sie den ersten harten Schub seines Samens in ihre ohnehin schon zu empfindsame Vagina spürte, und dazu die Schwellung, die ihn in der Umklammerung ihrer Muskeln festhielt und einen noch härteren, stärkeren Erguss auslöste, der sich in ihrem Unterleib zu konzentrieren schien.

Sie kam heftig, ihre Muskeln zuckten bei jeder Eruption und spannten sich an, bis sie vor Angst und Staunen zugleich aufschrie. Denn sie verlor sich nicht. Sie konnte Del-Rey fühlen, sein Knurren an ihrer Schulter, seine Haut unter ihren Nägeln, seine kräftigen Oberschenkel, die sich wölbten, als sie ihre Beine um sie schlang.

Sie war nicht verloren ohne ihn, sondern verloren in ihm, hielt sich fest, während die Flammen über ihren Leib züngelten, die Ekstase sich in ihr ausbreitete, und zum ersten Mal ein Gefühl von Erfüllung sie überwältigte.

Sie wusste nicht, wie lange es dauerte. Sie erschauerten gemeinsam, zuckten und stöhnten, und jedes Pulsieren seines Samens löste eine weitere kleinere Explosion in ihr aus, während die Schwellung hart über empfindsamen Nerven pochte und ihr Lustblitze wie Stromstöße durch den Leib jagte.

Sie registrierte, dass sich seine Zähne in ihre Haut bohrten, doch dieses Mal war da kein Schmerz. Sie fühlte seine Zunge, die die Wunde berührte, als er vorsichtig seine Reißzähne löste und mit sinnlichem Genuss über das Mal leckte. Das Gefühl seiner Hände, eine in ihrem Haar, die andere an ihrer Hüfte, so fest, dass sie sicher war, dass sie ihr einen Bluterguss bescheren würde.

Dann pulsierte die Schwellung erneut, sie schauderte, und

ein schwacher Aufschrei drang über ihre Lippen, als ein weiterer Orgasmus sie packte.

Es war zu viel Wonne. Zu viele Reize. Sie weinte. Sie konnte die Tränen über ihre Wangen strömen fühlen, noch während sie das Gesicht an seiner Schulter vergrub und ihrerseits zubiss.

Den Schock würde sie später empfinden, versprach sie sich und fühlte zugleich, wie ihre Zähne sich in den harten Muskel seiner Schulter gruben. Später würde sie über die Weisheit ihrer Handlung debattieren. Doch jetzt hörte sie seinen geschockten Ausruf, fühlte, wie seine Hüften an ihren zuckten, die Schwellung in ihr pochte und sein Samen pulsierte. Anya stöhnte tief auf, als sie männliche Haut in ihrem Mund schmeckte und Del-Rey ihre Seele bis auf den Grund zu erfüllen schien.

Nichts sollte so gut sein, so sintflutartig, so überwältigend. Keine Wonne, die so intensiv und verzehrend war, konnte überleben. Doch wenn sie sie verlor, so fürchtete Anya, verlor sie auch ihre geistige Gesundheit.

Del-Rey hielt sie fest. Es war alles, worum sie ihn gebeten hatte. Dass er sie festhielt und nicht losließ. Er drückte sie an seine Brust, bis die Schwellung zurückging und er sich aus ihr zurückziehen konnte. Aufwallende Wonne verzerrte seine Züge zu einer Grimasse, als er die immer noch enge Umklammerung um seinen überaus empfindsamen Schwanz fühlte. Noch ein kurzes krampfartiges Zucken ihrer Muskeln, bevor sie sich wieder entspannte und an seine Brust schmiegte, während er neben ihr niedersank und die Arme um sie schlang.

Das war es, wonach er sich vor all den Monaten so sehr gesehnt hatte.

»Alles in Ordnung?« Er versuchte leise zu bleiben und das Grollen aus seiner Stimme herauszuhalten. Aber die Befriedigung, die ihn erfüllte, konnte er nicht unterdrücken.

Zum ersten Mal seit acht Monaten quälte ihn nicht das Verlangen. Er war noch halb erregt, doch dieses drängende qualvolle Pochen war endlich besiegt.

»Hmm«, murmelte sie an seiner Brust.

Er grinste fast, als er den brummigen schläfrigen Laut hörte.

»Das ist keine Antwort, Gefährtin«, meinte er mit immer noch halblauter Stimme, in der Belustigung durchschimmerte. »Sollte ich Wolfe warnen, dass wir noch ein Tribunal einberufen müssen?« Eine Sekunde später lachte er leise auf, als er ein scharfes Zwicken an der Taille spürte.

»Schlaf ein«, befahl sie, doch ihre Stimme war noch weich nach dem Sex und erfüllt von schlaftrunkener Befriedigung. »Während du die letzten zwei Tage verbummelt hast, habe ich gearbeitet. Ich bin müde.«

Er grinste wieder und dachte an die Sicherheitsberichte, die Brim ihm gezeigt hatte, bevor er buchstäblich aus den Latschen gekippt war.

»Wenn der Alpha schläft, spielt die Coya?«, fragte er.

»Deine Coya zu sein ist verdammt harte Arbeit.« Sie streckte sich, während sie sprach; eine geschmeidige, fast raubkatzenartige Bewegung voll Anmut, die ihn den Gedanken verdrängen ließ, dass er vielleicht noch einmal mit ihr schlafen könnte. Und dieses Mal vielleicht langsamer und behutsamer.

Sie zog das Laken über ihre Brüste, setzte sich auf und blickte auf ihn herab. Das Haar hing zerzaust um ihr Gesicht, und ihr Blick war schlaftrunken und zufrieden.

»Kojoten sind nicht wie Wölfe«, erklärte sie, zog die Knie an und ließ das Kinn darauf ruhen.

»Ja, ihre Arbeitsmoral nervt manchmal«, gab er zu. »Wir machen hartgesottene Killer zu Technikern und Sicherheitsleuten. Nur weil sie das Wissen haben, heißt das noch lange nicht, dass sie auch das Temperament dafür haben.«

Das hatte er eingestanden, noch bevor sie auf die Wölfe zugegangen waren, um ein Bündnis mit ihnen zu schmieden. Seine Pläne waren riesig im Vergleich zu den Hindernissen, denen er sich gegenübersah.

Dann schüttelte seine Gefährtin den Kopf. »Das ist ganz und gar nicht ihr Problem.« Sie sah ihn mit großen Augen an. »Ihre Arbeitsmoral ist ganz genau so hingebungsvoll wie die der Wölfe oder Raubkatzen. Sie tun nur gern so, als wäre es anders. Sie arbeiten, um etwas zu erschaffen, und das bedeutet ihnen eine Menge. Aber sie sind eigenbrötlerischer. Ihr Problem besteht darin, im Team zusammenzuarbeiten.«

Del-Rey drehte sich auf die Seite, stützte den Kopf auf die Hand und musterte sie.

»Wir wurden nicht ausgebildet, um zusammenzuarbeiten«, erklärte er. »Bald kommen noch mehr Kojoten zu uns. Rudelführer, die kein Problem damit haben, in der Kommandohierarchie nach hinten zu rücken, obwohl ihre Rudel kleiner sind als die zehn bis zwölf Mitglieder von unseren. Hauptsächlich Zwei-Mann-Teams. Versprengte, die das Council verlassen, so schnell sie können. Bald kommt noch ein Dutzend oder mehr, zusätzlich zu dem Dutzend, das über das Büro aus dem Mittleren Osten zu uns stößt. Sie zu integrieren wird schwieriger.«

Er sah, wie sie auf seine Information hin die Stirn runzelte.

»Gehst du jetzt wieder auf Missionsstatus?«, fragte sie.

Del-Rey musterte sie eindringlich. »Ich gehe nicht zurück, Anya. Ich werde hier gebraucht.«

»Du sagst das so, als wäre irgendwer anderer Meinung.«

Daraufhin seufzte er. »Der Trennungsbefehl ist anderer Meinung«, meinte er. »Bis du dem Tribunal mitteilst, dass du die Paarung und deinen Status als Coya akzeptierst, bin ich an mein Wort gebunden, Anya.« Er hob die Hand und spielte mit ihrem feurigen Haar. »Akzeptierst du deinen Platz jetzt, oder tastest du dich nur langsam vor?«

»Würdest du das denn erlauben?« Sie legte den Kopf schief. »Zeit für mich, um mich vorzutasten?«

Er und seine große Klappe.

Del-Rey erwiderte ihren Blick und seufzte schwer. »Ich würde dir so viel Zeit geben, wie du brauchst.« Er zuckte mit den Schultern. »Hätte ich denn eine Wahl? Ich will dich nicht in mein Bett zwingen oder an deinen Platz hier. Ich will nichts von dir, was du nicht freiwillig gibst.«

Anya nickte langsam. »Wir müssen Dinge klären«, meinte sie dann. »Mit uns beiden. Ich habe dem Tribunal mitgeteilt, dass der Trennungsbefehl null und nichtig ist, unabhängig von deiner Entscheidung bei der Paarung.«

Zufriedenheit machte sich in ihm breit.

»Ich denke, du kennst meine Entscheidung in der Sache«, erklärte er nüchtern. »Du bist meine Gefährtin, meine Coya. Meine Ansicht dazu hat sich nicht geändert. Nichts kann das ändern.«

Sie nickte wieder, doch ihr ging eindeutig noch mehr durch den Kopf, und Del-Rey wollte sie nicht drängen. Hier fühlte er sich auf unbekanntem Terrain. Früher hätte er gesagt, er kenne die Frau und jeden Zug, den sie machte. Doch von dem Augenblick an, als er sie aus Russland entführt hatte, hatte sie ihm das Gegenteil bewiesen.

Sie war stärker, als er sich je vorgestellt hatte, und eindeutig sturer. Mehr eigenständige Frau, als sie je irgendeines Mannes Geliebte oder vielleicht Gefährtin wäre.

»Wir müssen zurück nach Haven«, brach er schließlich das Schweigen. »Du brauchst zumindest die Hormonergänzungen, die dir ein gewisses Maß an Freiheit von den extremeren

Symptomen des Paarungsrausches verschaffen. Ich will nicht, dass du leidest.«

Sie schüttelte den Kopf. »Das ist meine Entscheidung.« Sie drehte sich wieder ihm zu. »Du hast darunter gelitten.«

»Für den Mann ist es nicht so hart, Baby«, seufzte er. »Es ist auszuhalten. Für die Frauen ist es weniger leicht.«

Sie zuckte mit den Schultern. »Also, dann werde ich geil. Ich zerre dich einfach von was auch immer du gerade tust weg und du kannst deine Paarungspflichten vor allem anderen erfüllen.«

»Wirklich?« Er runzelte die Stirn. »Und falls ich geil werde?«

Ein Koboldlächeln huschte über ihre Lippen. »Für die Männer ist es nicht so hart, du erinnerst dich?«

Was in aller Welt sollte diese plötzliche Enge in seiner Brust, dieses Gefühl, das ihm die Kehle zuschnürte und ihn dazu brachte, sie anzustarren, voll Verlangen, dass sie nie aus seinem Blick verschwinden möge? Dass er immer die Heiterkeit in ihren Augen blitzen und dieses kleine Grinsen in ihrem Gesicht sehen würde?

Sie war schlichtweg liebreizend. Und sie war seine Coya. Nicht nur seine Gefährtin. Nicht nur seine Frau. Sie war die andere Hälfte dessen, wer und was er als Alpha seiner Rudel darstellte.

Dann seufzte sie. »Basierend auf den Informationen, die ich über die Monate erhalten habe, glaube ich, dass ich noch einige Stunden Zeit habe, bevor dein Luxuskörper wieder gefragt ist.« Sie hüpfte vom Bett, bevor er die Hand ausstrecken und sie aufhalten konnte. »Ich muss duschen und mich anziehen. Wir haben ein Treffen in Haven, sobald du bereit bist, und wir müssen bei einer Befragung zusehen. Wolfe hat zugesagt, mit der Befragung des Barkeepers so lange zu warten, bis du dabei sein kannst.« Ihre Miene spannte sich an, als sie sich zu ihm umdrehte, schamlos nackt, mit festen, von harten Brustwarzen gekrönten Brüsten und feurigen Löckchen, die zwischen ihren Schenkeln schimmerten. »Er wollte mich umbringen. Wieso wurdest du derart anvisiert?«

Del-Rey hob die Augenbraue und stand auf, doch in seinen Eingeweiden brannte Wut. »Diese Flinte war nicht auf mich gerichtet, Schätzchen, sondern auf dich.«

»Aber mich zu töten würde nicht mehr anrichten als das, was mein Tod für dich bedeuten würde«, wandte sie ein. »Nur sehr wenige Personen außerhalb von Haven wissen von dem Trennungsbefehl. Für die Welt und auf jeden Fall laut der Boulevardpresse der letzten Monate sind wir das neueste große Traumpaar der Breeds. Die entführte Verwaltungsbeamte aus Russland und der Kojoten-Alpha. Die Geschichten waren sehr romantisch.«

»Wirklich?« Er sah sie stirnrunzelnd an. Er hatte nicht gelogen, als er gesagt hatte, dass er diese verdammten Klatschblätter nicht las. »Wie romantisch?«

Sie sammelte ihre Kleidung auf und warf ihm einen Blick zu, den er nicht recht deuten konnte. Es war einer dieser weiblichen Blicke, über die er sich schon oft gewundert hatte, wenn er anderen Männern galt. Normalerweise dann, wenn besagter Mann etwas getan hatte, was besagter Frau missfiel.

»Über alle Maßen romantisch«, schnaubte sie und prüfte ihr Headset. »Ashley hat auch Informationen, auf die ich gewartet habe; sie erwartet mich schon.«

Sie warf die Kleidung in einen Wäschekorb. Erst da sah er, wie staubig ihre Sachen waren.

»Wie ist denn das passiert?«, fragte er, während sie die Verbindung trennte, über die sie bei ihrer Leibwache saubere Sachen angefordert hatte.

»Höhlenforschung.« Sie ging ins angrenzende Badezimmer.

Del-Rey folgte ihr stirnrunzelnd. »Höhlenforschung? Welche Höhlen? Die haben wir doch alle erkundet?«

Anya verdrehte die Augen und stellte die Dusche an. »Natürlich habt ihr das. Ihr nutzt sie nur nicht alle. Ihr erwartet noch mehr Breeds, weißt du noch? Wo willst du sie unterbringen? Werden Betten für sie da sein? Decken? Handtücher?«

Er lehnte sich an den Türrahmen und beobachtete sie. Er liebte ihre anmutigen Bewegungen, die Art, wie sie den Kopf nach hinten legte, sich die Haare wusch und ihn dabei immer noch ansah.

»Sie hätten schon gefunden, was sie brauchen.« Bei dem Gedanken runzelte er die Stirn. »Du willst die ganze verdammte Basis verhätscheln, Anya. Aber das kannst du nicht alles allein durchziehen.«

Daraufhin lachte sie. »Ich habe keine Zeit zum Verhätscheln. Aber ich habe durchaus die Zeit, für vernünftige Räume für sie zu sorgen. Das sorgt für Loyalität, Del-Rey, und für ein Gefühl von Dankbarkeit. Nichts erinnert einen Mann so sehr daran, wofür er kämpft, wie eine heiße Mahlzeit und ein weiches Bett.«

Dass sie anscheinend so gut über Männer im Allgemeinen Bescheid wusste, gefiel ihm nicht. Sie sollte sich nur seiner Bedürfnisse bewusst sein, dachte er mit einem Hauch von gekränktem Stolz. Verdammt, in den letzten acht Monaten hatte sie ihn nicht verhätschelt oder sich um seine männlichen Bedürfnisse gekümmert. Wieso sich um andere sorgen? Er machte den Mund auf, um sie genau das zu fragen.

»Hope und Faith haben mich bei ihren Streifzügen zur Leitung von Haven mitgeschleppt«, sagte sie da. »Ich weiß, was ich hier tue.«

Daran hatte er keinen Zweifel, und das war auch gar nicht sein Problem. Einfach gesagt hatte er nicht das Bedürfnis, ihre

Zeit oder ihre Aufmerksamkeit mit dem Rest der Rudel als Ganzes zu teilen.

Das war selbstsüchtig von ihm, räumte er ein. Doch Kojoten wurden als selbstsüchtige Wesen gezüchtet, redete er sich ein; so hatte er eine vernünftige Ausrede.

Er wollte erneut protestieren, doch da begann sie sich einzuseifen, wusch sich rasch, und Seifenschaum lief über seidige Haut, schimmerte darauf und fesselte seine Aufmerksamkeit weit mehr, als eine Waffe vor seiner Nase es geschafft hätte.

Verdammte Frau. Sie machte ihn sprachlos. Er hatte keine Ahnung, wie er hier ein Machtwort sprechen und festlegen konnte, was zu ihren Pflichten gehörte und was nicht. Andere Kojoten zu verhätscheln würde ganz sicher nicht zu ihren Pflichten gehören.

Doch leider, bevor er seine Sprache oder seine eigensinnige Lust wieder in den Griff bekam, wickelte sie sich in ein dickes Handtuch, und das leise Klopfen verkündete, dass jemand vor der Tür stand.

»Das ist Ashley.« Sie spähte über seine Schulter zum Monitor, der den Korridor draußen zeigte. »Geh duschen; sie muss deinen männlichen Hintern nicht zu sehen bekommen. Sie ist so schon albern genug. Dass sie noch schlimmer wird, kann ich nicht gebrauchen.«

Er sah sie stirnrunzelnd an. Wieder mal. Was hatte sein Hintern mit Ashleys offensichtlichem Mangel an gesundem Menschenverstand zu tun? Kopfschüttelnd stieg er unter die Dusche, entschlossen, seine Lust in den Griff zu bekommen, damit er seine Gefährtin in den Griff bekam. Denn so langsam beschlich ihn das Gefühl, wenn er das nicht schleunigst schaffte, bestand keine Hoffnung mehr darauf.

Anya biss die Zähne zusammen, als sie die Tür aufriss und Ashley mit festem Griff ins Schlafzimmer zog. Die Freundin starrte sie mit weit aufgerissenen Augen und offenem Schmollmund verwirrt an und drückte ihr ein Tablet in die Hand. »Du musst nur unterschreiben, bei dem X, Coya.«

»Er hat die Klatschgeschichten über unsere tolle und wundervolle Liebesaffäre gar nicht gelesen. Wie viel genau habt ihr drei eigentlich diesen Schmierblättern gezahlt, um diese Geschichten zu platzieren?«

Ashley sah überall hin, nur nicht zu Anya, und begann mit den Füßen zu scharren. »Wir mussten ihnen gar nichts zahlen«, brummelte sie. »Denen geht ja schon fast einer ab, wenn man ihnen einen Happen hinwirft. Woher weißt du es?«

»Ihr seid vielleicht dezent vorgegangen, aber ich hatte viele Jahre Zeit, um euch drei zu durchschauen; ich bin nicht blöd«, schniefte sie.

Ashley nickte langsam und spähte dann in Richtung Dusche. »Ist schon eine Weile her, seit ich den nackten Hintern des Alphas gesehen habe. Kann ich mal kurz gucken gehen? Wahrscheinlich habe ich heute Geburtstag. Wäre ein tolles Geschenk für mich.«

Anya kniff die Augen zusammen und runzelte die Stirn.

»Oookay«, meinte Ashley gedehnt, schob die Hände in die hinteren Taschen ihrer Jeans und wippte auf den Absätzen ihrer Stiefel vor und zurück. »Also, dann machen wir uns bald auf den Weg nach Haven?«

»Bald«, stieß Anya hervor, ging zum Bett und warf die Sachen darauf.

Rasch trocknete sie sich ab und zog Höschen und BH an.

Dann schlüpfte sie zügig in die enge schwarze Hose und den grauen Pulli, setzte sich, zog dünne Socken an und steckte die Füße in die schicken schwarzen Schuhe.

»Hey, Boss«, war da Ashleys Stimme mit belustigter Anerkennung darin zu hören. »Verdammt, sieh sich mal einer diese Brusthaare an. Richtig sexy. Dreh dich doch mal um, und zeig mir deine hübschen Backen.«

Anya drehte sich ruckartig um, um zu sehen, wie *ihr Gefährte* aus der Dusche kam, mit nichts als einem Handtuch um die Hüften.

»Vorsicht mit der Bleiche in deiner Haarfarbe, Ash.« Er grinste. »Vielleicht solltest du mal Dr. Armani besuchen. Ich glaube, die animalische Genetik weicht der menschlichen, soweit es dich betrifft.«

Ashley verdrehte die Augen. »Du bist nur gemein zu mir, das ist alles«, maulte sie gutmütig und drehte sich dann zu Anya um. »Sharone, Emma und ich sind im Gemeinschaftsraum, falls du uns brauchst.« Sie wandte sich zum Gehen.

»Nein, das tust du nicht«, hielt Anya sie auf. »Du wirst deine Mitverschwörer holen und die restlichen Tagesberichte für mich zusammenstellen. Ich gehe sie durch, während Del-Rey und ich in Haven sind. Schick sie auf meinen PDA, und mach dich darauf gefasst, aufzubrechen, wann immer dein Alpha entscheidet, dass wir gehen.«

»Vielleicht kann deine Coya dir sagen, wann wir gehen«, meinte Del-Rey ruhig. »Sie scheint schon alles andere an ihrem Tag geplant zu haben.«

»Darin ist sie gut. Wir haben sie gut ausgebildet, hm?« Ashley zwinkerte ihm zu und drehte sich wieder zu Anya um. »Ich bin dann mal unterwegs, Coya. Dateien auf den PDA, Vorbereitung auf Ankunft in Haven. Ich frage mich, ob Styx wieder versucht, Emma in den Hintern zu kneifen. Macht immer wieder Spaß, ihr dabei zuzusehen, wenn sie versucht, ihn in den Hintern zu treten.«

Ashley drehte sich um und legte einen schnellen Abgang

hin, als Del-Rey tief und warnend knurrte. Die Stahltür hinter ihr schlug zu und die elektronischen Schlösser schnappten zu, während Anya sich langsam zu Del-Rey umdrehte.

»Brim sollte jede Minute hier sein«, teilte sie ihm mit. »Er hat darauf gewartet, dass du aufwachst.«

»Und hat er irgendwelche Berichte für mich?«, fragte er schmeichelnd.

»Ganz bestimmt«, versprach sie. »Und ich sollte es wissen, denn ich habe die meisten davon zusammengestellt. Aber falls du irgendwelche Fragen hast, bin ich sicher, dass er sie dir beantworten kann.«

Sie sah zu, wie er das Handtuch fallen ließ, und musste schwer schlucken beim Anblick seiner Erektion. Himmel, steh ihr bei, sie wollte ihn schon wieder. Sie fühlte die Muskeln zwischen ihren Beinen zucken und ihr Höschen feucht werden.

Er sah sie unter halb gesenkten Wimpern an, fuhr mit der Zunge über seine volle Unterlippe, und sündige Lust machte sich auf seinem Gesicht breit, als er auf sie zukam.

»Du hast dich zu schnell angezogen.« Seine Stimme wurde dunkler, und sein Körper spannte sich an.

Anya schüttelte den Kopf und spürte, wie ihre Atmung außer Kontrolle geriet.

»Ähm, ich denke …« Doch mehr konnte sie nicht sagen, als der Sicherheitsalarm erneut losging. »Ich denke, das ist Brim. Er hat Berichte. Und Zeugs.« Sie wich zur Tür zurück, während er ganz reglos stehen blieb und sie mit diesem Raubtierblick voller Begierde musterte. »Vielleicht solltest du dich anziehen.« Der Sicherheitsalarm piepte erneut, und der Monitor zeigte Brims ungeduldige Miene. »Sieh nur, er hat es eilig.«

Del-Reys vibrierendes Grollen der Unzufriedenheit raste ihr über den Rücken, als er zu der kleinen Kommode ging, weiße Unterwäsche herausholte und sie anzog. Dann die Jeans, bevor er zur Tür tappte und sie dabei eindringlich musterte, ohne den Blick von ihr zu wenden, bis er die Tür öffnete.

Anya glitt zurück an die Wand des Zimmers und atmete rau aus, als Brim in den kurzen Flur trat.

»Sie übernimmt die Führung. Sie bringt die Rudelführer unter ihrer Fuchtel zum Keuchen, und ich will verdammt sein, wenn sie nicht schon dabei ist, Quartiere für die Kojoten einzurichten, die auf dem Weg hierher sind. Sie hat sogar vorgeschlagen, einen Scheißkoch anzuheuern, Del-Rey.«

Anya biss sich auf die Unterlippe, warf einen Blick auf ihren Gefährten und grinste breit.

Dann spähte sie um die Ecke und winkte Brim zu. »Sie ist auch immer noch hier.«

Der blieb wie angewurzelt stehen. Er sah zwischen Del-Rey und Anya hin und her, atmete tief ein und schüttelte müde den Kopf. »Verdammt, jetzt riecht sie sogar schon wie du. Wie zum Henker soll ich mich da vor ihr in Acht nehmen?«

»Wieso solltest du dich denn vor mir in Acht nehmen?« Sie machte unschuldige große Augen und sah von ihm zu Del-Rey. »In Acht nimmt man sich vor einer Bedrohung, Brim, nicht vor einer Freundin.« Sie seufzte gespielt gekränkt auf. »Und ich dachte, wir könnten Freunde sein.«

Brim sah Del-Rey mit neugierigem Mitleid an und drehte den Kopf ruckartig zu Anya. »Was hast du gemacht; sie Ashleys Haarfarbe benutzen lassen?«

Del-Reys Lippen zuckten, und Anya presste ihre zusammen und sah beide Männer aus zusammengekniffenen Augen an. »Erinnere mich daran, euch beiden keinen Gefallen mehr zu tun«, brummelte sie.

»Ich vermerke es, damit ich es täglich tue«, grollte Brim und drehte sich dann zu Del-Rey um. »Wir müssen reden. Allein.«

Und Anya fühlte, wie ihr das Herz sank. Da war es. Das Ende. Sie war niemandem auf die Zehen getreten außer Brim offensichtlich, und der war stellvertretender Befehlshaber. Er hatte das Recht, gegen alles Einspruch zu erheben, was sie getan hatte. Sie von jedem Meeting auszuschließen. Sie wieder auf nichts weiter zu reduzieren als Verwalterin, wenn er und der Alpha abwesend waren.

»Allein funktioniert jetzt nicht, Brim.«

Anya starrte Del-Rey geschockt an. »Sie ist nicht nur eine Gefährtin; sie ist meine Coya. Jemand, dessen Verantwortlichkeiten und Pflichten ausdiskutiert werden, sobald es die Zeit erlaubt. Doch bis dahin wird sie bei allen Treffen anwesend sein. Sie kann die Entscheidungen, die sie fällen muss, falls wir beide für längere Zeit außer Gefecht sein sollten, nicht fällen, wenn sie die Entscheidungen, die getroffen werden müssen, nicht versteht.«

Er streckte die Hand nach ihr aus. Eine so simple Geste, und doch eine, die ihr Tränen in die Augen steigen ließ, als sie zu ihm ging und ihre Hand in seine legte. Sie war seine Coya. Er hatte ihren Status deutlich gemacht, und indem sie seine Hand akzeptierte, akzeptierte sie die Position. Und den Mann.

Es war ein Schritt, sagte sie sich. Ein Schritt von vielen.

16

Anya saß schweigend da und sah durch den Spionspiegel die Befragung des Barkeepers im Verhörraum mit an. Sein Name war Ron Coley, und man hatte ihn in Dallas, Texas, für die Party angeheuert, die sich in ein Massaker verwandeln sollte. Er wusste nicht, wer ihn angeheuert hatte, nur dass er für Ablenkung sorgen sollte, während die anvisierte Zielperson von einem anderen Partygast ermordet wurde. Er hatte ein Foto von ihr und ihren Namen bekommen, mehr nicht.

»Wer hat das Personal für die Feier engagiert?«, fragte Del-Rey den Alpha der Wölfe, Wolfe Gunnar.

»Ein Catering-Service in Boulder«, brummte Wolfe. »Wir hatten die Angestellten überprüft. Er war für Vertragsarbeit gelistet, aber Name und Foto waren unverdächtig.«

Anya sah weiter zu, während Jonas Wyatt, Direktor des Büros für Breed-Angelegenheiten, die – bisher jedenfalls – zivilisierte Befragung weiterführte.

»Was ist mit den anderen Mitarbeitern?«, fragte Del-Rey. »Wurden sie festgehalten oder befragt?«

Wolfe schüttelte den Kopf. »Jonas lässt die Mitarbeiter überwachen, aber nach einer formellen Befragung wurden sie wieder entlassen. Die Polizei in Boulder und in der Stadt wollen Antworten hinsichtlich seiner Haft sowie Beteiligung bei der Befragung. Sie wurden abgewiesen.«

Breed-Law gewährte den Breeds Autonomie in Angelegenheiten von Sicherheit und Gesetzesvollzug – bis zu einem gewissen Punkt. Jonas' Ankunft machte die Festnahme offiziell;

seine Befragung des Barkeepers war lediglich eine Formalität. Eine Strafanzeige, sei es nun Tod oder Haft, würde vor das Tribunal des Büros kommen, sobald er seine Empfehlung vervollständigt hatte. Dieses Tribunal bestand aus zwölf Mitgliedern, zusammengestellt aus den vier getrennten Komitees, die das Regierungsorgan der Gemeinschaft der Breeds darstellten.

»Die Informationen, die wir brauchen, wird Jonas hier nicht bekommen«, brummte Del-Rey, während sie weiter zusahen. »Da hängt der Stadtrat mit drin, Wolfe.«

»Wissen wir.« Wolfe nickte, als Dash Sinclair sich auf der anderen Seite neben ihm niederließ und die Befragung mit gerunzelter Stirn verfolgte.

Von ihrem Sitzplatz an der Seite konnte Anya die Gesichter aller Männer sehen. Der Alpha der Raubkatzen hatte bisher nichts gesagt, doch seine grauen Augen glitzerten vor Zorn, während er zusah.

»Glaub nicht, dass das übersehen wird, Del-Rey«, warf Dash mit kalter Stimme ein, während er die Befragung verfolgte. »Deine Coya ist nicht weniger wichtig als die Lupina oder die Prima. Wir lassen das nicht außer Acht.«

Anya starrte den Wolf-Breed an. Er war der Vater der unglaublichen jungen Frau, die für Anyas Trennung von ihrem Gefährten eingetreten war. Cassandra Sinclairs Vater war stark, doch diese Stärke war gepaart mit Mitgefühl, auch wenn sie in ihm das Bewusstsein wahrnahm, dass manchmal Blutvergießen nötig war.

»Wir werden einen Deal mit der Stadt machen müssen, bevor wir viel weitergehen«, stellte Del-Rey fest. »Raines kann unbehelligt herumlaufen. In den letzten Tagen haben wir genügend Informationen über jeden einzelnen Mann zusammengetragen, um sie alle in die Pfanne zu hauen. Meine Soldaten haben die Droge, die wir verfolgen, in Raines' Haus und in den Häusern von vier anderen Mitgliedern des Stadtrates nachgewiesen. Der Rat der Kojoten kommt heute Abend zusammen, um einen Vorschlag vorzubereiten, wie wir in der Sache verfahren.«

Wolfe warf einen Blick auf Anya. »Ich höre, deine Coya hat dieses Vorgehen befohlen, während du im Heilungsprozess warst. Niemand von uns hat an die dort zurückgebliebenen Taschen und Stolen der Frauen gedacht, oder daran, dass die Ratsmitglieder, die eingeweiht waren, diese Dinge vielleicht gestohlen haben in dem Wissen, dass niemand mehr hier sein würde, um sie mitzunehmen. Ein raffinierter Plan.«

Anyas Blick konzentrierte sich auf Del-Rey. Männlicher Stolz war eine fragile Sache; daran hätte sie denken sollen, bevor sie irgendeinen militärischen Plan unterbreiten ließ. Wie Brim ihr gesagt hatte, während Del-Rey schlief, hätte sie abwarten und ihren Plan erst dem Alpha und dann dem Rat präsentieren sollen, statt einem Soldaten zu befehlen, dass er das Vorgehen vorbereiten sollte.

Del-Reys Lippen zuckten belustigt, als er ihr einen Blick zuwarf. »Sie hat die Basis mit derselben Hingabe und Einsatzbereitschaft geleitet, die Hope und Faith ihr vorlebten und zutrauten, als sie Haven überwachten. Ich muss dir dafür danken, dass du Hope die Zeit zugestanden hast, die sie ihr gewidmet hat.«

Anya rümpfte die Nase. Verdammte manipulative Wölfe und Kojoten. Eine Frau hatte keine Chance gegen sie. Sogar ihren Frauen brachten sie bei, wie man intrigierte und manipulierte. So etwas sollte illegal sein.

Sie richtete den Blick wieder auf die Befragung und konnte kaum ein Gähnen unterdrücken, als Jonas Wyatt, der harte Kerl des Büros für Breed-Angelegenheiten, den Barkeeper noch einmal fragte, wer dessen Kontaktperson sei und wie er seinen Auftrag erhalten habe.

»Mann, das habe ich doch schon gesagt«, spottete der Barkeeper. »Ich bin kein Scheißattentäter, und wenn ich einer wäre, würde ich mich nicht erwischen lassen.«

»Sie stinken nach Blut, Mr Coley«, antwortete Jonas. »Ich habe Ihre Akte und kenne Sie jetzt besser als Sie sich selbst. Sie sind ein entbehrlicher kleiner Bauer. Aber sogar Bauern haben Informationen, und Sie *werden* mir erzählen, was ich wissen will.«

»Oder was – sonst knurrst du mich an?« Ron beugte sich vor, stützte die Arme auf den Tisch, und sein narbiges Gesicht verzog sich zu einer angewiderten Grimasse. »Oder willst du mich beißen?«

Wyatts Arm bewegte sich so schnell, dass Anya die Bewegung nur verschwommen wahrnahm. Doch eine Sekunde später zogen sich Klauenmale, tief und blutig, über das Gesicht des Barkeepers. Der quiekte auf wie ein Schwein, das ausgeweidet wurde, und zuckte zurück, soweit die Ketten es zuließen.

Er starrte in den Spionspiegel und sah das Blut, das ihm übers Gesicht rann, die Male, die über sein Auge verliefen, dann unter dem Auge weiter über die Wange bis ans Kinn.

Anya hatte so etwas noch nie gesehen.

»Verdammt, Wyatt wird sauer.« Der Alpha-Rudelführer trat näher ans Fenster heran. Sie konnten Wyatts Gesicht nicht sehen, nur das von Coley, und das war nun voller Entsetzen.

»Also, sind Sie nun bereit, meine Fragen zu beantworten, Mr Coley?« Jonas' Stimme klang kühl und unbeeindruckt, doch der Barkeeper begann zu zittern.

Coley senkte den Blick auf den Tisch und schien noch blasser zu werden. »Das geht nicht«, keuchte er gerichtet an was auch immer er gerade ansah.

»Sehen Sie mich an, Mr Coley.«

Coleys Blick zuckte zurück zum Gesicht des Direktors.

»Sehr gut. Sie werden beim Thema bleiben, oder ich sorge dafür, dass der nächste Schnitt, den ich Ihnen verpasse, bis auf den Knochen geht oder Sie vielleicht ein Auge kostet. Das ist keine angenehme Erfahrung für das Opfer, und wenn ich es tun muss, gibt das eine ziemliche Sauerei. Ich würde es vorziehen, nicht zu solchen Mitteln greifen zu müssen. Also, sind Sie willens, mir die Informationen zu geben, um die ich Sie gebeten habe?«

Coley schluckte schwer. »Die sagten, bring das Mädchen um. Sie wäre die Frau von diesem Kojoten oder so. Bring sie um, und die Kojoten fangen an, die Basis zu verlassen. Vielleicht können wir sogar ein paar zurück zum Council schaffen. Ich sollte Hilfe bekommen. Wir sollten zu sechst sein. Wir sollten uns den Weg aus dem Ballsaal hinaus bahnen und die Frauen dabei zuerst umbringen. So viele wir können, und dabei besonders auf hochrangige Ehefrauen oder Geliebte achten. Bring sie um, hieß es, und du brichst den Breeds damit das Rückgrat. Das ist alles, was ich weiß.«

»Wer war Ihre Kontaktperson?«

Coley schauderte. »Ich habe ein Kind.« Er hob den Blick, und nun stand Qual in seinen Augen.

»Wieso sollte mich Ihr Kind interessieren?«, fragte Jonas kalt.

»Sie ist erst dreizehn.« Der Mann schluckte schwer. »Ich weiß Dinge, von denen die nicht wissen, dass ich sie weiß. Ich habe von den Breeds gehört. Ihr verletzt keine Kinder, komme, was da wolle. Schützt mein Kind, und ich gebe euch Informationen, von denen ich weiß, dass ihr sie nicht habt.«

»Als da wären?«, fragte Jonas.

»Die Namen der Stadtratsmitglieder hier und in Virginia in

der Nähe von Sanctuary, die an einem Plan beteiligt sind, die Anführer der Breeds auszuschalten. Und ich habe noch mehr. Ich habe Namen von Breeds, die ihnen helfen.« Immer noch starrte er Jonas entsetzt an. »Gott, Mann, hör auf mit dem Scheiß, bitte. Ich gebe euch, was ihr wollt, aber ihr müsst meine Kleine beschützen. Ich tue das nur wegen des Geldes. Das ist alles. Nur für mein kleines Mädchen. Ich gebe es euch.«

Anya sah sich entsetzt im Raum um. Ihr Blick huschte von der Szene dort unten zu den kalten harten Blicken der Breeds, die wie sie zusahen.

»Meine Herren?«, wandte sich Callan Lyons fragend an die anderen.

»Seine Tochter ist behindert. Blind«, erklärte Dash. »Dreizehn Jahre alt.«

»Gib Wyatt Bescheid«, sagte Wolfe. »Ich schlage vor, wir schicken ein Team raus, holen das Mädchen und befragen Coley dann noch einmal. Er hat aus freien Stücken um Asyl für seine Tochter gebeten. Sehen wir, was wir bekommen können.«

Sie wandten sich an Del-Rey.

»Es ist deine Entscheidung, Del-Rey«, erklärte Wolfe. »Der Schlag richtete sich in erster Linie gegen deine Coya.«

Er ließ den Blick durchs Zimmer schweifen, und Anya beobachtete ihn und wusste genau, wie seine Entscheidung ausfallen würde. Die Erkenntnis war beängstigend: Noch bevor er sprach, wusste sie, welche Haltung er einnehmen würde.

»Das Kind ist das unschuldigste Wesen in der ganzen Sauerei«, grollte er. »Ich hätte gern Brim in dem Team, das sie holt. Ich würde ein reines Team aus Enforcern vorschlagen, mit voller Freigabe, das Mädchen um jeden Preis herzuholen. Man wird sie beobachten. Die wissen, dass wir den Barkeeper haben und haben seine Tochter vielleicht schon in ihre Gewalt gebracht, damit er den Mund hält.«

Callan aktivierte den Lautsprecher in den Raum. »Rettung eines minderjährigen Kindes gebilligt und freigegeben«, gab er durch. »Sie haben die volle Zusicherung jedes Alphas, dass ihre Sicherheit unsere oberste Priorität sein wird, Mr Coley. Solange Sie kooperieren.« Beim letzten Satz zuckte Callan zusammen, und die Miene jedes einzelnen Alphas garantierte Anya, dass dieses Kind, egal was Coley tat, nie etwas anderes als Geborgenheit erfahren würde.

Kinder waren der Mittelpunkt jedes Breeds, mit dem Anya je gesprochen hatte. Es spielte keine Rolle, ob es sich um eines der seltenen Breed-Kinder oder um ein menschliches Kind auf der Straße handelte. Breeds waren immer achtsam, wenn Kinder in der Nähe waren, und begegneten ihnen stets als Beschützer.

Coley nickte, und Jonas gab ihm ein Taschentuch. »Für Ihr Gesicht«, meinte er, doch Anya erhaschte einen Blick auf das Blut an seinen Nägeln. »Wir lassen einen Arzt kommen, der sich die Kratzer ansehen soll. Wir möchten nicht, dass Ihre Tochter Angst um Sie bekommt, wenn sie Sie so sieht.«

Darauf schnaubte Coley fast höhnisch. »Sie ist blind. Sie kann die Kratzer nicht sehen.«

Daraufhin war verächtliches Schnauben von den Alphas zu hören.

»Arme Kleine«, seufzte Jonas. »Sie hat einen Vater, der wahrscheinlich gar nicht erkennt, welche Talente sie besitzt. Wieso ist Ihnen ihr Schutz wichtig, Coley?«

Coley sah ihn verständnislos an. »›Blind‹ heißt nicht, dass ich sie nicht liebe«, sagte er schroff. »Sie ist nur ein kleines Mädchen. Ihr Kerle, ihr seid im Krieg mit der Welt, und ihr wisst das. Ihr seid Erwachsene. Ich will nicht, dass sie dabei verletzt wird. Sie scheint euch Bastarde für cool oder so was zu halten.«

Zu schade, dass der Vater nicht den Instinkten seiner Tochter folgte, dachte Anya und rutschte auf ihrem Stuhl hin und her. Sie registrierte das langsame Anwachsen von Hitze in ihrem Bauch und die Verwirrung, die ihren Verstand ergriff.

Woher hatte sie gewusst, wie Del-Reys Antwort ausfallen würde? Niemand hätte es ihm verübeln können, hätte er eher Blut sehen wollen, als seinen Schutz für ein Kind zuzusichern, dessen Vater ihn und seine Gefährtin im Visier hatte. Kojoten waren manchmal logischer und weniger emotional als die anderen Breeds. Sie konnten kälter und gefühlloser sein. Doch Del-Reys Stimme war bei seinen Gedanken über den Schutz dieses Kindes tiefer geworden.

Sie biss die Zähne zusammen und stand auf, und zugleich stand Del-Rey auf, um ihr zu begegnen. Er sah sie mit verschleierten schwarzen Augen an.

Er konnte die Erregung wittern, das wusste sie. Er würde es wissen, sobald sie in ihr aufstieg. Ein Teil von ihr war ganz von der Rolle deswegen. Völlig verängstigt, dass keine Emotion, kein Gefühl, kein Hinweis, was sie tat oder dachte, sich vor ihm verbergen ließ.

»Stilles Örtchen.« Sie schluckte schwer. »Soll ich dich irgendwo treffen?«

»Ich warte hier auf dich«, antwortete er schließlich leise. »Wir kehren bald zur Basis zurück.«

Anya nickte und ging eilig aus dem dunklen Zimmer.

Im Flur umringten sie Sharone, Emma und Ashley und musterten sie besorgt.

»Wow, wieder schlimm, dieses Paarungsdingens, hm?«, stellte Ashley fest.

»Halt die Klappe, Ash«, zischte Emma.

»Ach Herrgott, ist doch nicht so, als hätte sie nicht gewusst, was passiert, als sie die letzte Spritze abgelehnt hat«, konterte Ashley. »Ich meine, sie wird doch nicht, sagen wir, wieder zum Tribunal gehen.«

Schweigen.

»Oder doch?«, flüsterte Ashley darauf fast entsetzt, als Anya die Hand hob, um ihren Leibwächterinnen zu bedeuten, dass sie draußen bleiben sollten, während sie in die Damentoilette und zu den Waschbecken ging.

Sie drehte das kalte Wasser auf, hielt die Handgelenke unter den Wasserstrahl und drückte den Kopf an den kalten Spiegel.

Sie hatte versucht, die in ihr aufsteigende Hitze zu ignorieren. Sie hätte noch ein paar Stunden mehr haben müssen, bevor es derart schlimm wurde. Bevor ihre Brüste schwollen und ihre Brustwarzen so empfindlich wurden, dass der BH ihr Schmerzen bereitete. Ihre Klitoris war so prall, dass sie das Seidenhöschen berührte. Inzwischen war jede Bewegung für sie eine Qual.

Ein Teil von ihr fror bis auf die Knochen und sehnte sich danach, dass Del-Rey die Arme um sie legte, doch ein anderer Teil von ihr weigerte sich, um das zu bitten, zu betteln, was sie brauchte. Sie hatte den ersten Schritt getan. Angefangen damit, dass sie Sofias Beleidigungen ignoriert hatte, und dann hatte sie den ersten Schritt gemacht und dieses sexuelle Abenteuer, das sie unternommen hatten, angestoßen. Sie zwang ihren Stolz zurück und versuchte ihr verdammt Bestes, um die letzten Monate wieder gutzumachen, aber es war nicht einfach.

Und während die Kälte immer stärker wurde, verbrannte sie zugleich innerlich. Es war beängstigend. Heiß und kalt zugleich. Nein, nicht nur heiß und kalt. Eiseskälte und Höllenfeuer. Es beeinträchtigte ihr Denkvermögen und ihre Fähigkeit, die Fassung zu bewahren.

Fassung war alles. Wenn sie ihren Platz an Del-Reys Seite einnehmen wollte, dann musste sie beweisen, dass sie kompetent und in der Lage war, Entscheidungen zu treffen, wenn nötig. Wenn sie zuließ, dass der Paarungsrausch ihr das antat, dann würde sie versagen.

Der Gedanke ließ sie beinahe wimmern. So wie sie sich im Augenblick fühlte, konnte sie ihm bei nichts eine Hilfe sein außer dabei, sich im Bett zu wälzen. Was, wenn sie angegriffen wurden? Was, wenn die Basis in Gefahr war? Wie konnte sie tun, was sie tun musste, und wissen, dass Del-Rey es ihr zutraute, während er und die anderen Kojoten die inneren Höhlen verteidigten?

Er wäre nicht in der Lage, ihr zu vertrauen. Sie wäre wieder eine Belastung. Etwas zum Vögeln. Das wäre ihr ganzer Wert für ihn, und das konnte sie nicht ertragen.

»Coya.«

Hastig richtete sie sich auf, als sie Hopes leise Stimme hinter sich hörte. Verdammt, sie hätte sich verstecken sollen, bevor sie den Emotionen nachgab, die sie innerlich zerrissen.

Sie richtete sich auf, drehte schnell das Wasser ab und zog einige Papierhandtücher aus dem Spender, um sich die Hände zu trocknen, während sie sich zu der anderen Frau umdrehte.

»Lupina.« Sie lächelte ihrer Freundin zu. »Fühlst du dich total merkwürdig, wenn dich mal jemand tatsächlich beim Namen nennt?«

Hopes Lippen verzogen sich zu anmutiger Belustigung. »Das hängt von der Person ab. Für viele bin ich Hope, aber zugleich bin ich die Lupina.« Sie zuckte mit den Schultern. »Ich bin dieselbe Person, egal welchen Namen sie nehmen.«

»Stimmt.« Anya lächelte und atmete langsam ein. »Ich mache dir Platz hier drin.« Sie wollte zur Tür.

»Ich bin hier, um mit dir zu reden.« Hopes Erklärung ließ sie stehen bleiben.

»Wieso?«

»Brim hat Jacob, unseren Sicherheitschef, informiert, dass du dich nicht mehr den Hormonbehandlungen unterziehst. Auch nicht denen, die die schmerzhafteren Auswirkungen des Rausches unterdrücken. Du musst nicht leiden, Anya. Die grundlegende Hormontherapie kontrolliert den Schmerz und die Empfängnis, bis du bereit dafür bist. Was du zuvor genommen hast, hat den Rausch selbst kontrolliert. Du hast die Wahl in der Sache.«

Anya atmete wieder ein, diesmal stockender. »Ich habe meine Entscheidung getroffen, Hope«, flüsterte sie und sah die andere Frau eindringlich an. »Es ist nur …« Sie schluckte schwer. »Es hat mich kalt erwischt.«

Hope sah sie ungläubig an. »Der Paarungsrausch ist beängstigend«, sagte sie. »Ich weiß gut, wie schlimm er sein kann. Bis Kiowas Gefährtin und danach du unseren Ärzten und Forschern gestattet haben, zu verfolgen, wie er in unserem Körper funktioniert, erlebten wir diesen Horror jeden Monat. Wir konnten es kommen fühlen, bevor wir in den Zyklus eintraten. Und dazu zählt noch nicht einmal der erste Monat der Paarung, wenn es sich anfühlt, als würde sich eine grausame Kralle in deinen Verstand und deinen Körper bohren. Es muss nicht so sein.«

Anya sah die Lupina an, und der Schmerz in ihrer Brust war fast unmenschlich, während sie die Tränen unterdrückte.

»Was passiert«, fragte sie, »wenn ich nicht zu eurer Ärztin kommen kann? Falls die Basis abgeriegelt ist und wir angegriffen werden? Wenn ich nicht weiß, wie ich es in den Griff bekomme, wie helfe ich dann Del-Rey? Wie verhindere ich, dass ich zu etwas werde, was er vor allem anderen schützen muss, statt zu jemandem, der ihm helfen kann? Du hast gelernt, damit fertigzuwerden. Ich habe gehört, wie gut du deine Pflichten erfüllst, selbst mitten im Paarungsrausch, während Haven angegriffen wird. Wie du in den gesicherten Bereichen gearbeitet hast, um dafür zu sorgen, dass alles reibungslos abläuft, während Wolfe und die anderen die Angriffe abwehrten. Wie kann ich das, wenn ich nicht verstehe, wie ich meinen eigenen Körper kontrollieren kann?«

»Und mehr als nur eine Geliebte zu sein ist sehr wichtig für dich, nicht wahr, Anya?«, fragte Hope sanft.

»Für dich etwa nicht?«, fragte Anya verwirrt zurück. »Du bist in Wolfes Labor aufgewachsen. Wir haben gesehen, was sie erwartet, falls sie wieder gefangen genommen werden, und woher sie kommen. Del-Reys Schutz bedeutet mir alles.«

»Vor acht Monaten dachtest du noch anders darüber«, erinnerte sie Hope.

Anya wandte sich schnell ab, fuhr sich mit der Hand über die Stirn und stemmte die andere in die Hüfte.

»Da konnte ich nicht denken«, flüsterte sie und drehte sich wieder um. »Alles, was ich da kannte, waren Zorn und Furcht, und die wurden mit jedem Tag größer. Drei Wochen lang lebte ich in dieser erschreckenden kleinen Welt, in der ich nicht einen einzigen Gedanken kontrollieren konnte.« Kopfschüttelnd schob sie die Hände in die Hosentaschen und sah sich in dem weiblich gestalteten Vorraum um, der zu den Toiletten dahinter führte. »Ich habe die ganze Pubertät lang darum gekämpft, mein Temperament zu kontrollieren. Doch nachdem ich das überwunden hatte, war da plötzlich etwas noch Schlimmeres, was mein Körper und mein Verstand mir antun konnten, und was ich nicht kontrollieren konnte.« Sie blinzelte die Tränen weg und sah die Lupina an. »Und ich habe ihm die Schuld daran gegeben, obwohl ich das nicht hätte tun sollen. Es gefällt mir nicht an mir, und ich bin mir verdammt sicher, dass ich das nicht noch einmal geschehen lasse. Aber ich lasse auch nicht zu, dass die Reaktion auf das, was zwischen uns passiert, mich zu einer Belastung für ihn macht.«

Hope legte den Kopf schief und erwiderte ihren Blick. »Weil du deine Logik eingesetzt hast, deine Beherrschung und die Herausforderung, die es, wie du wusstest, für den Breed darstellen würde, seine Aufmerksamkeit auf dich zu lenken«, vermutete sie. »Und jetzt hast du Angst, ihm dein wahres Ich zu zeigen.«

Anya zuckte zusammen und sah die Lupina unglücklich an.

»Ich schimpfe mit meinen Leibwächterinnen, weil sie mich in die Position der Coya manövriert haben. Aber ich wusste, was sie taten, irgendwo weit weg an einem Ort, wo ich es mir selbst nicht eingestehen musste. Ich wusste es, weil ich dieselben Tricks benutzte, um ihn dazu zu bringen, Notiz von mir zu nehmen, mich zu wollen und mir zu vertrauen. Er dachte, er würde eine Frau wählen, die ihm dabei helfen kann, seine Freiheit aufzubauen. Stattdessen fand er heraus, dass er ein Kind geheiratet hatte, das die Veränderung in seinem Leben nicht akzeptieren konnte. Ich will nicht, dass er nun herausfindet, dass es zu einer Frau geworden ist, die nicht einmal ihren Körper lange genug unter Kontrolle halten kann, um eine vernünftige Entscheidung zu treffen.«

Hope seufzte und schüttelte den Kopf. »Ich kann deine Gründe verstehen. Aber ich kann nicht gutheißen, dass du leidest, Anya. Es gibt Hilfe.«

»Aber es ist eine Hilfe, auf die ich mich nicht verlassen kann«, rief sie und schlug sich dann die Hand vor den Mund. »Himmel, hör mich nur an. Ich kann nicht einmal mehr richtig diskutieren. Ich habe als Zehnjährige Preise gewonnen für meine Fähigkeit im Diskutieren, und jetzt komme ich mir vor, als würde ich auf dem Boden sitzen und flennen wie ein Kleinkind.«

Vor acht Monaten war es noch schlimmer gewesen. Tausendmal schlimmer. Zehntausendmal. Sie erinnerte sich kaum noch an diese Wochen, in denen die Ängste so tief in ihrem Kopf saßen, dass sie ihnen nicht entkommen konnte. Damals hatte sie geheult, manchmal stundenlang, und sich dabei die Hände auf den Mund gepresst, damit die Ärzte und ihre Leibwache nicht hörten, wie sie Del-Reys Namen rief.

Und auch jetzt musste sie sich fast die Zunge abbeißen, um nicht nach ihm zu schreien. Sie wollte nur, dass er sie in den Armen hielt. Nur das, wenn schon sonst nichts, um etwas zu tun, was die Eiseskälte in ihr linderte.

»Ich bin ein einziges Chaos, Hope«, flüsterte sie.

»Oh Anya.« Hopes Miene wurde mitfühlend. »Du musst mit ihm reden. Dein Körper und dein Verstand wissen, was du außer dem Sex brauchst. Er könnte dir helfen.«

Kopfschüttelnd unterdrückte sie die Tränen und holte wieder Luft, entschlossen, damit fertigzuwerden.

»Ich bekomme das in den Griff. Alles wird gut.« Sie würde Hope nicht die Ohren vollheulen über die Beziehung, die keine war, zwischen ihr und ihrem Gefährten. Das war ihre Schuld, und sie musste einen Weg finden, das in Ordnung zu bringen.

»Ja, das wird es«, antwortete Hope leise. »Ich sage dir was: Wenn du dich in der Lage dazu fühlst, dann ruf mich an. Prima Lyons und ich dachten uns, im Frühling wäre ein großartiger Zeitpunkt für eure offizielle Zeremonie. Sie hat Sanctuary als Ort für das Ablegen der Gelübde angeboten, aber auch Haven steht zur Verfügung. Würde mir echt gefallen, wenn ihr Haven nehmen würdet.«

Die Zeremonie. Eine Hochzeit. Sie fragte sich, ob Del-Rey sich um die Ringe kümmerte. Natürlich würde er das ihr gegenüber nicht erwähnen, falls ja. Wahrscheinlich hatte er die verdammten Dinger schon längst und sagte es ihr nicht einmal.

»Haven würde mir gut gefallen«, gab Anya zu. »Und Frühling klingt wundervoll. Wenn Del-Rey endlich mal dazu kommt, etwas dazu zu sagen, lasse ich es ihn wissen.«

Hope nickte. Sie wollte etwas sagen, doch da öffnete sich die Tür, und Del-Rey stand im Eingang, Wolfe hinter ihm.

Del-Reys Blick fixierte sie, und er runzelte die Stirn, bevor er die Hand nach ihr ausstreckte. »Wir kehren zur Basis zurück«, erklärte er. »Die Alphas werden heute Abend wieder zusammenkommen, um die Pläne, die gemacht werden müssen, zu vollenden.«

Ihretwegen. Weil ihre Emotionen sich derart im Chaos befanden, dass ihr Gefährte wusste, er musste sie zur Basis zurückbringen und mit ihr schlafen. Ihr Gesicht wurde flammend rot, als ihr bewusst wurde, dass das auch jedem anderen klar war.

»Eine vorübergehende Störung.« Sie atmete tief ein und ging zu ihm. »Mir geht es gut.«

»Das weiß ich«, konstatierte er. »Es gibt Informationen, die wir sammeln müssen, bevor wir unsere Pläne abschließen können. Wir kehren zur Basis zurück.«

Anya hatte das schreckliche Gefühl, dass er Ausflüchte machte, aber seine ausgestreckte Hand konnte sie nicht ignorieren. Gott, wenigstens so viel Wärme brauchte sie.

Als er sie aus dem Raum führte, gab er ihr noch mehr. Er legte seinen Arm um ihre Schultern, zog sie an seinen warmen Körper und vertrieb die Kälte, die ihren Körper erschüttern und sie vor Schwäche zittern lassen wollte.

Anya hielt den Kopf hoch und ihre Schritte gemessen. Ihre Miene war beherrscht. Sie lehnte sich an ihn, als er sie an sich zog, und sie wollte die Augen schließen, als sie die Wärme fühlte, die nun gegen die Eiseskälte kämpfte. Sie hasste sich dafür, dass sie das brauchte. Sie hasste sich dafür, dass sie nicht in der

Lage war, sich gegen das Verlangen nach der Wonne zu stellen, die sich wie qualvolle Raserei in ihr aufbaute.

Er hatte in all den Monaten keine Krücke gebraucht. Er war stark gewesen, hatte gegen jene gekämpft, die die Breeds vernichtet hätten, und seine Logik und seine Fähigkeit, die Führung zu übernehmen, blieben unberührt.

Doch sie konnte das nicht. Wie viel schwieriger konnte es für sie sein als für ihn? Der Unterschied konnte doch nicht derart groß sein, ungeachtet dessen, was die Ärzte ihr erzählt hatten. Männliche Breeds ließen keine Experimente oder Tests zu. Und sie nahmen keine Hormone, um den Paarungsrausch zu kontrollieren. Woher sollten die Ärzte wissen, wie viel schlimmer es war? Männliche Breeds waren unglaubliche Schmerzen gewohnt. Schmerzen, die ein normaler Mann nie überleben würde.

Als sie hinaus in die Abendluft traten, hielt gerade eine militärisch gepanzerte Limousine vor dem Eingang zum unterirdischen Bunker. Cavalier, einer von Del-Reys persönlichen Leibwächtern, stieg auf der Beifahrerseite aus und öffnete die Tür, während Del-Rey sie hineinschob.

Und immer weiter, bis sie flach auf dem Rücken lag, die Tür hinter ihnen zuschlug und er sich über sie schob.

Sofort lagen seine Lippen auf ihren, und das sündige erhitzte Aroma seines Kusses durchdrang ihre Sinne und füllte sie mit dem Hormon, das den Paarungsrausch erst in Gang gesetzt hatte.

Sie schlang die Arme um seinen Nacken und hielt sich an ihm fest, während sie die Beine spreizte, sodass er sich dazwischendrängen konnte. Sie waren beide vollständig bekleidet, doch seine Körperwärme sickerte durch den Stoff, drang in ihre Muskeln, und sie fühlte, wie die Wärme das Eis vertrieb.

Sie konnte fühlen, wie die Hitze sie durchdrang, die Erregung tiefer und stärker machte, doch zugleich den Schmerz vertrieb.

Mit der Erregung konnte sie umgehen. Das drängende Verlangen nach seiner Berührung konnte sie verarbeiten. Doch mit dem Schmerz, der eisigen Kälte, der Verwirrung kam sie nicht klar. Und der völlige Kontrollverlust außerhalb seiner Arme? Machte ihr eine Mordsangst.

Mit dem Kontrollverlust hier konnte sie umgehen. Sein Kuss, der sie erfüllte und lustvoll über ihre Lippen strich, erfüllte ihre Sinne, ließ sie ihn fühlen und schmecken, während sie sich unter ihm bewegte. Hier war sie in Sicherheit. Hier musste sie nichts kontrollieren.

Mit einer Hand hielt er ihren Kopf fest, die andere schob sich unter ihren Pulli, legte sich auf ihren Bauch, und die Wärme dort war unglaublich. Wie ein Schmelzen.

»Wenn ich deine Berührung brauchte«, grollte er an ihren Lippen, »dann wurde mir hier immer zuerst eiskalt.« Seine Hand drückte stärker. »Kalt, bis ich das Gefühl hatte, meine Knochen zerbersten unter dem Verlangen nach deiner Wärme.«

Sie blickte in seine dunklen Augen und sah darin die Schatten des Schmerzes und der Kälte, die er acht lange Monate erduldet hatte.

Sie schüttelte den Kopf und kämpfte gegen die überwältigenden Schuldgefühle an, den Beweis, was sie ihn hatte leiden lassen. Männliche Breeds, so hatte sie gelernt, besaßen einen instinktiven, alles überwältigenden Drang, ihre Gefährtinnen zu beschützen. Sie in den Armen zu halten, um sie vor jedem Schmerz abzuschirmen und sie so weit wie nur möglich zu beschützen.

Wieder küsste er sie, sank in sie ein, streichelte ihre Zunge, und sie wimmerte vor Wonne an seinen Lippen. Er streichelte und leckte über ihre Lippen. Jede Berührung war voller Sanftmut, voll sehnlicher Wärme, als er sie in den Armen hielt, um die Auswirkungen des Paarungsrausches zu lindern, die sie sonst zerrissen hätten.

Er hob den Kopf. »Sieh mich an.«

Ihre Wimpern hoben sich, bis sie in seine entschlossene und überhebliche Miene blickte.

»Tu das nie wieder, Anya. Niemals. Wenn der Paarungsrausch stärker wird und wir ihn gerade in dem Moment nicht stillen können, dann wird mein Kuss ihn lindern, bis wir es können. Egal, wo wir sind, und egal, was wir tun, mein Kuss gehört dir. Meine Wärme gehört dir. Verstehst du?«

Wieder musste sie mit den Tränen kämpfen, mit ihren Schuldgefühlen und dem Wissen, was sie ihnen beiden angetan hatte.

»Wieso?«, flüsterte sie. »Acht Monate, Del-Rey, und ich habe mich ferngehalten. Ich habe auch dich leiden lassen.«

»Und du denkst, ich sollte dir die Schuld daran geben? Dass ich dich beschimpfen sollte?«, fragte er und strich ihr sanft das Haar aus dem Gesicht. »Anya, denkst du, ich weiß nicht, wie viel Angst du hattest an dem Tag, als ich dich entführte und vor deinen Augen auf deine Familie schoss? Denkst du, ich wusste nicht, dass ich dich belogen und das Vertrauen missbraucht hatte, das du mir so großzügig geschenkt hast? Ich habe nie dir die Schuld gegeben, Liebes. Mir selbst, ja. Meiner eigenen Ungeduld und Lust, auf jeden Fall. Aber niemals dir.«

»Du solltest mich hassen.« Eine Träne lief ihr übers Gesicht. »Du hast gelitten, und deine Basis hat es auch; deine Leute haben gelitten, weil du nicht da warst. Und du warst meinetwegen nicht da.«

»Aber du hast meinetwegen gelitten«, seufzte er. »Und jetzt spielt es nicht einmal eine Rolle, ob es überhaupt eine Schuld zuzuweisen gibt. Du liegst in meinen Armen. Meine Gefährtin. Meine Coya. Wir kämpfen uns da durch, Anya. Gemeinsam.«

Seine Lippen strichen über ihre, öffneten sie, streichelten sie und eroberten sie in einem Kuss, der sie unfähig machte für Diskussionen, Widerspruch, Zustimmung oder Ablehnung. Sie sog seine Zunge in ihren Mund und reizte ihn, lockte ihn.

Sie hob die Hüften, rieb sich an seinem harten Schaft, und ihre Klitoris genoss die Hitze, die zwischen ihren Körpern tobte.

Ihre Hände bewegten sich, zogen seine Arme zu sich herab und schoben sich darunter, um das Hemd aus seiner Jeans zu ziehen und den harten warmen Körper darunter zu berühren.

Oh Gott, sie liebte, wie er sich anfühlte. Sie wollte ihn um sich wickeln wie eine Decke und seine Wärme für immer festhalten. Sie drang in ihre Handflächen, während sein Kuss in ihre Seele sickerte und die Empfindungen, die in ihr aufstiegen, sie erbeben ließen.

Wie schmerzhaft waren die letzten Monate gewesen, und sie hatte sich geweigert, es sich einzugestehen. Wie sehr hatte sie sich Sorgen gemacht, mit sich selbst gekämpft und gegen das Verlangen, das zwischen ihnen wogte, noch bevor sie vom Paarungsrausch gehört hatte. Er war ein Teil von ihr. Und das seit dem Augenblick, als seine schwarzen Augen ihren begegnet waren, mit nicht mehr als sechzehn Jahren.

Bevor sie sich berührten. Vor diesem ersten Kuss. Vor dem Zorn und der Angst, und bevor sie sich der Welt bewusst wurde, die sie betrat, als sie sich in Del-Reys Arme begab.

»Ich muss mit dir schlafen«, grollte er, als er die Lippen von ihrem Mund löste und an ihr Kinn, an ihren Hals wanderte. »Ich muss in dir sein, Anya. So tief und eng, dass es kein *dich* und *mich* mehr gibt. Nur das hier.« Seine Finger schnippten über den Reißverschluss ihrer Jeans und zogen ihn im nächsten Augenblick auf. »Ich saß in diesem verdammten dunklen Zimmer, roch dein Verlangen nach mir und dachte, ich verbrenne unkontrolliert, bevor ich dich berühren kann. Ich habe mir vorgestellt, wie feucht du für mich bist. Du warst immer feucht für mich, Anya. Immer. Schon vor dem Paarungsrausch, noch bevor du überhaupt alt genug warst, dass ich dich berühren durfte, warst du feucht für mich.«

Ein unterdrückter Aufschrei drang über ihre Lippen, als seine Finger über die feuchten Löckchen zwischen ihren Beinen strichen.

»So feucht, dass dir das Höschen zwischen den Beinen an der Haut klebt.« Er knabberte an ihrem Kinn und leckte dann über die kleine Wunde. »Und genauso klebt deine Feuchte an meiner Zunge und liebt meine Berührung. Du liebst meine Berührung, Anya.«

»Ich liebe deine Berührung«, keuchte sie und hob die Hüften seiner Handfläche entgegen, die sie umfasste. »Oh Gott, Del-Rey, ich habe deine Berührung immer geliebt.«

»Ich liebe deine Berührung«, grollte er. »Ich sehne mich danach, ich träume davon. Ich wache schweißgebadet auf, und zugleich friere ich und sehne mich nach deiner Wärme.«

Zwei Finger teilten die prallen Schamlippen zwischen ihren Beinen und schoben sich langsam, fast neckend, in ihre sehnsuchtsvolle Tiefe.

Es war so gut. So gnadenlos gut, dass Anya unter ihm zuckte und keuchend seinen Namen rief, als sie spürte, wie ihre Muskeln sich um seine Finger schlossen. Ihre warme Feuchte umfloss seine Finger und ließen sie leichter vorangleiten, als er sie langsam in sie schob.

»Danach habe ich mich so gesehnt«, flüsterte er in ihr Ohr und fuhr dann mit den Zähnen über ihren Hals. »Dich zu fühlen, zu schmecken. Deine süße Vagina, die sich für meinen Schwanz öffnet, mich umschließt und in sich zieht, während deine Arme und dein Kuss mich noch enger an dich drücken. Ich wäre gestorben für nur noch eine Nacht mehr in deinen Armen, meine Coya.«

»Stirb nicht«, stöhnte sie. »Berühre mich nur, Del-Rey. Hör nicht auf, mich zu berühren.«

Hier, in seinen Armen, war Selbstbeherrschung nicht wichtig. Es gab keinen Grund, nach Klarheit zu streben. Hier konnte er für sie beide denken, denn Anya wusste, sie konnte nicht hoffen, auch nur einen einzigen Gedanken im Kopf zu behalten.

Sie bog den Hals durch, als er den lockeren Ausschnitt ihres Pullis zur Seite schob, das Mal an ihrem Nacken fand und dann – wie wunderbar – darüberleckte. Seine Zunge strich langsam und sinnlich über die Wunde, die so unglaublich sensibel für die leichteste Berührung geworden war, dass sie fühlte, wie ihre Vagina zuckte und sich dann um seine Finger zusammenzog.

Das sollte eigentlich gar nicht möglich sein. Es sollte nicht so sinnlich und erotisch sein, dass sie nichts mehr wollte, als splitternackt vor ihm zu liegen und zu fühlen, wie er jeden Zentimeter ihrer Haut berührte.

»Ich weiß nicht, wie ich damit umgehen soll.« Sie bäumte sich auf und erschauerte in seinen Armen. »Ich weiß nicht, wie ich denken soll, Del-Rey.«

»Denk nicht, Süße«, stöhnte er an dem Mal an ihrer Schulter, bevor er einen sanften Kuss darauf drückte. »Nur fühlen. Fühl mich. Das ist alles, was du tun musst. Ich kümmere mich um alles andere.«

Sie musste ihm vertrauen, denn sie konnte das hier nicht kontrollieren. Sie wollte nicht dagegen ankämpfen, nicht mehr. Sie wollte nicht, dass die Hormonbehandlungen auch nur eine einzige Empfindung oder eine Sekunde des Verlangens blockierten. Sie wollte alles. Er hatte alles akzeptiert, dafür gelitten, und ihr die Freiheit und die Zeit gegeben, die sie gebraucht hatte, um zu erkennen, was sie wollte, wonach sie sich so sehr sehnte. Sie konnte nur noch ihre Sinne fliegen lassen und sich darin ergeben, den Mann zu halten, den sie vor Jahren als den ihren erwählt hatte.

Sie drängte sich den Stößen seiner Finger entgegen, und ihre Aufschreie drangen durch die Luft, als sie sich mühsam davon abhielt, ihn anzuflehen, dass er sie jetzt sofort, auf der Stelle, nahm.

Sie konnten nicht weit von der Basis sein. Er würde aufhören müssen. Es konnte nicht mehr lange dauern.

»Gott, du bringst mich dazu, den Kopf zu verlieren.« Er atmete rau aus, hob den Kopf ungeachtet ihres Protests und sah zum Fenster. »Komm, Süße.« Langsam glitt seine Hand aus ihrer feuchten Wärme.

»Noch nicht«, wimmerte sie. »Hör noch nicht auf.«

»Nur kurz.« Seine Lippen senkten sich auf ihre, streiften darüber, und er küsste sie wieder, langsam und tief. Seine Zunge spielte mit ihrer und ermunterte sie, daran zu saugen, während er ihre Hose und ihren Pulli wieder richtete.

Er schob ihre Hände von sich und hielt sie mit einer Hand über ihrem Kopf fest, während er mit der anderen über ihre Seite streichelte.

Als er den Kopf hob, öffnete sie die Augen und erwiderte seinen Blick.

»Wenn du mich brauchst, dann komm zu mir, Anya. Egal, wo ich bin oder was ich tue. Wenn du je wieder im Stillen leidest, sorge ich dafür, dass du ganz deutlich begreifst, dass ich das nicht erlaube.«

Ihre Lippen öffneten sich, überrascht von seinem dominanten Tonfall.

»Du wirst ja ganz schrecklich herrisch, oder, Kojotenmann?« Sie musste die Finger in den Sitz krallen, um ihn nicht wieder an sich zu ziehen.

»Ich bin schwach, wenn es um dich geht, Gefährtin«, erklärte er sanft, doch sein Tonfall verbarg die reine Macht dahinter nicht. »Aber reize mich nicht, wenn es um deine Sicherheit oder dein Wohlergehen geht. Du kannst eigensinnig sein, damit kann ich umgehen. Widersprich mir, wenn du willst, und schrei mich an, wenn du musst. Aber bring dich nicht selbst in Gefahr, oder lass zu, dass dich etwas verletzt, was ich in Ordnung bringen kann. Das werde ich nicht dulden.«

»Gibt es ein Regelbuch?«, schnaubte sie, während er ihr half, sich aufzurichten. »Oder darf ich einfach auf eigene Faust herumstolpern und bei jeder Gelegenheit Mist bauen?«

»Bei jeder Gelegenheit Mist bauen.« Er grinste. »Ich werde es überaus genießen, dir deine Irrtümer aufzuzeigen.«

Charme und verführerischer Humor. Sie liebte sein Lächeln. Die reine teuflische Sünde darin, die Wärme, die sie immer wieder kurz hatte aufblitzen sehen und die nun zu großer Hitze aufloderte.

»Wir sind da«, meinte er, als die Limo vor den Höhlen anhielt.

»Wir werden bald einen Zusammenstoß haben«, warnte sie ihn. »Sehr bald.«

Er runzelte die Stirn, nickte aber finster.

»Ja, das weiß ich, Coya. Aber du sollst wissen, dass du meine Coya bist, auch wenn wir aneinandergeraten. Und ich werde dafür sorgen, dass du immer in Sicherheit bist, auch wenn es deinen Zorn herausfordert. Jetzt komm.« Er nahm ihre Hand, als sich die Tür der Limo öffnete. »Gehen wir in unser Quartier. Ich brauche deine Berührung und deinen Geschmack. Und ich werde nicht länger darauf warten, dieses Bedürfnis zu stillen.«

17

Del-Rey verlor keine Zeit. Zügig brachte er Anya in die Basis, den Arm weiter um sie gelegt, und eilte durch die Tunnel, bis sie hinter geschlossener Tür in ihrem Quartier waren.

In Sekundenschnelle fand sie sich an die Wand gedrückt wieder, seine Lippen auf ihren, und sie spürte seine Zunge, die sich erneut in ihren Mund drängte. Das Hormon, das sich aus den Drüsen unter seiner Zunge freisetzte, schien würziger und noch suchterzeugender zu sein als je zuvor.

Sie saugte den Geschmack ein, leckte über seine Zunge und hörte sein vibrierendes Grollen, während sie an seinen Hemdknöpfen zerrte und den Stoff von seinen breiten Schultern streifte.

»Ich liebe deinen Körper«, keuchte sie, als er seine Lippen von ihr löste und das Hemd abschüttelte. »So hart und muskulös.« Sie fuhr mit den Händen über seine Schultern und wollte förmlich wimmern, als sie die Wärme unter seiner Haut fühlte. »Und so warm. Immer so warm. Ich brauche deine Wärme, Del-Rey.«

Sie brauchte *ihn*. Wie hatte sie es nur fertiggebracht, sich all die Monate von ihm fernzuhalten? Sich die ultimative Wonne zu versagen, ihn nur zu berühren, seine Bewegungen zu beobachten oder seine dunkle raue Stimme zu hören.

»Sie gehört dir.« Seine Hände schoben sich unter ihren Pulli und hoben den Stoff, bis ihr zarter Spitzen-BH sichtbar wurde.

Er hielt inne. Anya stockte der Atem, als seine Hände an ihre Brüste glitten und seine Finger sich um die Rundungen schmiegten, die er mit köstlicher Begierde umfasste. Der Ausdruck auf seinem Gesicht, als er sie berührte, war reine männliche Begierde. Teils Lust, teils mehr. Etwas Tieferes, etwas, was den weiblichen Teil ihrer Seele berührte und sie schwächer machte und nach mehr verlangen ließ. Es ließ sie die qualvolle Erregung, die ihren Körper folterte, willkommen heißen, denn sie konnte sehen, wie seine Nasenflügel sich weiteten, wie er ihren Duft einatmete, als seine Hände sich auf ihre sehnsuchtsvollen Brüste legten.

»Gott, ich liebe den Duft deines Begehrens«, stöhnte er und gab damit ihre Gedanken wieder, während er die Lippen auf die Hügel über den Spitzenkörbchen senkte.

Anya schauderte, als er darüber leckte. Seine Zunge glitt rau über ihre empfindsame Haut und kam ihren hart aufgerichteten Brustwarzen so unglaublich nahe.

»Willst du mich foltern?«, keuchte sie.

»Uns beide.« Röte überzog seine Wangen, als er über die Spitze über ihren Brustwarzen leckte. »Denn ich muss dich kosten, Anya. Ich muss dich an mir spüren, so süß und warm. Wie du dich vor Verlangen nach mir aufbäumst. Wie du mich brauchst.«

Und wie sie ihn brauchte! Dem Paarungsrausch die Schuld daran zu geben war keine Option. Sie hatte ihn schon gewollt, bevor er sie je geküsst hatte. Sie hatte ihn gewollt, nachdem die Hormontherapie die schmerzhaften Krämpfe des Verlangens unter Kontrolle gebracht hatte. Seit sie sechzehn Jahre alt war, hatte es keinen Moment gegeben, in dem sie ihn nicht gewollt hatte.

Seine Haut unter ihren Händen war warm und fest.

»Zieh das aus.« Er schob ihren Pulli weg und ließ seine Zunge in das Tal zwischen ihren Brüsten wandern.

Sie hob die Arme, damit er den Stoff über ihren Kopf ziehen

konnte. Kaum war der Pulli auf dem Boden gelandet, lagen seine Hände auch schon an ihrem Hosenbund, öffneten den Verschluss und zogen den Reißverschluss auf.

Wie gebannt vom Ausdruck der Wonne in seinem Gesicht und der Wonne, die sie erfüllte, konnte sie ihn nur noch betrachten, als seine Hand unter den Stoff glitt, unter ihr Höschen, in die Feuchte zwischen ihren Beinen.

Sie ließ den Kopf nach hinten an die Steinwand sinken, und ihr stockte der Atem. Ekstase durchströmte sie mit solch sinnlicher Verheißung, dass sie sich nur noch an ihm festhalten konnte, während er sie streichelte und verwöhnte.

»Ich brauche dich nackt«, grollte er an ihrer Brust, die er gerade sinnlich leckte. »Kannst du die Schuhe ausziehen?«

Die Schuhe? Verwirrt schüttelte sie den Kopf. *Welche Schuhe?* Die verdammten Schuhe waren ihr scheißegal, wenn seine Finger gerade in die drängende sehnsuchtsvolle Hitze zwischen ihren Beinen glitten.

Er hob den Kopf, und seine Finger bewegten sich langsam, ganz langsam, bevor er seine Liebkosungen stoppte. Anyas Hüften drängten sich der Berührung entgegen, schmiegten sich in seine Handfläche, und ihr verzweifelt verlangender Blick suchte nach ihm.

»Zieh deine Schuhe aus.« Ein Grinsen spielte um seine Lippen, und seine wilden Züge wurden weicher in sinnlicher Belustigung. »Na komm, Baby. Ein Fuß nach dem anderen.«

Sie wimmerte verlangend und streckte den Fuß nach ihm aus.

»Oh Baby. Deine Schuhe«, stöhnte er und strich mit den Lippen über ihre. »Zieh die Schuhe aus.«

Ach ja. Ihre Schuhe.

Sie ließ eine Hand sinken, beugte das Knie, und ihre Finger fanden den Reißverschluss an ihrer Stiefelette, bevor sie den ersten mit Fummeln und Schieben vom Fuß zog. Das Gleiche wiederholte sie mit dem anderen Fuß, und ihre Zehen kribbelten vor Wonne, als er sie zwischen ihren Beinen erneut mit sanftem Streicheln eroberte.

Mit der anderen Hand schob er die Hose über ihre Hüften nach unten und zog dabei das Höschen mit, während er vor ihr auf die Knie ging.

»Del-Rey, das Bett«, keuchte sie.

»Pfeif auf das Bett.« Seine Stimme kratzte über ihre Nervenbahnen, und die Lust ließ ihren Körper erbeben. »Ich muss dich auf der Stelle kosten, Anya. Meine Zunge in dir.« Seine Lippen streiften über die Löckchen zwischen ihren Schenkeln. »So süß und weich. So gut.«

Ihre Beine spreizten sich unter der Führung seiner Hände. Ihre Finger wanden sich in die dichten rauen Strähnen seines dunkelblonden Haares, und sie sah zu. Sie sah zu, wie seine Zunge durch ihre verlangende Spalte leckte, um ihre Klitoris kreiste und ihr die letzte Chance auf Kontrolle aus ihrem von Empfindungen erschütterten Körper sog.

Del-Rey leckte, streichelte und kostete. Seine Zunge eroberte ihre Haut, ließ sie zittern und beben, während sie sich mühte, die Knie angezogen und ihren Körper an die Wand gedrückt zu halten.

»Ich falle gleich runter«, rief sie.

»Ich halte dich fest, Baby.« Sexy und sündig, ein unmenschlich erotisches Grollen, das über ihre Klitoris hauchte.

Es ließ sie beinahe kommen. Impulse extremer Wonne jagten durch ihren Leib bei dem Anblick, den Lauten, der Berührung.

»So nahe«, raunte er in diesem sinnlichen rauen Tonfall. »Ich kann wittern, wie kurz davor du bist, Anya. Wirst du für mich kommen, Baby?«

Sie sog zischend die Luft durch die Zähne ein, als seine Zunge erneut um ihre Klitoris kreiste, bevor sie in sie drang und bedächtig und köstlich an ihr saugte.

Eine größere Wonne konnte es gar nicht geben. Ihre empfindsamen Muskeln zogen sich unter den schmerzhaft sinnlichen Reizen zusammen. Sie konnte spüren, wie das Gefühl durch ihr Blut rauschte, durch ihre Nervenbahnen jagte und in jeder Zelle ihres Körpers widerhallte.

Und das nur von seinem saugenden Mund an ihrer Klitoris. Von seinen Händen an ihren Hüften, die sie festhielten. Vom Gefühl seines Haares unter ihren Fingern. Elektrische Impulse der Lust knisterten in ihr. Sie fühlte sich gespannt, weiblich und schwach unter seiner Berührung, unter dem Verlangen, das in ihr tobte.

»Hmm. So gut«, stöhnte er und leckte weiter an ihr, ohne ihre Klitoris zum Orgasmus zu saugen, wie sie es brauchte.

Ihre Haut war so empfindsam, dass sie die Schweißperlen darauf spürte. Das Streifen seiner Haare über ihren Bauch, während er ihre Klitoris wieder in seinen Mund sog. Und dieses Mal meinte er es ernst.

Seine Zunge spielte über der zarten Perle, sein Mund saugte daran, bis sie sich auf die Zehenspitzen hob, von einer Lust überwältigt, die so drängend und tief war, dass kein Laut über ihre Lippen kam, als sie den Mund zu einem stummen Schrei öffnete.

Sie verlor alle Kraft in den Beinen, doch er hielt sie aufrecht. Sie verlor den Willen, aus eigener Kraft zu stehen. Ihr Kopf fiel in den Nacken, und ihre Hüften bewegten sich, bis er die pralle kleine Perle tiefer in seinen Mund sog, seine Lippen über die empfindsamen Schamlippen streiften und die Welt sich um sie herum auflöste.

»Meins.« Ihre Hände glitten von seinem Haar an seine

Schultern, und ihr Oberkörper sank über ihn, während ihre Nägel sich in seinen Rücken gruben.

Er fing sie auf, hob sie mit einem Grollen des Triumphs in seine Arme und trug sie zum Bett.

Sie fiel auf die Matratze, rollte sich herum und kam auf die Knie. Als er sich über sie schieben wollte, wartete sie schon auf ihn und stemmte sich gegen seine Schultern.

»Jetzt bin ich dran.«

Sie war noch schwach von den Impulsen der Ekstase, die durch ihren Leib rasten, und doch durchströmte sie nun das Verlangen, die Begierde, die nichts mit dem Paarungsrausch zu tun hatte.

»Meins«, wiederholte sie, verloren in Emotionen und Besitzanspruch, verloren in der reinen Perfektion seines Körpers, seiner Berührung und der nun kommenden natürlichen Entwicklung dessen, was sie schon gewusst hatte, seit sie sechzehn Jahre alt war.

Und er ließ sich für sie nieder. Nackt, obwohl sie sich nicht erinnern konnte, wann er sich ausgezogen hatte, streckte er sich auf dem Rücken aus, und seine sündigen schwarzen Augen musterten sie. Der Anflug von Blau war jetzt stärker und spiegelte sich in den Lichtern wider, die aus dem Inneren der Wand heraus schimmerten.

Sie schob sich über ihn, eroberte seinen Mund mit den Lippen, nahm sich den Kuss, den sie brauchte, und sog seine Zunge in ihren Mund, um auch den letzten Rest des würzigen Aromas aus den Drüsen darunter zu bekommen.

Sie umfloss ihn, löste die Lippen von seinen, strich mit der Zunge über seine Haut und knabberte an der kräftigen Ader an seinem Hals, den er für sie durchbog.

»Deins.« Der animalische Laut machte sie stark und jagte ihr einen heftigen Schub von Adrenalin durch den Leib.

Denn er gehörte ihr. Ihr Gefährte. Ihr Geliebter. Ihr Del-Rey.

Ihre Lippen wanderten über seine Schulter. Ihre Zunge strich über sein Schlüsselbein, und ihre Geschmacksknospen drehten durch, als sie sein berauschendes Aroma kostete. Schweiß und männliche Erregung. Reich, würzig, erdig. Und sie war süchtig danach.

Sie leckte über seine flachen harten Brustwarzen und fühlte, wie er sich an sie drängte, spürte, wie seine Hände sich in ihr Haar gruben. Sie hörte sein ungeduldiges Knurren und ließ ein Lächeln um ihre Lippen spielen, als sie den Blick hob und mit der Zunge nach unten bis an seinen Bauch fuhr.

»Coya«, stöhnte er. »Meine Coya.«

»Deine Coya.« Es war ein Versprechen, ein Schwur.

Er biss die Zähne zusammen, und die scharf gekrümmten Reißzähne in seinem Mund machten seinen Anblick nur noch lustvoller.

Sie leckte an ihm, ging tiefer, streckte sich zwischen seinen Beinen aus und ließ ein begieriges Stöhnen über ihre Lippen dringen. Sein Schwanz streckte sich zwischen seinen Beinen bis an den Unterbauch, dick und kräftig, erregt und stahlhart.

Die schwere Eichel war gerötet, feucht von Vorsamen und wartete auf ihre Zunge. Sie leckte darüber und kommentierte seinen Geschmack mit deutlichen Lauten köstlicher Wonne. Sie leckte über den Schaft, ignorierte die Hände in ihrem Haar, die sie drängten, zu seiner empfindsamen Eichel zurückzukehren. Sie fuhr mit der Zunge nach unten an die festen pochenden Hoden unter dem Schaft und spielte damit.

Mit der Zunge strich sie über die glatte unbehaarte Haut dort und befeuchtete sie, bevor sie die Lippen öffnete und sachte erst an der einen Seite saugte, dann an der anderen. Sein Stöhnen, das tiefe raue Grollen, erfüllte den Raum.

»Mein Alpha«, flüsterte sie und glitt wieder an dem kräftigen Schaft nach oben. »Mein Gefährte.«

Und sie akzeptierte es. Es gab kein Entfliehen, denn in ihrem Herzen hatte sie nicht das Verlangen, zu entfliehen. Im Herzen, wo sie die Träume, die Erinnerungen, das Verlangen und den Schmerz des Verlusts verborgen hatte, hatte er immer ihr gehört.

»Deins«, knurrte er. »Und jetzt nimm mich. Verlier die Beherrschung, Anya, denn Gott helfe uns, wenn ich meine verliere.«

Sie lächelte, leckte über seine Eichel und sog sie dann in den Mund.

Oh ja, das war es, was sie wollte. Keine Kontrolle. Weder von ihm noch von ihr. Nur sie beide, gemeinsam, im Höhenflug jenseits aller Kontrolle, und das mit Genuss in jeder Minute.

»Anya, fordere es nicht heraus«, befahl er. Er konnte diesen Befehlston so gut, dass sie erschauerte bei dem Versprechen an Vergeltung, das sie in seinem Blick sah.

Sie sog ihn in den Mund und rieb mit flacher Zunge an seiner empfindsamen Eichel. Langsam löste sie die Lippen von ihm und ließ ihn zusehen, während ihre Zunge seine Eichel umkreiste und sie ihn beobachtete. Sie sah, wie Wildheit in seinen Blick trat und sie selbst erfüllte.

Dafür war sie geboren. Geboren, um diesen Mann zu berühren, um ihm die Kontrolle zu rauben und ihre eigene zu verlieren. Geboren, seine Gefährtin zu sein.

»Nein, Anya.« Seine Hände zogen stärker an ihrem Haar. Als das nichts half, schob er sie unter ihre Arme und zog sie hoch, bis sie die Zähne auf die feste Haut drückte.

Er hielt inne und starrte sie mit gequälter Miene an.

»Es wird sein wie das erste Mal«, knurrte er. »Hörst du mich? Wie das Tier, das ich bin.«

Nein, wie der Mann, der er war, das wunderbare männliche Geschöpf, das ihre Tagträume bestimmte und das Verlangen in ihr weckte, egal unter welchen Umständen.

Sie schloss die Lippen fester um ihn, nicht schmerzhaft, aber warnend, bis seine Hände sie freigaben und sich stattdessen in das Laken unter ihm gruben. In seinen Augen schimmerte Hinnahme – und Besorgnis. Seine Miene war wild, wie gemeißelt, erhitzt vor Lust.

Sie saugte ihn tiefer in sich ein, obwohl sein Schwanz so kräftig war, dass es unmöglich war, viel mehr als die gnadenlos kräftige Eichel in ihren Mund zu nehmen.

Er war köstlich. Ein kleiner Schwall Vorsamens füllte ihren Mund, und sie genoss es. Minuten später noch einer. Del-Rey hatte den Hals durchgebogen, und die Adern traten deutlich hervor, so wie an seinem Schaft.

Noch ein Schwall, und ihr blieben nur Sekunden, um das Aroma zu genießen, bevor er in Bewegung kam. Keine Chance zu reagieren, bevor er sie an seinem Körper hochzog und anfing, sie umzudrehen.

Ihre Schenkel umklammerten seine, ihre Hüften senkten sich, und ihre feuchte Spalte rieb über seine harte Erektion, als er plötzlich erstarrte.

Als Anya das warnende Knurren hörte, lächelte sie und drückte die Hände flach auf seine Brust, ließ die Hüften nach oben gleiten, bis seine Eichel an der Pforte zu ihren drängenden, begierigen Tiefen lag.

»Ich nehme dich«, flüsterte sie. »Als meinen Gefährten.«

Sie drückte sich nach unten, und ein Wimmern der Ekstase drang aus ihrer Kehle, als die Eichel sich in sie schob, sie dehnte und öffnete.

»Meine Coya!« Es war ein Knurren, eine Forderung. Seine Hände packten ihre Hüften, seine Oberschenkel wölbten sich, und Anya schrie vor Wonne auf, als er sich in sie stieß. Schwere harte Bewegungen seiner Hüften versenkten ihn mit drei Stößen tief in ihr, und er hörte nicht auf.

Eigentlich sollte es ihr Ritt sein, dachte sie benommen. Und sie ritt auf ihm, wand sich auf ihm, als er die Kontrolle verlor, die ihn, wie sie wusste, zuvor gebunden hatte, und ihr alles von sich gab. Nicht nur jeden harten Zentimeter seiner Erektion, sondern auch seine Beherrschung, sein Selbstgefühl und die Kraft seiner Begierde.

Seine harten Stöße reizten Nerven, die so überaus empfindsam waren, dass sie wusste, sie würde nicht lange brauchen. Sie konnte fühlen, wie die Ekstase in ihr immer stärker wurde. Sie wiegte sich auf ihm, während er sich mit kraftvollen Stößen in ihr bewegte, ihren Namen stöhnte und seine Hände sie festhielten, als sie den Kopf nach hinten sinken ließ und seinen Namen schrie, als die Ekstase erst in ihr explodierte und dann zu einer strahlenden Kraft wurde, durch die sie ihn noch enger umschloss, die Nägel in seine harte Brust grub – und die Lust sich wie ein eigenes Wesen von ihr losriss.

Das Gefühl wurde erst schwächer, als Del-Rey sich unter ihr versteifte, und es begann erneut. Doch dieses Mal fühlte sie ihn, die starke Schwellung an der Mitte seines Schaftes, die die pulsierende Enge ihrer Muskeln auseinanderdrückte und noch mehr Nervenenden freilegte, noch mehr Empfänger für ihre Lust, und sie alle in die Ekstase stürzte mit dem heftigen pulsierenden Pochen der Schwellung, die ihn nun in ihr festhängen ließ.

Mit jedem neuen Schub seines Samens in sie pulsierte die Schwellung und jagte sie bebend noch tiefer in die Ekstase. Es war unendlich. Ein Orgasmus, der langsam endete, nur um erneut in ihr auszubrechen, sie wie Espenlaub zittern und auf seine Brust sinken zu lassen, lange bevor es endete.

Eine kleine Ewigkeit später blickte Del-Rey blinzelnd nach oben an die Decke, immer noch um Atem ringend, während der letzte Schub seiner Erlösung die Tiefen ihrer viel zu heißen Enge füllte, die seinen Schwanz umschloss. Ihr Schoß war die reine Verzückung. Es war eine Wonne, die so jenseits aller Wonnen lag, dass es keinen Namen dafür gab. Und genau wie beim ersten Mal, als er sie genommen hatte, hatte er in ihr die Beherrschung verloren.

An ihrer Schulter war Blut, wo er sie erneut gebissen hatte. Er senkte den Kopf und leckte über die Wunde, die, wie er wusste, nie ganz heilen würde. Nicht einfach nur, weil er sich nicht davon abhalten konnte, sie zu beißen, wenn er sie nahm, sondern weil an dieser kleinen Stelle immer Hormone zurückblieben, die das Mal empfindsam bleiben ließen und bereit für die Lust, die er ihr mit Lippen und Zunge dort bereiten würde.

Er hielt sie fest an sich gedrückt, die Arme um sie gelegt, und er fühlte, wie die kräftige Schwellung seines Schaftes erneut pulsierte, ihn durchlief wie ein Beben, sodass sie erzitterte und ein leises abgehacktes Stöhnen über ihre Lippen drang.

Was in aller Welt hatte sie mit ihm gemacht? Ganz sicher etwas, was er noch nie zuvor gekannt hatte. Niemals, nicht einmal, als er sie zum ersten Mal nahm, hatte er eine solche Befriedigung erfahren, eine Zufriedenheit, die bis in jede Zelle seines Körpers zu dringen schien.

Himmel, ein Mann – oder Breed – sollte niemals dieses seelentiefe Gefühl von Zugehörigkeit empfinden. Denn es war etwas, woran er sich im Kampf immer erinnern würde, und er wusste, es war etwas, was nur darauf wartete, ihm aus den Händen gerissen zu werden, durch Schicksal oder menschliche Grausamkeit. Das hier zu verlieren konnte ihn vernichten. Er wäre dann nicht mehr als die zerbrochene Hülle eines Mannes, und das würde er unmöglich überleben.

Er würde ihr in den Tod folgen, dachte Del-Rey. Wenn er sie verlor, wäre er für seine Leute nutzlos, denn nichts war ihm so wichtig wie diese eine Frau.

Liebe. Er spottete über das Wort. Das war keine Liebe. Liebe war seine Freude über ein gutes Steak oder ein heißes Bad. Sie war das Einatmen der Bergluft und das Beobachten der Nebel im Tal. Was er für diese Frau in seinen Armen empfand, das war keine Liebe. Es war etwas, wofür er keinen Namen hatte, keinen Weg, um es auszudrücken. Sie war seine Freiheit. Sie wurde zu einer Erweiterung seiner Seele.

»Irgendwann dieses Jahr muss ich wieder in Bewegung kommen«, murmelte sie an seiner Brust, schweißfeucht und noch immer schwer atmend.

»In einer Minute«, versprach er, immer noch in ihr verankert, und spürte dabei die feste Umklammerung und die pulsierende Reaktion ihrer Muskeln um seinen Schaft.

»Okay«, brummelte sie schläfrig. »Aber wer den ganzen Tag auf der faulen Haut liegt, kriegt nichts erledigt.«

In ihrer Stimme lag ein Hauch von Belustigung, ein neckender Unterton, der in Del-Reys Erinnerung häufig ihren Blick mit schelmischem Entzücken füllte. Sie hatte ihn immer gereizt, mit ihm geflirtet und es ihm fast unmöglich gemacht, ihr zu widerstehen.

»Ich könnte eine Weile auf deiner faulen Haut liegen«, schmunzelte er und spürte, wie die Schwellung langsam zurückzugehen begann.

Er verzog das Gesicht, als er es spürte, ein weiteres Anhalten von Wonne, das er nicht verlieren wollte. Er wollte für immer so liegen bleiben, tief versenkt in seiner Frau, seiner Gefährtin, und wissen, dass sie auf ewig sicher war.

Ein langes tiefes Stöhnen drang über ihre Lippen, als die Schwellung schließlich abgeklungen war und sie aus einer Wonne erlöste, die nie zu enden schien.

Del-Rey hob sie von sich, und sein Körper versteifte sich, als sein noch halbwegs harter Schaft aus ihr glitt und sie neben ihm auf dem Bett niedersank.

Aber sie loszulassen war keine Option. Er drehte sich um und zog sie an seine Brust, schlang die Arme um sie, hielt sie eng an sich gedrückt und drückte ihr einen Kuss auf den Scheitel.

»Wird der Paarungsrausch bald schwächer für dich?«, fragte er dann, denn er wusste, dass der bei Gefährtinnen von Wölfen und Raubkatzen nach dem anfänglichem Zyklus von vier bis sechs Wochen schwächer werden und dann für nur sieben bis zehn Tage pro Monat zurückkehren würde. Es war die Zeit, zu der die Frauen am fruchtbarsten und die Chancen für eine Empfängnis am größten waren.

Sie zuckte leicht mit einer Schulter. »Keine Ahnung«, brummelte sie. »Bei mir war es anders. Irgendwie.«

»Inwiefern anders?«, fragte er und lehnte sich so weit zurück, dass er in ihr schlaftrunkenes Gesicht sehen konnte.

Sie runzelte nachdenklich die Stirn. »Vor einigen Jahren hat sich dieser Kojote, Kiowa Bear, mit der Tochter des damaligen US-Präsidenten gepaart. Damals hat man entdeckt, warum eine Empfängnis bei Wölfen und Kojoten so lange dauert. Die Männer bilden ein zusätzliches Hormon, das eine Empfängnis zu verhindern versucht, noch während andere Hormone sie möglich machen wollen. Dann, bei Aidens Gefährtin Charity, konnten sie herausfinden, warum sie schwanger wurde, basierend auf den Experimenten, die die Wissenschaftler des Councils in dem Labor an ihr machten, in dem sie mehrere Jahre lang gefangen gehalten wurde. Das Hormon bereitet die Eierstöcke vor und verändert die Eizelle kurz vor dem Eisprung, um dafür zu sorgen, dass sie mit dem Sperma des Wolfes oder Kojoten kompatibel ist. Manchmal wird es kompliziert, so wie die Hormone funktionieren. Deshalb muss auch jede Hormontherapie anders ablaufen. Dr. Armani beginnt mit einer Basistherapie, die kompatibel ist, um die Barriere zu überwinden, und die muss sie dann ergänzen, abhängig von der individuellen Frau und ihrem Paarungsrausch.«

»Also ist jede Paarung anders?«, fragte er, während sie sich bequemer an ihn schmiegte.

»Sehr.« Anya nickte. »Dr. Armani hat jede Menge Schwierigkeiten damit, meine innerhalb akzeptabler Grenzen zu halten. In den ersten paar Monaten haben die Hormone, die sie mir verabreichte, so ziemlich alle Emotionen ausgelöscht, doch zugleich befand ich mich ständig am Rande der Panik. Ich konnte nicht funktionieren. Dasselbe Hormon allerdings hat die Gefährtinnen der Wölfe überhaupt nicht beeinträchtigt.«

Sein Stirnrunzeln vertiefte sich. »Als Dr. Armani zum ersten Mal in die Höhlen kam, sagte sie, ich sei der erste Kojote, der sich paart. Kiowa Bear ist auch ein Kojote, aber seine Paarung fand lange vorher statt.«

»Kiowa ist das, was man einen Hybrid nennt. Seine Mutter war eine der Frauen, die das Council entführt hat und für künstliche Befruchtung nutzen wollte. Bei ihr hat es nicht funktioniert. Doch bevor sie das Labor verließ, hat sich einer ihrer Kojoten-Wärter mit ihr gepaart und sie dann freigelassen. Kiowa wurde auf natürlichem Wege gezeugt und geboren, und soweit ich es verstehe, führt das zu einer Veränderung in der DNA, die sonst nicht vorkommt. Doch es gibt bei ihm auch andere Anomalien. Seine Genetik ist in der Tat dem Wolf ähnlicher als dem Kojoten.«

»Hat Dr. Armani die Unterschiede in unserer Paarung schon herausgefunden?«, fragte er.

Daraufhin schnaubte Anya, löste sich von ihm und stand vom Bett auf. »Wohl kaum. Genau wie bei der Versorgung eurer Wunden liegt die Genetik von Kojoten und Wölfen gerade so weit auseinander, um das Ganze gefährlich zu machen.« Dann sah sie ihn finster an. »Wir brauchen eigenes medizinisches Personal.«

»Da lebt noch jemand?«, fragte er überrascht. »Ich bin sicher, dass wir getötet haben müssen, wen das Council nicht erwischt hat. Ich habe dir schon gesagt, finde jemanden, und ich werde darüber nachdenken.« Es war jahrelang eine Frage von Stolz gewesen, diejenigen zu vernichten, die in der Lage waren, noch mehr Kojoten-Breeds zu züchten. Falls das Council ihnen irgendwen zum Töten übrig ließ.

»Wenn du dich all die Jahre vor dem Council verstecken konntest, dann wette ich, dass es Ärzte und Wissenschaftler gibt, die das Gleiche geschafft haben«, erklärte sie. »Ich werde sie finden.«

Er zog eine Augenbraue hoch. Ihr Tonfall war schon an sich eine Warnung.

»Und wie gedenkst du das zu tun?«, fragte er milde.

Sie führte etwas im Schilde. Er kannte Anya lange genug, um zu wissen, wann ihr Gehirn ein Problem wälzte und es auf eine Weise lösen wollte, mit der er todsicher nicht einverstanden sein würde.

»Ich habe da meine eigenen Kontakte.« Sie zuckte mit den Schultern, hob sein Hemd vom Boden auf und zog es dann an.

Er hatte keine Ahnung, warum es ihn mit einer Woge der Befriedigung erfüllte, wenn er zusah, wie sie ihre so viel zierlichere Gestalt in seine Sachen hüllte.

»Du wirst keine Kontakte aufbauen, Anya«, erklärte er fest. »Ich lasse nicht zu, dass du auf diese Weise dein Leben riskierst. Sollten noch irgendwelche Ärzte übrig sein, dann sind es ohnehin solche, denen wir nicht trauen können.«

»Was ist mit Dr. Armani?« Sie stemmte die Hände in die Hüften und sah ihn an. In ihren Augen tobte das Licht des Kampfes. »Sie ist ein Mensch, und sie hat ihr Leben den Breeds gewidmet, die ihr am Herzen liegen. Was ist mit den Ärzten, die unter ihr arbeiten? Sie könnten in der Öffentlichkeit stehen und wahrscheinlich eine ganze Menge mehr Geld verdienen als hier. Aber sie sind hier, und sie sind loyal.«

»Und was ist mit den beiden Assistenten – Breeds, Anya –, die Sanctuary hintergangen haben?«, fragte er sie. »Sie haben Dr. Morrey unter Drogen gesetzt, sie beinahe getötet, und sie haben versucht, das Geheimnis des Paarungsrausches an ein Pharma- und Forschungsunternehmen zu verkaufen, das wahrscheinlich noch in diesem Augenblick Ärzte und Wissenschaftler an Breeds herumexperimentieren lässt, um eine Droge zu entwickeln, die uns kontrolliert. Oder, Gott bewahre, etwas, was man an Menschen anwenden kann. Was ist mit denen?«

»Was ist mit Kojoten, die einem Ehrenkodex folgen?«, fragte sie da. »Die eine Seele haben, obwohl sie gezüchtet wurden, keine zu haben? Was ist mit ihnen, Del-Rey?«

Er runzelte die Stirn. Ihm war klar, dass sie von seinen Rudeln sprach, aber er kam nicht darauf, worauf sie hinauswollte.

»Was ist mit ihnen?«, ließ sie nicht locker.

»Andere haben dir eine Chance gegeben. Es gibt gute Ärzte und gute Wissenschaftler, die dem Council entkommen sind, die Physiologie der Kojoten kennen und sich ein Bein ausreißen würden, um so viel zu lernen, wie sie können, innerhalb normaler Handlungsräume. Um sie zu behandeln, sie zu heilen und ihre Stärken und Schwächen zu wahren. Du findest sie, wählst diejenigen aus, denen du am ehesten vertraust, und setzt sie ein. Mach so weiter auf der Basis, wie wir es bisher tun, und wir werden unsere Leute verlieren, weil Dr. Armani sie nicht angemessen behandeln kann.«

»Oder wir verlieren sie, weil wir gerade von den Leuten verraten werden, die wir zu uns geholt haben, damit sie uns behandeln«, stieß er hervor. »Das ist für mich nicht akzeptabel, Anya. Dr. Armani wird das schon rechtzeitig herausfinden.«

»Und wenn Nikki dreihundert Jahre alt wird, wird sie die Wölfe nicht vollständig entschlüsseln, ganz zu schweigen die Kojoten«, widersprach sie. »Ich habe die Kontakte, Del-Rey. Ich kann annehmbare Kandidaten finden.«

»Nein!«

Sie sah ihn mit offenem Mund an. Seine Miene hatte sich gewandelt, von träger Befriedigung zu vollständiger dominanter Ablehnung.

»Was meinst du mit ›Nein‹? Das ist keine Nein-Gleichung. Es ist etwas, was wir in Betracht ziehen müssen, weil wir keine andere Wahl haben.«

»Ich habe es zu einer Nein-Gleichung gemacht«, erklärte er überheblich. »Die Risiken sind inakzeptabel.«

»Wir müssen darüber diskutieren, Del-Rey«, antwortete sie vorsichtig. »Du kannst das Thema nicht einfach mit einer arroganten Weigerung beiseitewischen.«

»Genau das habe ich gerade getan«, erklärte er, drehte sich um und ging Richtung Bad. »Das steht nicht zur Debatte, und es ist nicht verhandelbar. Ich werde dieses Risiko weder mit meinen Leuten noch mit dir eingehen. Armani wird genug lernen.«

»Und falls wir Kinder haben?« Sie warf die Frage in den Raum, die sie schon die ganze Zeit verfolgt hatte. »Ist dann ein Arzt, der nichts über eure einzigartige Genetik weiß, gut genug, um unser Kind zu behandeln, falls es verletzt oder krank ist? Ist ›gut genug‹ dann auch genug für dich?«

Er warf ihr einen verschlossenen Blick zu, drehte sich um und holte saubere Sachen aus einer Kommode, bevor er ohne Antwort ins Badezimmer ging.

Anya unterdrückte ein Schimpfwort, starrte die Tür an und versuchte, daraus schlau zu werden. Über die Monate hatte sie in Haven gesehen, welche Komplikationen entstehen konnten, allein schon bei den Wölfen und deren einzigartiger DNA. Fieberanfälle aus dem Nichts, die Dr. Armani ergründen und für die sie eine Behandlungsmethode finden musste. Einfache Wunden, die sich leicht beheben lassen sollten, aber plötzlich von der Wolf-Genetik bekämpft wurden. Es sei reine Glückssache, hatte Armani ihr gesagt, und der zusätzliche Druck durch die Behandlung der Kojoten, einer Spezies, die gerade anders genug war, um alle Regeln zu ändern, brachten der Ärztin lange Arbeitsstunden und immer weniger Schlaf ein.

So konnte es nicht weitergehen.

Doch wie es aussah, würde es ebenso schwer werden, Del-Rey dazu zu bringen, dass er die Probleme verstand, denen sie sich gegenübersahen.

18

»Du wolltest mich sehen, Coya?« Brim kam drei Tage später in Anyas Büro, ehemals ihr Schlafzimmer. Seine Miene war ausdruckslos, sein Blick aus blaugrauen Augen fragend.

Anya stand neben dem Schreibtisch und sah zu, wie der Breed mit tödlicher Anmut hereinkam. Jeder, der es wagte, den Mann herauszufordern, handelte sich eine Welt aus Schmerz ein, das war ihr klar.

Sie überlegte, wie sie das Problem, dem sie sich gegenübersah, am besten anging.

»Ich möchte mich entschuldigen, Coya«, sagte er da plötzlich.

Anya sah ihn überrascht blinzelnd an.

»Wofür?«

»Du hättest Del-Rey erzählen können, dass ich Sofia in sein Zimmer gelassen habe, als er sich im Heilungsprozess befand. Wir hätten gestritten. Streiten mit dem Alpha ist nicht immer klug.« Seine Lippen zuckten, als würde ihn irgendein Gedanke belustigen.

Sie holte tief Luft. »Sich bei Del-Rey auszuheulen hätte wenig Sinn ergeben«, sagte sie schließlich. »Das ist etwas, worüber du und ich reden müssen.«

Überheblichkeit war ein natürlicher Teil von ihm, und Anya war klug und intuitiv genug, zu wissen, dass sie ihm, Coya hin oder her, keine Befehle erteilen würde.

»Sehe ich auch so.« Brim nickte. »Du musst dich nicht sorgen, dass es noch einmal vorkommt. Das verspreche ich dir.«

Sie legte den Kopf schief und sah ihn aus zusammengekniffenen Augen an. »Wieso ist es überhaupt passiert?«

Seine Lippen zuckten. »Etwas oder jemand musste dich sauer genug machen, damit du dir nimmst, was dir gehört. Ich habe Del-Rey überzeugt, ihr Asyl zu gewähren, um zu diesem Ergebnis zu kommen.«

Überraschung, Überraschung. Noch ein Kojoten-Breed, der sie manipulierte. Darüber würde sie sich später ärgern.

»Brim, es würde mir nicht gefallen, dich jemals als meinen Feind betrachten zu müssen«, antwortete sie schließlich leise und erwiderte seinen Blick mit finsterer Entschlossenheit. »Aber manipuliere mich noch einmal, egal worum es geht, und wir werden genau auf diesen Weg kommen. Haben wir uns verstanden?«

Ein Anflug von Überraschung trat in seinen Blick. »Dann wirst du jetzt nichts nach mir werfen?«

Sie schüttelte den Kopf und unterdrückte ein Lächeln. »Das ist allein dem Alpha vorbehalten.«

Brim nickte langsam. »Verstanden, Coya. Keine Manipulationen mehr.«

»Und wenn du dich selbst im Paarungsrausch befindest, dann hüte dich vor mir«, erklärte sie todernst. »Ashley und ich haben einen Plan. Wir werden dir zeigen, wie man richtig manipuliert. Ist das nicht richtig blöd für dich?«

Jetzt trat ein Anflug von Sorge in seinen Blick, und er verzog angespannt das Gesicht. »Ich denke, ich ziehe es vor, mit dem Alpha zu streiten.«

»Zu schade. Ich finde Revanche besser.« Dann setzte sie sich an ihren Schreibtisch. »Ich hätte gern deine Einschätzung von Sofia. Eine Risikoeinschätzung.«

Brim runzelte die Stirn, ging zu den Stühlen vor ihrem Schreibtisch und setzte sich. »In welcher Weise?«

»Die Angriffe begannen, als sie ankam. Ich kannte Sofia im Labor; mein erster Gedanke ist der, dass sie nicht dahintersteckt. Aber ich möchte gern wissen, was du denkst.«

Er dachte lange nach. »Ich schließe niemanden aus. Ich untersuche gerade den Angriff auf dich und deine Leibwache, als ihr in den Bergen wart, ebenso wie den Angriff in der Stadt. Es ist klar, dass wir ein Leck haben. Ich bin nur nicht davon überzeugt, dass Sofia das Leck ist.«

»Weil sie euch über die Jahre geholfen hat?«

»Das auch«, stimmte er zu, »aber da ist noch mehr. Sofia hat immer hart auf die Befreiungsmissionen hingearbeitet und ihre Position in den niederen Rängen des Councils bis zum Äußersten ausgenutzt. Ich kann mir nicht vorstellen, dass sie uns jetzt verrät.«

»Selbst wenn sie dabei ist, etwas zu verlieren, wovon sie vielleicht geglaubt hat, es stünde ihr zu?«

»Der Alpha?«, fragte Brim kopfschüttelnd. »Das hat sie immer besser gewusst. Was die beiden angeht, war es auf beiden Seiten nichts Ernstes. Sie sind Freunde.«

Anya nickte. »Hast du irgendwelche Ideen, wieso Del-Rey plötzlich ins Visier geraten ist?«

»Stärke«, konstatierte Brim. »Unser Team hat diese Drogen untersucht, und jemand könnte von der Untersuchung oder dem, was wir herausgefunden haben, erfahren haben. Es könnte auch etwas so Simples sein wie ein Versuch, Haven zu schwächen. Wir haben den Unterschied in ihrem Sicherheitsdienst gemacht. Außerdem haben wir eine geringe Präsenz in der Stadt eingerichtet. Unsere Männer gehen dort in die Bars, während die Wölfe sich eher an ihre eigenen Rudel halten. Ich prüfe gerade mehrere Bereiche.«

»Schon irgendeine Spur?«

»Du wärst eine der Ersten gewesen, die es erfahren hätten, wenn ich schon etwas hätte«, beteuerte er. »Letzte Nacht haben wir Coleys Tochter hergebracht und sollten ihn in ein oder zwei Tagen befragen können. Hoffentlich wissen wir dann mehr.«

Anya nickte wieder. »Ich weiß zu schätzen, dass du diese Informationen mit mir teilst.«

»Hast du Del-Rey gefragt?«, fragte er daraufhin. »Ich bin sicher, er würde dich über die Untersuchung auf dem Laufenden halten, wenn du ihn darum bittest.«

»Das würde er«, räumte sie ein. »Aber ich wollte mit dir auch über Sofia sprechen.«

»Und du würdest es vorziehen, wenn bei diesem Gespräch Emotionen außen vor bleiben.« Er nickte und stand auf. »Ich verstehe es, Coya. Aber sei unbesorgt, du kannst diese Verantwortung auf meine Schultern legen.«

Sie sah ihm nach, als er das Büro verließ und die Tür hinter sich schloss, bevor sie sich dem Monitor und dem kleinen Licht zuwandte, das unten in der Ecke blinkte.

Sie drückte den versteckten Knopf, der die in den Tisch eingelassene digitale Tastatur freigab, und dann einen weiteren, um das Kommunikationsfeld aufzurufen, bevor sie es in ein Verschlüsselungsprogramm verschob, bei dessen Entwicklung ihr Vater ihr geholfen hatte.

Wir machen uns Sorgen um dich, lautete die Nachricht. *Geht es deinem Vater gut?*

Vater geht es gut, antwortete sie. *Und er schickt Grüße.*

Wie hast du uns gefunden? Die Frage kam schnell. *Wir waren gut versteckt.*

Wir sind Freunde, tippte Anya. *Ich habe genutzt, was ich wusste. Informationen, von denen ich wusste, dass andere sie nicht haben.*

Doktor Chernow und Doktor Sobolowa hatten sich gut versteckt. Doch Anya kannte die Online-Foren, in denen sie sich aufhielten. Es hatte sie ein paar Tage Zeit gekostet, doch am Ende hatte sie es geschafft, ihre Online-Identitäten zu lokalisieren.

Wie können wir dir helfen?

Anya überdachte die Frage sorgfältig. Sie musste vorsichtig sein; wenn sie an diese Informationen gekommen war, konnten andere das auch, und falls ihre Verschlüsselung geknackt wurde, konnte sie sie alle in Gefahr bringen.

Ich möchte mich mit euch treffen, tippte Anya.

Hier oder dort?

In der Nähe.

Der Cursor blinkte mehrere Sekunden lang sehnsüchtig.

Ist das Willkommensschild oben, oder ist Jagdsaison?

Unglücklicherweise könnte immer noch Jagdsaison sein, ohne die Antworten, die ich zuerst brauche. Ich bitte euch, Vorsicht walten zu lassen, aber zugleich so schnell wie möglich zu kommen.

Für dich.

Die Antwort ließ sie einen Moment lang erleichtert die Augen schließen. *Diese Leitung ist nicht immer sicher*, tippte sie. *Bitte kontaktiert die Sekundärquelle, die euch von hier aus leiten wird.*

Wir wissen deine Diskretion beim Erstkontakt zu schätzen und hoffen, dich bald zu sehen. Die Nachricht endete, und der Bildschirm trennte die Verbindung, als Anya die Tastatur schloss und hörbar ausatmete.

Gut möglich, dass sie gerade einen Fehler machte. Vielleicht riskierte sie Del-Reys Zorn, das war ihr klar. Hoffentlich riskierte sie nicht auch das Leben von Freunden.

Dr. Chernow und Dr. Sobolowa waren hingebungsvolle Wissenschaftler und Genetiker. Ihre Arbeit im Labor, nachdem sie übernommen hatten, gehörte Gerüchten zufolge zu den fortschrittlichsten im Verständnis der Genetik der Kojoten und vieler Stärken und Schwächen der Breeds.

Mehrere Kojoten-Breeds, die aus dem Mittleren Osten gekommen waren, waren insgeheim in der Psychologie der Kojoten sowie in fortgeschrittener Medizin geschult worden. Die Laboreinrichtungen dort waren als ihrer Zeit voraus angesehen worden. Angeblich hatte die Ausbildung dort zu Kontroversen unter den Forschern innerhalb des Genetics Council geführt.

Es würde schwer für die Kojoten-Breeds, irgendeinen Wissenschaftler des Councils auf der Basis zu akzeptieren, doch langsam wurde die Situation unerträglich. Dr. Armani konnte sich nicht um beide Spezies kümmern. Das würde nicht funktionieren. Die ankommenden Breeds hatten nicht das nötige Wissen, um unabhängig von einem Wissenschaftler zu arbeiten, der in den Gebieten der Breed-Physiologie und deren genetischem Aufbau versiert war.

Del-Rey hatte gesagt, falls sie jemanden finden konnte, dem sie ihre Freunde anvertrauen würde, könnte sie ihn bekommen. Und dann hatte er eine Kehrtwende gemacht und es verboten.

Sie presste die Lippen zusammen. Das erste Versprechen war dasjenige, das zählte, entschied sie, während sie noch mehr Berichte auf ihrem Tablet abzeichnete und sie an die entsprechenden wartenden Rudelführer schickte.

Nachdem das erledigt war, stand sie auf, steckte das Baumwollshirt in den Bund ihrer Jeans und atmete langsam ein. Heute war der Paarungsrausch erträglicher gewesen. Sehr viel erträglicher. Doch andererseits hatte Del-Rey auch die letzten drei Tage damit verbracht, sicherzustellen, dass sie die Hormondosen, die sie brauchte, sowohl in Quantität als auch Qualität erhielt.

Der Gedanke ließ sie erst erröten und dann grinsen. Er war ein unglaublicher Liebhaber, ob mit Paarungsrausch oder ohne. Und wie versprochen hatte er die Art, wie er sie beim ersten Mal genommen hatte, mehr als wiedergutgemacht.

Als sie zur Tür ging, das Tablet in der Hand, piepte ihr Headset, ein deutliches Zeichen, das sie lächeln ließ, als sie den Raum verließ.

»Ja?«, beantwortete sie den Anruf ihres Alphas, mit einem Aufwallen von Erregung, während ihre Leibwache hinter ihr kichernd näher kam und Ashley brummte: »Liebeskrank.«

»Geht es dir gut, Gefährtin?« Del-Reys Stimme klang halblaut und strich wie ein Flüstern aus rauem Samt über ihre Sinne.

»Ja«, antwortete sie ebenso leise. »Und dir?«

Er lachte leise. »Wie nah ist Ashley hinter dir? Ich möchte sie nur ungern zum Erröten bringen.«

Ashley schnaubte.

»Nah genug«, antwortete Anya lachend und warf einen Blick auf ihr Tablet. »Ich bin gerade auf dem Weg zu deinem Büro, falls du Zeit hast. Ich muss ein paar Berichte mit dir besprechen, die heute Morgen über die neuen Bauarbeiten in den tieferen Höhlen ankamen, und über einige Veränderungen im Dienstplan, die ich mit ein paar Leuten der Teams vornehmen möchte.« Und über Küchenpersonal und Uniformen. Sie sah keinen Grund dafür, die volle Liste an Beschwerden anzuführen, mit der sie ihn zu konfrontieren gedachte.

»Wir könnten heute Abend darüber sprechen«, schlug er vor.

»Das hast du gestern auch schon gesagt«, erklärte sie. »Und wenn ich mich recht erinnere, kamen wir nicht dazu.«

»Ach ja, gestern kamen wir eindeutig zu anderen Dingen«, lachte er leise.

Und wie. Stunden voller Wonne. Ihr Körper prickelte immer noch davon.

»Ich bin auf dem Weg nach oben«, teilte sie ihm mit, als sie die Stufen erreichte, die zu den oberen Höhlen führten. »Lauf nicht weg, um dich zu verstecken.«

Daraufhin lachte er. »Ich werde hier sein, Gefährtin. Und vielleicht habe ich sogar einen Leckerbissen für dich.«

Der Gedanke ließ sie erschauern. Sie hatte Del-Reys nachmittägliche Leckerbissen über die Maßen lieb gewonnen. Die, bei denen er sie in sein Büro zog oder in ihres kam und ihr zeigte, wie sehr ihn nach ihr verlangte.

Ein Schäferstündchen hörte sich gut an. Aber vielleicht erst, nachdem sie seine Genehmigung für die Dinge hatte, die sie brauchte, und ihn dazu gebracht hatte, dass er die Einschränkungen ihrer Machtbefugnisse auf der Basis aufhob.

Mit Kommando und Sicherheit kannte sie sich aus; die alltägliche Leitung der Basis an sich war eine andere Sache.

Nachdem sie mehrere Male wegen verschiedener Fragen aufgehalten worden war, kam sie fast fünfzehn Minuten später in sein Büro – und blieb wie angewurzelt stehen.

Dieser Duft. Sie zitterte fast vor Sehnsucht. Kaffee. Echter, koffeinhaltiger, dunkler und reichhaltiger Kaffee. Sie wimmerte fast auf, als sie zusah, wie Del-Rey eine Tasse an seine Lippen führte und langsam trank.

»Du hasst mich«, seufzte sie mit vor Verlangen bebender Stimme. »Jetzt weiß ich, dass du mich hasst.«

Er grinste sie an mit lebhaften schwarzen Augen, lehnte sich auf seinem Stuhl zurück und hielt ihr seine Tasse hin. »Willst du einen Schluck?«

Sie fuhr sich mit der Zunge über die Lippen. Das wollte sie noch mehr als Schokolade. Langsam trat sie vorwärts und kniff die Augen zusammen, als seine Lippen zuckten. Sie könnte wetten, dass er nach diesem verdammten Kaffee schmeckte. Kaffee, männliche Hitze und Begierde. Verlockend. Sehr, sehr verlockend.

Dann wurden ihre Augen wieder schmal. Raffinierter, berechnender Kojote.

Sie lächelte. »Ich nehme eine halbe Tasse, wenn ich fertig bin.«

Er runzelte die Stirn. Sie wussten beide, was der Kaffee innerhalb weniger Stunden mit ihr anstellen würde.

»Du könntest jetzt gleich einen Schluck von meinem haben«, bot er an.

Anya ließ sich auf dem Stuhl vor seinem Schreibtisch nieder und erwiderte seinen Blick mit einem wissenden Lächeln. »Bastard«, zischte sie schmunzelnd.

Er legte sich die Hand aufs Herz und machte große Augen trotz des sündigen Lachens in ihren dunklen Tiefen. »Coya, du verletzt mich.«

»Ich werde dich noch mehr verletzen.« Sie konnte sich kaum davon abhalten, die Augen zu verdrehen. »Wo versuchst du dich gerade herauszuwinden, Kojote? Aus der Aufhebung der Beschränkungen für meine Befugnisse oder der Frage von Uniformen für unsere Soldaten?«

Del-Rey trank noch einen Schluck von seinem Kaffee und musterte seine Gefährtin über den Rand der Tasse hinweg. Sie war raffiniert, das musste er ihr lassen. Sosehr sie den Kaffee auch wollte – und sie wollte ihn wirklich sehr –, so hatte sie doch nicht vor, sich davon abhalten zu lassen.

Er stellte die Tasse ab, setzte sich an den Schreibtischrand an der Seite und beugte sich vor. »Wir können einen Rotationsplan für den Küchendienst einrichten …«

Sie hob die Hand, und ihre Miene wurde verschlossen. »Heb die Einschränkung meiner Befugnisse auf, Del-Rey«, forderte sie fest. »Küchendienst und unser Rotationsplan dort sind nicht deine Abteilung. Ich sage dir auch nicht, wie du Kommando und Sicherheit leiten oder deine Leute ausbilden sollst. Ich erwarte denselben Respekt.«

»Hier geht es nicht um Respekt, Anya« erklärte er schließlich. »Es geht um die Aufrechterhaltung einer funktionierenden Militärbasis. Das hier ist nicht Sanctuary und nicht Haven. Wir haben keine kuscheligen kleinen Hütten mit hübschen Blumenbeeten darum.«

Sie lehnte sich auf ihrem Stuhl zurück, verdrehte die Augen und sah ihn schweigend an. Oh Hölle, gleich wurde sie sauer.

»Ich leite die Basis, wenn du weg bist. Ich habe gelernt, jederzeit zu tun, was getan werden muss, und ich tue es mit derart begrenzten Mitteln, dass es lachhaft ist«, sagte sie so ruhig wie möglich. »Du hast kein Recht, meine Autorität weiter einzuschränken, Del-Rey.«

Und über diese Tatsache hatte er nachgedacht. Tagelang. Unglücklicherweise hatten er und Anya in mehreren Bereichen, die Basis betreffend, verschiedene Ansichten. Er wusste, dass diese Bereiche sich verändern würden, wenn sie die Autorität erhielte, sie zu verändern. Er wollte nicht mit ihr streiten. Zwischen ihnen hatte es schon zu viele Konflikte gegeben. Er mochte sie weich und sexy in seinen Armen, nicht wütend auf ihn.

»Anya, ich will keine Menschen auf der Basis, und ich will kein Personal, über das wir keine Kontrolle haben. Die Kojotensoldaten, die aus den Befreiungsaktionen des Büros hierherkommen, werden sich fehl am Platze fühlen, wenn sie Betten, Decken und Kissen haben, ohne dafür zu arbeiten. Das hier ist keine Einrichtung des Councils, sondern eine Militärbasis. Ich kann die Beschränkungen deiner Vollmachten nicht aufheben, bis ich sicher weiß, dass du das verstehst. Bis dahin braucht es für jede Veränderung, die du willst, meine Unterschrift.«

Inzwischen konnte er ihren schwelenden Zorn wittern. Tief, grimmig und kaum im Zaum gehalten. Aber er fühlte auch ihren Schmerz, und der versetzte ihm einen Stich ins Herz.

»Ist das der Grund, wieso du die Anforderungen, die ich dir geschickt habe, noch nicht abgezeichnet hast?«

»Ich glaube nicht, dass die Veränderungen, die du vornehmen willst, gut für die Basis sind.« Sein Tonfall blieb sanft und leise. »Es ist doch nicht so schlecht hier, oder?«, fragte er schließlich. »Ein wenig ruppig manchmal, zugegeben, aber deine persönlichen Anliegen werden nie eingeschränkt.«

Sie stand langsam auf und hob das Kinn in dem Übermaß an Stolz, das er an ihr kannte.

»Haven und Sanctuary sind ein Zuhause, für ihre Alphas ebenso wie für deren Gefährtinnen und Kinder. Wenn dir eine Militärbasis lieber ist als ein Zuhause, dann ist das deine Entscheidung. Entschuldige, dass ich deine Zeit in Anspruch genommen habe, Alpha Delgado. Vielleicht sehen wir uns ja heute Nacht, falls du neben all deinen Pflichten noch Zeit für Sex findest.«

»Anya.« Er sprang von seinem Stuhl auf, als sie aufstand und zur Tür ging. »Verdammt, das war unangebracht.«

Sie blieb stehen und drehte sich zu ihm um. »War es das?«, fragte sie, und der Schmerz in ihrer Stimme war deutlich hörbar. »Ich hatte mehr Freiheit, als der Trennungsbefehl noch in Kraft war. Ich bin genau das *eine* geworden, was ich mir geschworen hatte, nie zu werden, Del-Rey. Dein Haustier, nicht mehr.«

»Das stimmt nicht«, grollte er. »Anya, das weißt du doch besser.«

Sie schüttelte langsam den Kopf, und ihre blauen Augen waren dunkel und traurig. Diese Traurigkeit traf ihn wie ein Schlag in die Magengrube.

»Du hast es gerade bewiesen«, sagte sie leise. »Ich gehe jetzt und lasse dich deine Basis leiten.«

Damit rauschte sie hinaus, den Kopf hocherhoben, die Schultern gerade, und der dezente Duft ihres Schmerzes wehte ihm zu, als er sich wieder auf seinen Stuhl fallen ließ und sich müde mit der Hand übers Gesicht fuhr.

Sie wusste es besser, sagte er sich. Sie würde die Notwendigkeit des Ganzen noch begreifen. Wie eine typische Frau wollte sie alles mit Bändchen und Schleifchen. Kojoten kamen aber nicht gut klar mit Bändchen und Schleifchen. Andernfalls, verdammt, wären sie Wölfe. Kojoten waren keine Scheißwölfe.

Er warf einen finsteren Blick zur Tür, als es laut klopfte.

»Was?«, fauchte er und wusste schon, wer auf der anderen Seite stand.

Brim trat ein. »Tja, wie hast du es diesmal fertiggebracht, Mist zu bauen?« Er schloss die Tür hinter sich und grinste Del-Rey spöttisch an. »Wolltest du ihr die Quilts über den schlichten Decken für die Soldatenunterkünfte nicht genehmigen?«

»Ich habe die Genehmigungen im Allgemeinen verweigert«, knurrte er zurück. »Hast du ein Problem damit? Seit wann glauben Kojoten, sie müssten für ihren Schlafplatz nicht arbeiten? Wie lange haben wir gebraucht, um ein Bett für uns zu finden? Wir wussten die Tatsache, dass es uns gehörte, nur noch mehr zu schätzen.«

Brims Miene wurde ausdruckslos. »Ich verstehe«, sagte er schließlich. »Sehr wohl. Ich überlass dich deinen Pflichten, Alpha.« Er öffnete die Tür.

»Was zum Teufel hat dir denn einen Stock in den Arsch geschoben?«, knurrte Del-Rey. »Wir sind eine Militärbasis, kein verdammtes Hotel, komplett mit Zimmerservice.«

Brim drehte sich langsam um. »Wenn das so ist, dann solltest du die Frauen vielleicht zurück nach Haven bringen. Dann erinnern sie unsere Männer nicht an alles, was sie noch nicht haben, und alles, wovon sie wissen, dass ihre Coya es tut, um ihr Leben weniger militärisch und normaler aussehen zu lassen. Dann werden sie sich wieder daran erinnern, dass sie Tiere sind – und nicht die Männer, die sie sein wollen. Soll ich die Rückkehr der Coya und ihrer Leibwache organisieren?«

Del-Rey stand auf und knurrte animalisch.

Brim zog die Augenbrauen hoch. »Mach dich bei deiner Gefährtin zum Idioten, wenn du willst, aber hör auf, dich herauszureden. Du willst diese Veränderungen nicht, weil sie dich bedrohen, nicht die Basis, Del-Rey. Und trotz deiner Entschlossenheit, ihr Herz zu erobern, bist du, einfach gesagt, nicht bereit, ihr deines zu geben, oder dein Vertrauen, im selben Maße. Arme Coya. Vielleicht wird sie zu dem Soldaten, den du brauchst, anstelle der Gefährtin, von der sie denkt, dass du sie willst. Wärst du dann glücklich?«

Er ließ Del-Rey keine Chance, darauf zu antworten, sondern verließ das Büro, schloss leise die Tür hinter sich und ließ Del-Rey allein mit dem Wissen, dass sein Stellvertreter recht haben könnte. Wenn sie die Basis nicht zu einem Zuhause machte, dann gäbe es, falls er sie je wieder verlor, weniger zu erleiden und weniger zu vermissen. Für sie alle.

»Ich brauche eine Eskorte zum Büro von Dr. Armani«, wies Anya Emma an, als sie in den Kommunikationsraum kamen und zurück zum Tunnel marschierten, der zu ihrem und Del-Reys Quartier führte. »Bitte sie, die Hormontherapie zur Empfängnisverhütung vorzubereiten und ein paar Minuten einzuplanen, um mit mir zu sprechen.«

»Ja, Coya«, antwortete Emma leise und wählte sich über ihr Headset in die Leitung nach draußen.

»Ashley, wann hast du deinen Termin zur Nagelpflege diese Woche?«, fragte Anya.

»Hat der Alpha nicht genehmigt.« Ashley zog keinen Schmollmund, und ihre Stimme blieb ruhig und gefasst. Keine Spur von Hohlköpfchen.

»Ich habe sie gerade genehmigt. Du wirst mich zu meinem eigenen Termin begleiten, also können wir genauso gut einen Mädelstag daraus machen. Lass unser Sicherheitsteam benachrichtigen, und sorge dafür, dass die Leibwache aus mindestens ebenso vielen Soldaten besteht, die mit uns aus Russland kamen, wie aus Del-Reys Leuten. Stell sicher, dass die andere Hälfte aus Männern besteht, die uns schon zuvor zugeteilt waren. Ich will keine Komplikationen.«

»Fuck«, zischte Sharone. »Jetzt ist nicht die Zeit dafür, Coya.«

»Wir können nicht ewig warten«, antwortete Anya. »Sobald unser Termin steht, musst du eine Ausrede finden, um in die Stadt zu fahren, Kontakt aufnehmen und ihnen Details geben. Ich rede heute Nachmittag mit Armani.«

»Dann ist die Empfängnisverhütung also eine Ausrede?«, fragte Ashley.

Anya atmete hörbar ein. »Ich habe eine Entscheidung getroffen«, flüsterte sie. »Es ist eine Entscheidung, an die ich glaube – um das hier ohne die Hormone laufen zu lassen. Aber dieser räudige Kojote wollte mich manipulieren. Er wollte Spielchen mit mir treiben. Dann sehen wir mal, wie gern er sein eigenes Spiel genießt.« Dann wandte sie sich an Ashley. »Was denkst du, wie lange wird Brim uns geben?«

Ashleys Lächeln war tödlich. »Ich habe sein Gesicht gesehen, als wir gegangen sind. Er wird bis zum letztmöglichen Moment warten, bevor er es dem Alpha sagt. Ich würde schätzen, eine halbe Stunde Vorsprung, solange sich keiner verplappert.«

»Niemand verplappert sich, wenn es um die Coya geht«, schnaubte Sharone.

»Das Team ist an Ort und Stelle. Fünf Männer, alle aus dem ursprünglichen Team des Alphas. Sie sind bereit und warten am Südausgang. Mit einem fahrbereiten Geländewagen.«

Anya änderte die Richtung. Es war nicht nötig, sich umzuziehen, bevor sie nach Haven fuhr. Dort waren Jeans, Stiefel und langärmlige Shirts Standard.

»Es wird Schnee geben«, berichtete Sharone. »Vielleicht schaffen wir es heute Abend nicht zurück. Wir haben nur Geländewagen; der Helijet ist noch in Reparatur, aber einer ist vom Militär ausgeliehen.«

Wäre es nicht zu schade, wenn der Alpha heute Nacht sein kleines Sexspielzeug nicht zum Spielen hatte, dachte Anya wütend, als sie zur wartenden Eskorte eilten. Mensch, das könnte ihr ja vielleicht das Herz brechen.

Nicht.

19

Anya kam in den Untersuchungsraum und musterte die Ärztin der Wolf-Breeds lange Momente schweigend. Dr. Armani war erschöpft. Unter ihren schokoladenbraunen Augen lagen noch dunklere Schatten, und anders als sonst war ihr langes seidiges, schwarzes Haar zu einem Pferdeschwanz gebunden statt zu all den winzigen Zöpfchen geflochten, wie sie es normalerweise trug.

Sie war eine schöne Frau. Wie viele der noch lebenden Spezialisten für Breeds war sie nicht sehr alt, unglaublich intelligent und besaß eine Fertigkeit in Gentechnik, die mehr als genial war. Das Council hatte Jahre mit Versuchen verbracht, sie zu erpressen oder in ihre Ränge zu zwingen. Und sie hatte ebenso viele Jahre damit verbracht, sich zu verstecken und zu fliehen.

»Die Spritzen sind fertig«, sagte Armani schnell. »Das Hormon zur Verhütung ist unkompliziert und wirkt schnell. Ich muss nur ein paar Tests machen, um sicherzugehen, dass du nicht schwanger bist.«

»Ich brauche den Test nicht, Nikki«, sagte sie leise. »Ich muss mit dir reden.«

Dr. Armani schwang herum und runzelte die Stirn. »Gibt es ein Problem? Durchlebst du irgendwelche anderen Symptome, über die wir nicht gesprochen haben?«

»Nein.« Anya durchquerte langsam den Raum und ließ sich am Ende des Untersuchungstisches nieder. »Es hat nichts mit dem Paarungsrausch zu tun.«

Nikki machte schmale Augen. »Womit hat es dann zu tun?«

Anya leckte sich langsam über die Lippen. »Verrat.«

Nikki erstarrte. »Hast du vor, deinen Gefährten umzubringen?«

Anya ließ ein Lächeln um ihre Lippen spielen. »Nein, so weit bin ich noch nicht.«

»Wie ernst ist es, Anya?« Nikki zog ihren Stuhl näher heran und setzte sich. »Ich nehme an, die Sache ist ziemlich ernst für dich, wenn du eine Ausrede für ein Treffen mit mir erfindest.«

»Wie dringend brauchst du einen Spezialisten für Kojoten?«

Nikki machte große Augen. »Im Moment würde ich meinen Hintern opfern nur für ein paar detaillierte Hinweise. Du willst gar nicht wissen, was ich für so einen Spezialisten alles tun würde. Aber wieso sollte ich sie brauchen, wenn du welche hast? Die Basis würde …«

Anya schüttelte den Kopf. »Er weigert sich, vom Council ausgebildete Spezialisten auf die Basis zu lassen. Er hat es sich zum Beruf gemacht, sie zu töten, Nikki. Die, die er nicht erwischt hat, hat das Council getötet. Mit den Psychologen und medizinischen Fachleuten, die vom Büro kommen, könnten Spezialisten im Hintergrund den Unterschied bei der Bestimmung einiger Anomalien bei den Kojoten-Breeds machen. Habe ich recht?«

Nikki nickte langsam.

»Würde Haven ihnen trotz der Einwände des Anführers der Kojoten Asyl gewähren?«

»Whoa!« Nikki hob überrascht den Kopf. »Du hast ein paar? Nicht nur einen?«

»Zwei. Wir blieben in Kontakt. Im Augenblick sind sie untergetaucht, auf der Flucht vor dem Council. Sie waren außerordentlich, Nikki. Mitfühlend und hingebungsvoll. Sie haben gelitten, als sie gezwungen waren, Kojoten in dieser russischen Einrichtung sterben zu lassen.«

»Oh mein Gott«, flüsterte Nikki. »Chernow und Sobolowa sind am Leben?«

»Im Moment noch.« Anya nickte. »Ich wollte mit meinem Alpha darüber sprechen, aber er weigert sich, zuzugeben, dass die Kojoten ihre eigenen Spezialisten brauchen.« Oder Decken und Kissen oder ein Gefühl der Zugehörigkeit.

Nikki stand von ihrem Stuhl auf und zog die Jacke enger um sich, verschränkte die Arme vor ihrer Brust und wandte sich lange Sekunden von Anya ab.

»Ich habe nur begrenzt Zeit, bevor mein Alpha hier hereinstürmt und Antworten verlangt«, seufzte Anya. »Ich brauche bald eine Entscheidung, Nikki.«

»Du könntest dir eine Menge Schwierigkeiten einhandeln, Anya«, flüsterte Nikki. »Sollten sie Spitzel vom Council sein, könnte das auf dich zurückfallen.«

Anya nickte. »Das ist mir klar. Genauso wie Hope wusste, welche Probleme entstehen könnten, als sie dich kontaktierte, Nikki, und die Wölfe dir Asyl gaben.«

Dr. Armani verzog das Gesicht. »Und du willst, dass Hope in Betracht zieht, auch diesen beiden Asyl zu gewähren?«

»Ich kann das nicht mit der Lupina besprechen.« Anya glitt vom Untersuchungstisch. »Aber wenn du ihr erzählen würdest, dass ein vertraulicher Kontakt dir von der Möglichkeit erzählt hat, dann könnte nichts auf sie oder dich zurückfallen, wenn sich herausstellt, wer dein Kontakt war. Dein Status als Medizinerin trennt dich von vielen Gesetzen, die mich hier behindern.«

Eines dieser Gesetze? Gegen direkte Anweisungen eines Alphas zu handeln. Eine Gefährtin konnte sich ernsthaften Vorwürfen gegenübersehen, falls ihr Alpha beschloss, so weit zu gehen.

Würde Del-Rey das tun? Manchmal, so musste sie sich eingestehen, wusste sie es einfach nicht. Vertrauen war ein Problem zwischen ihnen. Sie konnte nicht sicher sein, welchen Weg er hier einschlagen würde. Sie hoffte, er würde es akzeptieren, den Wert darin erkennen und am Ende darauf vertrauen, dass sie tat, was am besten für sie alle und jedes Kind war, das sie bekämen.

»Wieso gehst du ein solches Risiko ein?«, fragte Nikki.

Anya legte die Hand auf ihren Bauch und fühlte den stechenden Schmerz, den sie erwarten musste. »Ich bin immer noch im Eisprung«, flüsterte sie. »Sollte ich schwanger werden, jetzt oder in Zukunft, dann will ich Sicherheit für mein Kind, Nikki. Ich will nicht riskieren, dass ich Del-Reys Kind verliere, weil ich damit rechnen muss, dass die Gene beschließen verrücktzuspielen – oder falls etwas Unvorhergesehenes passiert. Er ist erwachsen und ein Alpha. Er kann sein Leben aufs Spiel setzen, wenn er das so will. Aber ich werde dasselbe Risiko nicht annähernd für ein Kind, das wir zusammen haben können, hinnehmen.«

»Das kann ich verstehen.« Nikki nickte, und zugleich klopfte es laut und vernehmlich an die Tür.

Ruckartig drehten alle die Köpfe Richtung Tür.

»Dein Alpha«, sagte Nikki. »Ich rede mit der Lupina und melde mich innerhalb der nächsten vierundzwanzig Stunden.«

Anya senkte den Kopf und schloss kurz die Augen, als Nikki zur Tür ging und aufsperrte, bevor sie sie öffnete.

Da stand er: wild, gereizt, Alpha. Sofort wallte Lust in ihr auf, doch ohne den körperlichen Schmerz. Oder war die emotionale Wunde im Augenblick zu tief, um sie das Körperliche fühlen zu lassen?

Sie sah ihn an und bemerkte die Unordnung in seinem langen Haar. Er musste mehr als einmal mit den Fingern darin gewühlt haben. Das tat er immer, wenn er frustriert war oder wütend wurde. Seine dunklen Augen waren schmal, das sündige Schwarz umrandet von dichten blonden Wimpern.

Was ist los?« Er trat ein. »Wieso hast du beschlossen, dass du zusätzliche Hormonspritzen brauchst?«

»Ich habe meine Meinung geändert.« Sie schenkte ihm ein strahlendes Lächeln und sprang vom Untersuchungstisch. »Ich schätze, ich brauchte einfach jemanden zum Reden.«

Er blieb mitten im Zimmer stehen und richtete den eindringlichen Blick auf sie. »Du hast mich und deine Leibwache zum Reden«, grollte er. »Wozu brauchst du noch jemand anders?«

»Die Einschränkungen, denen ich unterliege, verbieten mir nicht das Reden, Alpha. Nur das Handeln.«

Er runzelte die Stirn. »Ich habe einen Namen, Anya.«

Sie wartete und erwiderte seinen Blick lange Momente schweigend. »Und ich habe ein Hirn, Alpha Delgado, ungeachtet dessen, was du denkst. Können wir gehen?«

Sie rauschte an ihm vorbei aus dem Untersuchungsraum zu dem Sicherheitsteam, das draußen im Flur wartete.

Er drehte sich zu Nikki und starrte sie an, als könne er sie mit Willenskraft zwingen, ihm die Wahrheit zu verraten.

Sie schüttelte den Kopf, und ihr düsterer Gesichtsausdruck gab ihm mehr Anlass zur Sorge als zum Trost.

»Du machst einen Fehler«, seufzte sie. »Aber ich habe gelernt, Breed-Kerle kann man nicht aufhalten, wenn sie mit dem Kopf durch die Wand wollen. Wenn es genug wehtut oder das Blut dick genug wird, dann hören sie schon wieder auf.« Sie zuckte mit den Schultern.

»Was zur Hölle soll das heißen?«

»Es heißt, dass du genau derselbe Dickkopf bist wie der Rest.« Dann warf sie einen Blick zur Tür. »Sie ist nicht so leicht zu manipulieren, wie du denkst. Und sie zu manipulieren wird dir nur noch mehr Schmerz bereiten. Bitte sehr.« Sie schenkte ihm ein breites Lächeln. »Der Rat war gratis. Brauchst du noch etwas, wenn du schon mal hier bist? Eine Injektion gesunden Menschenverstand vielleicht?«

Er biss die Zähne zusammen, bevor er sich auf dem Absatz umdrehte, den Raum verließ und seiner Coya folgte.

Sie ging weiter, Schultern gestrafft und den Kopf hocherhoben, und ihr Stolz umhüllte sie wie ein kostbarer Mantel, als sie sich durch die unterirdischen Korridore aus Stahl und verstärktem Beton zum Erdgeschoss bewegte.

Hier lag kein Staub wie in der Basis. Alles hell erleuchtet und funktional, doch zugleich gab es in die Wände gehauene Nischen mit Pflanzen und Wachstumslampen. In einem Flur wuchs ein kleiner Mini-Orangenbaum; die kontrollierten atmosphärischen Einstellungen ließen ihn gesund bleiben und erhielten seinen natürlichen Wachstumszyklus aufrecht.

An einer Wand entlang wuchsen Reben. Es gab Wintergärten hinter Glas mit einem komplizierten Spiegelsystem, das sich entlang eines breiten Tunnels öffnete, um Sonnenstrahlen ins Innere zu lassen. Anders als die Einrichtung im Berg, welche die Kommunikationsstelle beherbergte, mit der das Labor vernetzt war, waren Dr. Armanis medizinische Räume warm und freundlich. Er konnte verstehen, warum Anya gern hier zu Besuch war. Hier gab es viele Dinge, die der Basis fehlten.

Aber das hier war auch keine Militärbasis, sagte er sich. Kojoten scherten sich nicht um ein bisschen Staub und Schmutz, ein paar Unannehmlichkeiten. Sie hatten die Bar, die Küche und sogar Fernsehen. Del-Rey hatte seine Gefährtin.

Seine Gefährtin war ein Mensch.

Fast wäre er stehen geblieben. Wenn andere Kojoten sich paarten, wären ihre Gefährtinnen aller Wahrscheinlichkeit nach ebenfalls Menschen. Er drängte sich durch die Ausgangstür, gleich hinter Anya und ihrer Leibwache, und sein Stirnrunzeln vertiefte sich.

Verdammt, er traute Menschen nicht. Er vertraute Anya und Armani, aber das war es auch schon so ziemlich. Er blieb ja sogar bei der Lupina Hope und der Prima der Raubkatzen, Merinus, wachsam.

Er mochte Menschen nicht, und er wollte keine auf seiner Basis haben. Ausgenommen seine Coya.

Oh ja, das würde super laufen.

Fuck!

Inzwischen fühlte er, wie diese Frau mit seinem Verstand spielte, ihn zum Nachdenken zwang und dazu brachte, dass er ihr alles geben wollte, was sie sich ersehnte.

Mit dem Problem menschlicher Gefährten würde er sich befassen, wenn es so weit war, entschied er. Bis dahin sah er sich mit einem anderen, sehr interessanten Problem konfrontiert: herauszufinden, was genau seine Gefährtin im Schilde führte. Denn dass sie etwas im Schilde führte, stand für ihn außer Frage.

Anya ging vor Del-Rey ins Schlafzimmer, der die Tür öffnete und beiseitetrat, damit sie hineingehen konnte. Sharone, Emma und Ashley hatten auf dem Rückflug im Helijet zur Basis nicht ein einziges Wort gesprochen. Sie saßen Anya und Del-Rey gegenüber und starrten über seine Schulter hinweg wie brave kleine, militärisch gedrillte Kojoten-Soldaten vor sich hin.

Del-Rey war darüber nicht glücklich gewesen; das konnte sie sehen. Wäre sie nicht so aufgebracht gewesen, hätte es sie amüsiert.

Sie hörte, wie die Tür hinter ihr zuging, als sie die Jacke, die er ihr aufgedrängt hatte, auszog und über den Stuhl legte, bevor sie sich zu ihm umdrehte. Sie rieb gegen die Kälte in ihren Armen an und mühte sich, das Verlangen nach seiner Berührung zu ignorieren.

Sie wollte das Chaos, das von seiner Berührung ausging, jetzt nicht haben; sie musste nachdenken und planen. So viel passierte gerade, und so viele Dinge, deren Wahrwerden sie sich ausgemalt hatte, würden nicht wahr werden. Und das tat weh.

»Was war denn so wichtig, dass du mit Armani reden musstest, während sich ein Schneesturm zusammenbraut?«, knurrte er schließlich, während er sein Headset abnahm und auf den Tisch neben dem großen Bett warf.

»Frauenkram.« Sie zuckte lässig mit den Schultern.

Sie zwang sich, die Arme zu senken und nicht länger zu versuchen, durch Rubbeln Wärme zu erzeugen. Ihr war früher auch schon kalt gewesen; und sie war sicher, dass es wieder so sein würde, bevor alles gesagt und getan war.

»Würdest du mir wohl erklären, was du in Armanis Büro wolltest?«, bohrte er weiter. »Oder sollte ich damit anfangen, deine Leibwache auszufragen?«

Sie hob die Augenbrauen und zwang ein Lächeln auf ihre Lippen. »Ich habe sie gebeten, einen Termin für mich zu machen, Del-Rey. Ich bin sicher, das werden sie dir liebend gern selbst mitteilen.«

Das war keine Lüge. Eine vorsichtige Manipulation der Fakten, aber nicht mehr.

Er verschränkte die Arme über dem zerknitterten Hemd. Schmuddellook stand ihm, das musste sie zugeben. Und im Smoking auf der Party neulich hatte er auch echt gut ausgesehen. Del-Rey war ein Mann, der jeden Look zeigen konnte, den er wollte, selbst den gehetzten und gereizten Kerl.

Schließlich atmete er hörbar aus und musterte sie mit einem Blick, der sie von Kopf bis Fuß streichelte. »Ich kann deinen

Schmerz wittern«, sagte er leise. »Ich kann ihn fühlen. Es tut mir leid, Anya.«

Sie wartete ab, aber mehr kam nicht.

»Aber es tut dir nicht genug leid, um deine Meinung zu ändern«, antwortete sie schmerzerfüllt.

Seine Miene war düster; in seinen schwarzen Augen tobten Emotionen, die sie nicht zu deuten wusste.

»Schön.« Sie zuckte mit den Schultern. »Was ist mit unserer Hochzeitszeremonie? Oder Paarungszeremonie? Wir müssen sie planen.«

Sie war kurz davor, in ein Loch zu kriechen und an ihrem Schmerz zu ersticken. Anya sah, wie seine Miene sich veränderte und verschlossen wurde. Und sie glaubte, es war die schlimmste Zurückweisung, die sie je erfahren hatte.

»Du willst mich nicht offiziell zu deiner Coya machen«, stellte sie heiser fest.

Jetzt ließen sie Sofias Worte nicht mehr los. Dass es nichts Offizielles war. Dass Anya in einer Traumwelt lebte, diese Frau hatte es irgendwie gewusst.

»Anya, die Zeremonie ist nicht wichtig.« Er fuhr sich mit den Fingern durchs Haar und sah sie finster an. »Du bist meine Gefährtin. Das macht dich zu meiner Coya. Punkt. Noch offizieller als durch die Paarung kann es gar nicht werden.«

Sie starrte ihn an und zwang sich, nicht zu weinen oder vor Zorn und Qual zu schreien.

Schließlich nickte sie langsam. »Danke, dass du mir die Vorbereitung für die Feier, die danach stattfände, ersparst. Ich werde morgen früh die Anfragen von Lupina Gunnar und Prima Lyons diesbezüglich beantworten und sie wissen lassen, dass sie sich nicht darauf vorbereiten müssen.«

Die Demütigung rauschte durch ihr Blut. Sie würde nicht losheulen, schwor sie sich. Sie war zu müde, um zu weinen, zu verletzt, um etwas anderes zu wollen, als sich aus lauter Scham unglücklich zu verkriechen.

Hope und Merinus machten bereits Pläne. Eine Zeremonie im Frühling, das weiße Kleid, von dem Anya immer geträumt hatte. Eine echte Hochzeit, genau wie ihre Gefährten sie ihnen geschenkt hatten. Ein Ring. Der Traum jeder Frau, doch in der Welt, in der sie nun lebte, wäre das sogar noch mehr gewesen. Es wäre ein Bekenntnis gewesen, und damit einher ging eine gewisse Sicherheit in Bezug auf andere Paare, auf die Hierarchie in der Gesellschaft der Breeds.

»Anya, verdammt«, knurrte er, und in seinen Augen blitzte ein Anflug von Zorn auf. »Was ist mit dir passiert? Du bist logischer als der Schmerz, den ich von dir ausgehen fühle. Du bringst mich um damit.«

Langsam hob sie ihr Kinn und schluckte den Kloß in ihrer Kehle hinunter. »Tut mir leid. Es sind wahrscheinlich die Hormone«, flüsterte sie schließlich. »Wenn du mich jetzt bitte entschuldigst, Del-Rey, ich glaube, ich fühle mich nicht gut. Ich gehe eine Weile in mein Büro. Gute Nacht.«

»Den Teufel wirst du tun.« Seine Finger schlossen sich um ihren Arm – nicht hart, sein Griff war nicht fest, doch trotzdem zuckte sie zusammen. Sie war fast schmerzhaft, diese Berührung, selbst durch die Kleidung hindurch.

Genauso schnell ließ er sie wieder los und starrte sie an, als sei er verwirrt.

»Ich habe dir wehgetan.« Er runzelte fassungslos die Stirn und musterte sie eindringlich. »Was ist los? Warst du deshalb bei Dr. Armani? Bereitet meine Berührung dir plötzlich Schmerzen?«

Anya schüttelte den Kopf. Es war kein Schmerz gewesen. Es hatte nicht wehgetan – nicht körperlich. Emotional. Die Wärme, die sie brauchte, das Bedürfnis, ihn zu fühlen, das sie fast körperlich verspürte, konnte den Schmerz, den sie in sich fühlte, nicht überdecken.

»Es geht mir gut«, wiederholte sie. »Bitte entschuldige mich, Del-Rey. Ich muss nur duschen. Vielleicht etwas essen.« Sie schenkte ihm ein unechtes Lächeln und ging zu ihrer Bürotür. »Gute Nacht.«

Sie öffnete die Tür, huschte in das kleine Zimmer und sank fast zu Boden, während ihr Oberkörper von Krämpfen erfasst wurde, so sehr wollte sie schluchzen. Sie war seine Gefährtin, aber nicht seine Coya. Ohne die Zeremonie wäre sie nie wahrhaft seine Coya, seine andere Hälfte. Sie war nur die Frau, die er vögelte, nicht mehr.

Erschöpfung überkam sie, und zum ersten Mal seit Del-Reys Rückkehr war sie frei von der Qual durch den Paarungsrausch. Sie legte sich auf die Couch, bettete den Kopf auf den Arm und starrte in die Dunkelheit, bis sie einschlief.

Sie bemerkte nicht, dass Del-Rey hereinkam oder dass er sich neben sie kauerte. Sie wusste nicht, dass er die Hand ausstreckte, die Träne auf ihrer Wange berührte und am liebsten selbst schluchzen wollte.

»Es tut mir leid, Baby«, flüsterte er. »So ist es das Beste. Für uns beide.«

Er streichelte mit den Fingerknöcheln über ihre Wange und fühlte die weiche kühle Haut und zugleich den Schauer, der sie durchlief. Ihr war kalt, aber sie war nicht erregt. Er konnte den Schmerz wittern, der in Wellen von ihr abstrahlte, sogar noch im Schlaf.

Er seufzte über die Brutalität dessen, was er ihr angetan hatte, und es erfüllte ihn mit Schmerz bis in eine Tiefe seines Daseins, von deren Existenz er gar nichts gewusst hatte. Del-Rey hob seine zerbrechliche Gefährtin in seine Arme und trug sie zu ihrem gemeinsamen Bett.

Es dauerte eine Weile, sie auszuziehen. Er bewegte sich langsam und vorsichtig, denn er wollte sie nicht aus dem erschöpften Schlaf reißen, in den sie offenbar gefallen war.

Als er sie am Morgen verlassen hatte, war sie glücklich gewesen, hatte gelacht und mit ihm gescherzt. Sie hatte Pläne gemacht, und er hatte davon gewusst. Er hatte es gewusst, und er hatte die Wärme ihres Lachens nicht verlieren wollen, bis ihm keine andere Wahl blieb.

Jetzt hatte er sie verloren, und es fühlte sich an, als hätte er einen Teil seiner selbst verloren.

Er zog sich aus und legte sich neben sie ins Bett, umfing ihren kalten Körper und bemühte sich, ihr wieder Wärme zu geben. Ihm war selbst kalt. Kalt bis ins Knochenmark, und er konnte nicht erklären, wieso. Die Kälte war gekommen, als sie vorhin sein Büro verlassen hatte. Und sie war noch größer geworden, nachdem sie aus dem Schlafzimmer in ihr Büro gegangen war.

Er musste sie schützen. Hope und Merinus lebten mit der Bedrohung durch größere Gefahren als Faith oder die anderen Gefährtinnen von Breeds. Auf sie wurden mehr Mordanschläge verübt als auf die anderen. Ohne die Zeremonie würde die Welt nie sicher wissen, ob sie nur Geliebte oder echte Coya war. Kojoten waren keine Wölfe, mahnte er sich wieder. Sie brauchten keine Zeremonie, um so etwas offiziell zu machen. Und sie würde mit der Zeit erkennen, dass es ihr größere Sicherheit bot, und das war es doch, was zählte.

Jetzt war sie verletzt, aber später – später würde sie es verstehen, redete er sich ein. Er würde die Worte finden, es ihr zu erklären. Er würde einen Weg finden, es ihr begreiflich zu machen. Sie musste es verstehen, denn ihre Sicherheit war ihm wichtiger als ein Missverständnis.

Bei dem ersten Mordversuch auf sie in den Bergen hatte

er begriffen, dass er entschlossen handeln musste. Er musste die Verantwortung übernehmen, sie an seiner Seite zu halten, für ihre Sicherheit und ihr Wohlergehen zu sorgen. Nur das zählte.

Del-Rey erwachte am nächsten Morgen, als Anya sich aus seinen Armen löste und das Bett verließ. Er wartete, lauschte, inhalierte ihren Duft und nahm noch immer keine Erregung wahr, kein Verlangen nach seiner Berührung.

Er unterdrückte seine Besorgnis. Kojoten waren eben anders, sagte er sich wieder. Es konnte schlicht ein Ruhezyklus sein, den die Hormone ihr gewährten, nicht mehr.

Er öffnete die Augen weit genug, um zuzusehen, wie sie die schmutzigen Sachen aufhob, die er vergangene Nacht auf dem Boden hatte liegen lassen. Ihre Miene war ruhig und gefasst. Okay, sie sollte soweit in Ordnung sein. Kein lebhafter Duft von Schmerz, der seine Sinne überwältigte. Vielleicht hatte es nur an den Hormonen gelegen.

Er wartete und lauschte weiter, als sie die schmutzigen Sachen ins Bad brachte. Vielleicht würde er zu ihr unter die Dusche kommen.

Schubladen gingen auf, als sie sich saubere Sachen holte, und danach hörte er, wie die Tür zu ihrem Büro auf- und wieder zuging. Dann drehte sich der Schlüssel im Schloss. Sie nutzte die Dusche im anderen Zimmer und hatte dafür gesorgt, dass er ihr nicht ohne ihr Wissen folgte.

Mist. Das gefiel ihm nicht. Die Distanz, die sie plötzlich zu trennen schien, dieses Gefühl, das ihn frieren ließ und reizbar machte, brachte ihn dazu, sich zu fragen, was in aller Welt er tat, wenn es um seine Gefährtin ging.

Verdammter Mist, lieber ein Faustkampf, als sich ihr heute Morgen zu stellen, denn Gott allein wusste, was er tun würde, wenn er wieder den Schmerz in ihren Augen sah. Könnte gut sein, dass er am Ende noch um sie weinte.

Hope Bainesmith Gunnar starrte auf die Nachricht in ihrem Eingangsordner. Die Mail kam überraschend und machte sie traurig.

> *Lupina Gunnar. Prima Lyons. Es wurde beschlossen, dass die offizielle Statuszeremonie nicht notwendig ist. Anya Kobrin, Gefährtin von Alpha Delgado.*

So viel in einer so schlichten Mail. So viel Schmerz und verlorene Träume. Hope wusste, diese Zeremonie war etwas, worauf Anya sich gefreut hatte, seit sie ihren Platz an Del-Reys Seite akzeptiert hatte, doch vielleicht war die Entscheidung gar nicht so überraschend nach der Diskussion, die sie gleich heute Morgen mit Dr. Armani gehabt hatte.

Hope war auch nicht überrascht, als das Satellitentelefon auf ihrem Schreibtisch klingelte. Die Anruferkennung zeigte Merinus' Nummer an.

»Du hast die Mail bekommen«, seufzte Hope, als sie abhob.

»Sag mir, dass das ein Scherz ist.« Merinus sprach leise. »Sogar Callan hatte gehofft, dass die Zeremonie bald stattfinden und Anyas Position festlegen würde. Ohne sie wird ihr Stand unter Del-Reys Leuten geschwächt sein. Es wird deren Respekt vor ihr untergraben.«

Hope schüttelte den Kopf. »Ich fürchte, es ist kein Scherz.«

»Lass Wolfe mit ihm reden«, drängte Merinus. »Diese Zeremonie ist zu wichtig, Hope.«

Hope dachte darüber nach und zog es in Betracht. Dann seufzte sie. »Das ist etwas, was er für sich selbst begreifen muss, und es ist ein Kampf, dem Anya sich allein stellen muss.

Wir können sie unterstützen, wenn sie uns braucht, Merinus, aber sonst können wir nur wenig tun.«

»Verdammter Sturkopf von Kojote«, schimpfte Merinus. »So eine Nervensäge.«

»Für uns beide«, meinte Hope leise. »Hoffentlich kann ich schnell auf die Basis und mit ihr sprechen. Ich lasse dich dann wissen, was ich erfahre.«

Merinus seufzte. »Ich rufe sie bald an. Diese Mail hat mir das Herz gebrochen. Ich denke, sie braucht Zeit, bevor sie mit mir redet.«

Hope nickte. »Ich gebe ihr einen Tag oder so. Bis dahin werden wir beten.«

»Und beten«, antwortete Merinus. »Arme Anya.«

Arme Anya.

Armer Del-Rey.

Denn Hope wusste, dass dies dem Alpha mehr Probleme bereiten würde, als er sich je vorstellen konnte. Die Paarung mit einem Alpha war eine Sache; die Akzeptanz durch die Männer, die ihm folgten, war eine andere, wie sie und Wolfe beide gelernt hatten. Aus irgendeinem Grund war die Hochzeitszeremonie, die in der Welt der Menschen so viel bedeutete, in der Gesellschaft der Breeds genauso bedeutsam, vielleicht sogar noch mehr, und das galt besonders für einen Alpha.

Wenn ein Alpha seine Gefährtin nicht akzeptierte, dann würden seine Männer das auch nicht tun. Während der letzten acht Monate hatten der Trennungsbefehl und Anyas Weigerung, ihren Alpha zu akzeptieren, die Kojoten-Soldaten anscheinend nicht gestört. Sie hatten sie trotzdem akzeptiert. Weil sie geglaubt hatten, die Entscheidung liege nicht in Del-Reys Händen. Doch sobald das hier die Runde machte, würde Anyas Stellung in der Basis bröckeln, und die Probleme, denen sie dann gegenüberstand, wären nicht einfach.

Nicht für Anya. Und ganz entschieden nicht für Del-Rey.

Hope schickte eine Mail: an die einzige Person, die ihr einfiel, die bei diesem besonderen Problem helfen konnte. An den einen Mann, der vielleicht genug Macht hatte, um seinen Alpha davon zu überzeugen, dass sein Weg der falsche war.

An seinen Bruder.

Brim.

Brim starrte auf die Mail: auf den weitergeleiteten Text und die Nachricht der Lupina, und er fühlte, wie Zorn in ihm aufstieg. So ein Hurensohn. Vielleicht würden sie dieses Mal am Ende doch gegeneinander kämpfen.

20

Nachdem Anya das Quartier verlassen hatte, sah Del-Rey nach ihr. Er runzelte die Stirn, als er erfuhr, dass sie im Küchenbereich war. Also schlenderte er durch die Basis, an den Gemeinschaftsräumen vorbei, in die Küche.

Mit nur den Geräuschen der vier Frauen, die schweigend dort arbeiteten, war es hier verdammt gruselig. Eine Aura von Schwere und Anspannung lag in der Luft, ein dezenter Duft von Schmerz und Zorn, und eine tiefer liegende Kälte, die er nicht greifen konnte.

Anya blickte von den Schüsseln und Zutaten, mit denen sie gerade hantierte, auf. Ihre Augen waren dunkel, und das darunter konnten Augenringe sein.

»Im Kühlschrank ist kalter Aufschnitt, falls du ein Sandwich brauchst«, teilte sie ihm mit. »In einer Stunde habe ich auch Eier und gemischte Fleischbrötchen, falls du warten willst.«

»Du hast doch gar keinen Küchendienst.« Er ließ seine Stimme härter klingen.

»Niemand hat Küchendienst.« Sie zuckte mit den Schultern. »Saubermachen ist weit davon entfernt, dafür zu sorgen, dass auch tatsächlich Nahrungsmittel auf der Basis oder bestimmte Dinge essfertig sind, wenn deine Teams Hunger bekommen, Del-Rey. Nach letzter Zählung leben hier mehr als sechzig Soldaten und mehrere Dutzend kommen noch. Jemand muss dafür sorgen, dass genügend Vorräte da sind.«

»Setz es mit auf den Rotationsplan«, befahl er.

Er sah zu, wie sie Milch in eine große Schüssel voll Mehl goss und sie einzukneten begann. Ihr Kopf war gesenkt, ihre Miene ruhig und gefasst, doch er wusste, in ihr sah es ganz anders aus.

»Funktioniert so nicht.« Sie schüttelte den Kopf.

»Dann sorge dafür, dass es funktioniert«, stieß er hervor. »Wir müssen Dinge besprechen, die unser beider Aufmerksamkeit erfordern – und das können wir nicht, wenn du bis zum Ellbogen in einer Schüssel Mehl steckst.«

Anya blickte zur Wanduhr. »Du kannst deine Besprechungen zwei Stunden nach hinten verschieben«, entschied sie. »Trag mich danach in deinen Terminplan ein, und lass mich wissen, wann und wo ich dich treffen soll.«

»Dann vögeln wir jetzt nach Zeitplan?«, knurrte er und ignorierte die anderen Frauen.

Sie hob ruckartig den Kopf, und ein Aufflackern von Schmerz huschte über ihr Gesicht. »Wenn die Diskussion darum geht, dann schätze ich, genau das tun wir.«

Er fühlte sich fast hilflos. An dieses Gefühl erinnerte er sich noch deutlich aus seiner Jugend. So deutlich, dass es ihn wie ein Stich ins Gehirn traf und ein Knurren in seiner Kehle vibrierte. Umgeben von einem Stahlkäfig, hatte er zugesehen, so viele Male, wie seine Brüder und Schwestern vor seinen Augen ermordet wurden. Kojoten-Breeds, die als fehlerhaft angesehen wurden, weil sie Gnade gezeigt, weil sie anderen die Hand gereicht hatten. Kinder, nicht mehr als Babys, die nach Aufmerksamkeit oder Nahrung schrien, obwohl nichts davon vorhanden war. Gefällt vor seinen Augen. Und wenn er kämpfen wollte, wenn er versuchte, sie zu retten, dann starben auch andere. Man war nicht gütig genug gewesen, ihn einfach umzubringen und aus seinem Elend zu erlösen.

Man hatte ihn geschlagen. Ausgepeitscht. An die Wand gekettet, an Elektroden angeschlossen und seinen Körper mit Elektroschocks malträtiert.

Er war ein abschreckendes Beispiel für die anderen, ebenso wie die Tötungen. Man wollte ihn brechen, das Gefühl von Barmherzigkeit in ihm vernichten und beweisen, dass ein Breed keine Seele, keine Ehre und keine Prinzipien besaß.

Die hatten versagt. Aber auf gewisse Weise hatten sie auch gewonnen.

»Entschuldige, Alpha.« Ashley ging um ihn herum und trat von dem kleinen Schrank weg, in dem sich zahllose Kochutensilien befanden.

Er senkte den Blick, bemerkte ihre kürzeren Nägel und runzelte die Stirn.

»Habe ich dich nicht erst in diesen verdammten Salon gehen lassen?«, grollte er.

Sie machte große Augen. »Ich war gestern mit Abwasch dran. Da mussten ein paar dran glauben.«

»Was meinst du mit, du warst mit Abwasch dran?«

Ashley zappelte unruhig vor ihm herum und sah Anya an.

»Ashley war an der Reihe, die Spülmaschine zu füllen und die Töpfe und Pfannen zu säubern«, antwortete Anya.

»Ich habe einen verdammten Rotationsplan für den Küchendienst gemacht.« Seine Stimme klang schroff und ließ die drei Kojotinnen zusammenzucken.

Anya zuckte mit den Schultern. »Als ich den Schrank überprüft habe, war das Geschirr nicht richtig sauber. Sie sind Soldaten, Del-Rey. Männer. Sie verstehen nichts davon, dass man zuerst vorspülen muss, noch haben sie eine Ahnung vom Saubermachen. Sharone, Emma und Ashley haben Stunden hier drin damit verbracht, das wieder in Ordnung zu bringen. Dein Rotationsplan funktioniert nicht.« Sie hob den Kopf. »Außer wenn die Raubkatzen es machen. Die scheinen Ahnung zu haben. Aber ich vermute, Alpha Lyons wäre nicht erfreut, wenn wir die Raubkatzen-Breeds nur zum Küchendienst verdonnern.«

Sie warf ihren Mehlklumpen auf den Tresen und fing an, ihn zu einem Ball zu verarbeiten. Einem riesigen Ball. Er sah sie finster an.

»Du bist kein Dienstbote«, fauchte er. »Das ist nicht der Ort, an den du gehörst.«

Sie hielt inne, starrte auf den Teig und hob dann den Kopf. Ihr Blick war verschlossen, doch Himmel, was da in ihr brodelte. Ihre Emotionen waren fast ganz verdrängt und gaben ihm nur einen winzig kleinen Wink auf die überwältigenden und aufgewühlten Gefühle von Zorn, Furcht und Verlangen, die in ihren dunkelblauen Augen tobten.

»Ich bin beschäftigt, Del-Rey«, antwortete sie schließlich. »Mach einen Termin, und ich werde da sein. Bis dahin lass mich hier arbeiten, falls es dir nichts ausmacht. Oder ist das hier auch etwas, wofür ich deine Erlaubnis brauche, wenn ich es zu Ende bringen will?«

Die Wut traf ihn wie ein Schlag. Er konnte sie in sich aufwallen fühlen. In ihm stieg das Verlangen auf, ihre Unterwerfung zu erzwingen, sie zurück in ihr Quartier zu tragen und sie zu vögeln, bis sie keine Energie mehr hatte, ihm zu trotzen. Doch ein anderer Teil von ihm, ein noch zurechnungsfähiger Teil, die menschliche Seite, zögerte, denn er nahm mehr wahr, als das Tier sehen wollte.

Er drehte sich auf dem Absatz um und ging. Das würden sie später ausfechten. Sobald seine Befehle umgesetzt waren, würde sie sich nicht mehr in dieser Küche wiederfinden, um für die ganze Basis zu kochen. Er wollte verdammt sein, wenn doch. Sie war nicht die Scheißköchin hier, sondern seine Gefährtin. Seine Coya. Sie konnte die Dinge überwachen, bis die

Hölle zufror, aber ihr Job bestand nicht darin, die eigentliche Arbeit zu machen.

Er schlug seine Bürotür zu, ging zum Schreibtisch und setzte sich. Dann ließ er den Blick durchs Büro schweifen. Immer dicker werdende Staubschichten. Akten türmten sich planlos hier und da. So hatte es bei seiner Ankunft nicht ausgesehen. Sein Büro war peinlich sauber gewesen. Und der Duft seiner Gefährtin hatte den Raum gefüllt.

Er fuhr sich durchs Haar und atmete hörbar aus, als Brims Klopfen an der Tür zu hören war. Er erkannte das Klopfen seines Stellvertreters und den Zorn darin.

»Was?«, knurrte er.

Die Tür öffnete sich.

Militärisch aufrecht trat Brim ein. Sein Blick war eiskalt, seine Haltung steif.

»Was hast du denn für einen Stock im Hintern?«, fragte Del-Rey mit gefletschten Zähnen.

Brim reichte ihm ein Tablet. »Ich brauche deine Unterschrift.«

Del-Rey nahm ihm das Tablet aus der Hand, warf einen Blick darauf – und dann spürte er, wie ihn ein roter Nebel überwältigte, als er das Memo sah, das da auf seine Genehmigung wartete.

Betreff: Offizielle Bekanntgabe bezüglich Rückführung der Pflichten von Anya Kobrin an Alpha Delgado. Status Coya: aufgehoben. Status Gefährtin: aufgehoben. Sämtliche entsprechenden Befugnisse: hiermit aufgehoben.

Er blickte zu Brim auf. »Was ist das für ein Scheiß?«

»Gemäß Trennungsbefehl hielt sie ihren Titel nur, solange du ihn nicht außer Kraft setzt.«

»Und ich habe ihn nicht außer Kraft gesetzt«, erklärte er Brim mit kehliger Stimme. »Was zum Henker bedeutet das?«

»Vielleicht hättest du die Trennungsvereinbarung genauer lesen sollen«, stellte Brim fest. »Anya hat das Memo heute Morgen an Lupina Gunnar und Prima Lyons geschickt sowie an deren Alphas. Ein Beschluss, dass die Paarungszeremonie, die vorläufig für Frühling geplant war, abgesagt ist. Als dieses Memo rausging, hat sie ihren Titel verloren. Es macht schon die Runde auf der Basis. Sie ist nicht länger die Coya, und daher brauchen die Rudelführer eine Anordnung von dir.«

Das Memo war eine solche Anordnung. Es hob sämtliche Befugnisse auf, die Anya zuvor als Befehlshaberin in seiner Abwesenheit hatte. Außerdem setzte es ihren Status unter den der Rudelführer fest, statt über ihnen, wie zuvor.

Er starrte darauf.

»Wenn ich sie offiziell zur Coya mache, male ich ihr eine Zielscheibe auf den Rücken für jeden Kojoten, der es geschafft hat, uns zu täuschen, oder der uns in Zukunft noch verrät. Jeder Schlag wird sich zuerst gegen sie richten.«

Brim zuckte mit den Schultern. »Deswegen bin ich nicht hier, Alpha. Ich brauche lediglich die unterschriebene Anweisung, damit die Basis ordentlich läuft. Die Militärstruktur muss aufrechterhalten bleiben.«

Del-Rey biss die Zähne zusammen.

Bevor er den Impuls kontrollieren konnte, packte er das Tablet und schleuderte es durchs Zimmer. Ein wütender wilder Schwung seines Arms, und es zerschmetterte an der Steinwand neben ihm.

Brim betrachtete das Werk der Zerstörung und richtete den Blick wieder auf Del-Rey. »Eine Kopie davon ging auf deinen PDA. Von da kannst du auch unterschreiben. Wenn du mich jetzt entschuldigst.« Er nickte Del-Rey mit allem gebotenen militärischen Respekt zu.

Perfekt, aalglatt, koordiniert.

Del-Rey war aus seinem Stuhl aufgesprungen, bevor Brim das Büro durchqueren konnte. Nur eine Sekunde später hatte er seinen Stellvertreter an die Wand gedrückt, den Arm über Brims Kehle, und ein Knurren drang aus seiner Kehle.

»Was ist dein Scheißproblem?« Er starrte Brim in die Augen und sah nichts darin als diese kühle und emotionslose Fassade.

»Mir war nicht bewusst, dass ich eins habe«, antwortete er ungerührt und wehrte sich nicht.

Brim war kein Mann, der sich an eine Wand drücken ließ, nicht einmal von seinem Alpha. Und doch war er nun da, entspannt und gelassen. Del-Rey fühlte sich, als würde jeden Moment ein Vulkan in seinem Kopf ausbrechen.

»Lösch das verdammte Memo«, stieß Del-Rey hervor.

Er konnte sich Anyas Schmerz vorstellen, falls sie es sah, sobald sie es las. Er konnte das Gefühl von Verlust fast selbst spüren, das sich in sie fressen würde.

»Das kann ich nicht tun, Alpha«, erklärte Brim. »Das hier ist eine Militärbasis, und die Regeln müssen eingehalten werden, sonst werden unsere Männer verwirrt und unsicher. Sie werden sich auf eine Seite stellen. Ihre Leute gegen unsere Leute. Das können wir nicht zulassen.«

Del-Rey ließ ihn langsam los. »Lösch das verdammte Memo, oder ich tue es«, befahl er.

Brim zuckte mit den Schultern. »Es ist bereits an die Rudelführer gegangen. Das Protokoll hat verlangt, dass es verschickt wird. Ebenso wie es an die Rudelführer der Wölfe und Raubkatzen gegangen ist. Wenn du dich weigerst, es selbst zu senden, zeigst du Schwäche. Als Alpha kannst du es dir nicht leisten, eine solche Schwäche zu diesem Zeitpunkt zu zeigen.

Eine Aufspaltung der Rudel könnte uns vernichten, Alpha. Das Bündnis wird scheitern, und wir werden uns allein im Dschungel wiederfinden, wo wir kämpfen müssen, um zu essen. Das war nicht so spaßig, wie wir immer getan haben, glaube ich jedenfalls nicht.«

»Raus aus meinem Büro«, befahl Del-Rey kalt. »Sofort!«

Er wandte Brim den Rücken zu und lauschte, bis der Mann zur Tür ging. Dort blieb Brim stehen, und Del-Reys Anspannung wuchs noch, denn er wusste, die letzte Bemerkung des Mannes, bevor er ging, würde ihm nicht gefallen.

»Ich bin dein Bruder.«

Die Mahnung ließ Del-Rey zusammenzucken.

»Wir haben unsere Schwestern in diesem Höllenloch verloren. Wir haben Brüder verloren. Weißt du, Del-Rey, bis dieses Memo heute Morgen kam, habe ich dir doch echt übel genommen, dass du dich immer geweigert hast, die Bande zwischen uns anzuerkennen.« Seine Stimme klang belustigt.

Del-Rey drehte sich langsam zu ihm um.

Den finsteren Blick quittierte Brim mit einem weiteren Schulterzucken. »Ich habe beschlossen, dass es nicht wirklich etwas Persönliches war. Und es war auch nicht die Angst um das Leben deiner Brüder, die dich dazu gebracht hat, diejenigen von uns, die noch leben, zu verleugnen.«

»Und das hast du auf welcher Grundlage beschlossen?« Del-Rey spürte, wie die Wut in ihm aufstieg und durch seinen Leib raste.

Brims Lippen verzogen sich zu einem kalten Lächeln. »Du hast gerade deine Coya abgelehnt, Alpha. Ein Mann, der dazu fähig ist, hat keine Seele. Er hat keine Brüder und keine Schwestern. Ich denke, ich werde mich einfach mal glücklich schätzen, dass du genug Ehre im Leib hast, um die Mitglieder deiner Blutlinie nicht zu ersäufen, als wir noch Welpen waren.«

Damit öffnete Brim die Tür, ging hinaus und schloss sie langsam wieder hinter sich, eine Sekunde, bevor Del-Reys wütendes Knurren zu hören war.

Pfeif auf sie. Pfeif auf sie alle. Er hatte eine Seele. Eine Seele, die sich vor Entsetzen über seine Erinnerungen krümmte, die sich wand und blutete bei dem Gedanken an alles, was er über die Jahre verloren hatte. Eine Seele, die um alles weinte, was er nicht haben konnte.

Denn etwas zu haben hieß auch, es zu verlieren. Und Gott helfe ihnen allen, wenn er seine Coya verlor.

Stunden später saß Anya an ihrem Computer. Müdigkeit zerrte an ihr, als sie die Tastatur und den Hologramm-Monitor aktivierte.

Eine Mail. Privat und verschlüsselt.

Sie rief sie auf, notierte Datum und Zeit des Treffens, bestätigte und löschte die Mail. Dann barg sie das Gesicht in den Händen, stützte die Ellbogen auf den Tisch und zwang die Tränen zurück, ebenso wie das Verlangen, das in ihr zu brennen begann.

Sie hatte ihre Kopie von Brims Memo heute Morgen erhalten, bevor sie zur Küche gegangen war. Sie fühlte sich jetzt ebenso verloren wie damals. Sie fühlte sich, als sei der Frühling selbst abgesagt worden. Als sei ihr die Wärme, auf die sie sich so sehr gefreut hatte, für immer entrissen.

»Coya?« Die Bürotür ging auf, und Sharone, Emma und Ashley kamen herein.

Anya schluckte angespannt, als sie die Hände senkte und die Frauen ansah, die wie Schwestern für sie waren. Sie hatten neue Aufgaben von ihren Rudelführern bekommen. Dieses spezielle Memo hatte Anya erhalten, als sie aus der Küche zurück in ihr Quartier gekommen war.

»Nicht«, flüsterte sie kopfschüttelnd. »Ihr dürft diesen Titel nicht länger benutzen, Sharone.«

»Du musst etwas unternehmen«, forderte Sharone grimmig. »Denkst du, das Fehlen eines Titels wird dein Leben retten? Er kann doch nicht so dämlich sein, dass er das glaubt.«

Anya schüttelte den Kopf. »Ihr habt jetzt neue Aufgaben. Und auf meine Bitte hin habt ihr immer noch eure freien Stunden. In einer Woche haben wir unseren letzten Mädelstag. Wir machen eine Party daraus«, erklärte sie. »Dr. Armani und hoffentlich auch Lupina Gunnar kommen mit. Seid bereit.«

Sharones Augen weiteten sich, als ihr die Bedeutung hinter Anyas Worten klar wurde.

Ashley lehnte sich an eine Wand, während Emma sich auf der Couch niederließ und mit gesenktem Kopf auf den Fußboden des kleinen Büros starrte.

»Und danach?«, fragte Sharone. »Wir können dich nicht ohne Schutz zurücklassen. Anya, die Breeds, die mit uns aus Russland gekommen sind, sind aufgebracht. Sie reden davon, dass sie das Bündnis verlassen wollen, das die Alphas aufgebaut haben. Das ist die schlimmste Beleidigung, die er dir zufügen konnte.«

Anya schüttelte den Kopf. Nein, die schlimmste Beleidigung hatte er ihr zugefügt, als er sie überzeugt hatte, zu ihm zu kommen, und sie bezaubert und mit seinen Lügen verführt hatte. Sie sei seine Coya. Sein Leben. Sie sei die Bestätigung, dass er eine Seele habe.

»Coya«, flüsterte Ashley schwermütig. »Was er getan hat, ist falsch.«

Anya hob langsam die Hand. »Bitte. Sag den anderen, es ist mein Wunsch, dass sie im Bündnis bleiben. Sie haben Del-Rey ihre Loyalität unter bestimmten Regeln geschworen. Dass ich seine Coya bin, gehörte nicht dazu. Sie können es sich nicht leisten, ihr Wort in dieser Welt zu brechen.« Sie schüttelte den Kopf und musste die Tränen hinunterschlucken. »Bitte. Meldet euch wie gebeten bei euren Rudelführern. Ich komme hier schon klar.«

Ashley kam in Bewegung: Sie riss die Tür auf und knallte sie mit einer Kraft zu, dass Anya zusammenzuckte. Emma stand auf und ging langsamer, die Hände in die Taschen ihrer Jeans geschoben, und Sharone sah Anya schmerzerfüllt an.

»Sag ihm«, sagte Sharone leise, »falls du zu Schaden kommst, hat er sich Feinde gemacht, Anya. Mehr als er sich je vorstellen kann.«

Damit drehte sich Sharone um und ging, und Anya stockte der Atem. Sie würde sie vermissen. Sie waren mehr als Freundinnen, und sie waren immer zusammen gewesen. Seit sie als kleines Mädchen zum ersten Mal die Zellen entdeckt hatte, in denen die fünf Kojotinnen gefangen gehalten worden waren.

Sie, die Prinzessin in Chernows Einrichtung, hatte schon mit fünf Jahren die Wissenschaftler und Ärzte um den Finger gewickelt, bis die Mädchen, mit denen sie spielen wollte, einige Freiheiten erhielten. Und zwischen ihnen hatte sich ein Band entwickelt, das nie zerrissen worden war.

Sie waren nie getrennt gewesen – bis jetzt.

»Anya?«

Sie erstarrte, als sie Del-Reys Stimme neben sich hörte. Sie drehte den Kopf, sah ihn an und erkannte die Schwere in seiner Miene, eine Schwere, die die in ihrem Herzen widerspiegelte.

»Hättest du das Messer, das du mir in Russland an die Kehle gehalten hast, benutzt, hättest du mir weniger wehgetan«, sagte sie und atmete hörbar aus.

»Ich bin ein Kojote«, sagte er leise. »Die am meisten gehasste und gefürchtete Breed-Spezies auf der Welt. Meine Coya lebt in ständiger Gefahr. Wenn die Welt erkennt, dass sie nicht mehr als meine Geliebte ist, wenn die anderen Breeds sehen, dass ihr nur mein Körper gehört, dann ist sie in Sicherheit. Falls ich einen Fehler mache und zulasse, dass ein Verräter sich unter uns auf der Basis befindet, dann bist du sicherer.«

»Sind unsere Kinder dann sicherer?«, fragte sie.

»Kiowas Frau ist noch nicht schwanger geworden«, stellte er fest. »Auch nutzt sie das Hormon zur Empfängnis nicht. Wir haben Zeit, um das Problem zu lösen.«

Anscheinend hatte er es bereits gelöst.

»Ich habe nicht um Erklärungen gebeten.« Sie stand auf und schaltete den Computer aus.

Es waren keine Mails gekommen, keine Breeds, die um Rat oder Hilfe gebeten hatten. Keine einzige von sonst oft Dutzenden Anfragen war in ihrem Eingangsordner gelandet. Nur eine einzige Mail, mehr nicht.

Ganz einfach war sie beiseitegewischt worden.

»Anya.« Als sie um ihren Schreibtisch herumging, hielt er sie auf, trat an sie heran und drückte sich an sie. »Du bist jeder Teil meiner Seele. Ich kann dein Leben nicht riskieren.«

Sie wandte ihm weiter den Rücken zu und schloss die Augen, als sie den Schmerz in seiner Stimme hörte, denselben Schmerz, der durch ihre eigene Seele vibrierte.

»Ich verstehe das«, flüsterte sie schließlich, und vielleicht verstand ein Teil von ihr es tatsächlich. »Ich bin deine Geliebte, nicht mehr.«

»Nur in den Augen anderer.« Seine Hände umfassten ihre Taille. »Was zwischen uns ist, bleibt zwischen uns, Anya. Du bist meine Gefährtin. Meine Coya. Egal, was die Welt sieht.«

Aber sie war nicht seine Coya. Diese Macht, dieses Privileg, war ihr genommen worden. Sie war sein Betthäschen. In den Augen der Welt und nun auch in seinen Augen. Denn die Vorteile, die sie seinem Leben geschenkt hätte, wäre sie mehr, waren ihr mit einem einzigen Memo genommen worden.

Sie weinte innerlich, als seine Lippen sich auf ihren Nacken drückten. Sie weinte, als das vertraute Verlangen tief in ihrem Bauch zu brennen begann, sich langsam durch ihren Körper zog und durch ihre Nervenbahnen tobte.

Und immer noch konnte sie ihn nicht abweisen.

Als seine Hände ihr Shirt hochschoben und es ihr über den Kopf zogen, konnte sie ihm die Berührung, die er suchte, nicht verweigern. Als er sie in seinen Armen umdrehte und seine Lippen auf ihre presste, konnte sie ihm den Kuss nicht verweigern, den sie selbst brauchte. Seinen Geschmack, dieses bisschen, woran sie sich festhalten konnte. Ein Teil von ihm, den er ihr nicht nehmen konnte, schlicht, weil die Natur verlangte, dass er nur bei ihr Befriedigung fand.

Sie schlang die Arme um seinen Nacken und ihre Emotionen versengten sie innerlich. Dieser Mann war ihr Leben, sie gehörte ihm mit Haut und Haaren, egal wie sehr es schmerzte. Das war ihr in den letzten zwei Tagen klar geworden. Er besaß sie. Sie, die geschworen hatte, dass niemand sie je besitzen würde, gehörte diesem Mann, diesem Breed.

»Gott, ja«, grollte er, als sie sich in seinen Armen entspannte. »Halt mich fest, Anya. Halt mich fest, Baby.«

Seine Haut schien an ihrer warm zu werden, und ihre erhitzte sich unter seiner Berührung. Sie kickte die Schuhe von ihren Füßen, und er öffnete ihre Jeans und schob sie über ihre Hüften.

Die Begierde nach seinem Kuss wuchs, der verzweifelte Drang nach dieser Verbindung. Das *eine*, das ihr niemand stehlen konnte, das ihr nicht genommen werden konnte.

Sie ging unter in den Wogen der Lust, als er sich löste und sie umdrehte, sie an den Schreibtisch drückte, bis ihre Finger sich in den harten Unterarm krallten, den er unter ihren Kopf schob.

Er umfing sie. Nicht wie bei jenem ersten Mal, als er nur hinter ihr gewesen war. Als er sich jetzt über sie beugte, umfing er sie. Seine Lippen lagen an ihrem Nacken, leckten, bissen zu und jagten ihr lodernde Flammen der Hitze zwischen die Beine, während sie spürte, wie seine Eichel sich an sie drückte.

»Ich brauche dich.« Er knabberte an ihrem Hals. »Ich brauche dich so sehr, dass ich vor Verlangen nicht atmen kann. So sehr, dass ich umkomme vor Sehnsucht nach dir.«

Ihr wurde schwer ums Herz, schmerzvoll, als sie die Emotionen in seiner Stimme hörte, die Qual, die sie beide erfüllte, sie band und sie zusammenhielt.

Eine Hand packte ihre Hüfte, während er ihren Kopf zu sich drehte, ihre Lippen eroberte und seinen kräftigen Schaft in sie drückte. Langsame, gleichmäßige Stöße füllten sie aus. Er dehnte sie, brannte in ihr, bis sie an seinen Lippen keuchte, die Beine weiter spreizte und ihm mit Lippen und Zunge begegnete in einem Kuss, der ihren Geist an ihn band.

»So süß. So freigiebig«, stöhnte er im Kuss, bevor er ihre Lippen in einer gierigen Weise eroberte, die die harten tiefen Stöße seines Schaftes in sie nachahmte.

Er liebkoste Nerven, so empfindsam von seinem pulsierenden Vorsamen, dass sie für ihn brannte. Er berührte sie, innen und außen, drückte sie an sich, und seine Hüften wölbten sich, bewegten sich, stießen sich in sie, während die tobenden Reize des Verlangens durch das letzte bisschen Kontrolle brachen, das sie noch besaß. Die letzten Schranken gegen die Emotionen, die in ihr tobten, fielen.

»Halt mich, Anya.« Er löste seine Lippen von ihren, umarmte sie grimmig, als er das forderte.

Sein Schwanz drang in sie, tiefe Stöße, die sie nach Luft schnappen und um Erlösung flehen ließen. Ihre Muskeln umklammerten ihn, zogen sich krampfartig zusammen, massierten ihn, während sie fühlte, wie sie höher stieg, immer höher. Sie brannte in seinen Armen wie ein Buschfeuer und konnte die zerstörerische Kraft in ihrem Verstand nicht aufhalten.

Es machte jede Chance zunichte, auf Distanz zu bleiben, zu dem Mann und der Lust. Beide umfingen sie und steigerten ihre eigene Begierde.

Sie drückte sich nach hinten, öffnete sich und schrie seinen Namen, als sie seine Lippen spürte, seine Zunge, das Kratzen seiner Zähne über das Mal auf ihrer Haut.

Schauer durchliefen ihren Körper. Ihre Brustwarzen schmerzten, als die Spitze ihres BHs darüber rieb; ihre Klitoris brannte, pochte nach Erlösung, während er sich von hinten in sie stieß.

Zitternd vor Verlangen packte sie seinen Arm und fühlte zugleich seine andere Hand, die sich zwischen ihre Beine schob, als ahne, als wüsste er, dass diese Position allein ihr nicht die Erleichterung bieten würde, die sie dort brauchte.

»Liebe mich noch einmal, Anya.« Er drückte den Kopf an ihre Schulter. »Bitte, Baby. Liebe mich, nur noch ein einziges Mal.«

Seine Handfläche legte sich auf die harte Lustperle und rieb sie. Erdbebenartige Schauer bauten sich in ihr auf. Wärme umgab sie, jeden Teil von ihr. Sie bewegte sich in ihr, wärmte sie dort, wo ihr kalt war, und linderte die Qual, die durch ihre Seele tobte.

Sie liebte ihn. Sie liebte ihn, bis nichts anderes mehr zählte, bis sie sich in ihm verlor, und sie wusste, sie würde nie ganz frei davon sein.

»Liebe mich«, flüsterte er wieder.

Die Lust in ihr wurde immer stärker, so stark wie ein Wirbelsturm. Bis sie durch ihr Blut raste, sich in ihrer Klitoris, in ihrer Vagina, konzentrierte. Bis sie mit einer Wucht explodierte, die sie auf die Zehenspitzen hob, und sie die Zähne in seinen Arm bohrte, während er auf ihre Schulter sank, mit der Zunge über das Paarungsmal strich und sie ihn in sich anschwellen fühlte.

Qualvolles Pochen der Lust jagte durch ihren Leib. Schweiß bedeckte sie beide, und zwischen ihnen brannten sich tobende Flammen der Erlösung durch ihre Nerven.

Sie zitterte in seinen Armen. Schauer, die bis auf die Knochen zu gehen schienen, bebten in ihr, während sie das tiefe Pulsieren seines Samens in sich spürte. Schauer, die sie ergänzten, bis sie wusste, dass ein Leben ohne ihn unmöglich war. Eine Existenz ohne ihn würde es nicht geben.

Anya hörte sich selbst wimmern, als er sie lange, lange Minuten später auf seine Arme hob und zum Bett trug. Dort zog er sie vollständig aus, zog sich selbst aus und schob sich dann über sie.

»Ich brauche dich noch einmal.«

Sein Schwanz war immer noch aufgerichtet und hart.

Ihre Beine spreizten sich, als sie fühlte, wie er sich in ihr bewegte, sich langsam in ihre empfindsamen Tiefen schob, und sie beide vor Wonne aufschrien.

»Süße Anya«, stöhnte er, während er sie ausfüllte.

Noch nie hatte Del-Rey eine Wonne so süß und so reich erfahren wie den Sex mit ihr. Wenn er in sie drang, fühlte, wie sie sich um ihn herum anspannte und ihn umschloss, und diese pulsierenden, massierenden kleinen Bewegungen seine Beherrschung zunichtemachten.

Der Duft süßen weiblichen Nektars und männlicher Lust lag in der Luft, als seine Lippen über ihre streiften und dann zu ihren festen harten Brustwarzen wanderten.

Sie bog den Rücken durch, ihm entgegen, als er erst die eine, dann die andere in seinen Mund saugte. Er sog an den harten Knospen und fühlte, wie ihre Nägel sich in seine Schultern gruben und ihre Beine sich um seine Hüften schlangen.

Das war es, was er von ihr brauchte. Alles von ihr. Alles von ihr konzentriert genau hier, in seinem Bett, wenn sie ihn nahm, ihn brauchte. Ihn liebte.

Himmel, er verlor sich in ihr, und er konnte nichts dagegen tun. Er konnte es nicht zurückhalten. Er brauchte immer mehr, bis er mit harten gierigen Stößen in sie drang. Bis er fühlte, wie sie kam, hörte, wie sie seinen Namen schrie, als er sich erneut in ihr verankerte, seinen Samen in sie ergoss und ihren Namen knurrte wie ein wahnsinniges Tier, das nirgendwo sonst Vernunft finden konnte als in den Armen dieser Frau.

Er hatte ihr wehgetan, ihren Stolz verletzt, das war ihm klar. Ihre Sicherheit war wichtiger. Sein Seelenfrieden war sicherer, wenn er wusste, dass er das Risiko, seine Coya zu verlieren, nicht länger fürchten musste.

Stattdessen musste er nun nur noch diesen seltsamen stillen Ort in ihr fürchten, den er immer finsterer werden fühlte. Das Tier wusste, dass er da war. Es wusste, dass seine Gefährtin sich zurückhielt, sich festhielt. Und ebenso wie der Mann wollte es alles von ihr.

Er würde alles von ihr bekommen. Oder er würde es nicht überleben.

21

Drei Tage später ging Anya durch den Gemeinschaftsraum und blieb immer wieder stehen, um Zeitungen, Zeitschriften und verschiedenen Müll aufzuheben, der inzwischen herumlag.

Anscheinend war sie jetzt zur verdammten Haushälterin degradiert. Nichts wurde mehr aufgehoben oder weggeräumt, also tat sie es selbst. Wenigstens gab es fähige Hände, die bereit waren zu helfen, wenn Sharone, Emma und Ashley bei ihr waren.

Doch jetzt war keine von ihnen da. Sie hatte die Mädchen seit drei Tagen nicht mehr gesehen, und sie fehlten ihr.

»Jax, gib mir bitte deine leeren Flaschen rüber«, bat sie einen der Kojoten, der auf der Couch lümmelte, den Blick auf den riesigen Fernseher an der Wand gerichtet.

Doch Jax lehnte sich nur zur Seite, um an ihr vorbei weiter fernzusehen, und machte Platz, damit sie die Flaschen selbst aufsammeln konnte.

»Es wäre einfacher, wenn du sie mir gibst«, meinte sie mit einem Anflug von Belustigung.

Er warf ihr kurz einen Blick zu. »Ist einfacher für mich, wenn du sie selbst aufsammelst.«

Anya erstarrte, als sie die bewusste Respektlosigkeit hörte, dann richtete sie sich auf und ließ die Flaschen dort stehen, wo sie waren.

»Komm schon, Anya, du stehst im Weg«, knurrte er. »Lass mich fernsehen.«

Es war volle Absicht, eine Erinnerung daran, dass sie im Augenblick nicht mehr Rechte hatte als der niederste aller Soldaten. Sie war nicht länger die Coya; sie war nicht einmal eine anerkannte Gefährtin. Sie war Del-Reys Geliebte, nicht mehr. Es gab keinen Mann, der bereit war, zu ihr zu stehen, und das lieferte sie der Gnade der Bestien aus, die sie bedrängen, verspotten und am Ende zwingen würden, ihnen entweder aus dem Weg zu gehen oder ihre Leben zu riskieren, wenn sie sie verpetzte.

Sie stellten sie auf die Probe, und Anya hatte gewusst, dass das kommen würde. Sie hatte nur nicht so früh damit gerechnet.

Sie ließ die Flaschen auf dem Tisch stehen, durchquerte den Raum und ließ die übrige Unordnung so, wie sie war. Ihr war bewusst, dass auch die anderen Breeds sie beobachteten, manche missbilligend, manche neugierig, als sie in die Küche ging.

Doch bei einem Blick wand sie sich innerlich vor Scham. Sofia. Sie war immer noch da, und sie wusste Bescheid.

Anya brachte den Müll in die Küche, und ließ den Blick dann über das Geschirr schweifen, das sich unordentlich im großen Spülbecken stapelte. Auf dem Herd und in den Schränken standen schmutzige Pfannen und Töpfe. An einem Herd stand die Tür offen.

Die Küche war ein einziges Chaos.

»Wer hat diese Woche Plandienst?«, fragte sie Cavalier, der gerade durch eine andere Tür hereinkam.

Der sah sich um. »Die Wölfe und Raubkatzen wurden vom Plan genommen. Einer der Rudelführer hatte Auftrag, sich um den Dienstplan zu kümmern, aber ich weiß nicht, welcher.«

»Danke«, antwortete sie angespannt, während sie zum Spülbecken ging und fühlte, wie sie vor Verzweiflung die Schultern hängen lassen wollte.

»Du könntest das beenden«, sagte Cavalier hinter ihr. »Nur ein Wort von dir genügt.«

»Und was für ein Wort soll das sein?« Anya schüttelte den Kopf.

Sie drehte das heiße Wasser auf, drückte den Stöpsel ins Spülbecken und machte sich daran, das Geschirr einzuweichen, bevor sie es in die Spülmaschine räumte.

»Wir haben ihm deinetwegen Loyalität geschworen«, erklärte Cavalier. »Weil du an seiner Seite warst und weil dein Duft uns versicherte, dass er immer noch loyal zu dir steht, egal, welche Probleme ihr habt. Aber diese Loyalität zeigt er nicht länger.«

Anya drehte sich langsam um.

»Er ist ein fähiger Befehlshaber und Alpha«, sagte sie rau.

Sein dunkles Gesicht war stoisch, seine Augen blickten grimmig und dichtes, langes und glänzendes dunkelblondes Haar umrahmte sein Gesicht.

»Das auch.« Er nickte. »Aber ein Mann wird nicht an seiner Fähigkeit, ein guter Anführer zu sein, beurteilt, Coya.«

»Nenn mich nicht so, Cavalier«, flüsterte sie. »Ich bin nicht länger deine Coya.«

»Du bist unsere Coya«, stellte er klar, und ein Anflug von Zorn lag nun in seiner Stimme. »Wir sind ihm gefolgt und haben ihm unsere Loyalität geschworen, weil er dir gehörte. Nicht weil du ihm gehörtest. Er kann nicht auf das scheißen, was wir als zu uns gehörig betrachten, und trotzdem diese Loyalität einfordern.«

»Nein«, widersprach sie leidenschaftlich. »Du verstehst nur seine Gründe nicht. Lass gut sein, Cavalier.«

»Wir brauchen nur ein einziges Wort, dann gehen wir«, stellte er fest. »Wenn er dich schlecht behandelt, wird keiner von uns unter seinem Befehl bleiben.«

Wie hatte sie diesen Breed je für innerlich tot halten können? Als sie ihm zum ersten Mal begegnet war, hatte er denselben Blick gehabt wie jetzt. Ausdruckslos, kalte Augen – doch in diesen kalten Bernsteinaugen lag mehr.

Jetzt sah sie es. Animalische Wut, Hingabe und absolute Loyalität. Sie hatte seine Akte aus dem anderen Labor gelesen. Sie hatte gewusst, dass er zum Sterben vorgemerkt war, als sie ihren Vater davon überzeugt hatte, dass er ein Kandidat für das Ausbildungsprogramm im Chernow-Labor sei.

Da war sie vierzehn gewesen. Und er hatte nie ihr oder irgendwem sonst die Hand gereicht – bis jetzt.

»Er behandelt mich nicht schlecht«, schwor sie.

Er knurrte grimmig. »Aber er zeigt auch keinen Respekt für dich. Und bis er es tut, wird dir kein einziger Kojote Respekt erweisen, außer denen, die dich schon zuvor kannten. Es wird Kämpfe geben.« Er sah sie finster an. »Blut wird fließen. Denn keiner von uns wird einfach dastehen und das zulassen.«

Damit drehte er sich schwungvoll um und ging hinaus.

»Zwietracht in den Rängen, wie interessant«, meinte Sofia gedehnt von der Tür aus. »Sollte Del-Rey nicht davon erfahren?«

Anya wirbelte überrascht herum und sah die Frau an. Na toll. Perfekt. Das war genau das, was sie jetzt gebrauchen konnte.

»Was auch immer du denkst, das er wissen sollte«, stieß sie hervor und stellte Geschirr zum Einweichen ins Wasser.

Schweigen in der Küche.

»Er tut dir keinen Gefallen, Anya«, meinte Sofia da. »Del-Rey kann schon an guten Tagen verdammt komisch sein, und er hat jede Menge skurrile Ideen, um die Leute, die ihm wichtig sind, zu schützen. Aber so schützt er dich nicht. Das denkt er nur.«

Die leise Nachdenklichkeit in der Stimme der Frau ließ Anya den Kopf heben, und ihre Augen begegneten Sofias überraschend traurigem Blick.

»Er wird tun, was er für notwendig hält.«

»Er wird dir den Tod bringen«, warnte Sofia.

»Er weiß, was er tut«, stieß Anya hervor.

Sofia lächelte. Zuerst ein trauriges und wehmütiges Krümmen ihrer Lippen und dann eines mit dem Spott, den Anya eher gewohnt war.

»Ach, na ja, falls du stirbst, werden wir, schätze ich, herausfinden, ob Breeds sich tatsächlich ein zweites Mal paaren können. Ich habe gehört, Mercury Warrant hat es getan. Vielleicht kann ein Kojoten-Breed das auch.«

Damit drehte sie sich um, stolzierte aus der Küche und schnippte sich dabei das Haar über die Schulter, mit einer Geste, als sei sie entschlossen, jetzt auf die eine oder andere Art herauszufinden, ob sie nun eine Chance hatte, Coya zu spielen.

Anya starrte auf das Wasser vor sich, blinzelte die Tränen weg und unterdrückte den Schmerz. Schmerz würde nichts in Ordnung bringen.

In den Stunden, die sie mit Del-Rey in ihrem gemeinsamen Quartier verbrachte, kannte sie den Mann, den sie wollte und den sie nicht anders als lieben konnte. Doch sobald die Tür aufging und der Alpha wieder zum Vorschein kam, stellte sie fest, dass der Befehlshaber, der Anführer, ein ganz anderer Mann war.

Durch das Memo mit der Bekanntgabe der Planänderung bezüglich der offiziellen Zeremonie hatte sich ihr Status auf der Basis drastisch verändert. Der Trennungsbefehl hatte ihren Status eingefordert, solange ihre Beziehung ungeklärt blieb. Es sei eine Schutzmaßnahme für sie, hatten die anderen Alphas erklärt. Sie hätte nie gedacht, dass es eine Illusion sein könnte, die sich ebenso schnell auflösen würde, wie der Trennungsbefehl aufgelöst worden war.

Und doch war es so gekommen. Die Degradierung von einer Stellung des Respekts zu einer in wachsamer Herausforderung nagte an ihrem Stolz. Doch andererseits zeigten nur wenige Breeds Respekt, egal welcher Spezies, wenn ihre Alphas es nicht taten. Anya, menschlich, körperlich schwächer und ohne einen anderen Breed, der offiziell die Zuständigkeit für sie übernahm, war im Grunde genommen weniger wert als der Schmutz an ihren Füßen.

Es war der Lauf der Welt, in der sie nun existierte, und sie hatte keine Ahnung, wie sie den Eindruck ändern konnte, den die anderen erhalten hatten.

Del-Rey las die morgendlichen Berichte, zeichnete Memos ab, trank seinen Kaffee und runzelte die Stirn über den alltäglichen administrativen Teil seines Jobs. In seinem Eingangsordner befand sich Mist, den er noch nie zuvor erhalten hatte. Beschwerden. Wünsche. Gezicke über die Teams der Raubkatzen und der Wölfe. Schmeichlerische Mails, die immer mit einer Forderung endeten. Zu Hunderten.

Er lehnte sich auf seinem Stuhl zurück und betrachtete finster den holografischen Computerbildschirm, bevor er sein Headset aktivierte.

»Ja, Alpha?« Brims Stimme klang ruhig. Zu ruhig. Derselbe Tonfall, den er nun schon drei Tage draufhatte. Es machte ihn sauer.

»Komm her!«, befahl er.

Als sich die Tür öffnete, sah er den Mann finster an und machte eine Handbewegung zum Bildschirm. »Was zum Henker ist das da?«

Das da. Zweihundertsiebenundzwanzig Mails von Rudelführern, Soldaten, Breed-Enforcern und anderen, die er nicht identifizieren konnte.

Brim kam um den Schreibtisch herum und blickte neugierig auf den Bildschirm.

»Ah ja«, meinte er schließlich. »Die Rückführung der Pflichten.« Er zuckte mit den Schultern.

»Was zum Teufel«, knurrte Del-Rey, »ist das?«

Brim verschränkte die Arme und lehnte sich dann an die Wand neben Del-Reys Stuhl.

»Rückführung der Pflichten«, erklärte Brim. »Die Verantwortlichkeiten der Coya. Es gibt keine Coya mehr. Ihre Mailadresse wurde annulliert, und alle Mails werden an ihren korrekten Inhaber umgeleitet. Namentlich den Alpha.«

»Das warst du?«, grollte Del-Rey.

Brim machte große Augen. »Nicht ich«, schmunzelte er. »Das passierte in Haven, als das Memo rausging. Der Server leitet die Mails weiter. Als die offizielle Zeremonie abgesagt wurde, hatte Haven keine andere Wahl, als die Mailadresse zu deaktivieren. Es ist Teil der Statuten der Gesellschaft. Hast du die nicht gelesen?«

Nein. Er hatte die verdammten Statuten nicht gelesen, weil er nicht Teil der Gesellschaft war. Protokollscheiß. Gesellschaftliche Verantwortlichkeiten. Sie waren eine Militärbasis, kein verdammtes Heim für missratene Breeds.

»Beauftrage jemanden damit, diesen Mist zu beantworten.« Er machte eine Handbewegung zum Computer. »Anya ist wahrscheinlich außer sich vor Freude, dass sie sich damit nicht mehr herumschlagen muss.«

Brim schwieg.

Del-Rey starrte wieder auf die Mails und stieß hörbar die Luft aus.

»Ich könnte jemanden beauftragen«, stellte Brim schließlich fest. »Sofia sollte hier irgendwo herumlungern; ich schicke sie an die Arbeit.«

Del-Rey hob den Blick langsam zu ihm und zog die Lippen zu einem lautlosen Knurren zurück.

Brim zuckte mit den Schultern. »Wie du schon festgestellt hast, ist Anya wahrscheinlich heilfroh, die Verantwortung los zu sein. Damit bleibt ihr mehr Freizeit, die sie mit dir verbringen kann.«

Del-Rey drehte sich wieder um und starrte wortlos auf den Bildschirm.

»Soll ich Sofia die Aufgabe übertragen, Alpha Delgado?«

»Nein«, fauchte Del-Rey. »Sieh einfach zu, dass du hier rauskommst.«

Er wartete, bis sich die Tür hinter seinem Stellvertreter schloss, bevor er sein Headset mit einer Leitung nach außen aktivierte. Er wartete, bis Wolfe Gunnar online war.

»Wie kann ich dir helfen, Alpha Delgado?« Wolfes Stimme war kühl.

Meine Güte, so langsam hatte er es satt.

»Komm du mir blöd, Wolfe, und ich komme da runter und reiße dir dein Ding ab. Mal sehen, wie viel Freude deine Lupina dann noch an dir hat.«

Darauf war nur ein leises Lachen zu hören, das gleich wieder verklang. »Das verrät mir jetzt aber nicht, was du brauchst.«

Was brauchte er? Abgesehen von Anya und abgesehen von diesem Etwas in ihm, das ihm fehlte und das sich so verdammt verloren anfühlte, dass er keine Ahnung hatte, wo er es finden sollte.

»Die Befragung des Barkeepers. Wieso habt ihr die schon wieder verschoben?«

»Wir warten auf neue Geheiminfos«, teilte Wolfe ihm mit. »Das wurde dir gestern Abend per Mail mitgeteilt. Du solltest die Nachricht erhalten haben.«

»Ich bin sicher, sie ist irgendwo in dem Chaos hier«, knurrte Del-Rey.

Wolfes Lachen klang amüsiert. »Oh ja, wenn Hope nicht wäre, würde ich von Beschwerden und Forderungen überrannt. Aber ich schätze, du kommst ganz gut damit zurecht. Eine Militärbasis ist um einiges praktischer als ein Zuhause, stelle ich mir vor. Aber um die Massen von Mails beneide ich dich trotzdem nicht. Hast du schon jemanden als Assistenz beauftragt?«

Del-Rey kniff sich in den Nasenrücken. »Bring mich einfach auf den neuesten Stand, falls es dir nichts ausmacht.«

»Wir warten auf mehr Geheiminfos, die gerade von Cabal St. Laurents, einem bengalischen Tiger aus Sanctuary, überprüft werden. Ich hätte diese Infos gern vorab, da sie die Möglichkeit andeuten, dass ein Breed die Angriffe geplant haben könnte. Falls er den identifizieren und der Barkeeper dessen Beteiligung bestätigen kann, würde es uns helfen, Engalls und Brandenmore festzunageln. Ich rufe dich an, wenn die Info kommt.«

»Danke, Alpha Gunnar«, stieß Del-Rey hervor. »Ich werde auf deinen Anruf warten.«

Er legte auf, bevor Wolfe noch eine Stichelei loswerden konnte, und aktivierte eine private Leitung.

»Ja?« Anyas Stimme klang wachsam. So klang sie schon seit Tagen, jedes Mal, wenn sie auf der Privatleitung abhob.

»Ich habe Kaffee?«, versuchte er sie zu locken. Gott, wie sehr er sie in diesem Moment an seiner Seite brauchte.

»Der Kaffee wäre im Moment nicht sehr gut für mich«, antwortete sie. »Aber falls du mich brauchst, kann ich dich in unserem Quartier treffen.«

Falls er Sex wollte. Er konnte den Unterton in ihren Worten fast hören.

»Ich brauche dich hier in dem verdammten Büro«, stieß er hervor. »Wenn ich dich in unserem Quartier treffen wollte, dann wäre ich jetzt genau dort.«

»Dann bin ich gleich bei dir.«

Die Verbindung wurde getrennt, und er knurrte wütend. Er war geil, unzufrieden, und er wollte verdammt sein, wenn er eine Ahnung hatte, wie er irgendwas davon beheben konnte.

Sie kapierte es nicht. Brim kapierte es nicht. Sie zu verlieren würde ihn umbringen. Er sorgte für ihre Sicherheit, das war alles. Es gab regelmäßig Mordanschläge auf Hope und Merinus. Er konnte sich gar nicht vorstellen, welche Hölle ihre Gefährten durchmachten.

Ein leises Klopfen an seine Tür, Momente später, und er spannte sich an. Er konnte sie wittern. Süß und so weich.

»Herein.«

Sie kam herein und schloss die Tür hinter sich. Sie trug Jeans und Pulli. Stiefel. Ihr Haar war so weich wie immer, und ihre cremige Haut sah genauso seidig aus. Doch etwas war anders. Etwas, was er nicht genau definieren konnte. Als sei etwas in seiner kostbaren Anya ausgelöscht.

»Du brauchst mich?«

»Schließ die Tür ab.« Urplötzlich war er unglaublich erregt.

Ihr Blick flackerte, als sie langsam die Tür abschloss, und er die Fenster verdunkelte. Seine Zunge pochte vor Verlangen, sie zu küssen, zu kosten. Nichts war wichtig außer der Begierde, die jetzt seinen Körper und seinen Verstand verheerte. Die schmerzhafte Sehnsucht in seinen Armen, sie zu halten, die Kälte, die sich in seiner Brust auszubreiten schien.

Er war zu lange ohne sie gewesen. Es war zu lange her, dass er sie berührt hatte. Sie geliebt hatte. Er stand vom Schreibtisch auf, zog sich das T-Shirt über den Kopf und ließ die Hände an seinen Gürtel wandern.

»Zieh dich aus«, befahl er drängend. »Auf der Stelle, Anya. Gib es mir.«

Ihm geben.

Sie hatte ihm alles gegeben, und er wollte noch mehr. Anya fragte sich, ob sie denn noch mehr zu geben hatte, nach der Hölle, durch die sie sich heute geschleppt hatte.

Sie schnürte ihre Stiefel auf und zog sie von den Füßen, bevor sie sich langsam auszog. Morgen. Morgen würde alles enden. Da würde er erfahren, dass sie sich gegen ihn verschworen hatte.

Dann würde er sich gegen sie wenden. Er verachtete Breed-Wissenschaftler. Dr. Armani duldete er, weil sie es geschafft hatte, sich vor dem Genetics Council verborgen zu halten; sie hatte sich denen jahrelang verweigert und zugleich ihre eigene Forschung im selben Gebiet wie das Council betrieben.

Chernow und Sobolowa würde er nie akzeptieren. Und er würde Anya hassen, weil sie sie nach Haven gebracht hatte. Weil sie ihnen seine Leute preisgab.

Nackt und selbst erregt, ging sie zum Schreibtisch, zu ihm, hochgewachsen und goldfarben, kraftvoll in seiner Sexualität und seiner Nacktheit. Eine große Hand legte sich um seinen Schaft und streichelte ihn träge, während seine Brust sich unter schweren Atemzügen hob und senkte.

Sie liebte seinen Körper. Sie liebte den Mann. Sie verstand, was er nicht verstehen wollte, und sie empfand Schmerz um sie beide, denn sie wusste, das Ganze würde ihnen schon bald um die Ohren fliegen. Bis dahin wollte sie ihren Gefährten. Ihren Geliebten. Ihren Alpha.

»Meine Coya«, flüsterte er, als sie zu ihm kam, und brach ihr das Herz mit einem Titel, der nie ihr gehören würde.

»Alpha.« Sie akzeptierte ihn als den, der er war, und das, was er war, als sie sich an ihn schmiegte und ihre Stirn an seiner

Brust rieb, ihre Lippen über die festen Muskeln wandern ließ, während sie seine Handflächen an ihren Hüften spürte.

Sie berührte ihn, strich mit den Händen über seine Brust, seine Bauchmuskeln. Eine Hand umschloss seinen pulsierenden Schaft, und sie hob den Kopf für seinen Kuss.

Es war reine Macht. Schwarze Magie. Er küsste sie mit einer Begierde, die so sicher in sie sank, wie seine Zunge sich zwischen ihre Lippen drängte.

Berauschende Würze füllte ihre Sinne. Der Geschmack des Paarungskusses, weich und herb wie Whiskey. Er wand sich um ihre Sinne und erinnerte sie an heiße Sommernächte in Colorado, als sie allein dagelegen und an ihn gedacht, von ihm geträumt hatte.

Doch das hier war kein Traum. Das hier war Del-Rey. So kraftvoll. So sehr ihr gehörend, und ja, so weit von ihr entfernt.

Sie löste sich von ihm, riss sich aus dem Kuss, um zu Atem zu kommen. Ihr Mund wanderte von seinen Lippen an seine Brust. Dieser feine Flaum aus Brusthaar faszinierte sie. Es war hell, heller als das dunkelblonde Haar auf seinem Kopf. Beinahe wie poliertes Gold. Es war weich unter ihrer Berührung, lockend und warm.

Sie rieb ihre Wange darüber und spürte das leise Grollen in seiner Brust. Nicht ganz ein Stöhnen, ein raues Seufzen der Wonne, während seine Hände durch ihr Haar strichen.

»Ich will dich berühren«, flüsterte sie.

Sie musste ihn berühren. Alles geriet außer Kontrolle. Er war das Einzige, was ihr noch blieb, um sich festzuhalten, während die Welt um sie herum aus den Fugen geriet. Um sie beide herum.

»Dann berühr mich«, seufzte er. »Süße. Meine Coya.«

Im Privaten seine Coya. Für seine Männer nicht mehr als seine Hure. Wie lange konnte sie das noch ertragen?

Sie streichelte seinen harten Schaft mit langsamen und leichten Bewegungen. Ihre Finger wanderten von unten nach oben, glitten tiefer und umfassten seine schweren Hoden. Sie strich mit der Zunge über seine Brust, knabberte an ihm und küsste ihn.

Sie liebte ihn auf die einzige Art, die sie wusste. Mit ihrer Berührung und ihrem Kuss. Sie glitt tiefer, kniete sich vor ihn und strich mit der Zunge über seine pralle Eichel.

Sie blickte zu ihm auf, sog ihn in den Mund und sah, wie er den Kopf in den Nacken legte und ihm das lange Haar über die Schultern fiel. Seine kräftigen Züge waren angespannt vor Verlangen, seine Lippen schwer von sinnlicher Begierde.

»Gott, dein Mund«, stöhnte er und sah sie wieder an. »Saug an mir, Anya. Süße Coya. Nimm mich in den Mund.«

Seine Coya. Hier war sie seine Coya – doch nirgendwo sonst.

Sie öffnete die Lippen und sog die kräftige Eichel ein. Sofort füllte der Geschmack seines Vorsamens ihren Mund. So warm wie erhitzter Sirup mit einem Schuss männlicher Verheißung. Sie liebte sein Aroma, liebte die Kraft und das Versprechen in seinem Geschmack und seiner Berührung.

Seine Finger in ihrem Haar, das angespannte Zucken seiner Schenkel, das Pochen kräftiger Adern unter seidiger Haut um seinen Schwanz.

»Anya. Oh ja, verdammt. Ich könnte in deinem Mund sterben, so gut ist das.«

Seine Hüften bewegten sich, versenkten ihn in die erhitzte Tiefe, als sie sich für ihn öffnete, so viel aufnahm, wie sie konnte, an ihm saugte und mit der Zunge über seine empfindsame Unterseite strich. Ein weiteres Pulsieren der warmen Flüssigkeit, und sie wurde noch wilder und begieriger. Sie streckte die Hände mit einem verzweifelten Wimmern nach ihm aus.

Und er war da. Er hob sie in seine Arme und legte sie über seinen Schreibtisch. Seine Lippen spielten mit ihren Brustwarzen, erst der einen, dann der anderen. Begierde hüllte sie beide ein, umfing sie und sank in ihre Poren, während sie sich gegenseitig verschlangen.

Ihre Lippen an seiner Schulter, seine an ihrer Brust. Seine Hände streichelten ihre Schenkel und glitten dazwischen. Kräftige Finger rieben durch ihre seidige Feuchte, sie bog den Kopf nach hinten, und ein erstickter Schrei drang über ihre Lippen, als die Lust sie überrollte.

»Ich muss dich kosten.« Heiß und rau wanderten seine Lippen über ihren Bauch nach unten. »All die süße Creme, die ich wittern kann. So warm und süß, Anya.«

Seine Lippen verwöhnten sie, leckten und küssten sie bis zu den Oberschenkeln. Er drückte ihre Beine weiter auseinander, glitt an die sehnsuchtsvolle Stelle dort, und seine Zunge strich durch die feuchte Mitte, während sie seinen Namen rief.

Sie bäumte sich flehend auf. Ihre Beine legten sich auf seine Schultern, als seine Hände ihren Po griffen, zu sich heranzogen und er mit einer Begierde an ihr naschte, die sie fast umbrachte. Heiße hungrige Lippen, seine Zunge, die ihr Wonne und Lust schenkte. Er leckte und streichelte sie. Heißes Verlangen jagte durch ihren Leib, und sie wand sich unter jeder Berührung.

Ihre Finger in seinem Haar spannten sich an, als er ihre Klitoris mit der Zunge umkreiste, sie mit den Lippen umschloss, und das Saugen, der heiße Druck, ließ die Lust bis zum Gipfel anschwellen.

Die Explosion, die sie dann erschütterte, ließ sie seinen Namen schreien. Sie drängte sich seinem hungrigen Mund entgegen, kämpfte um mehr und gab sich den Reizen hin, die sie überwältigten.

Schweißfeucht wartete sie auf ihn, als er den Kopf hob, mit den Händen ihre Beine um seine Hüften schlang und sie zu sich heran hob.

Kräftig und hart drang sein Schwanz in sie, und er ließ sich auf den Stuhl hinter sich fallen, zog ihre Beine um seinen Rücken und begann, sich in sie zu stoßen.

Anya umklammerte seine Schultern, starrte ihrem Geliebten in die Augen und sah darin die verzweifelte Lust, das schmerzvolle Verlangen und die Einsamkeit, die sie selbst in sich fühlte.

»Zu langsam«, stöhnte sie. »Härter, Del-Rey. Nimm mich hart und schnell.«

Seine Hände gruben sich in ihre Pobacken, und seine Fingerspitzen tauchten in die enge Ritze dort ein.

Anyas Muskeln zogen sich um seine Eichel herum zusammen, die sich in sie schob. Ein harter heißer Schub Vorsamen ließ sie wieder seinen Namen flüstern. Noch einer, und sie versuchte, ihn in sich zu drängen.

»Jetzt«, keuchte sie. »Hart, Del-Rey. Nimm mich hart. Gib mir alles.«

Seine schwarzen Augen, mit einem Hauch von Blau, blickten leidenschaftlich in dem unstillbaren Verlangen zwischen ihnen.

»Nimm mich, wilder Mann.«

Er knurrte, beugte die Hüften, sein Schwanz drang noch tiefer, und er hörte nicht auf. Ein Stoß nach dem anderen, bis er sie ausfüllte.

Anya hielt sich an ihm fest, bewegte sich mit ihm und schlang die Arme um seinen Nacken, während ihre Lippen seinen Kuss empfingen und ihrer beider Aufschrei erstickten, als sie sich an ihn drängte. Ihn nahm und ihn liebte. Ihre Vagina sog seine Erektion in sich ein, während sie seine Zunge in ihren Mund sog.

Die tiefen, eindringlichen Stöße reizten und liebkosten ihre blank liegenden Nervenbahnen. Sie konnte spüren, wie die Lust mit jedem Stoß stärker wurde, bis sie nichts mehr kannte als das Verlangen, das wie ein Buschfeuer in ihr loderte.

Sie brauchte es.

Sie stemmte die Füße hinter ihm auf den Stuhl und bewegte sich mit ihm, seine Hände an ihrem Po, seine Fingerspitzen, die ihre Backen umklammerten und sich in empfindsame Nerven gruben. Seine Lippen eroberten ihre und verwöhnten sie. Sie fanden sich mitten in einem Sturm aus Empfindungen, der sie beide unvorbereitet erwischte, sie um Erlösung kämpfen ließ, während sie sich aufbäumten und miteinander bewegten, bis Anya den Kopf nach hinten legte und in einem perfekten, heiß lodernden Orgasmus aufschrie, der sie schweben ließ.

Ohne Verstand und ohne Körper. Sie bestand nur noch aus reinen Empfindungen, aus reiner Lust, und brannte in seinen Armen, als er sich vollständig in sie stieß und diese tiefe brennende Schwellung sie füllte, bis sie in die Sterne stürzte und zu einem weißglühenden Fixstern aus Wonne explodierte.

Sie registrierte, dass er ihr folgte. Die Art, wie er ihren Namen knurrte, sie an sich zog und wieder in ihre Schulter biss. Um sie festzuhalten, dachte sie benommen. Der Biss hielt ihren Körper fest an Ort und Stelle, wo er sie haben wollte, perfekt angepasst an seinen, während sein Samen in sie strömte und sie so tief ausfüllte, mit so harten brennenden Schüben, dass sie wusste, sie wäre nie wieder dieselbe.

Sie sank an seine Brust, als seine Zähne sie schließlich freigaben. Seine Zunge strich über die Wunde, und jede Liebkosung jagte ihr einen Schauer durch den Leib, während sie in seinen Armen bebte, seinen Schwanz immer noch fest in ihr verankert.

»Ich muss dich halten«, flüsterte er, und seine Lippen liebkosten ihren Hals. »Genau so, Anya. Hier in meinen Armen.«

Ihr Kopf ruhte an seiner Schulter, von ihm abgewandt, während sie die Tränen niederkämpfte. Genau so, hier in seinen Armen, und überall sonst getrennt.

Es war, als würde sie in zwei Teile gerissen. Immer draußen stehen und nach innen starren, auf das, was war oder hätte sein können, und zu wissen, dass er nichts weiter wollte als das hier.

Eine Stunde später sah Del-Rey zu, wie Anya aus dem privaten Badezimmer kam, das zum Büro gehörte – angezogen. Sie war wunderschön, doch ihr Gesichtsausdruck war traurig.

Das war es, was fehlte, dachte er: ihr Lächeln.

»Sehe ich dich heute Abend?«, fragte sie und nestelte nervös am Saum ihres Pullis, den sie über den tief geschnittenen Bund ihrer Jeans zog.

»Heute Abend«, versprach er.

»Vielleicht könnten wir gemeinsam duschen?« In ihrer Stimme lag etwas Verlorenes, das ihm durch Mark und Bein ging.

»Geht es dir gut?« Er kam vom Schreibtisch zu ihr, um ihre Wange zu umfassen. »Hasst du mich, Anya?«

Ihre Lippen zitterten. »Ich liebe dich, Del-Rey«, flüsterte sie und sah mit diesen traurigen blauen Augen zu ihm auf. »Ich werde dich immer lieben.«

Er ließ die Hand sinken, als sie sich eilig von ihm löste und entfloh, während er geschockt und überrascht dastand. Er hatte gewusst, dass sie ihn liebte; er konnte es in jeder Berührung fühlen. Er hatte es gewusst, seit sie sechzehn Jahre alt war, hatte dafür gebrannt, als sie zwanzig war. Doch er hatte nicht damit gerechnet, dass sie es zugeben würde.

Er folgte ihr zur Tür, öffnete diese und sah ihr nach, als sie ging. Und in den Schatten gegenüber der breiten Höhle, die zur Kommunikationsstelle führte, sah er noch jemand anderen.

Ashley.

Sie stand da, sah ihn aus schmalen Augen an, ein Messer an den Oberschenkel geschnallt, und die olivgraue Uniform, in der er sie bisher nur selten gesehen hatte, ließ sie härter und gnadenlos aussehen, als sie den Kopf drehte und ihn mit einem kalten und ausdruckslosen Blick anstarrte, bevor sie ihrer Coya folgte.

Es gefiel ihm nicht, Ashley in tristem Olivgrün zu sehen. Wenn er sie das nächste Mal sah, würde er sie darauf ansprechen müssen. Ihm war die kokette Ashley viel lieber, die farbenfroh herumtänzelte und das fröhliche Dummerchen spielte.

Aber diese Ashley hier, dachte er mit einem schweren Seufzen, erinnerte ihn, genau wie Anya, an alles, was er gerade verlor.

22

Anya hatte gehofft, eine Konfrontation zwischen den nun gegnerischen Lagern der Kojoten-Soldaten hinauszuzögern. Sie kam sich vor, als befänden sie und Del-Rey sich mitten in einem sehr stillen Krieg. Ihre Männer gegen seine. Sie konnte die Entschlossenheit aller spüren, so wie ihre eigene, den Alpha da rauszuhalten. Das war nicht sein Kampf, sondern ihrer.

Ein Kampf, um die russischen Kojoten-Breeds im Bündnis, das sich geformt hatte, zu halten und an dem unsicheren Frieden festzuhalten, den sie um sich herum bröckeln fühlte. Ein Frieden, an dessen Sicherung sie acht Monate lang gearbeitet hatte. Der Kampf zwischen seinen und ihren Leuten: den Kojoten-Soldaten, die Del-Rey schon so viele Jahre lang gefolgt waren, und denen, um deren Freiheit sie unermüdlich gekämpft hatten.

Solange sie die Coya gewesen war, hatte Frieden geherrscht. Nun sahen die Mitglieder des russischen Rudels eine Beleidigung in der Aberkennung ihrer Rechte und ihres Status. Sie sah Del-Reys Beweggründe und konnte sie fast verstehen, doch die Rudel durften auf keinen Fall davon wissen.

So befanden sie sich in einer Pattsituation, und nach Anyas Befürchtung würde die nicht mehr lange andauern.

Es war Abend, bis sie es in die Küche schaffte. Jemand hatte versucht, die Spülmaschine einzuräumen, doch das Ergebnis war bestenfalls planlos.

Die Küche war das größte Problem der ganzen Basis. Niemand wollte sein eigenes Chaos beseitigen. Soldaten waren immer in Eile, und Teams stürmten herein, um etwas zu essen, und stürmten dann wieder davon. Manche kamen todmüde an, bereiteten sich eine Mahlzeit zu und gingen dann erschöpft schlafen. Sie konnte es ihnen nicht vorwerfen, aber sie kam auch nicht hinterher.

Wenigstens hatte jemand es versucht.

Sie war gerade dabei, die Spülmaschine in Ordnung zu bringen, als Jax in die Küche kam. Hochgewachsen, hellblondes Haar mit dunkleren Strähnen und dunkelblaue Augen. Er war so gut aussehend wie die anderen. Breeds waren gezüchtet, um auf jede Art perfekt zu sein.

Er war nicht grausam oder auch nur gemein. Aber wie die anderen Soldaten testete er seine Grenzen aus. Als sie Coya war, hatte er das nicht getan, aber wie es schien, war er entschlossen, sie jetzt auf die Probe zu stellen.

»Du hast keine Kekse gebacken«, bemerkte er, als er zum Kühlschrank ging und einen Teller mit Sandwichfleisch herausnahm. »Die Teams am Morgen haben sie vermisst.«

»Ich war beschäftigt heute Morgen«, seufzte sie und richtete die Teller in der Spülmaschine.

»Ja, Del-Rey ist ein geiler Bock, wenn er mal anfängt«, kicherte er. »Ich weiß noch, vor ein paar Jahren hat er drei Weiber bis zur Erschöpfung getrieben und dann Ausschau nach einem vierten gehalten, bis die Nacht vorbei war. Mann, damals war er witzig.«

Anya erstarrte. »Zu viel Info, Jax.«

Darauf schnaubte er. »Komm schon, Anya, du weißt doch selbst, wie er ist. Du hast seinen Ruf doch überprüft, bevor du in diese Bar kamst, als ihr euch zum ersten Mal getroffen habt. Du warst ein niedliches kleines Ding«, bemerkte er. »Ich hätte an Del-Reys Stelle nicht so lange gewartet. Ich hätte dich gleich in der Nacht damals flachgelegt.«

Anya richtete sich langsam auf und drehte sich zu ihm um. Inzwischen stand er hinter ihr, mit beherrschter Miene und kühlem Blick.

»Tu das nicht, Jax«, sagte sie leise.

»Wieso? Weil Cavalier so gern die, die Del-Rey gefolgt sind, mahnt, was für ein kleiner Engel du doch bist? Was ist passiert, Anya? Womit hast du den Alpha so verraten, dass er gezwungen war, dir deine Autorität abzuerkennen?«

Anya schüttelte den Kopf. »Frag deinen Alpha. Aber lass es heute Abend gut sein, Jax.«

»Irgendwie hast du uns hintergangen, Anya«, knurrte er. »Kein Breed weist seine Gefährtin aus irgendeinem anderen Grund ab. Er hat dir deinen Status aberkannt. Wieso?«

Sie wollte auf Abstand zu ihm gehen. Damit hatte sie nicht gerechnet, und Del-Rey ganz sicher auch nicht. Dass die Breeds, die ihm folgten, argwöhnen würden, sie habe etwas getan, um ihnen zu schaden.

Jetzt fühlte sie den Kloß aus Angst, der sich in ihrem Hals bildete. Jax würde ihr ohne Zögern die Kehle aufschlitzen. Für Kojoten-Breeds war Verdacht Beweis genug. Und Del-Rey hatte ihnen jede Menge Verdachtsmomente geliefert.

Sie war fast schon an der Ecke des Tresens, beinahe weit entfernt genug, um ihm zu entkommen, als er sie am Handgelenk packte und zurückriss.

Seine Berührung jagte Qual durch ihren Leib, und sie konnte kaum ihren Schrei unterdrücken, als er sie zurückriss und ebenso schnell losließ. Ihre Hüfte prallte heftig gegen den Tresen, und sie zog hörbar und schmerzerfüllt die Luft ein.

»Du schreist gar nicht vor Qual, Anya«, stellte er fest. »Bist du denn überhaupt seine Gefährtin? Was? Hast du mit den Schuldgefühlen des Alphas gespielt und ihn irgendwie überzeugt, dass er dein Gefährte sei?«

Es lag keine Gemeinheit darin, sondern Entschlossenheit. Jax war überzeugt, dass sie eine Bedrohung darstellte, und in seinen Augen tat er, was getan werden musste.

»Bitte, Jax«, flüsterte sie. »Frag deinen Alpha. Tu das nicht.«

»Du denkst, weil er dich immer noch gern vögelt, kannst du ihn überreden, dass er dich deckt?«, schnaubte Jax. »Beantworte die Scheißfrage, Miststück. Was hast du getan?«

Sie schüttelte den Kopf, wartete ab, bis er sich rührte, und versuchte dann zu fliehen.

Eine schmutzige Küche war eine gefährliche Küche. Auf dem Boden lag eine feine Schicht Mehl oder vielleicht auch Zucker. Sie rutschte aus, als er sie an den Haaren packte, und sie gerieten beide aus dem Gleichgewicht. Wieder fand sie sich durch die Gegend geschleudert, diesmal an die Wand. Ihr Kopf prallte auf Stein, ihr Handgelenk traf in einem schmerzhaften Winkel auf, und sie schrie vor Schmerz und versuchte, nicht zu fallen.

Sie schaffte es, auf den Beinen zu bleiben, und wirbelte herum – nur um mit weit aufgerissenen Augen stehen zu bleiben, als sie Cavalier und Ashley sah. Cavaliers Messer lag an Jax' Halsader, und hinter ihm stand Ashley, ein langes, bösartig scharfes Messer in jeder Hand, und stellte sich gegen drei Teamkameraden von Jax, die ebenfalls in die Küche gerannt waren.

»Nein. Cavalier. Aufhören.« Sie stolperte durch den Raum und fiel fast, als ihr klar wurde, dass sie sich irgendwie das Bein gequetscht haben musste. An ihrer Jeans war Blut, und der Stoff war aufgerissen.

Cavalier knurrte Jax ins Gesicht, und sein Messer drückte sich in den Hals des Breeds.

»Coya, geh zurück in dein Quartier.« Cavaliers Stimme war ein Echo des Todes.

Anya atmete hörbar ein, als die anderen Breeds sich ihr zuwandten, mit harten Mienen, misstrauisch und vorwurfsvoll. Sie war keine Coya, doch die russischen Kojoten weigerten sich, die Anweisung des Alphas zu akzeptieren. Sie verweigerten die Loyalität, die sie ihm geschworen hatten.

»Zurück, Brazon«, knurrte Ashley, als sich einer der Rudelführer nähern wollte. »Ich bin verdammt gut mit dieser Klinge, daran solltest du dich erinnern.«

Brazon blieb stehen, und seine Bernsteinaugen wogen seine Chancen ab, bevor er sich an Anya wandte.

»Cavalier«, flüsterte Anya heiser. »Du hast mir einmal geschworen, dass du mir etwas schuldest für dein Leben.«

Cavalier knurrte wütend. »Nicht.«

»Du schuldest mir sein Leben.« Vor Schmerz stockte ihr der Atem. »Schwöre mir, dass du ihn gehen lässt. Ich verlasse die Küche, aber du schwörst mir, dass du ihn nicht verletzt.« Sein Stolz war unerschütterlich. Wenn sie ihn zwang, zurückzuweichen, solange sie hier war, würde er darunter leiden. Sein Stolz, sein Ehrgefühl würden leiden.

»Er hat seine Coya angegriffen«, knurrte Cavalier.

»Ich bin nicht seine Coya.« Die erste Träne lief. »Bitte, Cavalier. Schwöre es.«

Sie konnte es nicht ertragen. Sie konnte sich nicht behaupten, und sie konnte unmöglich zulassen, dass Del-Rey sie heute Nacht sah. Nicht so. Er würde Jax umbringen. Sie konnte nicht länger kämpfen. Sie war müde, sie war verloren, und sie fühlte sich innerlich zerbrochen.

»Verlang das nicht von mir«, stieß Cavalier hervor. »Titel hin oder her, er hatte kein Recht dazu.«

»Sie glauben, ich hätte sie hintergangen«, erklärte sie. »Er wird die Wahrheit erfahren. Schwöre es, Cavalier, oder ich verlasse die Basis und kehre nie wieder zurück. Und ich gehe allein.«

Ohne Freunde oder Leibwache. Ohne die Männer und Frauen, die ihr ihr Leben geschworen hatten. Eine ungeschützte Gefährtin. Das würde Cavalier nie riskieren.

»Ich werde ihn nicht verletzen.« Seine Stimme klang animalisch und wütend. »Dieses Mal.« Das war eine Warnung, und sie betete, dass Jax sie verstand und beherzigte.

Sie wandte sich an die anderen. »Geht zu eurem Alpha, und lasst es euch von ihm erklären. Dieser Kampf ist zu Ende.«

Sie starrten sie schweigend an.

»Brazon.« Der Rudelführer war einst ihr Freund gewesen. »Bitte.«

Sein Nicken war langsam. »Dieses Mal, Anya. Nur dieses Mal.«

Sie musste gehen. Ihr blieb keine Wahl. Wenn sie es nicht tat, würde es Blutvergießen geben, und das Bündnis der Kojoten und Del-Reys Träume wären für immer dahin.

Der Kummer setzte ihr zu, und ihr war übel, als sie aus der Küche humpelte und durch den Gemeinschaftsraum ging. Sie registrierte, dass Sofia sie still beobachtete, ein weiterer Schlag für ihren Stolz. Als sie die Tunnel erreichte, schluchzte sie vor Schmerz. Er fraß sich durch ihren Leib und ließ sie in die Knie gehen, bis sie nicht mehr wusste, ob sie die Qual, die in ihr tobte, überleben konnte.

Cavalier wartete, bis sie weg war. Sein Messer immer noch an Jax' Kehle, starrte er dem Mann in die Augen. »Du bist sein Bruder«, sagte er leise und meinte damit Del-Rey. »Ich wittere die Bindung zwischen euch und die Verwandtschaft. Er erhebt keinen Anspruch auf dich als Verwandten, Welpe. Macht dich das zu einem Verräter?«

Es dauerte nur Sekunden, und Jax' Augen weiteten sich vor Entsetzen. Lange genug für Cavalier, um zurückzuweichen und in Verteidigungshaltung zu gehen. Lange genug für Ashley, um in Bewegung zu kommen. Aber in die falsche Richtung.

Ein wütendes Knurren und ein Aufheulen aus Kummer drang über ihre Lippen, als sie sich umdrehte, auf den Tresen sprang, sodass sie hinter Jax balancierte, seinen Kopf nach hinten riss und das Messer in einem harten Bogen nach unten sausen ließ.

Als sie fertig war, lief Blut über Jax' Hals, und sein halbes Ohr fehlte, und Ashley sprang vom Tresen und rannte aus der Küche. Cavalier deckte sie und starrte die schweigenden Breeds an, während er die Hand hob und eine private Leitung an seinem Headset aktivierte.

»Ja.« Brim antwortete beim ersten Piepton.

»Erstes Blutvergießen«, warnte ihn Cavalier. »Ich glaube, wir könnten einen Sanitäter gebrauchen.«

Anya stolperte durch die Höhlen und Tunnel, fühlte immer wieder ihren Weg mit den Händen, während sie vor Schluchzen bebte und Tränen über ihr Gesicht liefen. Sie drückte eine Hand auf ihren Bauch, als der Schmerz auch dort zuzuschlagen schien. Sie fühlte die Kälte, als sie ihrem Ziel näher kam. Eine Kälte, die in jede Pore sickerte und doch wärmer war als das Eis, das sich in ihrer Seele bildete.

An der Mündung der kleinen Höhle, die Haven überblickte, brach sie zusammen. So schneebedeckt sah es dort unten friedlich aus. Um das eingeschlossene Tal schien sich ein warmer Schimmer zu legen, es einzuhüllen und sie mit der Verheißung auf etwas zu ärgern, was sie nie haben würde.

Sie zog die Knie an die Brust, legte den Kopf darauf und weinte. Alles war verloren. Sie konnte nicht länger kämpfen. Sie konnte sich nicht mehr dazu bringen, das alles zu ertragen. Der Schmerz war zu qualvoll. Wenn sie nicht hier war, würde

Del-Rey die Uneinigkeit, die die Basis langsam zu zerreißen begann, in den Griff bekommen. Ohne sie, als Ablenkung und etwas, was man schützen musste, würde er das Fiasko, das sich anbahnte, erkennen und seine Männer wieder zusammenbringen.

Und sie wäre allein. So allein.

Sie wünschte, sie könnte heulen bei dem Schmerz, der in ihr tobte. Bei dem Gedanken, allein zu schlafen, immer frierend und immer auf der Suche nach dem, was nicht mehr da war.

Es war ihre Schuld, das war ihr klar. Hätte sie nicht zugelassen, dass sie die Beherrschung verlor, als Del-Rey sie entführt hatte, dann wäre das hier nicht passiert. Es wäre nie zu dieser Spaltung gekommen, hätte sie nie den Status der Coya erhalten, solange Del-Rey nicht da war.

Sie hätte sehen sollen, welche Illusion das Ganze war. Kein Breed verließ seine Gefährtin, jeder wusste das. Das Tribunal musste es wissen. Seine Feinde mussten es wissen. Er hätte nie zugelassen, dass sie in Haven blieb, während er sich auf der Basis aufhielt, und er hätte die Sorge um sie niemals anderen überlassen. Darauf hatte er sich verlassen und auf die Ansicht, dass er sie nicht als seine Gefährtin akzeptiert hatte, um sie zu schützen.

Ihre eigene Arroganz, zu glauben, dass es hier einen Platz für sie gab, war ihr Untergang gewesen, ihre ultimative Demütigung und der Verlust des Mannes, dem ihre Seele gehörte.

Sie schluchzte über diesen Verlust, weinte darum, bis ihr war, als müsste ihr Geist daran zerbrechen.

»Es ist okay, Coya.« Als sie Ashleys Stimme hörte, hob sie beschämt und geschockt den Kopf. Dass diese Frauen sie so gebrochen sahen, so schwach, jagte einen Impuls der Qual durch ihre Seele.

»Du brauchst Wärme.« Sharone breitete eine Decke über sie, ihr eigenes Gesicht nass von Tränen.

Emma kauerte sich neben sie und weinte ebenfalls, den Kopf neben Anyas an die Steinwand gelehnt.

»Anya.« Kostbare Ashley. Ihr Gesicht war blass, ihre Lippen bebten, und Tränen liefen über ihre Wangen, als sie vor Anya niederkniete, sich dann neben ihr zu einem Ball zusammenrollte und den Kopf in Anyas Schoß legte. »Das gefällt mir nicht«, schluchzte sie an Anyas Knie. »Es gefällt mir nicht. Sie haben uns getrennt. Sie haben dich uns weggenommen«, weinte sie. »Es gefällt mir nicht, Anya.«

Anya weinte mit ihr.

»Lass nicht zu, dass wir dich verlieren«, flüsterte Emma unter Tränen. »Bitte, Coya. Du warst immer unsere Coya. Du warst immer unsere Anführerin. Lass nicht zu, dass sie uns weiter behalten.«

Ihre grimmige, alberne kleine Ashley. Anya grub die Hand in Ashleys Haar, legte ihren Kopf an den von Emma und streckte dann die Hand aus und zog Sharone zu ihnen.

Ungezähmt, so voller Stolz, und doch liefen Tränen über Sharones Gesicht, als sie den Kopf an Anyas Schulter legte. Und nicht zum ersten Mal weinten sie gemeinsam und teilten ihren Kummer. Denn Freiheit sollte bedeuten, dass sie einander nie verlieren würden. Dass kein Befehl sie je wieder trennen konnte. Und doch hatte genau das sie auseinandergerissen. Der Befehl des Mannes, den Anya liebte.

Es war fast vorbei. Morgen würde es zu Ende sein. Wenn sie es schaffte, stark zu bleiben, nur noch kurze Zeit, dann wäre es vorbei. Sie wäre die Verräterin, und die Kojoten, die ihr einst gefolgt waren, würden wieder Del-Rey folgen.

Und Anya wäre letztendlich, unwiderruflich, allein.

Langsam betrat Del-Rey die Krankenstation. Sein Zorn brannte ihm ein Loch in den Verstand, als er sich die Berichte über sein Headset anhörte. Anya war nicht auffindbar, ebenso ihre Leibwache. Sie war in die Höhlen gegangen und einfach verschwunden.

Auf einer Trage saß sein Bruder. Der jüngste, der, dessen Schutz Del-Rey schier zur Verzweiflung gebracht hatte, als er nur ein Baby gewesen war. Und jetzt wollte Del-Rey ihn am liebsten umbringen.

Jax saß auf der Trage und zuckte zusammen, als Regan einen Teil seines Ohres wieder annähte. Cavalier war da, unter Bewachung, freiwillig.

Sechs Kojoten-Soldaten deckten ihn, aber hinter ihnen standen noch sechs andere, die russischen Kojoten, und die sahen wütend aus.

Er starrte Jax an, der seinerseits zu Boden blickte und sich weigerte, den Kopf zu heben.

»Ashley hat ihm das Ohr abgeschnitten«, berichtete Brim. »Cavalier hat ihm einen Schnitt an der Halsschlagader verpasst.«

Cavalier lehnte mit zusammengekniffenen Augen an der Wand, die Arme über dem mächtigen Brustkorb verschränkt.

Das war der Mann, der nie aus der Reihe tanzte. Er befolgte jeden Befehl, war ein Wahnsinnskämpfer, und Del-Rey wusste, er würde kämpfen bis zum Tod. Und nie hatte er gegen einen der Männer, die Del-Rey Loyalität geschworen hatten, auch nur die Hand erhoben.

»Der Welpe da«, ergriff Cavalier als Erster das Wort und nickte zu Jax. »Bei der nächsten Chance, die ich bekomme, schlitze ich ihm die Kehle auf. Und wenn ich es tue, werde ich zusehen, wie er verblutet, wie die feige Ratte, die er ist, Delgado.«

Delgado. Nicht Alpha, nicht Del-Rey. Die dezente Beleidigung war noch hinnehmbar, aber sie kratzte.

»Wo ist meine Gefährtin?« Nur das interessierte ihn jetzt. Er würde Anya finden, und dann würde er das hier klären.

Darüber lachte Cavalier. Ein schroffer Laut, der an seinen Nerven kratzte und seiner Kehle ein Knurren entlockte.

»Frag doch mal deinen kleinen Welpen von Bruder, was er mit deiner Gefährtin gemacht hat.« Cavalier sprach den Titel spöttisch aus. »Frag ihn, wie er sie genannt hat. Deine Hure, glaube ich.«

Jax zuckte zusammen, als Del-Rey sich zu ihm umdrehte. Er packte seinen Bruder an den Haaren, riss dessen Kopf nach hinten und starrte ihm in die blauen Augen. Augen wie die der Frau, die sie geboren hatte. Ein tiefes Dunkelblau, in dem Elend schwamm.

»Was hast du getan?«

Jax war oft impulsiv, aber nie grausam. Und er war intelligent, zu klug, um etwas zu tun, was Del-Reys Gefährtin verletzte. *Gott schütze ihn*, betete Del-Rey. Seinen eigenen Bruder würde er nur äußerst ungern töten.

»Ich habe es nicht verstanden«, sagte Jax. Er suchte keine Ausflüchte, und in seinen Augen stand die Gewissheit, dass sein eigener Tod bevorstand. »Ich dachte, sie hätte uns verraten. Dass du sie zurückgewiesen hast, weil sie eine Verräterin ist.«

Del-Rey spürte, wie sich jeder Knochen, jeder Muskel in seinem Körper verkrampfte. »Was hast du getan?«

»Er hat sie angefasst«, knurrte Cavalier. »Sie ist ausgerutscht, als er sie am Arm gepackt hat, um sie an ihren Platz zu zerren. Als sie hinauslief, hatte sie eine Messerwunde am Oberschenkel. Ich glaube, ich habe gehört, wie ihr Handgelenk brach, und ich weiß, dass ich ihren Kopf an die Wand schlagen gehört habe. Der Hurensohn hat deine Coya verletzt, du Scheißkerl, und wenn du irgendwen umbringen willst, dann halt dir selbst die Knarre an den Schädel.«

Kalte, verzweifelte Wut traf Del-Rey wie ein Schlag. Er hörte das Knurren in seiner Kehle, als er seinen Bruder von sich stieß, um ihn nicht umzubringen.

Cavalier lachte. »Du kannst sie nicht einmal vor deinen eigenen Leuten schützen. Du zwingst sie, hierzubleiben und deine Hure zu spielen, und wofür?«

Del-Rey ging auf den Mann los. Jax hatte keinerlei Chance, seinen Zorn zu überleben. Cavalier vielleicht schon.

Er hörte Brim fluchen, und plötzlich waren da Gestalten, die ihn abblockten, wütendes Knurren und Flüche, als seine Leute ihn wegschoben, während Cavalier von seinen Männern zurückgehalten wurde.

Knurren war zu hören, animalisch und wütend.

»Genug, verdammt!«, übertönte Brim das Getöse. »Verdammt, ihr zwei.« Er wandte sich an Del-Rey. »Was zum Henker hast du denn erwartet, du dämlicher Bastard? Du beleidigst sie vor zwanzig Kojoten-Breeds, für die sie fast ihr Leben geopfert hat, und erwartest, dass sie es klaglos hinnehmen, wenn dein dämlicher Scheißbruder sie misshandelt.«

Del-Rey wirbelte herum, mit fliegenden Fäusten und austretenden Füßen, und in Sekundenschnelle hatte er die Breeds, die ihn aufhalten wollten, außer Gefecht gesetzt, ebenso wie Cavalier es tat.

Nun standen sie einander gegenüber.

»Meine Coya ist ein Ziel«, erklärte er dem Mann, und in einem Aufblitzen von Erleuchtung wurde ihm klar, was er angerichtet hatte. »Was ich getan habe, mag töricht gewesen sein. Aber ich habe es getan, um meine Gefährtin zu schützen. Meine Coya.«

Cavalier zögerte.

»Ich würde mein Leben für sie geben.«

Del-Rey starrte dem Mann in die Augen. Er würde nicht gegen ihn kämpfen, wenn er nicht musste. Er würde nie gegen den Mann kämpfen, der sich dem Tod in den Weg stellen würde, um die Coya, Del-Reys Gefährtin, zu schützen.

»Ihretwegen haben wir dir Loyalität geschworen«, teilte Cavalier ihm mit, und es war nicht mehr als das, was Del-Rey bereits gewusst hatte. »Sie war schon unsere Coya, bevor du dich mit ihr gepaart hast.«

Del-Rey nickte. »Ich weiß, Cavalier. Jetzt ist sie verletzt. Ich muss sie finden. Hilf mir dabei.«

Cavalier lachte spöttisch darüber. »Wenn du ihr nicht ihre Leibwache weggenommen hättest, müsstest du sie jetzt nicht suchen.«

Del-Rey kniff die Augen zusammen, und Furcht blitzte in ihm auf. »Ihre Leibwache wurde nicht abgezogen.«

Überraschte Blicke wandten sich ihm zu. Zwei Rudelführer machten große Augen.

»Alpha, die Aufhebung ihres Status hat ihr auch die Leibwache genommen. Sie wurden abgezogen, sobald das Memo verschickt war.«

Del-Rey drehte sich um. Eisige mörderische Wut erfüllte ihn.

»Findet sie«, knurrte er. »Wenn ich nicht innerhalb von zwanzig Sekunden den Standort meiner Coya habe, könnt ihr alle eure Ärsche aus dieser Basis schaffen und sehen, wo ihr bleibt. Ihr dämlichen Bastarde«, brüllte er. »Habe ich euch gesagt, dass ihr das tun sollt? Habe ich euch gesagt, ihr sollt meine verdammte Gefährtin in Gefahr bringen?«

»Nein, Alpha«, antwortete Brim für alle, und der Spott in seiner Stimme war nun unverkennbar. »Du hast ihren Status aufgehoben. Indem du dich geweigert hast, ihr offizielles Jawort anzunehmen, hast du sie zurückgewiesen.« Er klappte sein Mikro nach unten und begann, Befehle auszugeben, und Del-Rey biss vor Wut die Zähne zusammen.

Oh Hölle, das hatte er ja grandios vermasselt. Dann sah er jedem einzelnen Mann im Raum in die Augen.

»Innerhalb der nächsten verdammten Stunde bekommt ihr Memos«, knurrte er. »Meine Gefährtin, meine Coya, wird kommenden Frühling ihr offizielles Jawort geben. Und betet zu Gott, dass sie noch am Leben ist, um es zu tun, oder jeder Einzelne von euch wird wegen Dummheit mit dem Tod bestraft.«

»Und du, Alpha?«, knurrte Cavalier wütend. »Du hast ihr das angetan, nicht die von uns, die jetzt vor dir stehen. Durch deine Zurückweisung hast du sie unter Verdacht gestellt. Deine Männer sind nur deinem Beispiel gefolgt.«

Del-Rey nagelte ihn mit seiner animalischen Wut fest. »Ich werde dann bereits tot sein, Cavalier«, erklärte er. »Ein Mann kann nicht ohne seine Seele leben. Nimm mir diese Frau, und du wirst genau das zu sehen bekommen. Exakt das, was das Council erreichen wollte. Einen Kojoten ohne Seele.«

Damit verließ er die Krankenstation. Scheiß drauf. Er wusste, wie er seine Gefährtin finden konnte. Er kannte ihren Duft besser als jeder andere. Er kannte seine Gefährtin, ihren Schmerz und ihre Tränen. Und genau das war der Duft, dem er nun folgte.

Doch vergebens. Noch bevor die Nacht vorüber war, hallten die Höhlen wider von seinem wütenden Heulen. Kojoten durchkämmten den Berg, der Helijet war in der Luft, und Teams wurden nach Haven geschickt.

Del-Reys Coya war verschwunden; mit ihr drei ihrer Leibwächterinnen. Und so mancher fürchtete, dass es für immer war.

23

Dr. Armani schleuste Anya nicht in den Hauptbereich von Haven, sondern traf sie und die drei Leibwächterinnen, als die in einem gestohlenen Geländewagen am Fuß des Berges hielten.

Sharone und Emma halfen Anya auf den Beifahrersitz, bevor die Ärztin mit Ashley und Emma hinten einstieg und Sharone ohne Licht zu einem verborgenen Eingang zur medizinischen Einrichtung fuhr.

Die Schnittwunde von dem Messer, das vom Tisch gefallen war und Anyas Bein gestreift hatte, war tiefer, als sie zunächst angenommen hatte. Ihr Handgelenk war gebrochen, und ihr Kopf schmerzte an der Seite, die an die Wand geprallt war.

Nikki verarztete das Bein wortlos mit Hautkleber, statt der antiquierten Wundnaht, die für kleinere Verletzungen angewandt wurde. Anyas Handgelenk erhielt einen Plastik-Gips und wurde ruhiggestellt, bevor die Ärztin die Abschürfung am Kopf säuberte und auch hier Hautkleber auftrug.

»Ich kann nicht glauben, dass er das zugelassen hat.« Nikkis Stimme klang rau von ungeweinten Tränen. »Ich muss die Lupina holen. Sie muss das sehen. Das Tribunal kann gar nicht anders, als dir vollkommene Sicherheit vor diesen Monstern zu gewähren, Anya.«

Anya hob geschockt den Kopf. »Es war nicht ihre Schuld, Nikki«, flüsterte sie. »Sie denken, ich hätte sie verraten.«

»Scheiß auf sie!« Dem schroffen Zornesausbruch folgte ein harter Griff an Anyas Schultern, und Nikki schüttelte leidenschaftlich den Kopf, während ihr eine Träne über die dunkle

Wange rann. »Sieh dich an, Anya. Es spielt keine Rolle, wieso. Jax hat die Hand gegen eine Frau erhoben. Gegen eine menschliche Frau, die schwächer ist als er, die sich nicht verteidigen kann, und er hat zugelassen, dass sie verletzt wird. Das ist keine Breed-Ehre, das ist das Werk eines Monsters.«

Anya schüttelte den Kopf. »Es war ein Unfall.«

»Es war eine verdammte Misshandlung«, schrie Nikki sie an, während Sharone, Emma und Ashley im Zimmer hin und her tigerten. »Misshandlung, Anya. Dafür gibt es keine Entschuldigung und keine Vergebung.«

Ashley knurrte und zerrte die Ärztin weg. Ihr wütendes Gesicht befand sich Nase an Nase mit Nikki. »Deine Hände tun ihr weh. Behalte sie bei dir, es sei denn, sie sind für die medizinische Behandlung nötig.«

Nikki starrte die jüngere Frau an, und Anya sah die Qual in ihrem Gesicht.

»Ashley, es geht mir gut, es hat nicht wehgetan«, flüsterte Anya. »Komm her, Schwesterchen.«

Ashley brach vor ihr zusammen. Das wilde Tier, das sie mühsam unterdrückte, brach sich Bahn durch den Zorn und Schmerz in ihr. Anya war nicht die Einzige, die verraten worden war. Diese jungen Frauen, die so sehr auf ein normales Leben gehofft hatten, auf Freiheit und Lachen, waren genauso verraten worden.

Auch die anderen litten, aber Ashley, die sich so sehr auf Anyas Lachen, auf ihre Unterstützung und Zuneigung gestützt hatte, hatte am meisten gelitten.

Nach einem letzten warnenden Blick wich die junge Frau wieder vor der Ärztin zurück, doch statt zu Anya zu kommen, lief sie wieder hin und her. Als habe sie zu viel Energie in ihrem zierlichen Körper, zu viel Kraft, um sie bei sich zu behalten.

»Ashley hat recht«, räumte Nikki rau ein. »Ich hätte dich nicht anfassen sollen. Das war nicht besser als das, was dieser verdammte Kojote gemacht hat.«

Nikki gab Kraftausdrücke von sich. Angeblich war es ganz übel, wenn Nikki mit Kraftausdrücken anfing.

»Doktor Chernow und Doktor Sobolowa werden morgen am späten Nachmittag in dem Spa in Advert eintreffen.« Anya schluckte ihre Tränen hinunter. »Del-Rey wird nach uns Ausschau halten. Wir müssen Alpha Gunnar und die Lupina zu dem Treffen dorthin bringen und Asyl beantragen.« Sie fuhr sich mit einer Hand durch das feuchte, zerzauste Haar. »Jax hat meine Pläne zunichtegemacht.«

Ashley knurrte bösartig, ein animalischer Laut, der Anya zusammenzucken ließ. »Und Ashley muss sich die Nägel machen lassen. Sie wird wütend, wenn sie abbrechen.«

Arme Ashley. Ihre Nägel waren natürlich und ohne jeden Schmuck, die Polierung war verschwunden. Ebenso wie die hübschen, kleinen aufgemalten Muster. Sie waren zu scharfen kleinen Spitzen gefeilt worden, stark genug, um Haut aufzureißen.

»Ich hätte ihn töten und ihm nicht nur das Ohr abschneiden sollen«, stieß Ashley hervor. »Ich hätte tun sollen, was Cavalier nicht tun wollte, und ihm die Kehle aufschlitzen.«

»Das war nicht das, was ich wollte, Ashley«, flüsterte Anya. »Das Bündnis muss bestehen bleiben. Da waren wir uns doch einig; es ist die einzige Sicherheit für die Kojoten.«

»Anya, sobald Wolfe das hier sieht, wird es eine Untersuchung geben«, sagte Nikki grimmig. »Das hier wird man nicht so durchgehen lassen. Wenn Del-Rey seine Männer nicht unter Kontrolle hat, wird Haven das Bündnis aufkündigen. Das weißt du so gut wie ich.«

Anya schüttelte den Kopf. »Es war doch nur einer.«

»Blödsinn!«, brach es ganz untypisch trotzig aus Emma heraus. »Es lag an allen seinen Männern. Seinen Männern, nicht unseren. Weißt du, welche Schwierigkeiten uns die Teamleader machten, weil wir versuchten, dich zu schützen? Sie haben sich sogar ihren Rudelführern widersetzt und die russischen Kojoten so weit weg von dir wie möglich eingesetzt. Das waren nicht nur ein paar Männer. Es war seine gesamte verdammte Basis von räudigen Bastarden.«

Anya schüttelte müde den gesenkten Kopf. Nicht einmal ihre Leibwächterinnen sahen, was Anya gewusst hatte.

»Sie sind Soldaten«, flüsterte sie. »Völlig ihrem Alpha ergeben, so wie ihr drei mir. Sie glaubten, ich hätte Del-Rey und die Basis verraten. Ihre einzige Sicherheit.« Sie hob den Kopf und sah die anderen schmerzerfüllt an. »Jax wollte mich nicht verletzen. Ich bin ausgerutscht, und damit brach das Chaos aus. Es wäre nie passiert, wären sie nicht sicher gewesen, dass Del-Rey mich zurückweist, statt mich zu beschützen versucht.«

»Du bist die Gefühlsduseligkeit in Person«, brummte Nikki. »Du würdest für jeden dieser Bastarde sterben.«

»Stimmt. Das würde ich«, seufzte Anya. »Ihre Freiheit ist es wert, dafür zu sterben, Nikki. Ich kenne sie alle. Ich kenne Jax. Er hat nur Del-Rey und die Rudel beschützt. Er hätte mich nie absichtlich verletzt.«

Davon versuchte sie sich selbst zu überzeugen. Sie wollte es, aber als sie ihm gegenübergestanden hatte, hatte sie eine Mordsangst gehabt.

»Wann findet dieses verdammte Treffen statt?«, schimpfte Nikki wieder.

»Um drei«, sagte Anya. »Bald wimmelt es hier von Kojoten. Es wird verdammt schwierig für uns werden, aus Haven rauszukommen.«

»Dann bringen wir dich besser weg, bevor sie hier einfallen wie ein Schwarm Fliegen über die Toten«, fauchte Nikki und wandte sich an Sharone. »Hinten steht ein Fahrzeug, macht das fahrbereit. Im Schrank in der Garage sind Waffen, leicht zu finden. Ich habe ein sicheres Haus. Dort bringe ich euch vier hin, und danach kehre ich hierher zurück und rede mit dem Alpha und der Lupina.«

Anya wollte bei dieser Unterhaltung nicht hier sein. Sie griff Nikki am Arm und sah sie grimmig an. »Es war ein Unfall, Nikki. Ich würde dich deswegen nicht belügen.«

»Doch, würdest du«, gab Nikki barsch zurück. »Denk daran, du hast es selbst gesagt, Coya: Du denkst, sie sind es wert, für sie zu sterben.«

Anya erwiderte ihren Blick eindringlich. »Hör mir zu, Dr. Armani. Solltest du Alpha Gunnar erzählen, ich sei misshandelt worden, werde ich es abstreiten, und das lautstark. Ich lüge nicht, nicht einmal für meine Leute. Freiheit kommt nicht durch Lügen, und die Freiheit meiner Leute ist wichtiger als eine Lüge für einen einzelnen Breed, der alles zu Fall bringen könnte.«

Nikkis Augen verengten sich. »Sharone, mach das Fahrzeug startklar. Ich erledige schnell einen Anruf. Drei Wölfinnen, die ich kenne, werden Anya mit ihrem Leben schützen. Sie sind unsere Besten. Sie werden dich von hier wegbringen, und niemand wird ihnen Fragen stellen oder auf den Gedanken kommen, ihnen zu folgen.«

Anya ließ Nikkis Handgelenk wieder los.

»Alpha und Lupina Gunnar werden bei dem Treffen anwesend sein, und dazu jeder Wolf-Breed, der einsatzbereit und -fähig ist.«

Anya nickte und rutschte vom Untersuchungstisch.

»Del-Rey wird hier sein«, flüsterte sie.

»Delgado kann mir gestohlen bleiben«, knurrte Nikki. »Auf den bin ich so sauer, dass ich den Bastard am liebsten persönlich abknallen würde. Verdammte Dummköpfe. Ich hasse Breed-Kerle. Ich hasse sie, verdammt noch mal.«

Nikki marschierte zum Tresen, setzte ihr Headset auf und erledigte den Anruf. Anya schlang die Arme um ihren Oberkörper.

Ihr war wieder kalt. So kalt. Aber die Erregung war nicht wieder da, und Nikkis Untersuchung hatte auch nicht wehgetan. Der Zyklus des Paarungsrausches wurde offensichtlich schwächer. Wenn sie Glück hatte, überstand sie den nächsten Tag ohne allzu große Schwierigkeiten.

»Fahrzeug und Waffen sind bereit.« Sharone kam wieder herein und sah Nikki mit harter und gefasster Miene an. »Unsere Coya muss essen. Sie hatte nichts seit heute früh.«

»Im sicheren Haus gibt es einige Lebensmittel.« Nikki nickte. »Satin oder einer ihrer Enforcer können auch unterwegs etwas besorgen, falls dir das lieber ist.«

Anya nickte müde. Essen war ihr egal. Sie war erschöpft. Sie wollte nur noch schlafen. Sie wollte sich in Del-Reys Armen zusammenrollen, und sie wollte Wärme, doch die würde es nie wieder geben. Nach morgen würde er sie wirklich zurückweisen, weil sie ihn hintergangen hatte.

Die Wissenschaftler der Kojoten-Breeds hatten versucht, die Kojoten ihrer Menschlichkeit zu berauben, und das auf Arten, die oft zerstörerischer waren als das, was anderen Breeds angetan worden war. Psychologisch gesehen waren ihre Narben so tief und blutig, dass Anya klar war, sie würden nie die stille Sicherheit erlangen, wie sie die Wölfe und Raubkatzen gefunden hatten.

Kojoten würden immer rauer bleiben, die schlimmsten der schlimmen Jungs. Sie kämpften nicht nur mit den beiden ge-

gensätzlichen Seiten ihrer Genetik, Tier und Mensch. Sie kämpften auch mit der Idee von Menschlichkeit an sich. Sie waren geschaffen, um Tiere zu sein, denkende, aufrecht gehende, sprechende Tiere, während man die anderen Breeds gezüchtet hatte, um Strategen, Denker, Intriganten und Killer zu sein.

Kojoten waren schlicht gezüchtet, um andere Breeds zu töten. Um sie aufzuspüren, zu jagen und zu foltern. Das war alles. Es hatte Misstrauen unter den verschiedenen Rudeln gesät, noch bevor das Bündnis entstanden war. Ein Vorwurf der Misshandlung durch einen dieser Kojoten konnte dieses Bündnis stark schwächen.

»Del-Rey hätte dich schützen müssen«, zischte Emma und drehte sich zu ihr um. »Er hätte uns nicht als deine Leibwache abziehen dürfen.«

Anya schüttelte den Kopf. Sie verstand seine Gründe. Niemand von ihnen hatte das Risiko bedacht, dass einer der Kojoten glauben könnte, sie sei eine Verräterin. Del-Rey hätte sie nie ungeschützt gelassen, hätte er auch nur einen kurzen Moment geglaubt, dass so etwas passieren würde.

Die Folgen des Ganzen brachen ihr das Herz. Es schlug tiefe Wunden in ihre Seele, und es brachte sie schier um, den Schmerz niederzukämpfen. Sie wollte schreien, weil es so ungerecht war, so unfair, das alles zu verlieren. Und sie wollte, dass Del-Rey sie in seinen Armen hielt, nur noch ein einziges Mal. Nur noch ein letzter Kuss. Nur noch etwas zum Festhalten.

Del-Rey betrat den Wohnsitz der Alpha-Familie und blieb in der Tür stehen. Brim, Jax, Cavalier und sechs andere Kojoten-Enforcer kamen hinter ihm herein.

Alpha Gunnar wartete schon auf ihn; ebenso taten das Jonas Wyatt und Dash Sinclair.

»Nimm zwei Männer mit.« Wolfes Bernsteinaugen waren eiskalt vor Verachtung und Zorn. »Und der da kommt mir nicht ins Haus.« Er zeigte mit dem Finger auf Jax. »Ich schlage vor, er sucht Schutz in einem Geländewagen.«

Del-Rey biss die Zähne zusammen, drehte sich aber um und nickte den anderen zu, sodass nur noch Brim und Cavalier an seiner Seite blieben. Wolfe musterte den russischen Kojoten mit schmalen Augen, bevor er zustimmend nickte und sich umdrehte, um voran in sein Büro zu gehen.

Lupina Gunnar wartete in der Ecke hinter dem Schreibtisch ihres Gefährten. Sie stand mit verschränkten Armen da und sah Del-Rey mit ihren blauen Augen finster an.

»Ich habe die Spur meiner Coya bis zu Dr. Armanis medizinischer Einrichtung verfolgt«, stellte Del-Rey fest, als sich die Tür hinter ihnen schloss. »Sie will mir nicht mitteilen, wohin Anya von dort aus gegangen ist.«

Wolfe nahm Platz, während Jonas und Dash links und rechts vom Schreibtisch in Bereitschaft stehen blieben, Del-Rey und seinen Männern gegenüber.

»Dann willst du also, dass ich meiner Ärztin befehle, Informationen über deine misshandelte Coya herauszugeben?« In Wolfes Stimme vibrierten Kraft und Wut. »Und dann beleidigst du mich, indem du genau den Mann mit in mein Haus bringst, in dem meine Gefährtin, meine Lupina, wohnt?«

Del-Rey fühlte die Scham und die Wut in sich toben. Er hatte Mist gebaut. Nicht nur hatte er seine Gefährtin verletzt, sondern sie auch in Gefahr gebracht, sie ohne seinen Schutz oder den Schutz der Frauen zurückgelassen, die es hätten verhindern können. Durch seine Ignoranz und seine Annahme, dass seine Männer sie nicht anders als sonst behandeln würden, hatte er sie in Gefahr gebracht.

»Die Schuld liegt bei mir, Alpha Gunnar«, stieß er hervor.

»Ich übernehme die Verantwortung dafür, und ich werde mich jeder Untersuchung stellen, die da kommen mag, nachdem ich meine Coya gefunden habe. Also ja, ich bestehe darauf, dass du deiner Ärztin befiehlst, mir zu sagen, wo sie meine Gefährtin versteckt hat.« Bei den letzten Worten klang das Knurren in seiner Stimme animalisch.

»Alpha Delgado«, mischte Dash sich ruhig ein, »Anyas Verletzungen waren keine Kleinigkeit. Eine Schnittwunde im Oberschenkel von einer Klinge. Ein gebrochenes Handgelenk. Möglicherweise eine Gehirnerschütterung. Verletzungen, die ihr von deinem Untergebenen zugefügt wurden, als Antwort darauf, dass du ihren Status als Coya aufgehoben hast. Das hier ist eine animalistische Gesellschaft. Du hast deine Gefährtin zurückgewiesen – was dachtest du denn, was deine Männer da glauben würden?«

»Wir sind nicht nur Tiere«, knurrte Del-Rey. »Jax begreift, was er getan hat, und gemäß Breed-Law werden wir Strafmaßnahmen einleiten. Ich stehe zu dem Bündnis, das wir unterzeichnet haben. Es sei denn, du verweigerst mir erneut den Zugang zu meiner Gefährtin.«

Jonas ließ sich langsam auf der Ecke des Schreibtisches nieder und sah Cavalier an. »Du hast miterlebt, was passiert ist?«

»Ich kam herein, als er sie packte.« Cavalier nickte. »Sie rutschte aus, wodurch ein Messer, das am Rand des Tisches lag, ihr Bein verletzte. Jax stolperte, und als er versuchte, sich wieder zu fangen, schleuderte er sie mehr oder weniger durch den Raum. Ich gebe zu, es war ein Unfall. Es gab keine deutliche Absicht, ihr Schaden zuzufügen. Er wollte ihr nur Angst machen.«

Ein Grollen vibrierte in Del-Reys Kehle. »Auch das ist inakzeptabel«, fauchte er. »Kein Mann auf meiner Basis hat die Freiheit, eine Frau derart anzugehen, egal aus welchen Gründen. Jax wusste das, und er kennt die Strafe dafür. Wir kümmern uns um ihn.«

»Und jetzt hast du ihn bei dir, auf der Suche nach deiner Coya«, bemerkte Wolfe in eisigem Tonfall.

»Weil er nun mal der beste Tracker ist, den ich habe«, fauchte Del-Rey. »Er hat sie gefunden. Ein Fahrzeug hat das Haus und Haven verlassen. Ich will wissen, wo meine Coya ist.«

»In Sicherheit.« Das war Hope. »Vor dir und deinen Männern, bis sie sich in der Lage sieht, dir wieder gegenüberzutreten. Geh zurück in deine Basis, Del-Rey«, sagte sie scharf. »Vielleicht lässt ihre Abwesenheit dein Herz wärmer werden.«

Er starrte sie wortlos an, so lange, bis der Mann vor ihm anfing, die Geduld zu verlieren. Seine Finger sehnten sich schmerzhaft danach, sich in den Lederhandschuhen zu Fäusten zu ballen, und er fühlte, wie sich seine Nackenhaare aufstellten, als er sich Sekunden später an die anderen Männer wandte.

»Wisst ihr, wo meine Coya ist?«, fragte er ein letztes Mal.

Er wollte nicht aus dem Bündnis ausbrechen, aber er wollte verdammt sein, wenn diese Breeds über sein Leben bestimmen würden.

Wolfe erwiderte seinen Blick ungerührt.

»Du hast deine Gefährtin entführt«, knurrte Del-Rey. »Ich habe die Geschichten gehört, Wolfe. Du hast sie an dein Bett gefesselt und dort festgehalten, bis du am Ende ihre dämonische Mutter vor ihren Augen getötet hast. Sollte ich daraus die Schlüsse ziehen, die ich ziehen möchte? Sollte ich zu der Ansicht kommen, dass du deine Gefährtin vergewaltigt und ihre Einwilligung erzwungen hast? Vergiss nicht, Alpha Gunnar, ich kenne mich gut damit aus, Wörter und Ereignisse so zu verdrehen, dass sie meinen eigenen Plänen dienen. Spiel dieses Spiel nicht mit mir, und denke nicht, du seist mir überlegen in dem Spiel, das wir innerhalb des Bündnisses spielen. Du wirst mich nicht kontrollieren, nur weil du glaubst, meine Gefährtin zu kontrollieren.«

Jonas und Dash drehten sich zu Wolfe um, der Del-Rey weiterhin unverwandt ansah. Schließlich seufzte der Alpha der Wolf-Breeds. »Nikki will nicht einmal Hope erzählen, wo deine Gefährtin ist. Wir wissen lediglich, dass sie in Sicherheit und geschützt irgendwo außerhalb von Haven ist. Wo du sie nicht erreichen kannst.«

»Wo ich sie nicht erreichen kann«, wiederholte Del-Rey und sah die drei Männer spöttisch an. »Scheiß doch auf euch drei. Meines Wissens nach ist von dieser ganzen verdammten Gemeinschaft Dash Sinclair der einzige Breed, der seine Gefährtin überhaupt ehrenhaft behandelt hat, seit er Kontakt zu ihr aufnahm. Ich habe meine Hausaufgaben gemacht. Ihr könnt mich beschimpfen, wie ihr wollt. Anya und ich werden uns durch diese Paarung durchtasten, genauso wie ihr die Chance dazu hattet. Es sei denn, eure verdammte Ärztin schafft es, sie vorher umzubringen.«

Wolfe zuckte zusammen und blickte zu seiner Frau. Hope sah Del-Rey immer noch finster und wütend an.

»Sie kam verletzt zu uns und bat uns um Hilfe«, knurrte sie. »Hast du erwartet, dass ich sie einfach zu dir zurückschicke?«

»Ich habe erwartet, dass du mich sehen lässt, dass meine verdammte Gefährtin in Sicherheit ist!« Er unterdrückte die wahnsinnigen Schreie, die aus seiner Kehle dringen wollten. »Ich habe eine Chance erwartet, meine Basis aufzuräumen und das Problem zu klären. Die gleiche, die jeder Rudelführer der Wölfe erhalten hätte. Ihr habt kein Recht, das zu tun.«

»Sie brauchte medizinische Hilfe.« Hope zuckte scheinbar unbekümmert mit den Schultern, doch er konnte ihre Besorgnis wittern. Dicht und leidenschaftlich. »Ihr habt keine Mediziner in der Basis, die eine Gefährtin im Paarungsrausch gefahrlos behandeln könnten. Ihre Leibwache hat sie zu einem Arzt gebracht, der sie behandeln konnte. Sie hat um Schutz für einen Zeitraum von vierundzwanzig Stunden gebeten.« Ihr Lächeln war spöttisch. »Ich bin die Lupina. Jemand, dem man vertraut. Meinem Alpha gleichgestellt, wenn es um meine Verantwortlichkeiten geht. Ich habe die Autorität, diesen Schutz für eine kurze Zeitspanne zu gewähren.« Sie legte fragend den Kopf schief. »Hatte deine Coya überhaupt so viel Autorität, deinem Mann zu befehlen, dass er die Finger von ihr lassen soll?«

Nein, hatte sie nicht, wegen seiner Dummheit und weil er nicht gewusst hatte, was er tat, als er ihr in seinem Versuch, sie zu schützen, ihren Status aberkannt hatte.

»Sobald ich von ihrer Auseinandersetzung mit Jax erfuhr, wurde ihr Status wieder eingesetzt«, knurrte er. »In derselben Sekunde, Lupina. Wer auch immer der Verräter ist, dem ich auf meiner Basis auf der Spur war – er weiß jetzt, wie wichtig sie für mich ist. Zwei Anschläge auf ihr Leben gab es bereits. Sie war in Sicherheit, solange sie keinen anderen Status als den meiner Geliebten hatte. Ist sie denn jetzt sicher, in eurer Obhut?«

Wolfe streckte die Hand aus und nahm die Hand seiner Frau. Ihre Finger verschränkten sich, und Hope presste die Lippen zusammen, während Wolfe wieder Del-Rey ansah.

»Im Augenblick ist deine Coya in Sicherheit, daran habe ich keinen Zweifel«, seufzte er. »Aber du hast recht, Alpha Delgado, du hast das Recht, dich selbst davon zu überzeugen. Ich spreche mit Dr. Armani und sehe, ob wir ihren Aufenthaltsort erfahren können. Wir gehen gemeinsam hin.«

Del-Reys Lippen zuckten spöttisch. »Ich habe vierzig Kojoten auf dem Weg nach Advert. Sei so freundlich und gib deinen Wölfen, die meine Gefährtin bewachen, Anweisung, sie nicht gleich zu erschießen, wenn sie sie sehen.« Seine Miene wurde härter. »Ich hörte, Satin und ihre Enforcer sind der Ansicht, nur ein toter Kojote sei ein guter Kojote. Ich würde nur sehr ungern einen meiner Männer sterben sehen, weil sie so schießfreudige Fingerchen hat.«

»Wenn du weißt, wo sie ist und mit wem, wieso kommst du dann hierher?«, fragte Wolfe.

»Die Regeln des Bündnisses wollen es so«, teilte Del-Rey ihm mit. »Dieses Bündnis bedeutet mir alles, ebenso meiner Gefährtin und meinen Leuten. Du wurdest hiermit informiert, Alpha Gunnar, dass ich meine Gefährtin finden werde.«

Damit drehte er sich um und verließ das Büro, und Brim und Cavalier folgten ihm wortlos aus dem Haus.

Jonas wandte sich an Wolfe. »Weißt du, wo sie ist?«

Wolfe schüttelte den Kopf. »Nikki will es nicht sagen. Wir haben für heute Nachmittag ein Meeting angesetzt, aber sie hat uns den Aufenthaltsort noch nicht gegeben.«

»Sie ist eine Abtrünnige«, stieß Jonas hervor. »Sie muss in ihre Schranken gewiesen werden.«

Darauf schnaubte Wolfe. »Aber klar, Wyatt, dann weise sie mal in ihre Schranken. Lass mich wissen, wie es ausgegangen ist.«

»Wir brauchen unsere eigenen Männer in Advert«, stellte Dash daraufhin fest. »Cassie fürchtet, dass das hier in Blutvergießen enden wird. Sie geistert unruhig durch die Flure, Wolfe.«

Wolfe verzog das Gesicht. Cassie, oder Cassandra, Sinclair wusste Dinge, die sie nicht wissen sollte. Sie sah Dinge, die sie nicht sehen sollte, und wenn sie Angst hatte, dann war das Risiko verdammt hoch.

»Ich will jeden verfügbaren Enforcer«, wies er Jonas an. »Raubkatze, Wolf, Kojote, ist mir egal. Mach sie bereit. Ich will eine Hälfte in Advert haben und die andere Hälfte bereit, um mit uns zu fliegen. Was auch immer hier vorgeht, wir müssen vorbereitet sein.«

»Ärzte«, flüsterte Hope.

Wolfe sah stirnrunzelnd zu ihr auf.

»Sie trifft sich mit zwei Wissenschaftlern des Councils, denen sie geholfen hat, in Russland unterzutauchen. Genau die beiden, nach denen Nikki immer gesucht hat, um sie nach Haven zu holen. Chernow und Sobolowa. Ihr Vater bringt sie nach Advert. Sie hat um Asyl für sie gebeten.«

»Hast du es gewährt?«, fragte Wolfe bedächtig.

Hope schüttelte den Kopf. »Nikki hat es mir erzählt, kurz bevor Del-Rey hier auftauchte. Aber deshalb ist Anya geflohen. Sie fürchtet, Del-Rey wird sie töten. Er hat ihr ausdrücklich verboten, sie zu kontaktieren. Sie weiß, dass sie damit Breed-Law bricht. Sie hat Wissenschaftler des Councils ohne ausdrückliche Genehmigung eines Alphas des Führungsrates kontaktiert.«

Jonas fluchte, Dash atmete hörbar aus, und Wolfe hörte sich selbst bedauernd seufzen. Sie hatten keine andere Wahl, als den Ärzten Asyl zu gewähren. Asyl für Anya würde nicht so unkompliziert gewährt werden können.

»Sie hatte meine Genehmigung.« Jonas zuckte mit den Schultern, als sei er überrascht. »Habt ihr das Memo nicht bekommen?«

Wolfe hob ruckartig den Kopf. Es musste nur ein Alpha kontaktiert werden. Danach lag es in der Verantwortung ebenjenes Alphas, die anderen zu informieren.

»Wir hatten Serverprobleme«, meinte Wolfe bedächtig. »Mussten alles runterfahren.«

»Ah.« Jonas riss die Augen auf und hob die Hände. »Tja, das erklärt es. Betrachtet euch als informiert.«

»Du hast auch Alpha Delgado informiert?«, fragte Wolfe.

»Dasselbe Memo.« Jonas lächelte.

Wolfe lachte leise.

»Manipulativer Bastard«, warf Dash ihm mit einem Grinsen vor. »Erinnere mich daran, euch beide in Zukunft gründlicher im Auge zu behalten.«

»Hmm«, brummelte Hope. »Dash ist konsterniert. Er hat das Memo wohl auch nicht bekommen.«

Leises männliches Lachen war zu hören, doch darin lag auch ein Hauch von Besorgnis. Das Bündnis mit den Kojoten war wichtig für die Gemeinschaft der Breeds als Ganzes, doch noch mehr als das: Del-Rey und Anya waren ihre Freunde. Deren Zukunft war ihnen ebenfalls wichtig.

»Dann wollen wir mal«, meinte Wolfe Momente später. »Findet heraus, wo Satin und ihre Frauen die Coya bewachen, und übermittelt ihr eine Nachricht. Sehen wir, ob wir die Sache klären können, ohne jemanden umzubringen.«

»Beten wir, dass wir das alles geregelt bekommen, ohne uns selbst umzubringen«, seufzte Jonas und ging zur Tür. »Würde verdammt schlecht für das Büro aussehen, wenn wir uns aus einem Krieg in Advert winden müssten.«

Und es würde Jonas schlicht die Laune verderben, denn ein Krieg war das Letzte, was die Breeds jetzt brauchten.

24

Tageslicht spähte über die Berge, als der Geländewagen über Nebenstraßen fuhr und der Satellitenkarte verborgener Hütten folgte, die möglicherweise sichere Häuser der Breeds waren. In und um Advert gab es viele davon, das wusste Del-Rey, obwohl er die einzelnen Standorte nicht so gut kannte, wie er sollte.

Er sagte gern, Kojoten seien träge und faul, und sie seien mehr Schurken als Krieger; sonst wären sie ja Wölfe. Doch das stimmte nicht. Sie vermittelten gern diesen Eindruck. Sie überzeugten gern die Welt, dass sie so harmlos seien, doch die Wahrheit war: Sie nahmen ihre bewusste Schlamperei sehr genau.

»Team eins.« Die allgemeine Leitung öffnete sich für sein Headset. »Alpha, wir haben diese Seite des Berges abgesucht«, berichtete Brazon. »Wir haben zwei Hütten gefunden, beide unauffällig. Eine leer, eine mit einer Familie, die Ferien macht. Das Wärmebild zeigt eine einzelne erwachsene Frau, einen erwachsenen Mann und zwei Kinder. Das ist alles.«

»Geht nach Norden«, befahl Del-Rey. »Am Hang gibt es fünf Hütten. Die thermale Spurensuche hat bei zwei davon Rauch entdeckt.«

»Gehen nach Norden«, bestätigte Brazon, und Del-Rey stützte den Ellbogen gegen die Tür und fuhr sich mit der Hand müde übers Kinn.

Gott, wo war sie nur? War ihr so kalt wie ihm?

Er starrte auf die dicke schwere Schneedecke, die die Berge um sie herum bedeckte, und für einen Augenblick fand er sich in der Vergangenheit wieder. Er war zehn Jahre alt, starrte durch die Gitterstäbe über seinem Fenster hinaus und beobachtete die Soldaten, die Brim an einem Kragen um den Hals mitten in einem Schneesturm anketteten.

Es hatte eine Hundehütte zum Hineinkauern gegeben. Keine Wärme. Der fünfjährige Brim war nackt gewesen und davon abhängig, dass Del-Rey ihn rettete. Denn Del-Rey hatte sich geschworen, dass er den Jungen nicht sterben lassen würde.

Als die Soldaten ihn wieder in die Wärme der Zellen schleiften, war Brim blau gefroren. Er hatte stundenlang gezittert wie Espenlaub, während Del-Rey die Kojoten in der Zelle so koordinierte, dass zwei den Jungen wärmten und die anderen den Blick darauf verstellten.

Er hatte fast sechs Stunden gebraucht, bis er die Wärter und Wissenschaftler so weit manipuliert hatte, dass sie entschieden, ihn hereinzuholen. Und so viele andere hatte es gegeben, die er nicht retten konnte.

Was, wenn er nun seine Gefährtin nicht retten konnte? Nach den Jahren, die er trainiert hatte, um seine Leute zu schützen, würde das Schicksal ihm ins Gesicht lachen und ihn bei seiner Gefährtin versagen lassen?

Gott, wo war sie nur?

»Team sechs«, fragte er ins Headset. »Irgendein Zeichen?«

»Negativ«, berichtete der Teamführer. »Wir lassen vier und fünf im Raster durch die Stadt gehen, aber bisher nichts. Anscheinend kommt heute der Stadtrat zusammen. Komisch für einen Sonntag, findest du nicht?«, sinnierte der Teamführer.

»Haltet die Augen offen, und checkt auch die Nebenstraßen stadtauswärts. Ich will, dass sie gefunden wird.«

»Wir finden sie, Alpha«, schwor der Teamführer. »Wir lassen unsere Coya nicht ohne Schutz.«

Doch das hatten sie bereits getan, und es war seine Schuld.

Er hätte nachdenken sollen. Die animalische Genetik lag zu nahe unter der Oberfläche. Er hatte gedacht, die Kojoten, die ihn kannten und ihm vertrauten, würden schon erkennen, was er ihnen nicht sagte. Dass er seine Coya beschützte, genauso wie er seine Brüder beschützte. Indem er sie verleugnete. Doch stattdessen waren Misstrauen und Argwohn entstanden. Sie war ein Mensch, kein Kojote, und er hatte sie zurückgewiesen, obwohl sie seine Gefährtin war.

»Alpha Delgado, Basis hier.« Der Leiter der Kommunikationsstelle meldete sich. »Umschalten auf privat.«

Del-Rey schaltete das Headset auf einen privaten Kanal um und schloss Brim in die Übertragung mit ein.

»Delgado.«

»Alpha, wir haben eine Übermittlung gefunden, die gelöscht war. Ich konnte sie vom Computer der Coya verfolgen.«

»Und?«

»Alpha, die Übermittlung ging von ihrem privaten Computer an ein öffentliches Forum und von dort aus nach Frankreich. Übermittlung an Dr. Jekyll und Mr. Hyde. Getrennte Identitäten. Eine weitere Übermittlung ließ sich von Österreich zur Leitung der Coya in einen privaten Chat verfolgen, wo ein Treffen arrangiert und dann für heute bestätigt wurde. Ich habe die Identitäten selbst überprüft. Dr. Chernow und Dr. Sobolowa aus dem Labor in Russland. Sie hat Wissenschaftler des Councils kontaktiert. Wusstest du das?«

Er schloss die Augen und kämpfte seine Angst um sie nieder. Ihr Drang, die Kojoten zu schützen, würde sie noch das Leben kosten.

Er dachte schnell nach. »Hast du das Memo dazu nicht bekommen?« Ihr Schutz war seine oberste Priorität.

»Nein, Alpha, die Rudelführer haben ihre Memos dazu nicht erhalten«, stellte der Teamführer nüchtern fest. »Aber da war ja auch dieser Netzausfall in der Kommunikation und die Stilllegung.«

»Das ist die Erklärung.« Del-Reys Kehle fühlte sich eng an vor Rührung. »Deine Coya hat Ärzte kontaktiert, von denen sie dachte, dass sie uns mit unserer einzigartigen Genetik helfen könnten.«

»Also, wieso sollte sie sich allein mit ihnen treffen?«, fragte der Rudelführer.

»Keine Ahnung, weil sie in ihrem eigenen Zuhause angegriffen wurde?«, knurrte Del-Rey. »Hör auf, mir blöde Fragen zu stellen, und finde sie. Ich will den Ort dieses Treffens.«

»Es wurde noch ein Sekundärkontakt erwähnt, Alpha«, war die Antwort. »Der einzige Kontakt, mit dem sie per Telefon oder sonstiger Verbindung spricht, ist ihre Familie.«

Del-Rey runzelte die Stirn. »Spür ihren Vater und seine drei Taugenichtse von Neffen auf. Finde heraus, ob sie da sind, wo sie sein sollten, und falls nicht, finde heraus, wo sie hin sind.«

»Bin dran.« Die Verbindung wurde getrennt, und Del-Rey fluchte herzhaft.

»Fahr in die Stadt«, befahl er Brim. »Sie ist entweder dort oder in der Nähe. Sie würde nicht das Risiko eingehen, diese Ärzte in einer der Hütten zu treffen. Das wäre zu unsicher.«

»Sie ist intelligent«, stimmte Brim zu. »Und sie ist eine Strategin. Sie würde einen Ort wählen, den sie kennt und von dem sie glaubt, dass sie ihn kontrollieren kann.«

Oh ja, ungemein hilfreich. Er wollte verdammt sein, wenn er wusste, wohin Anya ging, wenn sie in die Stadt kam.

»Team drei.« Er kontaktierte das Team, das außerhalb der Basis als ihre hauptsächliche Sicherheitstruppe fungiert hatte. »Bekannte Orte auflisten, die eure Coya in der Stadt aufgesucht hat.«

Die Liste war ein ganzer verdammter Stadtplan.

»Was in aller Welt hat sie in jeder Scheißbar in diesem Scheißcounty gemacht?«, knurrte er mit einem finsteren Blick auf Brim.

Der zuckte mit den Schultern. »Ich war bei dir. War nicht meine Schuld, Alpha. Das hätte Alpha Gunnar überwachen sollen.«

Er fuhr sich mit den Händen durchs Haar, während das Fahrzeug durch den nun wieder fallenden Schnee jagte und auf die Stadt außerhalb von Haven zusteuerte.

Er spürte die Anspannung in sich stärker werden, ein Gefühl von Furcht, das ihn packte, wann immer er daran dachte, dass sie allein dort draußen war und ohne seinen Schutz Treffen mit Wissenschaftlern des Councils vereinbarte.

Wieso hatte er ihrer Beharrlichkeit nicht mehr Aufmerksamkeit geschenkt, ihrer Furcht um die Leute, die sie die ihren nannte? Jetzt nagten seine Überheblichkeit und sein ignoranter Stolz an ihm. Er hätte ihr nie ihren Titel und ihre Autorität nehmen dürfen. Er hätte auf sie hören sollen.

Verdammt, sie hatte mit sechzehn Kontakt zu einem Geist aufgenommen und war in eine Bar spaziert, in der sich das Schlimmste herumtrieb, was die Menschheit zu bieten hatte. Sie hatte es unerschrocken getan, mit Selbstvertrauen und Mut, und sich ihm gestellt, selbst nachdem er ihr mitgeteilt hatte, dass er sie töten würde.

Er hätte wissen müssen, dass dieser Mut nicht ausgelöscht war. Er hätte ihre Entschlossenheit erkennen müssen, ein stabiles Leben für die Kojoten sicherzustellen. Für ihn und ihre Kinder.

»Wir finden sie, Del-Rey«, wiederholte Brim. »Dann kannst du in Ordnung bringen, was verletzt wurde.«

»Kann ich das?«, fragte er darauf seinen Bruder. »Gibt es irgendeine Möglichkeit, in Ordnung zu bringen, was ich ihr angetan habe, Brim? Ich habe ihr nicht nur ihren Status genommen, sondern auch noch ihren Stolz.«

»Trotzdem kam sie immer noch jede Nacht zu dir.« Brim zuckte mit den Schultern. »Denk daran beim nächsten Höhenflug deiner eigenen Arroganz, dann kommst du ganz schnell auf den Boden zurück. Sie wird dir vergeben.«

Nur gut, dass Vergebung nicht direkt in Verbindung dazu stand, ob man diese Vergebung verdiente oder nicht. Denn Del-Rey wusste: Er verdiente sie am wenigsten von allen.

»Wir kommen jetzt in die Stadt«, verkündete Del-Rey über Headset, und dann fiel ihm noch etwas ein. »Teamführer vier, stell zwei Männer für dieses Treffen des Stadtrates ab. Aus irgendeinem Grund stellen sich mir da die Nackenhaare auf.« Er wandte sich an Brim. »Informiere Alpha Gunnar über dieses Meeting. Es ist Sonntag, meine Güte. Seit wann kommen die an einem Sonntagmorgen noch vor Tagesanbruch zu einem Treffen zusammen?«

»Gute Zeit dafür«, konstatierte Brim. »Würde nicht vielen Leuten auffallen. Wir haben keine Patrouillen in der Stadt, nur im Gebiet um Haven.«

Vielleicht sollte sich das ändern. Vielleicht sollte etwas von dem Geld, das die Kojoten in ihren Kassen hatten, an Breedfreundliche Politiker in dieser Stadt gehen.

Del-Rey verzog das Gesicht und kämpfte seine Ungeduld und seine Ängste nieder. Er würde Anya finden, das schwor er sich. Er musste. Etwas anderes war inakzeptabel, denn mit etwas anderem konnte er nicht leben.

Die Kälte war ihr bis in die Knochen gezogen. Anya saß in dem kleinen Keller im sicheren Haus, zusammengekauert unter einer beheizten Decke, wischte sich die Tränen aus dem Gesicht und sah einmal mehr auf die Uhr.

Drei Stunden noch, bis sie sich zum Spa aufmachten. Del-Rey suchte inzwischen sicher schon nach ihr. Welchen Preis hatte Jax für die Auseinandersetzung in der Küche gezahlt? Ging es Cavalier gut? Hatte Del-Rey es warm?

Sie schauderte bei den Fragen, die sie die ganze Nacht lang gequält hatten.

Sie hatten den Helijets gelauscht, die am Morgen stundenlang über ihren Köpfen gekreist waren. Satin Belle und ihre weiblichen Wolf-Breed-Enforcer erinnerten sie viel zu sehr an Ashley. Sie machten Witze, lachten, pflegten ihre Nägel und verglichen Kleidungsstücke miteinander. Aber Ashley hatte sich nicht daran beteiligt.

Die junge Kojotin war immer noch still und hatte mit harten grauen Augen ihre Waffen gereinigt. Sharone und Emma waren ihrem Beispiel prompt gefolgt, hatten ihre Waffen überprüft, waren den Plan noch einmal durchgegangen und hatten die Wölfinnen dabei sorgfältig im Auge behalten.

Satin, die offensichtliche Anführerin, war schamlos. Sie hatte eine scharfe Zunge, einen klugen Verstand und war, wie alle weiblichen Breeds, von solcher Schönheit, dass es fast schmerzte, sie anzusehen.

»Wir haben die Bestätigung, dass Alpha und Lupina Gunnar an Ort und Stelle und bereit für das Treffen sind«, bemerkte Satin, während sie ihre Nägel fertig trocknete, nachdem sie sorgsam dem gelauscht hatte, was über ihr Headset ankam. »Direktor Wyatt ist in der Stadt, Alpha Lyons und Alpha Delgado.« Satin runzelte die Stirn und wandte sich an Anya. »Er klingt sauer, und er hat eine Nachricht geschickt.«

Anya erwiderte ihren Blick.

»Er bat darum, seiner Coya zu sagen, dass er einen Fehler gemacht hat. Dieser wird korrigiert werden, sobald sie zurückkehrt.«

Anya schüttelte den Kopf. Dafür war es jetzt zu spät; sie war zu weit gegangen, um jetzt umzukehren, und das hier würde er nie zulassen.

»Gib eine Antwort auf die Nachricht weiter«, sagte sie schmerzerfüllt. »Sag ihm: ›Es gibt nichts zu korrigieren.‹«

Satin sah sie einen langen Moment ernst an, nickte dann und sendete die Nachricht. Eine Sekunde später wurden ihre Augen groß, sie zuckte zusammen und trennte die Verbindung.

»Wow, Kojoten sind gut im Heulen«, stellte sie ehrfürchtig fest. »Der war gut.«

Anya zuckte zusammen. Soweit sie wusste, heulten Kojoten nur, wenn sie wütend waren.

»Lass ihn heulen«, grollte Ashley. »Er ist selbst schuld. Lass ihn leiden.«

»Ashley.« Anya machte ein strenges Gesicht. »Das ist nicht seine Schuld. Er wollte mich schützen.«

»Wovor denn?«, fragte sie spöttisch. »Vor seiner eigenen Arroganz? Was gab es denn auf der Basis, wovor er dich schützen musste, außer vor seiner eigenen Dummheit?«

Anya schüttelte den Kopf. »Heute Abend werde ich diese Frage stellen. Wenn das hier vorbei ist, möchte ich, dass ihr drei hierher zurückkehrt und in Sicherheit bleibt, bis ich die Strafe für das hier kenne. Ich will nicht, dass ihr noch weiter leidet.«

»Oh ja, wir werden einfach den Schwanz einziehen und uns unter dem Bett verstecken, während unsere Coya sich wieder kopfüber in die Gefahr stürzt«, schnaubte Ashley. »Wach endlich auf!«

»Das ist ein Befehl, Ashley«, sagte Anya fest.

Ashley lehnte sich zurück. »Ich habe kein Memo bekommen, in dem du wieder zur Coya gemacht wurdest. Rein technisch ist dein Befehl einen Scheiß wert, Anya. Und selbst wenn ich so ein Memo bekommen hätte, kannst du das vergessen. Ich gehe dahin, wo du hingehst. Punkt.«

Anya holte hörbar Luft und wandte sich dann Hilfe suchend an Sharone.

»Ich lasse mich nicht noch mal von deiner Seite vertreiben, Coya«, konstatierte Sharone. »Und Emma auch nicht. Wir haben darüber diskutiert, und wir sind uns einig. Wie die Strafe auch ausfällt, wir nehmen sie alle auf uns.«

Hätte sie weniger getan? Anya wusste, sie würde genauso handeln, doch es tat weh, zu wissen, dass sie bis zum Einbruch der Nacht in einer Zelle mit ihnen sitzen konnte.

»Hey, man muss hart sein, wenn man ein Cowgirl sein will, Coya«, meinte Satin. »Mach dich bereit, aufzusatteln und loszureiten. Ich möchte gern etwas früher vor Ort sein.«

Anya rieb sich über die Arme. Sie hatte zuvor Nachricht von ihrem Vater erhalten, dass er, ihre Cousins und die beiden Wissenschaftler angekommen waren und darauf warteten, zum Ort des Treffens zu kommen.

Das Spa an einem Sonntag war der perfekte Ort für ein Treffen. Es war nicht überfüllt, aber es zog eine ziemliche Menge Leute aus der Umgebung an. Die umzäunten Gärten waren abgeschieden und sorgten für Privatsphäre und Entspannung. Teepartys fanden in der Zeit, in der Anya sich dort aufhalten würde, ebenso statt wie private Mittagessen.

Sie würden in die Gärten schlüpfen und sich an den Ort, den sie für dieses Treffen gewählt hatten, begeben. Alpha Gunnar würde den Standort erfahren, sobald sie dort ankamen, und dann würde er mit seinen Enforcern dorthin kommen.

Sie schälte sich aus der Decke und zog ihre Schuhe an.

»Coya, lass mich helfen.« Emma war da, nahm ihr die Schuhe ab und schnürte sie auf, bevor sie Anya half, sie über die Füße zu streifen.

Ihr ganzer Körper protestierte lautstark bei jeder Bewegung. Die Blutergüsse von ihrem Sturz, das gebrochene Handgelenk und die Wunde an ihrem Oberschenkel waren nur wenig im Vergleich zu den Kopfschmerzen, die in ihrem Schädel tobten.

»Aufsatteln«, flüsterte sie sehnsüchtig. »Ich bin müde, Emma.«

Emma starrte in Anyas kreideweißes Gesicht und fühlte, wie die Angst in ihren Eingeweiden rumorte. Sie war eine Breed, die nie Angst gekannt hatte – bis zu den letzten Tagen. Ihre Coya war erschöpft, vollkommen durchgefroren und hatte Fieber. Emma konnte ihren Schmerz fühlen, und sie witterte noch etwas anderes, was sie nicht definieren konnte – etwas, was ihre Instinkte warnend aufschreien ließ.

»Sie sind Ärzte«, sagte sie und schluckte schwer. »Sie können dich heilen.«

»Kann man ein gebrochenes Herz heilen?«, fragte Anya und streckte die unverletzte Hand aus – an Emmas Wange.

Vor langer Zeit, als sie Kinder waren, hatte Anya das auch getan. Als sie die Mädchen gefunden hatte, schmutzig, nackt, auf Lumpen schlafend. Sie hatte Emmas Gesicht gestreichelt und ihr ein Bett versprochen. Sie hatte Ashley hübsche Kleider versprochen. Und Sharone hatte sie versprochen, dass sie eines Tages lächeln würde. Und Anya hatte all ihre Versprechen gehalten, selbst zum höchsten Preis für sie selbst.

Emma hob die Hand und strich ihrer Coya übers Gesicht. Ihrer Freundin. Ihrer Beschützerin. »Eines Tages wirst du wieder lächeln«, versprach sie.

Der Zug um Anyas Lippen war traurig, fast gebrochen. »Ich hoffe, du hast recht. Also …« Sie atmete hörbar ein, und es brach Emma das Herz, zu sehen, wie sie allen Mut zusammennahm. »Wollen wir losreiten, meine Freunde?«

Satin Belle betrachtete die kleine Menschenfrau, die sich trotz ihrer Erschöpfung mühsam auf die Beine zwang. Sie holte langsam Luft und vergewisserte sich, dass ihre Sinne sie nicht trogen, bevor sie ihren Alpha anrief.

»Ja?«, meldete sich Gunnar, und Satin ging in das Zimmer nebenan.

»Die Coya ist schwanger«, sagte Satin leise. »Ich rate von dem Vorhaben ab. Wir sollten uns mit Teams treffen, sie nach Haven bringen und uns selbst um die Sache kümmern.«

Gunnar schwieg lange Momente. »Wie ist ihr Zustand?«

»Fiebrig, schwach und extrem blass. Ich kann die Empfängnis wittern, Alpha. Ich weiß nicht, wieso es ihrer Leibwache nicht auffällt, und sie wird schnell schwächer. So etwas habe ich noch nie gesehen.«

»Teams drei, acht und zehn sammeln sich an eurem Standort. Hat sie euch gesagt, wo sie die Ärzte trifft?«

»Noch nicht. Ich kontaktiere dich, wenn wir den Ort haben, und wir gehen dann dorthin. Wir können nicht mehr lange warten, sie wird bald zusammenbrechen ...« Sie zögerte.

»Satin?«, fauchte Wolfes Stimme.

Satin ging zur Tür, betrat den Hauptraum und fluchte, als sie ihre beiden Wolf-Breed Enforcer bewusstlos auf dem Boden liegen sah.

»Verdammter Mist«, fluchte sie. »Sie sind auf und davon. Meine Mädchen sind außer Gefecht, ich wiederhole, meine Mädchen sind außer Gefecht, und die anderen haben sich aus dem Staub gemacht. Bring auf der Stelle diese Teams her.«

»Ich weiß es besser, als diesen Mistweibern zu trauen«, knurrte Ashley, die Anya half, sich auf ihrem Sitz aufzurichten, und sie stützte, während Sharone das Fahrzeug steuerte, das sie in der

Nacht zuvor von einem versteckten Parkplatz gestohlen hatten. »Verdammte Wölfe.«

Anya schüttelte den Kopf, um wacher zu werden. Etwas war nicht in Ordnung, das spürte sie. Sie brauchte Del-Rey. Ihr war so kalt, dass sie fast mit den Zähnen klapperte. Sie stand neben sich und fieberte.

Sie konnte nicht glauben, was sie mitgehört hatte. Dass Wolfe und Hope sie hintergehen wollten. Dass die Enforcer der Wölfe, zu denen sie geschickt worden war, sie so schnell den Sicherheitsteams überlassen würden.

Armani würde sauer sein.

»Irgendwas stimmt nicht mit ihr.« Emma war besorgt. »Sie wird zu schwach.«

»Wir werden uns mit den verdammten Kojotenärzten treffen«, schimpfte Sharone. »Die werden wissen, was nicht stimmt.«

Anya hoffte es. Sie fühlte sich benommen. Sie brauchte Del-Reys Berührung, aber die sexuelle Intensität des Paarungsrausches fehlte. Sie fühlte, wie sie innerlich vor Sehnsucht nach ihm weinte.

»Ruf ihn an«, flüsterte sie.

»Was?« Ashleys Stimme klang verzweifelt. »Anya, du musst aufrecht sitzen. Du darfst nicht krank sein. Sag mir, was los ist.«

Sie zwang die Augen auf. »Ruf meinen Gefährten an. Ruf ihn an, Ashley.«

Deren Augen weiteten sich sofort besorgt. »Coya, ich habe kein Headset«, flüsterte sie. »Wir haben keines mitgenommen.«

Anya schüttelte den Kopf. »Wenn wir im Spa ankommen, bring mich zu meinem Papa, und ruf meinen Gefährten an. Ich brauche meinen Gefährten. Sofort.«

»Wir müssen Del-Rey finden«, flüsterte Sharone besorgt. »Nur noch eine Stunde bis zum Treffen; wir haben gerade genug Zeit, um dorthin zu kommen.«

»In der Stadt sind überall Breeds«, zischte Emma. »Lass mich raus. Ich suche ein Team und funke Del-Rey an. Was fehlt ihr?«

Anya fühlte sich inzwischen von Ängsten überwältigt. Sie schauderte und zitterte heftig. Sie brauchte unbedingt seine Berührung. Ihr war, als würde sie ohne sie sterben.

Sie holte mühsam Luft. »Das Spa«, sagte sie wieder. Gott, bis dahin konnte sie es doch sicher schaffen. »Bring mich dorthin. Ruf von dort an. Ich brauche Del-Rey.«

»Wir nähern uns dem Spa, Coya«, antwortete Sharone mit deutlicher Besorgnis in der Stimme. »Wir rufen ihn von dort aus an, versprochen.«

Del-Rey verlor die Beherrschung, als er Satins Meldung hörte. Seine Gefährtin war schwanger, und sie war von ihm getrennt. Sie war krank, hatte Fieber und reagierte mit denselben Symptomen wie ein Kojoten-Breed mit einer lebensbedrohenden Verletzung.

»Finde sie«, wandte er sich an Brim. »Finde sie auf der Stelle!«

Brim sah sich auf der Straße um, in der sie sich befanden. Seine Miene war eindringlich und wütend.

»Sie würde irgendwohin gehen, wo sie sich in Sicherheit glaubt«, brummte Brim. »An einen Ort, wo sie sich auch ohne ihre Sicherheitstruppe geborgen und geschützt fühlt.«

»Wo?«, knurrte Del-Rey.

»Das Spa.« Sie drehten sich zu Jax um, der mit Cavalier hinten saß.

»Was?«

Jax schluckte schwer. »Ihre Sicherheitsleute konnten das Spa nur umstellen, aber nicht reingehen. Das ist nur Frauen erlaubt. Nach hinten raus gibt es einen großen Garten. Abgetrennte kleine Orte für Mittagessen und so Zeug, alle möglichen Grünpflanzen und geschützte Grotten. Sie sind oft dorthin gegangen. Sie haben ganze Tagesausflüge dorthin unternommen.«

»Stadtrand.« Brim trat aufs Gas. »Das verdammte Spa. Wir haben ein Dutzend Berichte von den Teamführern ihrer Schutztruppe, in denen es darum geht, dass sie sie dort nicht angemessen schützen können.«

»Sie ist eine Frau, verdammt. Frauen mögen Spas«, knurrte Del-Rey. »Ich hatte es auf meiner Liste von Dingen, die ich ablehnte, als Wolfe mich anrief und lachend nach den richtigen Blumen für mein Begräbnis fragte. Sie stehen auf Mädchenkram. Aber das geht nicht, wenn ihnen ein Kerl am Hintern klebt«, wiederholte er Wolfes Worte.

»Fahr hin«, befahl Del-Rey. »Sofort. Die Mitglieder des Stadtrats haben es geschafft, an den beiden Männern, die wir auf sie angesetzt hatten, vorbeizukommen. Ich habe ein Scheißkribbeln im Nacken, Brim.«

»Alpha, Kommunikationsstelle hier«, bellte eine Stimme in sein Ohr. »Sofia hat die Identität unseres Problems, aber sie hat es aus den Augen verloren. Das Ziel unseres Interesses ist vermisst. Geschätzte Abflugzeit in anderthalb Stunden. Sofia versucht die Spur zurückzuverfolgen, aber wir fürchten, er ist auf dem Weg zu deinem Standort. Es tut mir leid, Alpha, wir haben ihn in dem Chaos hier verloren.«

Verdammt. Verdammt. Sofia hatte endlich den Spion auf der Basis gefunden, und das nur, um ihn dann entkommen zu lassen. Es war schon schlimm genug, den Schmerz auszuhalten, den ihre Gegenwart Anya bereitete. Sofia war aufdringlich, wütend, dass Anya ihn vor acht Monaten abgewiesen hatte, aber sie war seine einzige Chance gewesen, das Leck zu identifizieren. Sie hatte die missmutige und zurückgewiesene Geliebte gespielt, obwohl nichts der Wahrheit ferner sein konnte. Doch sie hatte das Spiel zu weit getrieben. Und jetzt zahlte Anya den Preis dafür.

»Finde die Leute«, knurrte er. »Auf der Stelle.«

Er warf einen Blick auf Brim, und die Angst ließ seine Beherrschung noch weiter bröckeln. »Der Stadtrat ist hinter ihr her. Die wissen, wo das Treffen stattfindet, und sie werden sich nicht damit aufhalten, sie zu entführen – sie werden sie töten.«

Das Fahrzeug wurde schneller unter Brims Flüchen.

Del-Rey krallte die Finger um seine Waffe und biss wütend die Zähne zusammen. Er hatte gewusst, dass es auf der Basis ein Leck gab. Der Angriff auf Anya in jener Nacht auf dem Berg hatte seinen Verdacht geweckt. Nur ein Mitglied der Basis konnte ihren Zeitplan und ihre Gewohnheiten kennen. Nur eine Person, die in der Kommunikationsstelle arbeitete, wäre in der Lage gewesen, die Positionscodes der Headsets herauszugeben.

Er war von innen heraus verraten worden. Vorsicht, Schläue, das Trennen der Spreu vom Weizen hatten in diesem Fall nicht funktioniert. Er hatte den falschen Breed gewählt und in das falsche Team gesteckt. Einmal mehr hatte er seine Gefährtin im Stich gelassen.

Er fuhr sich mit der Hand übers Gesicht, wischte den Schweiß weg und hatte das Gefühl, als würde er innerlich bluten. Anya litt, sie war krank, und sie trug das Kind, von dem er wusste, dass sie es ihm so gern schenken wollte, nachdem sie die Hormontherapie abgesetzt hatte.

Als bedeute dieses Kind ihm mehr als sie. Sie konnte nicht

wissen, dass nichts ihm mehr bedeutete als sie, denn das hatte er ihr nicht gezeigt. Er hatte es nicht mit seiner Liebe bewiesen. Und nun vertraute sie ihm nicht mehr genug, um ihn an ihrer Seite zu haben.

25

Irgendwie fand Anya die Kraft, ihrer Leibwache in die abgeschiedenen Gärten des Spa und die geschützte Ungestörtheit der Grotte zu folgen, die sie unter falschem Namen reserviert hatten.

Ihr Papa, ihre Cousins und die beiden nervösen Ärzte waren da.

»Anya.« Ihr Papa eilte zu ihr, seine verwitterten Gesichtszüge machten einem betrübten Stirnrunzeln Platz, und seine blauen Augen füllten sich mit Besorgnis, als er sie an sich drückte. »Mein kleines Mädchen. Du bist krank.«

Er behielt seinen russischen Akzent aus reiner Sturheit bei, das wusste sie. Ihr Vater konnte wie ein gebürtiger Amerikaner klingen, er wollte nur nicht.

Eine Welle aus dunkelrotem Haar fiel ihm über die Stirn, als seine große Hand ihren Hinterkopf erfasste und an sich drückte.

»Papa.« Sie hielt sich an ihm fest. Es war Monate her, seit sie ihn zum letzten Mal gesehen hatte.

Seine beständige Stärke stützte sie, sein Mut und seine Tapferkeit. So viele Jahre hatte er mit ihr gearbeitet, ihr im Geheimen gesagt, wie sie ihre Freunde retten konnte, hatte Schwächen und Stärken seiner Macht aufgezeigt und sie gelehrt, mehr zu sehen als nur Leute, sondern auch Ressourcen und Mut.

Nach dem Tod ihrer Mutter war er ihr Fels in der Brandung gewesen. Vor Del-Rey war er ihr Held gewesen, und auch jetzt noch war er der Mann, bei dem sie wusste, dass er all ihren Schmerz lindern würde, falls es möglich war.

»Kleines Mädchen.« Seine russische Stimme war ein Flüstern ihrer Kindheit. »Sieh dich nur an, so blass und krank. Ist gut, hm, dass ich deine Freunde mitbringe.«

Sie löste sich von ihm, unfähig, seine Berührung lange zu ertragen. Ashley war hier, um sie zu stützen, als sie sich an Dr. Alexi Chernow und dessen Nichte Katya Sobolowa wandte. Sie waren jung, Schützlinge von Alexis Großvater, und so verdammt intelligent, dass es schon beängstigend war.

»Katya.« Anya griff nach den Händen ihrer Freundin.

Katya war nicht viel älter als Anya, keine dreißig Jahre alt. Ihre klare faltenlose Miene allerdings war angespannt vor Sorge, als ihre viel zu aufmerksamen Topasaugen über Anyas Gesicht glitten.

»Anya, ich stimme deinem Papa zu, es geht dir nicht gut«, sagte sie zurückhaltend und runzelte die Stirn.

»Es geht mir bald wieder besser«, versprach Anya. »Alpha Gunnar ist auf dem Weg zu diesem Treffen. Du und dein Onkel erhaltet Asyl, aber unter sehr strengen Bedingungen. Ihr werdet nur wenige Freiheiten haben.«

Alexi schüttelte den Kopf. Sein braunes Haar war länger als damals im Labor, und seine grünen Augen blickten besorgt. »Wir haben jetzt auch keine Freiheit, Anya. Wir sind auf der Flucht und haben Angst um unser Leben. Die Kojoten-Breeds waren nicht nur unsere Forschung, sondern unser Leben. Jetzt wieder mit ihnen zu arbeiten …« Er zuckte philosophisch mit den Schultern. »Nach dem, was dein Papa sagt, werden wir mehr Freiheiten haben als damals beim Council, richtig?«

»Na ja, man wird dich nicht gleich umbringen, wenn du für deine heiß geliebten Zigarren mal nach draußen gehst«, versprach Anya. »Obwohl du dann wohl Gesellschaft haben wirst.«

Um Alexis Augen bildeten sich Lachfältchen. Mit seiner und Katyas Ankunft im Labor und deren letztendlicher Leitung hatten sich die Bedingungen drastisch geändert. Sie hatten Anyas Job, bei der Befreiung zu helfen, wesentlich einfacher gemacht.

»Setz dich, Anya«, forderte ihr Vater sie auf. »Deine Cousins warten auf Alpha Gunnar. Warum bist du krank, Kind? Du bist doch sonst nie krank.«

»Die Impfungen, die wir ihr als Kind verabreichten, hätten sie gegen nahezu jeden unter Menschen bekannten Virus immunisieren sollen«, stellte Katya fest und musterte sie sorgfältig.

»Ich wurde geimpft?« Anya sah sie blinzelnd an. »Womit?«

»Das wurden wir alle«, bestätigte Katya. »Alexi und ich entwickelten die Impfstoffe, bevor wir ins Labor kamen. Dort haben wir sie dann fertiggestellt. Die Breeds sind gegen alle bekannten Viren immun. Wir haben diesen Impfstoff an uns selbst und an dir, deiner Familie und Sofia eingesetzt. Es war keine Gefahr dabei. Wir hatten jahrelang Labortests an bestimmten Tieren durchgeführt. Die Impfung hat dafür gesorgt, dass wir nie krank wurden. Sogar dein Papa hatte nie irgendwelche Krankheiten. Es sollte dir gut gehen.«

Anya schüttelte den Kopf. Damit würde sie sich später beschäftigen. Sie wandte sich an Ashley. »Hat Emma den Anruf getätigt?« Gott, sie brauchte Del-Rey.

»Wir haben sie abgesetzt, bevor wir herkamen, Coya, weißt du noch?«, erinnerte Ashley sie sachte.

Sie erinnerte sich. Anya schluckte schwer und konzentrierte sich wieder auf ihren Vater und ihre Freunde. »Ihr werdet mit bewaffneter Eskorte hinausgeleitet.«

»Du gehst mit uns«, sagte Katya mit einem Anflug von Furcht. »Nicht wahr?«

Anya schüttelte den Kopf und wandte sich an ihren Vater. »Du und die Cousins, ihr müsst jetzt gehen, Papa, bevor Del-Rey hier ankommt.«

»Wieso, schießt er mir dann wieder ins Bein?«, fragte Petrow Kobrin und schnaubte. »Ich verlasse dich nicht, wenn du krank bist, Anya. Ich werde mit dir zurückkehren, oder diese Breeds, die du schützt, werden den Zorn eines Vaters kennenlernen. Ich bleibe hier, bis es dir wieder gut geht.«

»Ankunft eines Raubkatzen-Breeds, ein Späher«, meldete Sharone. »Er kommt bewaffnet.«

Anya nickte und unterdrückte einen Aufschrei. Del-Rey hatte einen Kundschafter geschickt, statt selbst zu kommen.

»Coya.« Furcht lag in Ashleys Stimme, nur eine Sekunde, bevor es im Gebüsch raschelte – und plötzlich waren sie umzingelt.

Sie starrte auf die Waffen, die auf den Kopf ihres Vaters und Ashleys Kopf zielten. Der Raubkatzen-Breed trat in die Grotte.

»Douglas«, flüsterte Anya.

Der niederrangige Soldat, der es noch nicht zum Enforcer geschafft hatte. Er war jung, jünger als Anya. Kurz geschnittenes, dunkles Haar, braune Augen. Doch er trug die Uniform eines Enforcers. Und zwar von den Wolf-Breeds.

Er lächelte und zeigte seine Reißzähne, als er den Knauf seiner Waffe hob und hart auf Ashleys Hinterkopf krachen ließ.

»Ashley«, rief Anya und wollte neben ihr niederknien.

»Komm her, du Miststück.« Grobe Finger packten ihr Handgelenk, und durch den blendenden Schmerz hindurch sah sie, wie ihr Vater als Nächstes niedergeschlagen wurde.

Wo war Sharone? Anya sah sich verzweifelt um; sie fühlte sich benommen und verwirrt. Sharone sollte hier sein. Doch sie sah nur Mitglieder des Stadtrats und den Breed.

Sieben Menschen und ein Breed, und der Anführer der Schar war der Bürgermeister, Timothy Raines.

»Ich höre, du bist trächtig«, höhnte er, während zwei andere den Ärzten die Hände fesselten und sie knebelten. »Ich wollte dich schon töten. Aber ich denke, ich übergebe dich diesen fiesen Kojoten, die uns ein Scheißvermögen für eine Breed-Gefährtin geboten haben. Nur Gefährtinnen können sich vermehren, richtig?«

Sich vermehren? Er dachte, sie sei schwanger?

Anya schüttelte den Kopf. »Da hat Sie jemand belogen.«

Er kicherte. »Das denke ich nicht. Aber wir kriegen so oder so, was wir wollen. Euresgleichen verschwindet aus unserem County. Wir brechen den Kojoten das Rückgrat, und danach fällt Haven. Das ist das Einzige, was sie im Augenblick schützt. Bastarde. Das Bündnis wird nie bestehen, wenn ein Wolf-Breed dabei gesehen wird, wie er die Gefährtin des Kojoten aus dem Spa eskortiert, direkt bevor sie für immer verschwindet. Wir gewinnen. Ihr verliert.«

Sharone und Emma. Wo waren sie nur? Wo war Del-Rey? Ein Gefühl von Schwindel überfiel Anya, und sie schwankte.

»Das Miststück ist krank«, fluchte einer. »Sie könnte ansteckend sein.«

»Schnapp sie dir, Douglas. Finden wir deine verdammten Kojoten und holen uns unsere Bezahlung.«

Die Finger um ihren Arm waren wie eine Fessel aus Qual, wie Nadeln, die in ihre Haut stachen. Mit einem Aufschrei fiel sie auf die Knie, und sie schwor, dass sich die Hölle auftat und vor Wut heulende Dämonen freiließ.

»Coya, komm mit mir. Jetzt.«

Jax. Sie hob den Kopf und starrte den Kojoten an, der sie über den Boden schleifte, sie mit gequälter Miene aufhob und trug, während um sie herum Schüsse fielen.

»Coya, du bist in Sicherheit«, knurrte er.

»Papa …«

»Cavalier kümmert sich um deinen Vater und die Ärzte. Los jetzt. Wir müssen hier weg.« Er schob sie durch die schneebedeckten immergrünen Pflanzen um die nächste Grotte, zog sie hindurch und von den Schüssen weg.

»Ashley …«

»Wird versorgt, verdammt«, grollte er. »Beeilung, Coya. Wenn du auch nur einen Kratzer abbekommst, reißt der Alpha mir die Kehle heraus. Willst du das?«

Er stützte sie, als sie weiterkriechen wollte, behindert durch ihr gebrochenes Handgelenk und ihre eigene Schwäche.

»Sauber«, sagte er knapp und legte den Arm um ihre Taille. »Weiter. Direkt vor uns warten Enforcer auf dich.«

Er stand auf – und bevor sie sich rühren konnten, fanden sie sich Kojoten gegenüber, bei denen Anya klar war, dass es nicht die guten waren. Sie schwor, sie konnte sie riechen. Ein Gestank wie Blut und Tod, und sie lächelten kalt.

»Hach ja, der fürstliche Welpe«, höhnte einer von ihnen. »Geh weg von ihr.«

Doch Jax schob sie hinter sich. Anya stolperte an den Zaun und bekam ihn dann hinten am Mantel zu fassen.

»Lasst ihn«, rief sie. »Lasst ihn in Ruhe.«

Sie konnte nicht zulassen, dass Jax verletzt wurde. Aus irgendeinem Grund war dieser junge Breed wichtiger für Del-Rey als die anderen. Er brachte Del-Rey zum Lachen. Sie konnte nicht zulassen, dass ihm das genommen wurde.

Sie schob sich zur Seite, um sich davonzuschleichen, denn sie wusste, dass die Kojoten ihr folgen würden. Sie konnte das Geschrei, das Gebrüll und das Heulen hören, das jetzt in den Gärten laut wurde.

»Coya, nein.« Jax streckte die Hand aus und wollte sie wieder hinter sich schieben. »Verdammt, Del-Rey wird mir die Scheißkehle herausreißen.«

»Wenn es dann noch eine Kehle zum Herausreißen gibt.« Der Kojote hob seine Knarre. »Ade, kleiner Prinz.«

Anya machte einen Satz und versetzte Jax einen Stoß, als der Schuss fiel – und sie fühlte die Flammen, die plötzlich ihren Körper einhüllten.

Jax schrie etwas. Wütendes Aufheulen füllte ihren Verstand, und zugleich bemerkte sie, dass sie auf die Knie fiel, und das Eis schien in ihre Adern zu wandern.

»Anya!« Sie hörte Del-Reys Aufschrei und blickte auf.

Die beiden Kojoten vom Council lagen am Boden, blutig, tot. Del-Rey stürzte zu ihr, glitt neben ihr auf die Knie und streckte die Hände nach ihr aus, während sie nach unten sah, auf ihre Seite und auf das Blut, das ihr Shirt tränkte.

»Del-Rey?« Sie sah ihn blinzelnd an, voll Tränen und Verzweiflung, als sie das reine bestürzte Entsetzen sah, das in seinem Gesicht stand. »Lächle für mich«, flüsterte sie, während die Lethargie über sie kam. »Noch ein letztes Mal, lächle für mich.«

Del-Rey fing sie auf. Er legte den Kopf in den Nacken, und reine Qual strömte aus seiner Kehle und formte ein bösartiges schreckliches Heulen. Er zitterte vor Leid und Wut, als er sie aufhob und dabei kaum mitbekam, wie Jax nach Ärzten rief. Er registrierte kaum etwas außer dem Geruch des Blutes seiner Gefährtin.

Andere fielen in sein Heulen ein, Kojotenlaute, die durch die Gärten und über die Berge hallten, als er auf die Füße stolperte, sie an seine Brust drückte und verzweifelt nach der Ärztin suchte, die mit ihnen gekommen war.

»Armani!«, schrie er und rannte ins Spa.

Sie war hier. Sie hatten sie im Schutz des Gebäudes hiergelassen.

»Del-Rey.« Die Ärztin eilte an seine Seite. »Der Helijet ist auf der Straße. Beeilung.«

An ihrer Seite befanden sich die beiden anderen Ärzte. Sie laberten irgendwas von Impfungen, Blutverlust und Fieber, als sie in den Jet kletterten.

»Leg sie hierhin.« Eine Trage wurde vor seinen Füßen abgesetzt. »Wir müssen sie in die Krankenstation bringen. Ich muss die Blutung stoppen.«

Ihr Shirt wurde aufgerissen, und Del-Rey spürte, wie ihn panische Angst durchfuhr.

»Zur Seite, Geist.« Alexi Chernow schob ihn beiseite. »Lass mich da ran. Die Blutgerinnung sollte schnell gehen«, wandte er sich knapp an Armani, während Del-Rey zurückwich. »Die Impfungen haben uns das Leben gerettet, als das Council uns fast schon hatte. Die Stärkung des Immunsystems hat zu überraschenden kleinen Extras geführt.«

»Der Blutfluss ist nicht so stark, wie er sein sollte. Wir wissen nicht, ob die Kugel ein Organ getroffen hat. Ist sie hinten ausgetreten …?«

So ging es zwischen den Ärzten hin und her, während sie sie umringten. Der Helijet hob ab, drehte und schoss über den Himmel nach Haven, während Del-Rey sich mit zitternden Händen übers Gesicht fuhr und Tränen auf seinen Wangen fand.

Seine Gefährtin, sein Herz. Sie war verwundet und blutete. Ihre Haut fühlte sich wie Feuer an, und ihre Lippen waren fast blau. So wie einst die von Brim. So kalt.

Er schob sich herum, bis er an ihrem Kopf saß, beugte sich nieder und drückte die Lippen auf ihre Schläfe. »Ich liebe dich, Coya«, flüsterte er. »Lebe für mich, Baby. Lebe für mich. Denn ich kann ohne dich nicht sein.«

Und so blieb er. Anders konnte er sie nicht wärmen. Er stützte ihren Kopf, die Lippen auf ihre Stirn gedrückt, und redete sich ein, dass das, was ihr da auf die Stirn tropfte, Schweißperlen waren und nicht seine Tränen.

Nikki Armani stand hinten im Operationssaal auf der Krankenstation in Haven und sah zu, wie Chernow und Sobolowa beständig an der stabilisierten Anya Kobrin arbeiteten.

Del-Rey saß mit ausgestrecktem Arm an ihrer Seite, und sein Blut lief langsam von seinem kräftigen Arm in den seiner Gefährtin. Sein Kopf ruhte neben ihrem, und manchmal konnte sie schwören, dass sie den großen harten Kojoten beten hörte.

Jonas, Wolfe, Callan, Hope, Dash Sinclair, dessen Gefährtin und seine Tochter warteten im Beobachtungsraum und sahen schweigend und mit traurigen Mienen zu.

»Die Hormonfluktuation ist zu stark«, stellte Katya Sobolowa fest. »Solche Hormone darf man bei Fieber nicht geben. Wir müssen ihnen gegensteuern.«

»Sie ist schwanger«, argumentierte Nikki daraufhin. »Wir können es uns nicht leisten, uns in den Hormonhaushalt einzumischen; es könnte dem Kind schaden.«

»Kojoten im Paarungsrausch gibt man keine Hormone«, stellte Katya fest. »Das führt jedes Mal zur Schwangerschaft. Das war es, was wir das Council nicht wissen lassen wollten. Seit der Erschaffung des ersten Kojoten wussten unsere Großeltern, dass sie außergewöhnliche Geschöpfe waren. In jeder Weise anders. Ihr wahres Potenzial lag immer im Verborgenen. Das war der Grund für die Praktik, ihre Schöpfer zu töten. Diese Direktiven erhielten sie schon als Babys. Ihre Flucht führte zum Tod ihrer Schöpfer. Zerstörung aller Aufzeichnungen. Es gab nur sehr wenige, die diese Genetik manipulieren konnten.«

Nikki sah die Frau geschockt an. »Deshalb hat das Council nach euch gesucht.«

Katya lächelte. »Wir sind zwei von den wenigen Kojoten-Forschern, die noch am Leben sind. Es gibt keine bekannten Aufzeichnungen von den Kojoten mehr. Normalerweise kümmerten sich die Kojoten selbst darum, uns zu töten. Und falls nicht die Kojoten, dann die uns zugeteilten Ärzte. Sie kannten ihre Pflicht.« Sie warf einen liebevollen Blick auf Anyas regloses Gesicht. »Sie hier, sie hat uns bei dieser Befreiungsaktion versteckt. Die Ärzte haben nach uns gesucht, aber wir blieben tagelang unentdeckt, und am Ende fanden wir einen weiteren versteckten Ausgang aus dem Raum.«

»Wenn die Genetiker, die an den Kojoten arbeiteten, zum Council gehörten, warum wurde dann diese Direktive ausgeben?« Nikki schüttelte verwirrt den Kopf.

»Die vergangenen Generationen, unsere Väter und Großväter, sie konnten, wie wir auch, nicht Nein sagen zum Council. Denn dann würden die Familien dieser Wissenschaftler ebenfalls getötet. Stattdessen haben unsere Großeltern Aufzeichnungen vernichtet und falsche platziert. Sie berichteten, die Kojoten seien so, wie das Council sie haben wollte. Seelenlos und ohne Gnade. Gnadenlos sind sie, ohne Zweifel, aber es war immer einfach, die zu erkennen, die ohne Reue töten würden, und die, die es nur taten, wenn es nötig war. Im Vergleich zu anderen Breeds wurden so wenige Kojoten erschaffen, dass wir zusammenarbeiten und die, von denen wir wussten, dass sie würdig waren, nur in ganz bestimmte Labore schicken konnten, wo sie eine Chance hatten, zu überleben.« Sie zuckte mit den Schultern. »Ein paar von uns hatten Erfolg, ein paar nicht. In Russland und im Mittleren Osten hatten wir Erfolg. Ich hoffe, ihr habt die Wissenschaftlerin, die dort die Leitung hatte, gerettet.« Sie warf einen Blick auf Nikki. »Schlicht faszinierend. Für ihr junges Alter war sie die Hellste auf unserem Gebiet. Als hätte der Allmächtige seine Hand ausgestreckt und ihren Verstand dafür geöffnet, auf eine Weise, wie kein Verstand je dafür offen war. Unglaublich.«

»Es gibt keine Berichte, dass sie überlebt hat«, sagte Nikki.

»Ah.« Katya schüttelte den Kopf. »Wie schade. Sie war ein Engel, gesandt, um Dinge zu wissen, zu denen der Rest von uns nur Fragen hat. Wir versuchten gerade, Kontakt zu ihr aufzunehmen, als Anya uns fand.«

»Die Blutung ist gestoppt«, sagte Chernow leise und nickte in Del-Reys Richtung. »Macht ihn los.«

Nikki schloss das Ventil und zog beiden vorsichtig die Nadeln aus den Armen. Del-Rey wendete seinen Blick nicht für eine Sekunde von seiner Gefährtin ab.

»Gebt ihr ein paar Stunden, um sich zu stabilisieren«, befahl Chernow und verschloss die Wunde mit Hautkleber. »Wir werden später noch Blutproben brauchen. Mehrere. Wenn ihr diese Hormone nicht absetzt, wird sie direkt wieder in Paarungsrausch geraten, sobald das Baby geboren ist. Das wollt ihr nicht.«

»Wir haben noch einen gepaarten Kojoten«, sagte Nikki. »Seine Frau ist nicht schwanger geworden.«

Chernow schnaubte. »Anders als Anya wurde die nicht mit einem aus Kojotenblut entwickelten Serum geimpft. Kojotinnen können schwanger werden, Dr. Armani. Das wussten wir immer. Das ist der Grund, warum so wenige Frauen am Leben gelassen wurden. Wir konnten das Risiko nicht eingehen.«

»Wieso die Mädchen in Russland?«, fragte Nikki.

Chernow seufzte. »Mein Großvater hat dieses Kind vergöttert.« Er tätschelte Anyas Arm. »Wir haben meine Schwester verloren, als sie noch ein Baby war. Er sah Anya und verlor sein sehr altes, zynisches Herz. Ich glaube, vielleicht ging es uns allen so. Sie hat so eine Art an sich. Sie bekommt, was sie will, und sie wollte diese Mädchen als Freundinnen. Wir haben sie als tot gemeldet und so am Leben gehalten.« Er hob den Kopf. »Wir waren Monster, Armani, zweifeln Sie nicht daran. Wir töteten, wenn es uns befohlen wurde. Wir forschten mit dämonischen Praktiken, wenn wir mussten. Aber jeder Arzt in diesem Labor wusste, was unser wahres Ziel war. Das Überleben derer, deren Überführung zu uns wir arrangiert hatten. Diese fünf Mädchen, sie sind die Zukunft dieser Schöpfungen. Sie sind faszinierend.«

»Gezüchtet als Gebärmaschinen«, sagte Nikki entsetzt.

»Nein. Nein.« Chernow schüttelte leidenschaftlich den Kopf. »Geschaffen, um natürliche Wesen zu sein. Die Unfähigkeit zur Empfängnis war in die Genetik der Breeds eincodiert. Die Aufzeichnungen, wie man das erreicht hat, sind verloren gegangen, daher konnten künftige Generationen es nicht rückgängig machen. Mein Großvater und mehrere andere erfuhren von dem Geheimnis bei den Kojoten-Breeds. Es gelang ihnen, diese unnatürliche Codierung zu entfernen. Wie es funktionieren wird?« Er zuckte mit den Schultern. »Das wissen wir nicht. Wir können nicht sagen, ob es den anderen Breeds helfen kann. Aber die Kojoten sind natürliche Wesen. Natürliche Menschen. Und natürliche Tiere. Was das bedeuten wird, müssen wir erst noch abwarten.«

»Ein Wunder«, hauchte Nikki. »Wenn wir das entschlüsseln könnten, dann könnten wir auch den Paarungsrausch entschlüsseln. Wir leben in Furcht vor der Öffentlichkeit, die die Klatschpresse ernst nimmt. Die Meinung der Weltöffentlichkeit könnte den Bach runtergehen, wenn die Welt herausfindet, dass die Geschichten wahr sind.«

»Ach. Die Leute.« Chernow wich etwas zurück und nahm die Kochsalzlösung ab, die in Anyas anderen Arm getröpfelt war. »Die sind launenhaft. Breeds werden immer in Angst davor leben.«

Er seufzte schwer. »Sie braucht Ruhe. Wir brauchen Wärmepackungen um sie herum. Ihr Fieber ist hoch, aber das ist natürlich. Die Kälte ist das, was mir Sorgen macht.«

»Sie braucht mich.« Del-Reys Stimme war rau und animalisch. »Lass mich bei ihr liegen. Sie muss gewärmt werden. Ich wärme sie.«

Chernow zuckte mit den Schultern. »Solange sie die nächste Woche über Ruhe bekommt, sollte die Wunde gut heilen. Nichts Anstrengendes.« Er warf Del-Rey einen warnenden Blick zu. »Sie muss behandelt werden, als würde ein Lufthauch sie zerbrechen, Geist.«

»Del-Rey«, grollte er.

Chernow schnaubte. »Als hätte ich nicht von den Meldungen gewusst, die dieses Kind dir geschickt hat. Sechs Jahre lang hast du gewartet, obwohl ich Sofia unzählige Male gesagt habe, dass sie dir die Wahrheit sagen muss, wer sie wirklich ist. Die Spreu vom Weizen trennen.« Der Arzt sah ihn finster an. »Als hätten wir das nicht getan. Du hast nicht so nachgeforscht, wie du es hättest tun sollen.«

Es gab eine Menge Dinge, die er nicht so getan hatte, wie er sie hätte tun sollen, gestand Del-Rey sich ein.

»Sie braucht ein Bett«, sagte Chernow. »Sie braucht jetzt Bequemlichkeit und Wärme. Ist hier ein Zimmer verfügbar? Ich will nicht, dass sie transportiert wird, mindestens zwei Tage lang. Wohin sie geht, müssen auch wir hingehen. Mit dem Kind, das sie trägt, ist ihr Zustand zu heikel. Wir müssen sie genau im Auge behalten.«

Dr. Sobolowa legte Anya sanft die Hand aufs Haar. »Ich glaube, meine Mädchen Sharone, Emma und Ashley erwarten uns schon«, sagte sie. »Sie haben mir gefehlt. Ich würde gern sicherstellen, dass es ihnen gut geht und sie nicht unter ihren Verletzungen leiden.«

»Petrow Kobrin verlangt seine Tochter zu sehen, Dr. Armani«, meldete sich Wolfe über die interne Sprechanlage. »Wenn sie stabil genug ist, könntest du dich bitte mit ihm treffen? Ich habe hier vier durchgeknallte Russen, die Wodka im Gemeinschaftszentrum kippen, und Breeds, die dabei mitmachen. Wenn wir nichts unternehmen, haben wir bald Chaos hier.«

Nikki nickte. »Wir haben ein privates Zimmer, gleich den Flur hinunter. Dorthin bringen wir sie und sehen, ob ihr Gefährte sie wärmen kann.« Sie warf Del-Rey ein kühles Lächeln zu. »Ich habe auch ein Nachthemd, das sie anziehen kann.«

Del-Rey schluckte den Köder nicht. Er nickte, stand auf und blieb am Kopfende ihres Bettes, als sie es zum Zimmer rollten. Nikki schlug schon die Decken auf dem Doppelbett zurück.

»Ganz sachte, Geist«, wies Chernow besorgt an, während sie die Decke anhoben, auf der Anya ruhte. »Wir überwachen sie in Bezug auf Infektionen, doch ich rechne nicht damit, dass so etwas vorkommen wird.«

Sie legten sie vorsichtig auf das Bett und schoben dann die Trage aus dem Zimmer, während Nikki Del-Rey dabei half, seine Gefährtin vorsichtig in das weiche Baumwollhemd zu hüllen, das sie aus einer Kommode geholt hatte.

»Sie wird eine Weile schlafen.« Nikki klopfte ihm auf dem Weg zur Tür auf die Schulter. »Falls du mich brauchst, ist neben dem Bett eine Verbindung. Ruh dich aus, Del-Rey.«

Ausruhen.

Er zog sich aus und legte sich vorsichtig auf ihrer unverletzten Seite ins Bett, umfing sie und zog die Decken über sie beide.

Er zuckte zusammen, als er ihre kalte Haut spürte, und rieb sanft über ihre Schulter und ihren Arm.

Sie atmete langsam und leicht, aber ihre Lippen waren immer noch blau. Sie war kalt, so kalt. Er schob vorsichtig ihre Beine zwischen seine, seinen Arm unter ihren Kopf, und umfing sie, so gut er konnte. Wenn er sie nicht wärmte, würde er auch nicht verhindern können, dass der Kloß in seiner Kehle ihn erstickte.

»Komm zurück zu mir, Baby«, flüsterte er ihr ins Ohr. »Wärme mich, Anya. Mir ist kalt, Liebes. So kalt.«

So kalt im Inneren, wie ihre Haut außen kalt war. Wieder küsste er sie auf die Stirn, legte den Kopf an ihre Schulter und drückte dann einen sanften Kuss auf das kleine Mal dort.

»Ich liebe dich«, flüsterte er. »Meine süße Anya. Wie sehr ich dich liebe.«

26

Ihr war warm. Angenehm warm von Kopf bis Fuß. Sie konnte die Wärme fühlen, die sie umhüllte, wie Haut, die über ihre streifte – wie Del-Rey.

Es fühlte sich an wie Del-Rey. Nicht wie der Tod. Sie fühlte sich nicht fiebrig. Sie fühlte weder Kälte noch Schmerz. Sie fühlte sich nicht schwach und lethargisch.

Tatsächlich war sie verdammt hungrig.

Anya öffnete die Augen, als ein hungriges Grollen in ihr rumorte und ihr die Röte in die Wangen trieb. Wie lange war es her, seit sie etwas gegessen hatte?

Eine warme breite Handfläche strich über ihren Bauch. Sie spürte einen Verband an der Seite und die Spannung von Hautkleber.

Und dann kamen die Erinnerungen zurück wie eine Flutwelle. Das Treffen, der Angriff. Ashley und die Mädchen.

Sie öffnete die Augen und begegnete dem sanften Blick aus schwarzen Augen, die zu ihr herabblickten.

»Wurde aber auch Zeit.«

Sie starrte in sein Gesicht. Die untere Hälfte war von rauen verwegenen Bartstoppeln bedeckt. Seine Wimpern waren schwer, als sei er selbst erst aufgewacht. Breite nackte Schultern ragten über ihrer Seite auf, als seine Finger auch schon an ihre Wange glitten und sein Daumen zärtlich über ihre Lippen strich.

»Beweg dich nicht zu schnell«, sagte er leise. »Die Kugel hat keine wichtigen Organe getroffen, aber du hast viel Blut verloren. Die Ärzte wollen vorsichtig sein, damit du keinen Schock erleidest.« Er verzog das Gesicht. »Das Baby ist sicher.«

Sie blinzelte geschockt. »Baby?«

»Diese Ärzte, für die du dein Leben riskiert hast«, er räusperte sich, »sie wussten so vieles, was wir nicht wussten, Anya. So viel.« Er schüttelte den Kopf. »Ich lasse Nikki später alles erklären. Aber du musst vorsichtig sein, wenigstens bis unser Kind geboren ist.«

Seine Lippen formten ein Grinsen. »Wie gesagt, sie wussten so viel mehr als wir. Du hattest recht, Coya, wir brauchen sie. Du hattest in so vielen Dingen recht, und ich wollte nicht auf dich hören.« Er schüttelte den Kopf. »Später. Du brauchst Nahrung.«

Sie sah zu, schweigend und unsicher, wohin sie ihre Gedanken laufen lassen sollte, als er aus dem Bett glitt und die Decken sorgfältig um sie breitete.

»Ashley«, flüsterte sie. »Jax?«

Er drehte sich um, nahm eine Pyjamahose aus Baumwolle vom Stuhl und zog sie über seine kräftigen Beine.

»Jax sitzt derzeit draußen im Flur, den sprichwörtlichen Schwanz eingezogen, und bewacht unsere Tür. Ashley geht es gut. Eine Beule am Kopf, so groß wie die von Sharone. Sie waren von deiner Krankheit abgelenkt. Ihnen blieb keine Zeit, auf den Angriff zu reagieren.« Er sah sie mit leichtem Stirnrunzeln an. »Deshalb habe ich eine Sicherheitstruppe verlangt, als du Haven verlassen hast, Gefährtin.«

Sie starrte ihn an. »Du hast mir meine Mädchen genommen«, flüsterte sie.

Er schüttelte den Kopf. »Die Rudelführer haben einen Fehler gemacht mit dem unsignierten Memo, das Brim verschickt hat. Ein Fehler, der nie wieder vorkommen wird. In der Sekunde, als ich erfuhr, was in der Küche passiert war, Anya, ging ein signiertes Memo raus, in dem dein Status wieder eingesetzt und unsere Zeremonie für Frühling angesetzt wurde. Leider warst du weg, und der Raubkatzen-Breed, der uns verraten hat, konnte die Basis verlassen.« Er schüttelte den Kopf. »Ich hätte dir von meinem Verdacht erzählen sollen, aber ich wollte dich nicht beunruhigen.«

»Wir wurden verraten?« Sie fuhr sich verwirrt mit der Zunge über die trockenen Lippen. »Was in aller Welt ist passiert, während ich weg war, Del-Rey?«

»Alles ist zur Scheißhölle gefahren«, knurrte er plötzlich voll männlichem Ärger. »Meine ganze Scheißbasis ist mir um die verdammten Ohren geflogen. Ich bin ein General, Coya, kein Scheißkindermädchen. Du musst wieder gesund werden, um dich um ihre Wehwehchen und Beschwerden zu kümmern, bevor ich anfange, ihnen die Scheißköpfe einzuschlagen. Du hast zwei Tage lang geschlafen. Ich habe die Zeit hier in diesem Bett verbracht.« Er zeigte auf ihre Seite. »Mit einem Laptop, auf dem ich eine Million verfluchte hysterische Mails von Kojoten beantwortet habe, die anscheinend nicht eine verdammte Entscheidung allein treffen können.«

Ihre Lippen zuckten. »Es braucht nur hin und wieder ein freundliches Wort, Del-Rey. Sie sind wirklich sehr empfänglich für ein kleines emotionales Tätscheln ab und zu.«

Er sah sie finster an, aber ohne Hitze. Ein Anflug von Belustigung schimmerte in seinen Augen.

»Beweise es, Coya.«

»Vorher füttere mich«, verlangte sie. »Und Gott, ich muss ins Bad.«

Er half ihr, trug sie trotz ihres Protests ins Badezimmer, wartete gleich vor der Tür und trug sie dann zurück, als sie fertig war.

Sie hatte es geschafft, sich das Gesicht zu waschen und die

Zähne zu putzen. Als er sie wieder unter die warme Decke steckte, fühlte sie sich fast wieder wie ein Mensch.

»Die Mädchen bringen dein Essen.« Er ließ sich vorsichtig neben ihr nieder und strich ihr wieder übers Gesicht. »Ich habe dich beinahe verloren.«

»Ich wollte dich vor dem Treffen kontaktieren«, seufzte sie. »Aber ich hatte sie gedrängt, ihre Headsets zurückzulassen. Als Sharone von Satins Mädchen eines ausgeliehen hat, hörte sie, wie Satin mit Wolfe darüber redete, uns aufzuhalten. Wir sind abgehauen, haben dabei aber das Headset verloren. Ich konnte nicht aufhören, Del-Rey.« Sie sah ihn verzweifelt an. »Ich konnte nicht aufhören. Wir mussten diese Ärzte haben.«

»*Sch.* Die Ärzte sind hier, in Sicherheit, und sie machen gerade eine Liste, was an Ausrüstung auf der Basis benötigt wird. Sie sind unsere Ärzte. Sie kennen uns, Anya«, sagte er leise. »So viele Dinge habe ich nie gesehen. Nie hätte ich es für möglich gehalten, dass ein Wissenschaftler mehr als ein Monster sein könnte. Sie haben mich eines Besseren belehrt. Sie haben mir gezeigt, was wir sind und was unsere Bestimmung als Kojoten war. Aber es hätte keine Rolle gespielt. Sie haben dein Leben gerettet. Nikki hätte das nicht tun können. Sie hätte dich bei dem Versuch, dich zu retten, getötet, und ich war zu arrogant, um es zu begreifen.«

Sie schüttelte den Kopf. »Zu besorgt um deine Leute«, seufzte sie. »Wir sollten uns nicht gegenseitig die Schuld zuweisen, Del-Rey. Wir haben überlebt, richtig? Jax, Brim, die Mädchen? Alle?«

»Mehrere Verwundete, aber keiner von unseren Leuten ist tot, allerdings wurden sieben Mitglieder des Stadtrats und ein verräterischer Raubkatzen-Breed getötet.« Darüber schüttelte er den Kopf. »Douglas war von mir persönlich ausgewählt. Er stand nicht einmal unter Drogen. Er hasste einfach nur Kojoten. Nichts war ihm wichtig außer diesem Hass.«

Sie wusste kaum, wer Douglas war. Die meiste Zeit hatte er sich gar nicht blicken lassen. Jetzt wusste sie, wieso.

»Du musst mir eine Menge erklären, richtig?«

»Ziemlich.« Er grinste, als ein leises Klopfen zu hören war. »Ashley weigert sich, mich für ihre Nagelpflege bezahlen zu lassen, bis sie dich sieht. Sharone wirft mir immer noch wütende Blicke zu, und Emma spielt jedes Mal mit ihren Messern herum, wenn sie mich oder Jax sieht. Ich denke, du solltest sie beschwichtigen.«

»Diese Zeremonie«, hielt sie ihn auf. »Wieso?«

»Weil ich dich liebe«, antwortete er schlicht. »Du bist meine Coya, Anya. Ich will das nicht länger leugnen. Es zu leugnen hat uns beide fertiggemacht und einen Keil zwischen unsere Leute getrieben. Und ich möchte dich daran erinnern, dass ich ein dahin gehendes Memo verschickt habe, bevor du die Basis verlassen hast.« Er sah sie stirnrunzelnd an. »Nicht weil du verletzt warst oder wegen unseres Kindes. Sondern weil du mir gehörst, und ich leugne nicht länger, was mir gehört.«

Damit stand er auf und öffnete den Mädchen die Tür.

Sie kamen herein. Ihre Gesichter waren voll blauer Flecken, und Emma humpelte ein wenig.

»Em? Was ist passiert?«

»Der blöde Wolf hat mir ein Bein gestellt, als ich zu dir wollte«, knurrte sie, und ihre grauen Augen blitzten. »Der Bastard hat mir den Knöchel verdreht und mich auf den Boden gedrückt, bis die Schießerei vorbei war.«

»Der Hundesohn von Sheriff hat sich angeschlichen, als ich mich in die Büsche verziehen wollte, um diesem Wichser Douglas den Kopf wegzuballern«, fauchte Sharone. »Hat mich eiskalt außer Gefecht gesetzt, ungefähr zur selben Zeit, als Douglas Ashley kalt erwischt hat.« Ein Tablett wurde neben Anya auf das Bett gestellt, und der Duft von Essen unter der Tellerhaube ließ ihr das Wasser im Mund zusammenlaufen.

»Milch«, knurrte Ashley. »Doc meint, du brauchst das Kalzium für den kleinen Radaubruder in deinem Bauch. Mensch, Anya, weißt du denn nichts über Geburtenkontrolle? Weißt du, wie ein Kind von dem wird?« Sie wies mit dem Kopf auf Del-Rey, der sich an die Wand lehnte und die Kojoten-Mädchen-Party mit einem Ausdruck verfolgte, der männlichem Entsetzen sehr ähnelte. »Himmel, wahrscheinlich weiß er auch gar nicht, wie man ein Mädchen aufzieht.«

Del-Rey zuckte zusammen und hob den Blick an die Decke, als würde er beten.

Sie aß und hörte dabei den Mädchen zu, die sie auf den neuesten Stand brachten. Zwischen Hühnersuppe, Ofenkartoffel und einem perfekt gegrillten Steak mit eiskalter Milch warf sie immer wieder einen Blick auf ihren Gefährten. Er hörte zu und sah mit männlicher Faszination und auch Furcht zu, als sie sich unterhielten.

»Tja, wenigstens weiß dieser arrogante Welpe Jax jetzt, wo sein Platz ist«, stieß Ashley hervor. »Ich hätte sein Ohrläppchen als Trophäe behalten sollen.«

Darauf spuckte Anya fast ihren Schluck Milch wieder aus. Del-Rey zuckte erneut zusammen.

»Und obendrein bringen sie noch diese zwei total verklemmten Ärzte aus Russland mit. Katya weigert sich, mit uns ins Spa zu gehen, und Alexi hat genau denselben Stock im Hintern wie eh und je«, warf Emma ein.

»Ja, aber Mensch, Petrow ist so verdammt schnuckelig wie immer. Zweiundvierzig steht ihm gut, Anya.« Sharone schnurrte fast.

Anya zuckte zusammen. Sharone hatte eine Schwäche für ihren Vater, die Anya nie ganz verstanden hatte.

»Wenn du mit meinem Dad schläfst, erschieße ich dich«, warnte Anya sie.

Sharone lachte nur, und in ihren Augen funkelte etwas, was Anya dazu brachte, Del-Rey einen verzweifelten Blick zuzuwerfen. Seit wann in aller Welt ließ er ihren Vater nach Haven? Und wieso? Wieso jetzt? Sie hörte den verdrehten Fantasien von Sharone über ihren Vater nicht weiter zu. Dazu würde es so was von nicht kommen. Anya hatte genug gelitten, nachdem Del-Rey ihren Vater angeschossen hatte. Sharone hatte ihm monatelang nachgetrauert.

Sie aß fertig, und ihre Lider wurden schwer, während die Mädchen über die Farben und Schuhe für die Zeremonie debattierten. Sie glitt langsam davon und dachte an das weiße Kleid, an das sie ihr Herz verloren hatte, und an den Weg zum Traualtar am Arm ihres Vaters. Ihre Cousins und deren Familien, die auch dabei sein würden.

Sie fühlte sich warm. Flüssigwarm und extrem glücklich. Zum ersten Mal seit so langer Zeit waren die Tagträume zurückgekehrt. In denen sie ihren Geist verführte. Ihn liebte, ihn berührte. Dinge mit ihm teilte, die sie immer hatte teilen wollen. Sonnenaufgang und Sonnenuntergang. Karamellapfel. Die Streitereien, das Sichanschreien, das Sichlieben. Und war da nicht etwas mit Sex, das Wolf- und Kojoten-Breeds einfach liebten?

Sie öffnete die Augen und sah ihn an, fühlte prickelnde Wärme, wo sie ganz sicher keine spüren sollte. Etwas, was so sündig und verboten war.

Ihr Blick glitt an seine Oberschenkel, als das Geschnatter der Mädchen schließlich aufhörte. Würde er, wenn es ihr gut ging?, fragte sie sich. Wäre es sicher?

»Mädels, Zeit zu gehen.« Seine Stimme war rau und belegt, als er sich von der Wand abstieß. »Ashley, nimm bitte das Tablett mit.«

»Oh Mann, da sind sie wieder, total scharf und unruhig«, meinte Ashley und machte einen Schmollmund. »Das sage ich Armani. Sie legt seinen Hintern an die Leine.«

»Sein Hintern ist nicht das Problem«, kicherte Emma, als sie vom Bett aufstanden.

»Gute Nacht, Coya.« Ashleys kurzes Küsschen auf ihre Wange überraschte Anya. »Tritt ihn in den Hintern, bevor du ihm was gibst. Er war ein totaler Breed-Kerl.«

»Oh ja.« Anya grinste entzückt. »Das ist er, nicht wahr?«

Ashley verdrehte die Augen, und die Mädchen gingen lachend. Sie lachten. Sie waren glücklich. Und ihr Gefährte war glücklich.

Er ging zum Bett, legte sich neben sie, und seine Lippen senkten sich sanft auf ihre und strichen hauchfein darüber. »Drei Wochen kein Sex«, sagte er. »Ärztliche Anweisung.«

Sie zog einen Schmollmund. »Drei Wochen halte ich nicht durch.«

»Drei Wochen«, wiederholte er.

Aber seine Lippen strichen über ihre, seine Zunge berührte ihre Lippen und glitt dazwischen. Der Geschmack des Paarungshormons war nicht darin, doch die Hitze, die Begierde und das Verlangen füllten sie immer noch.

Das war ihr Kojote. Ihr Gefährte. Ihr Geliebter. Er würde ihr Ehemann sein. Aber jetzt erst mal, verdammte drei Wochen. Es konnte sein, dass sie das nicht überstand.

»Vier Wochen, unerhört«, warf Anya ihm ganz unerwartet an den Kopf, als sie ihres und Del-Reys Quartier betrat.

Sie warf ihren PDA auf einen Stuhl und drehte sich zu ihm

um. »Was hast du diesmal mit ihr gemacht? Was hat Brim mit ihr angestellt? Vier Wochen, Del-Rey. Sie hat mich vier Wochen lang warten lassen.«

»Komm endlich aus den verdammten Klamotten raus«, knurrte Del-Rey und zog seine Schuhe aus. Seine schwarzen Augen schimmerten vor Begierde.

»Zieh sie aus, oder ich reiße sie dir vom Leib«, knurrte er, in völliger Hingabe an die Erregung, die sie seit Wochen in den Wahnsinn zu treiben schien.

Sie zog sich den Pulli über den Kopf.

»Brim hat sie schon wieder schikaniert, oder?«

»Hölle, als ob mich das interessiert«, schnaubte Del-Rey und riss in seiner Ungeduld die Knöpfe an seinem Hemd ab. »Hör auf, herumzuzicken, und mach dich bereit für unseren Sex.«

Ihr BH-Verschluss ging entzwei, als sie daran zerrte. Sie verzog das Gesicht und schleuderte das Stück mit Spitze durchs Zimmer, bevor sie sich die Schuhe von den Füßen riss.

Verdammt, Del-Rey würde sie schlagen. Seine Hosen waren schon fast herunter. Sie nestelte am Verschluss ihrer eigenen und schob sie zusammen mit dem Höschen nach unten. Sie konnte kaum heraussteigen, als sie auch schon sanft aufgehoben und zum Bett getragen wurde. Da lag sie nun – auf dem Rücken.

Er zog ihr die Jeans von den Beinen und warf sie hinter sich. Dann hielt er inne und sah sie an.

Er streckte die Finger aus und strich damit über die kleine rosa Narbe an ihrer Seite.

»Fang gar nicht erst an, Kojotenmann«, befahl sie grimmig. Del-Rey konnte sich wegen dieser Narbe ziemlich ereifern. »Wir sind hier, um Sex zu haben, nicht um uns wegen etwas zu stressen, was nicht passiert ist.«

»Dann kann ich später stressen?« Er hob den Blick zu ihr. »Wenn ich es nie vergesse, Anya, dann werde ich meine Überheblichkeit nie wieder außer Kontrolle geraten lassen. Ich will mich immer daran erinnern, was ich beinahe verloren hätte.«

»Später. Na gut.« Sie klopfte auf die Matratze und streckte die Hände nach seinem Kopf aus. »Küss mich erst mal. Und dann mach diese sündige ungezogene Sache, mit der ich dich im Ärztebüro zum Erröten gebracht habe.«

Er wurde wieder rot, und seine schwarzen Augen wurden ganz wild, so wie damals im Büro, als die Ärztin ihm diesen Blick zugeworfen hatte. Den, der halb belustigt und halb neugierig war.

»Du reizt mich«, stöhnte er. »Das meintest du nicht ernst.«

Seine Erektion versicherte ihr, dass er überaus ernsthaft interessiert war.

»Willst du Nein sagen?«, fragte sie ihn aufreizend.

»Oh Himmel. Gib mir deinen Hintern, und er ist dran«, stöhnte er und strich mit den Lippen über ihren Mund. »Und zwar so was von.«

Sie liebte es. Sie hatte davon gehört. Hope und Faith hatten ein- oder zweimal darüber gekichert. Sie hatten keine Ahnung, was es verursachte. Mit Trotz konnten sie erreichen, was sie wollten. Sie stritten, machten Geschrei und bekamen ihren Willen dergestalt, dass ihre Gefährten ganz dominant wurden und ihnen zeigten, wer hier der Boss war.

Nikki Armani hatte mit Verwirrung darauf reagiert. Sie nannte es so ein Ding der Breeds. Etwas mit Unterwerfung und Verführung und Dominanz. Das Verbotene. Sie hatte den Kopf geschüttelt und mit den Schultern gezuckt.

Anya hatte das mit Del-Rey noch nicht versucht. Sie wurden laut und stritten, aber das mit dem Trotz hatte sie sich bisher für später aufgehoben. Vielleicht, wenn das Baby auf der Welt war. Aber auf das hier, auf diese Art der Intimität, wollte sie nicht länger warten.

Sie wollte ihn, und sie wollte das. Sie wollte es, bis es jeden Tagtraum, den sie vier Wochen lang gehabt hatte, lockte. Jeden einzelnen. Bis an den Punkt, als sie zu seinem innigen Stöhnen aufwachte, wenn er sich beim Duft ihrer Erregung aus dem Bett rollte, weil er sie nicht nehmen wollte, bis die Ärztin grünes Licht gab.

Tja, die Ärztin hatte grünes Licht gegeben.

»Küss mich, wilder Kerl«, stöhnte sie. »Hart und tief. Überzeuge mich.«

Er lachte leise, rau und sexy. »Du musst überzeugt werden?«

»Man weiß nie«, stöhnte sie, streckte die Hände nach ihm aus und zog ihn zu sich herunter. »Bereite mir Vergnügen, Gefährte, wie du nie einer anderen Vergnügen bereitet hast.«

Seine Lippen eroberten ihre, als sei es das erste Mal. Ein tiefer Kuss mit spielenden Zungen, bei dem sie stöhnte, sich an ihn drängte, während die Feuchte zwischen ihren Beinen sie für später vorbereitete. Eindeutig später.

»Ich will dich kosten«, grollte er und wanderte weiter an ihre Brustwarzen.

Sie waren empfindsam, so sehr, dass sie schon fast kam, als seine Zunge darüberstrich und seine Lippen zärtlich an ihr saugten.

Dann wanderten seine Küsse weiter nach unten. Er küsste ihre Narbe, ihren Bauch und legte dann lange atemlose Momente die Wange darauf, bevor er ihre Beine weiter spreizte und sie mit seiner Zunge nahm.

»Del-Rey!« Sie rief seinen Namen und bäumte sich auf, ihm entgegen, als sie seine Zunge hart und tief in sie eindringen fühlte.

Sündige Blitze der Lust jagten durch ihren Unterleib in ihre

Klitoris. Sie wand sich unter ihm, fühlte, wie er sie kostete, an ihr leckte. Seine Zunge war heiß und hungrig, und sein Stöhne steigerte ihr Begehren noch, als sie fühlte, wie seine Finger tiefer wanderten.

Er teilte ihre Pobacken und lockte sie, verwöhnte und massierte die kleine Öffnung dort.

Oh, das gefiel ihr. Sie bäumte sich auf, als sie die Lust spürte, das Knistern unglaublicher Hitze, als er ihre Feuchte nach hinten verteilte und langsam eine Fingerspitze hineinschob.

Sie bäumte sich auf und verlangte nach mehr.

»Oh Himmel, du bescherst mir noch einen Schlaganfall«, stöhnte er, während er ihre Feuchte kostete.

»Breeds haben keine Schlaganfälle«, keuchte sie. »Gutes Herz. Weißt du noch?«

»Dann bin ich der erste«, hauchte er heiser. »Oh Mann.«

Sie schrie auf, als sein Finger in sie glitt.

»Oh Himmel. Baby. Anya. Das ist für den Hitzezyklus.«

»Nein. Für jetzt.« Sie wand sich wieder, als seine Zunge ihre Klitoris umkreiste. »Oh ja, das ist so gut.«

Ein zweiter Finger drang in sie, und sie fragte sich, ob man vor Wonne ohnmächtig werden konnte. Sie fühlte, wie sie sich dehnte, sich entspannte. Begierig. Oh, sie war so begierig darauf.

»Dafür sollte ich dir den Hintern versohlen«, grollte er.

»Oh ja, mach.« Ihre Hände packten sein Haar. »Tu es. Trau dich.«

Fordere nie einen Kojoten heraus. Das sollte auf einem Schild an jeder Wand in der Basis stehen. »Fordere nie einen Kojoten heraus.«

Seine freie Hand landete auf ihrem erhobenen Hintern.

Anya erstarrte, als sie das prickelnde Brennen spürte und gab ein tiefes, lang gezogenes Stöhnen von sich.

»Wage das noch einmal«, keuchte sie.

Bevor sie mehr als nur blinzeln konnte, fand sie sich auf den Bauch gedreht wieder. Die Hüften in der Höhe. Seine Hand traf auf ihren Po, und sie fühlte etwas, was noch besser war als der Paarungsrausch.

Oh verdammt, es war sündhaft, und sie liebte es.

Eine Hand schob sich zwischen ihre Beine, umfasste die Feuchte, und seine Finger streichelten ihre Klitoris, während er sie festhielt und ihr noch einen kurzen harten Klaps aufs Hinterteil versetzte. Es war nicht schmerzvoll; es war heiß. Es war sexy und sündig, und sie wollte mehr.

Sie bewegte die Hüften, rief seinen Namen und konnte die harten Liebkosungen gar nicht mehr zählen. Das Brennen allerdings blieb. Es raste durch ihr Blut, sensibilisierte jeden Nerv in ihr und machte sie noch empfindsamer. Oh ja. Sie liebte es. Sie kam um vor Sehnsucht nach ihm. Sie wollte mehr und mehr, und sie wollte sich verlieren unter dem Ansturm des Lustschmerzes, den sie kommen fühlte.

»Ich kann nicht warten.« Seine Finger strichen wieder über ihren Po.

Ein Finger glitt hinein und wieder heraus. Zwei drückten sich in sie und dehnten sie. Er sammelte ihre Feuchte, zog die Finger wieder zurück und reizte sie mit den kurzen Stößen, die nicht wirklich welche waren. Nur dehnen und in sie gleiten.

»Warte nicht«, rief sie. »Oh Gott, Del-Rey, bitte.«

Wie lange sollte sie diese Folter noch ertragen? Sie war erfüllt von Verlangen. Schon seit vier Wochen.

»Ich bin bereit, verdammt. Oh Gott, tu etwas.«

Sie kam um vor Verlangen nach ihm. Ihre Oberschenkel waren schon ganz nass von ihrer Erregung. Sie war heiß und so feucht, dass er, als er mehr sammelte und nach hinten verteilte, drei Finger in sie schieben konnte, und sie schrie seinen Namen hinaus.

»Oh ja«, rief sie. »Ich bin so kurz davor. So kurz davor.«

Seine Finger zogen sich wieder zurück. Eine Sekunde später spürte sie die kräftige Eichel, die sich an dieselbe Stelle drückte.

Augenblicklich traf ein Schub Vorsamen ihre kleine Öffnung, und sie fühlte das Brennen noch stärker. Sie bog den Rücken durch, und das Prickeln in ihrem Po wurde noch heißer und tiefer.

»Hölle«, knurrte Del-Rey, als er sich an sie drückte und sich langsam und vorsichtig vorwärtsschob. Ganz langsam. Ganz vorsichtig.

Sein Schwanz zuckte, als ein weiterer Schwall sich in die kleine Öffnung ergoss. Das Prickeln wurde zu mehr. Zu etwas, was sehnsüchtig brannte und ihm den Weg bereitete, als die Flüssigkeit sie noch feuchter werden ließ und es ihm erleichterte, in sie zu dringen.

Noch ein Schub. Und noch einer.

Sie schrie seinen Namen, als er sie dehnte und in sie drang. Seine Hände lagen hart an ihren Hüften, hielten sie fest, und seine kräftigen Beine drückten ihre auseinander.

»Fuck. Was zur Hölle hast du mit mir gemacht?«, stöhnte er, als sich mehr Vorsamen in sie ergoss.

Er schauderte hinter ihr, sein Schwanz zuckte, und noch mehr davon füllte sie. Langsam und mühelos glitt er in sie und dehnte sie, bis sie schwor, sie käme auf der Stelle.

Es war wundervoll. Es war lustvoller, intensiver, ein sündiger, aufregender Reiz von Unterwerfung und Dominanz. Absolutes Vertrauen und das Verlangen nach einer Wonne, die so extrem war, dass die Grenze zwischen Lust und Schmerz sich auflöste.

Als er sie dann schließlich ausfüllte, war sie so weit, dass sie bettelte. Sie umschloss ihn und versuchte ihn tiefer in sich zu ziehen, alle Wonne aus dem Akt in sich einzusaugen, die sie aushalten konnte.

»Baby.« Er hob sich über sie, als er sie ausfüllte, stützte sein Gewicht auf die Arme und drückte die Lippen auf ihren Nacken.

Die Reize überfluteten sie, als seine Lippen das Paarungsmal fanden und küssten. Die Empfindsamkeit dort war fast zu viel, um sie zu ertragen. Er strich mit der Zunge darüber, saugte daran und begann dann langsam, sich in sie zu stoßen, ihren Po mit tiefen und langsamen Bewegungen in Besitz zu nehmen.

Sie packte die Decken mit den Fäusten und schrie ihr Verlangen hinaus.

»Schneller«, rief sie. »Härter!«

Sie brauchte es schneller und härter. Oh Gott, sie musste kommen. Sie würde kommen, wenn er sich nur einfach *bewegte*.

»Anya, Baby.« Er küsste das Mal, und sie blickte über die Schulter in seine angespannten Züge. »Gott, ich gebe mir echt Mühe hier. Bleib still, Süße.«

Still bleiben? War das ein Scherz?

Ihre Hüften wanden sich unter ihm. Es war Qual, und es war Lust. So viele Reize, dass sie nicht wusste, ob sie das überstehen würde.

»Jetzt, verdammt«, rief sie. »Bitte, Del-Rey. Jetzt. Alles von dir, jetzt gleich.«

Er zog sich zurück. Er wollte es langsam tun. Del-Rey befahl sich selbst, es langsam zu tun. Langsam und behutsam. Aber die Umklammerung ihrer Muskeln machte ihn fertig.

Er drückte die Lippen auf das Mal, leckte und saugte daran und fing an sich zu bewegen. Er konnte die Schübe seines Vorsamens spüren, das Paarungselixier, das normalerweise ihre enge heiße Vagina entspannte, doch nun ergoss es sich in ihren Po und half ihr dort, zu entspannen. Ihre Muskeln um seinen Schwanz herum waren brennend angespannt, massierten ihn und machten ihn ganz fertig. Eine Hand packte ihre Hüfte, und die andere fand ihre Hand.

Er hielt sich an ihr fest und liebte sie kraftvoll. Tiefe Stöße, die ihm qualvolle Lust über den Rücken jagten. Lange würde er das nicht durchhalten. Er würde sie nehmen, bis sie ihre Erlösung fand. Nur bis dahin. Hier würde er nicht nach seiner eigenen Erlösung streben. Die Schwellung beim Orgasmus war stark und hart. Er würde sie nicht verletzen. Nie wieder. Seine Gefährtin würde nie wieder verletzt werden.

Er drang in sie und gab alles, um sie in den Abgrund zu stürzen, während er sich selbst mühsam beherrschte. Seine Hüften stießen zu, trieben seinen Schwanz in ihre Enge, und er fühlte, wie sie sich anspannte, während ihre kehligen Aufschreie tiefer wurden. Ihre Muskeln zogen sich zusammen und umklammerten ihn, sie schrie im Orgasmus auf, spannte sich um ihn herum an, während er sich zurückziehen wollte.

Zu kurz davor. Viel zu kurz davor.

»Oh fuck!«

Seine Zähne durchbohrten ihre Haut. Hart stieß er sich in sie und spürte, wie sein Samen sich ergoss und die Schwellung ihn in ihr verankerte und sie immer weiter dehnte.

Anya war völlig weggetreten. Sie fühlte, wie er sich in sie ergoss, und der Orgasmus erwischte sie völlig kalt. Sie spürte, wie er in ihr schwoll, in ihr hing, und faszinierend und kaum zu glauben, sie fühlte, wie diese Schwellung sich gegen das zarte Gewebe zwischen ihrem Po und ihrer Vagina presste. Sie fühlte sich vollkommen ausgefüllt von ihm. Ausgefüllt von einem

Ende zum anderen, während eine weitere Explosion ihren Leib erschütterte und ihren Verstand zerschmetterte, als jeder Nerv in ihr pulsierte.

Sie wollte seinen Namen schreien, aber sie brachte nur erstickte Laute heraus. Ihre Finger verschränkten sich mit seinen, und ihre Zähne gruben sich in seinen Unterarm, als eine weitere Explosion sie erschütterte.

Sie war verloren in dieser Wonne, verloren dort, wo sie sein musste, umhüllt von ihm, während er sie festhielt und ihr Anker war, als sie dahinflog, frei wie der Wind, und dann erschöpft unter ihm niedersank.

»Meine Liebe«, flüsterte er.

»Hm. Meine Liebe.« Sie küsste seinen Arm, drehte den Kopf für den sanftesten Kuss, den er ihr je gegeben hatte, und lächelte ihm benommen zu. »Trau dich das später noch einmal.«

Er lachte heiser. »Wir müssen anfangen, deine Herausforderungen zu begrenzen«, warnte er sie. »Du setzt deinen Kopf viel zu oft durch.«

Sie hatte ihn dazu herausgefordert, die Betten und Quilts für die neu angekommenen Breeds zu kaufen. Und die sahen sie an, als gingen mit ihr Sonne und Mond auf. Sie forderte ihn heraus, einen ordentlichen Koch zu suchen, den er dulden konnte, und es endete mit einem kompletten Küchenpersonal. Menschen. Er hätte bei dem Gedanken geschaudert, aber sie waren verdammt gute Köche, und er musste sich nie darum sorgen, seine Coya beim Befüllen der verdammten Spülmaschine zu finden.

Sie tat nichts Anstrengenderes, als ihren PDA oder ihr Tablet herumzutragen. Dafür sorgten die Mädchen. Wenn sie mehr tun wollte, riefen sie ihn.

Sie lenkte seine Gedanken ab, als sie sich unter ihm streckte und ihm ein Stöhnen entlockte bei der Lust, die ihn immer noch im Rausch umfangen hielt.

Schließlich, Minuten später, löste er sich von ihr.

»Ich rühre mich später wieder«, murmelte sie. »Wenn ich geschlafen habe.«

Er lächelte. Sie brachte ihn zum Lächeln. Sie gab ihm Wärme. Sie machte ihn glücklich und brachte ihn dazu, sich auf jeden Tag und die Überraschungen, die sie für ihn in petto hatte, zu freuen.

Kopfschüttelnd ging er ins Bad, wusch sich und kam dann mit einem feuchten Tuch und einem Handtuch wieder ins Schlafzimmer. Trotz ihres Grummelns wischte er seinen Samen von ihr, küsste eine helle Pobacke und tätschelte sie dann sanft, bevor er wieder zu ihr ins Bett kroch.

Sofort schmiegte sie sich an ihn. Lange Minuten wälzten sie sich in die richtige Position, bis er sie am Ende umfing, ihren Kopf auf seinen Arm gebettet und seine Wange an ihrem Haar.

Der Schlaf kam mühelos. Er kam mit einem Gefühl von Sicherheit. Und mit Wärme.

»Ich liebe dich, Del-Rey«, flüsterte sie schlaftrunken. »Mit ganzer Seele.«

»Ich liebe dich, Anya«, sagte er. »Du bist meine Seele.«

Epilog

Die Braut trug ein wunderschönes, langes weißes Kleid aus feinster Spitze und Satin mit den traditionellen einhundert Perlenknöpfen über dem Rücken. Sie sah wie eine Märchenprinzessin aus, als sie auf dem mit Rosen bestreuten Weg zum Altar schritt.

Der Bräutigam trug Schwarz. Es stand ihm gut.

Der Vater der Braut, aufrecht, stolz, noch immer kräftig mit seinen zweiundvierzig Jahren, trug ebenfalls Schwarz, ein schöner Kontrast zu seinem dunkelroten, fast kastanienfarbenen Haar.

Kein Schneesturm im Frühling konnte diese Zeremonie verhindern; Helijets mit Ausrüstung zur Wetterbeobachtung parkten Meilen außerhalb von Haven, und die unterirdische Sportstätte in Haven war bis obenhin voll mit Breeds und Menschen, die gekommen waren, um der Verbindung zwischen dem Kojoten-Alpha Del-Rey Delgado und seiner Gefährtin Anya Kobrin beizuwohnen.

Das Jawort wurde gesprochen. Das war wichtig. Ringe wurden getauscht. Es hieß, der Bräutigam, oder Alpha, hätte die Ringe speziell bei einem Meisterjuwelier in Russland anfertigen lassen. Es hieß auch, in jedem befinde sich eine Inschrift. *Lasst die Vergangenheit nicht vergessen sein. Lasst die Lehren nicht vergebens sein.*

Es war die Hochzeit des Jahres. Journalisten aus der ganzen Welt waren anwesend, und als der Augenblick kam, in dem die Braut auf die Knie gehen und dem Alpha des Rudels, in das sie eingeheiratet hatte, ihre Loyalität schwören sollte, schockierte der Alpha alle Anwesenden.

Er ging selbst auf die Knie und umfasste ihre Hände.

»Du hast deine Loyalität bewiesen, zahllose Male. Als Kind, indem du um die Freiheit deiner Freunde kämpftest. Als Frau, die um das Herz ihres Gefährten kämpfte. Als Coya, die um den Frieden kämpft, von dem wir alle träumen. Ich, Alpha Del-Rey Delgado, verpflichte mich dir, meiner Gefährtin, meiner Frau, meiner Coya, Anya Kobrin Delgado. Möge unsere Zukunft voll Verheißung sein – und möge dein Lächeln immer meinen Weg erleuchten.«

Bei dieser Ansprache blieb kein Auge trocken, wie die Reporterin Cassa Hawkins sogar extra prüfte, um sicherzugehen. Nun ja, vielleicht gab es, außer ihren eigenen, noch ein Paar trockene Augen. Der große Breed, der auf der anderen Seite in den Schatten stand. Sein Blick glitt, so wie der ihre, prüfend über die Menge, beobachtete, als würde er warten, als würde er jagen.

Was, mein wunderschöner Bengale, jagst du?

Leider hatte sie, trotz ihrer überaus sündhaften Fantasien, das Gefühl, dass er nicht auf der Jagd nach ihr war. Zu schade. Sie hatte gehört, er sei ein ganz wilder Kerl im Bett; und sie hatte noch nie einen wilden Kerl in ihrem Bett gehabt.

Bei dem Gedanken schnaubte sie beinahe. Es war verdammt lange her, seit sie überhaupt einen Mann in ihrem Bett gehabt hatte.

Ihre Aufmerksamkeit richtete sich wieder auf die Zeremonie, als Heulen und Brüllen, freudiger Jubel und Lachen durch die höhlenartige Untergrundarena hallten.

Del-Rey und Anya hatten sich Hand in Hand zur Menge umgedreht, während der Priester, der die Zeremonie vollzog, sie zu Mann und Frau erklärte.

Eine schöne Sache.

Doch was Cassa wirklich das Herz schwer machte, war der Moment, als Del-Rey seine Braut wieder zu sich umdrehte, den Kopf senkte und ihre Lippen mit einem Kuss eroberte, der wie ein Versprechen wirkte.

Als Anya Delgado sich in seine Arme schmiegte, runzelte Cassa die Stirn, als ihr die kleine Rundung von Anyas Bauch auffiel, die dabei sichtbar wurde. War es möglich? War diese Gefährtin tatsächlich schwanger? Sie schaute genauer hin.

»Das wollen Sie nicht in Ihren Artikel schreiben.«

Sie fuhr herum, und ihre Augen weiteten sich, als sie die Stimme an ihrem Ohr hörte. Ihr Kopf schwang zur Seite. Eigentümlich gestreiftes goldblondes und schwarzes Haar traf ihre Wange. Es wuchs lang um sein Gesicht herum, seidig und zu Berührungen verlockend. Seine Augen waren grün wie der Dschungel mit goldenen Sprenkeln. Sein Duft umhüllte sie, würzig und männlich, und lockte sie, über seine Lippen zu lecken.

»Soll heißen?«, meinte sie gedehnt, als sie seine Hand an ihrer Hüfte spürte und sein Kopf näher kam, bis seine Lippen an ihrem Ohr waren.

»Der Verdacht, den ich in diesen hübschen grauen Augen sehe«, flüsterte er. »Eine ergänzende Ankündigung wird zur richtigen Zeit kommen. Sie können ein Teil der Gruppe sein, die für diese Ankündigung zugelassen wird, oder Sie können seltsamerweise uneingeladen bleiben, so wie viele andere.«

Sie seufzte. Okay, also keine Erwähnung dieser interessanten kleinen Wölbung.

»Ich will eine Exklusivstory«, verlangte sie. »Irgendwer anders wird mir zuvorkommen. Und dann schulden Sie mir was.«

Sein leises Lachen streichelte ihre Sinne. »Sie könnten vielleicht mehr bekommen, als Sie wollten.«

Ihre Lippen zuckten. »Und Sie könnten sich ein größeres Stück abbeißen, als Sie kauen können.«

Das frisch getraute Paar drehte sich um, Hand in Hand, und sah dabei einander in die Augen. Schwarze Augen begegneten perfekt blauen, und Del-Rey wusste, dass er in dieser Frau Frieden gefunden hatte.

Nun, wenn dieser Frieden nur gesichert sein könnte in dieser Welt, in die zu gehören sie so sehr kämpften.

AGE OF TRINITY –

der Beginn einer neuen Ära

Nalini Singh
AGE OF TRINITY -
SILBERNES SCHWEIGEN
Aus dem
neuseeländischen
Englisch von
Patricia Woitynek
624 Seiten
ISBN 978-3-7363-0389-8

Kontrolle, Präzision und Familie – das sind die drei Pfeiler, auf denen die Mediale Silver Mercant ihr Leben aufgebaut hat. Für Chaos, Emotionen und Leidenschaft ist kein Platz. Aber all das verkörpert Valentin Nikolaev, Alpha der StoneWater-Bären für die kühle Mediale. Und obwohl sie ihm einen Korb nach dem anderen gibt, lässt sich der charismatische Gestaltwandler nicht beeindrucken und flirtet bei jeder Begegnung unverhohlen mit ihr. Doch als ein Anschlag auf Silver verübt wird, bei dem sie fast stirbt, ist Valentin ihre einzige Zuflucht...

»Nalini Singh ist brillant!« USA TODAY

LYX

Die schwerste Entscheidung seines Lebens ...

Charlie Cochet
THIRDS - VERRATEN
& VERKAUFT
Übersetzt von
Silvia Gleißner
416 Seiten
ISBN 978-3-7363-0229-7

Gleich an seinem ersten Tag bei der Spezialeinheit der THIRDS weiß Detective Dexter J. Dale, dass ihm sein Vorgesetzter, der Panther-Shifter Sloan Brodie, nichts als Probleme bereiten wird. Nicht nur geraten die beiden bei jeder Kleinigkeit aneinander – zwischen ihnen herrscht auch eine sexuelle Anziehungskraft, die sie beide nicht leugnen können. Aber Beziehungen zwischen Kollegen sind bei den THIRDS streng verboten, und wenn Dexter sich eines nicht erlauben kann, dann erneut seinen Job zu verlieren.